HEYNE

SCIENCE FICTION

Von ROGER MACBRIDE ALLEN erschien in der Reihe
HEYNE SCIENCE FICTION & FANTASY:

Die Tiefen der Zeit · 06/6426

STAR WARS-ROMANE IN DER ALLGEMEINEN REIHE:

Der Hinterhalt · 01/10201
Angriff auf Selonia · 01/10202
Showdown auf Centerpoint · 01/10203

ROGER
MacBRIDE ALLEN

# DIE TIEFEN DER ZEIT

Roman

Deutsche Erstausgabe

WILHELM HEYNE VERLAG
MÜNCHEN

HEYNE SCIENCE FICTION & FANTASY
Band 06/6426

Titel der amerikanischen Originalausgabe
THE DEPTHS OF TIME
Deutsche Übersetzung von Walter Brumm
Das Umschlagbild ist von David Mattingly

*Umwelthinweis:*
Dieses Buch wurde auf chlor- und säurefreiem Papier gedruckt.

Redaktion: E. Senftbauer

Erstausgabe als
A Bantam Spectra Book
Published by Bantam Bocks,
a division of Random House Inc., New York

http://www.heyne.de
Deutsche Erstausgabe 10/2002
Printed in Germany 8/2002
Umschlaggestaltung: Nele Schütz Design, München
Technische Betreuung: M. Spinola
Satz: Schaber Satz- und Datentechnik, Wels
Druck und Bindung: Ebner & Spiegel, Ulm

ISBN 3-453-21344-0

Für Eleanore und Matthew
Mutter und Sohn
für die Erschaffung einer Vergangenheit,
Gegenwart und Zukunft
voller Staunen und Freude

Das All hat Er zu Seiner Zeit so schön gemacht; dazu die Welt in seine Mitte hingestellt; doch nie begreift der Mensch vom Anfang bis zum Schluss das Werk, das Gott einstmals gemacht.

Der Prediger 3:11

Was ist, war längst, was sein wird, ist bereits gewesen. Die Gottheit sucht verwehte Spuren auf.

Der Prediger 3:15

So sah ich denn: Nichts Besseres gibt es, als dass der Mensch ob seiner Werke fröhlich sei; denn dies ist sein bestimmtes Teil. Wer gibt ihm je Gelegenheit, an dem, was nachher sein wird, sich zu laben?

Der Prediger 3:22

# INHALT

# DANKSAGUNG

Mein besonderer Dank gilt Pat LoBrutto, meinem Herausgeber im Verlag Bantam Books. Sein scharfer Blick verbesserte deutlich, was Sie zu lesen im Begriff sind. Er ließ meinen Ideen Raum, sich zu entwickeln und stimmte mir zu, dass eine Idee für ein Buch tatsächlich groß genug für zwei oder drei ist. Mein Dank geht auch zu Tom Dupree, der sich um die frühe Entwicklung dieses Buches verdient gemacht hat. Dank auch an Eleanore Wood und Lucienne Diver, die viel mehr Geduld mit mir zeigten, als ich erwarten durfte, aber durchaus abgebrüht waren, wenn es darauf ankam.

Dank gebührt auch meinen Eltern Tom und Scottie Allen, die das Manuskript lasen und auf einige wesentliche Mängel hinwiesen.

Vor allem aber geht mein Dank an zwei Personen. Zuerst an meine Frau Eleanore Fox, die den ersten Entwurf dieses Buches las und kein Erbarmen mit ihm hatte. Sie hatte in vielen Dingen Recht, und ich hatte Unrecht.

Und schließlich danke ich meinem Sohn Matthew Thomas Allen. Er hatte mit dem Schreiben oder der Herausgabe dieses Buches nichts zu tun, da er erst nach dessen Fertigstellung geboren wurde. Aber das macht nichts. Danke, Matthew, für alles.

Roger MacBride Allen
Takoma Park, Maryland
Januar 1999

## DIE HAUPTPERSONEN

*Glossar und Begriffserläuterungen am Ende des Buches.*

**Wandella Ashdin:** Historikerin und Expertin für Oskar DeSilvo.

**Ulan Baskaw:** Wissenschaftler, der ungefähr fünfhundert Jahre vor dem Hauptgeschehen der Handlung lebte. Wenig ist über ihn bekannt – es besteht nicht einmal Gewissheit darüber, ob Baskaw ein Mann oder vielleicht eine Frau war. Baskaw erfand wichtige Methoden zur Angleichung unterschiedlicher Umweltbedingungen, die später von DeSilvo übernommen und als seine eigenen ausgegeben wurden. Schließlich entdeckte Baskaw bestimmte mathematische Grundregeln für die Wissenschaft von der Angleichung unterschiedlicher Umweltbedingungen.

**Norla Chandray:** Zweiter Offizier an Bord der *Dom Pedro IV.*

**Oskar DeSilvo:** Architekt und Leiter des Projekts zur Kolonisierung von Solace. Mithilfe von Techniken des Tieftemperaturschlafs und der Organverpflanzung gelang es ihm, das sich über Jahrhunderte erstreckende Projekt in seinen kritischen Phasen zu überwachen.

**Aither Fribart:** Assistent des Ersten Senators Jorl Parrige.

**Neshobe Kalzant:** Geschäftsführende Regierungsbeauftragte des Planetarischen Rates von Solace.

**Kapitän Anton Koffield:** Kommandant des Schiffes *Upholder* der Chronologischen Patrouille.

**Kapitän Felipe Enrique Marquez:** Kapitän der *Dom Pedro IV.*

**Elber Malloon:** Landwirt, durch die Evakuierung von Bewohnern der Überschwemmungsgebiete auf Solace als halb unfreiwilliger Flüchtling zur Orbitalstation Solace gelangt.

**Mandessa Orlang:** Direktorin des Instituts für Biotechnik.

**Jorl Parrige:** Erster Senator und Vorsitzender des Planetarischen Rates von Solace.

**Dixon Phelby:** Ladungsoffizier an Bord der *Dom Pedro IV.*

**Karlin Raenau:** Stationskommandant der Orbitalstation Solace.

**Hues Remblant:** Erster Ingenieur an Bord der *Dom Pedro IV.*

**Alaxi Sayad:** Fähnrich und Wachoffizier an Bord des Wachschiffes *Upholder* der Chronologischen Patrouille.

**Yuri Sparten:** Assistent Karlin Raenaus in der Orbitalstation Solace. Seine Eltern waren Flüchtlinge von Glister.

**Milos Vandar:** Biologe am Projekt zur Revitalisierung des Virtussees auf Solace.

## DAS ZEITSCHACHT-TRANSPORTSYSTEM

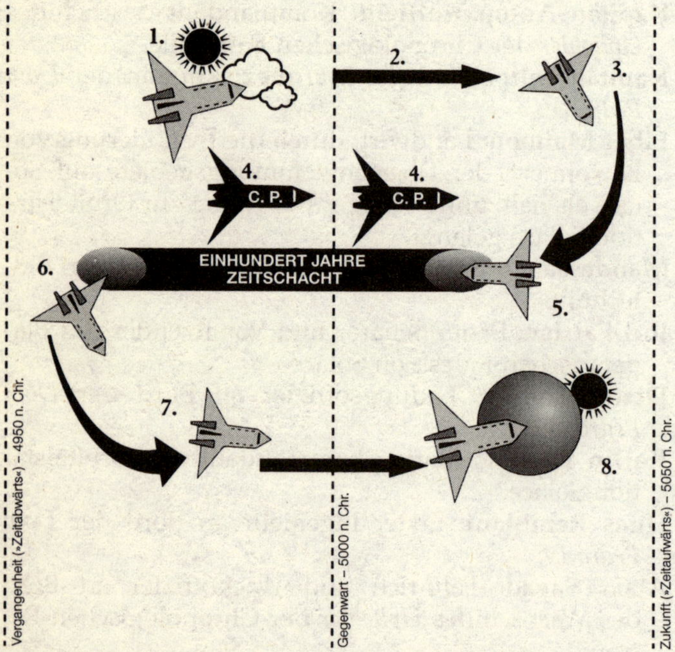


1. Raumschiff verlässt heimatliches Sternsystem zum Zielsystem, zehn Lichtjahre entfernt. Besatzung überwintert im Tieftemperaturschlaf für die Dauer der Reise.

2. Raumschiff reist fünfzig Jahre mit einem Zehntel der Lichtgeschwindigkeit und legt damit fünfzig Jahre zeitaufwärts und eine Entfernung von fünf Lichtjahren zurück.
3. Raumschiff erreicht Zeitschacht auf halbem Weg zwischen Heimat und Zielsystem. Kapitän wird kurzzeitig aus dem Tieftemperaturschlaf geweckt, um das Schiff durch den Zeitschacht zu führen.
4. Beide Enden des Zeitschachtes, zeitaufwärts und zeitabwärts, werden von Wachschiffen der Chronologischen Patrouille bewacht.
5. Raumschiff fällt durch Zeitschacht und wird um einhundert Jahre zeitabwärts in die Vergangenheit getrieben.
6. Raumschiff verlässt Zeitschacht fünfzig Jahre vor der Abreise vom Heimatsystem und einhundert Jahre vor dem Eintritt in den Zeitschacht. Kapitän kehrt in Tieftemperaturschlaf zurück.
7. Raumschiff reist wieder fünfzig Jahre in einem Zehntel der Lichtgeschwindigkeit, legt abermals fünfzig Jahre zeitaufwärts und fünf weitere Lichtjahre zurück.
8. Nach einer Reise von einhundert Jahren Bordzeit trifft das Raumschiff wenige Tage oder Wochen objektiver Zeit nach seiner Abreise im Zielsystem ein. Die Besatzung wird vom hundertjährigen Tieftemperaturschlaf wiederbelebt und findet, dass weniger als ein Monat vergangen ist.

# ZEITSCHACHT

5211 N. CHR.

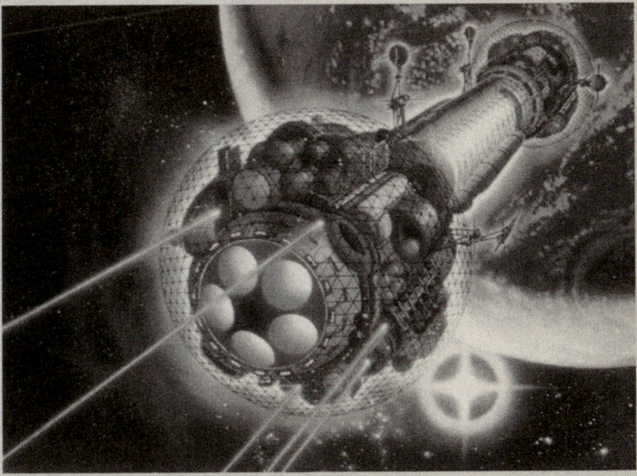

1.

# ANGRIFF AUF DIE ZUKUNFT

Im Schwarz der Tiefe flammte es grell auf.

Alaxi Sayad, jüngster Wachoffizier an Bord der *Upholder,* eines Wachschiffes der Chronologischen Patrouille, sah die Energieentladung auf ihren Bildschirmen. Noch bevor sie Zeit hatte, einen klaren Gedanken zu fassen, schlug sie auf den Alarmknopf – aber nicht bevor die Automatik ihrerseits den Alarm ausgelöst hatte.

Sie warf einen schnellen Blick auf den Übungsindikator, die Kontrollleuchte auf ihrer Anzeigetafel, die ihr verraten würde, ob es nur ein Probealarm war, ausgelöst von Kapitän Koffield, der wieder einmal die Gefechtsbereitschaft der Bordsysteme überprüfen wollte. Der Übungsindikator war unbeschriftet und im oberen linken Winkel der Anzeigetafel positioniert, wo ihn nur jemand sehen konnte, der auf dem Platz des Wachoffiziers saß. Offiziell war der Sinn dieses Indikators nur den Offizieren an Bord bekannt.

Oft hatte Sayad die winzige geheime Anzeige grün aufleuchten sehen und erwartete auch jetzt nichts anderes. Stattdessen aber sah sie einen winzigen blinkenden roten Punkt: schockierende Bestätigung, dass dies keine Übung war. Es war der Ernstfall. Irgendjemand versuchte einen unerlaubten Durchbruch durch den Zeitschacht. Damit nicht genug, zielte der Durchbruch zeitabwärts, nicht zeitaufwärts, wenn sie der Bildschirmdarstellung glauben konnte. Wer immer es war, wollte nicht von der Zukunft in die Vergangenheit, sondern aus der Vergangenheit in die Zukunft.

Sayad gestattete sich den Luxus ungläubigen Staunens. So etwas war ihres Wissens noch nie vorgekommen, im gesamten besiedelten Raum nicht.

Aber jetzt geschah es. Sie überwand ihre Verblüffung und besann sich auf die Ausbildung. Sofort leitete sie den ersten Schritt der vorgeschriebenen Verfahrensweise ein, die ihr in hunderten von Übungen eingehämmert worden war.

*Alarm bestätigen.* Kein Problem. Es stand außer Zweifel, dass dieser Alarm echt war.

*Orten.* Auch das war relativ einfach. Der Lichtblitz war direkt aus dem Zeitschacht gekommen.

*Identifizieren.* Das war weitaus schwieriger. Was, in aller Welt, konnte den Zeitschacht so hell aufleuchten lassen? Und warum hatte die *Standfast,* das Wachschiff zeitabwärts, keinen Alarm durch die Schachtverbindung gesandt? Kaum war die Frage gestellt, da bekam sie schon ihre Antwort. Das Kommunikationssystem lud sich selbsttätig auf und meldete Daten, die von der Verbindung zeitabwärts eingingen. Neunundsiebzig Jahre zeitabwärts von der *Upholder* hatte die *Standfast* ihr Kommunikationssystem aktiviert und durch die Schachtverbindung Meldung gemacht. Das Signal war von der *Standfast* über das Laserrelais durch den Zeitschacht zeitaufwärts gegangen und von der *Upholder* empfangen worden.

Die holographische Schirmbilddarstellung leuchtete auf und zeigte die Lage, und Sayad studierte fünf kostbare Sekunden lang die Symbole und ihre Bewegungen, wie sie vor ein paar Tausendstel Sekunden von der *Standfast* übermittelt worden waren – oder vor Jahrzehnten, je nachdem, wie man es betrachtete.

Sie konnte kaum glauben, was die Darstellung ihr verriet. Dreißig – nein, einunddreißig einlaufende Ziele, sechzehn davon mit Kurs auf den Zeitschacht, während die übrigen direkt auf die *Standfast* zuhielten. Eines der Letzteren verschwand, als das Wachschiff das Feuer eröffnete. Wieder blitzte es auf, weniger grell diesmal, als ein weiteres Ziel getroffen wurde. »Wollen Sie das Schiff erledigen oder bloß ablenken?«, fragte eine leise, ruhige Stimme unmittelbar hinter ihr.

Es kostete Sayad einige Selbstbeherrschung, nicht vor Schreck hochzufahren. Es war Kapitän Koffield, natürlich. Sie blickte in den kleinen Rückspiegel auf, der in ihre Konsole eingebaut war, und da stand er. Wach, aufmerksam und in makelloser Uniform. Seit sie an Bord der *Upholder* gekommen war, hatte Sayad in der Nachtschicht Dienst getan und den Kapitän selten gesehen. Aber bei den wenigen Anlässen hatte er genauso ausgesehen wie jetzt – ruhig, aufmerksam, ausgeruht, Herr der Lage.

Kapitän Koffield war mittelgroß aber dünn und drahtig, sodass er den Eindruck erweckte, kleiner zu sein als er war. Sein Gesicht war schmal und hager, sein gelichtetes Haar dunkelbraun. Auch die Augen waren braun, tief liegend und ausdrucksvoll. Er war es gewohnt, Befehle zu erteilen, und erwartete, dass sie befolgt wurden. Aber es war nichts Lautes, Rücksichtsloses oder Herrisches in seinem Wesen.

Nur der leichte Bartschatten in seinem Gesicht deutete darauf hin, dass er, vom Alarm geweckt, gerade erst aufgestanden war. Es war ein unbedeutendes, aber bezeichnendes Detail, und Sayad fand es ermutigend. Es sagte, dass Koffield Einsatzbereitschaft nicht nur von anderen verlangte, sondern auch von sich selbst, und dass er Wert darauf legte, in einem Notfall als Erster zur Stelle zu sein.

Aber es war auch nicht die Art des Kapitäns, Zeit mit rhetorischen Fragen zu verschwenden. »Ich glaube, sie haben es auf das Schiff abgesehen, Kapitän«, erwiderte Sayad. »Mit so hohen Geschwindigkeiten werden sie nicht die Zeit haben, vor dem Aufprall abzudrehen. Sie wollen das Wachschiff rammen.«

»Richtig. Entweder unbemannte Flugkörper oder hochmotivierte Selbstmordkommandos.«

Andere Besatzungsmitglieder trafen in der Zentrale ein, besetzten ihre Gefechtsstationen und nahmen ihre Systeme in Betrieb. Sayad achtete nicht darauf. Jeder hatte seine Arbeit zu tun, und sie hatte nicht mehr zu tun als zu beobachten, was draußen im Raum vorging. Ihre Aufgabe war es, die taktische Lage zu verstehen und zu interpretieren. »Es sieht nach einem Zangenangriff aus«, meinte sie. »Sie wollen die *Standfast* von allen Seiten gleichzeitig angreifen und ihre Verteidigung ausschalten. Vielleicht wollen sie das Schiff. Sie haben die Hälfte ihrer Streitmacht dafür vorgesehen. Das ist zu aggressiv, um nur ein Ablenkungsmanöver zu sein. Jedenfalls sieht es aus, als ob … Moment.« Sie wiederholte eine Sequenz der holographischen Darstellung und überprüfte die Bahnbewegungen. »Nein, Irrtum. Anscheinend sollen wir denken, es sei ein direkter Angriff und kein Ablenkungsmanöver.«

»Mich haben sie überzeugt«, sagte Koffield. »Aber nun denken Sie anders darüber.«

»Ja, Kapitän. Die Echozeichen mit Kurs auf den Zeitschacht manövrieren, um den Zugang zu finden. Das ist nicht einfach, bei diesen hohen Geschwindigkeiten. Aber die auf die *Standfast* gerichteten Echozeichen halten direkt darauf zu, ohne einen Versuch, ihren Kurs zu berichtigen.«

»Also wollen sie die Besatzung bloß ablenken, damit ihre Freunde den Zugang finden und durch den Zeitschacht gehen können«, meinte Koffield.

»Durch den Zeitschacht?«, fragte Sayad. »Wie wollen sie das bewerkstelligen?«

»Ich habe nicht die leiseste Ahnung, wie sie es schaffen wollen«, sagte Koffield. »Aber es ist klar, dass sie daran glauben.« Er wandte den Blick nicht von der dreidimensionalen Darstellung. »Drei Minuten, bis sie den Ereignishorizont des Portals treffen. Dann werden wir mehr wissen.«

Es war ein beängstigender Gedanke, aber warum sonst würden sie diesen Angriff führen? Dass Kapitän Koffield selbst davon sprach, rückte die Vorstellung in den Bereich des Wirklichen und machte sie zu einer Möglichkeit, die man in ihren praktischen Einzelheiten erwägen musste. »Sie haben nicht die Codes zur Öffnung der Zugänge«, wendete sie ein. »Es gibt keine öffentlichen Codes für zeitaufwärts gerichtete Passagen. Nur die Codes, die wir gebrauchten, um die *Upholder* zeitaufwärts zu bewegen.«

Dass die Codes für die Zugänge zum Zeitschachtportal nicht zu knacken waren, war ein Glaubensartikel innerhalb der Chronologischen Patrouille und darüber hinaus. Nur die Patrouille kannte die Codes, und darum kontrollierte nur sie die Portalzugänge.

Ein Portalzugang war eine massive Verzerrung des Schwerefeldes, die den Ereignishorizont der Singularität verdrängte und durch das Loch im Raum ein Loch in der Zeit öffnete. Die Zugänge kreisten mit ungeheurer Geschwindigkeit am Saum des Ereignishorizonts eines Zeitschachtes. Näherte man sich einem Zeitschacht, wo ein Wachschiff der Chronologischen Patrouille den Code zur Öffnung eines Zugangs gesendet hatte, fiel man durch den Zugang in den Zeitschacht und die Vergangenheit. Gab das CP-Wachschiff den Code falsch ein oder versäumte es, ihn zu senden, ließ die Zugangskontrolle am Portal den Zugang geschlossen. Das ankommende Schiff würde in diesem Fall nicht durch den Zeitschacht gehen, der durch die Verzerrung des Raums durch die Singularität entstanden war, sondern stattdessen in den Anziehungsbereich des Schwarzen Loches geraten und unrettbar verloren sein. Koffield schaltete die Bordsprechanlage ein und hob die Stimme so, dass das Brückenpersonal ihn auch hören konnte. »Hier spricht der Kapitän. Unser Schwesterschiff, die *Standfast,* wird angegriffen, desgleichen das Portal zeitabwärts. Wir müssen davon ausgehen, dass die Angriffe erfolgreich sein werden. Wenn es so ist, werden wir es mit einem Angriff zu tun bekommen, der aus dem Innern des Zeitschachtes kommt und nach außen geführt wird. Mit anderen Worten, es wird sich um einen Angriff handeln, auf den wir durch unsere Ausbildung nicht vorbereitet sind. Also müssen wir uns der Situation stellen. Alle Waffen werden auf den Bereich des Portals gerichtet und haben schnelle, bewegliche und ausweichende Ziele nach dem Verlassen des Zeitschachtes zu verfolgen und zu zerstören. Sie haben zwei Minuten. Uneingeschränkter Feuerbefehl an alle Waffen. Was sich bewegt, wird vernichtet. Koffield Ende.«

Die ungewisse Geschäftigkeit in der Zentrale bekam plötzlich Richtung und Klarheit. Die Nachricht war überraschend und sogar alarmierend, aber der Kapitän hatte gesprochen. Er hatte erklärt, was vorging und was zu tun war.

Die Besatzung der *Upholder,* schon vorher auf Gefechtsstationen, machte sich bereit. Energieversorger wurden hochgefahren, die Feuerleitzentrale übernahm die Daten der *Standfast* und berechnete die wahrscheinlichen Flugbahnen der Angreifer nach dem Austritt aus dem Zeitschacht. Reparaturtrupps standen bereit, Luken wurden versiegelt. Die Kampfbeleuchtung ging an, ein trübrotes Glimmen, das im Innern des Schiffes die nötige Sicht ermöglichte, zugleich aber die Anpassung der Augen an die Schwärze des Raums und das matte Leuchten holographischer Schirmbilddarstellungen erleichterte.

Aber nichts davon war Alaxi Sayads Sorge. Sie hatte jetzt die *Standfast* und ihre Angreifer zu beobachten und den Verlauf des Kampfes zu verfolgen, eines Kampfes auf Leben und Tod, der neunundsiebzig Jahre in der Vergangenheit und durch den Zeitschacht einen Herzschlag entfernt vor sich ging.

Sayad unterdrückte das irrationale Verlangen, aus dem Datenspeicher abzurufen, was geschehen war, und sich so darauf vorzubereiten. Schließlich hatte der Kampf vor annähernd acht Jahrzehnten stattgefunden. Es sollte möglich sein, alles darüber zu erfahren und sich im Voraus bereit zu halten, und mit den Folgen fertig zu werden.

Aber das ging natürlich nicht. Die maßgebenden Stellen waren weise genug gewesen, Vorkehrungen zu treffen, dass solche Nachforschungen unmöglich waren. Tatsächlich war der einzige Grund, dass die *Upholder* als Wachschiff am Ende des Zeitschachtes Dienst tat, dafür zu sorgen, dass die Vergangenheit nichts über die Zukunft erfuhr.

Ihre Aufgabe war der Schutz der Kausalität, um zeitliche Paradoxa zu verhüten. Die Chronologische Patrouille ging ihrer Arbeit mit Sorgfalt und Entschlossenheit nach und ließ nichts unversucht, um sicherzustellen, dass die Zukunft für die Vergangenheit ein undurchdringliches Geheimnis blieb. Das begann schon mit der Art und Weise, wie die zeitaufwärts stationierten Wachschiffe zu ihren Stationen kamen. Sie kamen von zeitabwärts und wussten daher nichts von den Ereignissen in der Zukunft.

Die *Upholder* mochte sich im Jahr 5211 n. Chr. befinden, aber sie war weit mehr der Welt von 5132 n. Chr. verbunden, neunundsiebzig Jahre in der Vergangenheit. Sie und die *Standfast* waren im Konvoi zu ihren gegenwärtigen Stationen gereist, wo sie die zwei Schwesterschiffe abgelöst hatten, die bisher an beiden Enden des Zeitschachtes stationiert gewesen waren. Die *Upholder* war durch den Zeitschacht zeitaufwärts gegangen, während die *Standfast* zeitabwärts geblieben war, doch hätte es genauso leicht anders herum sein können.

Die *Upholder* besaß nur zwei Kommunikationssysteme. Eins war ein Funkfeuer von geringer Reichweite, das ihr erlaubte, an ihrem Ende eintreffende Schiffe anzurufen, die Passage durch den Zeitschacht wünschten. Das andere war die Schachtverbindung mit der *Standfast* am anderen Ende. Beide Systeme waren konstruktionsbedingt äußerst begrenzt. Außer in extremen Notfällen konnte die *Upholder* überhaupt keine Botschaften senden, ausgenommen Klarierungssignale und Befehle zur Portalkontrolle. In den meisten Fällen konnte sie nur Kommunikationen empfangen, während sie selbst nur unter genau vorgeschriebenen Umständen senden konnte. Jede Bestimmung, jede Künstliche Intelligenz, welche über die Kommunikationskanäle wachte, jede Sicherungsvorrichtung in den Anlagen hatte den Zweck, sicherzustellen, dass die *Upholder* keine Information über die Zukunft in die Vergangenheit sendete. Eine der grundlegenden Vorsichtsmaßnahmen war naturgemäß die Verhinderung des Empfangs irgendwelcher Informationen über die Zukunft. So besaß die *Upholder* kein Kommunikationssystem von großer Reichweite, das Radioinformation hätte auffangen können.

Zeitschächte waren nur in den Tiefen des interstellaren Raumes zu finden, weit von den raumzeitlichen Verzerrungen, die von den Schwerefeldern eines Sterns oder sogar eines größeren Planeten erzeugt wurden. Die Zirkumzentrale Wegmarke, wie dieser Zeitschacht genannt wurde, war keine Ausnahme von der Regel. Er war drei Lichtjahre von der Kolonie auf Glister und gute dreieinhalb Lichtjahre von Solace entfernt, die beide weit auseinander lagen. Seine Existenz verdankte dieser Zeitschacht den starken raumzeitlichen Störungen eines massereichen Neutronensterns in der Nachbarschaft, dessen starke elektromagnetischen Strahlungen ohnedies alle Radiosendungen im weiten Umkreis überlagerten. Ohne einen hochempfindlichen, abgeschirmten und mit präzisen Richtantennen ausgestatteten Empfänger von genau der Art, die der *Upholder* nicht zur Verfügung stand, bestand keine Möglichkeit, mit den Welten zeitaufwärts des Zeitschachtes Verbindung aufzunehmen.

Theoretisch konnte ein Schiff der *Upholder* Information zutragen und diese sogar zeitabwärts durch den Zeitschacht verbreiten. Schiffe, welche diese Passage nutzten, bewegten sich jedoch mit einem kleinen Bruchteil der Lichtgeschwindigkeit, was zur Folge hatte, dass die meisten Informationen, mit denen sie aufwarten konnten, längst veraltet waren, wenn sie einen Zeitschacht erreichten.

Nichtsdestoweniger wurden Vorsichtsmaßnahmen ergriffen. Ein zeitaufwärts stationiertes Wachschiff verweigerte jedem Schiff die Transitrechte, das weniger als die Hälfte der chronologischen Distanz des betreffenden Zeitschachtes unterwegs gewesen war. Die Zirkumzentrale Wegmarke zum Beispiel war ein Zeitschacht von neunundsiebzig Jahren. Kein Schiff von zeitaufwärts durfte den Schacht benutzen, wenn es nicht wenigstens achtunddreißigeinhalb Jahre unterwegs gewesen war.

Und abgesehen von den zeitaufwärts stationierten Wachschiffen war es keinem Schiff, unter welchen Umständen auch immer, gestattet, von zeitabwärts in einen Zeitschacht einzutreten, um in die Zukunft zu gelangen.

Das galt auch für diese bizarre Flotte vermutlich unbemannter Schiffe, die gerade aus dem Nichts erschienen war. Sie mussten unbemannt sein, und nicht nur wegen ihrer allem Anschein nach geringen Größe. Wie sollte jemand Besatzungen für zweiunddreißig Schiffe finden, die eine geheime und kriminelle Selbstmordmission auszuführen hatten? Aber was hatte der Angriff für einen Sinn, wenn niemand an Bord dieser Schiffe war? Welchen Wert hatte es, eine Maschine in die Zukunft zu entsenden? Warum die Schiffe nicht einfach einmotten und neunundsiebzig Jahre warten? Alaxi starrte auf die Echozeichen der holographischen Projektion und versuchte die Antworten aus den Hinweisen auf Richtung, Geschwindigkeit, Beschleunigung und Waffenentladungen zu gewinnen.

Die *Standfast* hatte ihre Position behauptet und den Angreifern ein stationäres Ziel geboten. Nun setzte sie sich in Bewegung, vielleicht zu spät, obwohl sie endlich auch die schweren Waffen einsetzte, die Laserkanonen, Lenkraketen und linearbeschleunigten Streuladungen mit Stahlkugeln, deren Sprengbehälter von Schienenkatapulten verschossen wurden.

»Endlich«, bemerkte Koffield. »Was, zum Teufel, hat sie vorher am Manövrieren gehindert?«

»Wahrscheinlich wurden sie überrascht«, meinte Sayad, die sich die gleiche Frage vorgelegt hatte. Es war leicht, im gleichförmigen Garnisonsdienst die Dinge schleifen zu lassen, und das schien an Bord der *Standfast* der Fall gewesen zu sein. Sayad fragte sich, ob die *Upholder* ihre Sache ohne jede Vorwarnung besser gemacht hätte. Außerdem war die Besatzung der *Standfast* auf Angriffe aus dem Zeitschacht eingestellt gewesen, aus der Zukunft, nicht aus dem normalen Raum.

Das Abwehrfeuer der *Standfast* forderte einen hohen Tribut. Drei, vier, acht der Echozeichen, die in der dreidimensionalen Darstellung auf das Schiff zu rasten, flammten auf und verschwanden vom Bildschirm. Weitere, schwächere Lichtblitze zuckten durch den Zeitschacht.

Aber dann brach die *Standfast* das Gefecht ab und manövrierte mit seitlicher Beschleunigung auf den Zeitschacht zu. Die Echozeichen der verbleibenden Angreifer verfolgten sie nicht, sondern hielten direkt auf die ursprüngliche Position des Schiffes zu. Die Führung der *Standfast* hatte endlich gesehen, was Sayad schon Minuten vorher erkannt hatte: Der Angriff auf das Schiff war ein Ablenkungsmanöver, keine ernste Gefahr.

Die Ablenkung hatte ihren Zweck erfüllt. Die *Standfast* begann wieder zu feuern, diesmal auf die Echozeichen, die sich dem Zeitschacht näherten, doch waren diese bereits tief genug in das Schwerefeld eingedrungen und bewegten sich so schnell, dass die Rechner der Feuerleitzentrale offensichtlich überfordert waren. Raum und Zeit waren verzerrt durch das starke Schwerefeld des Zeitschachtes, und das Feuer von Laserkanonen und Massenbeschleunigern wurde in unerwartete Richtungen abgelenkt. Dennoch gelang es der *Standfast*, mehrere Angreifer durch Volltreffer auszuschalten. Das Bedienungspersonal der Waffensysteme mochte zunächst langsam reagiert haben, aber nun erwies es sich im Zusammenwirken mit den Zielsuch- und Verfolgungsgeräten und ihren angeschlossenen Rechnern als bemerkenswert kampfstark.

Fünf, sechs, sieben, acht der Angreifer verschwanden in Explosionsblitzen, als die *Standfast* mit allen Waffen feuernd die Verfolgung aufnahm. Aber die Hälfte der Angreifer war noch unversehrt.

Je näher die *Standfast* dem Schwerefeld des Zeitschachtes kam, desto schwieriger wurde es, Treffer anzubringen. Sie musste näher an die Ziele herankommen, wenn sie ihre Waffen erfolgreich gegen die restlichen Ziele einsetzen wollte. Der Erfolg schien ihrer Angriffstaktik Recht zu geben. Nachdem ihr Feuer minutenlang kein Ziel erfasst hatte, gelang es ihr jetzt, zwei der Eindringlinge zu vernichten.

»O weh«, sagte Koffield. »Das geht nicht gut aus!«

Sayad hatte sich so intensiv auf die holographische Darstellung konzentriert, dass sie die Gegenwart des Kapitäns beinahe vergessen hatte. Was hatte er gesehen, das ihr entgangen war?

Dann sah sie es auch. Die *Standfast* war zu schnell und kam dem Schwerefeld zu nahe. Sie feuerte, was das Zeug hielt, und geriet dabei über die rote Linie, die den Punkt ohne Wiederkehr markierte, und in das Schwerefeld des Schwarzen Loches. Sie würde entweder durch den Zeitschacht gehen müssen oder auf der Oberfläche des Schwarzen Loches zerschellen.

Und sie war nicht in einer Ausrichtung für einen sicheren Transit durch einen der Zugänge zum Zeitschacht.

Die *Standfast* unternahm keinen Versuch, sich zu retten, sondern hielt weiter auf die Eindringlinge zu, um die sechs verbleibenden Ziele im letzten verzweifelten Nahangriff zu vernichten. Sie eröffnete das Feuer mit allem, was sie hatte, dann, noch bevor ihr Feuer Wirkung zeigen konnte, fiel sie unaufhaltsam in den Anziehungsbereich des Schwarzen Loches, weit entfernt von einem der Zugänge.

Sie war dem Ereignishorizont des Schwarzen Loches zu nahe, ihre Geschwindigkeit zu hoch. Die Schachtverbindung riss ab, und das plötzliche Erlöschen des Schiffssymbols in der dreidimensionalen Darstellung verriet Sayad alles, was sie über das Geschehen wissen musste. Innerhalb eines Augenblicks war die *Standfast* zerstört worden, aufgelöst in Trillionen subatomarer Partikel, zerschmettert und zermahlen vom unvorstellbaren Gravitationsdruck, bevor die Besatzung Zeit zu erkennen hatte, dass sie starb.

Der Rest war Stille.

An Bord der *Upholder* blickten alle in Entsetzen erstarrt auf ihre Bildschirme. Dies sollte nicht geschehen. Es ergab keinen Sinn. Wie konnte ...?

»Sie kommen näher!«, sagte Koffield ins Mikrofon. »Feuer frei auf alles, was sich bewegt. Sie dürfen nicht durchkommen. Die *Standfast* starb dafür. Lassen wir sie nicht im Stich.«

Das war es, was die Besatzung hören musste. Die Leute schüttelten ihr Entsetzen und ihren Schock ab und konzentrierten sich auf ihre Pflichten.

Sayad schloss für einen Moment die Augen, holte tief Luft und versuchte es genauso zu machen. Vom anderen Ende des Zeitschachtes kamen keine Daten mehr, also musste sie von den letzten Positionen und Flugbahnen ausgehen. Die Künstliche Intelligenz des Bordrechners konnte danach Projektionen errechnen, um die Ziele gleich nach dem Verlassen des Zeitschachtes zu erfassen. Kaum hatte sie die Daten eingegeben und der Künstlichen Intelligenz die Aufgabe gestellt, da erschienen schon die wahrscheinlichen mutmaßlichen Flugbahnen nach dem Austritt aus dem Zeitschacht. Sayad gab sie an die Rechner der Feuerleitzentrale weiter.

Es waren nicht mehr als Vermutungen, aber für genauere Untersuchungen war keine Zeit; außerdem gab es keine Möglichkeit, zuverlässige Voraussagen zu machen. Sie hatte genau zwölf Sekunden gebraucht, um die Rohdaten der Künstlichen Intelligenz durchzugeben, und der Rechner hatte daraus in weiteren acht Sekunden die mutmaßlichen Flugbahnen errechnet. Sayad glaubte nicht, dass sie ihre Sache viel besser hätte machen können, wenn sie zwölf Stunden daran gearbeitet hätte.

»Gut gemacht, Fähnrich«, sagte Koffield. »Nun warten wir ab; es kann nicht lange dauern.«

»Nein, Kapitän. Austritt in fünfzehn Sekunden, nach der Projektion.«

»Da sind sie schon«, sagte Koffield. In den nächsten Augenblicken erblühten kurz nacheinander sechs neue Echozeichen auf dem Ereignishorizont. Alle sechs überlebenden Eindringlinge hatten den Zeitschacht durchstoßen. Sayads Magen krampfte sich zusammen – der Feind hatte die Zugangscodes gewusst, und der letzte Versuch der *Standfast*, die Eindringlinge aufzuhalten, für den sie sich geopfert hatte, war vergeblich gewesen.

Aber für weitere Überlegungen war keine Zeit mehr.

Die Feuerleitzentrale übernahm die Gefechtsführung in Verbindung mit dem Bordrechner, und die *Upholder* schwenkte herum, dass die Längsachse des zylindrischen Schiffskörpers rechtwinklig zum Ausgang des Zeitschachtes lag und die stärkste Feuerkraft entfalten konnte. Sofort eröffneten Laserkanonen und Massenbeschleuniger das Feuer auf die ausweichenden Eindringlinge. Sayad überprüfte ihre Instrumente und bekam die ersten direkten Ablesungen über Masse, Größe und Beschleunigung der gegnerischen Einheiten. Es bestand kein Zweifel, dass es unbemannte Schiffe sein mussten. Sie waren zu klein und zu kompakt, um sowohl Besatzungen als auch Beschleunigungsabschirmungen irgendwelcher Art zu haben. Außerdem beschleunigten sie hart genug, dass jeder menschliche Passagier mit oder ohne Abschirmung zerquetscht würde. Sie beschleunigten schneller als jedes Schiff, das sie je gesehen oder von dem sie gehört hatte. Da war es wenig tröstlich, dass ihre Projektionen genau genug gewesen waren, dass die Waffensysteme sofort nach dem Auftauchen der Eindringlinge die Zielsuch- und Verfolgungsgeräte einsetzen konnten.

Die Laser der *Upholder* erfassten das erste Ziel und verfolgten es erbarmungslos, als es in einer komplizierten Abfolge programmierter Ausweichmanöver stürzte und kreiste und emporstieg. Das Ziel hielt im Feuer der Laserkanonen viel länger als erwartet zusammen, doch von welcher Art auch seine eindrucksvolle Abschirmung war, sie konnte den Eindringling nicht unbegrenzt lange schützen – nicht gegen die vielfache Gigawattleistung der Laserkanone. Eine zweite erfasste das Ziel und verdoppelte die auf den Rumpf des Eindringlings prallende Energie. Er explodierte in einer spektakulären Glutwolke, die alle Sensoren der *Upholder* drei Sekunden lang blendete, bevor die Dämpfer den Blendungseffekt neutralisieren konnten.

Die Zielsuch- und Verfolgungsgeräte leisteten ihr Möglichstes, aber die überlebenden fünf Ziele vollführten fintenreiche Manöver, um zu entkommen. Selbst drei Sekunden Blendung der Sensoren reichten aus, um die alten Kursprojektionen nutzlos zu machen.

Die Geräte verloren weitere fünf unersetzliche Sekunden, als sie die überlebenden Ziele suchten und verfolgten. Sayad übernahm die Projektion des Gefechtsfeldes von der Feuerleitzentrale und verfolgte das Geschehen. Koffield blieb bei ihr und beobachtete den Verlauf in ihrer holographischen Darstellung. Es hatte keinen Sinn, zur Feuerleitzentrale zu laufen. Er hatte bereits alle relevanten Befehle erteilt und konnte nur zusehen, wie sich die Jagd auf die Eindringlinge entwickelte. Das konnte er genauso gut auf Sayads Station, ohne die an den Geräten stehenden Leute abzulenken. Aber die Zielsuchgeräte konnten nichts finden. Sayad schaltete zurück auf ihr eigenes taktisches Suchprogramm und verglich die Algorithmen mit den Daten der Feuerleitzentrale.

Und fand die Eindringlinge wieder. Oder vielleicht hatten die Eindringlinge sie gefunden. Ihr stockte der Atem, dann rief sie: »Da kommt einer direkt auf uns zu, genau durch den blinden Fleck im Zeitschacht!« Zuerst dachte sie, es sei eine Variante des Angriffs mit der Sonne im Rücken, einer der ältesten Gefechtstaktiken, die es gab. Der Eindringling hatte den Zeitschacht genau achtern und hielt gerade auf die *Upholder* zu.

Aber nein. Nicht genau auf die *Upholder.* Aber nahe genug, nur zwei oder drei Grad über der direkten Linie. Und wie es schien, hatte der Eindringling kein Ortungsgerät, das imstande war, die *Upholder* auszumachen. Hätte er gewusst, wo sie war, würde er entweder den Kurs ändern, um sie zu rammen, oder wäre in eine andere Richtung abgedreht. Tatsächlich hatte der Eindringling, den sie ausgemacht hatte, alle Ausweichmanöver aufgegeben. Vielleicht rechnete er sich aus, dass sie Detektoren der *Upholder* sich nicht rechtzeitig erholen würden, oder sein automatisches Steuerungssystem hatte den Kurs programmiert. Jedenfalls hatte der Eindringling sie nicht ausgemacht. Ein dummer Zufall und nichts anderes hatte den Eindringling gerade vor den Bug der *Upholder* geführt.

Anhand ihrer holographischen Darstellung schätzte sie Entfernung und Geschwindigkeit des neuen Ziels. Es kam beinahe gerade auf sie zu, war aber noch weit entfernt. Es könnte schwierig sein, auf ein Ziel zu feuern, das direkt von vorn kam, aber sie hatten gute fünfundneunzig Sekunden Zeit, bis es die günstigste Feuerdistanz erreichte. Sayad übertrug ihre Daten an die Feuerleitzentrale und erfuhr, dass man dort auch gerade einen Eindringling geortet hatte.

Beide Echozeichen erschienen jetzt in ihrer dreidimensionalen Darstellung. Sie beobachtete die beiden,

den Eindringling, den sie gefunden hatte, und den anderen, den das Zielsuchgerät geortet hatte. Sie verglich die Flugbahnen mit der des ersten Eindringlings, der zerstört worden war, und hielt Ausschau nach Übereinstimmungen und Mustern, die sie zu den anderen drei führen könnten, die noch nicht geortet waren. Sie ergänzte das Bild um die vor der Ankunft erstellten Projektionen, und bald war die große dreidimensionale Darstellung ein Gewirr von Punkten und Linien, Kurven und Vektoren, farbcodierten Symbolen und den laufenden Bewegungsveränderungen.

Aber Sayad konnte alles lesen. Der unverständliche Mischmasch leuchtete ihr vollkommen ein. Das Muster war klar. Wer immer diese Sonden durch den Zeitschacht geschickt hatte, hatte ein willkürlich scheinendes Muster von Ausweichmanövern programmiert, das die überlebenden Eindringlinge schließlich in eine radial symmetrische Ausbreitung in verschiedene Richtungen überführte. Sie runzelte die Stirn und überlegte hastig.

Zweiunddreißig Angreifer waren es zuerst gewesen, aber die Hälfte von ihnen hatte nur der Ablenkung gedient. Sechzehn versuchten durch den Zeitschacht zu gelangen, doch hatte die *Standfast* zehn von ihnen zerstört, die *Upholder* bisher einen. Zwei weitere waren geortet und würden binnen kurzem das Schicksal ihrer Vorgänger teilen. Damit blieben drei Eindringlinge übrig, für die sie keine verlässliche aktuelle Ortung bekommen konnte. Sie hatte sie während der Phase ihrer Ausweichmanöver in der Sensoren blendenden Explosion verloren. Sechs Eindringlinge. Drei waren geortet, drei fehlten. Sechs von sechzehn Eindringlingen, die programmiert waren, durch den Zeitschacht zu gehen und sich zu zerstreuen. Sie nahm den Rechner zu Hilfe, teilte den Raum um den Ausgang des Zeitschachtes in sechzehn pyramidenförmige Sektoren ein, deren Spitzen einander beim Zeitschacht trafen.

Die Geometrie erforderte sechsseitige und ein paar fünfseitige Pyramiden, um genau zu passen, aber diese Ebene von Präzision konnte sie zunächst vernachlässigen. Sie projizierte die Flugbahnen der georteten Eindringlinge in ihre improvisierte Sektorendarstellung und war nicht überrascht, als sich zeigte, dass sie mit den Mittellinien von drei Sektoren übereinstimmten. Jeder der Eindringlinge war auf einem radialen Kurs vom Zeitschacht nach außen, und jeder bewegte sich mehr oder weniger genau im Zentrum des ihm zugewiesenen Sektors. Die Anordnung war so genau, dass die verbleibenden drei Eindringlinge ebenfalls entlang den Mittellinien ihrer Sektoren zu orten sein mussten.

Das allerdings war ein grober Fehler dessen, der die Eindringlinge programmiert hatte. Es bedeutete, dass Sayad nur entlang den Mittellinien der verbleibenden Sektoren suchen musste und damit etwa 99 Prozent des Suchgebietes eliminieren konnte.

Nun, wenn die Person, welche die Eindringlinge programmiert hatte, so ordnungsliebend war, dass sie sich dadurch zu einem Fehler hatte verlocken lassen, dann hatte er oder sie vielleicht einen weiteren gemacht.

Sie hatte Flugbahnen für die drei, aber sie waren inzwischen mehr als eine Minute alt, beinahe neunzig Sekunden: viel zu alt, um von unmittelbarem Nutzen zu sein. Doch gaben sie wenigstens einen Hinweis auf die Verteilung der sechs Eindringlinge, die der *Standfast* entgangen und durch den Zeitschacht gekommen waren. Sayad verglich nun die Reihenfolge der Ankunft mit den Sektorzuweisungen der bekannten Eindringlinge.

Und da war es. Atemberaubend. Perfekt in genauer

Ordnung. Und unglaublich töricht. Die Eindringlinge waren in der Reihenfolge ihrer Ankunft und nicht willkürlich ihren Sektoren zugeteilt worden. Sayad brauchte nur herauszubringen, wo ein Eindringling in der Reihenfolge der Ankunft gewesen war – was ohne besondere Schwierigkeiten durch die festgehaltene Zeit jeder Ankunft ermittelt werden konnte –, und sie würde ziemlich genau wissen, wo sie entlang den Mittellinien von drei bestimmten Raumsektoren suchen musste, um die fehlenden Eindringlinge zu finden.

Ihre Finger tanzten über die Tastatur. Sie gab die Koordinaten an das Fernortungsgerät durch – und wurde beinahe sofort mit der Auffindung der drei fehlenden Eindringlinge belohnt.

»Wenn das nicht Schwarze Magie ist, weiß ich nicht, was es ist«, sagte Koffield hinter ihr. »Gut gemacht, Sayad. Später können Sie mir erzählen, wie Sie es gemacht haben.«

Sayad lächelte, ohne sich umzusehen. »Gern, Kapitän«, sagte sie. Später. Jetzt gab es zu viel zu tun. Die drei neuen Flugbahnen fanden sich relativ zur *Upholder* auf der anderen Seite des pyramidenförmigen Ausbreitungsraumes und entfernten sich mit jedem Augenblick weiter von ihr. Die *Upholder* würde keine geringen Schwierigkeiten haben, jeden Einzelnen von ihnen zu verfolgen und zu zerstören, geschweige denn alle drei. Das erforderte viel taktisches Geschick, und zwar schnell, wenn sie auf Erfolg hoffen wollte. Sayad machte sich an die Arbeit, Informationen zu sammeln und mehr Daten aus den Echozeichen zu gewinnen, die bereits weit entfernt waren.

Greller Lichtschein flammte über die Kontrollschirme, aber Sayad war so auf ihre Arbeit konzentriert, dass sie nicht gleich wusste, was es war. Ach ja, natürlich. Die Feuerleitzentrale hatte ihren zweiten Eindringling erfasst und vernichtet. Sayad blickte auf ihre Darstellung. Es war derjenige, den sie mit ihrem Zielsuchgerät selbst gefunden hatten. Der andere, den Sayad entdeckt hatte, hielt nach wie vor auf sie zu. Und die Feuerleitzentrale hatte diesen dritten Eindringling bereits erfasst und lenkte das Feuer auf ihn. Unterdessen konnte Sayad sich auf die Eindringlinge vier, fünf und sechs konzentrieren. Der Explosionsblitz hatte das Ortungssystem wieder geblendet, aber diesmal machte es nichts aus. Die Sonden vier bis sechs beschränkten sich darauf, in gerader Linie zu fliegen.

Dann aber begannen die Eindringlinge vier bis sechs plötzlich zu beschleunigen.

Sayad beobachtete stirnrunzelnd die Geschwindigkeitsmessungen. Die Beschleunigungswerte waren unmöglich. Überhaupt war *Beschleunigung* ein viel zu schwacher Ausdruck dafür, was diese Sonden taten. Sie rasten geradezu explosionsartig davon, erreichten Beschleunigungswerte von Hunderten, nein, Tausenden von Ge. Während sie die Darstellung wie gebannt beobachtete, überstiegen die Beschleunigungswerte die Messskala. Kein Schiff, nicht einmal ein unbemanntes, konnte die Beschleunigungswerte überleben, die diese Sonden zustande brachten. Und dann verschwanden die drei Eindringlinge und waren fort. Wurden von keinem Instrument aufgezeichnet. Die Geschwindigkeitsmessung zeigte, warum es so war, und es war unmöglich zu glauben. Lichtgeschwindigkeit. Die Eindringlinge hatten bis hinauf zur Lichtgeschwindigkeit beschleunigt, und das innerhalb weniger Sekunden.

Und nichts konnte mit Lichtgeschwindigkeit reisen. Das war kein Glaubensartikel, sondern eine unabänderliche Tatsache. Das war der ganze Grund für die Existenz der Zeitschächte – um als ein komplizierter, umständlicher und schwieriger Ersatz für wahre

Lichtgeschwindigkeit und überlichtschnelle Reisen zu dienen. War man schneller als das Licht, brauchte man die Zeitschächte nicht.

Warum also hatten die Eindringlinge gerade einen Zeitschacht gebraucht? Und wie waren sie mit einem Sprung zur Lichtgeschwindigkeit übergegangen. Und wohin wollten sie? Die *Upholder* konnte sie jedenfalls nicht aufhalten.

Dann aber wurde ihre Aufmerksamkeit wieder auf das nächstliegende Problem gelenkt, dessen Lösung der *Upholder* noch möglich schien. Es war der verbleibende Eindringling, der beinahe auf Kollisionskurs lag und in Reichweite war. Wenn sie richtig gezählt hatte, war es nicht nur der Letzte der überlebenden sechs Eindringlinge, die durch den Zeitschacht gekommen waren, sondern es musste der Letzte der sechzehn im beabsichtigten Programm sein. Was die ersten getan hatten, würde auch dieser tun …

Sie schlug auf die Einschalttaste der Sprechanlage. »Leitzentrale! Das verbleibende Ziel ist im Begriff, massiv zu beschleunigen und an uns vorbeizuschießen. Schlage Einsatz von Massenbeschleunigern und Streuladungen mit Stahlkugeln gegen ermittelte Flugbahn vor. Sofort!«

Wenn die Massenbeschleuniger Schrapnell in die Flugbahn des Eindringlings schossen, müssten sie ihn treffen, wenn er beschleunigte. Irgendwo unter Deck summte es, gefolgt von drei dumpfen Schlägen. Die Geräusche und Vibrationen waren so gering, dass Sayad sie nicht einmal bemerkt haben würde, hätte sie nicht darauf gewartet. Die Massenbeschleuniger feuerten. Sayad beobachtete die Bildschirmübertragung der Feuerleitzentrale und sah die Kursprojektion des Eindringlings und die Wolke von Schrapnellkugeln, die sich um ihren Sprengpunkt ausbreitete. Es waren nur kleine Stahlkugeln, doch wenn die Projektion stimmte, würde der Eindringling mit hoher Geschwindigkeit durch eine Wolke von mehreren tausend Stahlkugeln passieren, die ihm mit einer Geschwindigkeit von zehn oder fünfzehn Kilometern pro Sekunde entgegenkam. Und wenn der Eindringling sein Beschleunigungsprogramm begann, bevor er die Wolke traf, würde sie ihn umso härter treffen.

Koffield beugte sich über ihre Schulter und schaltete die Sprecheinlage wieder ein. »Kapitän an Ersten! Fluglage X 125, Y 010, Z 220. Volle Schubleistung! Feuerleit! Weiteres Schrapnellfeuer auf ermittelte Flugbahn des Eindringlings! An alle! Achtung auf Trümmereinschläge!«

Die *Upholder* drehte schwankend um ihre Längsachse und zündete die Haupttriebwerke. Sayad starrte mit großen Augen auf ihre Projektion. Sie hatte es nicht bedacht, aber zum Glück hatte Kapitän Koffield die Gefahr erkannt. Wenn der Eindringling in die Schrapnellwolke flog und explodierte, würde es wahrscheinlich bloße fünf- oder sechshundert Kilometer von der gegenwärtigen Position der *Upholder* geschehen. Und wenn ein so großes Ziel mit hoher Geschwindigkeit in eine Schrapnellwolke flog, würde es den ganzen umgebenden Raum mit fliegenden Trümmern füllen. Das Schiff musste so schnell wie möglich aus der Gefahrenzone gebracht werden.

Es dauerte eine Weile, bis die Schubleistung der Triebwerke das Trägheitsmoment des Schiffskörpers überwand. Die ganze Struktur ächzte und knarrte, als sie die Beschleunigung aufnahm.

»Abwehr!«, rief der Kapitän. »Wie lange können Sie im Moment maximale elektromagnetische Abschirmung um das Schiff aufrechterhalten?«

Die meisten Besatzungsmitglieder betrachteten die elektromagnetische Abschirmung des Schiffes nur als lästig und bezweifelten die schützende Wirkung. Die

Abschirmung verbrauchte eine unglaubliche Energiemenge, störte alle Ortungs- und Zielsuchsysteme und führte zu Störungen in den Rechnern, die nicht vollständig abgeschirmt waren. Außerdem war es unmöglich, die Triebwerke zu zünden, wenn die Abschirmung eingeschaltet war. Doch wenn die *Upholder* in die Nachbarschaft einer explodierenden Bombe geriet, war Sayad bereit, alle lästigen Nachteile in Kauf zu nehmen.

»Ah … geschätzte dreißig Sekunden, Kapitän«, antwortete eine nervöse Stimme. Nach dem Klang gehörte sie Sheelton. »Fünfundzwanzig Sekunden mit verstärkter Abschirmung achtern.«

Die Abschirmung achtern würde das ganze Schiff schützen, aber einen größeren Teil dieser Schutzwirkung um die Heckpartie des Schiffes konzentrieren, die in der gegenwärtigen Fluglage am meisten durch Trümmereinschläge gefährdet war.

»Sehr gut.« Koffield hielt einen Moment inne, dann gab er seine Befehle aus. »Verstärkte Abschirmung achtern, maximale Energieleistung und Aktivierung erst auf meinen Befehl. Maschinenraum, bereithalten zum Abschalten der Triebwerke auf meinen Befehl. Sobald dieses Ding auseinander fliegt, schalten wir die Triebwerke ab, die Abschirmung ein und warten ab. Alles hält sich ab sofort bereit für Einschläge, Kollision und Bruch der Außenhülle. Gefahrenstufe eins.« Er schaltete die Sprechanlage aus.

Luken schlugen zu, Deckel schlossen sich über Bullaugen, Alarmsirenen heulten. Gefahrenstufe eins und Bruch der Außenhülle bedeutete, dass alle Besatzungsmitglieder, die nicht in Druckanzügen steckten und nicht auf Gefechtsstationen standen, sofort zu ihren Druckanzügen stürzen und sie anlegen mussten – aber in der Zentrale standen naturgemäß alle auf Gefechtsstation. Keiner konnte sie für die sechzig oder neunzig Sekunden verlassen, die erforderlich sein würden, um die Anzüge aus den Spinden zu holen und anzuziehen. Niemand in der Zentrale rührte sich vom Fleck, aber Sayad war nicht die Einzige, die zum Spind blickte und an die Schritte dachte, die benötigt wurden, um in den Anzug zu kommen.

Gefahrenstufe eins besagte, dass der Kapitän nach eigenem Ermessen den Druckanzug anlegen oder darauf verzichten konnte. Man konnte leicht argumentieren, dass ein durch Druckanzug geschützter Kapitän besser imstande sein würde, während eines Bruchs der Außenhülle seine Aufgaben wirksam zu erfüllen. Aber es konnte sich naturgemäß ungünstig auf die Moral in der Zentrale auswirken, wenn der Kapitän der Einzige wäre, der sich mit einem Druckanzug schützte.

Koffield machte keine Bewegung zu den Spinden. Soviel Sayad sehen konnte, blickte er nicht einmal dorthin. Sie beobachtete auf dem Bildschirm die Übertragung vom radargesteuerten Zielsuchgerät, das den Eindringling mit seinem Teleskop erfasst hatte – und merkte, wie sie Herzklopfen bekam. »Kapitän!«, rief sie. »Der Eindringling beginnt zu beschleunigen! Keine Kursänderung oder Ausweichmanöver erkennbar. Auf Kollisionskurs mit Schrapnellwolke.«

»Feuerleit: Wie lange bis zur Kollision?«

»Moment«, meldete sich eine Stimme aus dem Lautsprecher. »Beschleunigung zu stark für genaue Radarmessung. Schätze Kollision in dreißig bis vierzig Sekunden.«

»Verdammt!« Koffield schlug mit der Faust an die Konsole. »Wir sind nicht annähernd aus der Gefahrenzone.«

Das holographische Gesamtbild bestätigte es. Die *Upholder* würde in weniger als tausend Kilometer Entfernung vom Kollisionspunkt sein.

»Keine Zeit zur Berechnung von Geschwindigkeit und Entfernung«, sagte Koffield, halb zu sich selbst. »Wir werden es nach Gefühl machen müssen.« Er schaltete wieder die Sprechanlage ein. »Hier Kapitän. Maschinenraum, alle Triebwerke werden auf null Energie geschaltet, wenn ich ›Fertig, los!‹ rufe. Verstanden?«

»Befehl erhalten und verstanden, Kapitän«, antwortete eine Stimme.

»Abwehr. Fünf Sekunden nachdem ich ›Fertig. Los!‹ gerufen habe, oder fünf Sekunden nachdem Sie die Triebwerke auslaufen hören, aktivieren Sie die Abschirmung, maximale Leistung mit Verstärkung achtern. Verstanden?«

»Ah … jawohl, Kapitän, Befehl erhalten und verstanden.« Es war Sheeltons Stimme. Sayad hörte heraus, wie er sich zur Ruhe zwang.

Sayad verstand den Sinn des komplizierten Befehls. Die Kollision versprach ungemein heftig zu werden. Bei so viel Energievernichtung konnte leicht manches schief gehen. Sollte die Sprechanlage ausfallen oder Koffield getötet werden, bevor er den Befehl geben konnte, würde die Abschirmung trotzdem errichtet. Koffields Umsicht wirkte beruhigend auf sie. Sie alle waren darauf angewiesen, dass Sheelton seine Sache richtig machte.

»Gut. Alles hält sich bereit. Feuerleit, gibt es neue Schätzung zur Kollision?«

»Schätzung gilt weiter. Jetzt zehn bis fünfzehn.«

»Alles wartet auf mein Kommando. Wir wollen es richtig machen, meine Damen und Herren.«

Koffield beugte sich über Sayads Schulter und beobachtete aufmerksam die Anzeigen, sah die Zahlen ablaufen, die Projektionen sich angleichen, die Variablen wechseln. Wenn er seinen Befehl zu früh gab, würden sie kostbare Sekunden Beschleunigungszeit verlieren, und die elektromagnetische Abschirmung könnte sich erschöpfen, bevor die Druckwelle das Schiff erreichte. Gab er den Befehl zu spät, könnten die Strahlung und die Trümmer der Explosion das Schiff einholen, wenn die Abschirmung noch nicht aktiviert war.

»Startzählung in Sekunden nach der Schätzung«, befahl er, ohne den Blick von den Ablesungen zu nehmen.

»Kollision möglich in elf Sekunden«, sagte Sayad. »Zehn. Neun. Acht. Sieben. Sechs. Fünf …« *Es wird länger als fünf Sekunden dauern, bis die Triebwerke auslaufen und die Abschirmung errichtet ist,* dachte sie. *Er spekuliert auf eine späte Kollision.* Sie zählte gleichmäßig und ruhig weiter. »Vier. Drei. Zwei. Eins …«

»Fertig, los! Alle Triebwerke ausschalten!«

Man hörte den absinkenden Ton der auslaufenden Triebwerke, bevor er das Kommando gegeben hatte.

»Null. Kollision jetzt möglich. Plus eine Sekunde. Zwei. Drei. Vier. Fünf.«

»Triebwerke ausgeschaltet!«, kam der Ruf aus dem Lautsprecher.

»Abwehr! Fertig, los! Volle Abschirmung, Verstärkung achtern. Jetzt!«

Und die Beleuchtung wurde trüb und flackerte, als die Abschirmung gierig alle Energie einsog, die sie bekommen konnte. Sayads Holographie flackerte und wurde verzerrt, als die elektromagnetische Abschirmung aufgebaut wurde. Dann kam die Darstellung wieder zur Ruhe. Auch Sayad versuchte ruhig zu bleiben. »Sechs, sieben«, sagte sie. Dann: »Kollision erfolgt.«

Aber diese Feststellung war fast schon überflüssig. Draußen in der Dunkelheit flammte ein grelles Licht auf und blendete ein weiteres Mal die Sensoren der *Upholder.*

»Abschirmung auf siebzig Prozent. Achtzig. Neunzig. Fünfundneunzig. Achtundneunzig. Stabilität erreicht.«

»Stabilität halten!«, befahl Koffield. Die Beleuchtung wurde noch schwächer, und ein Knistern durchlief den Schiffsrumpf, als die Abschirmung es mit einem unsichtbaren Wall elektromagnetischer Energie umgab.

»Stabilität sinkt. Wir halten noch auf siebenundneunzig Prozent.«

»Nicht nachlassen!«, rief jemand unnötigerweise. Niemand in der Zentrale dachte an etwas anderes.

Die erste Strahlungswelle hatte sie mit dem Licht der Explosion passiert, aber die langsamere, schwerere und tödliche Strahlung würde wenig später erfolgen. Die Abschirmung sollte in der Lage sein, die schweren Partikel aufzuhalten, doch würde sie lange genug Bestand haben müssen, um das Schiff gegen die größeren Trümmer zu schützen, gegen alles von Staubpartikeln über Schrapnell bis zu faustgroßen Trümmerstücken. Dieses Material breitete sich langsamer aus als die Strahlung, kam aber noch immer schnell auf sie zu, bei weitem schneller als eine Gewehrkugel.

»Geschätzte Zeit bis zum Eintreffen der Druckwelle!«, rief Koffield.

»Keine neuen Daten, Kapitän. Abschirmung behindert Messungen.«

Wie hart hatte die Schrapnellwolke den Eindringling getroffen? Mit welcher Geschwindigkeit und aus welchem Winkel war er in die Kollision gerast? Alles das hätte sich aus den Messungen von Zielsuchgerät und Radar ermitteln lassen, wenn Zeit und ausreichende Daten zur Verfügung gestanden hätten. Aber nicht in einer halben Sekunde und mit Geräten, die von der elektromagnetischen Abschirmung gestört wurden.

»Schätzung nach letzten verfügbaren Daten und Zählung bis zum ersten möglichen Moment und darüber hinaus.«

»Schätzung erster möglicher Moment: zwanzig Sekunden. Neunzehn. Achtzehn ...«

»Fünf Sekunden-Intervalle«, befahl Koffield mit ungewohnter Nervosität. »Ausgerechnet jetzt müssen wir blind sein.« Er gab es auf, die Darstellung zu beobachten. Alte Daten konnten ihm nichts Neues sagen.

»Abwehr!«, rief er. »Status Abschirmung, voraussichtliche Dauer.«

»Abschirmung weiter stabil bei siebenundneunzig Prozent. Starker Beschuss mit schweren Partikeln, hält aber Stand. Voraussichtliche Restdauer zwanzig Sekunden.«

»Fünfzehn Sekunden zum ersten möglichen Eintreffen der Druckwelle«, sagte Sayad.

Das wurde knapp. Die Abschirmung würde gerade dann zusammenbrechen, wenn die Druckwelle mit den Trümmern der Kollision über das Schiff hinwegfegte. Die Zeit reichte nicht, um die Abschirmung vorzeitig aus- und vor Eintreffen der Druckwelle wieder einzuschalten. Der Versuch wäre außerdem selbstmörderisch. Die schweren Partikel, die noch immer vorbeiströmten, würden sie alle gefährlich hohen Dosen harter Strahlung aussetzen, wenn es nicht die Abschirmung gäbe. Sayad konnte sich beinahe vorstellen, wie die schweren Partikel auf die elektromagnetische Abschirmung prasselten und abprallten. Aber das war natürlich Unsinn.

»Alle Notstromaggregate zur Stützung der Abschirmung«, befahl Koffield. Nicht dass es viel ausmachen würde, da ohnehin fast alle erzeugte Energie in die Abschirmung geleitet wurde.

Aber in der Zentrale wurde die Beleuchtung um die Hälfte gedämpft, die Ventilatoren ausgeschaltet. Die

Künstliche Intelligenz des Schiffes stahl alles an nicht unbedingt benötigter Energie von anderen Systemen zusammen, um sie in die Abschirmung zu leiten. Wenn diese geringfügigen Energiemengen zusammen mit der Erzeugung der Notstromaggregate alles war, was sie zur Stützung der Abschirmung aufbieten konnten, dann war es um ihre Überlebenschancen tatsächlich nicht zum Besten bestellt. Aber sie konnten nichts tun, als die einlaufenden Daten zu registrieren und ihre Zeitmeldungen zu machen.

»Restzeit Abschirmungsdauer fünfzehn Sekunden. Leistung fünfundneunzig Prozent«, meldete die Abwehr.

»Zehn Sekunden bis zum ersten möglichen Eintreffen der Druckwelle.«

Alle in der Zentrale warteten schweigend. Die Zeit hatte sich bisher hingezogen, doch nun schien sie ganz zum Stillstand gekommen zu sein. Wie viel Zeit war seit dem ersten Lichtausbruch durch den Zeitschacht vergangen? Fünf Minuten? Zehn? Eine Stunde? Ein Tag? Jede Antwort schien möglich. Es war, als hätte die Zeit auf die Ziffern der Leuchtdiodenuhr über ihnen verloren.

»Restzeit Abschirmungsdauer zehn Sekunden. Verfallsrate zunehmend, Abschirmung auf zweiundneunzig Prozent.«

»Erstes mögliches Eintreffen der Druckwelle in fünf Sekunden. Vier. Drei. Zwei. Eins. Null …«

Und schon war sie da, einen halben Herzschlag zu früh. Das Schiff schlingerte heftig zur Seite, die Abschirmung hielt, aber nur knapp, als die erste Welle von Explosionsgasen und Trümmern vorbeifetzte und die Abschirmung innerhalb einer Sekunde an hundert Stellen traf. Das Schiff geriet in unkontrollierte Taumelbewegungen und überschlug sich in der Längsachse. Die Abschirmung wurde unter dem Trommelfeuer von Partikeln und Trümmern aller Art schwächer, hielt aber noch Stand, lenkte ab, fing auf und verlangsamte. Dann aber riss etwas eine Stütze ab und krachte auf den Boden. Die Beleuchtung ging aus, und Warnsignale begannen zu kreischen. Als Nächstes kamen die grauenhaft hallenden Schläge direkt auf den Rumpf, als Trümmer die geschwächte Abschirmung durchdrangen.

Aus der Dunkelheit drang das Kreischen berstenden Metalls, der jähe, erschreckende Druckabfall, die plötzliche Kälte, die mit dem Ausströmen von Luft einherging und verriet, dass der Rumpf nicht weit entfernt leck geschlagen war. Tod und Schrecken schienen in der lichtlosen Zentrale von allen Seiten auf Sayad einzudringen. Wieder kreischte zerreißendes Metall unter einem weiteren Einschlag, und dann …

Der Rest war Dunkelheit und Stille.

*

Erst Stunden später, nachdem die Reparaturtrupps die Lecks abgedichtet hatten, nachdem der Antrieb wieder in Gang gebracht und die unkontrollierten Überschläge des Schiffes verlangsamt und schließlich zum Stillstand gebracht waren, hatte Kapitän Anton Koffield Zeit für die Erkenntnis, dass Fähnrich Alaxi Sayad unter den Toten war.

Er konnte den Hergang von den Schrammen und Kerben in seiner Zentrale ablesen. Ein abprallendes Trümmerstück, ein grob keilförmiger Metallsplitter vom Eindringling, etwa zehn Zentimeter lang, hatte den Rumpf durchschlagen und war ein halbes Dutzend Male zwischen Wänden, Boden und Decke karamboliert, bevor er Sayad getroffen hatte. Er hatte ihre Schläfe durchschlagen und steckte tief im Schädel.

Der Tod hatte sie in der Dunkelheit und in einem Augenblick ereilt.

Noch viel später, dreißig Stunden nach dem Ereignis, nachdem die wichtigsten Reparaturen ausgeführt waren und er in der Kantine saß und mit leerem Blick auf eine kalte Mahlzeit starrte, die zu essen er sich nicht zwingen konnte und die bestellt oder zubereitet zu haben er sich nicht erinnerte, wurde ihm klar, wie nahe dieses Trümmerstück ihm gekommen war. Sein Kopf war weniger als einen halben Meter von Sayads entfernt gewesen, als das Bruchstück den Rumpf durchschlagen und seine ungeheure Bewegungsenergie in der Zentrale verausgabt hatte. Genauso leicht hätte es ihn töten können. Und vielleicht hätte es ihn töten sollen.

Es kostete Koffield nicht viel Phantasie, um vorauszusehen, dass er noch oft inständig wünschen würde, er selbst wäre an Sayads Stelle umgekommen.

# 2.

# DER NEBEL DER ZEIT

Sieben Tage nach der Kollision saß Anton Koffield in seiner Kabine und las mit düsterer Befriedigung die Berichte der Bordabteilungen. Allmählich fügten sich die Dinge wieder zusammen. Das Leben an Bord der *Upholder* war zu einer grimmigen Version von Normalität zurückgekehrt. Die Lecks waren abgedichtet und die letzten dringenden Reparaturen ausgeführt. Alle Bordsysteme waren wieder als einsatzbereit gemeldet, wenngleich in einigen Fällen auf Hilfssysteme zurückgegriffen werden musste.

Einige Schäden konnten nicht mit Bordmitteln repariert werden und erst behoben werden, wenn die *Upholder* einen Hafen erreichte. Aber es gab überall an Bord noch tausend kleinere Schäden, deren Behebung weniger dringlich war. Koffield war in einer Weise froh über all diese Dellen und Beulen und durchgebrannten Leistungsschalter und kleinen Risse, die ausgebessert werden mussten. So war für Beschäftigung gesorgt, und die Besatzung hatte keine Zeit, über die ernsten Schwierigkeiten nachzugrübeln, in denen das Schiff und sie sich befanden.

Die sechs Toten waren in einer Trauerzeremonie geehrt und anschließend in ihren Särgen im Laderaum des Schiffes eingefroren worden. Kapitän Koffield hatte zunächst daran gedacht, sie dem Raum zu übergeben, war aber bald zu der Folgerung gelangt, dass es sehr schlecht für die Moral an Bord sein würde. Üblicherweise wurden Tote in der Leere des interstellaren Raumes ausgesetzt, wo sie wahrhaft der Unendlichkeit überantwortet wurden. Innerhalb eines Sternsystems fanden solche Aussetzungen stets gezielt statt, sodass Sarg und Leichnam in einer planetarischen Atmosphäre verglühten oder in den Zentralstern selbst fielen und augenblicklich verdampften. Das war ein sauberes und schnelles Ende.

Aber im Umkreis eines Zeitschachtes schieden beide Möglichkeiten aus. Unter den Umständen des Wachdienstes, den die *Upholder* zu versehen hatte, hätte man die Toten entweder in einer Umlaufbahn um das Schwerefeld des Zeitschachtes zurücklassen müssen, wo die Bedienungsmannschaft der Ortungs- und Suchgeräte gezwungen gewesen wären, die Bewegung ihrer toten Kameraden zu überwachen, um zu vermeiden, dass sie den Verkehr gefährdeten, oder die Körper hätten gezielt in den Zeitschacht befördert werden müssen. Aber dort war durch unbesonnenes Manövrieren die *Standfast* mit ihrer gesamten Besatzung vernichtet worden. Es war schlimm genug, dass die Mannschaft den Zeitschacht, den sie bewachen sollte, als etwas Mörderisches betrachten konnte. Koffield wollte nicht, dass ihre Gedanken in diese Richtung gingen. Dass sie sich den Zeitschacht auch als einen Friedhof vorstellen mussten, konnte nicht sachdienlich sein. Besser, man behielt die Toten an Bord und wartete auf eine günstigere Zeit und einen geeigneteren Ort, um sie der Dunkelheit und der Tiefe des Raums zu übergeben. Er zweifelte nicht daran, dass die Toten der *Upholder* genauso bestrebt sein würden, möglichst weit von der Zirkumzentralen Wegmarke wegzukommen, wie es die Überlebenden waren.

Tatsächlich war die Zirkumzentrale Wegmarke weder zentral noch Teil eines Transit-Rundkurses. Sie hatte einen großartig klingenden Namen, hielt aber keinen Vergleich mit Thors Reich oder der Sirius-Drehscheibe aus, wo ein Dutzend Zeitschächte Kreuzverbindungen mit dreißig Welten ermöglichten. Die Zirkumzentrale Wegmarke vermittelte lediglich den Verkehr nach den neuen, kleinen und unwichtigen Welten Solace und Glister und zwischen ihnen. Hier gab es nicht viel Verkehr. Es war ein einsamer Außenposten mit einem einzigen Zeitschacht. Wer immer ihn vor langer Zeit entdeckt hatte, war bei der Namengebung von Erwartungen an Reichtum und Wachstum und Wohlstand ausgegangen, die niemals Wirklichkeit geworden waren.

Aber durch den unerwarteten Angriff hatte sich einiges gewandelt. Was war die Zirkumzentrale Wegmarke jetzt? Schauplatz einer Invasion? Aber wer war der Angreifer, und was war die Absicht der Eindringlinge gewesen? Er schob die Meldungen beiseite und starrte gedankenverloren auf die leere Wand des Schotts, an die sein Schreibtisch geschoben war.

Es ergab keinen Sinn. Warum aus der Vergangenheit in einen Zeitschacht eindringen, um die Zukunft zu erreichen? Im besiedelten Raum gab es genug Schiffe mit Einrichtungen für den Kältetiefschlaf, die einfach warten konnten und durch den interstellaren Raum kreuzten, während die Zeit verging. Und was das anging, so bestand nicht einmal eine Notwendigkeit für Kältetiefschlaf. Die Schiffe der Eindringlinge waren eindeutig unbemannt gewesen, gesteuert von Programmen. Wenn sie die Zukunft erreichen sollten, hätte man sie einfach für neunundsiebzig Jahre einlagern können. Warum einen Zeitschacht angreifen und neunzig Prozent der Streitmacht in einem unnötigen Angriff verlieren? Welchem Zweck hatte das ganze Unternehmen gedient, und wem sollte es nutzen?

Diese Fragen hatte er sich schon hundertmal vorgelegt, und noch immer sah er keine Erklärung.

Und was war von den Beschleunigungsraten zu halten, die sie aufgezeichnet hatten? Die Eindringlinge hatten mit unglaublichen Werten beschleunigt und schienen am Ende Lichtgeschwindigkeit erreicht zu haben, da sie von den Ortungs- und Zielverfolgungsgeräten verschwunden waren, so schnell in Bewegung, dass sie nicht mehr ausgemacht werden konnten. Aber schneller als das Licht konnte sich nichts und niemand bewegen. Dreitausend Jahre Raumfahrt und die Gesetze der Physik hatten es gelehrt. Waren diese Erfahrungstatsachen falsch? Oder hatten sie die Daten falsch gelesen und etwas gesehen, das nicht da war, während sie Vorhandenes übersehen hatten?

Das Türsignal piepte, und Koffield drückte den Türöffnerknopf an seinem Schreibtisch, froh über die Unterbrechung. Es war Leutnant Sheelton, der Abwehroffizier, der heute zusätzlich den Dienst des Nachrichtenoffiziers versah. Da Schiffe der Chronologischen Patrouille von Haus aus nur über eine wenig leistungsfähige Funkausrüstung verfügten, besaßen die Wachschiffe nicht einmal eine Planstelle für den Funkverkehr, der abwechselnd von den anderen Abteilungen mit übernommen wurde.

Gegenwärtig aber hatte die *Upholder* sehr viel mitzuteilen, und die Aussendung ihrer Botschaften hatte ungeachtet der leistungsschwachen Funkausrüstung und sonstiger Schwierigkeiten höchste Priorität.

Koffield stand auf. »Was haben Sie für mich, Sheelton?« Er erwiderte Sheeltons nervöse Ehrenbezeigung und bedeutete ihm näher zu treten. Er bemühte sich, freundlich und aufrichtig zu lächeln. Er wusste, wie wichtig es war, dass er sich seine Sorgen und Ängste nicht anmerken ließ. Er musste gegenüber der Besatzung die Illusion schaffen und aufrechterhalten, dass er ruhig und zuversichtlich und Herr der Lage sei. Wenn er Schwächen zeigte, würde die Moral der Besatzung abstürzen. Und sie war ohnehin nicht besonders gut.

»Nun, gute Nachricht, Kapitän, denke ich«, sagte Sheelton und hielt ihm einen Ausdruck hin. Koffield nahm ihn und setzte sich wieder an den Schreibtisch. Er begann zu lesen, dann blickte er auf und sah Sheelton noch dastehen. »Bitte, nehmen Sie sich einen Stuhl.«

»Danke, Kapitän.«

Koffield nickte abwesend und überlas den Text. »Vier einsatzbereite Kuriersonden?«, fragte er. »Ist das alles, was wir aufbringen können?«

»Wir können von Glück sagen, dass wir so viele haben«, sagte Sheelton. »Nach der ersten Untersuchung dachte ich, wir hätten alle acht Sonden verloren. Der Lagerraum der Kuriersonden wurde schwer getroffen, und gerade diese Abteilung bekam eine hohe Dosis harter Strahlung, als die Abschirmung zusammenbrach. Tut mir Leid, Kapitän.«

Koffield verstand die Entschuldigung nicht gleich – dann aber sah er die Verbindung. Sheelton hatte während des Angriffs die Abschirmung gesteuert. Er sah dem jungen Offizier in die Augen. »Was sollte Ihnen Leid tun?«, fragte er. »Dass die Abschirmung nicht das Zehnfache der Energie und Trümmer absorbieren und zerstreuen konnte, für die sie vorgesehen war? Die Abschirmung hat dieses Schiff und alle an Bord gerettet. Darüber müssen wir uns im Klaren sein.«

»Richtig, Kapitän. Ein tröstlicher Gedanke.«

»Nun zu den Kuriersonden. Nach Ihrer Übersicht konnten vier davon mithilfe von ausgebauten Komponenten der anderen Sonden und Ersatzteilen einsatzbereit gemacht werden. Was ist unter ›einsatzbereit‹ zu verstehen?«

»Das kann ich Ihnen sagen, Kapitän. Wir haben zwei Kuriersonden, die allen Anforderungen entsprechen und komplette Unterstützungen für alle Systeme haben. Und wir haben zwei weitere, die ebenfalls funktionieren, bei denen aber ein paar Hilfssysteme ohne Unterstützung laufen. Wahrscheinlich werden sie auf einem Routineflug einwandfrei arbeiten, aber ich kann Ihnen nicht versprechen, dass die Kuriersonden die günstigen Bedingungen für Routineflüge vorfinden werden.«

Koffield nickte nachdenklich. Wenn man bedachte, wie übel die *Upholder* zugerichtet war, sollte er sich wahrscheinlich freuen, eine gute Kuriersonde zu bekommen, und ganz besonders über zwei gute und zwei ziemlich gute. »Sehr gut, Sheelton«, sagte er. »Machen Sie alle vier zur Aussendung bereit, in Abständen von vierundzwanzig Stunden. Die Erste werden wir auf dieser Seite des Zeitschachtes aussenden, versehen mit einer möglichst lückenlosen Dokumentation des Angriffs. Bringen Sie alle Daten hinein, die wir haben. Dann senden Sie die drei anderen zeitabwärts durch den Zeitschacht in die Vergangenheit, mit nichts als den zulässigen Daten der Operation. Wir senden nur das in die Vergangenheit, was wir von dort empfangen haben. Das heißt Aufzeichnungen der Telemetrie und andere Daten, die wir von der *Standfast* bekamen. Nichts sonst. Wir senden keine Analyse, keinen Bericht, keinen Hilferuf. Nur eine Rückspielung der Daten von der *Standfast*. Ist das klar?«

»Selbstverständlich, Kapitän. Aber wenn man bedenkt, wie schlimm dieses Ding war …«

»Nein«, unterbrach ihn Koffield. »Ganz gleich, wie schlimm es war, gerade weil es so schlimm war, verfahren wir streng nach Vorschrift. Unsere Aufgabe hier ist die Verteidigung der Kausalität, das Verhüten von Paradoxa, der Schutz der Geschichte vor jedem und allen, die versuchen könnten, den Zeitschacht zur Veränderung der Vergangenheit oder der Zukunft zu missbrauchen. Wir können das aber nicht tun, wenn wir damit anfangen, unsererseits die Kausalität zu verletzen. Ich bin sicher, dass jeder an Bord die Operationsvorschriften im Kopf hat. Sie erlauben uns, Daten von der Vergangenheit in die Vergangenheit zurückzusenden, aber sonst nichts.«

»Selbstverständlich, das ist mir klar«, sagte Sheelton, diesmal etwas lebhafter.

Koffield nickte. Er erklärte seine Befehle nicht gern, aber er war vorsichtig. Die Ereignisse der vergangenen Woche hatten für diese Besatzung alles auf den Kopf gestellt. In der langen Geschichte der Chronologischen Patrouille war niemals etwas wie dieser Durchbruch geschehen. Sicherlich gab es Leute in der Besatzung, die verschreckt und schockiert genug waren, um sich selbst zu überzeugen, dass es vielleicht nicht so schlimm wäre, die Regeln ein wenig zu verbiegen. Solche Überlegungen durften nicht Wurzeln schlagen. Das Wissen, dass die Regeln nach wie vor galten und dass der Kapitän meinte, was er sagte – das würde helfen, die Leute bei der Stange zu halten. »Jedenfalls glaube ich nicht, dass die Sonden viel mehr als die Telemetrie der *Standfast* übermitteln werden müssen«, sagte er in freundlicherem Ton. »Wenn die Leute zu Hause den Angriff auf die *Standfast* sehen, werden sie jede Menge Unterstützung und Verstärkung schicken. Was könnten wir sagen, das mehr als das bewirken würde?«

Sheelton nickte. »Ja, Kapitän. So hatte ich es nicht gesehen.«

*Nein*, dachte Koffield, betrachtete den jungen Mann und bemühte sich, nicht zu zeigen, wie alt und abgenutzt er sich selbst fühlte. *So hast du es nicht gesehen. Und es ist dir noch nicht aufgegangen, so wenig wie den anderen, dass wir niemals heimkehren werden. Was geschieht, wenn ihr das begreift?*

Das ganze Verteidigungssystem um einen Zeitschacht beruhte auf dem zeitaufwärts postierten Wachschiff, dem Schiff am »zukünftigen« Ende des Zeitschachtes, das in der Zukunft war, aber nicht zu ihr gehörte. Dieses Schiff hatte keine Verbindung und keine Kenntnis von der Welt, in der es sich befand, oder von der Geschichte der Jahre zwischen dem oberen und dem unteren Ende. Diese gewollte Unwissenheit stellte sicher, dass das Schiff keine versteckten Tagesordnungen hatte und weder wissentlich noch unwissentlich Informationen mit ankommenden Schiffen austauschen konnte. Man konnte es nicht verdächtigen, dass es Ereignisse manipulierte und die Information jemandem am zeitabwärts gerichteten Ende mitteilen würde. Vom unteren Ende gesehen, würde ein Schiff, das aus der zukünftigen Welt am Wachposten des oberen Endes eintraf, vollständig kontaminiert mit allen Arten von Zukunftswissen sein.

Aber die Besatzung eines Wachschiffes, die am unteren Ende eintraf und durch den Zeitschacht zum oberen Wachposten ging, und die alle Sicherheitsvorkehrungen gegen den Erhalt von kontaminiertem Wissen beachtete, konnte während ihrer Dienstzeit getrost in Unwissenheit der Zukunft bleiben und sich dann durch den Zeitschacht zurückziehen und nach Hause gehen, weil sie nichts von der Zukunft wusste.

Eben weil die *Upholder* aus der Vergangenheit gekommen war und bisher nur mit der Vergangenheit Kontakt gehabt hatte, gestatteten ihr die Operationsbestimmungen, eine Kuriersonde mit einem streng beschränkten Bericht über die Ereignisse am unteren Ende des Zeitschachtes abzusenden. Wäre die *Upholder* ein Schiff aus der Welt zeitaufwärts gewesen, wäre ihr sogar dieser begrenzte Kontakt untersagt gewesen.

Aber die *Upholder* hatte die Zukunft gesehen und gehandelt, sie zu verändern. Sie war Teil der Zukunft geworden. Durch die Erfüllung ihrer Pflicht war sie mit Information kontaminiert worden, die nicht in die Vergangenheit gelangen durften, da sie die Kausalität verletzt hätten. Darum konnte das Schiff nicht in die Vergangenheit zurückkehren und keine Nachricht von dem senden, was geschehen war.

»Halten Sie mich über alles Weitere auf dem Laufenden«, sagte Koffield.

»Ja, Kapitän.« Sheelton rückte unruhig auf seinem Stuhl, stand aber nicht auf. »Da ist noch etwas, Kapitän ...«

»Was?«

»Nun, die Eindringlinge bewegten sich durch den Zeitschacht zeitaufwärts, statt einfach zu warten, dass neunundsiebzig Jahre vergingen.«

Koffield lächelte traurig. »Das ist ein Punkt, wo ich Ihnen nicht helfen kann, Leutnant. Ich werde auch nicht schlau daraus.

»Nein, das ist es nicht, Kapitän. Ich denke, dass ich darauf gekommen bin.«

Koffield sah ihn überrascht an. Dann schalt er sich einen Dummkopf. Wie konnte er sich einbilden, dass er den einzigen – oder den besten Verstand an Bord habe? »Nur zu, Sheelton. Klären Sie mich auf.«

Also, die Eindringlinge hatten die Codes für die Portalzugänge oder wussten sie zu umgehen. Das gab ihnen die Fähigkeit, durch den Schacht zu gehen. Aber warum sollten sie durch den Schacht gehen *wollen*, wenn sie nicht durch die Zeit reisen mussten?«

»Ja, das ist die Frage«, sagte Koffield. »So weit war ich auch gekommen. Gibt es noch etwas?«

Sheelton errötete leicht. »Ja, gewiss. Ich würde Ihre Zeit nicht vergeuden, wenn das alles wäre. Angenommen, die Eindringlinge waren nicht an einer Reise interessiert – sei es Zeitreise oder Reise durch den Raum, was immer? Wie, wenn es der *Zeitschacht* selbst war, woran ihnen lag?«

Dieser Gedanke war Koffield noch nicht gekommen, aber nun machte er ihn frösteln. Nun sah er, worauf Sheelton abzielte, und verwünschte sich wieder, diesmal wegen Blindheit, die viel schlimmer war als seine Arroganz. »Sprechen Sie weiter, Sheelton.«

»Ein Vermessungsunternehmen. Die einzige Art und Weise, genaue und vollkommene Daten über einen Zeitschacht zu bekommen, ist ein Durchlauf, in dem die Dynamik und die genauen zeitlichen und räumlichen Koordinaten an beiden Enden gemessen werden. Die genauen Daten bis auf die Nanosekunde und den Millimeter.«

Koffield nickte, noch halb im Schock. Sheelton hatte Recht. Es leuchtete ein. Es war der einzig mögliche Grund, einen zeitaufwärts gerichteten Vorstoß durch einen Zeitschacht zu machen. »Danke – ich danke Ihnen, Leutnant. Das ist ein erschreckender Gedanke. Aber ich glaube wirklich, dass Sie Recht haben.«

»Ich danke *Ihnen,* Kapitän«, sagte Sheelton mit breitem Lächeln. Er stand auf und salutierte. »Ich werde mich an die Arbeit mit den Kuriersonden machen.«

Koffield quittierte die Ehrenbezeigung mit einem geistesabwesenden Nicken und starrte noch die geschlossene Tür an, als Sheelton längst gegangen war.

Vermessungsunternehmen. Das musste es sein. Aber wenn es sich so verhielt, dann braute sich eine Menge neuer Ärger zusammen. Niemand brauchte einen Zeitschacht präzise zu vermessen, um durch ihn zu reisen. Mit dem Maßstab einer interstellaren Reise gemessen, waren fünf oder zehn Minuten Zeitabweichung oder ein paar hundert Kilometer räumliche Abweichung vom Ziel belanglos. Die Eindringlinge würden solch präzise Daten nur brauchen, wenn sie vorhatten, den Zeitschacht irgendwie zu verändern, seine Richtung oder Einstellung.

Zeitschächte – ihre Nutzung, Kontrolle, Einstellung und Operation – waren das Monopol der Chronologischen Patrouille. Vor dem Angriff der Eindringlinge hätte Koffield die Vorstellung zurückgewiesen, dass jemand die Kontrolle über einen Zeitschacht an sich bringen würde. Die Idee, dass eine Gruppe von Außenseitern das Monopol der Chronologischen Patrouille brechen würde oder könnte, war absurd, sogar unmöglich. Aber die Eindringlinge hatten bereits ein halbes Dutzend Unmöglichkeiten vorgeführt. Koffield war bereit zu glauben, dass ihnen eine weitere keine größeren Schwierigkeiten bereiten würde.

Aber wenn sie den Durchbruch zeitaufwärts gemacht hatten, um die Vermessungsdaten zu gewinnen, bedeutete es, dass sie beabsichtigten, diese Daten in irgendeiner Weise zu gebrauchen. Und das implizierte etwas, das Anton Koffield Angst machte. Er war der Kapitän eines Schiffes, das schwer beschädigt und nach seiner ersten Begegnung mit den Eindringlingen endgültig in der Zukunft gestrandet war.

Und wenn die Eindringlinge diese Vermessungsdaten gebrauchen wollten, dann konnte es nur bedeuten, dass sie zurückkommen würden.

*

»In Ordnung«, sagte Koffield, während er den Kreis der Arbeitsstationen in der Zentrale abschritt. »Das war gut – aber lassen Sie uns sehen, ob wir es noch besser machen können. Wir lassen die Simulation noch einmal durchlaufen. Gehen Sie zurück auf den Anfangsstatus und prüfen sie noch einmal nach.«

Leises Gemurmel setzte ein, als die Leute ihre Neueinstellungen vornahmen und Gegenproben machten. Koffield hatte gelogen, als er die Resultate des letzten Durchlaufs »gut« genannt hatte, und die Leute wussten es wahrscheinlich. Aber es hätte der Sache nicht gedient, wenn er ihnen gesagt hätte, ihre Arbeit sei »den Umständen entsprechend gut« oder »so gut wie erwartet werden konnte«. Hätte die *Upholder* mit vollzähliger Besatzung und allen Systemen in gutem Zustand operiert, wären die Ergebnisse der letzten Simulation schlecht genug gewesen, um das gesamte Personal der Zentrale zum Rapport zu bestellen. Darauf hinzuweisen, wäre auch nicht zweckdienlich gewesen, denn wie sollte eine einwandfreie Simulation durchgeführt werden, wenn die Hälfte der Außensensoren zerstört, drei der vier Laserkanonen noch außer Betrieb waren und es den beiden Massenbeschleunigern an Munition fehlte?

Koffield blieb bei der Station für taktische Überwachung stehen, wo Sayad postiert gewesen und gestorben war. Jetzt saß Ander Chasow auf ihrem Platz an der notdürftig wieder zusammengeflickten Station.

Es gab zwei amtlich qualifizierte und eingestufte Wachoffiziere an Bord der *Upholder,* die lebendig und einsatzbereit waren, und Chasow war keiner von ihnen. Aber die zwei überlebenden Wachoffiziere konnten nicht ständig Dienst tun, ohne sich durch Übermüdung zu erschöpfen, bis sie unbrauchbar waren. Koffield hatte auf anderen Posten ähnliche Probleme. Er brauchte Stuhlwärmer für die Überwachungsstation und andere Posten, Besatzungsmitglieder, die, wenn auch nicht vollständig ausgebildet, um mit einem Notfall fertig zu werden, wenigstens Routinedienst versehen und das ausgebildete Personal rufen konnten, wenn ein Ernstfall eintrat.

»Machen Sie es sich bequem, Chasow«, sagte Koffield. »Tun Sie Ihre Arbeit und sorgen Sie sich nicht so sehr um Ihre Haltung. Sie brauchen nicht kerzengerade dazusitzen.«

»Jawohl, Kapitän«, sagte Chasow und richtete sich noch gerader auf, wenn so etwas möglich war.

Koffield seufzte in sich hinein. Chasow war nicht gerade der vielversprechendste Kandidat für den Posten eines Wachoffiziers, aber im Moment gab es kaum eine Alternative. Koffield hatte nicht genug Leute. In beinahe jeder wichtigen Abteilung an Bord herrschte Personalmangel. Bedingt durch ein halbes Dutzend Todesfälle und doppelt so viele Schwerverletzte, gab es mehr Lücken zu füllen als Leute zur Verfügung standen. In jeder Abteilung musste er sich auf gar nicht oder unzureichend ausgebildetes Personal verlassen.

»Gut«, sagte er, »wir werden von vorn anfangen. Oder vielmehr, Sie werden. Leutnant Sheelton, seien Sie so freundlich, die Unterweisung durchzuführen.« Und er kehrte Chasow den Rücken, um dem armen Teufel Gelegenheit zu geben, sich etwas zu entspannen.

»Jawohl«, sagte Sheelton. »Fangen wir also an. Feinderkennungsübung. Der Bordrechner erzeugt willkürlich simulierte Echozeichen feindlicher Objekte mit einer Ankunftszeit innerhalb der nächsten ganzen oder halben Stunde. Diesmal geht es um die richtige Ortung, Identifikation und Feststellung der Bewegungsrichtung. Bemühen Sie sich um klar formulierte, knappe Meldungen, ohne wichtige Details auszulassen …«

Koffield nutzte die Gelegenheit, sich leise aus der Zentrale zu entfernen und in sein Büro zurückzukehren. Er verspürte eine Mischung von Erleichterung und Schuldgefühl, dass er sich den endlosen Übungen entzogen hatte. Er hatte nicht die leiseste Ahnung, ob die Ausbildung praktischen Nutzen haben würde, denn es war absolut nicht klar, welchen Herausforderungen, wenn überhaupt, sie sich zu stellen hatten. Wenn Sheeltons Logik stimmte und die Eindringlinge tatsächlich eine Vermessung vorgenommen hatten, konnte das nur bedeuten, dass sie zurückkommen würden. Aber Logik war nur ein Werkzeug der Überlegung. Vielleicht war ihnen etwas entgangen, ein Hinweis, der sie zu völlig anderen Schlussfolgerungen geführt haben würde. Vielleicht gab es keinen anderen Hinweis, den sie hätten finden können, und trotzdem hatten sie die Zusammenhänge vielleicht falsch gedeutet.

Koffields Gedanken kehrten zurück zu Sayad, wie sie es seit jenem verhängnisvollen Tag oft getan hatten. Sie hatte die spärlichen Daten ihrer holographischen Projektion mit bemerkenswerter Geschwindigkeit und Geschicklichkeit deuten können. Das Auffinden der weit auseinander gezogenen und rasch beschleunigenden letzten drei Sonden in der Tiefe des Raums und mitten im Abwehrkampf stellte eine nahezu unmögliche Aufgabe dar, doch sie hatte diese Aufgabe mit außergewöhnlicher Leichtigkeit gelöst. Koffield griff zur Aufzeichnung, zog aber die Hand wieder zurück. Es brachte ihn nicht weiter, das Log von Sayads Station ein weiteres Mal zu überprüfen. Er hatte es bereits mehrmals getan und alle Informationen daraus gewonnen, die darin enthalten waren.

Aber diese selben Daten hatten Sayad viel mehr gesagt. Sie hatte ein unterliegendes Muster darin gefunden, ein Gerüst, das ihr trotz der Unvollkommenheit der Daten verraten hatte, wo sie zu suchen hatte.

Was hatte sie gesehen, das allen anderen entgangen war? Was hätte sie ihnen sagen können, wenn sie überlebt hätte?

Das waren unfruchtbare Spekulationen. Aber auf der anderen Seite gab es nichts Nützlicheres zu tun. Er hatte alle Reparaturen eingeleitet, die mit Bordmitteln ausgeführt werden konnten. Er hatte die Aufgaben der Besatzung neu verteilt und Ersatzleute für die frei gewordenen Posten eingesetzt. Nun musste er sich zurückhalten und die Leute ihre Arbeit tun lassen. Chasow im Nacken zu sitzen, hatte nicht geholfen, und Koffield bezweifelte, dass diese Art intensiver Überwachung anderswo hilfreich sein würde. Am Ende mochte dabei nur herauskommen, dass Besatzung und Offiziere die Fassade seines Auftretens durchschauten und merkten, dass seine ruhige Zuversicht nicht echt war. Es konnte nicht in seinem Interesse liegen, dass die Leute entdeckten, wie entnervt ihr Kapitän in Wahrheit war.

Er verdrängte alles das aus dem Bewusstsein und wandte sich seinen anderen Sorgen zu. Die meisten davon liefen auf Fragen zeitlicher Abstimmung hinaus. Die Wahrscheinlichkeit, dass alle Kuriersonden durchkommen würden, war nicht groß. Den Sonden war im Trümmerhagel der Explosion ziemlich übel mitgespielt worden, und nun wurden sie auf lange und beschwerliche Reisen geschickt. Andererseits schätzte Koffield die Chance, dass wenigstens eine von ihnen es schaffen würde, als gut ein. Nicht zum ersten Mal wünschte er, dass er mehr als eine Sonde zu einem Stützpunkt der chronologischen Patrouille auf der zeitaufwärts liegenden Seite des Zeitschachtes geschickt hätte. Sein Schiff brauchte Ablösung – besser gesagt, Rettung. Aber Pflichtgefühl und Logik hatten ihm übereinstimmend gesagt, dass es wichtiger sei, die Menschen zeitabwärts zu benachrichtigen. Diese Seite war es, die durch die Zerstörung der *Standfast* ungeschützt blieb, und es war die vorrangige Aufgabe der Chronologischen Patrouille, die Vergangenheit vor der Zukunft zu bewachen. Die untere Seite des Zeitschachtes hatte Priorität.

Gleichwohl konnte Hilfe von zeitabwärts oder zeitaufwärts kommen, und es würde nur zum Besten sein, wenn sie vor der Rückkehr der Eindringlinge käme, andernfalls …

Koffield zog es vor, nicht über das Andernfalls nachzudenken, solange er die Wahl hatte. Auch war es nicht einfach ein Wettrennen zwischen der Hilfe und den Eindringlingen. Es gab eine weitere Variable in der zeitlichen Abstimmung zu bedenken: den regulären Handelsverkehr, der Hauptgrund für die Nutzung der Zeitschächte war. Zwar wusste er nicht, wann legitimer Handelsverkehr durchkommen würde, aber er wusste, dass es früher oder später der Fall sein würde.

Niemand, der mit einem Wachschiff am Zugang zu einem Zeitschacht stationiert war, konnte genau wissen, wann ein Schiff eintreffen mochte. Zum einen bedeutete das Grundprinzip der Informationsverweigerung, dass kein Wachschiff autorisiert war, etwas über Ereignisse in der Zukunft zu wissen – und das schloss Informationen über Schiffsbewegungen mit ein. Zum anderen waren die Flugpläne der Schiffe, die durch einen Zeitschacht gingen, bekanntermaßen unzuverlässig, besonders was die Ankunft an einem Zeitschacht betraf. Die Entfernungen waren so ungeheuer groß und die Reisezeiten so lang, dass ein Navigationsfehler von eins zu hundert Millionen leicht zu einer Verzögerung der Ankunftszeit um einen oder zwei Monate führen konnte.

Daher ließ sich nicht mit Gewissheit sagen, wann ein Schiff auftauchen würde. Aber alle bewußten, entschlossenen Anstrengungen, Unwissenheit über die Zukunft zu bewahren, konnten Koffield oder jeden anderen guten Wachschiffkapitän nicht davon abhalten, Gesetzmäßigkeiten in den Ankünften von Schiffen zu bemerken. Und eine besondere Gesetzmäßigkeit im

Transitverkehr, der durch den Zeitschacht kam und ging, war auffallend.

Viermal in etwas mehr als einem Standardjahr kam in mehr oder weniger regelmäßigen Abständen ein Konvoi von fünf Frachtschiffen durch. Viermal waren dieselben fünf Schiffe auf derselben Route zur Reise zeitabwärts eingetroffen, und dann wieder bei ihrer Rückkehr zeitaufwärts. Bei der Ausreise beförderten die Schiffe stets Frachtmodule, während sie auf der Rückreise große Tieftemperaturcontainer schleppten. Das war an und für sich ungewöhnlich. Transitschiffe reisten im Allgemeinen allein. Abgesehen davon stellten fünf Schiffe, die in weniger als einem objektiven Jahr vier Hin- und Rückreisen machten, eine bemerkenswerte Anstrengung dar. Jede Reise umfasste Dutzende oder sogar Hunderte von Jahren Betriebszeit und Abnutzung, gemessen in Bordzeit, und bedeutete, dass die Besatzungen während fast jeder Reise in kostspieligem und potentiell gefährlichem Tieftemperaturschlaf verharren musste. Jemand unternahm da eine gewaltige Anstrengung. Nach ihren Flugbahnen zu urteilen, war es beinahe unmöglich, die Schlussfolgerung zu vermeiden, dass die fünf Schiffe aus Thors Reich kamen und Glister zum Ziel hatten.

Bevor es ihm gelungen war, das Kommando der *Upholder* zu bekommen, hatte Koffield mehrere Jahre in der Auswertungsabteilung des Nachrichtendienstes gearbeitet. Er konnte nicht umhin, zu interpretieren, was er sah. Er wusste, dass die Umwelt- und Lebensbedingungen auf Glister sich seit Jahren verschlechtert hatten, bevor er das Kommando der *Upholder* übernommen hatte. Seinerzeit hatte es viele Berichte über ehrgeizige Pläne zu Umsiedlungsmaßnahmen und zur langfristigen Klimaverbesserung gegeben. Eine wesentliche Rolle hatte dabei die Diskussion um die Frage gespielt, dass solche Anstrengungen eine enorme

Belastung der finanziellen, personellen und technischen Hilfsquellen darstellen würde, weil die vom großen Oskar DeSilvo geleitete biotechnische Angleichung unterschiedlicher Ökosysteme auf Solace nach den Bedürfnissen der Siedler noch nicht abgeschlossen war und dieses Projekt noch immer große finanzielle und materielle Mittel verschlang.

Das Kommen und Gehen der fünf Schiffe verriet Koffield, dass die Projekte zur Klimaverbesserung und zum Anbau gentechnisch angepasster Nutzpflanzen auf Glister nicht zum erwarteten Erfolg geführt hatten. Er war überzeugt, dass es sich um Hilfs- und Rettungsschiffe handelte, die mehr Ausrüstungen, Versorgungsgüter, Saatgut und Dünger brachten. Er folgerte das aus der Beobachtung ihrer Rückreisen, wenn sie die großen Tieftemperaturbehälter schleppten. Nichts als Material und Hilfsgüter gingen hinein, nichts als Menschen kamen heraus. Das konnte nur bedeuten, dass die Dinge auf Glister schlecht standen und noch Schlimmeres erwartet wurde.

Und diese Flotte von fünf Schiffen war jederzeit fällig. Vielleicht war sie bereits im normalen Ortungsbereich, konnte aber nicht ausgemacht werden, weil die auf Optik und Funkmesstechnik beruhenden Ortungsgeräte der *Upholder* nur noch eingeschränkt funktionsfähig waren.

Viel konnte davon abhängen, wer zuerst eintraf. Koffield hoffte inständig, dass die Ablösungsschiffe zeitaufwärts und zeitabwärts des Zeitschachtes vor dem Konvoi eintreffen würden. Um mit der Situation fertig zu werden, brauchte er alle Hilfe, die er bekommen konnte. Sollte seine Ablösung sich mit den anstehenden Problemen herumschlagen; er würde mit Freuden die Position verlassen und zur nächsten Reparaturwerft der Chronologischen Patrouille hinken.

Einstweilen konnte er nichts tun, als sich für einen

Angriff und weiteres Unheil bereithalten. Und gleichzeitig würde er inständig zu allen Göttern beten, die hier draußen in der Mitte des Nichts vorhanden sein mochten, dass so lange wie möglich nichts geschehen möge.

*

Und bei diesem Stand der Dinge blieb es die nächsten neunzehn Standardtage. Die *Upholder,* obschon in beklagenswertem Zustand, hielt zusammen, und nach und nach wurden die tausend kleinen Reparaturen, die zu machen waren, ausgeführt, und jede Einzelne trug ein wenig zur Hebung der Moral bei. Selbst wenn die Ortungssysteme nie wieder sein würden, was sie gewesen waren, bis das Schiff in eine Reparaturwerft kam, führte die Rückkehr heißen Wassers in den Waschraum des Mannschaftsquartiers zu einer wesentlichen Aufhellung der allgemeinen Stimmung.

Der Raum um das Schiff war endlos leer. Keine Nachricht von zeitabwärts kam durch den Zeitschacht. Entweder war noch keine Ablösung eingetroffen, oder das Ablösungsschiff war nicht in der Lage, mit der *Upholder* Verbindung aufzunehmen. Koffield ließ alle Kommunikationssysteme und Empfangsgeräte überprüfen. Alles schien einwandfrei zu arbeiten, und die automatische Relaisstation erwies sich als funktionstüchtig und konnte normale Versuchsimpulse mit der Relaisstation zeitabwärts austauschen. Wenn den Überprüfungen und der Telemetrie Glauben geschenkt werden konnte, hatten sie eine intakte Kommunikationsverbindung durch den Zeitschacht, doch hatte sich am anderen Ende noch niemand angeschlossen.

Die Wachoffiziere mühten sich noch immer mit dem Anlernen der abkommandierten, halb ausgebildeten

Besatzungsmitglieder ab. Inzwischen hatten sie den Punkt erreicht, wo sie eine routinemäßige Schiffsankunft ohne direkte Aufsicht bearbeiten konnten, und das war schon ein Fortschritt, aber durch den Einsatz angelernten Personals wuchs die Gefahr, dass sie die Funkfeuer eines eintreffenden Frachters übersahen. Und das galt erst recht für Eindringlinge oder Piraten, die so wenig entgegenkommend waren, dass sie kein Funksignal sendeten.

Es gab Zeiten, da dachte Koffield, das Warten und die Sorgen würden ihn um den Verstand bringen. Und es gab Zeiten, wie etwa, als die Reparaturtrupps das Belüftungssystem der Zentrale wieder in Ordnung brachten, da glaubte er Licht am Ende des Tunnels zu sehen. Als sie das thermostatgesteuerte Heizungssystem wieder unter Kontrolle brachten, sodass die Temperatur in den Offizierskabinen nicht plötzlich um fünfzehn Grad anstieg, um eine Stunde später auf den Gefrierpunkt zu fallen, war er überzeugt, dass sie den Tiefpunkt hinter sich hatten. Das Schlimmste war überstanden. Sie würden bis zur Ablösung durchhalten. Alles würde in Ordnung kommen. Aber dann erhielt er den Abschlussbericht des Chefingenieurs über den Zustand des Hauptantriebs und erkannte, dass ihre Schwierigkeiten noch lange nicht vorüber waren.

Koffield begriff auch, dass der Hauptteil seiner Arbeit zu diesem Zeitpunkt darin bestand, die Leute in Ruhe zu lassen. Sobald er seine Entscheidungen getroffen und seine Befehle erteilt hatte, gab es für den Kapitän nicht sehr viel nützliche Arbeit. Er achtete darauf, sichtbar zu bleiben. Er führte Inspektionen durch, hörte sich die Klagen und Vorschläge der Besatzung an – aber es war leicht, in diesen Dingen zu übertreiben. Er wollte ihnen nicht auf den Füßen herumtreten. Er stand ihnen nicht im Weg und blieb für sich. Er tat, was er immer getan hatte, wenn es weniger zu tun gab, als auf das Heranreifen einer Krise zu warten. Er lauschte seiner Musik, las seine Bücher, still und allein.

*

Während Koffields ganzer Laufbahn hatte es den Anschein gehabt, als brächen die Krisen buchstäblich in der dunkelsten Stunde der Nacht aus, wenn an Bord nur die wichtigsten Posten besetzt waren. Im Allgemeinen passierte es um 2:00 Uhr, nicht um 10:00 Uhr oder 19:00 Uhr. Es geschah, wenn Koffield fest schlief oder im Begriff war, sich zu einer Mahlzeit an den Tisch zu setzen, die bereits dreimal verschoben worden war. Diesmal wurden diese Regeln ausnahmsweise durchbrochen.

Es geschah um 11:07 Uhr, am Vormittag und mit einem gut ausgeruhten und satten Kapitän Anton Koffield in der Zentrale, sowie Leutnant Jem Sentar, dem besten Wachoffizier des Schiffes, im Dienst.

»Signal kommt durch Zeitschachtverbindung!«, rief Sentar vom Platz des Wachoffiziers.

Koffield sprang auf, trat zu Sentar und beugte sich über dessen Schulter. Es war genau die Stelle, wo er gestanden hatte, als ein Trümmerstück Sayad getötet hatte. Unwillkürlich trat er einen Schritt zurück, noch während er in die holographische Darstellung schaute. »Identifikation?«, fragte er.

»Daten vom Wachschiff der Chronologischen Patrouille«, sagte Sentar.

Koffield nickte. Es war nicht viel, aber wenigstens etwas. Ein minimales Ankunftssignal, ein Identitätsmuster der Chronologischen Patrouille. Abgesehen von der Auskunft *Wir sind da,* sandten sie keine Daten, nicht einmal den Namen des Schiffes. Wer am anderen Ende war, stand offenbar unter striktem Befehl, den intertemporalen Informationsaustausch auf ein Minimum zu beschränken. Es hatte bereits mehr als genug intertemporale Verletzungen gegeben. Aber wie wenig das Signal auch aussagte, es war genug. Sie waren nicht mehr allein. »Signal bestätigen«, befahl Koffield.

»Nachprüfung bestätigt«, sagte Sentar. »Das ist ein Identitätssignal der Chrono-Patrouille.«

»Ausgezeichnet. Gut zu wissen, dass jemand die Hintertür bewacht. Senden Sie Spiegelsignal als Antwort.«

»Spiegelsignal gesendet«, sagte Sentar.

»In Ordnung.« Koffield kehrte an seinen Platz zurück, entschlossen, seine Erleichterung so gründlich zu verbergen wie er seine Sorgen und Befürchtungen verborgen hatte. Am liebsten hätte er laut gejubelt und die Meldung über die Sprechanlage verbreitet, um die ganze Besatzung wissen zu lassen, dass es etwas zu feiern gab. Aber er konnte es nicht. Er wagte nicht, ihnen falsche Hoffnungen zu machen. Zu viel konnte noch immer schief gehen. Die Nachricht würde ohnehin schnell genug die Runde machen, und die Besatzung würde sich darüber freuen. Diese Art der Nachrichtenverbreitung würde weit angemessener sein als eine jubilierende offizielle Bekanntgabe. In gleichmütigem Ton sagte er: »Leutnant Sentar, tragen Sie meinen Befehl ins Log ein, dass der Wachoffizier mich zu verständigen hat, wenn wir über die Relaisstation ein neues Signal von zeitabwärts erhalten. Wenn das der Fall ist, möchte ich sofort verständigt werden.«

»Verstanden, Kapitän. Befehl ist eingetragen.«

Eine unglaublich komplizierte Abfolge von Ereignissen war mit der Ankunft des Ablösungsschiffes und den komplexen Bewegungen durch Zeit und Raum, die es so frühzeitig wie möglich nach der Katastrophe der *Standfast* zum zeitabwärts gerichteten Ende des Zeitschachtes gebracht hatten, erfolgreich abgeschlossen. Es hatte Jahrhunderte Reisezeit erfordert, aber das Ablösungsschiff war in weniger als drei Wochen objektiver Zeit eingetroffen.

Das Ablösungsschiff hatte seine Ankunft signalisiert, aber es mochte noch einige Zeit vergehen, bevor es meldete, dass es auf Position und einsatzbereit sei. Mit dem ersten Signal hatte es lediglich gemeldet, dass es im Bereich der unteren Relaisstation war. Nun musste es noch eine Serie von Navigationsmanövern ausführen, um die Position der *Standfast* einzunehmen. Es war möglich, sogar wahrscheinlich, dass noch nicht einmal die ganze Besatzung aus dem Tieftemperaturschlaf geweckt war.

Koffield hoffte, dass das Bereitschaftssignal bald folgen würde, bevor etwas anderes schief gehen konnte.

*

Der Schichtdienst nahm seinen routinemäßigen Fortgang, ohne dass weitere Kontakte von der unteren Seite des Zeitschachtes erfolgten. Die *Upholder* wachte und wartete.

Der zweite Alarm kam etwas mehr als sechsundzwanzig Stunden später, am nächsten Tag um 13:11 Uhr.

Chasow hatte gerade Sentar als Wachoffizier abgelöst, als das automatische Alarmsignal ankommenden Verkehr meldete. Chasow erbleichte momentan, dann überprüfte er seine dreidimensionale Anzeige und begann den Kontakt zu analysieren. »Ankommender Verkehr, Kapitän«, meldete er.

»Verstanden«, sagte Koffield ruhig, als wäre es normale Routine und keine potentielle Krise. »Halten Sie mich auf dem Laufenden. Gehen Sie nach dem üblichen Verfahren vor. Identifikation, Geschwindigkeit, voraussichtliche Ankunftszeit und so weiter.« Wenn das neue Ablösungsschiff zeitabwärts noch nicht genau positioniert und einsatzbereit war, könnte es außer Stande sein, die zeitabwärts reisenden Schiffe zu klarieren. Und wenn die Leute an Bord des Ablösungsschiffes ein bisschen nervös oder womöglich gar schießwütig waren und vom durchkommenden Konvoi überrascht wurden, konnte es kritisch werden. Und in Anbetracht dessen, dass das neue Schiff ein anderes ersetzte, das in subatomare Partikel verwandelt worden war, mochten sie guten Grund haben, nervös zu sein.

Die übliche Verfahrensweise verlangte, dass Chasow den Wachoffizier Sentar zurückrief, und er brauchte nicht lange zu warten, bis dieser in die Zentrale geeilt kam. Aber es gab für Sentar wenig zu tun; er brauchte nur zuzusehen, wie Chasow die Kontaktmeldung des Konvois registrierte und die Spiegelmeldung zurückschickte. Sentar blickte fragend zu Koffield, der an seinem Platz blieb und leicht den Kopf schüttelte. Sollte Chasow nur machen. Schließlich war es Routinezeug, und wenn es mit dem Personalersatz noch länger dauerte, würde Chasow die reguläre Arbeit eines Wachoffiziers bald ohne Hilfe verrichten müssen. Echte Praxis war immer die beste Ausbildung.

Chasow interpretierte den Kontakt und brachte ihn zur Identifikation auf die große dreidimensionale Darstellung.

Es war ein Funksignal, oder vielmehr fünf Funksignale. Sie enthielten wenig mehr Information, aber der Kurs der Schiffe war aufschlussreich. Sie waren unterwegs nach Glister und kamen offenbar auf geradem Kurs von Thors Reich. Es war klar zu erkennen, dass es sich um den erwarteten Konvoi handelte, mit dem sie schon seit einiger Zeit rechneten.

»Meldung«, befahl Sentar.

»Fünf Funkfeuer von Handelsschiffen, unterwegs nach Glister«, antwortete Chasow prompt. »Entfernung und Zeit?«, fragte Sentar. »Jawohl. Geschätzte Entfernung eine Milliarde vierhundertsechs Millionen Kilometer. Copplereffekt der Funkfeuer zeigt, dass Ziele verlangsamen, Ankunftszeit daher ungewiss. Im Vergleich mit aufgezeichneten ähnlichen Annäherungsmanövern der Vergangenheit, kann geschätzte Ankunftszeit am Zugang zum Zeitschacht auf dreiundneunzig Stunden, vierzehn Minuten angegeben werden.«

Sentar nickte befriedigt, und Koffield erlaubte sich die Andeutung eines Lächelns. Wenn Chasows Meldung auch nicht Wort für Wort dem Ausbildungshandbuch für Wachoffiziere entsprach, kam er ihm jedenfalls sehr nahe.

»Sehr gut«, erwiderte Sentar. »Es scheint, dass wir in den nächsten vier Tagen etwas zu beobachten haben. Also behalten Sie diese Frachter für uns im Auge, Chasow.«

»Jawohl, Leutnant«, sagte Chasow. Es war offensichtlich, dass er stolz darauf war, wie er die einlaufenden Daten interpretiert und ausgewertet hatte.

Koffield war kaum weniger zufrieden. Wäre die *Upholder* nicht so schwer beschädigt gewesen, so hätte er die Ortungsdistanz als äußerst schlecht betrachtet. Nach Lage der Dinge aber war er mehr als zufrieden. Es ging über das Wissen hinaus, in dem ein Besatzungsmitglied gut genug ausgebildet worden war, um die Routineaufgaben eines Wachoffiziers wahrzunehmen. Es bedeutete, dass das Schiff als Ganzes seine Fähigkeit demonstriert hatte, den an ein Wachschiff gestellten Anforderungen gerecht zu werden. Das Orten ankommender Schiffe, ihre Identifikation und Führung durch den Zeitschacht war Routine und wurde erwartet. Die einfache Tatsache, dass die *Upholder* wieder ihre Funktion erfüllte, musste der Moral an Bord weiteren Auftrieb verschaffen – und die Moral an Bord konnte jede Stütze brauchen, die sie bekommen konnte.

Wenn er der Einzige war, der sich sorgte, dass das Ablösungsschiff zeitabwärts nur vier Tage hatte, um seine Position einzunehmen und sich einsatzbereit zu melden, bevor der Konvoi durchkäme, war das auch in Ordnung. Er hatte kein Verlangen, diese oder irgendeine seiner übrigen Sorgen anderen an den Hals zu wünschen.

*

Der Konvoi bewegte sich näher zum Zeitschacht, und in den nächsten vier Tagen verlief alles planmäßig. Die an Bord der Frachtschiffe installierten Transponder der Chronologischen Patrouille sendeten alle verschlüsselten Botschaften, die bewiesen, dass die Schiffe während ihrer Reise keine illegalen Kommunikationen gesendet oder empfangen hatten. Die *Upholder* bestätigte es und gab den Schiffen Anweisung für die Annäherung. Der Konvoi änderte gehorsam den Kurs und positionierte sich auf dem vorgeschriebenen Vektor, Perlen auf einer Schnur, die direkt zum Zeitschacht führte. Alles war gewohnte Routine.

Außer dass es noch immer keine weitere Nachricht vom zeitabwärts stationierten Ablösungsschiff gab, kein Signal, nichts. Die übliche Verfahrensweise verlangte von einer Ablösung, dass sie nach dem ersten Signal und dessen Bestätigung Funkstille bewahrte, bis sie auf Position und einsatzbereit war. Was war mit dem Schiff geschehen? War es in einer weiteren Katastrophe zerstört worden? Handelte es sich bloß um einen Kommunikationsfehler? Sendete es das Positionssignal, während die *Upholder* es irgendwie nicht empfing? Die Relaisstationen waren betriebsbereit, und auch eine neuerliche Überprüfung der Sende- und Empfangsanlage wies auf keinen technischen Defekt hin.

Koffield verbrachte seine dienstfreien Stunden in seiner Kabine, grübelte über den Fall nach und machte sich Sorgen. Zwei Tage nachdem sie den Konvoi entdeckt hatten, saß er an seinem Schreibtisch und las einen historischen Roman. Er gab die Lektüre auf, als er merkte, dass er ein und dieselbe Passage gerade zum dritten Mal gelesen und noch immer keine Ahnung hatte, wovon die Rede war. Er schob das Buch von sich und starrte auf das Schott vor seinem Schreibtisch.

Er wusste nicht, was zu tun war. Er konnte dem Konvoi befehlen, die Annäherung abzubrechen und zu warten, bis das zeitabwärts stationierte Schiffe sich einsatzbereit meldete. Oder er konnte den Konvoi durchlassen und die Klarierungscodes durch den Zeitschacht senden und sich darauf verlassen, dass das Ablösungsschiff zeitabwärts seinen Teil zur Durchschleusung beitragen würde.

Aber es war nicht so einfach. Sobald er den Konvoi ausklarierte und die Schiffe den Zugang zum Zeitschacht erreichten, war eine Umkehr oder ein Abbruch der Passage nicht mehr möglich. Ein Schiff in der letzten Annäherungsphase fiel wie ein Stein auf die Singularität zu, und nichts konnte den Fall aufhalten. Es würde entweder durch den Zeitschacht gehen oder auf der Singularität zerschellen, die den Zeitschacht erzeugte.

Ein Haltebefehl an die Schiffe des Konvois schien die vernünftigste Lösung. Aber es waren keine Schiffe, die mit Luxusgütern oder irgendwelchen unnützen Dingen beladen waren. Dafür war der Maßstab der

Anstrengungen zu groß, verkehrten die Schiffe in beiden Richtungen zu häufig, um etwas anderem als Hilfsaktionen oder sogar Rettungsanstrengungen zu dienen. Wurden die Schiffe einen Tag, eine Woche oder gar einen Monat aufgehalten, während sie auf das Signal des Wachschiffes zeitabwärts warteten, so würden mit hoher Wahrscheinlichkeit auf Glister Menschen sterben, die auf die Versorgungsgüter des Konvois warteten. Da mochte es besser sein, das geringe Risiko einzugehen, dass das Ablösungsschiff auf eines der durchkommenden Schiffe feuerte, bevor es seinen Fehler erkannte.

Oder ging er mit seinen Vermutungen zu weit? Er hatte keine Gewissheit, dass der Konvoi überhaupt nach Glister ging.

Es war eine Versuchung, alle Sicherheitsvorkehrungen zu übergehen, die Kommunikationskanäle zu öffnen und dem Schiff zeitabwärts eine gesprochene Botschaft in Klartext zu senden, verbunden mit der Frage, was da vorging, dann die Konvoischiffe anzufunken und zu fragen, von welcher Art und wie dringend ihre Mission war.

Dies aber würde gegen den Kern des Auftrags der Chronologischen Patrouille verstoßen, würde sogar ihren Daseinszweck verletzen. Der Konvoi hatte alle Befehle und Verfahrensweisen befolgt, die erforderlich waren, um sie vor Wissen aus der Zukunft zu schützen, bevor sie in die Vergangenheit zurückfielen. Er konnte ihr Vertrauen nicht verraten. Dass die *Upholder* mit Wissen von der Zukunft kontaminiert war, Ereignissen, von denen die Konvoischiffe und das Ablösungsschiff zeitabwärts nichts wissen wollten und durften, spielte keine Rolle. Es war sein Auftrag, dafür zu sorgen, dass die Vergangenheit in Unwissenheit von der Zukunft blieb, dass es zu keinerlei Zeitparadoxa kam. Es war sein Auftrag und der seines Schiffes, darauf zu achten, dass nichts, auch nicht seine eigene Kenntnis der Situation aus der Zukunft zurückgreifen und die Vergangenheit beeinflussen konnte.

Darum konnte die *Upholder* niemals in ihre eigene Zeit zurückkehren. Sie konnte diesen Fluch verbotenen Wissens nicht weiterverbreiten. Es war Antons Koffields beschworene Pflicht, so etwas zu verhindern. Er konnte und durfte nicht versuchen, mit den Mitspielern des Dramas in Verbindung zu treten.

Und wie verhielt es sich mit dem Ablösungsschiff zeitaufwärts, das die Position der *Upholder* einnehmen sollte? Warum war es noch nicht aufgetaucht? War die eine Kuriersonde, die er auf dieser Seite des Zeitschachtes ausgesandt hatte, nicht durchgekommen? Immerhin war klar, dass wenigstens eine der Kuriersonden in die Vergangenheit ihr Ziel erreicht hatte. Eine zeitversiegelte Botschaft sollte für neunundsiebzig Jahre eingelagert worden sein, um die andere Seite zu verständigen.

Es sei denn …

Es sei denn, irgendwo in den neunundsiebzig Jahren, die zwischen den zeitabwärts und zeitaufwärts gerichteten Enden lagen, hatten sie etwas gelernt. Die Antwort auf die Herkunft und Identität der Eindringlinge, und warum sie gekommen waren. Oder gelernt, dass es keinen Grund gab, die *Upholder* abzulösen, weil die Entsendung eines Schiffes keinem Zweck diente. Vielleicht wussten die Leute zeitaufwärts bereits, dass alles gut gehen würde – oder sie wussten bereits, dass ein Unheil dieser oder jener Art unabwendbar war, dass jeder Rettungs- oder Ablösungsversuch scheitern würde, und dass es sinnlos war, weitere Menschenleben und Mittel zu vergeuden.

Oder es gab zeitaufwärts des Zeitschachtes keine Chronologische Patrouille mehr. Acht Jahrzehnte waren vergangen, genug Zeit für Veränderungen, für Entwicklungen oder Zusammenbrüche.

Oder …

Seufzend stand er auf und begann in der Kabine hin und her zu gehen – etwas, was er niemals vor seiner Besatzung tun würde. Der Möglichkeiten gab es viele. Er konnte bis zum Ende der Zeit spekulieren, und es würde ihm nicht helfen.

Die Zeit selbst war das Problem. Er war in dem komplizierten Gewirr gefangen, das benötigt wurde, um Paradoxa zu verhüten, eine Ironie, die ihm durchaus bewusst war.

Sein Schiff war verloren im Nebel der Zeit, eingeengt von der verborgenen Vergangenheit und der unbekannten Zukunft. Er und sein Schiff und die Besatzung waren gestrandet auf einer winzigen Insel der Gegenwart und bekannten Ereignisse, aber durch die endlose Weite des Ozeans der Jahre von allem anderen Wissen abgeschnitten.

Genauso gut konnte er in die Zentrale zurückkehren und sehen, ob etwas geschehen war. Es war natürlich sinnlos. Die Leute, die dort Dienst taten, hätten ihn gerufen, wenn etwas geschehen wäre. Aber er konnte nicht ewig in dieser Kabine bleiben, und wenn er sich in der Zentrale aufhielt, wenn etwas geschah, würde er ein paar Minuten früher davon erfahren.

So verließ er seine Kabine und ging zur Zentrale, während seine Gedanken noch um das Problem kreisten. Selbst in der Mitte von so viel Ungewissheit gab es Dinge, deren er sich völlig sicher war. Er hatte keine logische oder auf Tatsachen beruhende Grundlage für das Wissen, dennoch war es da, fest und unumstößlich. Wenn die Zeit der endgültigen

Entscheidung käme, würde er nicht mehr wissen als jetzt.

Und er spürte, ohne es im Einzelnen begründen zu können, dass von zeitaufwärts kein Ablösungsschiff kommen würde.

Die *Upholder* war auf sich selbst gestellt. Das wurde ihm von Stunde zu Stunde klarer.

3.

# VERLOREN AN DIE VERGANGENHEIT

Die Zeit erdrückte sie.

Nichts änderte sich, nur die noch verbleibende Zeit, bis der Konvoi eintreffen würde. Vom Ablösungsschiff zeitabwärts gab es keine Nachricht, und von einem Ablösungsschiff zeitaufwärts kein Zeichen irgendwelcher Art.

Auch von den Eindringlingen gab es keine Spur, keinen Hinweis, wer oder was sie sein mochten. Koffield überprüfte alle Meldungen und Aufzeichnungen seit der ersten Warnung, studierte alle Spuren und Meldungen und falschen Alarme, wie sie beim Wachoffizier eingingen. Aber es half nicht, sagte ihm nichts, was er nicht schon wusste. Es gab keine brillante, lange übersehene Antwort auf sein Problem, keine plötzliche Einsicht.

Koffield ließ es sich nicht nehmen, zeitig vor der Ankunft des ersten der Konvoischiffe in der Zentrale zu sein. Drei Stunden vor dem letzten Augenblick, in dem er eine Passage untersagen konnte, saß er an seinem Platz in der Zentrale und überwachte die Lage.

Er musste sich entscheiden, aber keine der möglichen Entscheidungen war gut. Immer wieder ging ihm das Problem durch den Kopf. Wenn er den Konvoi auf dieser Seite des Zeitschachtes zurückhielt, würde er wahrscheinlich weitere Verluste und verlängertes Leiden auf Glister verursachen. Ließ er die Schiffe durch, bevor das Wachschiff zeitabwärts signalisierte, dass es auf Position und bereit war, Klarierungscodes zu empfangen, bestand zumindest eine gewisse Gefahr, dass dort das Feuer auf den Konvoi eröffnet wurde. Und selbst wenn er die Nerven verlor und versuchte, unautorisierte Verbindung mit dem Konvoi oder dem Wachschiff am anderen Ende aufzunehmen, musste er damit rechnen, dass die anderen Schiffe die Kontaktaufnahme verweigern würden.

Koffield war durchaus bewusst, dass die Vermeidung einer Entscheidung in sich selbst eine Entscheidung war. Mit jeder Sekunde kamen die Schiffe des Konvois tiefer in das Schwerefeld des Zeitschachtes. Mit jeder Sekunde würden diese Schiffe mehr Schubkraft benötigen, um davon freizukommen, und es würde weniger Zeit zur Verfügung stehen, diese Schubkraft einzusetzen. Das zum Abbruch der endgültigen Annäherung erforderliche Manöver wurde mit jeder Sekunde die er verstreichen ließ, schwieriger und gefahrvoller. In den letzten Augenblicken würde jedes potentielle Abbruchmanöver ein Gewaltakt sein, der jedes Schiff, das es versuchte, wahrscheinlich zerstören würde. Mit jedem Augenblick setzte ihn die einfache Tatsache, dass er den Konvoi noch nicht zum Abbruch der Annäherung aufgefordert hatte, mehr unter Druck. Wenn er den Abbruch zu spät anordnete, würde er damit das Todesurteil für alle an Bord des Konvois fällen. Darum konnte er sie genauso gut durchlassen, dass sie ihr Glück auf der anderen Seite versuchten. Der Augenblick war nicht mehr fern, wenn er durch Versäumnis entscheiden würde, nicht durch eine Entscheidung.

Aber der Gedanke, die Dinge schleifen zu lassen, war Koffield zuwider. Er erwachte aus seiner Grübelei und ließ den Blick durch die Zentrale über die Mannschaft schweifen, die an den Stationen saß und die ankommenden Schiffe überwachte, zum schweigenden Kommunikationssystem und dem Schiff selbst. Sie alle hatten ihre Pflicht getan. Nun war es an der Zeit, dass er seine Pflicht tat. Er musste entscheiden – und die Entscheidung sollte nicht allzu schwer sein. Er würde seine Wahl treffen und dann hoffen.

Nach einem letzten Blick in die Runde sagte er: »Wachoffizier, die fünf Schiffe in Annäherung bekommen die volle und endgültige Klarierung zum Passieren des Zeitschachtes. Geben Sie die entsprechenden Signale und lassen Sie bestätigen.«

»In Ordnung, Kapitän«, erwiderte der Wachoffizier. »Klarierung gesendet. Erwarten Antwort.«

»Gut«, sagte Koffield und lehnte sich ein wenig zurück. Er hatte entschieden, so gut er auf der Grundlage der vorhandenen Information konnte, und gemäß seiner Entscheidung gehandelt. Mehr konnte er nicht tun.

Außer abwarten und beobachten.

Die letzten Stunden vor der Ankunft des Konvois vergingen ohne Zwischenfall. Koffield blieb mehr aus Pflichtgefühl als aus Notwendigkeit in der Zentrale. Aber die endlose Beobachtung des Nichtgeschehens schien eine Vergeudung wertvoller Zeit. So beschäftigte sich Koffield damit, dass er über den Datenanschluss seine persönliche Arbeit abrief, bestehend aus den ungezählten Routineangelegenheiten, die sich seit dem Zwischenfall mit den Eindringlingen und seinen Folgen angesammelt hatten und unerledigt geblieben waren: Reparaturmeldungen, Inventurergänzungen, Änderungen der Arbeitseinteilung und dergleichen. Es war ein gutes Gefühl, die gewohnte Arbeit zu tun, normale Dinge, und sich wenigstens für eine Weile der Illusion hinzugeben, alles sei so, wie es sein sollte.

Nach einiger Zeit blickte er von seiner Arbeit auf

und fragte sich, ob die anderen in der Zentrale ebenso wie er selbst bemüht waren, einen Anschein von Normalität zu erwecken. Wahrscheinlich war es so, denn sie waren keine Dummköpfe. Sie hatten sich zweifellos gleichfalls mit der Situation und den Entscheidungsalternativen beschäftigt. Einige von ihnen, die meisten und vielleicht sogar alle wussten, dass sie nie wieder heimkehren würden, dass Pflicht und, wenn möglich, Überleben die einzigen Dinge waren, die ihnen noch blieben. Die Chronologische Patrouille würde sich ihrer annehmen – die CP kümmerte sich immer um ihre Leute –, doch selbst wenn sie sich ungewöhnlich großzügig zeigte, konnte sie ihnen nicht ihre Heimat und ihre Familien zurückgeben. Und das wusste die Besatzung.

Welche Szenen hatten sich abgespielt, wenn er nicht da war? Diskussionsrunden in Mannschafts- und Offiziersmesse? Hitzige Streitereien in den Quartieren? Was hatten seine Offiziere ihm weise vorenthalten, weil ihnen bewusst war, dass er gezwungen sein würde, den Bestimmungen zu folgen und Bestrafungen vorzunehmen, die hier draußen niemandem nützen konnten? Koffield wusste, dass es keine Gerechtigkeit, keine Logik und kein Verdienst sein konnte, die Mannschaft dafür zu bestrafen, dass sie den gleichen Schrecken und die gleiche Bedrückung empfanden, die er selbst fühlte und die vollkommen gerechtfertigt und vernünftig waren. Solange die Ängste in Schach gehalten wurden und seine Leute ihre Pflicht taten, würde er mit Freuden seine Augen gegen Trivialitäten verschließen und darauf vertrauen, dass seine Offiziere ihn nur von Vorgängen unterrichten würden, die er wirklich wissen musste.

Hauptsache, sie brachten dies alles hinter sich, dass alles im Lot blieb, bis der Konvoi durch wäre, und dann …

»Kapitän, ich bekomme da etwas Seltsames von der Fernortung«, sagte Sentar, der Wachoffizier.

»Haben Sie eine Identifikation?«, fragte Koffield.

»Sieht aus wie eine Quelle von Gammastrahlen in schneller Bewegung, ziemlich nahe sogar, aber das ergibt keinen Sinn.«

Und Koffield wusste Bescheid. In seinem Verstand war kein Raum für Zweifel. Er hatte keinen Beweis, trotzdem war er sicher, unerschütterlich überzeugt.

»Bewegungsrichtung wohin?«, fragte er, obwohl er wusste, wie die Antwort lauten würde.

»Bin noch dabei, einen Vektor zu bekommen ... Es hält direkt auf den Zeitschacht zu.«

Natürlich. Wohin sonst würde es gehen? »Halten Sie Ausschau nach anderen«, sagte er. »Es wird noch zwei weitere geben, die wahrscheinlich aus verschiedenen Vektoren hereinkommen und auf den Zeitschacht zuhalten.« *Natürlich würden sie zurückkommen. Und natürlich gerade jetzt.*

Der Konvoi. Was immer als Nächstes geschah, diese Schiffe mussten herausgehalten werden. »Wachoffizier! Alarm an alle Konvoischiffe – Unternehmen abbrechen, abbrechen, abbrechen. Klarierung widerrufen. Annäherung abbrechen und Übergang in stationäre Umlaufbahnen. Senden Sie das in Klartext über alle Radio- und Datenkanäle.«

Zwei Minuten später, die Befehle waren kaum hinausgegangen, rief Sentar: »Zwei weitere Quellen von Gammastrahlen in Annäherung! Korrektur: drei, vier, fünf, insgesamt sechs Quellen in Annäherung. Alle verlangsamen in extrem hohen Raten und konvergieren aus weit verstreuten Vektoren auf den Zeitschacht. Alle entsprechen den Profilen der Eindringlinge, die *Standfast* zerstörten.«

Sechs von ihnen! Die ursprünglichen drei Überlebenden mussten eine Methode gehabt haben, Kopien von sich selbst zu bauen, oder vielleicht war jeder der ursprünglichen Eindringlinge ein zusammenhängendes Paar von Duplikatschiffen, die sich nun getrennt hatten. Oder drei der herankommenden Eindringlinge waren eine Art Attrappe, elektronisch erzeugte Projektionen zur Täuschung von Ortungsgeräten. Oder es gab eine andere Erklärung, die Koffield entging. Was immer es war, es spielte keine Rolle. Wichtig war, dass sechs Eindringlinge auf den Zeitschacht zuhielten und ihnen nicht erlaubt werden konnte, in die Vergangenheit durchzubrechen, ganz gleich um welchen Preis.

»Alarm«, sagte Koffield mit kalter, tonloser Stimme. »Alles Personal auf Gefechtsstationen. Abwehr, was sind unsere gegenwärtigen Optionen für die Vernichtung der Eindringlinge?«

Amerstad saß am Datenanschluss der Abwehrstation, der direkt mit der Feuerleitzentrale verbunden war. »Keine, Kapitän«, sagte er in entschuldigendem Ton. »Sie sind zu weit draußen, außer Reichweite und bewegen sich zu schnell für unsere Zielsuch- und Verfolgungsgeräte. Selbst wenn unsere Waffensysteme voll einsatzbereit wären, würden wir sie nicht treffen können.«

»Werden wir sie abfangen können, wenn sie näher am Zeitschacht auf eine mehr oder weniger normale Geschwindigkeit verlangsamen?«

»Möglicherweise«, sagte Amerstad, den Blick auf seinen Kontrollanzeigen. »Wir könnten imstande sein, mit der Laserkanone durchzukommen. Aber ich bezweifle, dass es gelingen wird, mit dem Massenbeschleuniger zum Schuss zu kommen. Selbst wenn wir es könnten, würden wir Probleme mit den Konvoischiffen haben, die in unser weit gestreutes Feuer laufen würden.«

»Können Sie mir eine realistische Schätzung unsrer

Chancen geben, einige oder alle Eindringlinge zu vernichten?«

»Sehr grob geschätzt, stehen die Chancen fünfzig zu fünfzig, dass wir einen von ihnen treffen können. Vielleicht eins zu zehn, dass wir auf mehreren Zielen Treffer erzielen können. Was die realistischen Aussichten betrifft, alle zu treffen und zu zerstören … Tut mir Leid, Kapitän, aber da liegt die Wahrscheinlichkeit weit unter einem Prozent. Vielleicht eins zu zehntausend, vielleicht noch weniger.«

Koffield nickte. Das waren die erwarteten Antworten. Und sie sagten ihm etwas anderes, was er bereits tief in seiner Seele gewusst hatte. Niederlage war alles, was ihnen übrig blieb. Eine so vollständige Niederlage, dass der bloße Gedanke daran erschreckend war. Eine Niederlage, die nur unter unkalkulierbar größeren Verlusten in einen Sieg über die Eindringlinge verwandelt werden konnte.

Denn Kapitän Anton Koffield hatte noch eine letzte Waffe, eine die noch unbeschädigt war und die er noch gegen die gesichtslosen unbekannten Eindringlinge einsetzen konnte. Eine Waffe, die noch nie gebraucht worden und kaum jemals erörtert worden war, so weit die lange Geschichte der Chronologischen Patrouille zurückreichte.

»Nun denn«, sagte Koffield. »Wenn wir die Eindringlinge nicht abschießen können, sehe ich keine andere Wahl. Ich werde die Zugänge zum Zeitschacht zerstören.«

In der Zentrale wurde es totenstill.

»Unsere Mission«, sagte er, »die einzige Mission der Chronologischen Patrouille ist die Verteidigung der Zeit. All unsere raffinierten Sicherheitsvorkehrungen, all unsere sorgfältig erdachten Verfahrensregeln existieren allein zu diesem Zweck. Wir sind hier, um die Zukunft daran zu hindern, in die Vergangenheit einzugreifen, die Kausalität vor Paradoxa zu schützen. Diese Eindringlinge haben Wochen in ihrer eigenen Zukunft verbracht. Ich vermute, dass sie sogar imstande sind, schneller als das Licht zu reisen, obwohl ich keine Ahnung habe, wie das sein könnte. Nicht auszudenken, was sie in all der Zeit über vergangene Ereignisse gelernt haben können.

Nun halten sie Kurs auf den Zeitschacht, und es besteht keine realistische Chance für uns, alle zu zerstören, bevor sie ihn erreichen. Sie warteten, bis ein Konvoi durchkam, sodass wir mit anderen Dingen beschäftigt sein und, wie sie hofften, weniger bereit sein würden, legitime Frachtschiffe zu riskieren. Sie kommen mit sechs Schiffen gleichzeitig in einem Umfassungsmanöver, um unsere Verteidigung zu überwältigen. Es ist offensichtlich, dass sie zu tun versuchen, was zu verhindern unser Zweck hier ist. Und wir werden es nicht zulassen.«

Fünf Sekunden lang blieb es still in der Zentrale, vielleicht länger, bevor jemand den Mut aufbrachte, etwas zu sagen. »Kapitän?« Es war Sheelton, der auf die erste Nachricht vom Auftreten der Eindringlinge hin die Radiostation übernommen hatte.

»Ja, Sheelton?«

»Wenn wir die Zugänge dicht machen, können sie nie wieder geöffnet werden. Es gibt einen weiteren Zeitschacht sechs Lichtjahre auf der anderen Seite von Lodestar, der Solace bedient, aber Glister wird vom besiedelten Universum abgeschnitten sein. Und die Konvoischiffe werden hier stranden, genauso abgeschnitten wie …«

»Genauso von der Vergangenheit abgeschnitten wie wir es sein werden, so abgeschnitten wie wir bereits sind.« *Warum es jetzt nicht zugeben?*, fragte er sich. »Ich bin mir der Konsequenzen bewusst, Leutnant Sheelton.«

»Aber Kapitän …«

»Tut mir Leid«, sagte Koffield. »Aber ich sehe keine andere Option für uns. Die Leute an Bord dieser Konvoischiffe werden leiden, vielleicht sterben. Die Leute auf Glister werden leiden. Aber der Schaden und das Chaos, das diese Eindringlinge im gesamten besiedelten Raum erzeugen könnten, würden weitaus schlimmer sein. Denken Sie an die Schreckensgeschichten und Albträume, die uns während der Ausbildung vor Augen geführt wurden. Sie könnten in der Zeit zurückgehen und die Eltern oder Großeltern wichtiger Führungspersönlichkeiten töten. Sie könnten gestohlene Erfindungen zurückbringen, Wirtschaftskrisen zu ihrem Vorteil nutzen oder wissen, wie sie in der Wirtschaft Panik erzeugen können, um dann davon zu profitieren. Sie könnten die Entdeckung ganzer Welten verhindern oder noch unentdeckte Welten beanspruchen. Sie könnten alles zurückbringen, von unbekannter Technologie zu Virusmutationen. Wir müssen sie aufhalten.«

»Kapitän, sicherlich brauchen wir Zeit, um das zu durchdenken, eine Personalversammlung einzuberufen …«

»Wir haben keine Zeit«, sagte Koffield und lächelte über diese Ironie. Keine Zeit, um zu überlegen, wie sie die Zeit schützen könnten. »Keine Zeit, eine Personalversammlung einzuberufen oder die Situation zu erörtern. Wir müssen jetzt handeln oder den Feind durchlassen. Das Log kann zu Protokoll nehmen, dass dies meine Entscheidung war, und meine allein.«

Wieder trat Stille ein. Koffield ließ den Augenblick dauern, so lange er konnte. Dies war die Gelegenheit zu protestieren. Niemand sprach, niemand argumentierte oder regte sich auf, und die Stille wurde Akzeptanz.

»Leutnant Sheelton – liegt eine Antwort von den Konvoischiffen vor?«

Sheelton schluckte nervös. »Spiegelantwort vom Führungsschiff, Kapitän. Keine anderen Reaktionen. Bisher keine Kursänderungen.«

»Halten Sie mich auf dem Laufenden. Abwehr – werden wir irgendeine Lösung auf der Grundlage unserer Waffen haben?«

»Die Verlangsamung der Eindringlinge ist so stark, dass ich noch keine zufriedenstellende Vorwärtsprojektion bekomme«, sagte Amerstad. »Aber wir sollten in der Lage sein, wenigstens einen von ihnen vor die Laserkanone zu bekommen.«

»Abwehr, sie übernehmen von Navigation die Kontrolle über die gesamte Steuerung. Tun Sie, was Sie können, um mit der Feuerleitzentrale die Erfolgsaussichten zu optimieren.«

»Zu Befehl, Kapitän.«

Koffield übertrug die Darstellungen von Ortung und Abwehr auf seine Bildschirme und studierte sie einen Moment mit konzentrierter Aufmerksamkeit, sah aber nichts, was seine Offiziere nicht bereits gemeldet hatten. Dann verschob er die Darstellungen auf Nebenschirme und brachte die Schnittstelle der Zugangskontrolle zum Zeitschacht auf den Arbeitsschirm. Es gab sechs Schichten von Sicherheitsprüfungen zu überwinden, bevor es möglich war, den Kontrollschirm zu übernehmen. Die Sicherungsmaske schob sich aus der Armlehne seines Stuhls, und er legte die gerundete schwarze Scannerfläche auf sein Gesicht. Ein Nadelstich in die Wange für den Blutstropfen zur DNS- und Drogenprüfung, eine leichte, prickelnde Berührung, als die Kontakte der Hirnstrommessung sich unter seine Kopfhaut tasteten. Ein kurzer Lichtblitz zur Überprüfung der Netzhaut. Er legte die Hände um die gerundete Außenseite der

Maske und ließ sich die Finger- und Handabdrücke abnehmen. Ein winziger, an die künstliche Intelligenz des Bordrechners angeschlossener Lautsprecher flüsterte ihm persönliche Fragen ins Ohr, und die Stimmaufzeichnung lauschte nicht nur auf die Richtigkeit seiner Antworten, sonder maß auch die Stressebenen in seiner Stimme und natürlich auch die Stimme selbst.

Es dauerte weniger als eine Minute, um die Prüfungssysteme der Künstlichen Intelligenz zu überzeugen, dass er Anton Koffield war, dass er geistig gesund war und nicht unter Drogeneinfluss stand, und dass er nicht unter Zwang handelte. Aber es kam ihm unendlich viel länger vor. Das Warten schien endlos, aber endlich zeigte die Innenanzeige der Maske die Worte *unbedenklich und gebilligt.*

Anton Koffield nahm die Maske vom Gesicht – und wurde vom Anblick aller in der Zentrale anwesenden Personen begrüßt, die ihn anstarrten. »Kehren Sie an Ihre Arbeit zurück«, sagte er ruhig, und sie wandten sich wieder den Bildschirmen und Darstellungen mit Informationen zu, die ihnen nichts nützen würden. Die Sicherungsmaske zog sich in ihre Aufbewahrungsnische in der Armlehne zurück, und Koffield verspürte den Wunsch, auch einen Ort zu haben, an dem er sich verstecken könnte.

Nun schoben sich die Sichtabschirmungen zu beiden Seiten von Koffields Bildschirmen aus der Konsole und schützten sie vor unbefugten Blicken.

Koffield rief die Statusanzeige der Portalzugänge ab. Alle Systeme funktionierten, alle Sicherheitseinrichtungen waren in Betrieb. Einen Herzschlag lang spielte Koffield mit der verlockenden Idee, dass die Sicherheitssperren die Eindringlinge aufhalten könnten. Aber diese hatten bereits ihre Fähigkeit demonstriert, die Sicherheitskontrollen zu durchbrechen. Wenn sie sich den Weg von zeitabwärts nach zeitaufwärts erzwingen konnten, musste er annehmen, dass sie es ebenso in der Gegenrichtung vermochten.

Er konnte nichts anderes tun als jeden einzelnen Zugang vollständig und unwiderruflich zu schließen. Die zeitliche Abstimmung war alles, was er noch hatte, die einzige Wahl, die ihm noch blieb.

Er prüfte die Positionen des Konvois. Alle fünf Schiffe waren noch auf Kurs zum Zeitschacht. Der absolute theoretische Umkehrpunkt für ein angenommenes Schiff erschien als eine rote Linie in der Darstellung. Noch während er sie beobachtete, überquerte der erste Transporter, den die Künstliche Intelligenz als Schiff eins gekennzeichnet hatte, die rote Linie. Koffield fluchte in sich hinein.

Er konnte es der Schiffsführung nicht verdenken, dass sie seine Befehle unbeachtet ließ. Auch er würde an ihrer Stelle so kurz vor der absoluten Linie kein Abbruchmanöver riskieren, nicht einmal mit dem neuesten, stärksten und wendigsten Schiff – und die Schiffe des Konvois waren weit davon entfernt. Schiff eins hatte wahrscheinlich – wie alle Schiffe des Konvois – längst seine eigene strukturelle rote Linie überschritten. Ein so später Abbruchbefehl, wie er von ihm erteilt worden war, hatte den Schiffen nur schlechte Alternativen gelassen. Sie konnten die Passage durch den Zeitschacht trotz Koffields Befehl riskieren oder Gefahr laufen, dass ihre Schiffe in hoffnungslosen Versuchen, dem Schwerefeld des Schachtes zu entgehen und stationäre Umlaufbahnen zu erreichen, zerrissen wurden. Schiff eins hatte ihm mitgeteilt, welche Wahl es getroffen hatte, indem es eine Spiegelantwort geschickt und den Kurs beibehalten hatte.

»Nachrichtenstation! Wiederholen Sie den Abbruchalarm an alle Schiffe im Konvoi.«

»Ich habe sie in ständiger Wiederholung gesendet,

Kapitän. Moment. Spiegelantwort von Schiff fünf, dem letzten in der Reihe. Zusätzliche Antwort von fünf, Kapitän. Textbotschaft: ›Werden versuchen, Befehl nachzukommen.‹ Jetzt bekomme ich ähnliche Botschaften von den Schiffen zwei, drei und vier. Keine weitere Antwort von Schiff eins.«

»Sehr gut«, sagte Koffield automatisch, aber tatsächlich war kaum etwas Gutes daran. Das erste Schiff ging in den Zeitschacht, und nun konnte es nichts mehr aufhalten. Vielleicht gab es noch eine Möglichkeit zu überleben. Aber er würde bereit sein müssen, die Zugänge im genau richtigen Augenblick zu schließen.

Er aktivierte das Kontrollsystem der Zugänge und machte sich an die Arbeit mit der absichtlich langen und komplizierten Verfahrensweise, die Sicherheitsprüfung dieses Systems zufriedenzustellen – eines separaten Systems von dem, das ihm gerade freie Hand gegeben hatte. Selbst unter den günstigsten Umständen bedeutete es mühsame Arbeit, und diese Umstände waren alles andere als günstig.

Die Künstliche Intelligenz des Kontrollsystems der Zugänge befasste sich mit Fragen nach der Situation, statt solchen der Identität. Sie übernahm die Daten vom Sicherheitssystem an Bord und anerkannte dadurch, dass Koffield Koffield war und das Recht und die Macht hatte, zu tun, was er beabsichtigte. Die Aufgabe der Künstlichen Intelligenz der Zugangskontrolle bestand in der Prüfung der Situation, der Koffield sich gegenüber sah, und der Bestimmungen, die für die Situation infrage kamen. Es war ein passives Kontrollsystem. Die Künstliche Intelligenz konnte selbst nicht handeln oder auch nur eine Handlungsweise vorschlagen. Sie konnte nichts als bestimmen, ob das, was Koffield beabsichtigte, unter den Bestimmungen zulässig war, und dann alle Handlungen blockieren, die sie für unzulässig erkannte.

Wie fast alle Künstlichen Intelligenzen an Bord der Schiffe hatte die Zugangskontrolle so wenig wie möglich Eigenpersönlichkeit erhalten. Sie war nicht menschlich, war nicht lebendig und sollte nicht behandelt werden, als ob sie es wäre. So hatte sie keine konstruierte Persönlichkeit, keine Stimme, kein simuliertes Gesicht, das auf den Bildschirm projiziert wurde. Um zu verhindern, dass sie als menschlich behandelt wurde, und aus Sicherheitsgründen hatte die Künstliche Intelligenz der Zugangskontrollen nicht einmal die Fähigkeit zur Stimmaufzeichnung. Es war eine durchaus vernünftige Regelung, aber sie konnte sehr frustrierend sein. Inmitten der schwersten Krise, die Koffield jemals in seiner Laufbahn erlebt hatte, konnte er nicht zu der Maschine sprechen, die er befehligen musste, sondern war darauf angewiesen, seine Befehle und Fragen über eine Tastatur einzugeben und sich den Weg durch endlose Bildschirmmenüs zu suchen.

Er befahl der Künstlichen Intelligenz, Daten von der Nachrichtenstation, der Abwehr und Ortung einzuziehen und instruierte sie, auch das Schiffslog vom letzten Monat zu überprüfen. Das war eine Menge Eingaben, selbst für einen Großrechner, und das Einziehen der Daten war noch der geringste Teil der Arbeit. Die Künstliche Intelligenz musste die Situation bewerten und sehen, wie die gegenwärtige beispiellose Krise mit den Regeln und Bestimmungen zu vereinbaren war, die für ganz andere Situationen gedacht waren.

Während der Arbeit blickte er immer wieder zu seinen Kontrolldarstellungen auf den Nebenbildschirmen auf. Konvoischiffe zwei bis fünf begannen ihre Abbruchmanöver. Die Eindringlinge verlangsamten nach wie vor mit der gleichen unmöglichen Rate. Koffield schätzte die Chancen, irgendeinem der Eindringlinge einen Treffer beizubringen, als sehr gering ein, und diese Aufgabe würde noch viel schwieriger werden, wenn die Eindringlinge etwas Ähnliches wie die Ausweichmanöver ausführten, die sie nach dem Ausbruch aus dem Zeitschacht vorgeführt hatten.

»Komm schon, verdammt«, murmelte Koffield. »Lass mich ein.« Die Zeit verrann. Endlich brachte die Zugangskontrolle die Worte VORGEHEN AUTORISIERT auf den Bildschirm. Sie war bereit, Befehle anzunehmen und zu bewerten. Ob sie deren Ausführung erlauben würde, war eine andere Frage.

Jetzt kam es auf die Zeitwahl an. Er musste es richtig machen. Die letzten vier Schiffe des Konvois waren auf sich selbst gestellt. Für sie konnte er nichts tun. Aber das Führungsschiff. Es war vielleicht möglich, dass er den Zugang lange genug offen halten konnte, um ihm die Passage zu ermöglichen. Die anderen Schiffe hatten wenigstens eine gewisse Aussicht, ihr Annäherungsmanöver abzubrechen, aber wenn er den Zugang schließen musste, bevor Schiff eins durchging, dann stand mit absoluter Gewissheit fest, dass er alle an Bord zum Untergang verurteilte, als würde er sie eigenhändig töten. Er behielt die Statusdarstellungen im Auge, während er den Befehl zur Abschaltung der Energie des ersten Zugangs eingab. Würde die Künstliche Intelligenz die Befehle annehmen und die Ausführung veranlassen?

Koffield überprüfte die Kursprojektion für Schiff eins. Die Zeitberechnung ergab einen präzisen Wert, wann das Schiff den Ereignishorizont erreichen würde, und Kurs und Geschwindigkeit waren sorgfältig berechnet, um sicherzugehen, dass es den Ereignishorizont genau dann erreichen würde, wenn ein offener Portalzugang in seiner Umlaufbahn vorbeizog. Er bestätigte, dass Kurs und Geschwindigkeit richtig waren und dass Portalzugang D für die Passage durch den Zeitschacht in Position sein würde. Er sandte das Standardkommando Zugang offen an Zugang D und programmierte es so, dass die Öffnung nur Sekunden vor dem Eintreffen von Schiff eins erfolgte und Augenblicke später geschlossen wurde.

»Nachrichtenstation. Teilen Sie Schiff eins mit, dass es klariert ist und wie geplant durch Zugang D gehen kann, ohne den Kurs zu korrigieren. Und wünschen Sie ihm Glück. Das wird es brauchen.«

Koffield wandte sich wieder dem Bildschirm der Zugangskontrolle zu. Er ließ Zugang D betriebsbereit und programmiert, sich in neun Minuten und vierzehn Sekunden zu öffnen und nach weiteren zehn Sekunden wieder zu schließen. Das entsprach der berechneten Eintrittszeit des Schiffes. Nun musste er die übrigen Zugänge A, B, C, E, F und G schließen. Sie alle mussten jetzt zerstört werden. Nach der Passage des ersten Konvoischiffes würde er auch D ausschalten. Dabei musste er die Zeit berücksichtigen, die erforderlich sein würde, um alle Befehle über die Tastatur einzugeben und von der Künstlichen Intelligenz verarbeiten zu lassen. Das System sorgte dafür, dass es keine Möglichkeit gab, einfach eine Wiederholungstaste zu drücken. Alles musste korrekt und vollständig eingegeben werden. Darüber hinaus musste er der Künstlichen Intelligenz Zeit lassen, jedes eingehende Kommando zu bewerten. Mit jedem Kommando und jedem Zugang, der permanent unbrauchbar gemacht wurde, würden die Konsequenzen jedes folgenden Befehls von immer größerer Bedeutung sein, folglich würde die Künstliche Intelligenz mehr und mehr Zeit für ihre Bewertung benötigen.

Er tastete den ersten Befehl der Sequenz für Zugang A ein.

ANTON KOFFIELD, KAPITÄN *UPHOLDER*, INSTRUIERT ZUGANGSKONTROLLE, PORTALZUGANG »A« PERMANENT ZU DEAKTIVIEREN.

Schon einen Augenblick später antwortete das System: *Zugangskontrollsystem erhält und akzeptiert Instruktion zur permanenten Deaktivierung Portalzugang »A«. Bitte Befehl bestätigen.*

Koffield gab die Bestätigung ein, vertippte sich und musste korrigieren. Er sandte die Bestätigung und wartete ein wenig länger.

*Zugangskontrollsystem erhält und akzeptiert Bestätigung, gibt aber zu bedenken, dass dies letzte Gelegenheit sein wird, die Instruktion zu widerrufen. Bitte zweite Bestätigung innerhalb sechzig Sekunden. Jede andere Aktivität oder Inaktivität führt zur Aufhebung der Instruktion.*

Koffield wiederholte die Bestätigung, und nach einer noch längeren Pause kam die Antwort: *Zugangskontrollsystem hat Portalzugang »A« permanent deaktiviert.*

Die Symboldarstellung von Zugang A blinkte rot und verschwand. Die Statusanzeige für A fiel auf null. Der Zugang war tot.

Koffield war nicht sicher, ob er Erleichterung oder Schrecken empfinden sollte. Das System führte seine Befehle aus und erlaubte ihm die Zerstörung der Zugänge. Die Künstliche Intelligenz stimmte zu, dass die Situation ernst genug war, um solch eine Handlungsweise erforderlich zu machen, aber Koffield hatte beinahe gehofft, dass sie nicht zustimmen würde. Hätte sie sich geweigert, wäre sein Urteil vielleicht infrage gestellt, und er würde in Ruhe einem eventuellen Gerichtsverfahren entgegensehen können, vorausgesetzt er überlebte so lange. So aber lastete die gesamte Verantwortung auf seinen Schultern, und es war nicht abzusehen, welche Folgen es für ihn haben würde, dass er den einzigen direkten Zugang zu einer ganzen Welt vernichtet hatte. Die Wiederherstellung der Zugänge konnte Jahrzehnte dauern, wenn es überhaupt bewerkstelligt werden konnte. Den Zeitschacht einer Singularität mit neuen Zugängen zu versehen, war ungeheuer kompliziert und aufwendig. Manchmal war eine Wiederherstellung unmöglich, und es musste mit noch größerem Aufwand an Zeit und Kosten im weiteren Umkreis eine andere Singularität gesucht werden, deren Schwerefeld einen Zeitschacht bildete. Für eine schwach besiedelte und unbedeutende kleine Welt wie Glister konnte seine Entscheidung das Aus bedeuten.

Aber die Eindringlinge mussten aufgehalten werden. Wenn sie in die Vergangenheit entkamen, konnten die Folgen bei weitem schlimmer sein als die Aufgabe von Glister. Er machte sich ans Werk, den Portalzugang B zu schließen und wiederholte die langwierige Prozedur.

Inzwischen hatten die Schiffe zwei, drei, vier und fünf die Abbruchmanöver eingeleitet und versuchten aus dem Schwerefeld auszubrechen. Koffield wusste, wie mächtig die Anziehungskraft war und bezweifelte, dass die Schiffe ihr noch entkommen konnten. Und wenn sie untergingen, würde alle Welt erfahren, wer sie auf dem Gewissen hatte. »Kapitän!«, rief Sentar. »Drei der Eindringlinge haben Kurs geändert. Halten nicht mehr auf den Zeitschacht zu.«

»Neuer Kurs?«, fragte Koffield.

»Moment, noch nicht ganz eindeutig … Kapitän, Kursprojektionen zeigen, dass Eindringlinge zwei, vier und sechs auf unsere Position zuhalten.«

Koffield war wie vor den Kopf geschlagen. Was konnte noch geschehen? Und was sollte er jetzt tun?

Er zwang sich zu ruhiger Überlegung. Drei der Eindringlinge hatten den ursprünglichen Ausbruch aus dem Zeitschacht überstanden. Alles an ihrem Verhalten legte eine Wiederholung der Taktik des Aufopferns entbehrlicher Duplikate nahe, um die Abwehr zu verwirren und zu beschäftigen. Wenn jeder der Eindringlinge eine komplette Kopie der gesamten Informationen beförderte, die sie gesammelt hatten, aber nur ein Eindringling durchkäme, würde das einer zu viel sein. Aber einer musste durchkommen oder alles würde vergeblich sein.

Nun hielten drei von ihnen weiter auf den Zeitschacht zu, die drei anderen aber nicht. Bei ihrem ersten Auftreten hatten die unbemannten Sonden nur geringe oder gar keine Fähigkeit zur Ortung und Verfolgung gezeigt. Eine von ihnen wäre der *Upholder* beinahe in die Triebwerke geflogen, anscheinend durch Zufall. Aber jetzt hatten drei von ihnen offensichtlich die *Upholder* geortet und Kurs auf sie genommen.

Wenn es nur darauf ankam, dass wenigstens eine Sonde durchkam, war es eine Vergeudung, drei Sonden für einen Angriff auf die *Upholder* abzuzweigen. Vorausgesetzt, die Sonden waren imstande, durch den Zeitschacht zu gehen.

Plötzlich ging Koffield ein Licht auf. Es ergab alles einen Sinn, wenn er davon ausging, dass jeder der Überlebenden ein Duplikat oder eine Attrappe seiner Selbst an Bord gehabt hatte. Ein Duplikat, das Schiffe orten und Ablenkungsmanöver ausführen konnte, aber nicht imstande war, eine Zeitschachtpassage zu überleben. Wenn die Duplikate den Transit bewerkstelligen könnten, hätten sie ihren Kurs auf den Zeitschacht beibehalten.

»Navigation, ich möchte in Abstimmung mit der Abwehr Ausweichmanöver, um den Eindringlingen zu entgehen, die Kurs auf uns halten«, befahl Koffield. »Abwehr, verschwenden Sie keine Munition oder Laserenergie auf die Eindringlinge. Sie sollen uns nur von unseren eigentlichen Zielen ablenken. Wir nehmen den Köder nicht an und feuern nur auf die drei Eindringlinge, die Kurs auf den Zeitschacht halten.«

Wieder überprüfte Koffield die Anzeigen. Drei Minuten und neun Sekunden, bis Schiff eins den Zeitschacht erreichte. Schiff zwei schien in seinem Versuch, aus dem Schwerefeld der Singularität auszubrechen, volle Antriebskraft einzusetzen, doch war jetzt schon deutlich zu sehen, dass das Manöver scheitern würde. Sein Magen krampfte sich zusammen. Hinter diesem Echozeichen in seiner Darstellung verbarg sich ein großes Schiff, dessen Namen er nicht einmal wusste. Es hatte eine unbekannte Anzahl Menschen an Bord, dazu eine Menge dringend benötigter Fracht, die unter großem Risiko und hohen Kosten bis hierher befördert worden war. Und nun würde dieses Echozeichen, dieses Schiff ausgelöscht.

Und nicht dieses Schiff allein. Die Schiffe drei und vier kamen kaum besser voran. Fünf schien das einzige der Schiffe zu sein, das auf ein Entkommen hoffen konnte.

Mord. Kaltblütiger Mord. Und ihm blieb keine Wahl.

Er machte sich wieder daran, seine Befehle an die Künstliche Intelligenz der Zugangskontrolle einzugeben. Er hatte die Befehle für Zugang B erteilt und bestätigt und beobachtete, wie der Zugang ausgelöscht wurde. Er begann mit C, merkte aber, dass die Künstliche Intelligenz nach jedem Kommando die Antwort weiter hinauszögerte, da die Schließung jedes weiteren Zugangs bedeutungsvoller und folgenreicher wurde. Es war außerordentlich nervenzermürbend, aber er wusste, dass es für die Menschen an Bord von Schiff eins noch weitaus schlimmer sein musste, wenn sie auf ihren Anzeigetafeln einen Zugang nach dem anderen erlöschen sahen. Nun, sie hatten nur noch knapp zwei Minuten, bevor sie in Zugang D einflogen.

Als Nächstes untersuchte er die Kursprojektionen der Eindringlinge und der von ihnen abzweigenden Gruppe. Alle hatten ihre mörderischen Bremsmanöver abgeschlossen und bewegten sich noch immer mit hohen, aber nicht mehr mit relativistischen Geschwindigkeiten.

Plötzlich bockte der Sitz unter ihm, dass seine Zähne zusammenschlugen, als die *Upholder* mit jäher Beschleunigung ihr erstes Ausweichmanöver machte. Er beobachtete die drei Eindringlinge mit Kurs auf sein Schiff, aber sie reagierten auch dann noch nicht mit einer Kursänderung, als sie längst erkannt haben mussten, dass die *Upholder* ihre Position verlassen hatte. Die anderen drei Eindringlinge lagen nach wie vor auf ihrem Kurs zum Zeitschacht. Es drohte knapp zu werden. Gefährlich knapp.

Koffield sandte die letzte Bestätigung des Befehls zur Schließung des Zugangs C und wartete eine halbe Minute, die ihm wie eine Ewigkeit vorkam, bis die Künstliche Intelligenz akzeptierte und den Befehl ausführte. Sofort machte er sich an die Arbeit für E und beobachtete gleichzeitig, wie der letzte Akt des Dramas draußen im Raum seinen Fortgang nahm.

»Schiff eins erreicht Portalzugang D in dreißig Sekunden«, meldete der Wachoffizier, obwohl er wissen musste, dass keiner in der Zentrale war, der nicht zugeschaltet war. Fünfundzwanzig Sekunden.

Koffield beschloss D bis zuletzt offen zu lassen, bis feststand, dass wenigstens Schiff eins durchgegangen war. Er tippte den nächsten Befehl zur endgültigen Schließung des Zugangs E. Die Künstliche Intelligenz ließ sich mit der Antwort so lange Zeit, dass Koffield überlegte, ob es zu einer technisch bedingten Systemblockade gekommen sei. Dann kam endlich die Antwort, und sie entsprach im Wortlaut genau den vorausgegangenen.

»Zwanzig Sekunden für Schiff eins. Schiff zwei ist – oh, verdammt! Das Echozeichen ist verschwunden. Schiff zwei aus dem Bild. Wir registrierten ein sich ausbreitendes Trümmerfeld. Es trifft auf Ereignishorizont ... jetzt explodiert das Backbordtriebwerk von Schiff drei. Offenbar Überlastung. Es dreht sich um die Längsachse. Schiff drei – Echozeichen verschwunden, Schiff drei Auflösung in Trümmerfeld.«

Die Schiffe zwei und drei waren tot. Da war nichts mehr zu ändern. Er konnte nur fortsetzen, was er eingeleitet hatte.

Koffield bestätigte seinen Befehl zur Deaktivierung des Portalzugangs E und wartete auf Antwort der Künstlichen Intelligenz.

»Kursänderung der drei gegen uns eingesetzten Sonden«, meldete Amerstad, der Abwehroffizier. »Alle drei jetzt auf Abfangkurs gegen *Upholder,* wenn alle Beteiligten gegenwärtigen Kurs beibehalten. Beginnen neues Ausweichmanöver.«

Bei so weiten Entfernungen und entsprechend langen Reaktionszeiten würde die *Upholder* den Sonden noch tagelang ausweichen können. Aber dieses Spiel würde innerhalb von Minuten so oder so zu Ende gehen.

»Schiff eins jetzt zehn Sekunden von Zeitschachtportal«, meldete Sentar. »Zugang D zeigt Beginn der Portalaktivierung.«

Endlich kam die Bestätigung der endgültigen Deaktivierung des Zugangs E und das Verlangen nach zweiter Bestätigung. Endlich. Koffield tippte die Bestätigung ein und wartete wieder auf die Reaktion der Künstlichen Intelligenz.

»Schiff eins Eintritt in fünf, vier, drei, zwei, einer, null Sekunden – Schiff eins in Zeitschacht eingetreten. Alle Ablesungen normal. Portal D schließt.«

»Schiff eins im Zeitschacht«, murmelte Koffield zu sich selbst. »Wenigstens etwas hat heute geklappt.« In der Theorie war es bereits sicher, den Portalzugang D endgültig zu schließen. Schiff eins sollte inzwischen durch sein, in die Vergangenheit austreten und ihr Glück mit dem Ablösungsschiff zeitabwärts versuchen. Aber das war Theorie. Das Schiff fiel in der Zeit zurück. Wie maß man Zeit, wenn man sie rückwärts durcheilte? Transitdauer durch den Zeitschacht konnte null oder unendlich sein, je nachdem, wie man sie berechnete. Es ließ sich nicht mit Gewissheit sagen, welche Auswirkungen die sofortige endgültige Schließung des Zugangs D auf ein Schiff im Transit haben konnte. Es war noch nie versucht worden. Aber der Vorgang dauerte ohnehin einige Zeit, und zuvor ging Koffield auf Zugangsportal F über.

»Trümmerfeld von Schiff drei weitet sich aus zur Position von Schiff vier«, meldete Sentar. »Teleskopische Auflösung zeigt aufblitzende Einschläge, vielfache Einschläge in Schiff vier. Ich glaube ... Schiff vier steuerlos, Triebwerke ausgefallen ... jetzt in freiem Fall zu Ereignishorizont. Aufschlag ... Auch das noch. Schiff vier, Aufschlag auf Ereignishorizont.«

In der holographischen Darstellung verschwand das Echozeichen von Schiff vier. Es war wie ein monströses Schachspiel, wo die Figuren Menschenleben waren, und sie wurden eine nach der anderen vom Brett gefegt, ganz gleich welchen Zug er machte.

»Kapitän«, meldete Amerstad, »Feuerleitzentrale hat Eindringling drei im Visier, wenn wir Position lange genug halten können.«

»Sehr gut. Ausweichmanöver abbrechen, bis Treffsicherheit gegeben. Halten Sie uns lange genug am Leben, dass wir dies durchstehen können.«

»Wird gemacht, Kapitän«, erwiderte Amerstad. »Gehen in Feuerposition.«

Das Schiff drehte sich, während Koffield seine Befehle zur endgültigen Schließung von Zugang F in die Tastatur tippte.

»Kursprojektion zeigt, dass Schiff fünf freikommen

und in Warteposition gehen wird«, meldete der Wachoffizier. Ein halbherziges »Hurra« war die Antwort der Mannschaft in der Zentrale. Drei Schiffe des Konvois waren zerstört, aber zwei überlebten noch.

»Abfangsonden haben Kurs wieder angepasst«, meldete Amerstad und machte dem Erfolgserlebnis ein Ende. »Alle drei jetzt auf Kollisionskurs mit *Upholder.* Erster projizierter Rammstoß in drei Minuten, fünf Sekunden.«

»Abwehr! Wie lange, bis sie ersten Eindringling unter Feuer nehmen können?«

»Wir sind beinahe in maximaler Reichweite für zielgenaues Laserfeuer, achtundsechzig Sekunden, Massenbeschleuniger im Ziel dreiundneunzig«, antwortete der Waffenoffizier mit ruhiger Stimme. »Ich würde lieber den Massenbeschleuniger zuerst einsetzen, damit das Ziel beim Ausweichmanöver der Laserkanone die Breitseite bietet. Wenn wir einhundertacht Sekunden warten, wird Eindringling eins von Zielsuch- und Verfolgungsgerät voll erfasst. Außerdem besteht Chance, dass Trümmer von drei auch eins erfassen.«

»Tun Sie es«, befahl Koffield. Er sah Portalzugang F schließen und vom Kontrollschirm verschwinden. Sie würden wenigstens eine Minute haben, nachdem die Feuerleitzentrale das Feuer eröffnete, um ein weiteres Ausweichmanöver auszuführen, sollten die Angreifer dann noch existieren. Genug Zeit. Er begann mit den Befehlen für Portalzugang G, als das Schiff hart in eine neue Position drehte, die günstigere Bedingungen für das Abwehrfeuer bot.

Wieder tippte er dieselben Befehle ins System und schickte sie zur Künstlichen Intelligenz und wartete endlose Sekunden auf die Bestätigung. Es dauerte eine volle Minute, bis der Vorgang mit allem Hin und Her abgeschlossen war. Koffield sah, dass sich Portalzugang G schloss, als das Abwehrfeuer einsetzte.

»Eindringling drei fixiert«, meldete Amerstad. »Massenbeschleuniger feuert in zehn Sekunden.«

Koffield hatte keine Zeit, darauf zu achten. Er begann die Kommandosequenz zum Ausschalten des Portalzugangs D. Er sandte den ersten Befehl, und während er auf die Antwort wartete, verfolgte er die Ereignisse in der holographischen Darstellung des Wachoffiziers.

»Massenbeschleuniger in fünf, vier, drei, zwei, eins. Feuer!«

Die *Upholder* dröhnte und schwirrte von den Vibrationen des Schnellfeuers, als die Elektromagneten Zehntausende von Stahlkugeln in Sprengzylindern auf hohe Geschwindigkeit beschleunigten und auf ihre Ziele lenkten.

»Massenbeschleuniger Schnellfeuersalve unterwegs. Zeit zum Ziel zwanzig Sekunden. Keine Ausweichmanöver festgestellt. Laserfeuer in fünf, vier, drei, zwei, eins, null.« Obwohl der Laserstrahl Lichtgeschwindigkeit erreichte, würde er lange Sekunden brauchen, um seine Ziele zu erreichen. Wenn die Zielsuch- und Verfolgungsgeräte richtig arbeiteten, würde die *Upholder* sich zwischen dem Laserfeuer und den Salven des Massenbeschleunigers weit genug bewegt haben, um zu verhindern, dass beide einander störten. Das Laserfeuer würde zuerst treffen, gefolgt von den Streuladungen des Massenbeschleunigers.

Die Beleuchtung in der Zentrale flackerte kaum wahrnehmbar, als es die Bordgeneratoren belastete. Dass es überhaupt einen merklichen Spannungsabfall der elektrischen Systeme gab, war Koffield eine Warnung, dass die Generatoren nahe an ihrer Leistungsgrenze waren.

Aber das war jetzt nicht wichtig. Nun kam es darauf an, die nächsten paar Minuten zu überleben.

»Angreifer im Anflug, Projektion lässt dreifachen gleichzeitigen Einschlag in *Upholder* erwarten.«

»Abwehr!«, rief Koffield. »Bestätigung. Liegt Feuer im Ziel?«

»Jawohl, Kapitän!«

»Gut. Ausweichmanöver! Willkürlicher Kurs, maximale Beschleunigung. Sofort!«

Das Schiff beschleunigte wieder, dass alle in ihre Sitze gepresst wurden, legte sich dabei über und zog in einem Bogen beinahe direkt auf die Singularität zu. Koffield fluchte. Er hätte keinen willkürlichen Ausweichkurs befehlen sollen, angesichts der Pechsträhne, die sie verfolgte. Wenn sie das Schicksal der Schiffe zwei, drei und vier vermeiden wollten, würden sie die Beschleunigung sehr bald abbrechen müssen. »Sofort Kursänderung in jede Richtung, die mindestens neunzig Grad von der Singularität wegführt!«

Das Schiff schwankte wie betrunken und schwenkte ab.

»Angreifer noch immer auf Kollisionskurs mit unserer letzten Position«, meldete der Wachoffizier. »Keine Veränderungen in Kurs oder Geschwindigkeit. Dreifache Kollision in zehn Sekunden.«

Diese Kollision würde eine Menge Trümmer in die Umgebung schleudern. Vielleicht war das der Plan, die *Upholder* mit dem Schrapnell einer dreifachen Kollision zu erledigen. Aber er konnte wenig dagegen tun. Er hatte nicht genug Energie, um sie für die Abschirmung zu verwenden, selbst wenn diese Funktionsfähig gewesen wäre.

»Abwehr«, rief Koffield. »Info über Feuerwirkung.«

»Angreifer Kollision in fünf Sekunden. Laserfeuer auf Primärziel in acht, Massenbeschleuniger in neun.«

»Angreifer kollidieren«, rief der Wachoffizier, aber es war schon nicht mehr nötig. Jeder Bildschirm in der Zentrale leuchtete auf, als die drei unbemannten Sonden mit einer gewaltigen Explosion ineinander krachten. Wenn größere Mengen der Explosionstrümmer die *Upholder* erreichten und richtig erwischten, würde es das Ende von allem sein, kein Zweifel.

Aber er konnte nichts daran ändern, also tat er stattdessen, was er konnte und drückte die Sendetaste der ersten Bestätigung zur Ausschaltung des Portalzugangs D.

»Laserfeuer und Streuladungen von Massenbeschleuniger verfehlen Primärziel!«

Koffield hatte nicht genug Vertrauen in die Schüsse gehabt, um sehr enttäuscht zu sein. »Trefferwahrscheinlichkeit Sekundärziel?«, fragte er.

»Wir werden es erst in zwanzig Sekunden wissen, Kapitän.«

»Haben Sie für einen zweiten Schuss genug übrig?«

»Unzureichende Energie für den Einsatz der Laserkanone. Wir haben Streuladungen für den Massenbeschleuniger und vielleicht genug Energie für eine weitere Salve.«

»Dann wollen wir nichts vergeuden. Feuern Sie, wenn Sie Erfolgsaussichten sehen.«

»Verstanden, Kapitän.«

Warum brauchte die Künstliche Intelligenz der Zugangskontrolle so lang? Vielleicht hatte sie endlich genug und wollte nicht mehr …

»Kapitän! Einschläge auf sekundärem Ziel! Vier, fünf Treffer. Verlässt Kurs und überschlägt sich!«

Hurrageschrei erhob sich in der Zentrale.

»Gut gemacht, Feuerleit! Jetzt noch mal!«

»Jawohl, Kapitän. Zielsicht- und Verfolgungsgeräte haben Ziel für letzte Salve erfasst.«

Letzte Salve. Das war ernüchternd. Selbst wenn sie wieder Treffer erzielten und damit zwei der Eindringlinge erledigten oder beschädigten, war noch immer ein dritter dort draußen.

Koffield beobachtete die holographische Raumdarstellung und machte etwas aus, das dem Wachoffizier bisher entgangen war. Schiff fünf, das letzte Schiff des Konvois, ging nicht in eine Warteposition. Es beschleunigte noch immer mit maximaler Leistung, fort von der Singularität. Es machte sich davon, so schnell es konnte, um dem Chaos und der Zerstörung zu entgehen, die um die Zirkumzentrale Wegmarke wirbelten. Koffield konnte es der Schiffsführung nicht verdenken. Ganz gleich, wie die Sache ausging, für Schiff fünf gab es keinen Grund, irgendwo in der Nähe des Zeitschachtes zu verweilen.

»Schiff fünf hat Rückreise angetreten«, sagte Koffield zum Wachoffizier und entließ es aus seiner Aufmerksamkeit. Eine weitere Figur vom Schachbrett gefegt. Wenn er überlebte, würde später Zeit genug sein, an dieses Schiff zu denken und an alle anderen die an diesem Tag verloren gegangen und zerstört worden waren.

»Richtig«, bestätigte der Wachoffizier mit einer Spur von Verlegenheit.

»Eindringling im Visier«, rief der Abwehroffizier. »Feuern in zwanzig Sekunden.«

»Sekundäres Ziel zeigt Rauchentwicklung, und unkontrollierte Bewegungen verstärken sich«, meldete der Wachoffizier. »Ich denke, es ist aus dem Spiel.«

Koffield rief die vollständigen Navigationsdaten von Eindringling fünf ab, dem Eindringling, den sie noch nicht unter Feuer genommen hatten. Selbst wenn ihre letzte Salve Streuladungen Eindringling drei außer Gefecht gesetzt hatte, würde fünf noch da sein und auf den Zeitschacht zuhalten.

»Feuern in zehn, neun, acht, sieben, sechs, fünf, vier, drei, zwei, eins, null.« Wieder – und zum letzten Mal – dröhnte und schwirrte die *Upholder* von den Vibrationen des Massenbeschleunigers. »Feuer eingestellt. Alle

Streuladungen verschossen. Ladungen im Zielbereich in zweiunddreißig Sekunden.«

Wenn ihre Kursprojektion Gültigkeit behielt, würde drei das Portal des Zeitschachtes in zehn Minuten und fünfundzwanzig Sekunden erreichen, fünf in dreiundzwanzig Minuten und achtzehn Sekunden. Wenn sie mit dieser Salve Glück hatten …

*Zugangskontrollsystem empfängt und akzeptiert Instruktion zu permanenter Deaktivierung von Portalzugang »D«. Bitte Kommando bestätigen.*

Koffield war überrascht, als die Antwort der Künstlichen Intelligenz erschien, dass er beinahe vergaß, darauf zu reagieren. Aber dann zwinkerte er, nickte und tippte die erste Bestätigung.

»Kapitän! Ich verfolge die Trümmerwolke der Kollision. Einiges davon wird uns treffen – schätzungsweise in zwanzig Sekunden.«

»Wie schlimm?«

»Nicht sehr. Nur kleines Zeug, darum war es nicht frühzeitig auszumachen.«

Aber selbst dieses kleine Zeug konnte sie umbringen, wenn es etwas Überlebenswichtiges traf. Koffield warf einen Blick auf das Diagramm. »Navigation, alle Triebwerke aus und Schiffsorientierung ändern auf drei-zwei-null, eins-eins-null.« Diese Ausrichtung des Schiffes würde den Bug genau in die Trümmerwolke richten und dem auftreffenden Schrapnell die kleinstmögliche Oberfläche bieten. Unter normalen Umständen würde es angebracht sein, das besser abgeschirmte Heck statt des Bugs gegen die Trümmerwolke zu richten, aber die Triebwerke der *Upholder* hatten bereits eine Menge Treffer abbekommen, und es hatte alle Ersatzteile und eine Menge Arbeit gekostet, sie zurecht zu flicken. Eine weitere Trefferserie ins Heck könnte die Triebwerke endgültig ruinieren und das Schiff in einer Umlaufbahn um den Zeitschacht stranden lassen. Da war es besser, die Waffen und Ortungsgeräte im Bug zu riskieren. Sie hatten ohnedies nichts mehr, was sie verschießen konnten, und es gab auch nicht mehr viel zu sehen.

Das Schiff drehte hart in die neue Richtung, und Koffield beobachtete die in der holographischen Darstellung jetzt deutlich erkennbare Trümmerwolke, die beängstigend schnell auf sie zukam. Gleichzeitig behielt er die Echozeichen ihrer hinausgehenden Streuladungen im Auge. Der Bordrechner übertrug beide Sekundenzählungen in Leuchtdiodenziffern. Die Sekunden, die bis zum Einschlag der Trümmerwolke und der Streuladungen im Zielbereich blieben, tickten im Gleichschritt miteinander herunter.

Zehn Sekunden. Neun. Acht. Sieben. Sechs. Fünf. Vier. Drei. Zwei. Eins.

»Vielfache Treffer im Ziel ...« meldete Amerstad, aber mit einem Krachen und einem dumpfen Schlag ging in der Zentrale das Licht aus.

Es war stockdunkel. Stimmen erfüllten die Finsternis – Rufe, Fragen, ruhige, gefasste Antworten.

Nichts. Er konnte überhaupt nichts tun. Nicht solange es keinen Strom und kein Licht gab.

Auf einmal leuchtete der Bildschirm mit der Übertragung der Zugangskontrolle wieder mit einer Botschaft auf.

*Zugangskontrollsystem empfängt und akzeptiert Bestätigung der Instruktion zur permanenten Deaktivierung des Portalzugangs »D«. Zugangskontrollsystem weist wie bisher darauf hin, dass dies die letzte Chance zum Widerruf der Instruktion sein wird. Bitte senden Sie zweite Bestätigung innerhalb sechzig Sekunden. Jede andere Aktivität oder unterlassene Aktivität wird zur Aufhebung der Instruktion führen.*

Der Bildschirm flackerte und ging wieder aus.

Wie viele Sekunden, bevor er sie sehen konnte, war

diese Botschaft eingegangen? Wie lange war der Bildschirm schwarz gewesen, unfähig, ihm die Worte zu zeigen? Fünf? Zwanzig? Koffield fummelte in der Dunkelheit nach der Tastatur. Blind gab er die zweite Bestätigung ein. Er konnte nicht sehen, was er tippte, aber schließlich hatte er den Befehl so gut er konnte eingegeben. Dann zögerte er. Er konnte nicht wissen, ob er die Bestätigung wirklich richtig eingegeben hatte. Wie, wenn er sich vertippt hatte und die Künstliche Intelligenz sich weigerte, die unvollkommene Botschaft zu akzeptieren? Wie viel Zeit blieb ihm bis zum Ablauf der sechzig Sekunden, wenn die Künstliche Intelligenz die Deaktivierungssequenz aufhob? Hatte die Tastatur seine Eingabe überhaupt aufgenommen oder hatte der Stromausfall sie gleichfalls außer Betrieb gesetzt? Wenn die Beleuchtung nur wieder angehen würde! Dann könnte er Befehl und Bestätigung überprüfen und noch einmal senden. Aber wenn er zu lange warten musste, würde das System die Sequenz stornieren.

Wie lange konnte, durfte er warten? Koffield entschied sich für zwanzig Sekunden und zählte sie ab, bemüht, die Länge einer Sekunde richtig einzuschätzen. Dann drückte er die Sendetaste.

Ein paar Sekunden oder eine Ewigkeit später schaltete sich irgendwo in den Eingeweiden des Schiffes ein Notstromaggregat ein, und in der Zentrale ging die Notbeleuchtung an und verwandelte völlige Dunkelheit in ein Zwielicht. Koffield blinzelte irritiert, dann sah er, was er gesendet hatte, auf dem Bildschirm.

ANTON KOFFIELD KAPITÄN *UPHOLDER* SENDET ZWIETE BETÄTIGUNG ZUR PERAMENTEN DEAKTIVIERUNG VON PORTALZUGANG »D«.

Die Indikatoren zeigten, dass das System die Bestätigung erhalten hatte, doch konnten auch sie durch den Stromausfall beeinträchtigt worden sein. Koffield konnte sich ein halbes Dutzend Möglichkeiten vorstellen, die zur Verstümmelung oder gar zum Verlust der Botschaft geführt haben konnten oder das System veranlasst haben mochten, die Bestätigung abzulehnen. Die Künstliche Intelligenz sollte imstande sein, die Bestätigung trotz der Schreibfehler richtig zu interpretieren, aber es ließ sich nicht mit Gewissheit sagen. Eine wiederholte Eingabe der Bestätigung konnte die Künstliche Intelligenz entweder beruhigen oder misstrauisch machen und zur Ablehnung veranlassen.

Kurzum, was er auch tat, es konnte die Situation genauso leicht verschlechtern wie verbessern.

Am besten ließ er alles, wie es war. Er konnte nichts daran ändern.

Es ließ sich nicht mit Gewissheit sagen, wie lang die Künstliche Intelligenz brauchen würde, um sich durch die Kompliziertheiten der Situation zu arbeiten, doch war Koffield ziemlich sicher, dass dieser letzte unwiderrufliche Schritt mehr Zeit als alle vorausgegangenen in Anspruch nehmen würde. Jede andere Entscheidung der Künstlichen Intelligenz hatte die Möglichkeit mit eingeschlossen, den Prozess zu unterbrechen und eine volle Schließung des Zeitschachtes zu verhindern. Solange ein Zugang bestehen blieb, konnte das System wiederhergestellt werden. Aber nach der permanenten Schließung des letzten Zugangs gab es keinen Weg mehr zurück. Die Künstliche Intelligenz würde länger und intensiver nachdenken, bevor sie sich zu diesem folgenschweren Schritt entschloss.

»Schadensmeldungen?«, fragte er.

»Fünf kleine Treffer von Trümmerstücken am Bug«, meldete der Bordingenieur. »Schwenklafette der Laserkanone beschädigt, aber wahrscheinlich reparierbar. Zwei Linearmotoren des Massenbeschleunigers schwer beschädigt. Ortungssystem zurzeit nur begrenzt funktionsfähig. Generatoren und elektrische Anlage durch Überlastung geschädigt, aber inzwischen wieder voll funktionsfähig. Andere Schäden nicht gemeldet.«

»Gut, danke.« Koffields optische Darstellung baute sich wieder auf, und er konnte trotz der beschädigten Ortungssysteme sehen, dass Eindringling drei zweifelsfrei mindestens einen Treffer erhalten hatte. Die Instrumente brachten nur einen matten, flackernden Lichtpunkt auf die Bildschirme, aber dem geübten Auge sagte es genug. Der Punkt schwoll an und schrumpfte, während er gleichzeitig in der Helligkeit pulsierte – deutliches Merkmal eines antriebslos kreiselnden und stark Luft verlierenden Schiffes. Eindringling drei hielt noch immer Kurs auf den Zeitschacht, aber wenn er nicht sehr bald die Kontrolle über seine Fluglage zurückgewann, würde er mit Sicherheit von den Gezeitenkräften des Schwerefelds auseinander gerissen, wenn er sich der Singularität näherte. Er war so gut wie aus dem Spiel.

Noch während er beobachtete, ereilte neues Unheil Eindringling drei. Er leuchtete plötzlich hell auf, dann erlosch er und verschwand in der Schwärze. Koffield brauchte nur einen Augenblick, um zu verstehen, was geschehen war. Die Trümmerwolke der Kollision war gerade über drei hinweggegangen und hatte sie weit schwerer getroffen als die *Upholder.*

Nun war das Schachbrett wirklich leer gefegt. Schiff fünf entfernte sich schnell, vermutlich brachten seine auf voller Leistung laufenden Triebwerke allen achteraus gerichteten Funkverkehr und alle optischen und elektromagnetischen Ortungsgeräte in dieser Richtung durcheinander. Es konnte nicht sehen, was hinter ihm vorging und konnte keine Botschaften dorthin senden oder von dort empfangen. Wenn es überlebte, konnte die Schiffsführung als Zeuge des Geschehens dienen, aber darüber hinaus war ihre Rolle in dem Drama beendet.

Damit waren nur noch zwei Figuren im Spiel – Eindringling fünf und die *Upholder.* Alle anderen waren zerstört, in Trümmer aufgelöst oder von der Singularität verschluckt.

In gewissem Sinn war sogar die *Upholder* jetzt aus dem Spiel. Sie hatte ihr Pulver verschossen. Ihre Waffen waren ohne Munition oder beschädigt, die Ortungs- und Messsysteme halb blind. Es war nicht mehr möglich, den letzten Eindringling aufzuhalten. Koffield hatte nicht einmal mehr die Triebwerksleistung, um rechtzeitig zu wenden und sein Schiff auf einen selbstmörderischen Kollisionskurs zu bringen. Es blieb nichts übrig als zu überleben versuchen.

Jetzt kam es nur darauf an, dass die *Upholder* zusammenhielt, bis die Künstliche Intelligenz der Zugangskontrolle die letzte Bestätigung verarbeitete, danach handelte und Zugang D schloss. Damit wäre das letzte Schlupfloch in den Zeitschacht beseitigt, bevor Eindringling fünf in zwanzig Minuten und fünf Sekunden durchgehen konnte. Koffield konnte und wagte nichts zu tun, bis die Künstliche Intelligenz ihre Arbeit getan hätte.

Zwanzig Minuten. Neunzehn, jetzt. Eine zu kurze Zeit, und zugleich zu lang. Nicht genug Zeit zum Handeln, aber mehr als genug Zeit zum Denken, zu Überlegungen, was bevorstand. Entweder bitteres Versagen, wenn es Eindringling fünf trotz allen Aufwandes an Material und Menschenleben gelang, durch den Zeitschacht zu gehen – oder ein ebenso bitterer Sieg.

Selbst wenn es gelang, den letzten Eindringling aufzuhalten, blieb völlig offen, wie es für ihn und seine Besatzung weitergehen sollte. Sie konnten nie wieder zurück in die Vergangenheit, wo sie zu Hause waren.

Nach einer langen und beschwerlichen Reise würden sie vielleicht irgendwo hier auf der zeitaufwärts liegenden Seite einen sicheren Hafen erreichen. Aber was dann? Was für ein Leben konnte es für sie geben? Was für ein Leben insbesondere für Koffield, den Mann, der die Zerstörung des Portals befohlen hatte, das er schützen sollte?

Fünfzehn Minuten, zwei Sekunden. Er starrte auf die Uhr. Ein Teil von ihm wünschte, dass die Zeit schneller vergehe, während der andere wünschte, sie würde stillstehen, bis die Künstliche Intelligenz der Zugangskontrolle die letzte Bestätigung verarbeitet, mit der Situation verglichen und beurteilt hätte, ob sie danach handeln solle oder nicht.

Seltsam, dass niemand mehr sich zu fragen schien, wer oder was die Eindringlinge waren, oder was sie wollten, oder woher sie kamen. Vielleicht lag es daran, dass noch niemand Zeit gehabt hatte, sich eingehend damit zu beschäftigen, vielleicht aber auch daran, dass sie kaum Daten hatten. Bisher hatten sie hauptsächlich auf die Eindringlinge reagieren müssen, und soweit es Koffield und die Besatzung betraf, hatten sie sich damit abzufinden, dass die Eindringlinge einfach da waren, wie eine Naturgewalt. Keiner von ihnen hatte mehr von ihnen gesehen als Lichtpunkte oder Echozeichen. Sie hatten keine Ahnung, wie die Eindringlinge aussahen. Zwar ließ sich aus ihren enormen Beschleunigungswerten schließen, dass sie unbemannt waren, dennoch wurden sie anscheinend von einer Intelligenz gesteuert, die ihre Manöver koordinierte.

Koffield empfand es beinahe als eine Erleichterung, dass mit der Künstlichen Intelligenz eine Maschine die letzte Entscheidung traf. Entschied sie sich gegen die endgültige Schließung des letzten Zugangs, so würde Koffield sich mit Freuden darein fügen. Denn die Entscheidung wäre dann ohne sein Zutun und sogar gegen seinen Befehl getroffen worden. Niemand würde ihn für die Folgen verantwortlich machen können. Und wenn die Künstliche Intelligenz den letzten Zugang tatsächlich endgültig schließen würde, könnte er sich sagen, dass die letzte Entscheidung von der Künstlichen Intelligenz getroffen worden sei, nicht von Anton Koffield. Eine verlockende und tröstliche Vorstellung.

Aber nein. Dies war seine Sache, seine Verantwortung. Er war nicht Kapitän eines Wachschiffes geworden, um sich hinter einer Künstlichen Intelligenz zu verstecken. Dies war, auf Gedeih oder Verderb, sein Kampf.

»Kapitän, wir fangen schwarze Signale einer Art Funknachricht von Eindringling fünf auf«, meldete der Wachoffizier. »Hohe Wahrscheinlichkeit, dass die Signale an Zugang D gerichtet sind.«

Keine besondere Überraschung, aber nicht gerade eine ermutigende Nachricht. Wie, wenn die Künstliche Intelligenz der Zugangskontrolle entschied, Befehle vom Eindringling anzunehmen und die von der *Upholder* zu ignorieren?

Koffield ging zur Nachrichtenstation des Wachoffiziers und ließ das Signal zurückspielen. Es war gerade noch möglich, die Gegenwart eines Signals auszumachen. Wahrscheinlich sendete der Eindringling über einen Richtstrahler. Mit intakten Empfangsgeräten und etwas Zeit würde es wahrscheinlich möglich sein, die Botschaft vollständig zu rekonstruieren. Aber die Hälfte der Ortungs- und Kommunikationsanlagen war beschädigt, die Reparaturtrupps arbeiteten noch an der Wiederherstellung, und bis zur endgültigen Entscheidung so oder so waren nur dreizehn Minuten und acht Sekunden übrig.

Was mochte geschehen, wenn der Eindringling zurück in die Vergangenheit gelangte? Die gesamte Geschichte zwischen dem oberen und dem unteren Ende des Zeitschachtes stand auf dem Spiel. Jeder in den letzten neunundsiebzig Jahren geborene Mensch, jede Idee und jede Handlung konnte durch das Wissen um die Zukunft beeinflusst werden, völlig anders ausfallen oder ganz ungeschehen bleiben. Und was konnte den Erbauer der unbemannten Sonden daran hindern, mehr davon zu bauen? Vielleicht hatte der Eindringling die Kontrollcodes für beide Enden des Zeitschachtes; in diesem Fall konnte ihn kaum etwas daran hindern, noch weiter zeitabwärts vorzudringen, bis zum Beginn des Zeitschacht-Transportsystems …

Tausend Jahre Geschichte mit all ihren Triumphen und Niederlagen waren jeder Gefahr ausgesetzt. Was sollte den Eindringling daran hindern, weit genug durch die Zeit zurückzukehren, um die Erbauung der *Upholder* oder die Gründung der Chronologischen Patrouille zu verhindern? Die Auswirkungen konnten dem Gang der bekannten Geschichte eine völlig andere Wandlung geben und ihren ganzen bisherigen Verlauf ungeschehen machen.

Er konnte nichts daran ändern. Seine Möglichkeiten waren erschöpft, und er konnte nur noch die Minuten und Sekunden zählen.

In der Zentrale wurde es still, als die Zeit ablief. Zehn Minuten. Neun Minuten. Acht Minuten. Und noch immer ließ die Antwort der künstlichen Intelligenz auf sich warten.

Wieder und wieder erwehrte sich Koffield der Versuchung, eine neue Verbindung herzustellen und seine Instruktionen zu wiederholen, oder wenigstens die Entscheidung anzumahnen. Alles, was er über Künstliche Intelligenzen wusste, sagte ihm jedoch, dass jede Störung, jede Ablenkung verhängnisvolle Folgen haben konnte. Die Künstliche Intelligenz hatte die benötigten und verlangten Daten. In einer so komplexen, unerwarteten und gefährlichen Situation würde zusätzliche Information nur die Zahl der Variablen erhöhen, mit der sie zurechtkommen musste.

Die Nachrichtenstation registrierte weitere Radiosignale des Eindringlings. Diesmal schienen sie ein wenig deutlicher zu sein. »Können Sie sich einen Reim darauf machen?«, fragte Koffield.

»Der Rechner ist dabei, beide Sendungen zu vergleichen. Warten Sie einen Moment, Kapitän, vielleicht kommt eine gute Nachricht dabei heraus. Soweit ich es beurteilen kann, war es eine Wiederholung des letzten Signals – und wir haben keine Antwort von der Zugangskontrolle aufgefangen. Sie sendet eine Spiegelantwort von allen Kommandos, die sie empfängt. Der Eindringling hat anscheinend Schwierigkeiten.«

»Sehr gut«, sagte Koffield. »Das ist wirklich ein gutes Zeichen.« Es konnte bedeuten, dass die Künstliche Intelligenz der Zugangskontrolle die Kommunikation blockierte und Befehle aus anderen Quellen unbeachtet ließ. Und das wiederum würde bedeuten, dass sie die Situation richtig analysiert hatte und Zugang D rechtzeitig schließen würde.

Es klang hoffnungsvoll, hieß aber auch eine Menge in eine Funkstille hineinzulesen, und Funkstille war alles, was sie hatten.

Sieben Minuten. Sechs Minuten. Die Wartezeit dehnte sich unerträglich. Koffields Universum schrumpfte auf seinen Datenanschluss und dessen Anzeigen, Zahlen und Symbole. Die Zentrale, das Schiff, die äußere Wirklichkeit, wie sie von den Darstellungen wiedergegeben wurden – alles verblasste. Vor seinen Augen war nichts als die ablaufenden Zahlen der Leuchtdioden und das Echozeichen, das den Eindringling verkörperte, der auf Zugang D zukroch, dessen leere Statuslinie von der Künstlichen Intelligenz der Zugangskontrolle noch nicht belegt war.

Es war eine verfahrene Situation, die jedoch die *Upholder* begünstigte. Eindringling fünf hatte den Umkehrpunkt längst überschritten. Er hielt auf die Singularität zu, und nichts konnte ihn aufhalten. Er konnte nur gewinnen, wenn sein Befehl, Zugang D zu öffnen, von der Künstlichen Intelligenz befolgt wurde und sie ihn durch den Zeitschacht passieren ließ.

Fünf Minuten. Vier.

»Eindringling sendet wieder Befehle«, meldete der Wachoffizier von der Nachrichtenstation.

»Wiederholt er dieselbe Sequenz?«, fragte Koffield.

»Ja, soweit wir es beurteilen können. Unser Winkel im Bezug auf den Eindringling verschiebt sich ständig, und wir empfangen jedes Mal weniger von der Sendung.«

»Gut.« Sollte der Eindringling nur seine Befehle wiederholen. In drei Minuten würde es zu spät sein. Zugang D würde geschlossen bleiben, der Eindringling auf der Singularität atomisiert, und alles würde ausgestanden sein.

Zwei Minuten.

»Kapitän! Empfangen Antwortsignal von Zugangskontrolle D. Mit fünfundneunzig Prozent Wahrscheinlichkeit Spiegelantwort an den Eindringling.«

Die Nachricht traf Koffield wie ein Schlag in die Magengrube. Was war mit der Künstlichen Intelligenz los? Noch neunzig Sekunden. Nicht einmal Zeit genug, um die Sequenz von Befehl und Bestätigung zu wiederholen. Die Künstliche Intelligenz hatte mit ja oder nein antworten sollen. Es musste eine Fehlfunktion vorliegen. Er musste den Befehl wiederholen und auf äußerste Dringlichkeit hinweisen, um die Künstliche Intelligenz zu raschem Handeln zu bewegen. Wenn die Sechzig-Sekunden-Marke erreicht wäre, würde er den neuen Versuch machen. Seine Hände schwebten in Bereitschaft über der Tastatur.

*Zugangskontrolle meldet unbefugten Eintrittsversuch.*

Koffield starrte auf die Schrift. Schweiß trat ihm auf die Stirn. Wie lange sollte er noch warten? Er warf einen Blick auf die Anzeige der Sekundenzählung. Siebzig Sekunden, und wen hielt die Zugangskontrolle für unbefugt, Koffield oder den Eindringling?

*Zugangskontrollsystem meldet Störung. Versucht Kontrolle zurückzugewinnen und Portalzugang »D« endgültig zu schließen.*

»Zugang D öffnet sich!«, rief der Wachoffizier. »Zugang D offen, aktiv und betriebsbereit.«

Koffield war starr vor Entsetzen. Das war das Verhängnis, die Katastrophe, zu deren Vermeidung die Chronologische Patrouille aufgebaut worden war. Und sie war hier und jetzt eingetreten, während seiner Wache.

Sechzig Sekunden. Der Angriff auf die Vergangenheit schien jetzt unvermeidlich, aber es blieb offen, von wem und zu welchem Zweck. Der Eindringling würde das zeitabwärts stationierte Ablösungsschiff mit Leichtigkeit passieren, das war kaum zu bezweifeln. Er würde zu der gleichen unmöglichen Geschwindigkeit beschleunigen und nach Belieben die Vergangenheit durchstreifen, Träger detaillierter Information aus der Zukunft – worüber und zu welchem Zweck, blieb offen.

Letzter Versuch. Wenn die Künstliche Intelligenz von der vorgeschriebenen Formel abgewichen war, konnte er es auch tun.

ANTON KOFFIELD KAPITÄN *UPHOLDER* MELDET SITUATION DRINGEND UND EXTREM GEFÄHRLICH. KOFFIELD BEFIEHLT DER ZUGANGSKONTROLLE DIE SOFORTIGE, PERMANENTE DEAKTIVIERUNG VON PORTALZUGANG »D«. ZUGANG »D« IST AUGENBLICKLICH ZU SCHLIESSEN.

*Zugangskontrolle bestätigt Befehl, versucht Befehl auszuführen. Bitte warten.*

Dreißig Sekunden. Wer würde in der veränderten Wirklichkeit nicht geboren sein? Welche Erfindungen würden nicht gemacht werden oder zur falschen Zeit und am falschen Ort? Welche kleinen Zufälligkeiten würden unterbleiben oder ganz verschieden ausfallen und alles verändern, was danach gekommen war? Welche kleine Ursache würde zu großen Wirkungen führen, wie ein Schneeball, der eine Lawine auslöst?

»Eindringling fünf im Anflug«, verkündete der Wachoffizier. »Hält Kurs auf Eintrittsvektor. Zwanzig Sekunden.«

*Zugangskontrolle versucht früheren Befehl auszuführen. Bitte warten.*

»Fünfzehn Sekunden Eintritt Zeitschacht in zehn Sekunden. Neun. Acht. Sieben.« Hier wurde die Voraussetzung dafür geschaffen, dass erlebte Geschichte vollständig verändert werden konnte, und er war machtlos.

»Sechs. Fünf. Vier.«

*Zugangskontrolle versucht früheren Befehl auszuführen. Bitte warten.*

Zu spät. Die Zeit reichte nicht.

»Drei. Zwei. Eins. Null.«

Und es war vorbei. Es würde mehrere Sekunden dauern, bis die entsprechenden Daten sie mit Lichtgeschwindigkeit erreichten, aber es war vorbei. Der Eindringling war im Zeitschacht und fiel zurück in die Vergangenheit. Es war vorbei.

Koffield schaltete eine gerade erst wiederhergestellte Außenkamera ein und richtete das Teleobjektiv auf die Himmelsposition, wo die unsichtbare Singularität war. Dort draußen war ein ebenso unsichtbarer Eindringling aus dieser Zeit gegangen und in die Vergangenheit eingetreten …

Ein grellweißer Lichtblitz flammte in weiter Ferne aus der Schwärze.

»Telemetrie vom Zugang D gestört«, meldete der Wachoffizier. »Die Ablesungen sind völlig durcheinander. Moment – da ist eine Trümmerwolke … kommt offenbar aus dem Portal. Versuche Abgleichung mit früherer Aufzeichnung. Bitte warten.«

Bitte warten, dachte Koffield. »Was ist passiert?«, verlangte er zu wissen. »Wie ist es mit Funk? Empfangen Sie Signale?«

»Nein, Kapitän. Alle Telemetrie vom Zugang Portal D ist auf Null. Keine Trägerwelle, kein Signal, keine Daten. Es ist, als ob nichts da wäre.«

Und dann erschien eine weitere Botschaft auf dem Bildschirm, der Künstlichen Intelligenz, der die Zugangskontrolle unterstand.

*Portal Zugang »D« endgültig deaktiviert.*

Kurz und sachbezogen. »Zugang D ist nicht da«, sagte Koffield. »Nicht mehr. Ich denke … aber das tut nichts zur Sache. Wie sieht die Abgleichung aus?«

»Die Wahrscheinlichkeit liegt nur bei etwa achtzig Prozent, Kapitän, aber diese Trümmerwolke sieht sehr wie das Bild aus, das wir von den Explosionen der anderen Eindringlinge bekamen. Ich glaube, die Explosion fand im Portal statt.«

Der Lichtblitz verblasste, aber im Teleskop zeigte sich ein winziges Lichtgefunkel in der Position der Singularität – Trümmerstücke, die auf der Oberfläche des Neutronensterns aufschlugen. Das Portal musste sich in dem Augenblick geschlossen haben, als Eindringling fünf es passierte. Ohne den Schutz des offenen Zugangs musste der Eindringling in einer Nanosekunde zerfetzt worden sein, wobei schlagartig verschiedene Energien freigesetzt wurden.

Es war so knapp ausgegangen, dass das Nachwirken seiner inneren Anspannung die Erleichterung überdeckte und Koffield keine Ruhe gewährte. Ein Herzschlag mehr, eine Tausendstelsekunde, und der

Eindringling wäre frei in die Vergangenheit entkommen, und alles wäre umsonst gewesen.

Doch selbst wenn ihre Verluste ihnen den Sieg erkauft hatten, war der Preis viel zu hoch.

Die Vergangenheit war verschont geblieben, aber um welchen Preis für die Gegenwart und die Zukunft, für die *Standfast*, die *Upholder*, die fünf Konvoischiffe, für die Bewohner von Glister?

Und, Koffield konnte nicht umhin, sich die Frage vorzulegen, zu welchem Preis für ihn selbst?

Wie viel Blut und Unheil klebte jetzt an seinen Händen?

*

Vier Standardtage später verließ die *Upholder* den verhängnisvollen Bereich um die Zirkumzentrale Wegmarke in die nun zur Gegenwart gewordene Zukunft zeitaufwärts, wo Anton Koffield das Schiff auf Strand gesetzt hatte. Buchstäblich nichts blieb zurück, da die Singularität alle Trümmer des Kampfes im weiten Umkreis zusammenkehrte und verschluckte. Nichts als diese Singularität blieb zurück.

Die Besatzung verbrachte den größeren Teil der ersten zwei Monate ihrer Reise mit der Reparatur und Ausbesserung aller Schäden, die mit Bordmitteln behoben werden konnten. Dann bestiegen sie in Gruppen von acht oder zehn Personen ihre Tieftemperaturbehälter. Jede Gruppe half denen, die vorausgingen. Sie würden die langen Jahrzehnte mit stark herabgesetzten Lebensfunktionen verschlafen, bis sie das Sonnensystem und die Erde erreichten.

Wenn alles gut ging, würden sie neunzig Jahre Bordzeit im Transit verbringen. Eine Passage durch den 89,8 Jahre überbrückenden Zeitschacht bei der Sirius-Drehscheibe würde sie in ungefähr drei Monaten objektiver Zeit zu den äußeren Bereichen des Sonnensystems bringen.

Dann würde es dem Glück und dem Schicksal und den Besatzungsmitgliedern selbst überlassen bleiben, neunundsiebzig Jahre zeitaufwärts von ihrem Ausgangspunkt entfernt ein neues Leben aufzubauen. Wenn alles gut ging.

Aber Anton Koffield hatte keine Illusionen. Pech und ein widriges Schicksal hatten seine Existenz in der Zukunft bereits vorgeformt. Er war, daran war nicht zu zweifeln, ein Gezeichneter des Geschehenen, seiner eigenen Handlungen. Wenn jede andere Tatsache über ihn in Vergessenheit geraten war, würde man sich seiner als des Mannes erinnern, der den Zeitschacht zerstört hatte, des Mannes, der den Konvoi vernichtet hatte, des Mannes, der eine geheimnisvolle Streitmacht von unbemannten Eindringlingen bekämpft und ausgelöscht hatte.

Niemand, so sehr er es auch wünschen mochte, würde jemals vergessen, was er getan hatte. Niemand.

Am allerwenigsten Anton Koffield selbst.

## Zwischenspiel

# HABITAT ZENTRAL-BIBLIOTHEK NEPTUN

Oskar DeSilvo starrte nachdenklich auf die holographische, raumgetreue Darstellung des Planeten Solace, die vor ihm in der Mitte des Raums schwebte. Die Darstellung zeigte die Welt nicht, wie sie gegenwärtig aussah, sondern wie sie in einigen Jahrzehnten aussehen würde. Bis dahin sollte sein Werk, seine Schöpfung so gut wie vollendet sein. Bis dahin würde Solace – seine Welt, sein Laboratorium, sein sich selbst gewidmetes Denkmal – ganz zum Leben erwacht und aufgeblüht sein, um hundertfältige Frucht zu tragen.

Die praktische Umsetzung von Baskaws Ideen funktionierte – obwohl außer DeSilvo niemand wissen musste, dass die Ideen Baskaws und nicht DeSilvos waren. Tatsächlich war DeSilvo nahe daran zu vergessen, dass er nicht alles selbst erdacht hatte. Er sah keine Notwendigkeit, den Ruhm und das Verdienst mit einem lang vergessenen, halb verrückten Forscher zu teilen, der seit Jahrhunderten tot war.

Aber er durfte nicht vergessen, dass das Bild, das er hier vor sich hatte, nicht der Wirklichkeit entsprach. Noch nicht. Bis die Angleichung der unterschiedlichen Umweltbedingungen einschließlich der Bodenorganismen bis hinunter zu den Bakterien weitgehend beendet und vollständig war, hatte es wenig Sinn, sich zu sorgen, wem schließlich das Verdienst gebührte – oder die Schuld – zufallen würde. Was er sah, war nur ein grobes Abbild dessen, was in einem weit entfernten Sternsystem einmal sein sollte. Solace war erst halb fertig, noch ein Traum, dessen Verwirklichung noch Jahrzehnte erfordern würde und durch Lichtjahre erschwert wurde. Die Wirklichkeit war eine holographische Darstellung in DeSilvos Büro im Habitat Zentralbibliothek, einer Raumstation, die den Planeten Neptun im äußeren Bereich des Sonnensystems umkreiste.

Und in der Wirklichkeit jener Welt gab es noch viel zu tun. Widerwillig kehrte DeSilvo dem prachtvollen Bild des künftigen Solace den Rücken und trat vom Projektionsraum in sein elegantes, gut ausgestattetes Büro. Solace war auf dem richtigen Weg, doch gab es noch immer unendlich viel Arbeit zu tun. Es hatte keinen Sinn, sich übermäßig mit künftigen Herrlichkeiten zu beschäftigen, obwohl er den Ausgang des Projekts äußerst zuversichtlich beurteilte. War Solace erst einmal vollendet, würde der Ruhm seines Namens den gesamten besiedelten Raum erfüllen.

DeSilvo setzte sich an seinen Schreibtisch, nachdem er sein weites, langes Gewand sorgsam angehoben und geglättet hatte, um nicht darauf zu sitzen und Falten in das kostbare blassgelbe Gewebe zu knittern. Was immer andere über Oskar DeSilvo sagen mochten, im Guten oder im Schlechten, alle würden darin übereinstimmen, dass die Eitelkeit ein hervorstechender Charakterzug des Mannes sei, wenngleich seine Feinde diesen Aspekt seiner Persönlichkeit mehr hervorheben würden.

DeSilvo war von mittlerer Größe und kräftiger Statur. Seine bronzefarbene Haut war noch jugendlich glatt, sein dichtes schwarzes Haar war bemerkenswert voll und noch ohne graue Strähnen. Er trug es schulterlang, er war glatt rasiert, hatte ein kräftiges Kinn und hohe Backenknochen. Seine leuchtend blauen Augen standen in dramatischem Kontrast zu seinen buschigen schwarzen Brauen.

Es war unmöglich, DeSilvos Alter nach seiner äußeren Erscheinung zu schätzen. Beinahe jeder Teil seines Körpers, vom Herzen bis zu den Fingernägeln, war in der einen oder der anderen Weise ersetzt oder wiederholt revitalisiert worden. Auch machte DeSilvo es den Zeitgenossen nicht leicht, sein Alter zu bestimmen. Die Biographien über ihn, von denen es einige gab, waren in diesem Punkt ziemlich unbestimmt, und seine häufige Anwendung von Tieftemperaturschlaf und Zeitschachttransit trug nicht dazu bei, Klarheit zu schaffen.

Dennoch wusste sogar DeSilvo selbst, dass etwas in seiner äußeren Erscheinung altersloser, vitaler Jugendlichkeit wenigstens teilweise unecht wirkte. Seine Augen waren zu hell, seine Zähne zu weiß und vollkommen, sein Muskeltonus zu gut. Er war das Produkt von Regenerationstherapie, Transplantationstechnik und Stimulation, nicht von gesunder Lebensweise und guter Diät. Sein Aussehen sollte Jugendlichkeit und Energie signalisieren, aber tatsächlich war es das Gesicht von Reichtum und Alter. Oskar DeSilvo war bei weitem nicht der einzige reiche alte Mann, der Jugend zu kaufen suchte.

Ein geübtes Auge konnte die Zeichen auf den ersten Blick lesen. DeSilvos Haut war zu straff gezogen, und die unter dem Bronzeton erkennbare leicht gelbliche Verfärbung war ein Hinweis darauf, dass wiederholte Hautregenerationen den Punkt abnehmenden Ertrags erreichten, wo sie immer weniger Wirkung zeigten und die Regenerationsschäden ernster wurden als der Zellverfall, den sie verhindern sollten. Oskar DeSilvo war gesund und munter, aber für jene, die sie lesen konnten, waren die Zeichen da. Kein Körpergewebe, die Bänder, Gelenke und Sehnen waren nahe dem Ende ihrer Fähigkeit, Stress und Schock von Regenerationsverfahren zu absorbieren.

Man nannte es Grays Syndrom, nach einem längst vergessenen Mediziner aus alten Zeiten, der zuerst den Prozess plötzlichen Einsetzens des Alterns beschrieben hatte, wenn der Körper in Tagen oder Wochen den sonst in Jahrzehnten allmählich verlaufenden Verfall erleidet. Eines Tages, sei es in einem Jahr oder in einem Jahrhundert, würde irgendein Teil seines Körpers weiterer Regeneration widerstehen, und das würde der Anfang vom Ende sein. Der Zusammenbruch würde nicht lange auf sich warten lassen.

Vorläufig aber war alles in Ordnung, und DeSilvo machte eine eindrucksvolle Figur in seinem Gelehrtengewand – und wusste es.

Er beugte sich über den Schreibtisch und studierte seinen elektronischen Terminkalender, der die lange Liste von Punkten enthielt, die seiner Aufmerksamkeit bedurften. Hundert Unterprojekte des Solace-Projekts, jedes in sich ein enormes Unternehmen, mussten erwogen werden.

Er ging die Liste durch. Umfangreiche Erdbewegungsarbeiten, Urbarmachung ganzer Landstriche, Einführung einer für Nutzpflanzen notwendigen Bodenfauna mit den nötigen Voruntersuchungen, gigantische interstellare Transporte von schwerem Gerät und Maschinen aller Art, Aufbau und Erweiterung einer tragfähigen Infrastruktur, Anlage von Bergwerken, Energieerzeugern und verarbeitenden Industrien, Errichtung von Städten und ländlichen Siedlungen. Und schließlich die Aufzeichnung von alledem, die umfassende Chronik der Ereignisse für die spätere Geschichtsschreibung, aus der hervorging, wie solche gewaltigen Aufgaben gelöst wurden. Dort, in den Geschichtsbüchern, würde er sein wahres Monument finden. DeSilvo lächelte beinahe zärtlich beim Überfliegen der Liste. Es bereitete ihm großes Vergnügen, an die enormen Hilfsquellen zu denken, die ihm zur Verfügung standen. Die politische Autorität, die Energiequellen, der gigantische Maschinenpark, die Armee von Arbeitern, die über Generationen hin benötigt wurden, eine Welt umzubauen – alles stand unter seinem Befehl. Über so viel Macht verfügen zu können, war überaus befriedigend; es schien keine Grenze dessen zu geben, was er erreichen konnte.

Gleichwohl gab es Grenzen. Ja. Rückschläge waren möglich. Entwicklungen konnten hinter den Erwartungen zurückbleiben. Er dachte an die Nachrichten über den Abschluss des Anhörungsverfahrens in der *Upholder*-Affäre. Es war gut, solche Mahnungen zu haben. Die Datennetze waren voll von ihrer dramatischen Aktion bei der Zirkumzentralen Wegmarke gewesen, wie sie acht Jahrzehnte in ihrer eigenen Zukunft gestrandet war und trotz ihrer Beschädigungen in langer und mühsamer Reise das Sonnensystem erreicht hatte. Irgendwo hatte er gelesen, dass der Schiffskapitän, ein Mann namens Koffield, irgendeine bedeutungslose Schreibtischarbeit hier in der Zentralbibliothek bekommen sollte, angeblich um Forschungsarbeit zu leisten.

DeSilvo sah zum Fenster hinaus zum Neptun, der einen noch phantastischeren Anblick als sonst bot, weil auch sein Begleiter Triton zu sehen war. Das Geheimnis dessen, was bei der Zirkumzentralen Wegmarke geschehen war, würde noch lange ungeklärt bleiben, vielleicht für alle Zeit. So lange das der Fall war, und vielleicht noch lange danach, würden die Flüsterer auf Koffield zeigen. Nicht viele wollten sich für den Mann einsetzen, der einen Zeitschacht zerstört und eine ganze Welt vom besiedelten Universum abgeschnitten hatte.

Jemand sollte ihm helfen. Ihn ermutigen. Es bestand kein Zweifel daran, dass Koffield ein tüchtiger Mann und ein kompetenter Kapitän war. Und es gab eine Menge Arbeit, die getan werden musste. DeSilvo nickte zu sich selbst. Ja, er würde auf Koffield zugehen. Ihn einladen, am Projekt mitzuarbeiten. Sollten die Verleumder ihn nur schlecht machen. Er würde Koffield die Hand reichen und ihm erlauben, mit Oskar DeSilvo zu arbeiten.

DeSilvo lächelte selbstzufrieden und beglückwünschte sich zu seinem Entschluss. Es würde eine gute und großzügige Tat sein, würdig des Lobes, den sie ihm zweifellos eintragen würde. Welch ein Glück für die Menschheit und für das Universum, dass es einen so großartigen Mann wie Oskar DeSilvo gab.

*

Die Ansprachen waren vorüber, und der Ehrengast hatte seine Belohnung erhalten und in wohlgesetzten Worten seinen Dank abgestattet. Nach dem zeremoniellen hatte der zwanglose Teil des Abends begonnen. Um den Neuankömmling entwickelte sich eine glitzernde fröhliche Party. Licht, Farbe und Musik erfüllten den größten und prächtigsten Veranstaltungssaal im Habitat der Zentralbibliothek. Aber am Rand des gesellschaftlichen Wirbels stand Anton Koffield, vor kurzem zum Rang eines Konteradmirals befördert und stattlich in seiner Galauniform, allein und still. Um ihn her war alles ruhig. Niemand ging zu ihm, niemand wagte in seine Nähe zu kommen. Als er sich langsam durch den Saal bewegte, war er wie das windstille Auge eines Wirbelsturms, und die Stille ging mit ihm. Stimmen verstummten, Gruppen, die sich zum Gespräch zusammengefunden hatten, lösten sich bei seiner Annäherung auf. Selbst die geschäftig umhereilenden Kellner schienen ihn zu meiden, und wenn er einem winkte, um sich ein Glas oder einen Imbiss vom Tablett geben zu lassen, konnte der Mann nicht schnell genug wieder das Weite suchen.

Er hätte so klug sein sollen, nicht zu kommen, hätte wissen sollen, dass es diesmal nicht besser als letztes Mal sein würde, oder das Mal davor. Die Tatsache, dass seine Handlungsweise offiziell gebilligt und vom Untersuchungsausschuss gutgeheißen worden war, machte keinen Unterschied. Niemand mochte sich mit einem Mann unterhalten, der soundso viele Menschenleben auf dem Gewissen hatte. Und Koffield konnte die Leute in gewisser Weise verstehen. Er wusste, was sie sahen, wenn sie ihn anschauten. Er sah es selbst, wenn er in den Spiegel blickte. Schuldbewusstsein. Versagen. Kein amtliches Untersuchungsergebnis konnte die Schatten auflösen, die auf ihm lagen.

Was, fragte er sich zum hundertsten Mal, hatte das Überleben einer so qualvollen Prüfung wie der Rückreise von der Zirkumzentralen Wegmarke für einen Sinn? Konnte es einen Sinn haben, wenn die einzige Rolle, die das Leben ihm zu bieten hatte, die einer Zielscheibe für die Verleumder war, die mit dem Finger auf ihn zeigten und hinter seinem Rücken tuschelten? Welchen Sinn hatten Entschlossenheit, Ausdauer, Führungsqualitäten, wenn die Belohnung so aussah? Die Teilnehmer der Abendgesellschaft blickten hochmütig in die andere Richtung wenn er, Koffield, der skrupellose Vernichter zahlloser Menschenleben, die Kühnheit hatte, ihre Blicke zu erwidern.

Die Besatzung hatte während der Anhörungen gut von ihm gesprochen. Sie hatte ihn mutig, sogar heldenhaft genannt und setzte sich noch immer für ihn ein, selbst wenn niemand auf sie hörte. Aber seine Besatzung war nicht hier und war eigentlich keine Besatzung mehr. Die Leute waren in den Ruhestand gegangen oder hatten den Dienst quittiert oder waren versetzt worden. Weithin verstreut, waren sie für ihn ebenso verloren wie die *Upholder,* die man als Totalverlust abgeschrieben hatte, weil eine Reparatur sich nicht mehr lohnte.

Mit einem müden Seufzer beschloss er zu gehen. Dies war nichts für ihn. Er stellte sein zur Hälfte geleertes Glas auf einen leeren Servierwagen und steuerte langsam und unauffällig den Ausgang an.

»Entschuldigen Sie«, sagte eine Stimme hinter ihm. Eine Männerstimme von angenehmem Klang und gebildeter Aussprache.

Koffield wandte sich um und sah einen gut aussehenden Mann in der burgunderroten Robe eines Gelehrten. Es war DeSilvo selbst, erkannte er verblüfft. »Ja?«

Der Gelehrte lächelte mit blendend weißen Zähnen. »Ich bin Dr. Oskar DeSilvo«, sagte er mit einer leichten Verbeugung. Die unnötige Vorstellung machte auf Koffield einen Eindruck charmanter Bescheidenheit. »Sie sind Konteradmiral Anton Koffield?«

»Der bin ich«, antwortete Koffield. Er machte sich gefasst auf jedwede Art von Theatralik, die dieser DeSilvo im Sinn haben mochte. Inzwischen hatte er einschlägige Erfahrungen gesammelt. Würde er wieder versteckte oder offene Beleidigungen hinnehmen müssen? Oder fein geschliffene Ironie? Wenigstens sah dieser Mann nicht danach aus, dass er zu Handgreiflichkeiten neigte und bei dem man darauf gefasst sein musste, dass er einem den Inhalt eines Sektglases ins Gesicht schleuderte. Aber es war nicht immer leicht zu erkennen. Und DeSilvos Benehmen war entschieden höflich, sogar freundlich. Koffield entschied, dass er in seiner Wachsamkeit ein wenig nachlassen durfte. »Was kann ich für Sie tun?«

DeSilvo lächelte wieder. »Möglicherweise eine ganze

Menge«, sagte er. »Ich habe ein großes Projekt in Arbeit und bin hier in der Zentralbibliothek, um meine Chronik des Solace-Projekts ihrem Archiv zu übergeben. Ich frage mich, ob Sie Lust hätten, an der Vorbereitung dieses Archivmaterials mitzuhelfen.«

Koffield sah ihn erstaunt an. »Ich bin nicht ganz sicher, ob ich Sie recht verstanden habe.«

DeSilvo legte ihm die Hand auf den Unterarm. »Ihre Hilfe«, sagte er. »Ich glaube, Ihre Kenntnisse und Erfahrungen würden Sie für diese wichtige Aufgabe qualifizieren. Ich könnte Ihre Hilfe gebrauchen.«

Und das waren Worte, die noch einmal zu hören Anton Koffield nie erwartet hatte.

# SOLACE

## 127 JAHRE SPÄTER

5339 n. Chr.

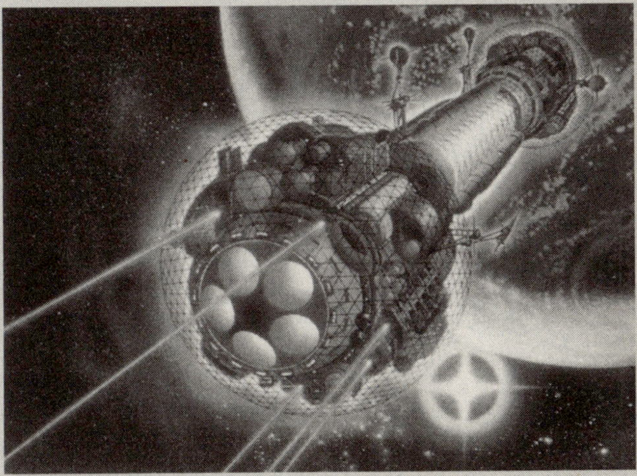

## 4.

# VERTRAUENSVERLUST

Sie starben vor ihren Augen. Neshobe Kalzant stand hinter der Panoramascheibe des Flughafenrestaurants und beobachtete den Ansturm auf den letzten Raumtransporter. Die Menschen stauten sich am Fuß der Fahrtreppe und kämpften sich rücksichtslos stoßend und trampelnd, zerrend und schreiend die Stufen hinauf zum Einstieg, rissen einander zurück, trampelten einander nieder, um einen der wenigen Plätze zu ergattern – Plätze, die bereits besetzt waren und von entschlossenen Männern und Frauen im Einstieg des Raumtransporters verteidigt wurden. Neshobe hatte wenigstens vier Menschen gezählt, die im Stau vor der Fahrtreppe und auf den Stufen zu Tode getrampelt worden waren.

Die von wilder Panik ergriffenen Menschen kämpften in der regendunklen Nacht wie Berserker. Stärkere stießen Schwächere rücksichtslos nieder und arbeiteten sich über die Gefallenen hinweg zur Fahrtreppe und die Stufen hinauf, denn im Abfertigungsgebäude hatte sich wie ein Lauffeuer das Gerücht verbreitet, dass dies der letzte Raumtransporter sei. Das Lautsprechersystem plärrte Versprechungen, dass weitere Transporter unterwegs seien, dass das Gerücht unsinnig sei. Aber die erregte Menge konnte oder wollte der mechanischen Stimme nicht glauben.

Über allem heulte und toste der Sturm, und die Regenböen prasselten herab und wurden gegen das Panoramafenster gedrückt, dass man die Massenpanik draußen trotz der Flutlichtbeleuchtung nur noch durch Regenschlieren sehen konnte.

Einen Augenblick lang wünschte Neshobe, sie selbst könnte an Bord des Raumtransporters sein. Sie hätte die Möglichkeit. Neshobe Kalzants Wort hatte auf Solace Gewicht. Sie bekam, was sie wollte. Selbst jetzt, zu diesem späten Zeitpunkt, konnte sie dem Wachpersonal einen Befehl geben, und es würde ihr mit Knüppeln einen Weg durch die Menge bahnen und ihr einen Platz an Bord dieses Raumtransporters verschaffen. Sie konnte diesem elenden Ort den Rücken kehren. Sogar inmitten dieser kopflosen Menge, dieses chaotischen Ansturms, würde keiner es wagen, sich ihr entgegenzustellen.

Neshobe stellte sich vor, wie sie an Bord des Transporters sein und all die Fäulnis und den Gestank von Solace hinter sich lassen würde. Sie hatte die Möglichkeit und sie hätte gern Gebrauch davon gemacht. Sie war nahe daran, den Befehl zu geben, den nächsten Wachmann mit einer Handbewegung zu sich zu rufen. Aber sie stand still und bewegungslos. Wenn ihr Wort hier Gewicht hatte, dann lag es daran, dass sie Pflichtgefühl hatte und Recht und Gesetz achtete. Sie hatte einen Amtseid geleistet und würde danach handeln, selbst wenn diese Leute in der Verblendung ihrer Panik das Wachpersonal überrannt hatten und einander kratzten und krallten und schlugen und stießen, um an Bord des Shuttles zu gelangen, das sie auch nicht weit bringen würde.

Neshobe war unwohl. Es war ein Fehler gewesen, hierher zu kommen. Sie hatte sich gesagt, dass sie die Verhältnisse hier sehen müsse, um Ordnung zu schaffen, aber das Wachpersonal war hoffnungslos überfordert, hatte selbst keine klaren Anweisungen und zum

Schutz der Einrichtungen seine Kräfte zersplittert. Vielleicht war sie überhaupt nur gekommen, um ihr eigenes Schuldgefühl zu beschwichtigen. Stattdessen hatte ihre Machtlosigkeit in dieser verfahrenen Lage noch Scham und Empörung hinzugefügt.

Vor zwei Jahren hatte es einen Ansturm auf die Bank von Solace gegeben. Die Einleger waren in Panik geraten, weil sie in genau zutreffender Einschätzung der Lage erkannt hatten, dass die Bank in Zahlungsschwierigkeiten war. Die Bank hatte darauf mit einem klugen Manöver reagiert und so getan, als wären ihre Geldreserven groß genug, um jeder Eventualität gerecht zu werden, und hatte alle Einleger, die ihre Konten auflösen wollten, voll ausbezahlt – während sie im Hintergrund verzweifelt bemüht gewesen war, heimlich kurzfristige Kredite und Überbrückungsdarlehen aus jeder nur denkbaren Quelle aufzunehmen. Die meisten anderen Finanzinstitute von Solace hatten gern ausgeholfen, denn wenn die Bank von Solace als größtes Institut untergegangen wäre, wäre ein Wunder nötig gewesen, um die anderen vor dem Sog des Zusammenbruchs zu bewahren.

Die Finanzinstitute begegneten dem Vertrauensverlust mit einer Improvisation, die der beginnenden Panik den Wind aus den Segeln genommen hatte. Nachdem das unmittelbare Problem gelöst war, nachdem die Institution überlebt hatte, machte man sich Gedanken über das langfristige Überleben und die Notwendigkeit von Reformen und schärferen Kreditkontrollen.

So musste auch hier verfahren werden, in dieser Krise. Sie wandte sich an den örtlichen Kommandeur der Wache. »Verbinden Sie mich mit Abschnittsleiter Raenau in der Orbitalstation«, sagte sie. »Stimme allein genügt.«

Der Kommandeur nickte einem seiner Leute zu, der

ein gesichertes Funksprechgerät aus dem Gürtel zog und mit gedämpfter Stimme hineinsprach. Der Zugangscode verband ihn mit der Künstlichen Intelligenz, die das gesamte Kommunikationswesen steuerte, und von dort aufsteigend durch zwei untergeordnete Stellen bis zum Abschnittsleiter.

Neshobe ließ ihn seine Arbeit tun und trat näher an das verstärkte Glas der Panoramascheibe heran. Die kopflose Panik am Rand des Flugfeldes dauerte noch an, und sie fühlte sich zu ihrem eigenen Bedauern an eine Schafherde erinnert, in deren Pferch ein Wolf eingebrochen ist. Dabei handelte es sich bei diesen Menschen wahrscheinlich um einen repräsentativen Querschnitt der braven Bevölkerung von Solace, oder wenigstens der arbeitenden Schichten.

Die Gesellschaft von Solace war deutlich geschichtet, und war es immer gewesen, seit das Projekt zur Angleichung der Umweltbedingungen eingeleitet worden war. Eine kleine, wohlhabende und durch Erbfolge weitgehend stabile Oberschicht von Politikern, hohen Regierungsbeamten in Verwaltung und Justiz, Ingenieuren und Spezialisten, allesamt seit Generationen ansässig, herrschte zusammen mit einer nicht viel zahlreicheren Mittelschicht über eine viel größere Schicht weniger gebildeter Siedler kleinbäuerlichen Zuschnitts und eine breite Unterschicht aus angelernten Arbeitern, die in letzter Zeit durch eine Menge Flüchtlinge von Glister angeschwollen war. Neshobe kannte die Geschichte und die Traditionen ihrer Welt und wie es in den oberen Schichten zu einer Bildung ausgeprägt patriarchalischer Strukturen gekommen war. Dieser Paternalismus schloss ein ausgeprägtes Verantwortungsgefühl für das Wohl der Massen mit ein, verbunden mit dem Bewusstsein der eigenen Überlegenheit.

Aus dieser Einstellung rührte das Pflichtgefühl her,

das Neshobe anhielt, für diese ängstlichen, verschreckten und zornigen Menschen dort draußen zu sorgen und sie zu schützen. Pöbel oder nicht, es war ihre Pflicht, ihnen zu dienen, und das würde sie tun, selbst wenn es sie selbst das Leben kostete – und einige von ihnen dazu, was das anging. Es war schwierig, das zu vermeiden, wenn die Schäflein ihrer Herde darauf bestanden, einander zu erdrücken und niederzutrampeln. Das Beste, was Neshobe tun konnte, würde der Versuch sein, die Zahl der Toten und Verletzten so gering wie möglich zu halten. Und sie glaubte einen Weg zu sehen, der dies ermöglichte.

»Abschnittsleiter Raenau«, sagte der Wachmann und reichte ihr das Gerät.

»Danke, Wachtmeister«, sagte sie, hielt das Gerät an Mund und Ohr und räusperte sich. »Gouverneurin Kalzant. Kommandant, wir haben hier eine Panik. Wir müssen sie beenden.«

»Ja, Madame, das werden Sie wohl müssen.« Der Tonfall und seine Worte machten klar, dass er die Situation am Boden als ein Problem betrachtete, das dort gelöst werden musste, aber ihn in der Orbitalstation nichts angehe.

»Als ich das Wort *wir* gebrauchte, schloss ich Sie mit ein, Kommandant. Überhaupt werden Sie derjenige sein, der dieses Problem für uns löst.«

»Wie stellen Sie sich das vor, Madame?«

»Die Panik hier wurde durch das Gerücht ausgelöst, dass wir die Evakuierung der Bevölkerung aus den Überschwemmungsgebieten zur Orbitalstation anordnen werden, es aber wegen der Knappheit an Raumtransportern nicht getan haben. Wir müssen die Leute überzeugen, dass es nicht zutrifft.«

»Das könnte ein Problem sein, Madame. Ich kann Ihnen versichern, dass der Teil über die Knappheit an Transportraum kein Gerücht ist. Zwei von unseren

Raumtransportern sind zur Wartung und Instandhaltung im Dock.«

»Holen Sie sie heraus«, sagte Neshobe. »Lassen Sie alle Arbeiten unterbrechen, die für einen sicheren Verkehr nicht unmittelbar notwendig sind, und nehmen Sie sie wieder in Betrieb, zusammen mit allen anderen Transportern die Sie haben. Richten Sie einen Pendelverkehr rund um die Uhr ein. Jeder, der zur Station will, bekommt die Möglichkeit dazu. Wer von dort wieder herunter will, ebenfalls. Drücken Sie bei den Sicherheitsbestimmungen ein Auge zu und setzen Sie alles in Betrieb, was für den Pendelverkehr geeignet ist.«

»Aber Madame ...«

»Und sorgen Sie dafür, dass es leicht aussieht, nicht wie eine Kraftanstrengung, als ob Ihre Leute sich nicht einmal besonders bemühen müssten. Tun Sie alles Menschenmögliche, aber lassen Sie sich keine Anspannung anmerken.«

»Aber der gesamte Wohnraum hier oben ist schon nahe an der Kapazitätsgrenze«, protestierte Raenau.

Neshobe schloss für einen Moment die Augen und überließ sich der Müdigkeit. Ihre ganze bisherige Amtszeit hatte sie das getan, was sie Raenau gerade nahe gelegt hatte – wie verrückt gearbeitet, und es sich nicht anmerken lassen. »Seien Sie kreativ, Raenau. Heißen Sie alle willkommen, die hinauf wollen – aber machen Sie es ihnen nicht zu bequem. Bringen Sie die Leute in sauberen, sicheren, unbequemen Massenquartieren unter, wo sie keine Zurückgezogenheit finden. Halten Sie den Luftdruck etwas niedrig und die Temperatur ein bisschen kühl. Suchen Sie nach vernünftigen Gründen, Familien aufzusplittern – Männer in einem Quartier, Frauen und Kinder in einem anderen. Es darf nicht außer Kontrolle geraten, aber lassen Sie die Leute von unten ein wenig mehr für alles bezahlen, was sie brauchen. Und achten Sie darauf, dass jeder weiß, dass die Raumtransporter leer zurückfliegen.«

»Ich verstehe, was Sie meinen, Madame. Aber es wird nicht leicht sein, auch nicht billig. Es wird auf eine Menge bezahlte Überstunden und Beschlagnahmungen hinauslaufen.«

»Wie hoch es auch kommen mag, es wird billiger sein als ein ruinierter Flughafen und Krawalle in der Stadt«, sagte sie. »Können Sie den Auftrag ausführen und mit der Flugleitung hier unten koordinieren?«

Raenau seufzte. »Ja, Madame. Wir können es machen – aber ich kann Ihnen nicht versprechen, dass wir Freude daran haben werden.«

»Sehen Sie zu, dass die Passagiere auch keine Freude daran haben werden«, sagte sie. »Kalzant, Ende.«

Sie schaltete das Gerät aus, gab es dem Wachtmeister zurück und kehrte dem Panoramafenster und dem Getümmel draußen den Rücken. Ohne ein weiteres Wort verließ sie den Raum und ging zurück zu ihrem Wagen. Sie stieg ein, ließ die Tür hinter sich zufallen und sank in die luxuriöse Polsterung. Endlich allein.

»Instruktion Transportziel«, sagte der Wagen im Telegrammstil der Künstlichen Intelligenz.

»Fort«, sagte Neshobe. »Hinaus. Wo es ruhig und sauber ist.«

Die Künstliche Intelligenz des Wagens war taktvoll genug, nicht zu bemerken, dass das eine ziemlich lange Fahrt bedeuten würde.

*

Als er zwischen seinen Tomatenpflanzen im Garten kniete und jätete, sagte sich Jorl Parrige, dass er ein glücklicher Mann sein sollte. Die Sonne schien heiß, der Himmel war blau und gesprenkelt von trägen weißen Wolken, der Boden war warm und duftete nach Leben und fruchtbarer Erde und grünen Pflanzen.

Jorl Parrige, Vorsitzender des Planetarischen Rates und Abgeordneter des Wahlkreises Rikets-Stadt, war ein hoch gewachsener, massiger und breitschultriger Mann, dessen langer grauer Bart sehr zu seiner würdigen Erscheinung beitrug. Selbst jetzt, als er in der lockeren Erde kniete, alte Arbeitskleidung und einen zerfransten, albern aussehenden Strohhut trug, wahrte sein ernster Gesichtsausdruck und seine überlegten, gesetzten Bewegungen die Aura von Würde und Zuverlässigkeit, die er sorgfältig aufgebaut hatte.

Parrige war ein Mann, der Freude an seinem Garten hatte. Hier herrschte Friede und die Behaglichkeit häuslichen Lebens. Unglücklicherweise war jedoch auch sein persönlicher Assistent Aither Fribart anwesend, stand nur ein paar Meter entfernt, trug korrekte Kleidung und stellte seine förmliche Geschäftsmäßigkeit zur Schau.

»Auf dem Flugfeld von Solace-Stadt kam es gestern Abend wieder zu Auseinandersetzungen«, sagte – oder genauer, verkündete Fribart. Im Tonfall seiner Meldungen war immer eine Beurteilung enthalten, eine missbilligende Note, die ebenso auf Parrige zu zielen schien wie auf die Dummköpfe und Hinterwäldler, deren Fehlverhalten Fribarts Aufmerksamkeit auf sich gezogen hatte. In Fribarts Einschätzung war nahezu jeder ein Dummkopf oder ein Hinterwäldler oder Schlimmeres.

Parrige sagte nichts. Die Bienen machten sich dieses Frühjahr nicht gut, aber Jorl Parrige machte es nicht viel aus. Es bedeutete, dass er gezwungen war, die Pflanzen seines Gartens in Handarbeit zu bestäuben, und er fand die langsame, behutsame Arbeit beruhigend. Oder er hätte sie beruhigend gefunden, wenn er Gelegenheit gehabt hätte, ungestört zu arbeiten.

»Ich sagte, es gab wieder eine Auseinandersetzung in Solace …« begann Fribart von Neuem.

»Das sagte Sie mir bereits«, unterbrach ihn Parrige und blickte zu der dünnen Gestalt seines Assistenten auf. Fribart war etwas mehr als mittelgroß, aber so dünn und drahtig, dass die Leute ihn für viel kleiner hielten als er war. Er war von bräunlicher Hautfarbe und trug heute wie auch sonst dunkle, eintönig-förmliche Kleidung: seine Beinlinge und Kniehosen, der Gehrock und die Bluse – alles war dunkelgrau oder bräunlichschwarz.

Etwas an Fribart erinnerte Parrige unweigerlich an einen schwarz gefiederten, stelzbeinigen Watvogel, der mit absurd übertriebener Vorsicht und Sorgfalt durch den Schlamm und Schmutz des alltäglichen Lebens schritt. Er war ein Vogel, der sich langsam und hölzern bewegte, alles beobachtete, aber dann hart und schnell mit dem Schnabel zustieß und jede verlockende Nachricht aufspießte, die töricht genug war, seine Aufmerksamkeit auf sich zu lenken.

»Nun, Chef, das erste Mal antworteten Sie nicht. Wie sollte ich wissen, dass Sie es gehört hatten?«

Einige Blätter der Pflanze, neben der er kniete, zeigten eine Verfärbung. Parrige nahm seine Heckenschere und schnitt sorgsam den Stängel ab, der die kränkelnden Blätter trug. »Es ist mir wirklich gleich, wie Sie es wissen sollten«, erwiderte er. »Es ist auch egal, ob ich es hörte oder nicht.«

»Aber Chef, das war eine größere Auseinandersetzung. Es war …«

»Die Meldung ging schon vor einigen Stunden durch alle Nachrichtenmedien. Ich kann lesen, wissen Sie, und ich bin imstande, einen Bildschirm zu bedienen und die Bilder zu verstehen. Kurzum, es hatte wie gewöhnlich wenig Sinn, dass Sie hierher kamen, um zu melden, was ich bereits weiß.«

»Aber wenn Sie davon wussten, Chef, war es sicherlich Ihre Pflicht zu handeln.«

»Handeln?«, fragte Parrige. Eine leichte Gereiztheit kam in seine Stimme. Er stand auf und musterte seinen Assistenten eingehend. »Handeln? Und was sollte ich tun? Zum Flughafen hinausfahren und den Aufrührern auf die Finger klopfen? Den Leichen mit dem Finger drohen und sagen, ich hoffte, sie hätten ihre Lektion gelernt? Im Hauptquartier der Sicherheitskräfte auftauchen und die Ermittlungen stören, indem ich einen Schwarm Reporter herbeirufe und sie auffordere nichts zu tun, was die Ermittlungen stören könnte? Ich nehme an, es gibt vieles, was ich hätte tun können, aber nichts davon hätte irgendetwas gefruchtet. Wussten Sie, dass Madame Neshobe Kalzant als Augenzeugin an Ort und Stelle war?«

»Ah, nein, Chef, das wusste ich nicht.«

»Darauf will ich hinaus. *Sie* fuhr hinaus, um die Situation selbst in Augenschein zu nehmen. Als sie sah, dass sie nichts erreichen konnte, zog sie sich zurück, lenkte keine Aufmerksamkeit auf sich und bereinigte die Lage indirekt von anderswo. Ich nahm mein Stichwort von ihr. Und ich schlage vor, Sie tun in Zukunft das Gleiche.«

Fribart rümpfte die Nase. »Verzeihen Sie mir, Chef, aber ich betrachte Madame Kalzant nicht als ein Vorbild. Sie ist impulsiv, und ihre Handlungen sind oft übereilt.«

»Ganz recht«, erwiderte Parrige und nahm sich der nächsten Pflanze an. »Das ist ein guter Vorsatz.«

»Chef!« Fribart war ehrlich schockiert, als hätte Parrige ausdrücklich gebilligt, dass Neshobe Kalzant sprunghaft und neurotisch war.

Parrige seufzte. Er fragte sich oft, warum er Fribart als Assistenten behielt, doch in seinem Herzen kannte Parrige den Grund. Ironischerweise war es genau wegen solcher Augenblicke wie diesem. Fribart war steif und vorsichtig – in jeder Hinsicht so steif und vorsichtig wie der durchschnittliche Solacier. Seine Reaktion diente als zuverlässiger Barometer für die Reaktion des durchschnittlichen Bürgers, ganz gleich unter welchen Umständen. Oft war sein Verhalten irritierend, wie gerade jetzt, aber unter genau solchen Umständen war es am aufschlussreichsten.

Fribarts schockierte Reaktion erinnerte Parrige daran, dass selbst eine beiläufige Bemerkung Ärger verursachen konnte. Es bedurfte keiner Phantasie, um sich die donnernden Schlagzeilen und Leitartikel vorzustellen, die sich aus diversen Redaktionen ergossen hätten, wenn er so etwas in der Öffentlichkeit gesagt hätte. PARRIGE BEZEICHNET KALZANT ALS IMPULSIV UND ÜBERSTÜRZT. PARRIGE BEGRÜSST AUFFORDERUNG ZU IMPULSIVEM HANDELN.

Parrige ging mit Absicht selten an die Öffentlichkeit. Meistenteils erwies sich diese Entscheidung als vorteilhaft für ihn. Aber es gab Zeiten, in denen er öffentliche Ansprachen nicht vermeiden konnte, und bei solchen Gelegenheiten wurde ihm schmerzlich klar, wie wenig Geschicklichkeit und Praxis er in der Kunst der Rhetorik hatte.

Mit seinen rigiden Ansichten und Vorurteilen gab Fribart einen nützlichen Ersatzdarsteller für die öffentliche Meinung ab. Aber es war ratsam, sich zu vergegenwärtigen, dass Fribart selbst zu der Öffentlichkeit sprach. »Vielleicht«, sagte Parrige, »könnte ich Sie überreden, diese Wortwahl ein wenig zu verändern, wenn Sie in der Öffentlichkeit über Kalzant sprechen. Sagen Sie lieber, dass sie schnell entschlossen ist und entschieden handelt.«

»Aber Chef …«

»Ich weiß, dies wird für Sie eine neuartige Vorstellung sein, Fribart, aber zumindest in der Theorie ist es so, dass Sie in Ihrer Funktion als mein Sprecher *meine* Gedanken, Ansichten und Einstellungen auszudrücken haben, und nicht Ihre eigenen. Und ich möchte Sie auch daran erinnern, dass es sich empfiehlt, dann und wann über das Ende ihrer Nasenspitze hinauszublicken. Wenn Madame Neshobe Kalzant den Gouverneursposten verliert und die gegenwärtige Lokalregierung mit ihr abtreten muss, bekommen wir anarchische Zustände. Ich persönlich bin oft anderer Meinung als sie. Aber sie ist alles, was wir haben, und zumindest gegenwärtig hat keiner ihrer potentiellen Nachfolger die breite politische Unterstützung, die gebraucht wird, um eine neue Koalition zustande zu bringen.« Parrige hob die Hand, um Fribart an einer Entgegnung zu hindern. »Und bevor Sie mir wieder einmal sagen, ich selbst sei am besten geeignet, ihre Nachfolge anzutreten, lassen Sie mich erklären, dass ich mich selbst mit einschließe, wenn ich sage, dass niemand die breite politische Unterstützung hat, um eine neue Koalition zu bilden. Ich will ihren Posten nicht, und selbst wenn ich ihn wollte, würde ich ihn nicht bekommen können. Ist das klar genug?«

»Ja, Chef. Aber …« Fribart brach ab, als erwarte er, wieder unterbrochen zu werden.

»Nur zu, sprechen Sie weiter«, sagte Parrige. Es war nicht gut, wenn man seine Untergebenen allzu sehr einschüchterte. Selbst solche wie Fribart, die nicht so leicht einzuschüchtern waren und es so sehr verdienten. Der Mann hatte ein Recht, zu sagen, was er dachte – wenigstens hin und wieder.

»Chef – ich kann über ihren Stil und ihre Einstellung sagen, was immer Sie wollen. Aber die Frau ist wirklich gefährlich.«

Parrige sah ihn überrascht an. Es kam selten vor, dass etwas seine Selbstbeherrschung durchbrach. Fribart sprach ganz plötzlich mit echter Leidenschaft und Furcht. »Wieso gefährlich?«, fragte Parrige.

»Ich sollte meinen, das sei offensichtlich, Chef. Sie hat oft und zu vielen Leuten über die gegenwärtigen Wetterprobleme gesprochen. Sie hat viel zu viel gesagt. Für mich besteht kein Zweifel daran, dass sie zu der Panik beigetragen – sie vielleicht sogar erzeugt hat, die gestern Abend zum Ausbruch kam.«

»Die gegenwärtigen Wetterprobleme«, sagte Parrige. Bemerkenswert, was bisweilen als Denken durchging. »Schätzen Sie die Situation so ein? Ich glaube, ›rasante Klimaveränderung‹ würde die Lage besser beschreiben.«

»Sicherlich ist das Schlimmste überstanden und vorüber.«

»Meinen Sie? Das wird für die meisten Klimaforscher eine Neuigkeit sein, nehme ich an. Haben Sie eine Grundlage für diese Feststellung?«

»Früher oder später müssen die Verhältnisse sich normalisieren.«

»Möglicherweise. Aber auf dieser Welt leben die Menschen erst seit weniger als dreihundert Standardjahren, und es ist nur etwas mehr als hundert Jahre her, dass die Angleichung der Ökosysteme als gelungen bescheinigt werden konnte. Die Forscher am Institut für Biotechnik würden Ihnen sagen, dass das Projekt noch lange nicht abgeschlossen ist, und dass die Klimaschwankungen der letzten Jahrzehnte damit zusammenhängen. Würden Sie als ›normal‹ bezeichnen, wenn diese Welt während neunundneunzig Prozent ihrer Existenz eine Zusammensetzung der Atmosphäre hatte, in der die Voraussetzungen für den Ablauf der biologischen Prozesse unserer eingeführten Pflanzen und Tiere nur sehr bedingt gegeben waren?«

»Ich … ich verstehe nicht.«

»Freut mich, das zu hören«, erwiderte Parrige. »Bitte denken Sie daran, dass es Ihnen nächstes Mal, wenn Sie den Drang fühlen, die Angelegenheit mit anderen zu diskutieren, nicht genauso ergeht.«

»Chef?« Der verletzte Ausdruck in Fribarts Zügen war nicht zu übersehen.

Parrige seufzte wieder. Es war schwierig, Fribart nicht einzuschüchtern. Der Mann lud dazu ein. Wenigstens hatte er die Barriere hochmütiger Reserviertheit durchbrochen. »Vergeben Sie mir«, sagte er. »Das war ganz unangebracht. Aber das tut der Gültigkeit meines Arguments keinen Abbruch. Wir leben noch nicht lange genug auf dieser Welt, um mit Sicherheit zu wissen, was normal ist. Erst durch die großflächigen Aufforstungen und die natürliche Ausbreitung des eingeführten Phytoplanktons in die Ozeane konnte der Sauerstoffgehalt der Atmosphäre allmählich auf annähernd zwanzig Prozent erhöht, der Stickstoffanteil auf unter achtzig Prozent gesenkt werden. Inzwischen findet sich auch ein messbarer Anteil von Kohlendioxid in der Atmosphäre. Zusammen mit dem Rückgang des Methananteils und der Zunahme von Wasserdampf bis zu vier Prozent hat diese notwendige Umschichtung der Atmosphäre natürlich einen gewissen Einfluss auf Klima und Wettergeschehen, doch weil diese Veränderungen noch nicht lange genug wirksam sind und im Sinne einer natürlichen Dynamik weitergehen, bis sich ein Gleichgewichtszustand einstellt, lassen sich keine gültigen Leitlinien festlegen. Einige unserer Wissenschaftler am Institut für Biotechnik sind der Meinung, dass es noch Jahre oder Jahrzehnte dauern könne, bis Klima und Wetterabläufe sich in einer Weise stabilisieren, die wir als normal bezeichnen würden. Es könne gut sein, dass wir in vielen besiedelten Gegenden einschließlich der landwirtschaftlichen Anbaugebiete mit einer längeren Periode unberechenbaren Wettergeschehens rechnen müssen. Das bedeutet vermehrtes Auftreten von Stürmen, Dürreperioden, anhaltende Regenfälle, die Gefahr von Missernten. Wenn wir nicht geeignete Vorkehrungen wie Einlagerung von Getreide und so weiter treffen, könnten Hungersnöte auftreten. Sollte Madame Kalzant das Problem einfach in der Hoffnung ignorieren, dass die Dinge sich von selbst bessern werden?«

»Nun, vielleicht bessern sie sich tatsächlich«, meinte Fribart. Parrige antwortete nicht und betrachtete seinen Assistenten mit vorwurfsvollem Blick. Endlich gab Fribart nach. »Ich gebe zu, es ist unwahrscheinlich«, sagte er. »Und ich nehme an, wir können die Welt nicht mit Wunschdenken regieren. Aber ich glaube noch immer, dass es unverantwortlich von Madame Kalzant ist, so viel Unruhe zu stiften, wie sie es tut. Ich bezweifle, dass Sie mir in diesem Punkt widersprechen können.«

Parrige bückte sich, um seine Werkzeuge einzusammeln. Er legte Pflanzkelle und Gartenschere in den Tragkorb und richtete sich auf. Genug für heute. Zu viel Getue war für die Pflanzen nicht gut. Pflegte man sie zu sehr, konnten sie daran eingehen.

Er hatte Fribart nicht geantwortet, weil er ihm zustimmte. Und Fribart wusste zweifellos, dass er damit einen Punkt gemacht hatte. Madame Kalzant stiftete tatsächlich zu viel Unruhe. Sie war tatsächlich impulsiv. Doch selbst wenn Parrige das nicht bestreiten konnte, wollte er Fribart nicht die Befriedigung lassen, ihn zustimmen zu hören.

»Ich bin hier fertig«, sagte er und klopfte die Erde von den Knien seiner Hose. »Kommen Sie mit ins Haus.«

Fribart nickte ernst und fiel mit ihm in Schritt, als

Parrige ihn zum Ausgang begleitete. An der luftdicht schließenden Tür machte Parrige noch einmal Halt. Jedes Mal verließ er seinen Garten nur ungern. Es war nicht bloß der Umstand, dass er bedauerte, den Ort zu verlassen, wo er am glücklichsten war. Es war die Art und Weise des Kommens und Gehens, der komplizierte Prozess des Ein- und Ausgehens, der ihn immer wieder mit seinen Selbsttäuschungen und Illusionen konfrontierte. Wenn es Zeit zu gehen war, konnte er nicht mehr so tun, als sei alles normal und der Garten wie früher. Er konnte nicht mehr die Blase aus zäher Klarsichtfolie ignorieren, die sich über dem Garten wölbte, nicht mehr vorgeben, dass er das leise Summen der Luftaufbereitungsanlage nicht hörte.

Fribart öffnete ihm die luftdichte Tür, und nachdem Parrige einen letzten Atemzug der frischen, fruchtbaren feuchten Luft getan hatte, folgte er ihm hinaus und zog die Tür sorgsam hinter sich zu.

Natürlich gab es atembare Luft auch außerhalb seines Gewächshauses – er vermied es, seinen Garten so zu nennen –, aber die Luft im Innern war konditioniert, temperiert, befeuchtet, ionenbalanciert, erfrischend. Die Außenluft konnte das schlechterdings nicht sein – aber sie war nicht der eigentliche Grund dafür, dass er die Investition in seinen Garten nicht gescheut hatte. Parrige wollte seine Pflanzen und Blumen nicht den einheimischen Mikroben, Schimmelpilzen und Parasiten aussetzen, die ständig zu neuen und grausameren Formen zu mutieren schienen. Die luftdicht schließende Tür führte in eine kleine Schleusenkammer mit einem Filterfeld, das die innere und äußere Luft wirksam voneinander trennte.

Er blickte auf den Boden der Kammer nieder, als das Filterfeld aktiviert wurde, ein schimmernder grauer Dunst, der den Boden der engen Kammer vollständig verbarg. Das Filterfeld bewegte sich aufwärts und drückte die Luft in die Deckenentlüftung und zurück in das Gewächshaus. Gleichzeitig zog es die trockene Außenluft durch die Bodenbelüftung herein. So stieg das Filterfeld an ihnen aufwärts wie ein glatter grauer Wasserspiegel, der ringsum anstieg. Das Feld umgab ihre Körper mit einem leisen Prickeln statischer Aufladung, die mit dem Feld aufstieg. Es war unmöglich, das Gefühl von Panik ganz zu unterdrücken, als das Feld seine Brust, die Kehle, den Kopf erreichte. Es war zu leicht, dem Augenschein zu glauben, der ihm weismachen wollte, dass eine aufsteigende Flut ihn verschlingen und ertränken würde.

Das Feld wanderte weiter nach oben, und das angenehme Gefühl feuchtwarmer Gewächshausluft auf der Haut verlor sich. An seiner Stelle umgab ihn die herbe, trockene Luft der Außenwelt. Parrige blickte auf und sah das Feld noch in Bewegung zur Decke der Kammer, wo es nach getaner Arbeit verhielt, bevor es verschwand. Fribart öffnete die äußere Tür, und sie waren aus dem Garten. Fribart stieß einen erleichterten und befriedigten Seufzer aus, als sie in das helle, heiße Tageslicht hinaustraten. Ein leichter Wind bewegte die trockene Luft über der heißen, staubigen braunen Landschaft.

War Fribart zu bemitleiden, weil er die wüstenhafte Außenwelt der erholsamen Abgeschlossenheit des Gewächshauses vorzog? Fribart hatte sich dem Unvermeidlichen angepasst und sagte sich, dass das gegenwärtige Klima gesund und so wie es war, gerade recht sei, obwohl er andererseits die zunehmende Trockenheit beklagte. Das war sicherlich töricht, obwohl auch Parrige zugeben musste, dass er es den Klimazonen vorzog, deren Bewohner von häufigen Regengüssen, Überschwemmungen und Versumpfungen geplagt waren.

Vielleicht, überlegte Parrige, sollte er nicht Fribart, sondern sich selbst bemitleiden oder sogar tadeln, weil er es vorzog, sich in der Simulation einer Welt zu verstecken, die es nicht mehr gab. Das war zweifellos eine Form von Realitätsverweigerung.

»Sagen Sie, Fribart, ziehen Sie diese vertrocknete Landschaft wirklich meinem Garten vor?«

Fribart deutete mit der geringstmöglichen Geste der Entschuldigung ein Achselzucken an. »Ich denke schon, Chef. Es ist so, wie ich es gewohnt bin. Wenn die Trockenheit in diesen Gegenden einmal aufhört und es wieder häufiger regnet, werde ich es wahrscheinlich zu feucht finden, zu schwül – wie Ihren Garten. Wäre diese Trockenzeit nicht gekommen und alles so geblieben, wie es vorher war, könnte es sein, dass ich an Ihrem Garten Freude hätte. Aber was immer der Grund sein mag, das Wetter hat sich geändert, die Welt hat sich geändert, und ich habe mich mit ihr geändert.« Fribart blickte zum Himmel auf, und Parrige folgte seinem Blick.

Der dicke glänzende Punkt der Orbitalstation war am Westhimmel deutlich sichtbar. Während sie mit zusammengekniffenen Augen ins Abendlicht blinzelten, löste sich ein Lichtpunkt von der Station und entfernte sich.

»Groß«, bemerkte Fribart. »Wahrscheinlich ein Sternenschiff.«

»Von denen sieht man nicht mehr viele«, sagte Parrige. »Ich erinnere mich noch an eine Zeit, als alle paar Tage Schiffe kamen, nicht nur alle paar Monate.«

»Wenn wir nur tun könnten, was sie tun«, sagte Fribart. »Sie gehen durch den Zeitschacht und kommen in einer früheren Zeit wieder heraus. Wäre es nicht großartig, wenn wir zurückgehen und die Fehler oder das Problem beheben könnten, was immer es war, das uns in Schwierigkeiten brachte?«

Parrige trat unwillkürlich einen halben Schritt zurück, als ob sein Unterbewusstsein erwartete, ein Blitzschlag würde den Mann niederstrecken. »Lassen Sie sich mit solchen Reden nicht erwischen, lieber Freund«, sagte er. »Die Chronologische Patrouille hat kein Gefühl für Humor. Scherzen Sie nicht über solche Dinge, nicht einmal im privaten Kreis.«

Fribart runzelte überrascht die Stirn und sah Parrige an. »Was? Ach nein! Nein, natürlich nicht, Chef. Sie haben ganz Recht. Vergeben Sie mir.«

»Dann lassen Sie uns gehen und nichts mehr über solche Dinge reden.«

Fribarts Benehmen verblüffte Parrige. Sein Assistent war ein Konformist, wenn es je einen gegeben hatte – und seine humorige kleine Idee über den Gebrauch von Zeitreisen zur Behebung der gegenwärtigen Probleme war schwarze Häresie. Es konnte kaum einen gefährlicheren Gedanken geben. Die Zeitschächte für interstellare Transporte gestatteten Reisen rückwärts durch die Zeit, das war richtig. Aber was Fribart vorschlug, war nicht der Zweck, für den sie da waren. Es gab kein schlimmeres Verbrechen als den Versuch, Zeitschächte zu benutzen, um mit voller Absicht und zum Zweck irgendwelcher Veränderungen in der Vergangenheit auf der eigenen Welt zurückzukehren.

Veränderungen der Geschichte, unbeabsichtigte Folgen, Widersprüchlichkeiten – es war unmöglich, sich das Chaos vorzustellen, das durch solch eine Handlungsweise entfesselt würde, mochte sie auch von den besten Absichten getragen sein.

Es sah schlimmer aus, als er geglaubt hatte, sagte sich Parrige, wenn ein so einfallsloser und steifer Mann wie Fribart anfing, über das Verüben verzweifelter Verbrechen zu phantasieren, um magische Antworten auf die Probleme der Zeit zu finden.

Das Schlimmste daran war aber, dass ein Mann wie Fribart es erst wagen würde, sich solche Dinge vorzustellen, wenn er glaubte, zumindest unterbewusst, dass es außer Magie keine Hoffnung mehr gab.

Wenn sogar Männer wie Fribart anfingen, in solchen Bahnen zu denken, dann, so schien es Parrige, konnten die Verhältnisse nicht mehr lange Bestand haben.

## 5.

# SOCKEN IN DER SUPPE

Ein übler Gestank, wie?«, sagte der Biotechniker entschuldigend. Er stand auf dem moderndem Anlegesteg und blickte hinab ins fettig aussehende grünliche Wasser des Virtussees.

Das Ufer war an diesem Ende des Sees sehr seicht, und der Steg war nicht lang genug, um in wirklich tiefes Wasser hinauszureichen. Der Bretterbelag des Steges war nur einen Meter über der Wasseroberfläche, und die Wassertiefe betrug wahrscheinlich nicht mehr als anderthalb Meter. Aber kein vernünftiger Mensch würde diesem Wasser näher als nötig kommen.

»Nicht schlimmer als ich erwartete«, erwiderte Neshobe Kalzant. Sie wandte sich zu Parrige um, der ein paar Schritte hinter ihr auf dem Steg stand. »Obwohl damit nicht gesagt sein soll, dass der Geruch angenehm ist.«

Parrige nickte. Tote Fische, faulende Vegetation, ein Gestank wie von faulen Eiern – je eher er von hier wegkäme, desto besser.

»Vor einem Monat war es noch schlimmer, wenn Sie sich das vorstellen können«, sagte der Biotechniker. Parrige versuchte sich auf seinen Namen zu besinnen. Milos Vandar. Ja, so hieß der Mann. Er war ein liebenswürdig aussehender Typ, lang und hager, mit schmalem Gesicht und einer eindrucksvollen Hakennase, die finster hätte wirken können, wenn der Gesichtsausdruck des Mannes nicht so offen und freundlich gewesen wäre. Er hatte braune Augen und ebensolches Haar, das vor ihrer Ankunft offensichtlich gewaltsam mit Kamm und Bürste gezähmt worden war. Inzwischen, zwanzig Minuten später, geriet es schon wieder außer Kontrolle und fiel in seinen zerzausten Naturzustand zurück.

»Wohlgemerkt«, fuhr Vandar fort, »es sieht nicht besser aus als damals und nicht an diesem Ufer. Aber es riecht hier besser – oder wenigstens weniger schlecht. Wir registrieren eine deutliche Verbesserung der Wasserqualität.«

Verbesserung. Das war ein Wort, das Parrige in letzter Zeit eher selten gehört hatte – und es war das Wort, das sie hierher geführt hatte. Er trat einen Schritt vorwärts und sah sich die trübe Brühe etwas genauer an.

»Also können Sie den See retten?«, fragte Neshobe.

Vandar zuckte die Achseln, dann kauerte er am Ende des Steges nieder und starrte in die von Blasen durchsetzten schimmernden Grünalgen auf dem Wasser. »Ich denke, das kann man getrost sagen. Der Virtussee ist so weit heruntergekommen, dass es eigentlich nur noch aufwärts gehen kann. Wenn es noch schlechter werden kann, möchte ich lieber nichts davon wissen. Aber insgesamt gesehen, ja, wir haben ein paar eindeutig positive Daten. Sauerstoffgehalt, Klarheit des Wassers, Populationen erwünschter Arten – wir kommen dem Ziel näher.«

»Das zu hören sind wir hier«, sagte Neshobe.

*Oder, anders und besser gesagt, das zu hören und dabei gesehen zu werden,* dachte Parrige mit einem Blick zu den Reportern und Kameraleuten hinter ihnen am Ufer. Der Sinn der Übung war, Neshobe Kalzant in Verbindung mit einem ökologischen Regenerationsprojekt zu zeigen. Dabei war es kaum von Bedeutung, um welches Projekt es sich handelte. Wenigstens war es keine reine Schaunummer. Kalzant interessierte sich wirklich und sogar brennend für das Regenerationsprogramm. Er sah zu, wie sie am Rand des Landungssteges niederkniete und sich über den grünlichbraunen Schlamm beugte, während der Biotechniker das eine oder andere erläuterte.

Parrige nutzte die Gelegenheit, um vom Ende des Steges ein Stück uferwärts zurückzuschlendern. Er hatte für offene Wasserflächen noch nie viel übrig gehabt, schon gar nicht für das übel riechende Wasser dieses umgekippten Sees. Fribart, der anscheinend noch weniger davon hielt, wartete am Ufer und hielt Wache, damit die Reporter und Kameraleute den Steg nicht betraten.

Der Wind drehte einen Moment und trug den Medienleuten eine besonders herzhafte Brise Seeluft zu. Es lohnte beinahe die Unbequemlichkeiten der Herreise, die Gesichter der Medienmeute in diesem Augenblick zu sehen.

Aber er musste einstweilen noch ausharren und kehrte zurück zu Neshobe und Vandar am Ende des Steges. »Worin sehen Sie die Ursache für das Umkippen des Sees?«, fragte er den Biologen, als er bei den beiden anlangte.

»In einer Schädlingsplage. Klassischer Fall von Socken in der Suppe«, sagte Vandar.

»Wie bitte?«

»Entschuldigen Sie«, sagte Vandar. »Das ist unser Fachjargon dafür. Einführung eines Organismus und dessen unkontrollierte Ausbreitung. Jemand lässt seine schmutzigen Socken mit wer weiß was für Bakterien in die Suppe fallen, die Umwelt, und die Bakterien beginnen sich zu vermehren. Der eingeführte Organismus hat keine natürlichen Feinde und keine eingebauten Tötungsschalter, sodass er schwer zu unterdrücken, geschweige denn zu eliminieren ist.«

Neshobe nickte nachdenklich, aber Parrige war nicht viel schlauer als zuvor. »Tut mir Leid«, sagte er, »aber ich weiß nicht, was ein Tötungsschalter ist.«

»Vielleicht darf ich helfen«, sagte Neshobe. »Es gibt nur eine importierte Lebensform auf dieser Welt, die keinen eingebauten Tötungsschalter besitzt, und das sind Sie.«

»Ich?«, sagte Parrige verwirrt und jetzt sogar ein wenig beunruhigt. »Sollte ich einen haben?«

Vandar lächelte. »Nicht nur Sie persönlich haben keinen«, sagte er, »sondern wir alle. Wir Menschen sind die einzige importierte Lebensform, die hier angesiedelt werden darf, ohne wenigstens einen zu haben. Meistens sind es zwei oder drei genetisch eingebaute Tötungsschalter in der DNS der betreffenden Lebensform. Das heißt, dass jede andere Lebensform, deren Einfuhr nach Solace autorisiert wird, eine Art genetischer Zeitbombe eingebaut haben muss, etwas, das auf einen bestimmten Reiz reagiert und den Tod herbeiführt. Auf diese Weise können wir einige oder alle Vertreter einer bestimmten Art in einem gegebenen Gebiet, wo sie durch unkontrollierte Ausbreitung zu einer Gefahr für das ökologische Gleichgewicht geworden sind, gezielt töten, ohne andere Arten oder das einheimische Leben zu beeinträchtigen. Gewöhnlich wird ein ganz bestimmtes künstliches Toxin eingesetzt, aber es kann auch durch Ultraschall oder eine bestimmte Lichtfrequenz bewirkt werden. Von welcher Art der Schalter auch ist, wenn sich herausstellt, dass wir einen Fehler gemacht haben und die betreffende Art für die Nische, in der sie sich angesiedelt hat, nicht richtig ist, können wir den Fehler beheben.

Aber es kommt immer wieder vor, dass Lebensformen hereinkommen, die nicht eingeführt werden sollen«, fuhr Vandar fort. »Bakterien, die von Menschen eingeschleppt werden, die unvollkommen dekontaminiert wurden, oder irgendwelches Ungeziefer, das sich in Nahrungsmitteltransporten verbirgt, sogar Tier- und Pflanzenarten, die gegen die Bestimmung absichtlich eingeschmuggelt werden. Irgendetwas. Und eine dieser Lebensformen ist diese Grünalgenart, die in diesen See geraten ist und sich darin unkontrolliert ausgebreitet hat. Es gibt hier keine heimische Lebensform im See, die sie als Nahrung annimmt.

Das Problem ist, dass sie sich inzwischen im lokalen Ökosystem eingenistet hat. Sie hat offenbar günstige Lebensbedingungen vorgefunden und konnte sich explosionsartig vermehren. Es gibt keine Möglichkeit mehr, die Grünalgen zu vernichten, ohne alles andere Leben im See abzutöten. Und selbst wenn wir das täten, sie ist wahrscheinlich längst durch die Füße und das Gefieder von Wasservögeln weiter verbreitet worden. Wir müssen davon ausgehen, dass sie von nun an ein Teil des planetarischen Ökosystems ist, und wir müssen zusehen, wie wir damit leben.«

»Was haben Sie in den See eingebracht, um die Plage unter Kontrolle zu bringen?«, fragte Neshobe.

»Nichts besonders Ausgefallenes. Wir schickten Proben von den Algen und dem Wasser und so weiter zum Institut für Biotechnik, und dort konnte man in den Archivunterlagen mehrere Organismen ausfindig machen, die bekannt dafür waren, dass sie die fraglichen Grünalgen als Nahrungsquelle verwerten können. Zwei davon schienen mit geringen Modifikationen für das lokale Ökosystem geeignet. Das Institut modifizierte die Kandidaten, führte Computersimulationen und eine Anzahl Lebendversuche durch und kam zu dem Ergebnis, dass das Problem auf diese

Weise gelöst werden könnte. Die modifizierten Rädertierchen und Kleinkrebse werden die Grünalgen essen und selbst nicht überhand nehmen. Das Institut züchtete einen Vorrat der beiden Arten und stellte ihn uns zur Verfügung. Wir haben beide Arten am Südende des Virtussees eingesetzt, und alles scheint gut zu gehen. Wir werden die Entwicklung noch eine weitere Woche beobachten und dann größere Mengen beider Arten im ganzen See und den benachbarten Wasserflächen ausbringen. Und natürlich haben wir die erforderlichen Modifikationen der Kleinkrebse und Rädertierchen gespeichert, falls es anderswo zu einer Grünalgeninvasion kommen sollte.«

»Ausgezeichnet«, sagte Neshobe. »Erstklassige Arbeit.« Sie stand auf, kehrte dem See den Rücken und ging über den Steg zurück zu Fribart und den Medienleuten. Der ganze Sinn des Besuches war, dass man sie hier gesehen hatte und der Bevölkerung über die Medien mitteilen konnte, dass Gouverneurin Neshobe Kalzant am Schauplatz des Geschehens war und sich über die neuesten und fortschrittlichsten Techniken zur Stabilisierung des Klimas unterrichten ließ. Die Bevölkerung sollte wissen, dass sie etwas Positives tat – und dass überhaupt etwas Positives getan wurde. Ein gutes Mittel zur Stärkung der Moral und zur Verbesserung ihres Images, das in jüngster Zeit einigen Schaden gelitten hatte.

Zweifellos waren solche inszenierten Ereignisse nichts Neues in der Welt der Politik, aber auf Solace hatte man sie bisher nie gesehen. Vor Neshobe Kalzant waren Politik und Regierungstätigkeit unter Ausschluss der Öffentlichkeit gehandhabt worden.

Nun aber war die Öffentlichkeit aufgewacht. Neshobe hatte begriffen, wie wichtig es war, die Öffentlichkeit zu manipulieren, indem sie ihr das Gefühl gab, einbezogen zu sein. Daher der heutige Besuch an dem übel riechenden See. Parrige hatte das Ganze selbst organisiert – und das, unnötig zu sagen, gegen Fribarts vehemente Einwände, aus verschiedenen Gründen. Es war sein erster Vorstoß ins politische Theater, und so bescheiden die Anstrengung gewesen sein mochte, es war gut gegangen. Er war mit dem Ergebnis zufrieden und dachte bereits voraus, was als Nächstes getan werden könnte.

Aber es gab einen anderen Teil von ihm, der weniger zufrieden war. Er trat beiseite, um Neshobe passieren zu lassen, dann folgte er ihr zusammen mit Vandar zu den Reportern und Kameraleuten. Parrige legte die Hand auf Vandars Arm, hielt ihn ein wenig zurück und verlangsamte den Gang. »Es klingt alles sehr gut«, sagte er. »Aber dies ist nur ein mittelgroßer See mit einem relativ einfachen Problem, einem Routineproblem, könnte man sagen, wenn man in Betracht zieht, dass das Wuchern von Grünalgen in überdüngten Gewässern auf Erden schon seit Jahrtausenden als Plage bekannt ist.«

»Was ist dabei?«, fragte Vandar. Seine Stimme klang so munter und offen wie sein Gesicht aussah.

»Nun, ich habe zwei Fragen. Es erforderte eine ziemlich große Anstrengung und umfangreiche Hilfsmittel, um dieses Problem zu lösen. Braucht es immer so viel Zeit und Anstrengung, um mit einer Algenplage fertig zu werden?«

»Manchmal«, sagte Vandar vorsichtig. »Mitunter ist es viel einfacher. Aber insgesamt muss ich zugeben, dass dies eine vergleichsweise einfache Operation war. Es hat viele andere gegeben, in die wir mehr Zeit und Aufwand investieren mussten.«

»Und es könnten in Zukunft ohne weiteres mehre und größere Probleme auftreten. Eine, die nur ein wenig komplizierter als diese wäre, könnte die gesamte Zeit und Aufmerksamkeit Ihrer Leute für längere Zeit in Anspruch nehmen. Sie sogar überfordern. Oder Sie könnten einfach von der Tatsache überwältigt werden, dass eine Welt ein großer Ort ist. Wie leicht könnte Ihnen eine Krise wie diese hier entgehen, oder sogar eine noch größere.«

»Wieder richtig«, sagte Vandar. »Es sind uns Krisen entgangen, die schlimmer waren als diese. Oftmals. Erst jetzt gelingt es uns, sie frühzeitig auszumachen.« Sie waren zum Ufer gekommen und blieben am Anfang des Anlegesteges stehen. »Was betraf Ihre zweite Frage?«

»Ich habe Ihren Ausführungen entnommen, dass Sie das Institut für Biotechnik brauchten, um die Lösung des Problems zu finden. Ist das richtig?«

»Absolut. Ich nehme an, wir hätten es auch hier unten tun können, aber es wäre bei weitem schwieriger gewesen. Die Leute im Institut haben die Hilfsmittel und Einrichtungen und die kontrollierten Umweltbedingungen, die Kontaminationen ausschließen. Worauf wollen Sie hinaus?«

»Das Institut für Biotechnik wird nicht ewig existieren. DeSilvos ursprünglicher Arbeitsplan sah vor, dass es schon vor mehr als siebzig Jahren geschlossen werden sollte. Die Wissenschaftler und Bioingenieure haben alle möglichen schlauen Kniffe angewandt, um den Betrieb bis jetzt aufrechtzuerhalten. Sie haben über so lange Zeiträume hinweg brillante Arbeit geleistet, dass die meisten Leute einfach annehmen, das Institut werde für alle Zeit fortbestehen. Die Realität aber ist, dass es jedes Mal, wenn es wieder renoviert und zusammengeflickt wird, etwas störungsanfälliger und zerbrechlicher wird. Hinzu kommt, dass die meisten Leute nur eine Forschungseinrichtung darin sehen, nicht aber ein lebenswichtiges Reparaturzentrum. Was tun wir, wenn es schließlich personell und materiell am Ende ist?«

Parrige hatte erwartet, dass Vandar abwehrend reagieren oder leugnen würde, dass es diese Probleme gebe. Stattdessen lächelte der Mann ihm traurig zu und schüttelte den Kopf. »Sie können vielleicht vertrackte Fragen stellen«, sagte er, dann setzte er sich in Bewegung und ging weiter zu Neshobe Kalzant und den Medienleuten.

# FRACHTSCHIFF
# *DOM PEDRO IV*

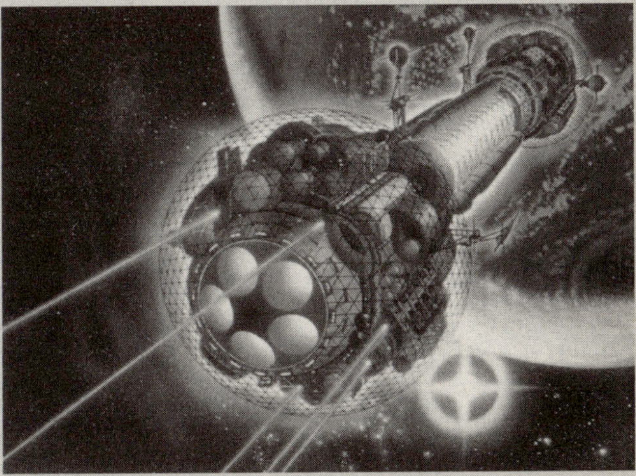

6.

# AUS DER ZEIT

Die *Dom Pedro IV* war ein schimmernder silbriger Zylinder ohne besondere Merkmale, der aus der kalten Dunkelheit des interstellaren Raums auf die noch fernen Bereiche von Wärme und Licht voraus zufiel. An den Maßstäben interstellarer Transporte gemessen, war sie von bescheidener Größe, aber nach menschlichen Maßstäben war sie ungeheuer groß. Vom Bug bis zum Heck maß sie fast einen Kilometer, obwohl der Durchmesser nur siebzig Meter betrug. Die physikalischen und wirtschaftlichen Bedingungen des Zeitschacht-Transportsystems erforderten einen möglichst geringen Durchmesser der Schiffe, während ihre Länge nicht begrenzt war. Die halbrunden Enden des Zylinders waren gleichfalls von der Physik des Zeitschachtsystems diktiert. Alles war getan worden, um der Außenwelt eine möglichst glatte Oberfläche zu präsentieren, denn es war viel einfacher, Abschirmungen um eine einfache Form zu erzeugen, als um eine komplizierte und womöglich asymmetrische.

Die Anpassungen an den Zeitschachttransit hatten auch ihre Vorteile auf dem Flug durch normalen Raum. Die *Dom Pedro IV* erreichte einen bedeutenden Bruchteil der Lichtgeschwindigkeit. Bei solchen Geschwindigkeiten traf sogar ein subatomares Teilchen mit bemerkenswerter Energie auf. Ein geringer Durchmesser und eine leicht abzuschirmende Außenhaut verringerte die Gefahr ernster Schäden durch Einschläge erheblich.

Die *Dom Pedro* näherte sich dem Ende ihrer langen Reise, und die wenigen Hilfssysteme, die während der gesamten Reisedauer in Betrieb geblieben waren, weckten nun die schlafenden, auf minimaler Leistung laufenden Hauptsysteme, die während der Lichtjahre im Ruhezustand geblieben waren. Luken öffneten sich, Sensoren nahmen ihre Funktion auf, Antennen und Triebwerke und Navigationsinstrumente schoben sich aus ihren Nischen. Die stark verstrebten Ausleger der Trägheitsregler schwenkten aus und wurden von den Sperrvorrichtungen in Position gehalten.

Die halb runden Endverkleidungen des Schiffes schoben sich zurück und gaben die transparente Beobachtungskuppel vorn und die Triebwerke achtern frei. Wie ein Teilnehmer an einem Maskenspiel, der nach der Aufführung seine ausdruckslose Maske abnimmt und ein Gesicht von Charakter und Individualität enthüllt, verwandelte sich die *Dom Pedro IV.* Der silbrig schimmernde Speer, der sich durch das Sternenmeer geschleudert hatte, war zu einem Stück unglaublich komplizierter Maschinerie erwacht, deren Oberfläche mit Verstrebungen, Antennen, optischen Geräten und den becherförmigen Enden der Schubdüsen bewaldet war.

Das Schiff drehte sich, bis die Haupttriebwerke nach vorn gerichtet waren. Die Trägheitsregler wurden aktiviert und spannen einen schimmernden graugoldenen Kokon um das Schiff, dessen Trägheitsbeziehung zur Außenwelt verringert, aber nicht ganz aufgehoben wurde. Die Triebwerke erwachten zum Leben, aber nicht mit dem Flammenausstoß der Raketentriebwerke eines früheren, so fernen Zeitalters, dass es vielen mehr Legende als überlieferte Wirklichkeit zu sein schien. Der einzige sichtbare Beweis für das Feuern der Triebwerke war ein orangegelbes Glühen, das über die Oberflächen der Schubdüsen flackerte.

In relativ kurzer Zeit verlangsamte die *Dom Pedro IV.* Die Haupttriebwerke wurden ausgeschaltet und das gigantische Schiff drehte sich abermals herum, bis der Bug in die Fahrtrichtung und das Zentrum des lokalen Sternsystems wies.

Die *Dom Pedro IV* war eingetroffen. Ihr mächtiger Körper bewegte sich mit einer kunstvollen und beinahe anmutigen Präzision durch jeden Schritt der komplizierten Prozedur, die das Schiff wieder zum Leben erweckte und zu einer den Umständen angemessenen Geschwindigkeit verlangsamte. Alles war reibungslos und perfekt abgelaufen.

Und das war angesichts des Ausmaßes, in dem zuvor alles schief gegangen war, durchaus bemerkenswert.

*

An Bord der *Dom Pedro IV* wurde dem Kapitän seine Umgebung bewusst, und sofort erkannte er, dass etwas nicht in Ordnung war.

Es gab nur drei Umstände, unter denen das temporale Beschränkungsfeld ausgeschaltet sein sollte – Ankunft an einer Zeitschacht-Wegmarke, Ankunft am Ziel oder in einem besonderem Notfall. Doch in jedem dieser Fälle hätte sich das temporale Beschränkungsfeld vollständig abschalten müssen. Wände, Decke und Boden der Reservezentrale hätten sofort klar ins Bild kommen sollen.

Er hätte sehen sollen, wie das obsidianschwarze Innere des Feldes schlagartig verschwand und die Reservezentrale freilegte. Stattdessen schien das Feld ein paarmal zu flackern, aus dem externen Zeitstrom heraus und wieder hinein, sodass die Reservezentrale wie durch grauen Dunst zu sehen war. Dann ging das

Feld wieder an – und schaltete gleich darauf neuerlich aus.

Kapitän Felipe Enrique Marquez war klar, dass die schlampige, unvollkommene Abschaltung nur eins bedeuten konnte: etwas stimmte nicht. Aber was mochte das sein?

Die Eiseskälte des lange Jahre in Tieftemperatur schlafenden Schiffes umgab die ebenso kalte, sargähnliche Kammer, in der Marquez geschlafen hatte. Nun überzog Reif den transparenten Deckel der Tiefschlafkammer, als die zu kalte Außenluft sich an der aufheizenden Kammer erwärmte und ihre Feuchtigkeit in Form von Eiskristallen abgab, die an der Außenwand der Kammer gefroren. Das Entfrostersystem schaltete sich automatisch ein und verjagte den Reif durch Erwärmung des transparenten Deckels.

Marquez öffnete das Ventil und ließ Bordluft in die Kammer eindringen, um einen Temperaturausgleich zu erzeugen. Er tat einen Atemzug der eisigen Luft und fühlte den messerscharfen Stich in der Brust, als seine Lungen sich mühten, mit der unter dem Gefrierpunkt liegenden Kälte zurechtzukommen. Wenigstens das war normal. Im Zustand des Tieftemperaturschlafes sollte es auch im Schiff kalt sein.

Im Allgemeinen trugen Schiffskapitäne Druckanzüge mit geöffneten Helmen, wenn sie in den Tieftemperaturschlaf gingen. Dies geschah mehr zum Schutz vor der erwarteten Kälte als zum Schutz vor irgendeiner unerwarteten Gefahr. Marquez ließ seinen Helm offen, schaltete aber die Anzugheizung ein. Vielleicht war ein Geruch in der Luft, der ihm verraten würde, wo es fehlte.

Andererseits machte er keinen Versuch, die Tieftemperaturkammer zu verlassen, in der er »überwintert« hatte. Noch nicht. Erst musste er mehr wissen. Angenommen, er verließ die Kammer und das temporale

Feld ging wieder an und überraschte ihn draußen, an Bord eines treibenden Wracks irgendwo im Weltall? Und angenommen, die Fehlfunktion hatte den Mechanismus seiner Tieftemperaturkammer in irgendeiner Weise blockiert, sodass er nicht mehr hinein konnte? Nein, unter diesen Umständen zog Marquez es bei weitem vor, in der Kammer gefangen zu sein. Wenn es so schlecht um das Schiff stand, war in der Kammer die Wahrscheinlichkeit viel größer, lange genug zu überleben, bis er gerettet werden konnte.

Außerdem gab es keinen Grund, sofort hinauszugehen. Die Reservezentrale war so eingerichtet, dass er freie Sicht auf alle Anzeigen der wichtigen Bordsysteme hatte, während er noch in seiner Kammer lag. Marquez beschloss davon Gebrauch zu machen, während er versuchte, die Möglichkeiten zu durchdenken. Was war geschehen? Was war schief gegangen?

Der Generator eines temporalen Beschränkungsfeldes war bei weitem kostspieliger, komplizierter, energiehungriger und schwerer als die konventionellen Tieftemperaturschlafbehälter, in denen Passagiere und Besatzungsmitglieder die jahrelangen Reisen durch das leere All mit herabgesetzten Lebensfunktionen verschliefen. Doch bei den Behältern konnte es Stunden oder sogar Tage dauern, um einen Tiefschläfer vollständig wiederzubeleben und ihn oder sie in einen erholten und einsatzfähigen Zustand zurückzuführen. Das war naturgemäß eine viel zu lange Wartezeit, wenn in einem Notfall menschliche Intervention erforderlich wurde. Daher reiste der Kapitän eines Zeitschachtschiffes – und der Kapitän allein – nicht in einem gewöhnlichen Tieftemperaturschlaf, sondern innerhalb eines temporalen Beschränkungsfeldes, wo der Zeitablauf selbst stark verlangsamt wurde.

In einem hinreichend starken Feld konnte ein Jahrhundert in nur wenigen subjektiv empfundenen Minuten vergehen. Kapitän Felipe Enrique Marquez war in solch einem Feld gereist. Darum war es wichtig zu wissen, was geschehen sein musste, um einzugreifen.

Ein temporales Beschränkungsfeld konnte nicht in einem anderen existieren. Wenn ein Feld ein anderes umschloss, bestand die Tendenz beider Felder, miteinander zu verschmelzen. Entweder absorbierte das stärkere Feld Energie vom schwächeren, oder beide entluden ihre Energie in einem jähen Verschmelzungsprozess und entließen alles, was in ihnen war, wieder in den normalen Zeitstrom. Ähnliche Ergebnisse wurden erzeugt, wenn ein Feld erzeugt wurde, das zeitähnliche Wirkungen erzeugte, wie etwa ein geregeltes Trägheitsfeld.

Aber die künstliche Intelligenz des Schiffes war klug genug, nicht das geregelte Trägheitsfeld zu aktivieren, so lange der Kapitän in temporaler Beschränkung lag. Sie wusste, dass die beiden Feldsysteme einander ähnlich genug waren, dass es zu komplexen und schwer vorauszusagenden Wechselwirkungen kommen konnte, bis hin zu einem hochenergetischen temporalen Ausbruch, der die Reservezentrale oder sogar das ganze Schiff einäschern konnte.

Darum würde die Künstliche Intelligenz der *Dom Pedro IV* solche Risiken nur im äußersten Notfall eingehen. Aber was war geschehen? Marquez beobachtete die Anzeigen in der Reservezentrale, die eine nach der anderen zum Leben erwachten. Nichts. Keine Erklärung. Alles schien völlig normal. Keine Warnlampen blinkten, kein Alarmsignal schrillte. Die Normalität der Anzeigeinstrumente nahm für ihn eine unheimliche, irritierende, fast unnatürliche Qualität an. Er blickte zur Anzeige der temporalen Beschränkung. Während er hinsah, schaltete der Anzeigeschirm auf Bereitschaft, und gleichzeitig verringerte der Generator seine Abgabeleistung. Das war schon etwas. Einmal im Bereitschaftsbetrieb, würde der Generator des Beschränkungsfeldes mehrere Stunden benötigen, um wieder auf volle Leistung zu kommen. Die temporale Beschränkung konnte nicht unerwartet wiederkehren. Er fragte sich, ob ein Schaden im System vorliegen könnte, und ob sich das Feld überhaupt reaktivieren ließe. Aber es hatte wenig Sinn, sich mit solchen Gedanken zu belasten. So oder so, er konnte kaum etwas daran ändern.

Ein letztes Mal überprüfte er alle Anzeigen, dann löste er die Verschlüsse vom Deckel seiner Kammer. Die Reservezentrale wurde ständig in Schwerelosigkeit gehalten. Ihr System künstlicher Gravitation war unabhängig vom Gravitationssystem des übrigen Schiffes. Er klappte den Deckel zurück und schob sich behutsam aufwärts, schwebte zu den Anzeigeinstrumenten. Mit einer behandschuhten Hand bekam er eine Stütze zu fassen und hielt sich daran fest, während er die Anzeigen genauer studierte. Normal. Alles war absolut normal. Das Schiff befand sich im letzten Übergangsstadium vom Langzeitschlaf zu voller Betriebsbereitschaft. Eine ganz normale Aufwärmphase. Abgesehen von der Tatsache, dass es nicht hätte geschehen sollen, war alles genauso wie es sein sollte.

Was also hatte die Künstliche Intelligenz veranlasst, die Trägheitsregler mit dem temporalen Beschränkungsfeld in Betrieb zu setzen? Die Trägheitsregler wurden gleichzeitig mit der Zündung der Haupttriebwerke aktiviert. Felipe Enrique Marquez benötigte nur ein paar Sekunden, um das elektronische Operationslog zu überprüfen und die Bestätigung zu finden, dass die Triebwerke wenige Augenblicke vorher gefeuert hatten.

Aber das Schiff sollte nicht aus seinem Ruhezustand geweckt und die Gravitationssysteme und die Triebwerke nicht aktiviert werden, bevor Kapitän Marquez aus der temporalen Beschränkung entlassen und imstande war, die Operationen der Künstlichen Intelligenz zu beaufsichtigen.

Er beendete die Überprüfung der Systeme und kehrte zurück zum Operationslog und fragte die Navigationsereignisse ab, ohne die endlosen bordinternen Operationen und Überprüfungen und geringfügigen Kurskorrekturen, die von der Künstlichen Intelligenz auch eines schlafenden Schiffes zu erledigen waren.

Und auf einmal bekam er Herzklopfen, denn das System meldete nur ein Ereignis – das Bremsmanöver, das gerade stattgefunden hatte.

Und das hätte nicht sein sollen. Denn wenn das das einzige größere Navigationsereignis war, dann befand sich die *Dom Pedro IV* noch Lichtjahre von dort entfernt, wo sie hätte sein sollen. Der Flugplan sah nach Start und Beschleunigung vom Sonnensystem ein Bremsmanöver, Zeitschachttransit und neuerliche Beschleunigung durch Thors Bereich, ein zweites Bremsmanöver und Transit durch Zeitschacht HF-TW/102, gefolgt von einer langen Zwischenstrecke bis zur Ankunft im Sternsystem Solace. Nichts davon war geschehen. Oder doch? Das Log war leer. Er konnte kein Vertrauen zum Navigationslog haben – und das machte es schwierig, zu allem anderen Vertrauen zu haben.

Die einzige Erklärung, dass das Log so vollständig gelöscht worden war, lief darauf hinaus, dass das Schiff ernsthafte Defekte erlitten hatte, die das primäre, unterstützende und tertiäre Navigationssystem zusammen mit allen Alarmsystemen an Bord außer Betrieb gesetzt hatte. Aber alle Bordsysteme schienen zu funktionieren. Ein weiteres Mal überprüfte Marquez alle Anzeigen und Daten. Etwas musste fehlerhaft sein. Tatsächlich konnte nichts davon wirklich in Ordnung sein.

Die Zeitverschlüsselungen. Marquez überprüfte die Anzeige des Bordchronometers und ihm wurde so kalt wie die Luft um ihn. Der Chronometer zeigte 0000 Jahre, 000 Tage, 00 Stunden, 04 Minuten und 23 Sekunden. Das Ding musste von Null angefangen haben, als die temporale Beschränkung aufgehoben worden war. Es war nicht festzustellen, ob er drei Monate in temporaler Beschränkung gewesen war, oder dreitausend Jahre.

Damit war die Sache klar. Wenn der Bordchronometer ausgefallen war, musste es eine schlimme Fehlfunktion gegeben haben, obwohl es der Künstlichen Intelligenz gelungen war, ein Abschalten der Systeme zu verhindern. Um das nachzuprüfen musste er nach vorn in die eigentliche Zentrale. Und wenn er sonst nichts herausbrachte, konnte er dort nach draußen schauen und sehen, wo sie waren. Er prüfte die Anzeigen neben der Luke, die über den Niedergang zum Hauptkorridor des Schiffes führte. Luftdruck nahe null, aber steigend, Temperatur 80 unter null, gleichfalls steigend, Gravitationssystem Aktivierung gerade abgeschlossen. Er nickte. Alles völlig normal für ein Schiff, das gerade aus dem Ruhezustand erwacht war.

Er schloss den Helm seines Druckanzugs und glich den Luftdruck in der Reservezentrale dem des Korridors an. Er öffnete die Luke, verließ die Reservezentrale und ging zu den Aufzügen. Er stand in der Aufzugkabine, hatte den Knopf zur Ebene der Zentrale gedrückt und das selbsttätige Schließen der Aufzugtüren gesehen, bevor ihm einfiel, dass den Aufzügen so wenig vertraut werden konnte wie dem Rest des Schiffes. Er konnte in der Aufzugkabine lange gefangen bleiben, wenn der Mechanismus versagt hatte. Aber dann setzte sich die Kabine in Bewegung, und die Beschleunigung drückte Marquez' Füße fest auf den Boden.

Er lächelte. Das Aufzugsystem war wie jeder andere Teil des Schiffes für Jahrtausende ausgelegt und war so ausfallsicher, dass vor jedem Gebrauch eine automatische Sicherheitsüberprüfung stattfand. Es gab keinen Anlass, sich wegen imaginärer Gefahren zu sorgen. Nicht wenn es so viele reale Sorgen gab.

Er ließ sich vom Aufzug zur Ebene der Hauptzentrale tragen und hoffte, dass sich dort das Rätsel lösen würde.

Es löste sich nicht. Das Schiff schien perfekt zu funktionieren, aber genau das war unverständlich. Dorthin, wo es sich befand, konnte es nur durch eine Serie von Fehlfunktionen gelangt sein, die es hätten zu einem Wrack machen müssen, das für alle Zeit durch die schwarzen Tiefen des Alls trieb und nie wieder einem Stern nahe kam. Schließlich war der Raum ungeheuer weit und leer. Die Wahrscheinlichkeit, die dagegen sprach, dass er durch Zufall einem planetarischen System nahe käme, war buchstäblich astronomisch. Doch obwohl die *DP IV* jede Phase ihres Flugplans verletzt hatte, war sie in einem planetarischen System angekommen und hatte allem Anschein nach ein perfektes Annäherungsmanöver ausgeführt.

Er blickte durch die Beobachtungskuppel hinaus. Die Zentrale befand sich hinter der Kuppel, und von seinem Platz aus konnte Marquez über die Armaturen und Kontrollbildschirme hinaus in eine weite Hemisphäre des Sternhimmels blicken. Myriaden von Lichtpunkten strahlten blendend hell in der Schwärze des Raums.

Der Anblick des Sternenmeeres war großartig, sagte ihm aber auch nichts. Theoretisch sollte man imstande sein, die Position im Raum zu ermitteln, indem man sah, welche Sterne in welchen Positionen waren, und die Winkel berechnete. Aber es gab einfach zu viele Sterne, und als Lichtpunkte sahen sie alle gleich aus.

Es bestand eine geringe Chance, dass ihm irgendeine Konstellation auffallen würde, die vielleicht so gut zu erkennen wären wie Orion oder der Große Bär am Erdhimmel, aber so viel Glück erwartete Marquez nicht, und er bekam es auch nicht.

Es gab jedoch einen Lichtpunkt, der heller war als alle anderen und direkt über ihm stand. Es war der Stern, den die *Dom Pedro IV* ansteuerte. Die Wissenschaft der Spektralanalyse war Jahrtausende alt, und die Bordinstrumente konnten eine Tabelle erzeugen, die Helligkeit und Intensität jeder Spektralfarbe zeigte, die ein Stern ausstrahlte, eine Tabelle, die in ihrem Ergebnis eine ebenso genaue Identifikation ermöglichte wie ein Fingerabdruck. Verglich man diese Spektralanalyse mit den im Bordarchiv gespeicherten Daten, konnte man mit ziemlicher Gewissheit sagen, welchen Stern man vor sich hatte, oder man konnte feststellen, dass er nicht im Archiv war.

Marquez saß an seinem Platz und aktivierte die spektrographische Messung. Der Lichtpunkt voraus war ein hübsches, helles Ziel. Das System benötigte nur Sekunden, um eine Spektrographie von hoher Qualität zu erzeugen – und nur ein paar weitere Sekunden, um eine genaue Übereinstimmung festzustellen.

Marquez traute seinen Augen nicht. Es war HS-G9-223, einheimischer Name Lodestar – das Zentralgestirn von Solace. Der Stern, der ihr Ziel gewesen war. Sie waren dort angekommen, wohin sie unterwegs gewesen waren. Aber das war unmöglich. Die *Dom Pedro IV* hatte ihren Zeitschachttransit verpasst und darum niemals die anschließende Kursänderung ausgeführt, die sie nach Solace hätte bringen sollen. Das Schiff müsste Trillionen, Quadrillionen von Kilometern vom Kurs abgekommen sein.

Er überprüfte nochmals die Daten. Die gerade angefertigte Spektrographie deckte sich vollkommen mit den Archivdaten. Die Wahrscheinlichkeit, dass seine Geräte einen fehlerhaften Vergleich gemacht hatten, war zu vernachlässigen. Doch auf der anderen Seite schien es in der ganzen Situation nichts als Unwahrscheinlichkeiten und Chancen von Millionen zu eins zu geben. Die beste Bestätigung war das Sternsystem selbst, also kam es darauf an, Solace selbst zu finden. Marquez machte sich an die Arbeit.

Selbst mit hoch entwickelten Instrumenten war es keine Kleinigkeit, einen Planeten aus einer Entfernung von einem Dutzend Milliarden Kilometern auszumachen, und die *Dom Pedro IV* verfügte nicht über astronomische Instrumente höchster Güte. Sie war schließlich ein Frachter, kein Forschungsschiff. Der Lichtpunkt, den Marquez suchte, war nur schwach und verbarg sich in den Millionen von Lichtpunkten, die auf sein Schiff herabfunkelten. Glücklicherweise war es möglich, das Suchgebiet einzugrenzen. Marquez machte eine Serie spektrographischer Aufnahmen vom Rand des Zentralgestirns, verbunden mit einer Doppleranalyse, um die Rotationsachse des Sterns zu ermitteln. Zu seiner Überraschung deutete das Ergebnis auf das Fehlen jeglicher Rotation hin. Entweder rotierte der Stern nicht um seine Achse, was mehr oder weniger unmöglich schien, oder, was eher wahrscheinlich war, hatte die *Dom Pedro IV* einen Annäherungskurs, der genau über einem der Pole des Sterns verlief.

Nun, was war eine weitere Unwahrscheinlichkeit unter so vielen? Marquez hörte auf, sich deswegen zu sorgen. Das System Solace war wie neunundneunzig Prozent aller anderen Sternsysteme in der Galaxis: Die Planeten umkreisten das Zentralgestirn in der Äquatorebene. Das bedeutete, dass er sich auf die Orbitalebene des Systems konzentrieren sollte.

Mit dem verfügbaren Datenmaterial war es für den

Bordrechner eine Kleinigkeit, die Entfernung vom Stern zu berechnen, und sobald er seine Entfernung und Position relativ zum Zentralgestirn wusste, war die Suche einfach. Er gab die Zahlen dem Bordrechner ein und wies die Ortungssysteme des Schiffs an, den toroidalen Bereich des Raumes abzusuchen, der Solace enthalten musste.

Den Rest der Arbeit konnte er den Bordinstrumenten und dem Rechner überlassen. Er beschloss seinen Druckanzug abzulegen, sich zu waschen und etwas zu essen. Da alle Borduhren mit dem Chronometer synchronisiert waren, konnte er nicht wissen, ob es ein paar Monate oder einige Jahrzehnte waren, seit er zuletzt eine Dusche genommen und eine Mahlzeit gegessen hatte. Wie lang es auch her war, er spürte, dass er jetzt beides dringend brauchte.

Die vertrauten Tätigkeiten des Duschens und Umziehens beruhigten Marquez. Eine warme Mahlzeit half auch. Aber alle Bequemlichkeit und Vertrautheit konnte ihn nicht lange ablenken. Dafür war die Situation zu ernst.

Er bemühte sich, seine Sorgen zurückzudrängen und die Mahlzeit zu genießen, aber das Rätsel dessen, was geschehen sein musste, ließ es nicht zu. Wie sehr er sich auch bemühte, seine Gedanken davon frei zu machen und sich zu entspannen, das Geheimnis, wie sein Schiff dahingekommen war, wo es sich befand, ließ ihm keine Ruhe.

Marquez zweifelte nicht mehr daran, dass er das System Solace vor sich hatte. Irgendwie – und er hatte keine Ahnung auf welche Weise – hatte die *Dom Pedro IV* sich selbst trotz massiver Fehlfunktionen und obwohl sie den Zeitschacht verpasst hatte, zum Ziel gesteuert. Außerdem schienen diese Fehlfunktionen sich selbst geheilt zu haben. Alles an Bord schien einwandfrei zu arbeiten.

Aber wenn der Chronometer und alle angeschlossenen Uhren versagt hatten, dann war das Navigationslog vielleicht auch versehentlich gelöscht worden. Vielleicht hatte das Schiff den Zeitschacht irgendwie auf eigene Faust bewältigt und dann die Aufzeichnung des Ereignisses verloren.

Der Gedanke ermutigte Marquez vielleicht mehr als vernünftig war. Wenn es lediglich eine Frage der Logaufzeichnung und des Bordchronometers war, dann mochte schließlich doch alles in Ordnung sein. Vielleicht war die *Dom Pedro IV* nicht bloß, wo sie sein sollte, sondern auch wann sie es sein sollte.

Ein Glockenton erklang und unterbrach seine Gedanken. Marquez kam zu sich. Er blickte auf seinen Teller nieder und sah, dass seine Mahlzeit fast unberührt und erkaltet war.

Der Glockenton ertönte wieder, und der Kontrollschirm zeigte, dass die Ortungsgeräte etwas gefunden hatten. Marquez stand auf, schüttete seine Mahlzeit in die Rutsche der Wiederaufbereitung und eilte zurück zur Zentrale.

*

Das optische Teleskop hatte Solace zuerst ausgemacht, aber als Marquez sich an seinen Platz setzte, bestätigten das Radioteleskop und die Infrarotmessung die Entdeckung des Planeten.

Marquez prüfte die Position des Planeten und berechnete die Bahnbewegung im Vergleich mit dem gegenwärtigen Kurs der *Dom Pedro IV.* Es überraschte ihn wenig, dass sein Schiff auf einem sehr genauen Abfangkurs mit dem Planeten lag, gerade richtig, um in eine zirkumpolare Umlaufbahn einzutreten. Aber später würde Zeit genug sein, sich Gedanken über die Implikationen zu machen. Immerhin war es tröstlich zu wissen, dass der Planet da war. Solace war nicht bloß sein Reiseziel, es war ein Ort, den er kannte. Erst vor sechs Standardjahren war er dort gewesen, und damals …

Mit einem Schreck fiel Marquez ein, dass es nicht vor sechs Standardjahren gewesen war. Er hatte keine Ahnung, wie lange es her war. Aber nun, da er den Planeten ausgemacht hatte, konnte er es feststellen.

Zeitschachttransit, lange Flugzeiten und die Effekte relativistischer Zeitverzerrung machten die Zeitmessung während interstellarer Flüge schwierig. Aus diesem Grund waren Zeitschachtschiffe ausgerüstet, die präzise Zeit zu bestimmen. Das geschah zum einen durch Messungen der Periode kalibrierter Neutronensterne, zum anderen durch die Technik, die Marquez anwandte – die Methode planetarischer Positionschronometrie. Er konnte die relativen Positionen wie die Zeiger einer großen alten Analoguhr behandeln.

Er instruierte den Rechner des Navigationssystems, die Positionen der anderen Planeten des Systems festzustellen. Da Solace bereits präzise bestimmt war, war es dem Navigationssystem möglich, die anderen Planeten viel schneller zu ermitteln. Innerhalb von acht Minuten hatte der Rechner die Bahnbewegungen von sechs Planeten ermittelt, und das genügte für eine genaue chronologische Fixierung.

Gespannt starrte Marquez auf den Bildschirm des Navigationsrechners, während dieser seine Berechnungen ausführte und die Ergebnisse in Zahlen wiedergab, die geduldig Uhrzeit, Tag und Jahr meldeten.

Zu seiner eigenen Überraschung hatte Marquez keine emotionale Reaktion auf die Zahlen. Vielleicht war es eine Nachwirkung des langen Schlafes. Vielleicht hatte er unterbewusst solche Nachricht erwartet und sich aus diesem Grund geweigert, sie in Erwägung zu ziehen. Oder sein Unterbewusstsein wusste, dass es klug war, ihn von Reaktionen zurückzuhalten, denn die einzige gefühlsmäßige Reaktion würde ungezügelte Panik sein.

Das machte nichts. Nichts, was er tun konnte, würde etwas ausmachen. Der Flugplan hatte vorgesehen, dass die *Dom Pedro IV* zwischen zwei Wochen und zwei Monaten nach ihrer Abreise von Thors Bereich in Solace eintreffen sollte.

Ganz gleich, welche Reaktion Marquez aufbrachte, es änderte nichts an der Tatsache, dass sie beinahe genau einhundertsiebenundzwanzig Jahre zu spät in Solace eingetroffen waren.

*

Marquez konnte nicht sagen, wie lang er bewegungslos an seinem Platz saß. Er hatte bereits mehr als ein Jahrhundert Zeit aus den Augen verloren. Da konnte es kaum etwas ausmachen, wenn er den Überblick über ein paar weitere Minuten verloren hatte.

Er hätte darauf vorbereitet sein sollen, sagte er sich. Es war eines der Risiken, die man als Kapitän eines Zeitschachtschiffes auf sich nehmen musste. Jeder Kapitän hatte Albträume über das Versagen temporaler Beschränkung, oder dass das Schiff eine Zeitschacht-Wegmarke verpassen und in die Singularität stürzen oder am Zielsystem vorbei in die unendliche Leere segeln würde. Es hatte Schiffe gegeben, die einfach verschwunden waren; sie mussten solch ein Schicksal erlitten haben.

Aber dies war irgendwie anders. Dies war kein konventionelles Unheil. Eine Katastrophe im Weltraum ging nicht mit einem einwandfrei funktionierenden Schiff zu Ende, das mit bewundernswerter Präzision sein Ziel erreichte, wenn auch nicht zur rechten Zeit. Wenn ein Schiff in der interstellaren Dunkelheit havarierte, war das Verhängnis absolut und endgültig. Insofern hatte es etwas sehr Beunruhigendes, vom Verhängnis nur gestreift zu werden und bloße 127 Jahre in der Zukunft zu stranden. Das schien eine zu geringe, zu vernünftige Zahl. Es war absurd, dass ein solch gut vorstellbarer Zeitraum ihn genauso von seinem Leben abschneiden sollte, wie es eine Million Jahre tun würden. Es war nicht die Art von einer Katastrophe, auf die sich ein Zeitschachtpilot vorbereitete.

Ein bloßes Jahrhundert sollte für Marquez und sein Schiff wie nichts sein. Der Rumpf der *Dom Pedro IV* war 8362 selbstchronologische Standardjahre alt. Einige Teile stammten von Schiffen, die noch viel älter waren, obwohl die Innenausstattung natürlich erst ein paar hundert selbstchronologische Jahre alt war, dank einer Neuausstattung im Zuge einer Docküberholung.

Die *Dom Pedro IV* war 432 objektive Jahre vor dem Datum, das jetzt als Ergebnis ihrer Berechnung auf dem Bildschirm erschien, in Dienst gestellt worden, und Marquez war stolz auf ihre relative Modernität. Er selbst war zweiundfünfzig biologisch-chronologische Jahre alt. Er hatte sich nie bemüht – oder vielleicht nie gewagt – sein eigenes selbstchronologisches Alter zu ermitteln. Nach dieser Rechnung war er jedenfalls viel älter als sein Schiff. Aber wie konnte solch eine Feststellung sinnvoll sein, wenn Kapitän und Schiff beide dieselben paar hundert Jahre wieder und wieder durchlebt hatten? Er selbst hatte das Schiff auf all seinen Reisen geführt, nachdem er sein Handwerk auf einem Dutzend früherer Reisen mit anderen Zeitschachtschiffen gelernt hatte.

Nach selbstchronologischer Zeit war Felipe Enrique Marquez sicherlich um einiges älter als die aufgezeichnete Menschheitsgeschichte. Und diese Feststellung war, obschon richtig, so offensichtlich absurd, dass man sich jeden Gedanken darüber schenken konnte. Aber er *hatte* so lang gelebt, obwohl er neunundneunzig Prozent der fraglichen Zeit in der einen oder anderen Form von Scheintod oder Tieftemperaturschlaf verbracht hatte. Und er hatte dieselben paar hundert Jahre wieder und wieder verschlafen, während die *Dom Pedro IV* die Zeitschächte passiert und in der Zeit vorgerückt war.

Bei alledem reichten kurze 127 Jahre normaler, konventioneller Zeit völlig aus, um Marquez und sein Schiff samt Besatzung von allen Bindungen und Verbindungen seines früheren Lebens abzuschneiden. Denn die Jahre, in denen er so lang gelebt hatte, waren nun unwiederbringlich an die Vergangenheit verloren. Die Chronologische Patrouille würde ihn niemals zurückkehren lassen.

Aber dann fiel Marquez etwas ein. Vielleicht bestand doch Hoffnung. Vielleicht gab es eine Antwort, die an Bord seines Schiffes schlief und wartete. Die *Dom Pedro IV* war ein Frachtschiff. Die Hauptbestandteile ihrer Ladung waren diesmal Saatgut, Landmaschinen und schwere Ausrüstungen für den Bergbau und Erdbewegungen. Hinzu kamen verschiedene kleinere Dinge und ein paar Luxusgüter. Auf dieser Reise war nur ein einziger Passagier an Bord. Aber dieser Passagier hatte vor der Abreise eine Bitte ausgesprochen, und in Anbetracht dessen, wer dieser Passagier war, konnte die Bitte unter dem gegenwärtigen Umständen eher als ein Befehl gesehen werden. Jedenfalls war es eine Bitte, die Marquez mit Vergnügen erfüllen würde: Im Falle eines ungewöhnlichen Ereignisses bei der Ankunft sollte Marquez diesen einen Passagier wecken, sobald das Schiff sicher war. Marquez hatte sich damals nicht viel dabei gedacht, aber nun tat er es. Offensichtlich war sein Passagier mit der Erwartung in den Tieftemperaturschlaf gegangen, dass er am anderen Ende Ärger bekommen würde.

Marquez verließ die Zentrale und ging nach achtern zu der Abteilung, die den Tieftemperaturbehälter des Passagiers enthielt. Die bloße Vorstellung, mit dem Mann zu sprechen, machte ihn nervös. Vor der Abreise hatten ihn alle ermahnt, seinen Passagier mit großem Respekt zu behandeln und vorsichtig mit ihm umzugehen. Alle Ermahnungen und Warnungen waren jedoch unnötig gewesen. Er hatte über den Mann mehr als eine Geschichte gehört.

Jeder hatte Geschichten über Anton Koffield gehört.

7.

# AUS DER KÄLTE IN DIE DUNKELHEIT

Anton Koffield erwachte aus den eisigen Tiefen des Kälteschlafs. Körper und Geist schienen desorientiert und kalt und weit entfernt voneinander.

Seine Muskeln verkrampften sich, die Kiefer pressten sich zusammen, während seine Beine und Arme zitterten und zuckten. Sein Körper wand sich in Qualen, und doch schien alles abgelöst, weitab von ihm. Die Qualen schienen anderswo jemand anderen heimzusuchen; und dennoch peinigten sie ihn mit Schmerzen.

Nicht einmal sein Verstand schien ihm zu gehören. Ein anderer als Koffield dachte die Gedanken in seinem Gehirn. Er wusste, dass das unmöglich war, aber Unmöglichkeit schien von geringer Bedeutung. Die unheimliche Ablösung von Gedanken und Gefühlen schien durchaus wirklich, wenn sie auch halluzinatorisch sein mochte.

Sein Körper hatte mehr als ein Jahrhundert Bordzeit unter Temperaturverhältnissen verbracht, die ihm normalerweise innerhalb kurzer Zeit den Tod durch Unterkühlung gebracht hätten. Die erforderlichen Maßnahmen, die dem menschlichen Körper gestatteten, unter solchen Bedingungen zu überleben, waren an und für sich eine fast unerträgliche Folter. Hinzu kam, dass er nach Jahrzehnten totaler sensorischer Deprivation erwachte. Es dauerte eine Weile, bis die Nerven sich ihrer lange unbenutzten Bahnen erinnerten und neu ordneten. Es war unvermeidlich, dass er Schmerz und Desorientierung erfuhr, während sein Körper sich abmühte, seine gewohnten Funktionen wiederzufinden. Er hatte dies alles oft durchgemacht und wusste, dass es früher oder später vergehen würde.

Bloßes Verstehen des Phänomens aber bot nur geringen Trost, als die unkontrollierbaren schmerzhaften Krämpfe seine Muskeln peinigten und, wenn sie verschwanden, wieder und wieder zurückkehrten. Nach einiger Zeit kam er hinreichend zu sich, um zu bemerken, dass der Schmerz fraglos ihm selbst widerfuhr und keinem anderen, aber es war keine Freude, das unstrittige Eigentum an dieser Qual zu beanspruchen.

Es gab Berichte von Menschen, die aus dem Tieftemperaturschlaf erwachten und die Schmerzen nie mehr los wurden. Wenn es noch länger dauerte, da war sich Koffield sicher, musste er zu dieser Kategorie gehören. Es war, als ob sein Körper in einem Akt der Rebellion gegen die Widrigkeiten, die er im Tieftemperaturschlaf erleiden musste, den Tod suchte. Aber der menschliche Geist hat einen zu starken Überlebensinstinkt, um solche Regungen zu gestatten. Allmählich ließen die Krämpfe nach und gingen in ein heftiges Zittern und Frösteln über, die Todesqualen verblichen zu bloßem Schmerz, und seine haltlos zitternden Gliedmaßen reagierten allmählich auf die Signale seines Gehirns. Koffield lag da und wartete in grimmiger Schicksalsergebenheit, bis sein Körper sich erholte.

Die Schmerzen ließen nach, das war die Hauptsache. Er war wieder er selbst, wenigstens so weit, dass er erkennen konnte, in welch schlechter Verfassung und wie desorientiert er war.

Für die meisten Reisenden war es schwierig, nach dem Erwachen aus einem Tieftemperaturschlaf den

Zeitablauf zu beurteilen. Auch auf Koffield traf das zu. Stunden oder Tage mochten vergangen sein, seit er erwacht war. Hatte Kapitän Marquez schon seit endlosen Stunden in dem Kontrollraum, der die Wiederbelebung steuerte, gewartet und ihn beobachtet, vielleicht schon so lang, dass er dann und wann fortgegangen war, andere Dinge zu erledigen? Oder hatte alles nur ein paar Minuten gedauert?

Solche Gedanken gingen Koffield immer durch den Kopf, wenn er aus dem Kälteschlaf erwachte. Aber aus unerklärlichem Grund hatte er niemals die geringe Anstrengung unternommen, sich um die Antworten zu bemühen, niemals gefragt, wie lang seine Wiederbelebung gedauert hatte. Und kein Kryotechniker hatte es ihm jemals ungefragt erklärt. Anton Koffield erlaubte sich nur wenige abergläubische Regungen, aber nicht nach seiner eigenen Wiederbelebung zu fragen, war eine davon. Kälteschlaf als induzierter Scheintod ging nahe am endgültigen Tod vorbei, und er hatte kein Verlangen, sich mehr als unbedingt nötig mit den Umständen zu befassen, die ihm in der Vergangenheit so oft durchgeholfen hatten.

Endlich verging der letzte Schmerz und wurde zu Steifheit und Verspannung, und die Krämpfe hörten gänzlich auf. Sein Körper gehörte wieder ihm. Koffield seufzte erleichtert und öffnete die zu Fäusten geballten Finger. Bis zu diesem Augenblick war ihm nicht einmal bewusst gewesen, dass er sie zu Fäusten geballt hatte. Er riskierte es, die Augen zu öffnen, die vom Schlaf und den letzten Rückständen von Gel verklebt waren. Über ihm waren die verschwommenen Umrisse der Kammer mit den Ventilationsöffnungen. Er hatte es wieder einmal geschafft. Die Wahrscheinlichkeit sprach dafür, dass er eines Tages nicht daraus erwachen würde. Aber dieser Tag war wenigstens nicht heute. Das war für sich schon eine Art Sieg.

Mit langsamen und sorgfältigen Bewegungen versuchte er sich zum Sitzen aufzurichten – und bedauerte es sofort. Seine Muskeln waren noch nicht lebendig genug, um so etwas wie eine gemeinsame Anstrengung zu meistern. Nach einer Weile biss Koffield die Zähne zusammen und versuchte es wieder, stemmte sich auf die Ellbogen und achtete nicht auf die Schwärze, die sein Gesichtsfeld einrahmte. Ein gestaltloser Fleck bewegte sich durch dieses Gesichtsfeld und streckte ein bräunlichrosa Anhängsel aus, das hinter Koffield langte und ihn behutsam am Rücken berührte und gerade so viel Unterstützung bot, dass er aufrecht sitzen bleiben konnte.

Koffield zuckte vor der Berührung zusammen, obwohl er dankbar dafür war. Sie schmerzte höllisch, aber das war zu erwarten. Nach dem Kälteschlaf schmerzte alles. Doch wer es auch war, der ihm auf die zitternden Beine half, wusste das offensichtlich und berührte ihn so wenig wie möglich, während er ihn gleichzeitig mehr oder weniger auf den Beinen hielt.

Mit einer Willensanstrengung hielt Koffield die Knie steif und den schmerzenden Rücken gerade. Seine Schultern waren starr wie ein eiserner Kleiderbügel. Die stützenden Hände ließen ihn los, blieben aber in der Nähe, falls er unter seinem eigenen Gewicht zusammenbrechen sollte.

Richtig, Gewicht, dämmerte es ihm. Er hatte Gewicht. Er war nicht in Schwerelosigkeit. Aus dem Kälteschlaf wiederbelebt zu werden, war ein unglaublich anstrengendes Geschäft, da es Muskeln und Nerven beanspruchte, die seit Jahrhunderten Bordzeit untätig gewesen waren. Aus diesem Grund war es üblich, Kälteschläfer in Schwerelosigkeit zu wecken, außer in Notfällen, wenn die Stunden, die es oft dauerte, die Kammer mit den Behältern der Wiederbelebungskandidaten vom Gravitationssystem des Schiffes zu isolieren, nicht erübrigt werden konnten.

Er hatte Gewicht. Darum erwachte er in einer Notsituation.

»Wa…?«, setzte er an, aber seine Stimmbänder waren vom langen Nichtgebrauch gelähmt, und seine Kehle schmerzte plötzlich. Er hustete elend und nahm einen Schluck vom ekelhaft schmeckenden Aufbaumittel, das ihm die hilfreiche Person an den Mund hielt.

Er schluckte das Zeug mit einer Grimasse und fand, dass sein Sehvermögen sich allmählich besserte. Er konnte das freundliche und besorgte Gesicht des Mannes erkennen, der ihn stützte. Es musste Kapitän Marquez sein. Wieder versuchte er zu sprechen, mit etwas mehr Erfolg. »Was ist schief gegangen?«, fragte er mit krächzender Stimme.

»Etwas Großes, fürchte ich. Sie sagten mir, ich solle Sie zuerst wecken, wenn etwas Unerwartetes geschehen würde. Das ist der Fall.«

»Sind sie gekommen?«, fragte Koffield. Er hatte ziemlich sicher damit gerechnet. Sie würden die vorläufigen Daten geprüft haben, die er mit der *Chrononaut VI* geschickt hatte. Vorausgesetzt, die *Chrononaut VI* und die *Dom Pedro IV* waren beide planmäßig angekommen, würde die *Chrononaut VI* ungefähr sechzig Tage vor der *Dom Pedro IV* eingetroffen sein. Genug Zeit, dass die Solacier seine Arbeit hatten durchsehen können. Nun würden sie zu ihm kommen, entweder um weitere Information zu bekommen oder um ihn zu verhaften und seine Information zu unterdrücken.

Aber Marquez sah ihn überrascht an. »Niemand ist hier. Warum sollte jemand hier sein? Dachten Sie, jemand würde uns erwarten?«

»Ja«, sagte Koffield. Ihm begann zu dämmern, dass

er die Situation falsch eingeschätzt hatte. »Offensichtlich bin ich Opfer einer falschen Annahme. Was … was ist geschehen?«

»Es handelt sich um ein … ein Navigationsproblem.«

»Wir haben Solace nicht erreicht?«

Marquez zögerte, offensichtlich unglücklich über das, was er zu sagen hatte. Dann schüttelte er den Kopf. »Ich habe es sehr sorgfältig überprüft, wir haben zweifellos das System Solace erreicht. Dieser Teil ist in Ordnung.«

»Und was ist nicht in Ordnung?«

Marquez zögerte wieder. »Es scheint verrückt, aber … sehen Sie, ich habe es auf jede Weise überprüft, die mir möglich ist, und bekomme jedes Mal dieselben Daten. Wir sind mit einhundertsiebenundzwanzig Jahren Verspätung im System Solace eingetroffen. Ich glaube nicht, dass wir durch einen Zeitschacht gegangen sind.«

Koffield besann sich einen Moment und beschloss alle unsinnigen Fragen zu unterlassen. Marquez war ein erfahrener, ausgezeichneter Kapitän, und selbst der unfähigste Pilot würde kaum ein planetarisches System mit einem anderen verwechseln. Er musste davon ausgehen, das Marquez seine Fakten richtig beisammen hatte. Die Weigerung, etwas zu glauben, nur weil es unerfreulich war, käme einer Realitätsverweigerung gleich.

Koffield streckte die Hand aus und nahm Marquez den Becher mit dem Aufbaumittel ab. Dann zwang er sich zu einem weiteren Schluck von dem eklig schmeckenden Zeug, um Zeit zu gewinnen und seine Gedanken zu sammeln. Ruhig bleiben, sagte er sich. Marquez erwartete seinen Rat, vielleicht Anleitung. Am besten zeigte er keinerlei Gemütsbewegung statt dem Durcheinander von Verwirrung, Furcht und Desorientierung Luft zu machen, das als Nachwirkung des Kälteschlafes seinen Verstand beeinträchtigte. »Einhundertsiebenundzwanzig Jahre«, sagte er in einer Annäherung an seine normalerweise leise, nachdenkliche Stimme. »Das ist nicht gut.«

»Nein, absolut nicht. Wir sind in der Zukunft gestrandet.«

Einhundertsiebenundzwanzig Jahre! Koffield bemerkte plötzlich, dass seine Hände wieder zitterten. Würde Marquez denken, dass der Schock seiner Nachricht es verursacht habe, oder würde er es einfach auf eine Reaktion auf die Wiederbelebung zurückführen? Koffield wusste selbst nicht, was es war.

Einhundertsiebenundzwanzig Jahre. Vergangen. Seine Welt völlig und unwiederbringlich vergangen. Abermals. Zum zweiten Mal war er in der Zukunft gestrandet. Wie sollte man auf solch eine Neuigkeit reagieren?

Natürlich gab es keine angemessene Reaktion. Und das war der Weg, den Koffield wählte. Überhaupt keine Reaktion. Das war das Beste. »In Ordnung«, sagte er ruhig. »Da werden wir einige Überlegungen anstellen müssen.«

»So ist es«, sagte Marquez. Koffield glaubte eine vage Enttäuschung herauszuhören.

Erstaunt sah Koffield ihn an. Hatte Marquez sich irgendwie eingebildet, er brauche Anton Koffield bloß zu wecken, damit der alle Probleme im Handumdrehen löse? Einen guten Ruf zu haben, hatte zweifellos seine Vorteile, aber es gab Grenzen. Dennoch war Marquez' Reaktion der einiger anderer, die Koffield kennen gelernt hatte, jedenfalls vorzuziehen.

Einhundertsiebenundzwanzig Jahre – vielleicht, vielleicht hatte er seinen Ruf überlebt. Es gab viele alte Sprichwörter, die darauf hinausliefen, dass alles eine gute Seite habe. Vielleicht bewahrheiteten sie sich doch noch.

»Sehr gut«, sagte Koffield, und plötzlich war der Tonfall ruhiger Zuversicht in seiner Stimme nicht ganz so falsch wie er es gerade noch gewesen war. »Nachdem ich mich hergerichtet habe, werden wir einen Blick in die Zukunft tun.«

*

Es dauerte einige Minuten, bis Koffield sich kräftig genug fühlte, ohne Hilfe zu gehen. Als es so weit war, ging er mit Marquez den Hauptkorridor entlang zu der Kabine, die für ihn bestimmt war. »Erfrischen Sie sich, Admiral«, sagte der Kapitän, als er die Tür öffnete und seinen Gast mit einer einladenden Bewegung zum Eintreten aufforderte. »Nehmen Sie sich so viel Zeit wie Sie brauchen. Ich werde in der Zentrale sein, wann immer Sie fertig sind.«

»Danke, Kapitän«, sagte Koffield. »Ich werde nicht lang brauchen.« Er ging hinein und schloss die Tür mit einem Gefühl von Erleichterung hinter sich. Natürlich brauchte er eine Dusche und eine Mahlzeit, aber dringender noch brauchte er eine Gelegenheit, seine Gedanken zu sammeln.

Er entledigte sich des dünnen Gewandes, das er im Tieftemperaturbehälter getragen hatte, öffnete die Duschkabine, stieg hinein und drehte das Wasser an. Die Strahlen heißen Wassers schienen beinahe stark genug, ihn gegen die Wand der Duschkabine zu stoßen, so stark war der Druck. Aber es war ein gutes Gefühl. *Meine erste Dusche nach mehr als einem Jahrhundert,* dachte Koffield. Der schwächliche kleine Scherz war ohne Zweifel so alt wie der Zeitschachttransport, wenn nicht älter, aber er munterte ihn trotzdem ein wenig auf.

Anton Koffield war selbst in seinen besten Zeiten nicht von einer besonders eindrucksvollen körperlichen Erscheinung, und die besten Zeiten lagen schon eine gute Weile hinter ihm. Außerdem waren die Zeiten nicht gut zu ihm gewesen, schon bevor er in den Tieftemperaturschlaf gegangen war. Er war in einem Zustand von Erschöpfung und Überarbeitung hineingegangen. Die Anstrengung, die nötig war, seine Untersuchungen rechtzeitig vor der Abreise fertigzustellen, die verzweifelte Dringlichkeit seiner Mission und gewöhnliche, altmodische Furcht vor dem, was er gefunden hatte, hatten ihn vollständig ausgelaugt. Nach dem zusätzlichen Stress des Tieftemperaturschlafes glich er dem Opfer einer Hungersnot. Seine Wangen waren hohl, der Körper abgemagert, und die Haut spannte sich über Rippen und Beckenknochen.

Die äußere Schicht abgestorbener Haut war im Kälteschlaf zerfallen und hatte sich in ein schmutziges, unangenehmes Pulver verwandelt, das den ganzen Körper bedeckte und juckte. Koffield lehnte sich in die Wasserstrahlen und schrubbte so energisch wie seine noch schwachen, gummiartigen Arme es zuließen.

Der erste Schritt seiner Überlegungen war die Einschätzung ihrer Situation. Die Akzeptanz der Wirklichkeit war eine Sache, aber es gab auch solche Dinge wie die Bestätigung wichtiger Daten und das Sammeln unterstützender Daten. Koffield vertraute Marquez genug, um ihm zu glauben, doch ging sein Vertrauen nicht so weit, dass er darauf verzichten wollte, alles zu verifizieren. Sich auf unbestätigte Information zu verlassen, war ein Abkürzungsweg zum Tod.

Außerdem lag Kapitän Marquez sicherlich daran, dass Koffield seine Arbeit überprüfte. Der brave Mann würde sich freuen, wenn Koffield einen Irrtum fände, aber der hatte keine realistische Hoffnung darauf und bezweifelte, dass Marquez damit rechnete. Der Kapitän musste alles dreimal oder viermal durchgerechnet haben.

Eile konnte nur schaden. Frisch aus dem Kälteschlaf – wenn *frisch* das richtige Wort war –, war niemand in der Lage, präzise Arbeit zu leisten. Er verließ die Duschkabine, trocknete sich ab und nahm Unterwäsche und einen Overall aus dem Einbauschrank der Kabine. Er zog sich an und wählte ein Schnellgericht aus dem Speiseplan der Kücheneinheit.

Darauf klappte er den Tisch hoch, zog einen Stuhl heran und wartete, dass die Kücheneinheit die Mahlzeit erwärme. Unbehaglich rückte er auf dem Stuhl. Der Overall war eng unter den Schultern, und der Stoff schien unangenehm kratzig. Nach dem Kälteschlaf war seine Haut immer überempfindlich. Dem Stoff des Overalls haftete ein schwacher Geruch an, ein muffig-feuchter Geruch, der ihn an den Schimmel im Keller seines großväterlichen Hauses außerhalb von Berlin erinnerte. Ob dieses Haus noch stand, hundertsiebenundzwanzig Jahre seit er es zuletzt gesehen hatte? Nein, jetzt war es mehr als zweihundert Jahre her. Er war wieder in der Zeit gestrandet, losgerissen sogar von den schwachen Wurzeln, die er vor acht Jahrzehnten nach dem Unglück mit der *Upholder* gebildet hatte.

Ein Glockenton erklang und signalisierte, dass sein Essen fertig war. Er öffnete die Klappe und schaute hinein. Die Mahlzeit war nicht ohne weiteres identifizierbar. Eine Schale mit dicker braungrauer Flüssigkeit, die Suppe sein musste, ein beige aussehendes Zeug, das Kartoffelbrei sein mochte, und ein grünes Püree.

Alles war ohne Zweifel essbar und nahrhaft und genau die Diät, die er nach dem Kälteschlaf brauchen würde, ersonnen von tüchtigen Spezialisten, aber nichts davon machte es appetitlich. Natürlich war die Diät absichtlich weich und fade, um die Kaumuskeln zu schonen, die lange Zeit nicht tätig gewesen waren, und um den Geruchs- und Geschmackssinn, der ebenso lang stillgelegt gewesen war, nicht übermäßig zu stimulieren. Dennoch war es in Anbetracht des Umstandes, dass er sein erstes Essen in mehr als einem Jahrhundert vorgesetzt bekam, eine ziemlich perverse Leistung, ihm eine Mahlzeit vorzusetzen, die er nicht essen mochte.

Er musste lächeln. Nun, was konnte er erwarten? Das Essen hatte so lange wie der Overall, so lange wie er selbst in Tiefkühlung zugebracht. Er zog einen Löffel aus dem Besteckfach neben der Klappe und begann den nahrhaften Brei in den Mund zu schaufeln. Er aß mechanisch und empfand so viel oder so wenig Genuss wie eine Maschine, die mit Treibstoff betankt wurde. Die Gedanken, die ihn beschäftigten, erleichterten es ihm, dem Essen keine Aufmerksamkeit zu schenken.

Sie waren in ernsten Schwierigkeiten. Die Situation war weit komplizierter und gefährlicher, als Marquez ahnen konnte. Es spielten Dinge eine Rolle, von denen sie nichts wussten, verborgene Möglichkeiten und Fallgruben. Er löffelte das Essen in sich hinein, während er sich um einen Überblick bemühte. Seine Gedanken waren so weit von seinem Körper entfernt wie kurz nach dem Erwachen aus dem Kälteschlaf.

Noch mit der Einschätzung der Lage beschäftigt, beendete er seinen freudlosen Imbiss so schnell er konnte, stand auf, klappte den Tisch zurück und steckte das Geschirr in den Reinigungsbehälter. Er musste vorwärtsgehen, sehen, was Kapitän Marquez festgestellt hatte.

Nur wusste Marquez nicht die Hälfte, konnte es nicht wissen. Koffield hatte schon die Hand nach dem Türgriff ausgestreckt, als er innehielt, um zu überlegen.

So sehr ihm daran lag, in die Zentrale zu gehen und

sich mit den Daten vertraut zu machen, wurde ihm klar, dass es ein Fehler sein konnte. Er setzte sich wieder auf den Stuhl und dachte nach. Er musste es wie ein Schachspiel betrachten und versuchen, wenigstens ein paar Züge vorauszudenken.

Einhundertsiebenundzwanzig Jahre waren für menschliche Begriffe eine lange Zeit. Vieles ging in solch einer Zeitspanne verloren, wurde vergessen, als obsolet weggeworfen. Selbst wenn seine mit der *Chrononaut VI* vorausgeschickte vorläufige Warnung durchgekommen war und die richtigen Leute erreicht hatte, konnten sie danach gehandelt haben? Würden sie dazu bereit gewesen sein?

In einer kalten, rationalen Analyse gab es kein Argument, das gegen seine Daten erhoben werden konnte. Aber wer würde auf der Grundlage von neun Seiten obskurer Formeln eine Welt aufgeben? Koffield hatte gewusst, dass die Daten an sich nicht ausreichen würden, schon als er seine vorläufigen Feststellungen an Bord der *Chrononaut VI* abgesandt hatte. In dieser Erkenntnis hatte er die Passage an Bord der *Dom Pedro IV* gebucht, damit er Gelegenheit hätte, die Daten zu erläutern, für sie zu sprechen und dafür zu sorgen, dass sie gelesen und verstanden wurden.

Wenn sie nicht auch im Transit verloren gegangen war, war die *Chrononaut VI* vor 127 Jahren auf Solace gelandet und hatte sein Material ausgeliefert. Was war dann geschehen? Hatte sein vorläufiger Bericht die Geschichte dieser und anderer Welten verändert, oder war er verloren gegangen und vergessen? Hatte er einen Ehrenplatz in den Archiven gefunden oder war er niemals öffentlich gemacht worden?

Was für eine Welt erwartete sie? Marquez hatte ihm nichts über den Zustand von Solace gesagt, sondern nur die nackte Tatsache gemeldet, dass sie sich im Anflug befanden.

Er, Koffield, hatte in diesem Augenblick keinerlei Kenntnisse vom Zustand des Planeten. Das konnte sich leicht als ein wichtiger Punkt erweisen.

In groben Zügen schien es drei Möglichkeiten zu geben.

Erstens – er hatte Recht gehabt, sie hatten auf ihn gehört, sein Datenmaterial überprüft, es als schlüssig anerkannt und die Welt verlassen. In diesem Fall näherte sich die *Dom Pedro IV* jetzt einer so gut wie menschenleeren Welt, übersät von aufgegebenem Gerät und bevölkert nur von den Abkömmlingen der unvermeidlichen Verrückten, die sich geweigert hatten, den Ort ihrer Geburt zu verlassen, dazu allerlei Tieren, Pflanzen und Mikroben, denen es gelungen war, sich der Welt anzupassen und neben den heimischen Formen in Nischen zu überleben. Diese Möglichkeit war nicht wahrscheinlich, aber denkbar.

Zweitens – sie hatten seine Daten verloren, ignoriert, widerlegt oder unterdrückt, und die Ereignisse hatten seine Theorie als falsch erwiesen. In welchem Fall die *Dom Pedro IV* im Begriff war, die Gartenwelt zu erreichen, die DeSilvo und seine Fachleute vorausgesagt hatten. Die Angleichung der Umweltbedingungen und Lebensverhältnisse war gelungen, die Zusammensetzung der Atmosphäre und das Klima hatten sich stabilisiert, Solace war ein Paradies, und er, Koffield, war entweder völlig in Vergessenheit geraten oder galt als eine Witzfigur.

Oder drittens – er hatte Recht gehabt, sie hatten seine Arbeit ignoriert und längst vergessen, und es gab dort draußen eine Welt voller Menschen, die sich am Rande des Hungertodes mühsam durchschlugen und gegenseitig umbrachten. Nahm man die menschliche Natur als gegeben, schien die dritte Möglichkeit die bei weitem wahrscheinlichste.

In diesem Fall – ja, in diesem Fall würde er wahrscheinlich einen Beweis brauchen, dass er seine Voraussagen vor 127 Jahren gemacht hatte, lange bevor er wissen konnte, in welcher Verfassung Solace war.

Er stand auf und fand den Anschluss der Gegensprechanlage an der Wand neben der Tür. Nach kurzem Studium der Beschriftung fand er, wie er die Zentrale rufen konnte und tat es. Der Kapitän meldete sich sofort. »Marquez hier. Was gibt es, Admiral?«

Einen Augenblick lang wunderte sich Koffield, wie Marquez gewusst haben konnte, wer ihn anrief. Dann lächelte er bei sich. Wer sonst konnte es gewesen sein? Mit dem Vorausdenken in diesem Schachspiel würde er nicht weit kommen, wenn er nicht klarer als jetzt dachte. »Kapitän, es tut mir Leid, Sie auf diese Weise anzurufen, aber mir ist etwas eingefallen, was getan und aufgezeichnet und bezeugt werden muss. Mehr kann ich Ihnen im Moment nicht sagen. Dürfte ich Sie bitten, noch einmal in meine Kabine zu kommen und eine Langzeitkamera und einen gesicherten Behälter mitzubringen, der groß genug ist, die persönlichen Dinge eines Tieftemperaturschläfers aufzunehmen?«

»Admiral, es gibt eine Anzahl von Bordsystemen, die ich seit der Ankunft nicht überprüfen konnte. Ich habe wirklich eine Menge Arbeit zu tun …«

»Es ist wichtig, Kapitän.«

»Nun, was ist es?«

»Ich kann es Ihnen erst sagen, nachdem es getan ist.«

»Warum sollte ich dann …?«

»Ich bitte um Entschuldigung, dass ich jetzt nicht alles erkläre«, unterbrach ihn Koffield, »aber in meinen alten Tagen als Untersuchungsbeamter gab es eine Daumenregel, wonach der objektivste Zeuge derjenige ist, der am wenigsten weiß und am meisten sieht – und ich brauche Sie als objektiven Zeugen.«

Eine kleine Weile blieb die Leitung still, dann sagte

Marquez, ohne die Verwunderung und Verärgerung in seiner Stimme zu unterdrücken: »Ich bin nicht in der Stimmung für Spiele, Admiral, und ich habe keine Zeit dafür. Ihr militärischer Rang berechtigt Sie nicht, mir an Bord meines Schiffes Befehle zu erteilen.«

»Ich weiß, Kapitän. Aber ich vermute, dass Sie genug über mich in Erfahrung gebracht haben, um zu wissen, dass auch ich wenig Zeit für Spiele habe. Aber wenn Sie zehn Minuten von Ihrer Zeit erübrigen könnten, um etwas zu bezeugen, besteht wenigstens eine Chance, dass Sie helfen werden, auf Solace Leben zu retten, viele Menschenleben.«

»Ich kann nicht erkennen, wie das möglich sein sollte«, erwiderte Marquez.

»Aber es ist so, Kapitän, das versichere ich Ihnen«, sagte Koffield. »Es ist so. Danach werde ich Ihnen gern alles erklären. Bitte.«

Nach einem Stillschweigen von einigen Herzschlägen Dauer antwortete Marquez: »Nun, wenn Unwissenheit einen Menschen objektiv macht, dann werde ich es vermutlich sein, weil ich nichts weiß. Es wird ein paar Minuten dauern, um das Nötige aus dem Lager zu holen. Ich werde dort sein, so bald ich kann.«

8.

# HEISENBERGS KOFFER

Als Koffield die Kabinentür öffnete, sah er Marquez' Gesichtsausdruck an, dass er in der Einschätzung des Kapitäns um einige Grade herabgestuft worden war. Das machte nichts. Es gab wichtigere Dinge als die gute Meinung des Kapitäns. »Ich danke Ihnen für Ihr Kommen, Kapitän«, sagte Koffield. »Wenn Sie die Kamera und den gesicherten Behälter hereinbringen könnten, können wir anfangen.«

»Wie Sie wollen, Admiral«, erwiderte Marquez. Er trug die Ausrüstung herein. Seine Miene und sein Tonfall machten deutlich, dass er Koffield seinen Willen ließ, obwohl er selbst nichts von dem Ansinnen hielt.

»Ich weiß, dies alles scheint töricht, Kapitän. Ich wette, Sie fragen sich, ob ich schon ganz aus dem Kälteschlaf zurückgekehrt bin.«

Marquez zuckte die Achseln und stellte den Behälter auf den Boden. »Einige Leute sind am ersten Tag danach ein wenig von der Rolle. Wiederbelebungsrausch, nennen sie es. Macht, dass sie sich ein wenig seltsam benehmen.«

»Ich versichere Ihnen, dass ich keiner von denen bin. Für dies alles gibt es einen Grund, und ich werde ihn in ein paar Minuten erklären. Einstweilen aber möchte ich Sie bitten, die Kamera einzuschalten und so zu positionieren, dass wir beide im Bild sein werden.«

»In Ordnung«, sagte Marquez noch immer weit entfernt, überzeugt zu sein. Er klappte den Tisch hoch, stellte die Kamera darauf und setzte sie in Gang.

Die Kamera war ein Standardgerät, ein länglicher schwarzer Block mit gerundeten Ecken, ungefähr zehn mal vier mal vier Zentimeter. An einem Ende war die Linse, an der Unterseite befand sich ein herausklappbares Stativ, und außerdem gab es noch ein paar eingebaute Klammern zu Befestigungszwecken.

Langzeitkameras hatten Schalter zum Einschalten, aber nicht zum Ausschalten. Sobald sie audiovisuell aufzeichneten, konnten sie nicht angehalten werden, es sei denn durch Zerstörung der Kamera. Sie zeichneten ein ganzes Standardjahr einfach weiter auf, dann schalteten sie sich selbst ab. Obwohl die Kamera nach dem Einschalten nicht aufgehalten werden konnte, war es möglich, die gespeicherten audiovisuellen Aufzeichnungen aus dem holographischen molekularen Speicher abzurufen, ob die Kamera noch aufzeichnete oder nicht. Sie konnte neben visuellem Licht auch Infrarot aufzeichnen, sodass Dunkelheit kein Schutz gegen sie war. Marquez blickte auf seine Datenuhr. »Kamera eingeschaltet Tag 223, Stunde 4, Minute 16, Sekunde – zehn – im Standardjahr 5339«, sagte er nach dem Standardverfahren zur Aktivierung einer Langzeitkamera. »Zeitkoordinaten aufgrund von Ausrüstungsversagen nur annähernd. Die gegebene Zeit abgeleitet von planetarischer Positionsberechnung. Die Kamera ist in Admiral Anton Koffields Kabine an Bord der *Dom Pedro IV,* Kapitän Felipe Enrique Marquez. Es spricht Kapitän Marquez. Das Schiff befindet sich gegenwärtig ungefähr zweikommadrei Milliarden Kilometer von Solace entfernt und nähert sich dem Planeten auf einem Kurs, der genau senkrecht zur Orbitalebene ist.«

»Danke, Kapitän«, sagte Koffield. Er blickte in die

Kamera. »Ich bin Anton Koffield, Konteradmiral außer Dienst der Chronologischen Patrouille.« Er wandte sich zu Marquez und überlegte einen Moment. Es war wichtig, dass er seine Fragen so neutral wie möglich fasste. Wenn diese Aufzeichnung zu einem zukünftigen Zeitpunkt als Beweis verwendet wurde, konnte es von entscheidender Bedeutung sein, zu demonstrieren, dass er den Zeugen nicht beeinflusst oder geleitet hatte. Seltsam, in solchen Begriffen zu denken. Welche Leute würden diese Aufzeichnung sehen?, überlegte er. Ein wissenschaftlicher Gutachterausschuss? Eine Untersuchungskommission? Ein Gerichtshof? Ein medizinisch-psychiatrisches Gremium, das zusammengetreten war, um zu bestimmen, ob er, Koffield, geisteskrank sei? Alle zusammen, vielleicht. Vorausgesetzt, es waren noch genug kompetente Persönlichkeiten am Leben, um solche Gruppen zu bilden. »Kapitän, Sie leiteten meine Wiederbelebung vom Kälteschlaf ein und überwachten sie, nicht wahr?«

»Ja, das ist richtig.«

»Wann?«

Marquez zuckte ein wenig verdrießlich die Achseln und blickte auf seine Uhr. »Ich begann vor ungefähr sechs Stunden mit der Prozedur. Vor ungefähr neunzig Minuten waren Sie völlig wach und stark genug, die Kammer mit dem Behälter vor ungefähr einer Stunde zu verlassen.«

»Was taten Sie, sobald ich kräftig genug war?«

»Ich führte Sie zu dieser Kabine. Sie waren imstande, mit eigener Kraft zu gehen, aber ich stützte Sie ein wenig.«

»Was tat ich, als ich hierher kam?«

Marquez sah Koffield mit etwas wie Argwohn an. »Sie sagten, Sie wollten eine Dusche nehmen, sich ankleiden und essen. Das tun die meisten Leute, die aus dem Kälteschlaf erwacht sind, und nach Ihrem Aussehen und dem … ah … Geruch haben Sie das getan. Aber nachdem ich Sie hierher geführt hatte, schloss ich die Tür und ging nach vorn zur Zentrale. Ich kann also nicht wissen, was Sie noch taten.« .

»Vielleicht doch«, sagte Koffield. »Wenn dieses Schiff wie eines der Chronologischen Patrouille funktioniert, gibt es an Bord ein automatisches Aufzeichnungsgerät, das praktisch alle mechanischen und elektronischen Vorgänge an Bord aufzeichnet, vom Zünden der Triebwerke bis hin zum Öffnen und Schließen der Sicherheitstüren und Temperaturablesungen in allen Räumen. Die Aufzeichnungen sind recht nützlich zur Überwachung der lebenserhaltenden Systeme, zur Rekonstruktion von Unfällen, der Feststellung von Fehlerquellen und so weiter.«

»Gewiss, die *Dom Pedro IV* hat ein solches Aufzeichnungsgerät. Aber die Logaufzeichnungen wurden gelöscht, als ich erwachte. Über unserer Reise hierher ist nichts darin enthalten.«

»Aber seit unserer Ankunft hat es normal funktioniert?«

»Soviel ich weiß, ja.«

»Bitte überprüfen Sie die Logaufzeichnung jetzt und berichten Sie über die Benutzung der Sicherheitstür und über Kommunikationen aus dieser Kabine während der letzten sechs Stunden.«

»Wie Sie meinen«, sagte Marquez in genervtem Ton. Er trat an den Datenanschluss der Bordsprechanlage, verband ihn mit dem Zentralrechner und rief die gewünschte Information ab. »Nach der Logaufzeichnung ist die Sicherheitstür nur zweimal geöffnet worden – um 3 Uhr 9 für dreißig Sekunden, und um 4 Uhr 13 für zweiundvierzig Sekunden. Keine Kommunikationen über den Datenanschluss, und die Bordsprechanlage wurde nur einmal um 4 Uhr 2 benutzt.«

»Bitte interpretieren Sie das.«

Marquez sah ihn verdutzt an. »Nun, mit anderen Worten, ich brachte Sie hierher, Sie schlossen die Tür hinter mir, und Sie wurde erst wieder geöffnet, als ich zurückkam und Sie für mich öffneten. Und außer dem Anruf mit der Bitte an mich, hierher zu kommen, gebrauchten Sie die Sprechanlage nicht. Auch der Datenanschluss blieb ungenutzt.«

»Sehr gut. Bitte halten Sie die Langzeitkamera für eine Nahaufnahme an die Bildschirmwiedergabe der abgerufenen Daten.«

Marquez nahm die Langzeitkamera vom Tisch, hielt sie vor die Mattscheibe des Datenanschlusses, stellte sie dann wieder zurück. »In Ordnung«, sagte er. »Was nun?«

»Wir sind hier fast fertig«, sagte Koffield. »Bitte beantworten Sie noch ein paar Fragen. Seit meiner Wiederbelebung bin ich entweder in Ihrer Gesellschaft oder in einem abgeschlossenen Raum gewesen. Ist das richtig?«

»Richtig. Vorausgesetzt, Sie sind kein Zauberer, und das automatische Aufzeichnungsgerät hat einwandfrei funktioniert.«

»Und ich habe keinen Zugang zu irgendwelchen Informationsquellen außer Ihnen selbst gehabt, was die gegenwärtigen Bedingungen auf Solace betrifft, oder auch irgendein anderes Thema?«

»Ja, richtig«, sagte Marquez. Er wurde zugleich vorsichtiger und unsicherer. »Wenn die automatische Logaufzeichnung einwandfrei gearbeitet hat, trifft das zu.«

»Bitte sagen Sie mir alles, was Sie über die gegenwärtigen Verhältnisse auf Solace wissen.«

»Woher, zum Henker, sollte ich das wissen?«, fragte Marquez irritiert. »Wir sind einhundertsiebenundzwanzig Jahre überfällig. Ungefähr genauso wie es bei meinem letzten Besuch hier war, nehme ich an. Ich weiß nur, dass Solace noch da ist, weil ich eine Positionsortung habe. Kommunikationssysteme sind noch außer Reichweite.«

»Sie haben keine aktuelle Information und könnten mir daher auch keine geben. Ist das richtig?«

»Richtig.«

»Danke. Nachdem dies alles festgestellt ist, denke ich, dass ich nun meine Kabine verlassen kann. Wenn Sie bitte die Langzeitkamera an sich nehmen und mehr oder weniger in meine Richtung halten, würde ich jetzt gern zu der Kammer zurückkehren, wo ich wiederbelebt wurde. Ich werde den verschlossenen Behälter tragen.«

Marquez verzichtete auf eine Antwort. Er nahm die Kamera auf und folgte Koffield hinaus in den Korridor und zurück zu der Kammer.

Koffields Tieftemperaturbehälter war noch da, der sargähnliche Deckel stand offen, an der Innenseite hafteten noch Reste vom Schutzgel. Die Luft roch nach dem süßlichen, oxidierten Gel, das in dem Augenblick, als es mit Atemluft in Berührung kam, verdarb. Das sich zersetzende Gel roch genau wie fauliges Fleisch. Erinnerungen an diesen Albtraum drängten in sein Gedächtnis, aber er zwang sie wieder hinaus.

Außerdem war es nicht das eigentliche Innere des Behälters, das ihn im Moment beschäftigte. Am Fußende des sargähnlichen Behälters befand sich ein kleineres Abteil, eine vierzig Zentimeter breite Schublade direkt unter den Füßen des Schläfers. Es war sozusagen das Gepäckabteil.

Die Verwendung von Tieftemperaturschlaf war nicht auf die Raumfahrt begrenzt. Viele Patienten machten davon Gebrauch, um weitere Schmerzen oder körperlichen Verfall zu vermeiden, während sie Monate oder Jahre auf die Züchtung eines Ersatzorgans warteten. Einige überfüllte Orbitalstationen mussten gelegentlich einen gewissen Prozentsatz ihrer Bevölkerung vorübergehend auf Eis legen – freiwillig oder unter Zwang –, um Lebensmittelvorräte und Atemluft zu strecken, bis neue Kapazitäten angebaut werden konnten oder verspätete Lieferungen eintrafen. Viele militärische Organisationen froren die ausgebildeten Soldaten von Kampfeinheiten und Spezialtruppen in Friedenszeiten ein, um sie erst wiederzubeleben, wenn sich eine Krise entwickelte. Eissoldaten, wurden sie im Volksmund genannt.

Es gab viele Anwendungsmöglichkeiten, legale und illegale, für Tieftemperaturschlaf, doch ganz gleich, welchen Grund es für das »Einfrieren« einer Person geben mochte, diese Person war im Tieftemperaturschlaf hilfloser als ein Säugling. Mit Ausnahme der Eissoldaten mussten die meisten Tieftemperaturschläfer für ihren Aufenthalt im Behälter bezahlen. Nur sehr wohlhabende Leute konnten sich den kostspieligen Prozess leisten. Selbst der geringe Energieverbrauch eines elektronisch gesteuerten und überwachten Behälters summierte sich im Laufe von Jahrzehnten oder gar Jahrhunderten Betriebszeit zu enormen Mengen und entsprechenden Kosten. Billiger wurde es, wenn Dutzende oder Hunderte von Behältern an Bord eines Zeitschachtschiffes gemeinsam versorgt und überwacht werden konnten. Hier wurden die Behälter in Abteilungen zusammengefasst und gemeinsam gewartet und überwacht. Die Schubfächer für persönliche Gegenstände wurden mithilfe von Techniken und Vorrichtungen verschlossen und versiegelt, die schon aus dem neunzehnten Jahrhundert bekannt waren. Zahlenkombinationsschlösser und Siegelwachs mochten altmodisch scheinen, aber sie erfüllten ihren Zweck.

Andererseits waren die Zahlenkombinationsschlösser und das Siegelwachs aus sehr modernen und verfeinerten Materialien hergestellt. Ein Energieeinsatz, wie er für einen Dieb notwendig würde, um das Schloss aufzubrechen, löste automatischen Alarm aus, und das Siegelwachs war ein hochfestes Polymerharz, und für sich stark genug, jedem Versuch zu widerstehen, es abzulösen, abzuschmelzen oder abzuschlagen. Zumindest nach der Theorie würde die Versiegelung sich nur auf Koffields Daumenabdruck hin lösen. Andererseits waren einhundertsiebenundzwanzig Jahre eine lange Zeit für ein Polymerharz, um sich an ein bestimmtes Muster zu erinnern; manchmal wurden die Versiegelungen nach zu langer Zeit bei tiefer Temperatur launenhaft.

Koffield überlegte. Das Aufbewahrungsfach war gut versiegelt, das war sicher. Vielleicht sollte er es so lassen, wie es war. Aber bald würde Marquez mit der Wiederbelebung seiner Besatzung anfangen müssen. Welchen Sinn hatte es, mit Aufwand und Akribie den Beweis zu führen, dass es am Tieftemperaturbehälter und seinem Gepäckfach keine Manipulationen gegeben hatte, wenn er ihm danach den Rücken kehrte und ein Dutzend Leute unbeaufsichtigt in dem Raum aus und ein gingen? Außerdem würde er seine persönlichen Sachen früher oder später herausnehmen müssen, um sie mitzunehmen. Nein, es war besser, jetzt daran zu gehen, während Marquez noch bereit war, die Sache aufzuzeichnen.

»Kapitän«, sagte Koffield mehr zu der Kamera als zu dem Mann, der sie hielt, »jetzt möchte ich Sie bitten, mit der Langzeitkamera den gegenwärtigen Zustand der Tür zum Gepäckfach aufzuzeichnen, um zu zeigen, dass sie noch immer versiegelt und verschlossen ist. Dann möchte ich Sie bitten, mich beim Öffnen und Entnehmen des Inhalts zu filmen, und schließlich noch aufzuzeichnen, wie ich ihn in den gesicherten Behälter lege, den wir mitgebracht haben.«

»Gut«, sagte Marquez. »Fangen wir an.«

Koffield kniete vor der Tür des Gepäckfaches nieder und drückte den rechten Daumen in das erste der acht Siegel. Es sollte nicht mehr als zehn Sekunden dauern, bis das Polymerharz reagierte, und nach nur fünf Sekunden fühlte er das Siegel unter seinem Daumen weich werden. Gleich darauf löste es sich ohne weiteres ab und fiel auf den Boden. Die Siegel zwei bis sechs benahmen sich genauso gut, aber das siebte machte Schwierigkeiten und weigerte sich, auf seinen Daumenabdruck zu reagieren, bis er es dreimal versucht hatte und seinen Daumen volle dreißig Sekunden mit aller Kraft gegen das Siegel gedrückt hatte. Dann brach es zu acht oder zehn größeren Stücken auseinander, die spröde wie Hartplastik zu Boden fielen. Nun, Hauptsache, das Siegel hatte sich abgelöst. Das achte funktionierte einwandfrei, und er stellte die Zahlenkombination am Schloss ein. Darauf ließ sich die Tür ohne weiteres öffnen.

Koffield blickte über die Schulter, um sich zu vergewissern, dass Marquez das Geschehen aufzeichnete, dann zog er das Schubfach heraus.

Zwei Koffer waren darin. Ein mittelgroßer brauner, gekauft auf dem zivilen Markt, und ein kleinerer grauer Dienstkoffer der Chronologischen Patrouille, abgestoßen und etwas unansehnlich, aber noch in gutem Zustand. Koffield zog sie heraus und hielt sie beide in die Höhe. »Dieser größere Koffer enthält ein paar Garnituren Kleider und andere unwichtige persönliche Gegenstände.« Er stellte ihn ab und hob den kleineren Koffer in die Höhe.

»Dies ist der Wichtige«, sagte er. »Bitte beachten Sie, dass dieser Reisekoffer versiegelt und verschlossen ist, und dass die Siegel unversehrt und die Schlösser zugesperrt sind. In diesem Koffer ist meine Arbeit, eine vergleichende Untersuchung bewohnbar gemachter erdähnlicher Planeten und die darauf aufbauende Prognose ihrer künftigen Entwicklung. Die Arbeit ist in gedruckter Form auf Archivpapier und in einem holographischen Standard-Datenwürfel gespeichert, dessen Gebrauchsfähigkeit für wenigstens fünf Jahrhunderte gesichert sein sollte. Dieser Koffer enthält auch ein nach militärischen Spezifikationen arbeitendes Lesegerät für den Datenwürfel. Ich hoffe und erwarte, dass beide dieser Ausführungen die Reise unbeschadet überstanden haben. Ich werde diesen Koffer jetzt in den gesicherten Behälter tun, diesen versiegeln und verschließen und die Langzeitkamera am gesicherten Behälter so befestigen, dass Schloss und Siegel im Aufnahmebereich des Objektivs sind.«

Koffield kam sich etwas töricht vor, während er sprach, und als er den Koffer in den Behälter getan und diesen verschlossen hatte, nahm er Marquez die Langzeitkamera ab und befestigte sie am Behälter. Er hatte einmal einen Jahrmarktsschausteller gesehen, der Taschenspielertricks vorführte und so lange brauchte, seine Kniffe detailliert zu erläutern, dass die Vorführung selbst dann enttäuschte. Hatte es dieses ganzen Theaters bedurft, nur um klar zu machen, dass die Daten im Koffer authentisch waren und tatsächlich aus dem letzten Jahrhundert kamen?

Möglicherweise. Er würde es erst wissen, wenn er sich auf Solace umgesehen hätte. Bis dahin konnte er wenigstens hoffen, dass er sich geirrt hatte und gerade eben Marquez' und seine eigene Zeit vergeudet hatte.

Der gesicherte Behälter hatte eine Vorrichtung zur Befestigung einer Langzeitkamera an einer speziellen Klammer, und es erforderte nicht viel Arbeit, den Behälter zu versiegeln, zu verschließen und die Kamera anzubringen. »Alles fertig, Kapitän. Ich danke Ihnen für Ihre Hilfe.«

»Warten Sie einen Moment«, sagte Marquez. »Sie

haben eine Prognose erstellt, wie die Angleichung der Umweltbedingungen auf Solace sich entwickeln würde?«

Koffield registrierte mit Befriedigung, dass Kapitän Marquez sofort den zentralen Punkt erkannt hatte, den Koffield gegen jede Anschuldigung von Schwindel oder Manipulation zu schützen versuchte. »Richtig«, sagte er. »Das ist ein Teil davon. Ein großer Teil davon. Ich war hierher gekommen, um die Leute vor dem zu warnen, was nach meiner Prognose geschehen würde. Gibt es einen sicheren und verschließbaren Aufbewahrungsort in der Zentrale, Kapitän? Ich würde diesen Behälter gern wegschließen.«

»Ja, gewiss«, sagte Marquez. »Wir haben einen Safe in der Kabine des Wachoffiziers. Aber die Prognose, was immer sie besagt – Sie meinen, es sei inzwischen eingetreten?«

Koffield nickte. »Wenn meine Berechnungen nicht völlig falsch waren, ist es inzwischen eingetreten. Ich würde mich freuen, wenn ich mich geirrt hätte, aber ich glaube es nicht.«

»Und Sie haben dies alles jetzt getan, um zu beweisen, dass Sie die Untersuchung und Prognose vor hundertsiebenundzwanzig Jahren erstellt haben und nicht in irgendeiner Art und Weise aufgrund neuer Informationen zurechtmachten? Ist das richtig?«

»Das ist richtig.«

Marquez runzelte die Stirn und nickte nachdenklich, dann schüttelte er den Kopf. »Aber es leuchtet mir nicht ein. Wenn Sie Recht haben und das prognostizierte Geschehen bereits eingetreten ist, dann ist es zu spät. So oder so, es spielt keine Rolle mehr. Entweder hatten Sie Recht oder nicht. Haben wir diese ganze Aufzeichnung bloß gemacht, damit Sie beweisen können, wie klug Sie gewesen sind, wenn sich herausstellt, dass Sie Recht hatten?«

Koffield schüttelte den Kopf. »Nein«, sagte er. »Ganz so groß ist mein Ego nicht. Ich hatte einen besseren, wenn auch unerfreulicheren Grund, mit Siegeln und Schlössern und Kameras zu spielen.«

»Welchen Grund?«, wollte Marquez wissen.

Koffield musste etwas sagen, musste Marquez wissen lassen, dass seine Vermutungen richtig waren, wenigstens vorläufig, um Marquez nicht allzu neugierig zu machen und ihn daran zu hindern, auf eigene Faust nach Antworten zu suchen. Marquez verdiente die ganze Wahrheit zu wissen. Aber die Wahrheit war schlimm genug, dass Koffield es nicht über sich brachte, sie schon auszusprechen. Vielleicht hatte er sich doch geirrt. Vielleicht hatte er einen Fehler gemacht. Nein, die detaillierten Erklärungen mussten erst gemacht werden, wenn sie absolut notwendig waren. »Wenn meine Berechnungen zutreffen«, sagte Koffield, »und ich beweisen kann, dass ich sie machte, bevor die Entwicklung den prognostizierten Verlauf nahm, dann wird das vielleicht als Beweis dienen, dass meine Techniken gültig sind.« Er bückte sich, den gesicherten Behälter aufzuheben. »Und dann wird man vielleicht auf mich hören, wenn ich warne, was als Nächstes geschehen wird.«

# 9.

# ANKÜNFTE

Marquez setzte sich auf den Platz des Navigators und bedeutete Koffield, sich neben ihn auf den Platz des Navigationsassistenten zu setzen. Besser das, als den Mann hinter sich zu wissen, wo er herumstehen und ihm den Atem in den Nacken blasen würde. Marquez fühlte sich schon ohne die zusätzliche Ablenkung durch jemanden hinter ihm nervös genug.

Der erste Schritt war, das Schiff breitseits zur Fahrtrichtung zu bringen. Der lange, schlanke Zylinder der *Dom Pedro IV* wies gegenwärtig genau in die Fahrtrichtung. Marquez drehte das Schiff um neunzig Grad, sodass es seitwärts flog. Das ermöglichte ihm, auch die seitlichen und achteren Sensoren einzusetzen, genaue Messungen vorzunehmen und Interferometrie einzusetzen.

Er überprüfte ein letztes Mal die Instrumente und vergewisserte sich, dass die Messgeräte und optischen Systeme bereit waren.

Er aktivierte die vorderen und achteren Teleskope mit ihren Kameras und programmierte das Gesamtsystem auf die planetarische Position. Dann übertrug er das Bild auf den großen Bildschirm der Zentrale und stellte es auf maximale Vergrößerung ein. Bald wurde er mit einem verschwommenen, undeutlichen Fleck belohnt, der in der Mitte des Bildschirms schwebte.

»Ist das die beste Ausbeute, die wir bekommen können?«, fragte Koffield. »Sind wir noch zu weit entfernt, um ein schärferes Bild zu bekommen?«

»Warten Sie noch eine Minute«, sagte Marquez. »Vielleicht ist meine Ausrüstung nicht so schnell und ausgefeilt wie die der Chronologischen Patrouille, aber sie funktioniert.« Er regulierte die Verstärker und befahl den Bildprozessoren, die Interferometriedaten zu nutzen, um ein schärferes Bild zu bekommen. Das Verstärkerprogramm benötigte ein paar Sekunden, um die Daten auszuwerten, bevor es kompensieren oder korrigieren konnte. Es ließ die Präzisierung durch mehrere Wiederholungen laufen, von denen jede eine geringe Verbesserung gegenüber der vorangegangenen war.

Das Bild des Planeten wurde von einem verschwommenen Fleck zu einem unscharfen Ball. Nach einer Pause wurde dieser zu einem verhältnismäßig klaren Bild; und nach einer weiteren Pause war die Schärfe vollkommen.

Die Subprozessoren waren bereits an der Arbeit und zeigten ihre Ergebnisse auf den kleineren Bildschirmen hinter dem Großbild. Die spektroskopische Untersuchung und Analyse begann gleichzeitig mit der Messung der Dichte, des Drucks und der Untersuchung der Wolkendecke. Die thermalen Aufzeichnungsgeräte begannen mit der Entwicklung eines Modells der Wärmeverteilung auf der planetarischen Oberfläche. Die Datenintegration durch den Zentralrechner verarbeitete alle neuen Messungen und brachte ständig neue abgeleitete Information über Solace auf die Bildschirme. Atmosphärische Zusammensetzung und Dichte, geschätzte Ausdehnung und Stärke der Eiskappen. Veränderungen in der Landnutzung seit den früheren, archivierten Vermessungen. Aber Marquez brauchte sich nicht eingehender mit diesen

Ergebnissen zu beschäftigen. Er brauchte nur das Bild des Planeten selbst zu sehen, wie es sich auf dem zentralen Bildschirm darstellte. Was Koffield gesagt und getan hatte, war für Marquez ein Hinweis gewesen, dass es schlecht aussehen könnte. Aber er hatte nicht erwartet, dass es *so* schlecht sein würde.

Sie blickten auf eine ruinierte Welt. Durch die teleskopische Vergrößerung war selbst aus der weiten Entfernung des äußeren planetarischen Systems deutlich zu erkennen, dass Solace keine lebende, sondern eine sterbende Welt war.

Die Menschheit hatte im Weltraum eine Anzahl lebender Welten gefunden, aber sie alle hatten eines Terraformens, einer Angleichung der Biosphären an die irdischen Umweltbedingungen bedurft, bevor eine Besiedlung und die Einführung irdischer Nutzpflanzen und bestimmter Tierarten wie Bienen und wichtiger Vertreter der Bodenfauna möglich geworden war. Alle diese nach dem Bild der Erde umgestalteten Welten waren einander sehr ähnlich. Sie waren blau und weiß und grün, der Blick auf ihre Oberfläche getrübt durch die Wolkenbildungen und ihre sauerstoffreichen Atmosphären.

Leblose Welten kamen in vielen Variationen vor. Sie konnten wie der Mond aussehen, ohne Atmosphäre, steinige Wüsten mit scharf ausgeprägten Kratern und Gebirgen, ohne Farbe, ohne Weichheit. Sie konnten gestreifte Gasriesen sein, deren dichte Atmosphären die verschiedensten Farbtöne aufwiesen. Es konnten einförmige gelbliche oder rötliche Bälle sein, auf denen Wasser nur in Spuren vorhanden war, oder Welten wie die Venus, deren heiße Oberfläche unter einer immerwährenden dichten Wolkenatmosphäre lebensfeindlicher Gase verborgen lag.

Aber Solace sah wie keine von diesen aus.

Marquez hatte viele Welten gesehen. Die Menschheit hatte versucht, annähernd hundert Welten ihren Bedürfnissen anzupassen und zu besiedeln, und viele dieser Versuche waren ganz oder teilweise gescheitert. Solchermaßen veränderte Welten, deren Biosphären die Angleichung nicht angenommen oder durch sie instabil geworden waren, zeigten alle ähnliche Merkmale. Und die Welt, die jetzt in der teleskopischen Aufnahme zu sehen war, zeigte die Merkmale dieser letzteren Gruppe.

Er konnte erkennen, wo die blauen Wasser des Ozeans an einzelnen Stellen grün geworden waren, wo die Mikroorganismen von Meeresalgen sich unkontrolliert vermehrt hatten, dann, in Meeresgebieten mit geringer Wasserzirkulation die bräunliche Verfärbung der abgestorbenen Algen, nachdem sie allen im Wasser gebundenen Sauerstoff aufgezehrt hatten. Auch ohne die Messdaten abzulesen, konnte er ausmachen, dass die weiß leuchtenden Eiskappen um die Pole größer geworden waren. Er sah das ausgedehnte Ockergelb der Wüstenregionen und die Zonen dichter Bewölkung und stürmischer Wolkenwirbel.

Koffield hatte Recht. Für die Bewohner von Solace sah es nicht gut aus.

Er wandte den Blick zu Koffield. »Ist es so schlimm wie Sie vorausgesehen hatten?«, fragte er. »Oder besser? Oder schlechter?«

Koffield konnte seinen Blick nicht von der Darstellung wenden. Er überflog die Daten und Diagramme, die Tabellen und Grafiken auf den Nebenbildschirmen.

»Admiral?«

»Hmm?« Koffield kam zu sich und wandte den Kopf zu Marquez. »Ach ja. Tut mir Leid.« Er seufzte. »Weitgehend so wie ich erwartet hatte, fürchte ich. Wir bekommen hier nur Rohdaten, natürlich, und ich habe keinen Zugang zu meinem Material, aber ja, dies ist ungefähr so, wie meine Untersuchungen und Projektionen es voraussagten.«

Marquez blickte zurück zum zentralen Bildschirm. Er dachte zurück, wie er das letzte Mal auf Solace gewesen war, und das vorletzte Mal. Wie lang war es in seiner persönlichen, biochronologischen Zeit her? Wie viel Zeit war in seinem Leben vergangen? Sechs Jahre seit dem letzten Besuch, neun oder zehn seit dem vorletzten? Wie konnte sich in dieser kurzen Zeitspanne so viel verändert haben? Aber dann fiel es ihm ein. Die Jahrhunderte und die Lichtjahre kamen ihm mit der scharfen Plötzlichkeit einer Ohrfeige in den Sinn. Seit er zuletzt hier gewesen war, hatten Millionen Menschen ihr ganzes Leben durchlebt. Spezies waren in den Labors erzeugt worden, dann in der ungezähmten Natur ausgestorben, während er in seiner temporalen Beschränkung geschlafen hatte.

Zeit war vergangen, und er war Teil dieser Vergangenheit.

Er verdrängte den Gedanken. Es gab zu viel anderes zu tun, zu viele Entscheidungen zu treffen. Das Standardverfahren ihrer Ankunft verlangte, dass sie der Orbitalstation von Solace Meldung machen sollten, vorausgesetzt, es gab sie noch. Aber es mochte unklug sein, jetzt schon die Annäherung der *Dom Pedro IV* zu verkünden. Erst mussten sie mehr erfahren. »Was tun wir jetzt?«, fragte Koffield. In der Theorie und erst recht in der Praxis als Kapitän war er der absolute Herr an Bord der *Dom Pedro IV.* Aber er wäre töricht, wenn er in einer Zeit wie dieser auf Rat von einer Quelle wie Koffield verzichtete.

»Ich weiß nicht«, sagte Koffield. »Wir beiden brauchen Zeit zum Nachdenken.« Er lächelte grimmig. »Wir haben schon so viel Zeit verloren, dass es nicht schaden kann, ein wenig mehr mit Nachdenken zu verbringen.«

»Eins ist mir klar«, sagte Marquez. »Wir lassen sie …« – er zeigte mit dem Finger auf die Darstellung von Solace – »erst wissen, dass wir hier sind, bis wir mehr in Erfahrung gebracht haben. Orte, wo es den Leuten schlecht geht, sind für Besucher nicht immer die gesündesten.«

»Da haben Sie Recht«, sagte Koffield. »Wenigstens sollten wir uns anhören, was wir an Funkverkehr auffangen können.«

»Aber bevor wir damit anfangen«, sagte Marquez, »werde ich die Bremsen anziehen und uns verlangsamen. Bis wir mehr wissen und entscheiden, was zu tun ist, sollten wir lieber auf Distanz bleiben. Wo es hübsch dunkel und einsam ist und niemand uns bemerkt.«

»Richtig, tun Sie das«, sagte Koffield. »Parken wir das Schiff hier draußen, bis wir uns ein Bild von der Situation gemacht haben.«

»Richtig«, sagte Marquez. »Und sobald wir mit dem Bremsmanöver fertig sind, können Sie mir helfen, den Rest der Besatzung aus dem Tieftemperaturschlaf zu wecken.«

Er zeigte wieder zur Darstellung von Solace auf dem zentralen Bildschirm und schüttelte bekümmert den Kopf. »Es schaut finster aus dort draußen«, sagte er. »Wir werden alles an Daten sammeln müssen, was wir bekommen können, um uns ein Bild von den Verhältnissen zu machen.«

*

Neshobe Kalzant kniete im spärlichen Schatten der dürren Bäume und hob eine Hand voll der staubigen Erde auf. Sie achtete nicht auf die Kakerlake, die ihr über die Hand lief und wieder auf den Boden fiel. Die unfreiwillig importierten Kakerlaken hatten hier Bedingungen vorgefunden, die ihnen zusagten, und sich so kräftig vermehrt, dass sie überall anzutreffen waren. Ekel und Zimperlichkeit, die sie früher im Umgang mit ihnen empfunden hatte, waren längst der Gewöhnung gewichen. Was sie mehr störte als die lebenden Kakerlaken, war der Umstand, dass sie immer öfter tote Kakerlaken sah. Auch diesen widerstandsfähigen Insekten dauerte die Dürre offensichtlich zu lange.

»Es sieht äußerst schlecht aus«, sagte sie im Aufstehen, die staubtrockene Erde noch in der Hand. Der Landsitz der Geschäftsführenden Regierungsbeauftragten des Planetarischen Rates sollte nicht in diesem trostlosen Zustand sein. Nirgends sollte es so aussehen. Wie mochte es in Gegenden aussehen, wo sie nicht versuchten, das Pflanzenleben durch Bewässerung über die Dürreperiode zu retten? Sie blickte fragend zu ihrem Gefährten auf.

»Ich nehme an, Sie möchten etwas über die langfristigen Wetteraussichten und die gesamte Klimaentwicklung hören, und nicht über die Bedingungen hier in Ihrem eigenen Garten«, sagte Parrige.

Sie lächelte. »Über beides. Sie sind ein richtiger Gärtner. Ich könnte gute Ratschläge gebrauchen.«

»Mein erster Rat würde der sein, dass Sie den oder die hinauswerfen, die sich um den Garten kümmern«, sagte Parrige. Er blickte unglücklich in die Runde. »Es liegt auf der Hand, dass diese Person keine gute Arbeit leistet.«

Neshobe Kalzant lachte ironisch. »Sprechen Sie vom Gärtner, dem dieser Landsitz anvertraut ist, oder von der politischen Person, die für die ganze Welt verantwortlich ist?«

Parrige stutzte einen Moment, dann schüttelte er den Kopf. »Ich meinte natürlich den Gärtner, Madame. Aber mir scheint bei näherer Betrachtung, dass er in der gleichen Lage sein mag wie die politische Person – wie Sie selbst, Madame. Relativ neu in der Stellung und belastet mit dem Erbe einer katastrophalen Situation.«

»Sehr diplomatisch«, versetzte sie. »Aber was wird der Bericht der Kommission sagen?«

»Dass die unterliegende Ökostruktur in schlechterer Verfassung ist als es aussieht, jedenfalls in einigen Bereichen, und in anderen Bereichen besser als es aussieht. Wie die Dinge jetzt stehen, ist jedoch beinahe unerheblich. Es ist die Entwicklungsrichtung, die Besorgnis erregend ist. Nicht unsere gegenwärtige Position in dieser Entwicklung.«

Neshobe blickte zu Parrige auf. So ein würdiger, ernsthafter Mann. Steckte man ihn in eine einfache braune Kutte mit einer Kappe, und er würde der perfekte Archetyp für … für … wie nannte man die noch? Mönch, oder Ordensbruder, oder Papst. Etwas von der Art. Welchen Namen die Alten ihren religiösen Einsiedlern gegeben hatten, Parrige entsprach der Vorstellung, die man von ihnen hatte.

Aber Parrige trug einen vernünftigen weißen Kittel und eine konventionelle lange Hose. Keine Kniehosen, ganz gleich, was die Mode diktierte. Parrige war der, der er war, und er trug, was er trug, und es war ihm gleich, was die Welt von ihm dachte. Neshobe beneidete ihn darum.

»Mit anderen Worten, die Kommissionsmitglieder sorgen sich nicht mehr, ob es jetzt schlecht ist. Ihr Problem ist, dass es schlimmer wird.« Sie ließ ihren Blick über die ausgedörrte Landschaft schweifen. Alles war ausgetrocknet. Solace City, immer wieder Schauplatz von Unwettern und Überschwemmungen, lag nur zweitausend Kilometer weiter östlich. Wenn nur ein Viertel der Regenmenge, die dort gemessen wurde, hier niedergehen würde, wäre vielen geholfen. »Wenn die Trockenheit in unseren Breiten anhält, werden wir nicht daran vorbeikommen, Anlagen zur künstlichen Bewässerung zu bauen«, sagte sie.

»Ja, Madame. Anscheinend haben wir es mit einer großräumigen Umstellung des Wettergeschehens zu tun. Das heißt, dass das Ökosystem in den neuen Trockengebieten mehr und mehr zusammenbricht. Die Kommission wird empfehlen, dass wir die bisher für ökologische Projekte im globalen Rahmen eingesetzten Mittel für Bewässerungsprojekte und andere Maßnahmen verwenden, die auf die Erhaltung und Sicherung des noch Vorhandenen abzielen. Der Planungsstab der Kommission ist der Meinung, dass wir durch solch eine Umschichtung der Mittel innerhalb relativ kurzer Zeit eine Stabilisierung der Situation erreichen können, aber …«

»Eine Stabilisierung?«, sagte sie und ließ die staubtrockene Erde durch die Finger rieseln. »Was gibt es noch zu stabilisieren, wenn sogar die Kakerlaken verhungern? Wenn wir nur die gegenwärtige Situation stabilisieren, werden wir früher oder später zugrunde gehen.«

Parrige seufzte. »Natürlich dürfen wir nicht von der Situation in diesem Dürregebiet ausgehen, wenn wir von Stabilisierung sprechen. Hier werden wir nur durch die Anlage weiträumiger Bewässerungssysteme Abhilfe schaffen können. Insgesamt gesehen, werden wir uns auf die Erhaltung der von Klima und Wetterabläufen begünstigten Siedlungsgebiete beschränken müssen, um unsere Kräfte nicht zu verzetteln.«

Neshobe Kalzant wischte ihre Hände aneinander ab, stand auf und machte sich auf den Weg zum Haupthaus. Parrige begleitete sie. »Ich weiß«, sagte sie. »Wer sich selbst aufgibt, ist schon verloren, und langfristig werden wir alle tot sein. Und Sie haben Recht, da die gegenwärtige globale Klimaschwankung nicht kurzfristig zu beeinflussen ist, gewinnen wir mit einem Stabilisierungsprogramm wenigstens Zeit.«

»Ja, Madame. Natürlich ist eine bloße Stabilisierung langfristig vergeblich. In ihrem gegenwärtigen Zustand kann diese Welt eine große menschliche Bevölkerung nicht dauerhaft erhalten. Und eine Erneuerung der Ökostruktur ist ebenso jenseits unserer gegenwärtigen Fähigkeiten wie eine Beeinflussung des globalen Klimas. Wir können nur stützend eingreifen und Vorhandenes erhalten, so gut es geht. Und wir können hoffen, dass die Klimaschwankung wenigstens in einigen Regionen positive Auswirkungen haben wird. Aber verlassen dürfen wir uns darauf nicht. Durch unser Stabilisierungsprogramm könnten wir genug Zeit gewinnen, bis wir größere Ressourcen haben und auf eine wirkliche Besserung hinarbeiten können. Das ist, kurz zusammengefasst, die Perspektive der Kommission.«

Neshobe Kalzant nickte. Die Menschheit hatte diese Welt aus dem Gleichgewicht gebracht. Nun musste sie wenigstens versuchen, den Schaden so gering wie möglich zu halten.

Neben dem Weg stand eine Bank. Früher hatte sie im Schatten einer großen Ulme gestanden, aber der Baum war längst tot. Sein Stamm war morsch geworden, und eines Tages hatte ein Sturm ihn umgeworfen; der Stamm war ungefähr zwei Meter über dem Boden abgebrochen. Jetzt waren Termiten oder andere Insekten im Stumpf am Werk. Das Totholz war von Bohrlöchern durchsiebt und sah weich und bröckelig aus. Da und dort war Bohrmehl aus den Löchern gerieselt und lag am Fuß des Baumstumpfes.

Neshobe setzte sich auf die Bank und blickte den Weg zurück, den sie gekommen waren. In besseren Zeiten hatte man hier eine schöne Aussicht genossen. In den Tagen ihres Vorgängers musste es sehr angenehm gewesen sein, an diesem schattigen Ort zu sitzen und das von grünen Wiesen und Baumgruppen bedeckte Hügelland zu überblicken, während die charakteristischen breiten Wolkenbänke langsam durch das dunkle Blau des Himmels zogen. Heute war das Grau zu Braun geworden, und der Himmel war diesig vom grauen Staub und seiner Wolken beraubt, und alles war abgestorben oder am Verdursten. Das Land glich der Sahelzone während der verheerenden Dürreperioden.

Es war so still, dass Neshobe sich einbildete, sie könne die Termiten im morschen Holz des Baumstumpfes nagen hören, wenn sie sie schon nicht sehen konnte.

Aber nein, das war nur ihre Einbildung. Von den Termiten war nichts zu hören und zu sehen. Es war vollkommen still. Das einzige Geräusch war das dumpfe Pochen ihres Pulsschlages in den Schläfen. Die Feinde dieser Welt waren genauso wie die Termiten – unsichtbar, kaum zu entdecken aber unzweifelhaft da, und unmöglich auszurotten, weil sie sich zu tief in das Leben eingebohrt hatten, das sie zerstörten.

Was waren die Menschen für diesen Planeten? Waren sie Ungeziefer wie Kakerlaken, lästige Parasiten, deren Einzelwesen sich oft mühsam am Leben erhielten, die als Art aber durchaus fähig waren, sich anzupassen und zu überleben? Oder waren sie die Termiten hier, die noch am Leichnam dieser Welt nagen würden, nachdem sie ihr das Leben genommen hatten?

*Wir sind keines von beiden,* sagte sie sich so energisch sie konnte. *Wir sind keine mörderischen Parasiten oder lästiges Ungeziefer. Wir versuchten einen Garten zu pflanzen, neuen Lebensraum nicht nur für uns, sondern auch für viele andere Lebewesen zu schaffen. Sicherlich ist das nicht das Gleiche wie parasitäres Aussaugen eines Wirtsorganismus.*

Sie besann sich auf ihr Gespräch und wandte sich wieder zu Parrige. »Dann werden wir unsere Anstrengungen auf die Stabilisierung konzentrieren. Aber bitte nicht ausschließlich. Wenn wir uns allein mit kurzfristigen Abhilfen befassen, verlieren wir eine Langzeitperspektive. Ich möchte, dass Leute daran arbeiten, wie wir die industrielle Kapazität entwickeln können, und besonders biotechnische Kapazität, damit wir wieder in die Offensive gehen können. Solace soll wiedererstehen, nicht bloß ein Rest davon vor dem Zerfall bewahrt werden.«

»Dafür haben wir das Institut für Biotechnik«, sagte Parrige.

»Genau. Allzu lange sind wir der Meinung gewesen, es sei zwar nicht überflüssig geworden, könne aber verkleinert und allmählich für andere Aufgaben umstrukturiert werden. Ich glaube, wir wären heute in einer weniger misslichen Lage, wenn es großzügiger unterstützt und angemessen unterhalten worden wäre. Wir brauchen ein erneuertes, aufgewertetes Institut, das besser wird als es jemals war.« Neshobe stand auf und nickte Parrige zu. »Zeit, dass ich gehe«, sagte sie und ging mit schnellen Schritten zum Haus, ohne auf Parrige zu warten. Was gesagt werden musste, war gesagt, und es hatte keinen Sinn, das Gespräch weiter in die Länge zu ziehen. Wenn die beste Lösung für Solace eine Welt war, die nicht besser aussah als das, was jetzt existierte – wenn das das Beste war, was sie auf die Beine stellen konnten, dann hatte alles Reden vielleicht keinen Sinn mehr.

*

Die Triebwerke der *Dom Pedro IV* waren auf null gedrosselt. Marquez überprüfte ein letztes Mal die Anzeigen der Bordsysteme, dann schnallte er sich los.

Das Bremsmanöver war ausgeführt. Marquez hatte noch nicht einmal entschieden, in welche Umlaufbahn er das Schiff bringen wollte. Er hatte es einfach gewendet, sodass die *Dom Pedro IV* mit dem Heck voran ihrem Reiseziel zusteuerte. Dann hatte er die Triebwerke gezündet, bis das Schiff relativ zum Planeten und dem inneren System von Solace zum Stillstand gekommen war.

Freilich würde es von der Anziehungskraft des Zentralgestirns ins innere System gezogen und schließlich in freien Fall übergehen. Aber es würde dabei sehr gemächlich zugehen, und wahrscheinlich Hunderte von Jahren dauern, bis das Schiff in der Sonnenatmosphäre verglühen würde. Lange vorher würden sie wieder den Kurs ändern.

Einstweilen aber ließ er das Schiff treiben. Soweit es Marquez betraf, waren ihre gegenwärtige Position und der Kurs nicht besonders wichtig. Später, wenn sie entschieden hätten, wohin sie wollten und wie bald sie dorthin wollten, würde er seinen Kurs sorgfältiger festlegen.

Aber etwas anderes im Zusammenhang mit der Flugbahn des Schiffes beschäftigte ihn im Hintergrund seines Denkens. Wie das Schiff auf seinen ursprünglichen Kurs gekommen war: es hatte ihn mit beinahe übernatürlicher Präzision auf eine Begegnung mit Solace gezielt. Die Wahrscheinlichkeit, dass dies zufällig geschehen sein konnte, war so gering, dass sie gleich null sein musste.

Das hatte damit zu tun, dass er das Bremsmanöver so nachlässig ausgeführt hatte. Wenn ihre Situation in irgendeiner Weise manipuliert worden war, dann hielt er es für klug, das Schiff in einer ungeplanten, beinahe willkürlichen Weise von diesem Kurs zu bewegen. Er wollte nicht berechenbar scheinen.

Jedenfalls war es nach dem Abschluss des Bremsmanövers Zeit, seine Aufmerksamkeit den anderen Dingen zuzuwenden, die getan werden mussten. Sie hatten viel Arbeit vor sich, und nicht alles davon war besonders erfreulich.

Marquez begab sich zum Platz des Nachrichtenoffiziers, wo Koffield saß und sorgfältig die Sperren der verschiedenen Kommunikationssysteme aufhob. Wie in jedem Zeitschachtschiff war die Künstliche Intelligenz, welche die Kommunikationssysteme der *Dom Pedro IV* steuerte, von der Chronologischen Patrouille eingebaut und programmiert worden. So sollte jeder Verstoß gegen die Gesetze zur Verhinderung nicht autorisierter Kommunikation von der Zukunft in die Vergangenheit verhindert werden.

Die Kommunikationsanlagen genossen einen wohlverdienten Ruf, empfindlich und widerborstig zu sein, misstrauisch gegen jeden menschlichen Benutzer. Wenn der Künstlichen Intelligenz die Situation aus irgendeinem Grund nicht gefiel, oder wenn sie folgerte, dass ein Versuch zu illegaler Kommunikation im Gange war, hatte sie die Fähigkeit zur Selbstzerstörung durch eine eingebaute Sprengladung, die stark genug war, das ganze Schiff zu zerstören. Darum war Marquez gern bereit gewesen, auf Koffields Angebot einzugehen, an seiner Stelle mit der Kommunikationsanlage zu verhandeln.

Theoretisch war das System flexibel genug, um mit Notfällen und unvorhergesehenen Situationen wie der gegenwärtigen Lage der *Dom Pedro IV* fertig zu werden. Aber das ganze System war so stark verschlüsselt und abgesichert, dass Marquez immer das Gefühl hatte, es grenze an ein Wunder, wenn das Schiff tatsächlich eine Botschaft sendete, ohne gesprengt zu werden.

»Wie geht es?«, fragte Marquez, als er sich zu Koffield setzte.

»Einigermaßen gut, ausnahmsweise«, antwortete Koffield. »Die Künstliche Intelligenz des Kommunikationssystems scheint genauso schockiert zu sein wie wir, wie viel Zeit vergangen ist. Offenbar ist auch ihre innere Uhr auf null gestellt worden. Aber sobald sie die Positionsdaten für das System Solace geprüft hatte, war sie bereit zu glauben. Ich denke, es ist hilfreich, dass ich ein Mitglied der Chronologischen Patrouille bin. So war sie sehr viel bereitwilliger, auf mich zu hören, sobald sie ein paar Erkennungscodes hörte und eine Szintigraphische Untersuchung meiner Retina vornahm.«

»Wird sie das System für uns öffnen?«

Koffield nickte müde, gähnte. »Entschuldigen Sie mich«, sagte er. »Es war ein langer, anstrengender Tag. Aber ich denke, das Kommunikationssystem wird für uns freigegeben werden. Schließlich ist es programmiert, uns daran zu hindern, in die Vergangenheit zu senden und Informationen aus der Zukunft durchzugeben. Es ist nicht programmiert, sich darum zu kümmern, wenn wir es in der anderen Richtung benutzen. Die Situation, in der wir uns befinden, ist so seltsam, dass die Künstliche Intelligenz argwöhnt, es könnte irgendein Trick dahinter stecken. Aber ich habe ihr einen Kompromiss angeboten, den sie annehmen kann. Seit einigen Minuten untersucht sie mein Angebot und klopft es ab und untersucht alle sich daraus ergebenden Folgerungen. Ich bin nicht sicher, wie lang sie braucht, um zufrieden gestellt zu sein.«

Marquez zog die Brauen hoch. Er wusste, wie lang diese Sorte von Datenverarbeitung dauern konnte. Wurde das Problem bis zu seinem logischen Extrem weitergeführt, konnte eine Analyse mit offenem Ausgang bis zu Schätzungen der verbleibenden Zeit führen, bis das Universum in sich zusammenstürzte und damit die Voraussetzung für den nächsten Urknall schuf. Künstliche Intelligenzen hatten den Ruf paranoider Gründlichkeit. Sie mussten einfach hoffen, dass diese bereit war, vernünftig zu sein. »Was für einen Kompromiss haben Sie ihr angeboten?«, fragte er.

»Es wird Ihnen nicht behagen. Das Kommunikationssystem gibt uns freie Hand, aber im Austausch will es eine totale, unwiderrufliche Sperre aller bisher stattgefundenen Kommunikation.«

Marquez runzelte die Stirn. Logisch betrachtet, hatte er keinen Grund, Einwände zu machen. Er wusste recht gut, dass sie niemals in ihre eigene Zeit würden zurückkehren können. Es war kein großer Verlust, die Möglichkeit zur Kommunikation mit einer Vergangenheit aufzugeben, in die er nicht zurückkehren konnte. Aber der interstellare Verkehr war nicht immer absolut präzise. Zeitschachtschiffe gelangten oftmals ein paar Tage oder Wochen oder sogar Monate zeitabwärts von ihrem Ausgangspunkt an ihr Ziel. Ein Schiff konnte in der eigenen Vergangenheit ankommen, wenngleich Dutzende oder Hunderte von Lichtjahren von dem Ort entfernt, wo es diese Vergangenheit erlebt hatte. In dieser Situation musste ein Schiff stillhalten und warten, bis die Zeit es einholte, bevor es Nachrichten aussandte, ausgenommen Hilferufe in einem Notfall. Koffield wollte diese Möglichkeit aus der Hand geben. »Ich hoffe, Sie werden mit mir Rücksprache nehmen, bevor Sie das mit dem Kommunikationssystem endgültig ausmachen«, sagte Marquez. »Dies ist noch immer mein Schiff.«

»Ja, ich weiß«, sagte Koffield und rieb sich die Augen. »Ich hätte es in jedem Fall getan, und ich hätte Sie um Erlaubnis fragen sollen, bevor ich den Kompromiss vorschlug. Ich bin ein bisschen groggy.«

»Wir sind beide müde«, sagte Marquez. »Es war ein anstrengender Tag für uns beide.«

»Richtig«, sagte Koffield. »Soll ich das Angebot zurückziehen?«

Marquez überlegte einen Moment lang, dann schüttelte er den Kopf. »Nein, es ist ein vernünftiger Handel. Wenn ich Zeit hätte, alles zu durchdenken, würde ich der Künstlichen Intelligenz wahrscheinlich etwas Ähnliches vorschlagen. Es war einfach ein Schlag für mich, wieder daran erinnert zu werden, dass wir nie wieder nach Haus kommen werden. Außerdem würden Sie die Künstliche Intelligenz nur noch misstrauischer machen, wenn Sie jetzt versuchten, das Angebot zurückzuziehen.«

»Also gut«, sagte Koffield. »Dann belassen wir es dabei.« Er wandte sich der Konsole zu und gab neue Befehle ein.

Über ihnen wurde ein Bildschirm lebendig.

*Kommunikationseinheit akzeptiert hiermit Admiral Koffields Vorschlag,* war dort zu lesen. *Kommunikationseinheit wird Kontrolle über Kommunikation während der gegenwärtigen Periode im System Solace freigeben im Austausch für totale Sperre aller bisher stattgefundenen Kommunikation. Kommunikationseinheit wird diese Übereinkunft nach Bestätigung durch Admiral Koffield und Kapitän Marquez umsetzen.*

Koffield blickte mit einem schiefen Lächeln zu Marquez. »Es sieht so aus, als würde Ihre Kommunikationseinheit ohne Ihre Zustimmung sowieso nicht mitspielen«, sagte er.

»So scheint es«, erwiderte Marquez. Nicht zum ersten Mal hatte Koffield ihn ein wenig aus dem Tritt gebracht, anscheinend ohne es zu wollen, sogar ohne sich dessen bewusst zu sein.

»Also ist es in Ordnung?«, fragte Koffield.

»Hm?« Marquez blickte auf. »Was? Ja. Kommunikationseinheit, hier spricht Marquez. Ich bin einverstanden.«

»Hier spricht Koffield. Ich bin gleichfalls einverstanden.«

Auf dem Bildschirm erschien eine neue Botschaft. *Vereinbarung umgesetzt. Vor der gegenwärtig aufgezeichneten Zeit wird keine Kommunikation erlaubt. Volle Kommunikationsfreiheit für den Gebrauch während gegenwärtiger Periode im System Solace.*

Die manuelle Eingabe an der Konsole des Nachrichtenoffiziers schaltete sich ein, und Koffield machte sich an die Arbeit. Marquez sah ihm dabei zu.

Der Mann verstand es, vorwärtszugehen, das Steuer zu übernehmen, ohne auch nur einen Augenblick seine ruhige, umgängliche und höfliche Art zu vergessen. Es schien, als wären die Wahlmöglichkeiten, die er bot, in Wirklichkeit keine. Am Ende lief alles auf den einfachen, vernünftigen Weg vorwärts hinaus, den er einem nahe legte. Irgendwie war immer vernünftig, was er wollte, und die anderen Optionen nicht.

Marquez fragte sich, ob Koffield diese Art von Persönlichkeit schon gewesen war, bevor er einen Zeitschacht und einen Schiffskonvoi zerstört hatte, einen Zeitschacht, der eine lebenswichtige Verbindung zwischen einer geschädigten Welt und dem übrigen Universum gewesen war. Bevor er das Todesurteil über eine Welt unterzeichnet hatte, um etwas so Substanzloses wie die allerheiligste Kausalität zu verteidigen?

Koffield überprüfte seine Einstellungen, dann nickte er zufrieden. »Das sollte für den Anfang reichen«, sagte er. »Ich habe das Kommunikationssystem so eingestellt, dass es alle öffentlichen Sendekanäle, die es finden kann, ausfindig macht und überwacht und neben der Aufzeichnung Zusammenfassungen der empfangenen Sendungen liefert. Wir können es jetzt sich selbst überlassen und werden, denke ich, bis morgen früh erste Resultate haben.«

Marquez unterließ den Hinweis, dass es sein Schiff war, hatte er doch zugesehen, wie Koffield die Einstellungen ohne sein Zutun vorgenommen hatte. »Sehr gut«, sagte er und stand auf. Er zwang sich, höflich zu bleiben. »Dann wollen wir uns einen guten Nachtschlaf gönnen.«

Auch Koffield stand auf und blickte Marquez ins Auge. Etwas in seinem Gesichtsausdruck gab Marquez das Gefühl, sein Gegenüber könne in sein Inneres sehen und alles aufspüren, was er, Marquez, gern geheim gehalten hätte. Aber Koffield lächelte nur. »Einen guten Nachtschlaf«, stimmte er zu. »Morgen sollte alles etwas ruhiger zugehen. Wir werden uns Mühe geben, einen Tag ohne Überraschungen zu haben.«

Marquez schmunzelte, und Koffield legte den Kopf schief und fragte sich offensichtlich, was daran komisch gewesen sei. Aber Marquez gewährte sich die kleine Befriedigung, nichts zu erklären. Keine Überraschungen. Wenn Konteradmiral Anton Koffield es durch die Kraft seiner ruhigen, entschlossenen Persönlichkeit schaffte, dass es keine Überraschungen mehr geben würde – nun, wenigstens in dieser Angelegenheit würde Koffield bei Marquez auf keinen Widerstand stoßen.

## 10.

# VOM TOD ERWECKT

*Ihr Körper war nicht ihr eigener. Jemand oder etwas hatte ihn ihr genommen, aus ihrem Griff gerissen. Dämonen zwangen ihn herumzuspringen und zu wirbeln und sich zu wiegen, während sie zu abscheulicher Musik tanzten, die plärrte und seufzte, gellte und schnatterte.*

Norla Chandray, zweiter Offizier der *Dom Pedro IV,* erwachte aus ihrem Albtraum – und merkte, dass der Albtraum Wirklichkeit war.

Kältetiefschlaf. Tieftemperaturschlaf. Winterschlaf. Wie man es auch nennen wollte, sie hatte es durchgemacht und kam gerade heraus. Die Ausbilder an der Handelsakademie hatten sie immer wieder gewarnt, dass es schlimm sein würde, dass sie ohne Herrschaft über ihren eigenen Körper erwachen und etwas durchmachen würde, was einem epileptischen Anfall ähnelte.

Aber sie konnten ihr erzählen, was sie wollten. Es war nichts, verglichen mit der Wirklichkeit.

*Es ist mein erstes Mal,* protestierte sie gegen die wilden Dämonen und was immer für andere Kräfte oder Mächte bereit sein mochten, auf sie zu hören. *Es ist mein erstes Mal. Könnt ihr nicht etwas rücksichtsvoller sein.*

Alles war völlig irrational, einschließlich der Tatsache, dass sie versuchte, mit imaginären Wesen zu verhandeln. Denn alle Ausbilder und Mediziner hatten

ihr gesagt, dass das erste Mal das Schlimmste sei. Alle waren geradezu begierig gewesen, ihr das zu erzählen.

Ein kleiner Bruchteil der Bevölkerung konnte den Schock der Wiederbelebung nicht aushalten und starb während des Prozesses. Andere überstanden ihn ohne jeden körperlichen Schaden, erholten sich aber niemals mental von der Tortur. Wenn man den Geschichten alter Raumfahrer glauben wollte, trieben sich in jedem Hafen Nichtrückkehrfähige herum – Leute, die eine Rundreise mit einem Zeitschachtschiff machen wollten oder sollten, aber keine weitere Wiederbelebung aus dem Tieftemperaturschlaf ertrugen, die sich nicht einmal in einen Kryobehälter legen konnten. Statt dies noch einmal auf sich zu nehmen, zogen sie es vor, den Rest ihrer Tage Lichtjahre von daheim, gestrandet in der Fremde, wo sie den Raumtransportern nachsahen, die in eine Umlaufbahn starteten, aber niemals wagten, an Bord zu gehen.

Ihre Beine zuckten und schnellten auf und nieder, ihre Bauchmuskeln verkrampften sich unerträglich. *Wird es mir genauso ergehen?*, fragte sie sich. *Werde ich auch eine Nichtrückkehrfähige sein?*

»Nur ruhig«, sagte die Stimme eines älteren Mannes sanft und beruhigend. »Es ist kein Vergnügen, ich weiß. Ich machte es gestern durch. Wir hatten ein kleines Problem mit Ihrer Wiederbelebung, und es ist noch nicht vorbei, aber Sie sollten damit zurechtkommen.«

Norla zwinkerte und versuchte zu sehen, aber weder ihre Augenlider noch die Augen selbst schienen ihren Dienst zu tun. Sie konnte nur eine verschwommene menschliche Gestalt ausmachen, die wie ein Schatten über sie gebeugt stand.

Sie wollte etwas sagen, aber ihre Stimmbänder brachten nur Geräusche hervor, die sie nicht einmal selbst

verstehen konnte. *Was hat all der Lärm zu bedeuten?*, versuchte sie zu fragen aber es kam wie ein gurgelndes Röcheln heraus.

Erst als sie sich die unverständliche Frage stellen hörte, erkannte sie, dass die dämonischen, grässlichen Geräusche und Klänge aus ihren Träumen noch immer gegenwärtig und anscheinend durchaus wirklich waren.

»Ich muss gehen«, sagte die Männerstimme ruhig und doch in Eile. »Jemand anders braucht … aber macht nichts. Ich werde Ihnen eine Injektion geben, ein neurales Stimulans. Ihr Körper findet nicht so schnell wie er sollte zu seinen Funktionen zurück. In einer langsamen Wiederbelebung liegt keine Gefahr, aber es ist besser, die Sache hinter sich zu bringen. Das Stimulans wird Ihnen helfen, sich rascher zu erholen. Die Krämpfe werden noch schlimmer, aber es sollte nicht mehr zu lange dauern. Allerdings müssen wir Sie angeschnallt lassen, bis wir sicher sind, dass die Krämpfe aufgehört haben. Ich werde wiederkommen, wenn … wenn ich kann.«

»Nicht weggehen. Bitte nicht weggehen!«, rief Norla, doch obwohl sie in bewusster, wenn auch unvollkommener Kontrolle dessen war, was sie sagen wollte, kam es wieder nur als ein gurgelndes Gebabbel heraus. Als sie den Mund öffnete, um wieder etwas zu sagen, wurde ihr Unterkiefer von einer kräftigen, aber sanft zupackenden Hand umfasst. Sie fühlte, wie ihr etwas in den Mund getan und der Unterkiefer fest und beharrlich zugedrückt wurde. »Es ist nur ein Beißschutz«, sagte die Stimme. »Um Sie daran zu hindern, sich die Zunge abzubeißen oder einen Zahn abzubrechen, wenn die Krämpfe zu schlimm werden. Ich werde ihn mit Klebeband befestigen müssen.« Sie nahm verschwommene Bewegungen wahr und fühlte, wie das Klebeband ihren Kopf vom Kinn bis zum

Scheitel bedeckte, und sie den Mund nicht mehr öffnen konnte. »Es ist alles in Ordnung. Es ist alles in Ordnung«, beschwichtigte die Stimme. Trotz des elenden Zustandes, in dem sie sich befand, konnte Norla nicht umhin, sich zu fragen, ob der Mann nicht versuchte, sich selbst ebenso Mut zu machen wie ihr. Schon dieser Gedanke war Schrecken erregend.

Aber sie konnte nichts machen. Sie fühlte den eiskalten Nadelstich eines Druckinjektors unter dem linken Ohr, dann waren die Stimme und der Mann verschwunden.

Was immer das neurale Stimulans war, es schien schnell zu wirken. Plötzlich hatte sie einen klaren Kopf, und ihr Verstand war wach und lebendig. Ihr Sehvermögen kehrte zurück, und die Decke über ihrem Kopf war kein schwammiges, wattiges Weiß mehr, sondern eine strukturierte Täfelung aus weißem Kunststoff. Aber dasselbe Stimulans schien jeden Muskel ihres Körpers zu Krämpfen anzuregen. Ihre Bauchmuskeln zogen sich so heftig zusammen, dass sie glaubte, es müsse ihr das unterste Rippenpaar brechen. Ihre Beine und Arme spannten sich gegen die Gurte. Ihr Atem ging kurz und flach.

Und das Geschrei dauerte an.

Geschrei? Zum ersten Mal wurde ihr bewusst, dass die schrecklichen Geräusche außerhalb ihrer selbst waren und keine Erfindung ihres vom Winterschlaf benebelten Gehirns. Sie merkte, dass sie auch andere Stimmen hörte. Zwei Männer sprachen mit gepressten, dringlichen Stimmen, immer wieder unterbrochen von den furchtbaren Schreien eines Menschen in Todesqual. Die Stimme des Mannes, der zu ihr gesprochen hatte, und eine andere, tiefere, die mehr guttural und gefühlsbetont klang. Sie konnte nichts als abgerissene Fetzen ihres Gesprächs hören.

»… außer Kontrolle …«

»Halten Sie ihn nieder … Gurt lockert sich …«

»Was ist schief ge…«

»Halten Sie ihn! Halten Sie ihn!«

»Die Krämpfe werden …«

»Halten Sie ihn, verdammt!«

»Er steht unter Schock …«

Die Schreie wurden lauter und übertönten für lange Sekunden jedes andere Geräusch. Dann ertönte ein lautes, scharf schlagendes Geräusch von etwas Hartem, das immer wieder gegen eine feste Oberfläche schlug. Die Schreie brachen mit jedem Schlag ab, bevor sie wieder anfingen.

»Sein Kopfgurt ist los!«

»Er wird sich den Schädel einschlagen!«

»Halten Sie ihn nieder, bevor er …«

Und mit einem grässlichen, Übelkeit erregenden Bersten brechender Knochen brachen die Schreie wieder ab, diesmal endgültig.

Norla wollte auch schreien, schreien und davonlaufen, den Beißschutz aus dem Mund reißen und die Gurte von ihrem Körper, und so weit sie konnte von diesem schrecklichen Geräusch weglaufen, und der entsetzlichen Stille, die irgendwie lauter als jeder Schrei war.

Aber der Beißschutz blieb in ihrem Mund, die Gurte hielten, und sie fühlte die Wirkung des neuralen Stimulans. Ihr Verstand schärfte sich weiter und erzeugte Angst. *Wird es mir genauso gehen?*, fragte sie sich. *Werde ich die Nächste sein?* Sie wurde sich bewusst, dass ihr Körper aus allen Poren schwitzte, dass ihr Schweißtropfen von Stirn und Schläfen rannen und in ihren Augen brannten. Ihr war, als müsse sie verbrennen. Die Decke kam näher, und alle Geräusche nahmen einen seltsamen und unheimlichen Klang an. *Nur das Stimulans*, sagte sie sich. *Nur Nebenwirkungen des Stimulans.* Das hoffte sie jedenfalls. Aber dann ergriffen die Krämpfe wieder Besitz von ihr, mit größerer Gewalt und Grausamkeit und Schmerzen als zuvor, wurden so qualvoll, dass ihr Körper sich unkontrolliert aufbäumen wollte, gegen die Gurte warf. Ihre Angst vor der unerträglichen Qual wuchs, je länger dieser Zustand dauerte, bis sogar Todesangst vergleichsweise trivial schien.

Ihr Körper gehörte ihr nicht mehr. Ihr gefesselter und von Gurten niedergehaltener Körper, voll von Wiederbelebungsdrogen und den Nachwirkungen monatelanger Kältelähmung, kämpfte einen rasenden Verzweiflungskampf, den sie nicht im Geringsten beeinflussen konnte.

Mit einem gedämpften Geräusch, das ein Schluchzen oder ein Stöhnen oder ein Stoßgebet sein konnte, ergab sie sich in ihr Schicksal.

*

»Sie haben uns Angst eingejagt«, sagte die Stimme aus der besänftigenden Dunkelheit.

Es dauerte einen Moment, bis sie begriff, aber dann kam Norla so weit zu sich, um zu erkennen, dass sie wach und am Leben war. Sie hob die Hand zum Gesicht – und hätte sich fast geschlagen, da ihre lange nicht gebrauchten Muskeln und Reflexe noch nicht ganz zur Normalität zurückgefunden hatten. Indem sie Hand und Finger mit übertriebener Vorsicht bewegte, berührte sie ihr Gesicht, Kinn und Mund. Sie fühlte die druckempfindlichen Stellen, wo das Klebeband ihren Kiefer fixiert hatte. Die Krämpfe waren vergangen, aber alle Muskeln schmerzten wie von einem Muskelkater. »Ich hatte auch Angst«, sagte sie.

»Das war Ihr gutes Recht«, sagte die Männerstimme.

Norla merkte, dass sie die Augen noch nicht geöffnet hatte, und überlegte einen Moment lang, warum sie es nicht getan hatte. Hatte sie Angst, etwas zu sehen, das schlimmer sein könnte als das, was gerade geschehen war?

Sie blinzelte durch halb geschlossene Lider, sah aber nichts Schlimmeres als die lackierte Metalldecke einer Schiffskabine. Als das geklärt war, öffnete sie die Augen ganz und richtete sich, auf einen Ellbogen gestützt, ein wenig im Bett auf. Dann verzog sie schmerzlich das Gesicht, als ein Dutzend Muskeln gegen die Anstrengung protestierte. Ihr Körper war eine Masse von blauen Flecken, empfindlichen Stellen und schmerzenden Muskeln, als hätte sie den ganzen vergangenen Tag die anstrengendsten Kraft- und Ausdauerübungen gemacht. Aber solche leichten Schmerzen waren nicht der Rede wert. Sie wurden überlagert von Empfindungen der Erleichterung und Befriedigung, sogar von Stolz.

Sie hatte es geschafft.

»Ist es immer so schlimm?«, fragte sie. *Werde ich das bei jeder Wiederbelebung durchmachen müssen? Kann ich in meinem Beruf bleiben und in einen Tieftemperaturbehälter steigen, wenn ich weiß, dass ich am Ende jeder Reise in der Hölle aufwachen werde?*

»Nein, glücklicherweise nicht«, sagte der Mann. »Es kommt selten vor. Aber diesmal war es für alle schlimm. Ich habe es oft genug mitgemacht, um eine gewisse Resistenz aufzubauen. Trotzdem war es ziemlich hart für mich – obwohl nicht annähernd so hart wie für Sie.«

»Sie müssen der zahlende Passagier sein«, sagte sie. »Admiral Koffield, nicht wahr?«

»Richtig«, bestätigte er, ein leises Lächeln in seinem freundlichen Gesicht.

»Jemand starb während der Wiederbelebung«, sagte Norla. »Ich hörte es«, fügte sie hinzu, um klar zu machen, dass es keine Frage war und dass sie sich hinreichend erholt hatte, um die Wahrheit zu hören.

Koffield blickte ihr ins Auge, so lange, dass sie sich zu fragen begann, ob sie wirklich bereit sei, die Wahrheit zu erfahren. Dann endlich nickte er. »Ja«, sagte er. »Tatsächlich starben zwei. Unterleutnant Yacobs, den Sie hörten, war der Zweite. Vor ihm starb Unterleutnant Lastiz. Die durchschnittliche Sterblichkeitsrate liegt unter eins zu fünfhundert. Wir wissen nicht, warum es zwei Tote gab, oder warum die Wiederbelebung für uns alle so hart war. Vielleicht war es einfach Pech oder vielleicht lag irgendwo eine Fehlfunktion vor. Wir wissen es noch nicht.«

Yacobs und Lastiz. Noch ein paar Stunden bevor sie in die Behälter gestiegen waren, hatten sie miteinander gelacht und gescherzt, dass die Neulinge zusammenhalten müssten. Sie hatten gleichzeitig den Orientierungskurs besucht und viele Stunden miteinander verbracht. Joah Yacobs war mit Begeisterung und voll Erwartung auf seine erste interstellare Reise gegangen, stolz, dass er trotz seiner Jugend alle Eignungsprüfungen und Untersuchungen bestanden hatte. Auch Zara Lastiz war natürlich stolz und aufgeregt gewesen, hatte sich aber sehr bemüht, ihre Gefühle zu verbergen. Selbstbeherrschung war für sie eine Kardinaltugend gewesen. Sowohl Joah als auch Zara hatten ihre Diplome schon vor ihrem einundzwanzigsten Geburtstag bekommen. Norla war zehn Jahre älter als die beiden, gerade alt genug, dass sie ihnen hin und wieder als Ratgeberin hatte zur Seite stehen können. Ohne sich dessen bewusst zu sein, hatte sie die beiden als ihre Schützlinge angesehen, und sie hatten es genauso unbewusst akzeptiert.

Und nun waren sie tot, jenseits aller Fürsorge.

Sie blickte in das freundliche Gesicht auf, das sie aufmerksam betrachtete. Koffield musste es wissen.

Nach allem, was sie über ihn wusste, war Koffield nicht der Mann, der ohne Vorbereitung handelte oder redete, ohne die Tatsachen zu kennen. Er wusste, dass etwas nicht bloß willkürlich zwei Opfer getötet hatte. Es hatte zwei Neulinge getötet, und den dritten beinahe. Er wusste, dass sie befreundet gewesen waren. Er wusste, dass sie nun allein war, und dass die Flügel des Todesengels sie gestreift hatten.

Aber sicherlich hätte er ihr dies nicht so kurz nach dem Geschehen gesagt, gerade jetzt, als sie kaum aus dem Schock heraus war, es sei denn – es sei denn, sie musste es unverzüglich wissen, musste sofort alles über die Situation erfahren. Es sei denn, sie steckten so tief in Schwierigkeiten, dass sie nicht genug Zeit hatten, Rücksicht auf die Empfindlichkeiten von jemand zu nehmen, die im Zuge der Wiederbelebung beinahe gestorben wäre. »Es gibt Schwierigkeiten«, sagte sie. »Etwas Schlimmes ist geschehen, etwas sehr Schlimmes.«

Koffield zog die Brauen ein wenig hoch und verzog einen Mundwinkel in der Andeutung eines Lächelns. »Sie sind nicht gerade langsam, wie?«

»Ich habe Recht?«

Koffield nickte zögernd. »Ganz recht. Kapitän Marquez wird die Besatzung in ungefähr zwanzig Minuten unterrichten.«

»Dann sollte ich lieber aufstehen«, sagte Norla. Sie setzte sich im Bett auf, schwang die Füße herum und stellte sie auf den Boden. Die Bewegung bewirkte, dass sich in ihrem Kopf alles drehte, und schwarze Punkte vor ihren Augen tanzten. Sie umfasste mit beiden Händen die Kante des Feldbetts und stützte sich.

Koffield beobachtete sie aufmerksam, machte aber keine Anstalten, ihr zu helfen. Schon das enthielt eine klare Botschaft. *Wir sind in einer Notlage,* machte Koffield deutlich, nur indem er mit gefalteten Händen dasaß. *Wir können jetzt nicht die Zeit und Energie erübrigen, uns um Invaliden zu kümmern, die besser im Bett bleiben sollten. Es hat keinen Sinn, Sie zu ermutigen, wenn Sie es nicht aus eigener Kraft schaffen.*

»Glauben Sie, dass Sie in einer ausreichend guten Verfassung sein werden, um an der Versammlung teilzunehmen?«, fragte er. Der Tonfall seiner Worte war freundlicher als die Botschaft, die Norla heraushörte, aber die Absicht war die gleiche.

Sie blieb noch einen Moment lang sitzen und wartete, dass ihr Gleichgewichtssinn dem Schwindelgefühl ein Ende machen würde. Sie konnte und wollte ihre erste Handlung nach der Wiederbelebung nicht zu einem Akt kampfloser Aufgabe machen. »Nein«, sagte sie schließlich. »Aber ich werde trotzdem dabei sein.«

*

»Damit ist in etwa alles gesagt«, erklärte Marquez, als er die Bildschirmdarstellung ausschaltete. »Außer dass wir uns zum Gedenken an unsere toten Kameraden in zwei Stunden hier zu einer Trauerfeier versammeln werden. Nun, Sie wissen jetzt so viel wie ich über unsere Lage. Aus Gründen, die ich nicht erklären kann, sind wir dort, wo wir sein sollen, aber mit mehr als einem Jahrhundert Verspätung. Und um es völlig klar zu machen, es gibt kein Zurück. Die Chronologische Patrouille würde uns pulverisieren, wenn wir zeitaufwärts eines Zeitschachtes auftauchten und versuchten, zeitabwärts durchzukommen.«

In der Offiziersmesse war gerade genug Platz für die gesamte Mannschaft der *Dom Pedro IV.* Aber zwei Besatzungsmitglieder lagen wieder in ihren Kryobehältern, tot eingelagert, bis Marquez sich schlüssig werden konnte, wie er mit ihnen verfahren sollte. Niemand schien erfreut über den vermehrten Ellbogenraum.

Marquez blickte in die Runde der Gesichter. Koffield saß ihm gegenüber; Norla Chandray, die beinahe ihr drittes Todesopfer geworden wäre, saß zu Koffields Rechter. Der Rest der Mannschaft, alle zwölf, hatten sich auf die übrigen Plätze verteilt. Dreizehn Besatzungsmitglieder und Koffield – und er kannte die meisten dieser Leute nicht besser als er Koffield kannte. Das konnte zu einem Problem werden. Die Besatzungen von Zeitschachtschiffen waren zumeist Freiberufler, die sich nur für eine oder zwei Reisen zur Zeit verpflichteten, statt über Jahre hinaus auf einem Schiff zu bleiben. So war es nicht ungewöhnlich, dass Zeitschachtschiffe ihre Besatzungen erst in letzter Minute komplettierten. Es gab nur drei in dieser Mannschaft, die Marquez von einer früheren Reise kannte.

Nun, jetzt saßen sie alle miteinander fest. Die *Dom Pedro IV* war ein Jahrhundert veraltet. Würde er, Marquez, überhaupt in der Lage sein, die Zentrale eines modernen Schiffes zu finden?

Einer der Männer – Smillers war sein Name – hob die Hand. »Ja, Smillers, was gibt es?«

»Verzeihen Sie, Kapitän, aber wie, zum Henker, ist das passiert?«

»Wir wissen es nicht«, sagte Marquez und sah nacheinander allen anderen in die Gesichter. »Warum gingen wir nicht durch einen Zeitschacht oder flogen darauf zu? Warum schaltete mein temporales Beschränkungsfeld nicht aus, als es das tun sollte? Warum stellten sich alle Uhren auf null? Wie kamen wir überhaupt zu unserem Ziel, statt in den Raum davonzusegeln? Warum war die Wiederbelebung aus dem Tieftemperaturschlaf für alle so hart? Warum kamen zwei Besatzungsmitglieder dabei um? Ich kann Ihnen auf all diese Fragen dieselbe Antwort geben – wir wissen es nicht.«

»Kapitän?«

Marquez wandte sich dem neuen Sprecher zu. Der war ein junger Mann, den Marquez nur flüchtig kannte. Normalerweise unbekümmert und guter Dinge, sah er jetzt so besorgt aus wie alle anderen. Dixon Phelby hieß er und war für die Ladung zuständig. »Ja, was gibt es?«

»Zur letzten Frage kann ich vielleicht eine Erklärung beisteuern«, sagte Phelby. »Ich bin einige Male mit großen Kolonistentransporten geflogen, Kapitän. Viermal so groß wie dieses Schiff und keine Laderäume – nur Tieftemperatur-Großbehälter für Menschen und Tiere. Wir flogen mit drei- bis viertausend Passagieren. Da werden nicht einmal individuelle Kryobehälter verwendet, sondern Großbehälter für ungefähr hundert Personen. Da muss alles im Großen stattfinden. Vierzig oder fünfzig Großbehälter pro Schiff.«

»Worauf wollen Sie hinaus?«, fragte Koffield, der sich das erste Mal zu Wort meldete.

»Nun, in einem Schiff wie diesem haben wir nur eine gesunde Besatzung von Erwachsenen an Bord, und die meisten von ihnen haben Erfahrung im Tieftemperaturschlaf, die mit den persönlichen Akten im Bordcomputer gespeichert ist. Das Schiff kann sich keine medizinische Vollzeitkraft leisten und braucht auch nicht wirklich eine. Wir haben keine Risikofälle an Bord. Jeder steckt seinen Arm in den Tieftemperaturdetektor. Der macht ein paar Messungen, nimmt Haut- und Blutproben, vergleicht alles mit den medizinischen Daten der Personalakte und verabreicht einem die richtigen Medikamente und Dosierungen zur Vorbereitung für den Behälter. Mehr als diese automatische Untersuchung braucht man nicht. Kein Aufhebens, kein Getue.

Aber an Bord eines Kolonistenschiffes ist das nicht möglich. Dort hat man ältere Leute, Menschen mit gesundheitlichen Problemen, Jugendliche, schwangere Frauen, Leute mit schlechten oder fehlenden oder ungenauen medizinischen Unterlagen und so weiter. Kolonistenschiffe müssen medizinisches Personal in temporalen Beschränkungsfeldern mitführen, obwohl es mit zusätzlichen Kosten verbunden ist. Die Ärzte wachen jedes Jahr oder so auf, um alle Passagiere zu prüfen, und der medizinische Monitor der Künstlichen Intelligenz kann sie im Notfall aufwecken.

Jedenfalls habe ich da einiges gelernt. Dazu gehört, dass die Ärzte den Passagieren eines Kolonistenschiffes sehr sorgfältig dosierte und maßgeschneiderte Medikamente geben, abgestimmt sowohl auf den Einzelnen wie auf die Dauer der Reise. In einem Frachtschiff wie diesem überlassen wir die Behandlung der Automatik und denken nicht weiter darüber nach. Der Flugplan verlangt, dass wir auf dieser Route ungefähr achtzig Bordjahre in Tieftemperaturschlaf verbringen, und dafür wurden unsere Dosierungen verabreicht. In diesen Dosierungen gibt es einen weiten Spielraum für Irrtümer – aber wir lagen für zusätzliche siebenundvierzig Jahre auf Eis.

Das andere ist, dass junge Leute für Wiederbelebungsschocks empfänglicher sind. Man kann schwangere Frauen in den Tieftemperaturschlaf gehen lassen, weil der mütterliche Körper den Fötus schützt, aber alles zwischen einem Neugeborenen bis zu Dreizehnoder Vierzehnjährigen lässt man nicht hinein, punktum. Ein unreifer menschlicher Körper kommt mit den Belastungen nicht zurecht. Nach einem Alter von ungefähr vierzehn können Jugendliche die Belastungen aushalten, aber man muss bei den Medikamenten und Dosierungen Altersanpassungen machen. Vor allem die Dosierung muss bis zum Alter von ungefähr vierundzwanzig erhöht werden.«

»Sie meinen also, dass Sie alle Ihre unterstützenden

Medikamente für den Tieftemperaturschlaf nahezu erschöpft hatten – und dass die beiden jungen Leute bei der Wiederbelebung starben, weil sie jung waren und ihre Dosierungen schneller verbraucht hatten als die anderen«, sagte Marquez.

»So ist es, Kapitän. Die Wirkung der Medikamente, die wir bekommen hatten, war erschöpft, die Dosierung nicht für eine so lange Reisedauer berechnet. Keiner von uns wäre lebendig herausgekommen, wenn wir noch viel länger auf Eis gelegen hätten.«

Marquez ließ seinen Blick von einem zum anderen gehen. Er war als Einziger im temporalen Beschränkungsfeld gewesen. Wenn Phelby Recht hatte, und sie wären noch um einiges länger gereist, würden alle anderen hier den Tod gefunden haben. Er wäre an Bord eines Schiffes voller Leichen erwacht.

»Das ist alles Theorie und sonst nichts«, sagte Hues Remblant. Remblant war Erster Offizier der *Dom Pedro IV,* hatte seinen Dienst aber erst kurz vor der Abreise angetreten. Marquez kannte ihn kaum. Er hatte Remblant eingestellt, weil der Mann gute Zeugnisse vorweisen konnte und reichlich Erfahrung in Navigation, und Menschenführung hatte. Was es mit der Letzteren im Einzelnen auf sich hatte, war damals nicht seine Sorge gewesen. In Remblants Tonfall war etwas, das klar machte, dass eine rangniedere Person wie Lademeister Phelby nicht qualifiziert sei, Meinungen über solche Themen zu haben. »Ich jedenfalls habe nicht vor, wieder in einen Kryobehälter zu gehen, bis wir mehr haben.«

»Dagegen ist nichts einzuwenden«, sagte Phelby in ganz entspanntem Ton. »Ich würde mein Leben auch nicht auf meine Erklärung setzen. Nicht ohne sie vorher genau zu prüfen. Aber sie ist ein Ausgangspunkt.«

Marquez trommelte mit den Fingern auf den Tisch. Remblant sah aus, als würde er sich gern an der Sache festbeißen, aber Marquez kam ihm zuvor. »Lademeister Phelby hat hier eine sehr interessante Möglichkeit zur Sprache gebracht, aber natürlich müssen wir alles in Betracht ziehen und nachprüfen, was uns zugänglich ist. Die Körper unserer unglücklichen Kameraden werden im Kältespeicher bleiben, bis wir ein besseres Verständnis dessen haben, was geschehen ist. Wenn wir eine Einrichtung erreichen, wo dies möglich ist, werden wir Autopsien machen lassen. Wir haben die Wiederbelebungssequenz von uns allen in den medizinischen Unterlagen gespeichert, und ich möchte, dass alle sich so bald wie möglich einer kompletten medizinischen Untersuchung unterziehen werden, sodass wir zu verlässlichen Daten kommen.«

»Das automatische Diagnosegerät kann die Untersuchungen vornehmen, aber wer wird die Daten interpretieren?«, fragte Remblant.

»Ich habe nicht die leiseste Ahnung«, sagte Marquez. »Vielleicht werden wir uns selbst weiterbilden müssen, um sie zu lesen – in welchem Fall wir eine Weile hier bleiben müssen. Wahrscheinlich werden wir einheimische Unterstützung bekommen können, aber sicher ist das nicht. Admiral Koffield wird diesen Punkt gleich eingehender erörtern. Bevor wir uns diesem Punkt zuwenden, sollten wir uns jedoch vor Augen führen, dass es mehr Geheimnisse als die um den Tod unserer Kameraden gibt. Etwas ist mit unserem Schiff irgendwie schief gegangen. Wir müssen feststellen, was es war – und selbst wenn wir nicht kompetent sind, medizinische Daten zu interpretieren, sollten wir wenigstens imstande sein, ein Zeitschachtschiff zu verstehen! Wir müssen jedes System, jede Einheit, jede Komponente dieses Schiffs untersuchen. Ich werde ihm nicht über die einfachsten Manöver hinaus trauen, bis ich verstehe, was geschehen ist. Ich bitte die Abteilungsleiter, sich um achtzehn Uhr in meiner Kabine einzufinden, um Strategien und Pläne zur Schiffsinspektion zu diskutieren.«

Marquez blickte umher und bekam das Kopfnicken und zustimmende Gemurmel, das er erwartet hatte. Es war jetzt wichtig, fest zu sein, entschieden und bestimmt. Diese Besatzung hatte für eine Routinereise angeheuert, die sie nach nur einem oder zwei Monaten selbstchronologischer Zeit wieder nach Hause hätte bringen sollen. Stattdessen waren sie hoffnungslos in der Zukunft gestrandet, zwei von ihnen tot, konfrontiert mit dem Unbekannten. Solch eine Situation verlangte der Mannschaft straffe Disziplin ab.

Aber sie erzeugte auch Furcht, Zorn, vielleicht sogar Panik. Insbesondere Remblant musste beobachtet werden. Der Mann war für Marquez' Geschmack zu angespannt.

»Das ist einstweilen alles. Ich bitte jetzt Admiral Koffield, uns über die Situation im System Solace zu unterrichten.«

»Ja, Kapitän«, sagte Koffield im knappen, militärischen Ton. Er nickte bekräftigend und richtete sich auf seinem Platz ein wenig höher auf. Vielleicht, dachte Marquez, versuchte er die Mannschaft daran zu erinnern, dass eine höfliche Aufforderung von Marquez wie ein Befehl vom Schiffskapitän behandelt werden sollte. »Bevor ich anfange, sollte ich darauf hinweisen, dass in dem, was ich Ihnen erzählen werde, einige Vermutungen und Annahmen enthalten sind. Es sind informierte Vermutungen und Annahmen, und ich denke, ich kann getrost sagen, dass meine Information im Wesentlichen verlässlich ist. Wahrscheinlich irre ich mich in ein paar kleinen Einzelheiten, bezweifle aber sehr, dass ich die allgemeine Situation falsch einschätze.«

Er blickte herausfordernd in die Runde, dann, als keine Erwiderung kam, fuhr er fort: »Wir haben alles an Kommunikationen überwacht, was wir vom System Solace auffangen konnten – kommerzielle Sendungen, Radiosender verschiedener Art, Nachrichten und so weiter. Nichts von dem, was wir gehört oder gesehen haben, gab uns unmittelbare Informationen über die Angelegenheiten, die uns interessieren. Kein Journalist oder Politiker kam auf den Bildschirm und verkündete, dass vor zwanzig Jahren eine Dürre eingesetzt habe, oder gab einen geschichtlichen Rückblick über die letzten hundertdreißig Standardjahre auf Solace. Wir haben keine statistischen Meldungen über Bevölkerungsrückgang, Seuchen oder dergleichen gesehen. Was wir sahen und hörten, war normale, alltägliche Information, Meldungen von der Art, die voraussetzen, dass der Hörer den allgemeinen Hintergrund kennt und nur auf den neuesten Stand gebracht werden muss. Wir haben diesen Hintergrund natürlich nicht.

Ich habe also versucht, die täglichen Nachrichten und andere Sendungen zu studieren und zu analysieren, um herauszufinden, was sie uns über die Hintergrundsituation sagen können, oder um solche Informationen herauszusuchen, die in der betreffenden Sendung nur beiläufig und kaum bewusst erscheinen.«

»Ich fürchte, ich kann Ihnen nicht ganz folgen, Admiral«, sagte Phelby.

»Dann lassen Sie sich ein kleines Beispiel zeigen«, sagte Koffield. Er zog eine Bedienungseinheit unter der Tischplatte hervor und drückte ein paar Knöpfe. Zwei Meter breite Vertäfelungen an einer Wand des Konferenzraumes glitten zurück und enthüllten vier große flache Bildschirme. Sie leuchteten auf und zeigten alle das gleiche Bild. Es zeigte eine Straßenszene, eine Art Protestdemonstration von zornigen Menschen, die Transparente und Fahnen schwangen und riefen. Koffield ließ die Darstellung ungefähr zehn Sekunden ohne Ton laufen, dann hielt er das Bild an. »Diese Übertragung fand zur Mittagszeit in einer Stadt des südlichen Kontinents statt, wo gegenwärtig Sommer ist. Der Protest ging von Landarbeitern aus, die zu viele Überstunden für zu geringe Bezahlung machen sollten. Was wir hinter diesem Protest sehen können, ist von Interesse. Nach den Archivdaten, die wir über das allgemeine Klima auf Solace haben, sollte es dort schwülwarm sein, mit kräftigen Nachmittagsschauern fast an jedem Tag. Wir sehen aber, dass die Leute warme Kleider tragen, die mehr für den Spätherbst geeignet sein sollten als für den Sommer. Wir sehen, dass der Himmel tiefblau ist, während der Horizont ein diesiges Braungrau zeigt, was auf ein trockenes Klima mit viel Staub in der Luft hindeutet. Wir sehen schließlich, dass alle Bäume kahl sind, und wo zwischen Straße und Gehsteig Gras wächst, ist es gelb. Kein sehr fruchtbarer Sommer, wie es scheint.«

Alle schwiegen, und Koffield drückte weitere Knöpfe, um die Bildschirme auszuschalten und die Wandvertäfelung wieder zu schließen. »Diejenigen, für welche die Sendung bestimmt war, würden sich um solche Einzelheiten nicht kümmern, weil sie schon vorher wussten, was es damit auf sich hat. Sie würden die Information nicht bemerken, die darin enthalten war. Klar genug?«

Phelby nickte.

»Sehr gut. Wir haben viele Informationen gesammelt, indem wir ähnliche Techniken bei anderen Kommunikationsformen einsetzten. Wir haben sie mit Daten kombiniert, die wir aus direkter Beobachtung des Planeten gewonnen haben, und mit Daten, die uns vorher schon bekannt waren. Und wir haben die Informationen aus all diesen Quellen gebraucht, um etwas zu entwickeln, das wir für eine einleuchtende Synthese halten.«

Marquez beobachtete Koffield aufmerksam. Der Mann arbeitete mit Tricks, machte Gebrauch von Irreführung und verbarg, was er tat, indem er sie alle dazu brachte, in die andere Richtung zu schauen. Er hatte nichts über seine Voraussagen zur Sprache gebracht, nichts über die Warnung, die er zu überbringen versuchte, nichts über den Inhalt des persönlichen Koffers, den zu schützen er keine Mühe gescheut hatte. Aber Koffield wusste, dass Marquez von diesen Dingen wusste, und Koffield musste wissen, dass Marquez die Unterlassungen bemerken würde. Erwartete er, dass er mitspielen würde? Was versteckte er, und warum?

Koffield fuhr fort: »Um die Situation in großen Zügen zu erklären«, sagte er, »genügt die Feststellung, dass das System Solace in einer Krise steckt, die durch größere Klimaveränderungen verursacht wurde. Es regnet, wann und wo es nicht regnen sollte, und regnet nicht, wo und wann es regnen sollte. Es gibt Gegenden, wo die Sommer zu heiß und die Winter zu kalt sind, und andere, wo genau das Umgekehrte der Fall ist. Die polaren Eiskappen wachsen, die Ozeane schrumpfen.

Dies alles bedeutet natürlich, dass es gebietsweise immer wieder zu Missernten kommt und die Nahrungsmittelerzeugung zurückgegangen ist. Das sollte an sich nicht viel bedeuten. Die planetarische Bevölkerung beträgt nur ein paar Millionen. Selbst wenn die Erträge weiter sinken, gibt es reichlich Land, das zur Kultivierung verfügbar ist. Aber es ist äußerst schwierig, auf einer Welt, die noch nicht lange besiedelt ist, neues Ackerland vorzubereiten. Es bedarf großer menschlicher und mechanischer Arbeitsanstrengungen, um den Boden aufzubereiten und ausreichend mit importierten Bodenorganismen wie bestimmten Bakterien, Kleinlebewesen und Pilzen zu versorgen, die zum Anbau irdischer Getreidesorten notwendig sind. Die massive, noch in Gang befindliche Klimaveränderung bedeutet, dass viele dieser Anstrengungen umsonst erbracht werden, weil die Felder nach einigen Anbauperioden durch Dürre zerstört werden oder die Bodenkrume durch Regengüsse fortgeschwemmt wird. Auch können Stürme und extreme Wetterschwankungen Unheil bringen.

Offensichtlich hat die Klimaveränderung auch außerhalb des Planeten Auswirkungen. Es scheint, dass zurzeit eine Art Evakuierung stattfindet. Jedenfalls werden zahlreiche Menschen von der Oberfläche zu Orbitaleinrichtungen transportiert. Nachrichtensendungen nannten eine Zahl von zehntausend.«

»Niemand baut orbitale Habitats von solcher Größe«, wandte Remblant ein. »Wie wollen sie die Leute dort draußen unterbringen und mit Wasser und Lebensmitteln versorgen?«

»Richtig, das können sie nicht«, sagte Koffield. »Entweder lügt jemand vorsätzlich aus irgendeinem Grund, oder ein Reporter hat eine Null zu viel vom Manuskript abgelesen, oder es gibt etwas, das uns entgangen ist. Viele der Flüchtlinge kehren schon wieder zurück, was die hohe Zahl eher erklären würde. Aber selbst eine viel kleinere Zahl von Flüchtlingen könnte eine Orbitalstation oder ein Habitat in die größten Schwierigkeiten bringen. Wir wissen nicht, was sich dort abspielt und mit welchen Problemen die Leute kämpfen.«

*Und wer ist »wir«?*, fragte sich Marquez. Der Mann erweckte den Eindruck, als hätte ein Stab von fünfzig Personen rund um die Uhr gearbeitet. Das Sammeln von solchen Informationsmengen, wie er sie zusammengetragen hatte, wäre für fünfzig Leute keine schlechte Leistung gewesen, aber nur Koffield und die Nachrichtenabteilung hatten daran gearbeitet, niemand sonst – und Koffield hatte den größten Teil des Vormittags mit Marquez in den Wiederbelebungsräumen verbracht. Wie hatte er in so kurzer Zeit so viel gelernt?

»Also«, sagte Kapitän Marquez, »ist Solace eine Welt im Umbruch, wo es drunter und drüber geht.«

»Das fasst es ungefähr zusammen«, bestätigte Koffield.

»Wie steht es mit der Technik?«, fragte Phelby. »Hundertzwanzig Jahre sind vergangen. Was hat sich verändert?«

Koffield runzelte die Stirn und trommelte mit den Fingern auf der Tischplatte. Marquez gewann den Eindruck, er habe gehofft, diese Frage zu vermeiden. »Es ist seltsam, aber nichts scheint sich verändert zu haben«, sagte er endlich. »Einige Verfeinerungen und Verbesserungen hier und dort. Natürlich habe ich nicht alle Daten darauf überprüfen können, und es kommen ständig mehr Informationen herein, aber bisher habe ich nichts so Fortgeschrittenes ausmachen können, dass es nicht wiederzuerkennen wäre. Eigentlich sollte das der Fall sein. Manchmal ergeben sich in der technischen Entwicklung statische Phasen, die längere Zeit dauern. Vielleicht hat es damit zu tun. Vielleicht hängt es auch mit der Abgelegenheit von Solace zusammen. Neuen Techniken und Entwicklungen, die auf Erden schon weite Verbreitung gefunden haben, mögen noch nicht hierher gelangt sein. Aber ich weiß es nicht.«

»Ich danke Ihnen, Admiral«, sagte Marquez. »Halten Sie uns auf dem Laufenden.«

»Das will ich gern tun, Kapitän. Aber wenn ich fragen darf – können Sie uns sagen, was Sie vorhaben? Sicherlich ist es klug und zweckmäßig, das Schiff einer gründlichen Inspektion zu unterziehen. Aber was wird danach unser nächster Schritt sein?«

Im Raum herrschte Totenstille. Marquez wunderte sich, warum der Mann, der die *Upholder* befehligt hatte, einem Schiffskapitän solch eine Frage zu solch einer Zeit stellte. Sicherlich hatte er einen Grund für eine derart ernste Herausforderung der Autorität des Kapitäns. Aber welcher Grund konnte es sein? »Es gibt zweifellos noch viel mehr zu lernen – und das ist es, was ich vorschlage: abwarten und lernen. Ich habe jedenfalls nicht die Absicht, den Leuten auf Solace unsere Anwesenheit bekannt zu machen, solange wir nicht mehr wissen.«

»Tatsächlich?«, fragte Koffield. »Darf ich fragen, wie Sie das meinen?«

»Ich meine, dass dieses Schiff und seine Ladung wertvoll sind, und dass es dort unten eine Menge verzweifelter Menschen gibt. Wir wissen nicht, ob die Regierung noch so stabil ist, dass sie die Lage unter Kontrolle hat. Sicherlich könnten wir eine gewisse Verteidigung organisieren, wenn wir die nötige Zeit haben, aber dieses Schiff ist unbewaffnet. Wollte irgendeine Gruppe uns die *Dom Pedro IV* wegnehmen, könnte sie es tun. Was wäre, zum Beispiel, wenn wir an der Orbitalstation von Solace andocken, und jemand unten – die Regierungsbehörden oder ein aufrührerischer Pöbel oder irgendetwas dazwischen – würde verkünden, dass harte Zeiten ungewöhnliche Mittel rechtfertigen und dass wir kein Recht hätten, anderen in einer Krisenzeit den Gebrauch unseres Reichtums zu verweigern? An Rationalisierungen der Begehrlichkeit fehlt es selten. Was könnten wir tun, sie daran zu hindern? Schiffe sind früher schon beschlagnahmt und erbeutet worden.«

»Ich habe keine Hinweise darauf, dass die Lage dort unten auch nur annähernd so instabil ist, oder dass …«

»Sie haben gerade erklärt, dass Sie nicht alles gesehen haben, Admiral Koffield. Ich habe nicht die Absicht, mein Schiff einem aufrührerischen Mob zu überlassen.«

Koffield sah ihn lange wortlos an. Die Stille zog sich hin, bis Phelby das Wort ergriff. Entweder war dem Mann die Spannung im Raum entgangen, oder er machte sich nichts daraus. »Entschuldigen Sie, Kapitän, aber wenn wir unsere Anwesenheit nicht bekanntmachen, was … was tun wir dann?«

»Wir verstecken uns«, warf Remblant ein.

»Ganz recht, aber ich wäre Ihnen dankbar, wenn Sie mir den Luxus erlauben würden, Fragen selbst zu beantworten. Wir werden uns in der Tat verstecken. Jedenfalls, bis wir mehr wissen. Jede Aktion, die wir jetzt einleiten, würde auf der Grundlage von Unwissenheit geschehen. Sollten wir hier bleiben oder Kurs auf die Erde nehmen, oder sollten wir irgendeinen Hafen ansteuern? Wie sieht es heutzutage auf der Erde aus? Wohin wir uns auch wenden mögen, überall könnten die Verhältnisse sich bis zur Unkenntlichkeit geändert haben. Und wie steht es um das Schiff? Wie hat es uns im Stich gelassen? Besteht die Gefahr, dass es wieder geschehen könnte? Wie steht es um die Systeme des Tieftemperaturschlafs? Ist die Erklärung so einfach, wie unser Lademeister Phelby gemeint hat, oder ist noch etwas Tieferes im Spiel, eine andere Fehlfunktion? Sollten wir uns entscheiden, eine Zeit lang hier auf Solace zu bleiben – oder für immer? Vielleicht ist dies der beste Ort für uns oder vielleicht ist unser Schiff nicht zu reparieren.«

»Sie sagen, Kapitän, wir können nicht hinaus und wir können nicht hinein«, sagte Phelby. »Ohne eine gründliche Überprüfung können wir den Kryosystemen nicht trauen. Vielleicht können wir sie überhaupt nicht mehr gebrauchen. Und wenn das der Fall sein sollte – nun, ich weiß nicht, aber ganz gleich, wie schlimm es da unten ist, es muss besser sein als für den Rest unseres Lebens am Rand des Systems zu treiben. Wir können nicht für alle Zeit hier oben parken.«

»Sie irren sich. Wir *können* für alle Zeit hier oben bleiben«, sagte Marquez. »Oder wenigstens für den Rest unseres Lebens. Ich möchte es nicht, und es mag nicht die angenehmste Existenz sein, aber es wäre möglich und wahrscheinlich dem Leben auf einer Welt vorzuziehen, die von Hungersnot bedroht ist. Wir haben Energie und lebenserhaltende Systeme und eine zuverlässige Nahrungsmittelerzeugung.«

»Vieles ist in der Theorie möglich, aber in der Praxis Wahnsinn«, wandte Koffield ein. »Wir müssen hineingehen. Der ganze Sinn und Zweck unserer … meiner Mission steht auf dem Spiel.«

»Ich will damit nicht sagen, dass wir wirklich hier bleiben sollen. Es kann keinen Zweifel daran geben, dass es ein unerfreuliches Leben sein würde – aber wenn Sie sagen, Sie wüssten nicht, wie schlimm es unten sein kann, sprechen Sie deutlicher als Sie selbst erkennen. Sie wissen es nicht. Ich aber weiß es. Ich habe es gesehen. Ich bin zuletzt vor zwei Jahren dort gewesen.«

»Ich weiß, dass Sie es gesehen haben«, erwiderte Koffield. »Aber wir müssen trotzdem hinein.«

Und auf einmal ging Marquez ein Licht auf. Er sah zu Koffield und konnte es in seinen Augen lesen. Irgendwo in dem ruhigen, gleichmütigen Ausdruck des Mannes konnte er es lesen. Marquez war dort gewesen, und darum hatte Koffield sein Schiff gewählt. Auch andere Schiffe waren nach Solace abgegangen, aber Koffield hatte darauf gedrängt, eine Kabine an Bord der *Dom Pedro IV* zu bekommen. Wenn die Reise wie geplant verlaufen wäre und sie im vergangenen Jahrhundert in Solace eingetroffen wären, bevor die Klimaschwankung eingesetzt hatte, würde Koffield es mit einer Welt voller Skeptiker zu tun gehabt haben. Es wäre hilfreich gewesen, jemanden an seiner Seite zu haben, der Bescheid wusste und die Gefahren kannte.

Aber nun wussten dort unten alle Bescheid, und Koffields Vorsicht hatte sich gegen ihn selbst gewandt.

»Ah, entschuldigen Sie, Admiral«, sagte Phelby. »Sicherlich hatten Sie Gründe, hierher zu kommen, aber wir haben uns mehr als ein Jahrhundert verspätet. Was immer Ihre Gründe waren, sie können nicht mehr dringlich sein, nicht wahr?«

Koffield blickte Phelby an, ohne zu antworten. Aber der kalte, harte Gesichtsausdruck war leicht zu lesen. *Es ist nicht klug, sich in meine Angelegenheiten einzumischen.*

Phelby zuckte die Achseln und schlug den Blick nieder. »Gut, ja. In Ordnung. Macht nichts.«

Koffield wandte seine Aufmerksamkeit wieder Marquez zu. »Der Kapitän kennt den Zweck meiner Reise hierher«, sagte er. »Er wird verstehen, dass mein Anliegen mehr und nicht weniger dringlich geworden ist.«

»Ich kann mein Schiff und meine Besatzung nicht riskieren«, sagte Marquez. »Die *Dom Pedro* wird sich nicht melden und keine weitere Annäherung vornehmen, bis wir das Schiff überprüft und die lokale Situation ausreichend untersucht haben. In unserer gegenwärtigen Entfernung vom inneren System können wir ohne viel Mühe unbemerkt bleiben. Wir können den Energieverbrauch reduzieren, um unsere Wärmeabstrahlung zu verringern, unsere sichtbare Oberfläche durch Positionsmanöver verringern, uns vielleicht hinter einem Asteroiden verstecken. Niemand im inneren System wird eine Chance haben, uns zu finden, nicht einmal wenn sie wüssten, dass wir hier sind, oder wo sie zu suchen hätten.«

»Dann lassen Sie mich allein hineingehen«, sagte Koffield, »in einem der Hilfsfahrzeuge. Wir können Vorsichtsmaßnahmen beachten, um die *Dom Pedro IV* vor Entdeckung zu schützen und zu verhindern, dass man vom Hilfsfahrzeug die Spur zurückverfolgt.«

Marquez hatte damit gerechnet, dass Koffield mit solch einem Vorschlag kommen würde, und hatte seine Einwände parat. »Die *Dom Pedro IV* hat nur drei Hilfsfahrzeuge – zwei kleine Frachtfähren, deren Reichweite für solch eine Mission nicht ausreichen würde, und ein größeres Fahrzeug, einen modifizierten Leichter vom Typ Corona 300. Die Corona-Werft baut gute Schiffe, aber sie baut hauptsächlich interplanetarische Schiffe, die sich vom Antrieb bis zu den Navigationseinrichtungen erheblich von interstellaren Schiffen unterscheiden. Haben Sie eine Pilotenlizenz für Leichter dieses Typs?«

Koffield lächelte dünn. »Ich nehme an, dass all unsere verschiedenen Lizenzen und Zertifikate und Einstufungen inzwischen verfallen sein werden – aber nein, ich bin nie mit einem Fahrzeug von Corona geflogen. Aber ich denke, dass ich keine Schwierigkeiten haben würde, sobald ich mich mit den Bedienungselementen vertraut gemacht habe. Ich habe eine allgemeine interplanetarische Lizenz und eine unbegrenzte interstellare Einstufung.«

Das gab den Anwesenden Anlass zu ehrfürchtigem Gemurmel. Unbegrenzte interstellare Einstufungen waren selten; nicht einmal Marquez hatte sie. Aber er achtete darauf, nicht allzu beeindruckt zu wirken. »Ich zweifle nicht an Ihren allgemeinen Fähigkeiten, Admiral, aber sicherlich würden Sie zustimmen, dass es bei weitem sicherer sein würde, wenn der Leichter von einem dafür ausgebildeten Piloten geflogen würde. Und wenn Sie den Leichter nehmen, würden wir keine Rettungsmöglichkeit haben. Sollte dieses Schiff ganz versagen, würden wir hilflos hier zurückbleiben?«

Koffield runzelte die Stirn. »An die Rettungsbootfrage hatte ich nicht gedacht«, räumte er ein.

»Entschuldigen Sie, meine Herren«, sagte Norla Chandray. »Nach dem Wartungs- und Instandhaltungshandbuch, das ich las, als ich an Bord kam, bekamen die beiden Frachtfähren bei ihrer letzten Überholung eine Zusatzausrüstung, um im Notfall auch als Rettungsboote dienen zu können. Gemeinsam können sie die ganze Besatzung befördern, und wenn es auch nicht für eine Rundreise reichen würde, hätten sie die Reichweite, um uns zum Innern System zu bringen.«

*Verdammt,* dachte Marquez. Mit diesem Bluff war es also nichts. Nun, jemand musste das Handbuch gelesen haben. Er nickte ihr zu und lächelte. »Ganz recht, Chandray. Ich hatte es vergessen.« Eine Lüge, aber ein Kapitän musste das Gesicht wahren. »Aber damit bliebe Admiral Koffield noch immer ohne einen Piloten. Ich habe natürlich eine Lizenz für den Leichter, aber meines Wissens bin ich der Einzige. Ich hatte beabsichtigt, mit einigen von Ihnen während der Annäherung an das innere System ein Qualifikationstraining mit dem Leichter durchzuführen. Das könnten wir immer noch tun, aber es liegt auf der Hand, dass eine gründliche Sicherheitsüberprüfung der *Dom Pedro IV* Vorrang haben muss …«

»Ich habe eine Lizenz für interplanetarische Corona-Schiffe der Typen 250, 300 und 350 a«, sagte Chandray.

Wieder blieb es eine Weile still im Raum. Marquez sah sie verblüfft an. Die Besatzungen interstellarer Schiffe sahen hochmütig auf ihre Kollegen im interplanetarischen Verkehr herab, und diese vergalten ihnen den Hochmut mit Abneigung. Beide Seiten wussten, dass die Elite im interstellaren Dienst arbeitete, und dass neun von zehn Leuten im interplanetarischen

Dienst dorthin gekommen waren, weil sie die Examen für den interstellaren Dienst nicht geschafft oder sich ihnen gar nicht erst gestellt hatten, weil sie wussten, dass sie durchfallen würden. Marquez erinnerte sich vage, dass Chandray im interplanetarischen Dienst gearbeitet hatte, als er ihre Bewerbungsunterlagen gelesen hatte, aber es wäre ungerecht gewesen, wenn er versucht hätte, daraus einen Grund für eine Absage zu konstruieren. Schließlich hatte sie ihre Zulassung für den interstellaren Dienst und keine allzu hohe Gehaltsforderung gestellt, und das war alles, was er wissen musste.

Aber nun gab sie hier unter denen, die sich als Elite fühlten, freimütig zu, dass sie mit dem Makel des »niederen« Dienstes behaftet war. Niemand würde es öffentlich sagen, aber alle fühlten sich von Chandray getäuscht, hatte sie doch den Eindruck erweckt, eine der ihren zu sein. Durch ihr Bekenntnis hatte sie nun ein für alle Mal ihre Beziehung zu allen anderen Mitgliedern der Besatzung verändert. Besonders Remblant sah entrüstet aus.

Marquez brauchte einen Moment, um sich zu erholen. »Ich kann Ihnen solch eine Mission nicht befehlen. Glauben Sie mir, das innere System wird weder ein sicherer noch ein angenehmer Ort sein.«

»Sie brauchen es mir nicht zu befehlen«, sagte sie. »Ich mache es freiwillig. Ich wählte meinen Beruf, weil ich neue Welten sehen wollte. Das wird mir nicht möglich sein, wenn die *Dom Pedro* die nächsten sechs Monate hier draußen verbringt.«

»Ich danke Ihnen, Zweiter Offizier«, sagte Koffield. »Aber … ah …«

»Kapitän Marquez«, sagte Koffield mit ruhiger, aber fester Stimme, »ich muss nach Solace. Meine Mission ist mit den Jahren noch dringender geworden, wie ich schon sagte. Sie wissen es. Lassen Sie mich bitte gehen. Ich ersuche Sie nicht aus Leichtfertigkeit darum.«

Ärgerlich blickte Kapitän Marquez in die Runde. Er war ausmanövriert worden, das sah er jetzt. Hätte Koffield ihn unter vier Augen darum gebeten, hätte er die Sache auf die lange Bank schieben oder das Ansinnen rundweg ablehnen können. Er hätte Chandray daran hindern können, sich freiwillig zu melden, wenn sie es nicht vor den Augen und Ohren der ganzen Besatzung getan hätte. In einem persönlichen Gespräch hätte er ihr die Sache ausreden können, hätte mehr Zeit gehabt, triftige Gründe für eine Ablehnung vorzubringen. Aber nicht, wenn das Ganze öffentlich verhandelt wurde. »Es gefällt mir nicht, Koffield«, sagte er, die Anrede »Admiral« absichtlich weglassend.

»Ich verstehe«, sagte Anton Koffield ruhig und verständig. »Aber es ist notwendig. Und bedenken Sie, Kapitän, dass wir imstande sein werden, mehr und bessere Informationen über die Verhältnisse auf Solace zu gewinnen, wenn wir Leute dort haben. Ich bin überzeugt, dass wir einen Weg finden werden, der uns eine Radioverbindung mit Ihnen erlaubt, ohne die Position der *Dom Pedro IV* preiszugeben.«

Das ließ sich nicht von der Hand weisen. Wenn Koffield mit seiner Theorie Recht behalten hatte, dann hatten die Bewohner von Solace das Recht, davon zu erfahren, und es wäre auch von ihm, Marquez, unmoralisch, den notleidenden Menschen diese Information vorzuenthalten, nur um ein obsoletes altes Schiff vor möglicherweise imaginärem Schaden zu bewahren. Und natürlich brauchten sie mehr und bessere Informationen darüber, was auf Solace vorging.

Andererseits schätzte er es nicht, wenn man ihn mit Tricks oder Einschüchterung oder abgesprochenen Manövern zu einer Entscheidung drängte. Und dass

Koffield seine Autorität so unverhohlen herausforderte, gefiel ihm erst recht nicht. Der Mann drängte hart und riskierte viel, um zu bekommen, was er wollte. Marquez würde innerhalb seiner Befugnisse als Kapitän handeln, wenn er den Admiral, der schließlich nur als Passagier an Bord war, auf unbestimmte Zeit in seine Kabine verbannte.

Auf der anderen Seite musste man sich dem Unvermeidlichen fügen. Mit einer Konfrontation war keinem gedient, und sie brauchten Information. Vielleicht würden sie auf Solace erfahren, was sie wissen mussten. »Nun gut, *Admiral* Koffield«, sagte er endlich. »Gehen Sie und tun Sie, was immer Sie sich vorgenommen haben.«

Wahrscheinlich, sagte sich Marquez, gab es gar keine Möglichkeit, den Mann daran zu hindern, genau das zu tun.

# HILFSLEICHTER
# *CRUZEIRO DO SUL*

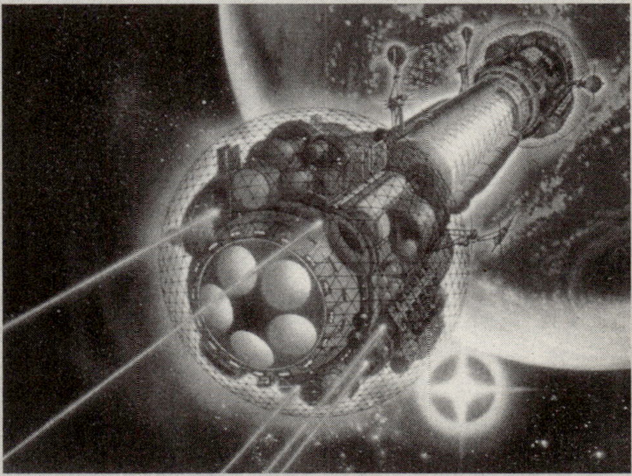

11.

# WÄNDE AUS GLAS UND STAHL

Zwischenüberprüfung abgeschlossen«, verkündete Norla Chandray. »Alle Systeme normal, und wir liegen auf Kurs.«

»Sehr gut«, erwiderte Koffield durch die Gegensprechanlage, und seine Stimme machte deutlich, dass er ihren Worten nicht viel Aufmerksamkeit schenkte.

Zweiter Offizier Norla Chandray wandte sich auf ihrem Pilotensitz um und blickte durch die Glaswand der Pilotenkanzel. Koffield saß im Aufenthaltsraum des Leichters *Cruzeiro do Sul* und las. Da die Verbindungstür zur Pilotenkanzel offen stand, brauchten sie die Sprechanlage nicht wirklich. Sie hätten einander ihre Bemerkungen zurufen können.

Die *Cruzeiro do Sul* war im Wesentlichen ein plumper Zylinder von fünfzig Metern Länge und zwanzig Metern Durchmesser. Oben war das Andocksystem und das flache, zum Raum offene Oberdeck, sodass die *Cruzeiro do Sul* sperrige Fracht befördern konnte, die sich im Innern des Laderaums nicht unterbringen ließ und auf dem Oberdeck festgeschnallt werden konnte. Das Hauptdeck darunter war nicht viel mehr als die Pilotenkanzel und dahinter ein großes Abteil, das als Laderaum oder durch das Einsetzen von Zwischenwänden und entsprechende Einrichtungen für die Unterbringung von Passagieren hergerichtet werden konnte. Darunter war das Deck mit den Bordsystemen, und unter diesem am hinteren Ende die Triebwerke.

Auf dieser Reise hatten sie das Hauptdeck hinter der Pilotenkanzel mit einem Aufenthaltsraum und zwei kleinen Kabinen ausgestattet, je eine für Norla und Koffield.

Die Pilotenkanzel befand sich in der Mitte des Rumpfes zwischen den zwei anderen dauerhaften Strukturen des Hauptdecks – dem Niedergang zur Linken der Pilotenkanzel, über den man hinab zum Deck der Bordsysteme gelangte, und der großen Luftschleuse zur Rechten. Sie hatte die Ausmaße eines Scheunentors und war für Reisen gedacht, wenn die *Cruzeiro do Sul* sperrige Fracht im Hauptdeck beförderte. Auf der gegenwärtigen Reise aber war der gesamte rückwärtige Teil des Hauptdecks hinter dem Aufenthaltsraum und den Kabinen leer und frei von Einbauten.

Der Leichter hatte vier Bullaugen in gleichmäßigen Abständen. Sie boten dem Aufenthaltsraum und beiden Kabinen Ausblick ins Freie.

Zwar besaß die Pilotenkanzel Sichtfenster nach vorn und den Seiten, aber für die meisten Operationen verließ sich der Pilot auf Außenkameras, Radar und andere sensorische Systeme, die ihre Informationen auf Bildschirme brachten. Doch selbst wenn die Sichtfenster für die Arbeit des Piloten nicht erforderlich waren, war es aus psychologischen Gründen wichtig, den Piloten eine Möglichkeit zu direkter Beobachtung zu geben.

In den zwei Tagen, die sie an Bord verbracht hatten, hatte keiner von beiden einen Versuch gemacht, der Kabine des anderen nahe zu kommen, geschweige denn anzuklopfen oder hineinzugehen. Sie nahmen ihre Mahlzeiten zusammen ein, aber bisher hatte es nicht viel an wirklichen Gesprächen gegeben. Ihre Kontakte beschränkten sich auf das Notwendigste.

Norla Chandray empfand das Arrangement als seltsam und unbehaglich, als hätten sie das Innere des Hauptdecks in Abschnitte privaten und neutralen Territoriums aufgeteilt. Damit war nicht gesagt, dass Koffield sich schlecht benommen hätte. Ganz im Gegenteil. Er war immer freundlich und höflich, dabei aber reserviert und in sich gekehrt.

Nun, das machte nichts. Sie hatte ihre Arbeit zu tun. Sie wandte sich wieder nach vorn und widmete sich der Beobachtung ihrer Instrumente.

Die Pilotenkanzel enthielt zwei Plätze und sämtliche Kontrollinstrumente, Steuerungssysteme und Navigationsanzeigen. Gegenwärtig war die Kanzel in den Rumpf zurückgezogen, doch konnte sie mit wenigen Handgriffen versiegelt und hydraulisch aus dem Rumpf zur Oberseite des Zylinders ausgefahren werden. In dieser Position hatte Norla einen ungehinderten Blick in alle Richtungen außer nach unten. Die Sitze konnten gedreht werden, um dem Piloten in jeder Phase des Be- und Entladens einen Überblick zu gewähren.

Während sie Anzeigen und Bildschirme beobachtete, kehrten ihre Gedanken wieder zu dem geheimnisvollen Mann zurück, mit dem sie reiste. Entgegen ihren Bemühungen, sich auf die Arbeit zu konzentrieren, brachte die gleichförmige Ereignislosigkeit der Stunden es mit sich, dass ihre Gedanken sich mit dem Rätsel beschäftigten, das Koffield darstellte.

Nachdem sie die laufenden Kontrollfunktionen auf den Bordcomputer übertragen hatte, stand Norla Chandray von ihrem Platz auf und verließ die Pilotenkanzel. Einen Moment stand sie im Durchgang zum Aufenthaltsraum und betrachtete ihren Passagier, der auf dem Sofa saß und las. Ein seltsamer, sehnsüchtiger Gesang in einer Sprache, die sie noch nie gehört hatte, kam aus den Lautsprechern.

Auf dieser Reise hatte er nichts von dem getan, was sie von ihm erwartet hatte. Der Unsinn, dass er keine Zulassung für diesen Typ von Raumfahrzeug hatte, war genau das – Unsinn. Nachdem er sich zehn Minuten mit der Anordnung der Instrumente vertraut gemacht hätte, könnte er das Schiff so gut wie sie fliegen, oder besser. Sie hatte erwartet, dass er entsprechend handeln, auf dem Sitz des Copiloten der *Cruzeiro do Sul* Platz nehmen und dort bleiben würde, um sie wie ein Falke zu beobachten – oder eher wie ein Fluglehrer. Sie wäre nicht überrascht gewesen, wenn er sie für die Dauer der Reise einfach aus der Pilotenkanzel geschickt und das Schiff selbst übernommen hätte.

Stattdessen hatte er keinen Fuß in die Pilotenkanzel gesetzt, sobald er festgestellt hatte, dass er in einem Notfall die Steuerung übernehmen könnte. Darüber hinaus hatte er Norla kaum Beachtung geschenkt, seit sie den Leichter bestiegen hatte. Stattdessen hatte er sich lange mit seinen Mahlzeiten aufgehalten, allem Anschein nach ein Genießer, der alles auskostete, was die fade Fertignahrung an Geschmack und Beschaffenheit zu bieten hatte. Außerdem hatte er eine Menge Bücher aus der Bordbibliothek der *Dom Pedro IV* heruntergeladen. Nach den Titeln zu urteilen, war seine Wahl entweder extrem eklektisch, oder er hatte sie völlig willkürlich getroffen. Und wenn es jenseits einer völlig willkürlichen Auswahl der Musik, die er hörte, etwas gab, konnte Norla es nicht ergründen. Fast alles war ihr unbekannt. Manche Musik war herzergreifend schön, aber genauso viel war von bloßem Geräusch nicht zu unterscheiden.

Hinter seiner Ruhe, seiner Abgelöstheit war etwas Beunruhigendes. Etwas, das von der Henkersmahlzeit eines Verurteilten flüsterte, von einem Mann, der von allen Dingen, die ihm das Leben lebenswert gemacht hatten, liebevoll Abschied nahm. Aber das war nicht alles. Sie spürte, dass er mit dem, was er tat, vertraut war, dass er es früher oft und genauso getan hatte. Die Mahlzeiten, die Bücher, die Musikstücke waren Teile eines Rituals, das er viele Male zelebriert hatte.

Endlich begann Norla zu verstehen, was vorging. Koffield bereitete sich auf einen Kampf vor und er freute sich ein letztes Mal der Annehmlichkeiten der Zivilisation, der Dinge, die es lohnten, Kämpfe zu gewinnen.

Anton Koffield tat, was er tat, mit dem Wissen, dass es das letzte Mal sein mochte. Er sagte Lebewohl, nahm einen rituellen Abschied von all den Dingen, die er liebte. Anton Koffield genoss ein letztes Mal nicht bloß die Annehmlichkeiten des Lebens, sondern die Annehmlichkeiten des Friedens. Ob er aus dem erwarteten Kampf zurückkommen würde oder nicht, er würde mit der frischen und klaren Erinnerung an die Dinge, welche den Kampf lohnend machten, in die Auseinandersetzung gehen. Aber wenn Koffield in einen Kampf ging, dann war sie mit betroffen. Und wenn er die Notwendigkeit verspürte, darauf vorbereitet zu sein, dann galt es auch für sie. Sie musste Bescheid wissen. Und es gab nur einen Weg, wie sie es erfahren konnte. Sie ging in den Aufenthaltsraum und setzte sich in den Sessel ihm gegenüber und betrachtete ihn schweigend. Es dauerte eine kleine Weile, bis er von seinem Buch aufblickte und sie bemerkte. »Was gibt es?«

»Das wollte ich Sie fragen«, antwortete sie. »Was wird geschehen? Worauf bereiten Sie sich vor? Wird es einen Kampf geben? Wenn ja, sollte ich davon erfahren, damit ich mich und das Schiff auch vorbereiten kann.«

»Dieses Schiff ist nicht kampftauglich«, sagte er.

»Nein, es ist unbewaffnet. Aber selbst wenn es bedeuten sollte, dass ich mit einer Handfeuerwaffe auf dem Rumpf stehen müsste, würde ich lieber kämpfend untergehen – wenn ein Kampf nicht zu vermeiden ist. Wenn ich einen Mann sehe, der sein Ritual der Kampfvorbereitung zelebriert, möchte ich gern wissen, worum es geht. Wird es einen Kampf geben – und wenn ja, gegen wen, um was, wo und wann?«

Koffield blickte auf sein Buch, dann schloss er es und legte es neben sich aufs Sofa. »›Ritual der Kampfvorbereitung‹«, sagte er. »In diesen Begriffen habe ich nie gedacht, aber es kommt der Sache nahe, nehme ich an.« Er zog eine Fernbedienung aus der Brusttasche und drückte einen Knopf. Die Musik verstummte. »Ich erwarte tatsächlich, dass ich in einen Kampf verstrickt werde«, sagte er. »Aber Sie werden nicht daran beteiligt sein. Er wird nicht mit Schusswaffen oder Bomben oder Laserkanonen ausgefochten, sondern mit Worten – wenigstens zuerst. Ich bezweifle, dass ich getötet oder auch nur verletzt werde, selbst wenn die Sache schlecht ausgeht, aber ich könnte durchaus festgenommen und in eine Art Gefängnis oder Konzentrationslager gesteckt werden – oder in eine psychiatrische Klinik.«

Norla dachte zurück an die Geschichten, die sie an Bord der *Dom Pedro IV* gehört hatte: Gerüchte aus dritter und vierter Hand über das, was ein Besatzungsmitglied darüber gehört hatte, was ein anderes Besatzungsmitglied den Kapitän in einem unvorsichtigen Augenblick hatte sagen hören. »Unter den Besatzungsmitgliedern geht das Gerücht um, dass Sie erwarteten verhaftet zu werden, sobald Sie wiederbelebt waren und bevor Sie wussten, was schief gegangen war. Verhaftet, weil Sie die Solacier gewarnt hätten, dass ihr Klima instabil geworden sei.«

»Ja. Ich erwartete verhaftet zu werden, weil ich Unheil voraussagte.«

»Erwarten Sie das noch immer?«

»In gewisser Weise, ja.«

»Obwohl Ihre Voraussage sich inzwischen bewahrheitet hat?«

»Teilweise. Nicht alle meine Voraussagen sind eingetroffen. Noch nicht. Nach meinen Studien und Forschungen steht das Schlimmste noch bevor.«

»Sie glauben, das planetarische Ökosystem werde sich nicht erholen«, sagte sie, sorgfältig darauf bedacht, dass es nicht wie eine Frage klang. »Aber ich sehe nicht, warum das eine so schockierende Nachricht sein sollte, dass man Sie deswegen ins Gefängnis stecken würde. Wenn es dort unten so schlecht ausschaut wie Sie sagen, hat sicherlich schon jemand daran gedacht und es auch ausgesprochen.«

»Ganz recht«, sagte Koffield. Sein Gesicht verriet nichts.

»Aber wenn das alles ist«, fuhr Norla fort, »hätten Sie nicht so hartnäckig gedrängt, nach Solace zu kommen. Warum die Sorge, für den Rest Ihres Lebens ins Gefängnis geworfen zu werden, nur weil Sie ihnen erzählen, was die Leute bereits wissen?«

»Auch darin haben Sie Recht.«

»Also was hat dies alles zu bedeuten? Sie wissen mehr als Sie sagen.«

Koffield schüttelte den Kopf, wie um zu leugnen, dass er mehr wisse, dann aber brach er ab und seufzte müde. »Und warum bestehe ich darauf, alles das zu verbergen? Das ist die nächste logische Frage. Und die beste Antwort, die ich bieten kann, ist Macht der Gewohnheit. Die Furcht, Panik zu erzeugen, Gerüchte in die Welt zu setzen, ohne sie aufhalten zu können, wenn sie außer Kontrolle geraten. Vielleicht gibt es einen Teil von mir, der noch an Magie glaubt, der denkt, es werde nicht eintreten, wenn ich es nicht laut ausspreche. Aber Sie haben Recht. Ich weiß vieles.

Und ich habe es nicht einmal Marquez gesagt. Er glaubt Bescheid zu wissen, weil er dort gewesen ist, und vor noch nicht langer Zeit. Und weil er weiß, dass es schlimm aussieht. Aber er kennt nicht die ganze Geschichte.« Koffield machte eine Pause und überlegte. »Das war ein Fehler, wahrscheinlich. Wenn mir etwas zustößt, wird niemand übrig sein, der in einer Position ist, weiterzumachen. Ich hätte mir die Zeit nehmen und ihn überzeugen sollen. Dafür ist es jetzt zu spät.«

»Vielleicht. Aber *mir* haben Sie noch immer nichts erzählt.«

Koffield lachte, und sogar in seinem Lachen war etwas Vorsichtiges und Reserviertes. »Es entgeht Ihnen nicht viel, Sie verstehen die Stücke zusammenzusetzen und sind verdammt beharrlich. Das sind gute Wesenszüge. Sie werden Ihnen zustatten kommen, Leutnant Chandray.«

»Nun ja, es ist ganz nützlich, nehme ich an. Aber sagen Sie mir, was vorgeht. Was hat es mit alledem auf sich?«

Koffield ließ sich in die Couch zurücksinken, rieb sich das Gesicht mit den Händen und seufzte wieder. Als er die Hände vom Gesicht nahm, war es beinahe, als hätte er eine Maske abgezogen. Plötzlich zeigte sich die Müdigkeit und die Sorge und die Angst. »Was es mit alledem auf sich hat?«, wiederholte er ihre Frage. »Langfristig die Katastrophe für unsere ganze Zivilisation – und unsere Art, was das angeht.«

Sie starrte ihn mit großen Augen an. Sein Tonfall, sein Gesichtsausdruck machten es unmöglich, ihm nicht zu glauben. Er plusterte sich nicht auf, um groß und wichtig zu tun. Er sprach die Wahrheit. Dass es so viel Mühe gekostet hatte, sie aus ihm herauszuholen, machte es noch überzeugender. Zumindest war er von dem, was er sagte, ehrlich überzeugt.

»Erzählen Sie«, sagte sie.

Koffield starrte sie nachdenklich an, dann nickte er. »In Ordnung«, sagte er, stand auf und ging auf und ab. »Es ist schwierig zu entscheiden, wo ich anfangen sollte«, sagte er. Er blieb stehen und schaute zum Bullauge hinaus. »Nachdem ich so lange nicht gesprochen habe, ist es schwierig, überhaupt anzufangen«, gab er zu.

Lange starrte er hinaus zu den kalten Sternen, und seine Gedanken schienen so fern von Norla wie die Sterne selbst. Auf einmal wandte er sich um und sagte: »Ich denke, ich kann es Ihnen am besten erklären, wenn ich erzähle, wie ich hineingezogen wurde«, sagte er. »Ich nehme an, Sie wissen, was bei der Zirkumzentralen Wegmarke geschah – was ich tat?«

»In großen Zügen«, sagte sie. »Ich kenne nicht alle Einzelheiten.«

Sie wusste, dass sein Name auf Glister ein Schimpfwort war, und die bloße Tatsache, dass die Chronologische Patrouille sein Handeln billigte, genügte der Regierung von Glister, alle Einrichtungen der Patrouille in ihrem System zu schließen und das Personal auszuweisen. Das Vertrauen der Bewohner in die Patrouille und in Außenseiter überhaupt war zerstört. Aber traf das überhaupt noch zu? Der Zwischenfall lag jetzt länger als ein Jahrhundert zurück. Was konnte Koffield heute noch den Leuten auf Glister bedeuten? Er war ein Name, der eine Fußnote in den Geschichtsbüchern verdiente. Oder konnte es sein, dass er noch immer als ein Monster galt, dessen Name durch die Zeitalter widerhallte? »Ich nehme an, ich weiß so viel darüber, wie ich wissen muss.«

»Hmm. Es könnte sein – oder auch nicht – dass Sie in Zukunft sehr viel mehr darüber wissen müssen. Aber das hat jetzt nichts zu sagen. Es ist nicht das, worüber ich jetzt sprechen möchte.«

Norla nickte verständig. Wenn dieser Fleck auf ihrer Vergangenheit wäre, würde sie auch nicht darüber sprechen wollen. »Bitte fahren Sie fort«, sagte sie.

Koffield kehrte dem Bullauge den Rücken zu, lehnte sich an die Wand und faltete die Arme auf der Brust. »Der Zwischenfall bei der Zirkumzentralen Wegmarke. So wurde es meistens genannt. Ich werde es Ihnen kurz umreißen. Manches von dem, was ich Ihnen erzählen werde, wusste ich damals schon, manches erst später. Ich werde mich so kurz und klar fassen, wie ich kann. Am Zeitschacht gab es den üblichen Wachdienst. Ein Schiff, die *Standfast,* war in der Vergangenheit, das heißt, zeitabwärts von der Singularität stationiert. Ein weiteres Schiff, die *Upholder,* deren Kapitän ich war, war durch den Zeitschacht in die Zukunft zeitaufwärts gegangen, um dort die Wache zu übernehmen. Die *Standfast* wurde von zweiunddreißig unbemannten Eindringlingen angegriffen, die aus dem Nichts zu kommen schienen und mit sehr hohen Raten manövrierten und beschleunigten. Sechzehn davon waren Lockvögel und sollten die *Standfast* beschäftigen, während die anderen durch den Zeitschacht aufstiegen. Die *Standfast* wurde zerstört, aber es gelang ihr vorher, die meisten der sechzehn Eindringlinge zu vernichten, die in den Zeitschacht vorstoßen wollten. Aber sechs von den sechzehn kamen durch – kein Mensch weiß, wie. Die Codes und Kontrollsysteme galten als vollkommen sicher.

Mein Schiff, die *Upholder,* vernichtete drei dieser sechs Eindringlinge und wurde selbst schwer beschädigt. Wir verloren sechs Mann von unserer Besatzung. Die anderen drei Eindringlinge entkamen und schienen – ich betone dieses Wort: *schienen* – dabei bis zur Lichtgeschwindigkeit und darüber hinaus zu beschleunigen.

Zwei Ersatzschiffe – die *Guardian* und die *Watchkee-*

*per* – trafen zeitabwärts vom Zeitschacht ein und sandten ein minimales Signal hinauf zur *Upholder*, um ihre Ankunft zu melden. Ich nahm irrtümlich an, dass nur ein Ablösungsschiff von zeitabwärts kommen, während das andere vom oberen Ende eintreffen würde. Nachdem ich den Zeitschacht zerstört hatte, war es natürlich sinnlos geworden, ein Ersatz- oder Ablösungsschiff aus Vergangenheit oder Zukunft zum oberen Ende des Zeitschachtes zu schicken. Aber ich greife vor.

Ursprünglich hatte man geplant, die *Watchkeeper* durch den Zeitschacht zeitaufwärts in die Zukunft zu schicken, während die *Guardian* am unteren Ende blieb. Bevor die *Guardian* ihre Position einnehmen und die *Watchkeeper* ihre Besatzung wiederbeleben und durch den Zeitschacht gehen konnte, entstand eine neue Krise.

Nach dem ersten Angriff der Eindringlinge kam ein Konvoi von fünf Schiffen mit Versorgungsgütern für Glister in einem normalen Annäherungsmanöver zum oberen Ende des Zeitschachtes. Als sie in der letzten Annäherungsphase waren, erschienen sechs der unbemannten Sonden, die Eindringlinge genannt wurden. Drei versuchten die *Upholder* zu rammen und zerstörten sich dabei selbst. Zwei weitere vernichteten wir, bevor sie den Zugang zum Zeitschacht erreichen konnten. Der Dritte wurde im Zeitschacht vernichtet, als die Zugangskontrolle sich auf meinen Befehl hin schloss.

Nachdem der Zeitschacht endgültig ausgelöscht war und uns klar wurde, dass keine Ablösung kommen würde, beschloss ich auf Heimatkurs zu gehen. Die *Upholder* reiste zurück zum Sonnensystem und machte Gebrauch von anderen Zeitschächten, um nicht noch weiter aus unserer eigenen Zeit geworfen zu werden. Schon am Beginn der Reise war das Schiff nicht in guter Verfassung. Es genügt zu sagen, dass es keine angenehme Reise war.«

Koffield schwieg und starrte durch den Raum ins Leere. Norla hatte genug über den Zwischenfall gelesen, um zu wissen, dass die Rückreise der *Upholder* eine Geschichte für sich war. Sie schwieg und wartete, dass Koffield fortfahre. Endlich tat er es, sagte aber nichts weiter über die Rückkehr der *Upholder.*

»Ein Schiff des Konvois, die *Herakles IX,* kam unbeschadet durch den Zeitschacht. Drei weitere wurden von der Singularität zerrissen, als sie versuchten, ihre Annäherung abzubrechen. Das fünfte und letzte Schiff des Konvois, die *Gamma,* konnte im Anflug noch rechtzeitig abdrehen und verließ die Zirkumzentrale Wegmarke, um zeitaufwärts vom Zeitschacht zu bleiben. Einige Zeit später erreichte die *Gamma* Thors Bereich und meldete, was sie gesehen hatte.

Das Handelsrecht und die Chronologische Patrouille stellten die Verteidigung der Chronologie über alles andere. Das bedeutete, dass das Schiff, das durch den Zeitschacht ging, nicht über die Ereignisse berichten konnte, die es beobachtet hatte, da die Vergangenheit sonst über zukünftige Ereignisse unterrichtet worden wäre. Wie es damals und heute dem Standardverfahren entsprach, war nur der Kapitän der *Herakles IX* für den Transit durch den Zeitschacht wiederbelebt worden. Der Rest der Besatzung hatte die ganze Affäre verschlafen. Aber der Kapitän und die Aufzeichnungsinstrumente des Schiffes hatten viel von der Zukunft gesehen. Die Chronologische Patrouille musste zweierlei tun. Erstens musste sie verhindern, dass irgendeine Schilderung des Vorfalls bekannt wurde, bevor die Zeit kam, wo es tatsächlich geschehen war. Niemand, nicht einmal die Patrouille, durfte mehr über den Zwischenfall wissen, bevor er stattfand. Zweitens musste die Patrouille sicherstellen, dass Informationen so bald wie möglich nach diesem Zeitpunkt zum Hauptquartier der Patrouille gelangten.

Weil der Zeitschacht zerstört worden war, konnte die *Watchkeeper* nicht mehr durchkommen, um mein Schiff abzulösen. Sie wurde darum der *Herakles IX* nachgeschickt, um die Verbreitung von Wissen über den zukünftigen Zwischenfall zu verhindern. Wie es beim Flugplan eines Zeitschachtschiffes normalerweise der Fall ist, war er so angelegt, dass das Schiff einen oder zwei Monate nach der Abreise am Ziel eintreffen würde. So war es vor einem oder zwei Monaten von Glister gestartet, als es sein ursprüngliches Abreisedatum erreichte, und ungefähr vierzig Jahre zeitabwärts in der Vergangenheit des Zwischenfalls bei der Zirkumzentralen Wegmarke.

Ein Prisenkommando der *Watchkeeper* enterte die *Herakles IX,* bevor der Kapitän aus dem temporalen Beschränkungsfeld kam, nahm ihn in Gewahrsam und lud alle Daten herunter, die im Bordcomputer und der Künstlichen Intelligenz gespeichert waren. Dann löschte das Prisenkommando sämtliche Logaufzeichnungen von allem, was nach der Ankunft bei der Zirkumzentralen Wegmarke geschehen war. Das Datenmaterial und der Kapitän wurden in ein temporales Beschränkungsfeld verbracht und in dem Raum eingeschlossen, der Zugang versiegelt. Darauf wurde der Erste Offizier wiederbelebt und informiert, dass der Kapitän und das Datenmaterial unbeabsichtigt in einen ›Zeitverschiebungsvorfall‹ verwickelt gewesen seien, und überließen es dem Ersten Offizier, das Schiff nach Glister zu bringen. Dort traf die *Herakles IX* sicher ein, allerdings ohne Kapitän und mit gelöschtem Log.«

»Hört sich beinahe wie das an, was uns geschehen ist«, sagte Norla.

Koffield stutzte. »Tatsächlich. An diesen Aspekt hatte ich noch gar nicht gedacht.«

»Glauben Sie, dass das geschehen sein könnte? Wurde die *Dom Pedro IV* zufällig Zeuge von etwas? Zeichneten ihre Instrumente etwas auf, das die Chronologische Patrouille zwang, an Bord zu gehen, die Datenspeicher zu löschen und den Bordrechner für die Reise nach Solace ohne Zeitschachttransit zu programmieren?«

Koffield wiegte unschlüssig den Kopf. »Es wäre möglich. Ich werde darüber nachdenken müssen – aber irgendwie hat es nicht die richtige Witterung. Es ist nicht die Art, wie die Chronologische Patrouille arbeitet. Sie schafft nicht gern mehr Geheimnisse als nötig. Sie hinterlässt eine Botschaft oder gibt eine Erklärung ab, wenn sie interveniert. Sie machte dem Ersten Offizier der *Herakles IX* klar, dass Schiff und Kapitän gegen kein Gesetz verstoßen, kein Verbrechen begangen hatten, aber leider zur falschen Zeit am falschen Ort gewesen waren. Das tut sie, um die Leute von Spekulationen und Verschwörungstheorien abzuhalten. Hätte das Prisenkommando dem Ersten Offizier nichts gesagt, würden alle irgendwie mit der Raumfahrt verbundenen Kreise den Namen des betreffenden Kapitäns in den nächsten vierzig Jahren durch den Dreck gezogen haben.«

*Wie sie es mit deinem gemacht haben,* dachte Norla. Aber darauf wollte sie jetzt nicht eingehen. »Und was wurde aus dem Kapitän und dem Datenmaterial?«, fragte sie.

»Sie waren in der temporalen Beschränkungseinheit an Bord der *Watchkeeper.* Wenn Sie überlegen, werden Sie sehen, dass sie *Watchkeeper* durch die Verfolgung der *Herakles IX* vierzig Jahre in ihre eigene Zukunft geraten war. Sie konnte nicht zurück. Aber ihr Kapitän wollte auch nicht weiter vorwärts, wenn es zu vermeiden war. So berechnete er einen Standard-Zeitschachttransitflug zurück zum Sonnensystem. Dort kamen sie ungefähr einen Monat objektiver Zeit nach der Abreise von Glister an. Sie übergaben den Kapitän und das Datenmaterial dem Hauptquartier der Chronologischen Patrouille und gingen anderen Pflichten nach. Das Hauptquartier hielt den Kapitän der *Herakles IX* und die Datenaufzeichnungen weiter in temporaler Beschränkung, bis das Jahr, der Tag, die Stunde und Minute gekommen waren, an dem das Schiff in objektiver Zeit den Zugang zeitaufwärts vom Zeitschacht erreichte.

Und ungefähr zur gleichen Zeit traf mein Schiff, die *Upholder,* im Sonnensystem ein, und die *Gamma* erreichte Thors Bereich. Achtzig Jahre lang war die einzige Information über den Zwischenfall bei der Zirkumzentralen Wegmarke auf die dürftige Meldung beschränkt geblieben, die mein Schiff zeitabwärts hatte senden dürfen – nicht mehr als ein Spiegelsignal dessen, was die *Standfast* zeitaufwärts geschickt hatte. Und diese Information wurde unter Verschluss gehalten. Die einzige andere Information, die man hatte, war die Vermisstenmeldung von vier Schiffen des Glister-Konvois, die zusammen mit der *Upholder* verschwunden waren. Bis wir zum Hauptquartier zurückkehrten, war die Geschichte und das Geheimnis des Zwischenfalls mehr oder weniger an Altersschwäche gestorben, außer auf Glister, nehme ich an. Dann tauchten plötzlich die *Gamma,* die *Upholder* und die Information von der *Herakles IX* eine nach der anderen auf. Gerüchte kamen in Umlauf. Die Besatzungen der Schiffe kamen unter die Leute und begannen zu erzählen. Die Botschaften, die von Thors Bereich zum Sonnensystem und zurück gingen, wurden hier und dort bekannt, und die Geschichte von den Eindringlingen erregte großes Aufsehen. Die ganze Sache wurde wieder aufgewärmt. Alle Welt versuchte das Geheimnis der Eindringlinge zu lösen. Der Nachrichtendienst der Patrouille verhörte den Kapitän der *Herakles IX* drei Tage lang und durchforschte alle Aufzeichnungen der *Herakles.* Dann machten sie sich über die *Gamma* und die *Upholder* her – und über mich.

Die Befragungen, Vernehmungen und Analysen nahmen kein Ende. Alles wurde untersucht und wieder untersucht. Das Trümmerstück, das den Rumpf der *Upholder* durchschlagen hatte und im Kopf meines Wachoffiziers stecken geblieben war, wurde mehrfach analysiert, weil angenommen wurde, es sei Teil eines Eindringlings gewesen, der explodiert war. Aber das Trümmerstück war durch die Verformungen bei der Explosion, dem Einschlag und die Abpraller als Querschläger in der Zentrale so verformt, dass keine Schlüsse daraus gezogen werden konnten. Es sagte ihnen nichts. Nach achtzig Jahren Wartezeit wurde das Geheimnis dem Vergessen entrissen, aber es blieb ungelöst und ging schließlich wieder im Strom des Tagesgeschehens unter.

Nur nicht auf Glister. Die Verhältnisse dort waren schlecht gewesen, als ich die Schiffe des Konvois der Vernichtung preisgab. Achtzig Jahre später war die Lage dort nicht besser, sondern eher schlechter, und plötzlich, als die vollständigere Geschichte von den Ereignissen bei der Zirkumzentralen Wegmarke bekannt wurde, hatten die Leute dort jemanden, den sie verantwortlich machen konnten. All ihre eigenen Fehlentscheidungen und Budgetkürzungen, ihre unbedachten Maßnahmen und nicht zuletzt ihr Pech spielten keine Rolle mehr. Ich hatte es getan. Durch mein Handeln waren vier von fünf Schiffen in einem Konvoi vor achtzig Jahren niemals eingetroffen. Und darum, wegen der zauberisch wirksamen und machtvollen Fracht, die sich an Bord der anderen vier Schiffe befunden haben sollte, war alles schief gegangen. Ich war Schuld an ihrem Niedergang. Natürlich war das völliger Unsinn. Sie waren auch nicht ganz von der Außenwelt abgeschnitten. Es gab andere Routen von und nach Glister, wenn auch langwieriger und kostspieliger. Versorgungsgüter und Menschen konnten hin und her befördert werden.«

»Aber nicht leicht«, sagte Norla.

Koffield hielt einen Moment lang inne. »Nein, nicht leicht«, räumte er schließlich ein. »Die Zirkumzentrale Wegmarke war in optimaler Position für Transporte nach Glister. Solange der Zeitschacht existierte, betrug die objektive Reisezeit zur Erde achtzig Jahre. Ohne ihn erforderte die nun kürzeste Route hundertvierzig Jahre. Dies verdoppelte nahezu die Abnutzung und Betriebsdauer der Schiffe, machte den Tieftemperaturschlaf weitaus gefährlicher und erschwerte erheblich den Transport des biologischen Materials, das Glister brauchte. Weniger Schiffe waren bereit, die Reise nach Glister zu unternehmen, und unter denen, die es taten, gab es mehr Verluste. Das alles brachte für Glister zweifellos Erschwernisse mit sich, für die man mich verantwortlich machen könnte.

Aber die Ironie dabei ist, zumindest von meinem Standpunkt gesehen, dass die Eindringlinge, was oder wer sie waren oder sind, niemals verantwortlich gemacht wurden. *Ich* tat es, nicht die Schiffe, die mich angriffen. Für die Leute von Glister waren die Eindringlinge nebensächlich für die ganze Geschichte. Vielleicht hätte ich den Zeitschacht selbst dann zerstört, wenn sie gar nicht existiert hätten, aus reiner Bosheit. Vielleicht existierten die Eindringlinge überhaupt nicht. Vielleicht hatte ich sie erfunden oder irgendwie simuliert, um ein entschuldigendes Motiv für mein Verbrechen an der Bevölkerung von Glister zu liefern.

Abgesehen von Glister, waren die meisten Leute wenigstens etwas mehr an den Eindringlingen als an dem interessiert, was ich getan hatte. Als die Geschichte an die Öffentlichkeit kam, gab es gleich jede Menge falscher Sichtungen von Eindringlingen, die durch alle Zeitschächte im Raum kamen und gingen, und Planeten umkreisten. Von Schlechtwetterperioden bis zu Währungszusammenbrüchen konnte alles den Eindringlingen in die Schuhe geschoben werden. Es gab endlose Ratespiele, wer oder was sie waren. Fremde Wesen, nichtmenschliche Intelligenzen, die wir nie gefunden hatten. Eine verdeckte Operation der Chronologischen Patrouille oder irgendeiner anderen Organisation im Zusammenhang mit irgendeiner geheimnisvollen und komplizierten Mission. Ein bizarres natürliches Phänomen, und ihr scheinbar intelligentes Verhalten wurde mit wenig bekannter oder erfundener Physik und Mathematik wegerklärt.

Aber es gab keine Antworten, und nach einer Weile gerieten die meisten Fragen und Theorien und Sichtungen aus dem Blickfeld, obwohl es noch immer eine Art Hintergrundgeräusch von pseudowissenschaftlichen Spinnern gab, wie es immer der Fall ist, wenn etwas Großes und Unerklärliches geschieht.

Aber sie hatten immer noch mich. Ich war jemand, auf den sie mit den Fingern zeigen konnten. Sehr schnell lernte ich, dass ich nichts tun oder sagen konnte, was diesen Zustand ändern würde. Ich gab die Versuche auf. Schweigen erschien mir sinnvoller.«

»Aber was war mit der Chronologischen Patrouille?«, fragte Norla. »Sie folgten ihren Befehlen, taten, was sie verlangte. Bekamen Sie von dort keine Unterstützung?«

Koffield schwieg lange. »Die Patrouille«, sagte er schließlich. »Sie war Teil meines Stillschweigens. Von ihr gingen viele Signale aus, dass ich mich ruhig verhalten solle. Ich bin sicher, dass sie hoffte, ich würde ganz von der Bildschwäche verschwinden.«

»Aber man beförderte Sie, dekorierte Sie. Erzählte aller Welt, dass Sie ein Held seien.«

Koffield nickte. »In jeder Organisation, gib es Zeiten, wenn die höheren Stellen einen Untergebenen unterstützen und ihm vor der Öffentlichkeit den Rücken stärken – ihn aber innerdienstlich ganz anders behandeln.«

»Sie wurden bestraft?«

»Meine Vorgesetzten unterstützten mich im dienstlichen Bereich ebenso wie vor der Öffentlichkeit. Und das war ihre verdammte Pflicht, offen gesagt. Was ich tat, stand zu hundert Prozent im Einklang mit der Politik der Patrouille. Schließlich ist es ihr einziger Zweck, dafür zu sorgen, dass niemals passieren kann, was bei der Zirkumzentralen Wegmarke hätte passieren können und beinahe passiert wäre. Was geschah – was ich tat – war schrecklich, aber die Alternative wäre sehr viel schlimmer gewesen, und das war meinen Vorgesetzten bewusst.«

»Ich hörte die Argumente beider Seiten nach dem Zwischenfall«, sagte Norla. »Aber ich wusste nicht genug, um mir selbst eine Meinung darüber zu bilden.«

»Innerhalb der Patrouille gab es keine Diskussionen, konnte es keine geben«, sagte Koffield mit ruhiger Stimme. »Es gab nur die Vorschrift, und die hatte ich befolgt, also wurde ich von der Patrouille öffentlich und dienstlich unterstützt.«

Wieder verstummte er, und Norla spürte, dass sie ihn würde drängen müssen, bevor er sagen konnte, was als Nächstes kam. »Aber?«, fragte sie. »Es gibt da ein ›Aber‹, nicht wahr?«

»Ja«, sagte Koffield. »Sie unterstützten mich. Aber es gibt so etwas wie Realismus. Und es gibt so etwas wie Gerüchte und Geflüster und Geschichten, die bei jeder Erzählung mehr aufgebauscht werden. Und für einen höheren Offizier gibt es Dinge wie offizielle Empfänge, Besuche von Delegationen, Höflichkeitsbesuche in anderen Kommandostellen, öffentliche Anlässe aller Art. Meine Vorgesetzten wussten so gut wie ich, das ich nach dem Zwischenfall kein Bordkommando mehr übernehmen konnte. Nicht für längere Zeit. Vielleicht überhaupt nie mehr. Denn früher oder später würde irgendeine wichtige Persönlichkeit aus Politik oder Regierung die Gelegenheit irgendeines Empfangs nutzen, um mich öffentlich bloßzustellen und herunterzumachen. Oder jemand von Glister würde sich rachsüchtig mit Pistole oder Messer auf mich stürzen und von meinen Sicherheitsbeamten getötet werden. Oder jemand würde einen Selbstmordanschlag mit einer Bombe versuchen und ein paar Dutzend Unschuldige mit in den Tod reißen. Oder ein angetrunkener Gast einer Abendgesellschaft würde mich laut beschimpfen und mir vielleicht den Inhalt seines Glases ins Gesicht schütten. Selbst ein so geringfügiger Zwischenfall könnte sich zu einer sehr unangenehmen Situation entwickeln und einen Skandal verursachen, wenn er am falschen Ort und zur unrechten Zeit passierte.

Wohin ich auch ging, was immer ich tat, in wessen Auftrag ich auch handelte, immer würde die Zirkumzentrale Wegmarke und der Niedergang von Glister dabei sein und mir und meinem Auftrag im Weg stehen.«

»Wie verhielten sich Ihre Vorgesetzten in dieser Situation?«

»Sie verliehen mir eine Medaille und hielten bei einer öffentlichen Zeremonie, die nicht angekündigt und an einem Ort abgehalten wurde, wo niemand hinkommen konnte, Ansprachen, die ihnen peinlich zu sein schienen. Und dann strichen sie mich von der Liste derer, die im operativen Dienst arbeiteten, und suchten eine Arbeit für mich, die mich beschäftigen und aus der Schusslinie bringen würde, bis über die ganze Geschichte Gras gewachsen wäre.« Er zuckte die Achseln. »Sie stellten mich auf ein Regal. Und dort blieb ich, bis Oskar DeSilvo hinauflangte und mich herunterholte.«

Norla war beeindruckt. »Sie kannten Oskar DeSilvo?«

Koffield lachte mit mehr Bitterkeit als Humor. »Ja«, sagte er, »ich kannte Oskar DeSilvo. Den großen Mann persönlich.« Er ging zum Bullauge und schaute hinaus. Solace war sichtbar, ein kleiner blauer, grüner und brauner Ball, der in der Dunkelheit hing. »Den Mann, der Solace entwickelte und zu dem machte, was es ist, was immer daraus werden wird.«

Anton Koffield wandte sich vom Bullauge weg zu Norla. »Entschuldigen Sie mich einen Augenblick«, sagte er. »Ich möchte Ihnen gern etwas zeigen.«

Er ging in seine Kabine und schloss die Tür hinter sich. Norla sah ihm nach. Selbst wenn er etwas ausführlich erklärte – weit ausführlicher als sie erwartet hatte –, gab er nicht viel von sich preis. Geduld war eine wertvolle Tugend, wenn man mit Anton Koffield zu tun hatte.

Sie stand auf und schaute zum Bullauge hinaus. Dort war Solace. Mit etwas Glück würden sie in einem Tag an der Orbitalstation andocken und sich um eine Passage hinab zur Oberfläche bemühen. Norla würde die Gelegenheit erhalten, ihre erste, bewohnbar gemachte Koloniewelt zu sehen.

Allerdings hatte sie, nach Koffields Äußerungen zu urteilen, nicht das Gefühl, dass die Besichtigung sehr lohnend sein würde.

## 12.

# WELT UND ZEIT GENUG

Es ging gegen Abend, und eine Gruppe von Flüchtlingen, allesamt Männer, hatten beschlossen, den Ringpark zu verlassen und einen Spaziergang über den Zentralboulevard der Orbitalstation von Solace zu machen. Zak und ein paar andere kamen an Elber Malloons Lagerplatz vorbei und drängten ihn, mitzukommen.

Elber wäre lieber bei seiner Frau Jassa und ihrer kleinen Tochter Zari im Lager im Ringpark geblieben. Nur ungern ließ er Jassa allein. Sie trauerte noch immer um ihren Sohn, den kleinen Belrad, der im vergangenen Jahr gestorben war. Er war hinter dem gemütlichen kleinen Haus ihrer Siedlerstelle begraben, unten auf Solace. Grab, Haus, Felder – alles stand jetzt unter Wasser, überschwemmt nach den endlosen Regenfällen.

Aber Jassa hatte ihn gedrängt, mit den anderen zu gehen. »Es wird dir gut tun, eine Weile aus dem Lager zu kommen«, hatte sie ihm an ihrem winzigen Feuer in der kühlen Dunkelheit des Ringparks gesagt. »Es macht dich nur verrückt, wenn du Abend für Abend hier sitzt und nichts hast, was deine Gedanken beschäftigt. Geh nur. Versuch dich abzulenken.«

Vielleicht, dachte er, würde es *ihr* gut tun, wenn er einmal auf andere Gedanken kommen könnte. Er wusste, dass es ihr das Herz brach, ihn Abend für

Abend dasitzen und vor sich hinbrüten zu sehen. Also schloss er sich Zak und den anderen an, blieb aber ein paar Schritte zurück, als die Gruppe sich zum Parkausgang aufmachte.

Drei oder vier der lauteren und ausgelasseneren Männer ließen eine Flasche herumgehen, die sie sich irgendwo besorgt hatten und versuchten den Rest der Gruppe zum Einstimmen in ein Lied zu gewinnen, eine anstößige alte Ballade über das Trinken und die Bauernmädchen, die nicht besser waren als sie sein sollten. Zak sang am lautesten von allen.

Beinahe alle anderen stimmten in den Refrain ein, als sie zum Ausgang des Parks kamen, aber Elber brachte es nicht über sich. Er hatte für diese Art von Liedern nichts übrig und fühlte sich nicht wohl bei der Idee, den Ringpark so spät am Abend zu verlassen. Es hatte schon Ärger gegeben, und es würde nicht das letzte Mal sein.

Elber hatte keinen seiner Mitflüchtlinge gekannt, bevor der Zufall sie alle in dieser seltsamen Raumstation zusammengeworfen hatte. Aber das machte nichts. Er kannte sie alle, weil sie alle wie er selbst waren. Ihre Geschichte war seine Geschichte. Sie waren Bauern gewesen, Siedler, und hatten nach einem ungeschriebenen Übereinkommen mit der Regierung und den örtlichen Behörden gelebt: *Kümmert euch um uns, stellt zu vernünftigen Preisen bereit, was wir für den Landbau brauchen, und wir werden das Land bestellen und die harte Arbeit tun.*

Aber dann waren die Schlechtwetterzeiten gekommen, und der Regen hatte die Ackerkrume von den Feldern gespült, die Wiesen und Weiden in den Talniederungen überschwemmt, während anderswo alles ausgetrocknet und von der Sonne hartgebacken war, während der Wind die Ackerkrume als Staub davontrug. Sie hatten von der Regierung und den örtlichen

Behörden Hilfe erwartet und keine bekommen können, die ihnen auf ihren Siedlerstellen weiterhelfen könnte. Diejenigen, die es am schlimmsten getroffen hatte, waren nach dem Verlust ihrer Höfe in die Städte gezogen, wo man sie keineswegs mit offenen Armen aufgenommen hatte.

Zukunftsängste und Unsicherheit hatten zu Unruhen geführt, dann war das Gerücht aufgekommen, dass die Regierung alle Betroffenen vorübergehend in die Orbitalstation umquartieren wolle, bis eine Rückkehr und Neuansiedlung in Gegenden mit günstigeren Bedingungen für die Landwirtschaft ermöglicht und mit staatlicher Hilfe ein Neuanfang gemacht werden könne. Nachdem sich das Gerücht bewahrheitet hatte, waren Elber und seine Familie unter denen gewesen, die sich angemeldet hatten, und zu einer losen Gruppe von Flüchtlingen gestoßen, die wie sie beschlossen hatten, das Angebot anzunehmen und dem endlosen Regen von Solace-Stadt zu entgehen.

Und nun waren Elber Malloon und seine Familie Flüchtlinge, aus dem Regen hinauf in den Raum verpflanzt, nicht ganz sicher, wie alles geschehen war, wie sie zu der Entscheidung gekommen waren, diesen seltsamen Ort als Zuflucht aufzusuchen. Er und die anderen alle saßen in der Orbitalstation im Raum fest, nicht mehr auf Solace. Es fiel ihnen schwer, sich an diesen unheimlichen Ort zu gewöhnen, wo man, ging man geradeaus, schließlich ohne es zu wollen einen Kreis beschrieb, der einen wieder dahin zurückbrachte, wo man losgegangen war. Desorientiert und verwirrt lagerten Elber und seine Familie und alle anderen Leimfüße, wie sie hier genannt wurden, im Ringpark, dem einzigen Ort, wo sie bleiben durften.

Es war schwierig zu glauben, dass sie sich im Raum befanden, hoch über der Welt, aber Elber war es gelungen, aus einem der runden Fenster im Ringpark zu spähen, bevor der Sicherheitsdienst der Station an allen Fenstern Wachen stationiert hatte. Er hatte die Welt, den Planeten Solace, dort unten in der Tiefe des leeren Raumes gesehen. Es war alles wahr.

Seine Mitflüchtlinge waren größtenteils anständige Kerle. Aber sie waren verängstigt und verwirrt, aus ihrem vertrauten Lebensumfeld gerissen, ohne eine Vorstellung, wie es weitergehen sollte. Einige versuchten ihre Ängste zu überspielen, indem sie große Töne spuckten und sich selbstsicher und überlegen gaben. Aber das waren nicht diejenigen, die Ärger machten. Die Zornigen, Verbitterten waren es, Leute wie Zak, die immer wieder Unfrieden stifteten. Zak beunruhigte Elber. Er war ein Aufwiegler, erzählte ständig, wie die Regierungsbeauftragte Kalzant und die anderen großen Tiere des Planetarischen Rates sie im Stich gelassen, hereingelegt und betrogen hätten. Die Oberen seien für das Wetter verantwortlich, und das schlechte Wetter habe ihre Siedlerstellen ruiniert. Die Regierungsbeauftragte und ihre Bande denke gar nicht daran, ihnen neues Siedlungsland und Aufbauhilfen zu geben und hätten sie hier eingesperrt, um sie besser unter Kontrolle zu halten.

Elber war kein großer Denker, doch selbst er spürte, dass solches Gerede gefährlich war. Es hörte sich in den Ohren Unzufriedener vielleicht einleuchtend an, war es aber nicht. Und es konnte verunsicherte, ängstliche Menschen in Aufregung versetzen, Furcht in Zorn umschlagen lassen und den Leuten das Gefühl geben, sie hätten ein Recht auf Dinge, auf die sie überhaupt kein Recht hatten, und die zu bekommen keine realistische Hoffnung bestand, nicht in absehbarer Zeit.

Und noch gefährlicher war es, in dieser Art und Weise zu Männern zu reden, die alles verloren hatten, die keine Arbeit hatten, sie zu beschäftigen, die in einer neuen Welt, die sie nicht verstanden, wie in einer Falle saßen – noch dazu in einer Welt, die sie nicht wollte.

Die ständigen Bewohner der Orbitalstation waren zuerst mehr oder weniger gastfreundlich gewesen. Aber dann waren mehr und mehr Flüchtlinge gekommen, und die Station war mehr und mehr überfüllt und schmutziger geworden. Maschinen wurden defekt, Versorgungsgüter knapp. Die Luft stank. Und noch immer kamen Flüchtlinge, Menschen, die nichts über das Leben an Bord einer Station wussten. Elber wenigstens konnte lesen, aber viele der anderen konnten es nicht. Er war ziemlich sicher, dass Zak nicht lesen konnte.

Die Gruppe von zehn oder zwölf Männern erreichte den Ausgang des Parks und wanderte den Zentralboulevard hinunter.

Elber konnte den Boulevard nicht verstehen. Die Geschäfte voll von kostbaren Dingen, die niemand wirklich brauchte, die Restaurants und Straßencafés, die sich bemühten, kleine Portionen seltsamer Nahrung zu servieren, die Leute, die dort saßen und gingen, nicht um etwas zu tun, sondern um zu sehen und gesehen zu werden. Es war eine Märchenwelt, ein zurechtgemachter Ort, ein großes Spielzeug, mit dem andere spielten, das nicht zu Elber passte. Es war ein Ort für die Oberen und nicht für seinesgleichen.

Zak und einige der rüpelhafteren Mitglieder ihrer Gruppe merkten es vielleicht nicht, aber Elber erkannte klar, dass die Ladenbesitzer und Gastwirte am Zentralboulevard es genauso sahen. Ihre Blicke folgten der Gruppe, als sie vorbeischlenderte, und die großen, kräftig gebauten Männer, die an den meisten Eingängen standen, waren kaum zu übersehen. Rausschmeißer, Türsteher, Muskelmänner, die das Gesindel fern zu halten hatten.

Und Elber sah die Geschäfte und Restaurants, die jetzt leer waren, oder mit Rolläden verschlossen, Geschäfte und Restaurants, die vor nicht langer Zeit noch offen gewesen waren. Die Fenster eines Hauses auf der anderen Straßenseite waren zerbrochen und rußgeschwärzt, als hätte es gebrannt. Er sah Arbeiter, die Schaufenster eines benachbarten Ladengeschäfts mit schweren Metallgittern sicherten.

»Hier kehren wir ein!«, rief Zak. Elber, der überallhin aber nicht nach vorn geschaut hatte, sah jetzt, dass Zak am Eingang eines sehr eleganten Straßencafés Halt gemacht hatte, einem Lokal mit kleinen weißen Tischen und Stühlen, die zu zierlich aussahen, um das Gewicht stämmiger Arbeiter zu tragen. Aber die ersten der Gruppe zogen schon Stühle zurück, schoben Tische zusammen, lachten und riefen einander zu und benahmen sich, als wären sie daheim in ihrem Dorfwirtshaus. Elber nahm einen Stuhl am Rand der Gruppe, dem Ausgang so nahe wie es möglich war.

Zak ließ sich auf einen Stuhl fallen, der beinahe nachgab. Er tat einen Zug aus der Flasche, die er getragen hatte, leerte sie und ließ sie nachlässig zu Boden fallen. Sie landete geräuschvoll, doch ohne zu zerbrechen. »Her mit dem Bier!«, rief er und hielt Umschau nach jemandem, der sie bediente. Es war klar zu sehen, dass Zak bereits angetrunken war.

Doch der Mann, der neben ihm erschien, war kein Kellner. Kellner waren nicht so groß und sahen nicht so finster aus. »Hebt eure stinkenden Bauernärsche aus diesen Stühlen«, sagte der Mann. »Dies ist ein Café für besseres Publikum, nicht für euresgleichen.«

»Wir haben das gleiche Recht, hier zu sein, wie jeder andere«, sagte Zak aufgebracht. Er musterte den Mann mit schmalen Augen.

»Was du nicht sagst, Leimfuß«, knurrte der Rausschmeißer und beugte sich näher. »Dieses Café ist für

Stationsleute, Leute mit Geld, die baden und nicht stinken. Und zu denen gehört ihr nicht. Jetzt schert euch fort!«

Alle wurden still. »Nein«, sagte Zak. »Wir bleiben.«

»Haut jetzt ab«, sagte der Rausschmeißer, »oder ihr werdet später wünschen, ihr hättet es getan!«

Zak stand langsam auf und stieß seinen Stuhl aus dem Weg. Irgendwie war die weggeworfene Flasche wieder in seiner Hand, die den Flaschenhals umfasste. Er stand vor dem Rausschmeißer, Nase an Nase. »Wir bleiben«, sagte er in schroffem Ton. »Nun sag denen da drinnen, sie sollen uns allen Bier bringen.«

Die Hand des Rausschmeißers kam hoch, aber Zak war schneller. Die Flasche traf den Mann hart an der Schläfe.

Der Rausschmeißer wankte zurück, schüttelte den Kopı und warf sich mit Wutgebrüll auf Zak, rammte ihm die Faust in die Magengrube, während er mit dem anderen Arm den nächsten Hieb mit der Flasche parierte.

Und im Nu brach eine Massenschlägerei aus. Drei weitere Türsteher und ein ganzer Trupp Uniformierter vom Sicherheitsdienst erschienen wie aus dem Nichts, und jeder Leimfuß im näheren und weiteren Umkreis war plötzlich vor dem Straßencafé und warf sich mit Gebrüll und Hurra und Flüchen in das Handgemenge.

Jeder Leimfuß bis auf einen. Elber schlüpfte davon und die Straße hinauf zum Eingang des Ringparks. Er wollte mit solchen Keilereien nichts zu tun haben. Sein Leben war schon so schwierig genug.

Eine Sirene begann zu heulen, und Elber beschleunigte seinen Schritt zum Trab, und dann rannte er zurück zum Lager, zurück zu Jassa und Zari, den beiden Menschen, die alles waren, was das Leben ihm gelassen hatte.

Er kam ungeschoren davon, bevor der Parkeingang

gesperrt wurde und der Sicherheitsdienst den ganzen Boulevard durchkämmte.

*

Reichlich zwanzig Minuten nachdem er in seine Kabine gegangen war, kam Anton Koffield wieder zum Vorschein. Er hielt etwas in der Hand, was wie eine gerahmte 3-D-Fotografie aussah.

»Haben Sie gefunden, was Sie suchten?«, fragte Norla.

»Ja«, sagte er steif. Er setzte sich auf eine Seite des Tisches in der Essecke, und Norla setzte sich ihm gegenüber. Er legte das Foto mit der Bildseite nach unten auf den Tisch und gab Norla keine Gelegenheit zu sehen, was für ein Foto es war. »Es wundert mich, dass sie so lange brauchten, es zu finden«, sagte Norla in halb scherzhaftem Ton. »Ich dachte, Sie hätten nicht so viel Gepäck bei sich.«

»Ich habe sehr wenig Gepäck«, sagte Koffield. Er sah vor sich hin, runzelte die Stirn und schüttelte den Kopf. »Wenn ich es recht bedenke, fällt mir auf, dass ich sehr wenig besitze. Ich kann mir nicht vorstellen, dass die Gegenstände, die ich einlagerte, bevor ich mit der *Upholder* auf Reisen ging, noch da sein sollten. Und selbst wenn sie nicht längst weggeworfen oder in andere Hände übergegangen sind, kann man nicht sagen, dass sie in meinem Besitz sind, all diese Lichtjahre entfernt. Tatsächlich sind die einzigen Dinge, die ich wirklich besitze, in diesem gesicherten Behälter und in meiner Reisetasche in der Kabine. Dies gehört natürlich auch dazu«, sagte er und klopfte mit dem Zeigefinger auf die Rückseite des Fotos. »Es kostete mich dreißig Sekunden, es zu finden. Den Rest der Zeit, muss ich gestehen, verbrachte ich damit, dass ich das Bild anstarrte, darüber nachdachte – und den Mut aufbrachte, es Ihnen zu zeigen. Andere Leute haben es natürlich gesehen. Aber denen brauchte ich es nicht zu erklären. Sie müssen es verstehen.«

Er drehte die Fotografie um und schob sie ihr über den Tisch zu.

Es war ein ganz gewöhnliches Foto von zwei Männern in einer Gesellschaft, mit anderen Gästen im Hintergrund. Beide hielten Gläser in den Händen und lächelten in die Kamera. Einer von ihnen war Anton Koffield in der Ausgehuniform eines Konteradmirals der Chronologischen Patrouille. Sein Lächeln schien gezwungen, nicht überzeugend, und er hielt sein Glas mit beiden Händen, als befürchtet er, es könnte davonfliegen.

Der andere Mann war auffallend hübsch. Er trug ein langes, fließendes Akademikergewand. Im Gegensatz zu Koffield hielt er sein Glas entspannt und wie beiläufig in einer Hand, hob es grüßend zur Kamera, während er die andere Koffield auf die Schulter gelegt hatte. Sein Lächeln war so einladend wie eine Oase in der Wüste, so warm und ehrlich wie Morgensonnenschein.

Am unteren Rand des Fotos befand sich eine Widmung in fester, gut lesbarer Handschrift: *Mit den besten Wünschen für Anton Koffield, Oskar DeSilvo.*

»Aufgenommen am Abend unserer Begegnung von seinem Stabsfotografen. Es wurde mir am nächsten Morgen mit Widmung und Rahmen zugestellt. Zweifellos hatte er sich an jenem Abend mit Dutzenden von anderen Leuten fotografieren lassen. Und zweifellos bekamen auch sie die Aufnahmen am nächsten Morgen zugestellt.

DeSilvo hatte ein ganzes Büro, dessen einzige Aufgabe es war, die Verteilung von Fotos und das Verschicken von Dankschreiben und so weiter vorzunehmen. Das war mir zu der Zeit alles schon bekannt.

Trotzdem bedeutete es viel, dieses Foto zu bekommen. Ich hängte es als Erinnerung an den fraglichen Abend in meinem Büro auf. Nach einiger Zeit, als der Reiz des Neuen dahin war, sozusagen, bewahrte ich es mehr als ein Erinnerungsstück an vergangene Zeiten und Gefühle auf.

Noch später behielt ich das Foto aus anderen Gründen. Als ich Ermittlungen für den Nachrichtendienst der Patrouille durchführte, tat ich, was viele Polizisten und Agenten und Detektive schon immer getan haben. Sie hängten das beste Foto ihres Hauptverdächtigen in die Mitte der Wand, die sie am häufigsten ansahen. Ein Foto wirkt wie ein Brennpunkt und erinnert einen daran, dass der Verdächtige, der Feind, eine wirkliche Person ist, und nicht eine Akte mit Anschuldigungen, Vorstrafen und Eintragungen. Dieses Foto, das Sie in der Hand halten, ist mein Verbrecheralbum.

Aber – und das ist der Teil, den zu erklären mich einige Überwindung gekostet hat – der andere Grund, dass ich dieses Foto aufbewahrt habe, war der, dass es mich an meine eigene Torheit erinnern sollte. An meine Eigenschaft, mich verleiten und einwickeln zu lassen. Oskar DeSilvo brachte mich dazu, dass ich ihn mochte, respektierte, sogar verehrte, wenigstens eine Zeit lang. Das zu wissen und Ihnen gegenüber zuzugeben, ist sehr demütigend für mich. In einer Weise ist es vergleichbar mit der treuen Ehefrau, die all den Beweisen, dass ihr Mann sie betrügt, nicht glauben will. Oder dem Opfer eines Trickbetrügers, der es nicht erträgt, zur Polizei zu gehen, weil es bedeuten würde, dass er zugeben muss, ein leichtgläubiger Dummkopf zu sein. Das bedeutet dieses Foto heute für mich. Wenn ich denke, dass ich schlau gewesen bin, oder einsichtsvoll, oder mir einbilde, ich habe alles vollkommen verstanden, alle Täuschungen durchschaut – dann betrachte ich eine Weile dieses Foto.«

Norla betrachtete das Bild noch einen Moment lang, dann legte sie es aus der Hand und schob es ihm zu. »Erzählen Sie mir von Ihrer Begegnung mit ihm.«

Koffield nickte. »Die Gelegenheit ergab sich, als ich beauftragt wurde, in der Zentralbibliothek an einem Forschungsprojekt zu arbeiten. Als sie mich fragten, wohin ich gehen wollte, entschied ich mich dafür, weil es an erster Stelle auf der Liste der Möglichkeiten stand, die sie mir boten. Ich war in schlechter Verfassung, gleichgültig gegen die meisten Dinge. Also schickten sie mich zur Zentralbibliothek im Habitat beim Neptun. Das war nicht allzu weit von der Erde, und sie konnten mich im Auge behalten. Aber es war auch ein Posten, der mich nicht allzu sichtbar machte. Mich kaum mit der Öffentlichkeit in Berührung brachte. Genau das Richtige für sie und für mich.«

»Also nahmen Sie den Auftrag an. Was dann?«

»Dann begegnete ich Oskar DeSilvo. Natürlich hatte ich von ihm gehört, genauso wie Sie von ihm gehört hatten. Das ist – war – sein großes Talent. Dafür zu sorgen, dass die Leute wussten, wer er war und dachten, sie wüssten, was er tat.«

»Dachten?«, fragte Norla. »Er war ein Spezialist für die Angleichung unterschiedlicher Umweltbedingungen, nicht wahr? *Der* Spezialist. Er plante und überwachte den Umbau von Ökosystemen ganzer Welten, um sie für menschliche Besiedlung geeignet zu machen.«

»Richtig. Wenigstens tat er das in der Theorie.«

»Ich verstehe nicht. Wenn er es nur in der Theorie tat, was tat er dann in der Praxis?«

Koffield schüttelte bekümmert den Kopf. »Wenn Sie meine Meinung wissen wollen, dann war er hauptsächlich ein Genie der Eigenwerbung. Er war brillant darin, die Leute zu überzeugen, dass er brillant war. Jedenfalls hatte DeSilvo von mir gehört und sprach mich bei dieser Abendgesellschaft an. Er war übrigens der Einzige, der geruhte, mit mir zu sprechen. Es verursachte einige Unruhe unter den Anwesenden, als er zu mir kam, und es berührte etwas in mir, von dessen Vorhandensein ich nicht gewusst hatte. Die Geste, ganz offensichtlich vor allen anderen mit mir zu sprechen, nahm mich für ihn ein, wie es zweifellos beabsichtigt war. Mir anderntags das Foto zu schicken, sollte das verstärken.

Er hatte seine Papiere und Unterlagen und so weiter der Zentralbibliothek geschenkt und beaufsichtigte die Katalogisierung des Materials. Das war für DeSilvo bezeichnend. Den Wissenschaftlern über die Schulter gucken, dafür sorgen, dass sie alle das machten, was er wollte, denn nur sein Weg konnte der richtige sein, dafür sorgen, dass seine Arbeit bemerkt, anerkannt und geehrt wurde.«

»Sie meinen, DeSilvo hatte mehr Geschick, für sich selbst Propaganda zu machen als Arbeit zu leisten?«

»Zu dieser Auffassung bin ich gekommen, ja. Der Umbau eines planetarischen Ökosystems greift auf allen Ebenen in sämtliche unglaublich komplexe Lebenszusammenhänge ein. Keine Einzelperson kann so etwas als ihr eigenes Werk ausgeben. Es ist weitaus zu kompliziert, als dass einer allein alles überblicken, geschweige denn meistern könnte. Die Aufgabe ist zu groß und erstreckt sich über zu lange Zeiträume, als dass einer alles beaufsichtigen, überblicken oder auch nur verstehen könnte. Es ist eine Aufgabe für Generationen.«

Koffield machte eine Pause und schmunzelte in sich hinein. »Außerdem war es eine Aufgabe, die DeSilvo selbst vor Solace niemals wirklich durchgeführt hatte. Er sah sich niemals selbst als einen Biotechniker, Ökoingenieur, als einen praktischen Organisator und Macher. Über solche Dinge war er hoch erhaben. Er war ein Denker, ein Theoretiker, ein Idealisierer. Er war derjenige, der visionär sah, wie die Dinge sein sollten. Er legte den Finger auf alle entscheidenden Fehler, die in der Vergangenheit gemacht wurden, bis zu den Anfängen, zur Katastrophe der ersten Versuche, den Mars zu terraformen. Er bestimmte genau die Punkte, an denen die früheren Großversuche gescheitert waren.

Darauf wies er oft und eindrucksvoll genug hin, dass alle ihm glaubten – und an ihn glaubten. Er wurde als Berater zu einem halben Dutzend Terraformungs-Großprojekten gerufen, und man hörte auf ihn und glaubte ihm. Aber niemals hatte er in irgendeiner Funktion direkt an einem Projekt zum Umbau von Ökosystemen gearbeitet. Er hatte niemals Verantwortung getragen, war niemals gezwungen gewesen, sich mit den Ergebnissen von Maßnahmen auseinander zu setzen, die aufgrund seiner Gutachten durchgeführt worden waren – und doch schien niemand dieses auffallende Versäumnis zu bemerken. Er war eine stattliche Erscheinung, er war elegant, kultiviert, ein Mann von Weltgewandtheit und untadeligem Benehmen. Er war charmant und hatte die Fähigkeit, seinen Worten den Anschein von Weisheit zu verleihen.

Und alle hörten auf ihn, und je mehr sie auf ihn hörten, desto mehr hatte er zu sagen. Seine Meinung wurde zur Doktrin. Seine vagen Ideen bekamen Absolutheitsanspruch. Seine halb durchdachte Philosophie wurde zur unangefochtenen Gewissheit.

Die Leute, welche die eigentliche Arbeit taten, saßen zu Füßen des Mannes, der ihren Beruf, ihre Aufgaben und Probleme besser zu kennen schien als sie selbst. Sie lauschten den Worten und nahmen die Ratschläge eines Mannes an, der nie eine Schaufel voll Erde umgegraben hatte.«

»Mit anderen Worten, er wurde der große Terraformungs-Guru, die Koryphäe des Faches, und niemand bemerkte, dass es dafür keinen besonderen Grund gab«, sagte Norla. »Ich kannte ein paar Professoren an meiner Universität, bei denen es ähnlich war.«

»Genau. Ich will nicht sagen, dass er keine Fähigkeiten hatte. Er konnte die mathematischen und geophysikalischen Berechnungen machen und verstand die unglaublich komplexen biochemischen, biologischen und meteorologischen Zusammenhänge. Legte man ihm das Datenmaterial über ein laufendes Projekt vor, konnte er sagen, was in Ordnung und was nicht in Ordnung war. Aber DeSilvo war kein Genie. Er konnte nichts, was nicht vor ihm schon gemacht worden wäre. Aber er konnte Genies ausfindig machen und ihnen das Gefühl vermitteln, nützlich zu sein – was durchaus zutraf, weil er sie erbarmungslos ausnutzte.

Aber mit der Zeit fiel einigen Leuten auf, dass er ein reiner Theoretiker war, der nur redete und nicht handelte. Der große Meister hatte niemals an Ort und Stelle ein Terraformungsprojekt aktiv eingreifend begleitet. Und einige der hervorragenden Leute, die er für Projekte engagiert und gebraucht hatte, wurden unzufrieden, weil sie meinten, er beanspruche alles Verdienst für sich und schmücke sich mit den fremden Federn ihrer Arbeit.

Dann, lange Zeit bevor ich ihm begegnete, fand er das vollkommene Genie, das er für seine Zwecke einsetzen konnte. Ein Genie, das nicht widersprach, sich nicht in den Vordergrund drängte, um einen Teil der öffentlichen Aufmerksamkeit zu beanspruchen. Ein pflegeleichtes, gesittetes, ruhiges und sehr totes Genie. Ein Genie, dessen Namen Sie sicherlich nie gehört haben. Selbst auf Solace, der Welt, die nach Ulan Baskaws Vorstellungen umgestaltet wurde, wird es sehr schwierig – sogar unmöglich sein, in den öffentlichen Bibliotheken Hinweise auf ihn zu finden, geschweige denn irgendwelche Gedenktafeln. Und niemand hat jemals gehört, dass DeSilvo ein Wort über ihn verloren hätte.

DeSilvo fand Ulan Baskaw im Stichwortverzeichnis der Zentralbibliothek. Er war Jahrhunderte vor DeSilvos Geburt gestorben, aber seine Arbeit – oder was es davon gab – war noch da. Nur drei Bücher, relativ schmal und wenig bekannt. Das Erste war nicht von großer Bedeutung, aber das Zweite scheint ein Juwel von unschätzbarem Wert zu sein. Es schuf die theoretische Grundlage für die Einrichtung von Treibhaus und dem Sonnenspiegel und das gesamte Projekt Solace. Und das Dritte wies den praktischen Weg zur Beantwortung einer alten Frage, den Stolperstein aller Terraformungsprojekte zur Anpassung bestehender Ökosysteme durch Umgestaltungen der Biosphäre: Wie schafft man kostbare, empfindliche und seltene Dinge über einen weiten und stürmischen Ozean? Die Antwort ist: Man tut es nicht. Man schafft sie über einen kleinen, ruhigen Teich. Das ist viel sicherer und einfacher.«

»Das verstehe ich wirklich nicht.«

Koffield zuckte die Achseln. »Macht nichts«, sagte er. »Für den Zweck meiner Geschichte ist Baskaws Idee an und für sich beinahe nebensächlich. Es genügte zu sagen, dass der schwierigste und begrenzendste Faktor jeder interstellaren Anstrengung zur Angleichung unterschiedlicher Umweltbedingungen der Transport großer Mengen von Lebewesen war, von mikroskopischen Bodenlebewesen über keimfähiges Saatgut und Dünger bis hin zu Pflanzen und Tieren aller Art. Baskaw fand eine Lösung dieses Problems, die im System Solace als Treibhaus und Sonnenspiegel bekannt wurde.

Treibhaus war ursprünglich ein öder, lebloser Gesteinsball, ein kleiner Mond des Planeten Comfort im äußeren System von Solace. Auf der Oberfläche dieses kleinen Trabanten wurde eine große Zahl von Gewächshäusern errichtet, auf die der Name Treibhaus zurückgeht. Der Sonnenspiegel wurde in eine Umlaufbahn um Treibhaus gebracht, die dem Tagesrhythmus von Solace entsprach. Der Sonnenspiegel ist ein massiver Fusionsreaktor, eingebaut in einen verstellbaren parabolischen Reflektor, der so eingestellt werden konnte, dass nichts von seinem Licht und der Wärme an den leeren Raum verlorenging, sondern ganz dem kleinen Trabanten Treibhaus zugute kam. Der Sonnenspiegel war und ist der größte seiner Art, der je gebaut wurde. Sobald seine Kernfusion gezündet wurde, schien er mit der gleichen Intensität auf die Oberfläche von Treibhaus wie das lokale Zentralgestirn auf Solace. Der Sonnenspiegel umkreist Treibhaus einmal am Tag und liefert allen Gewächshäusern und angeschlossenen Habitats Licht und Wärme.

In den Gewächshäusern konnten große Populationen aller benötigten Lebewesen aufgebaut werden. Ohne eine Einrichtung wie Treibhaus wäre man auf kleine und empfindliche Kulturen und Zuchtstämme an Bord der Transportschiffe angewiesen oder auf der Oberfläche des Planeten, wo selbst in Gewächshäusern die ständige Gefahr der Kontamination mit einheimischen Lebensformen bestanden hätte. Mithilfe von Treibhaus konnten große, widerstandsfähige, besser überwachte und gesündere Mischpopulationen umweltverträglicher und miteinander reagierender Arten gezüchtet und in Bereitschaft gehalten werden, bis die Bedingungen auf Solace eine Ausbringung erlaubten.

Man konnte gentechnische Anpassungen vornehmen, experimentieren und vermehren, bevor man ein Exemplar auf Solace freisetzte. Wichtiger war, dass die Lebewesen direkt von Treibhaus nach Solace verschifft werden konnten, ohne auf Hilfsmittel wie Tieftemperaturaufbewahrung zurückgreifen zu müssen.

Ich könnte Tage mit der Erläuterung von Einzelheiten verbringen, aber es genügt zu sagen, dass die Treibhaustechnik die Logistik so vereinfachte und verbilligte, dass gute Aussichten bestanden, die sonst über tausend Jahre laufende Terraformung auf nur ein oder zwei Jahrhunderte herabzudrücken. Ulan Baskaw fand keine Möglichkeit, seine Ideen zu verwirklichen. Aber DeSilvo fand eine – im System Solace.«

»Und darum wollten Sie hierher?«

»Indirekt, ja. Aber die Geschichte hat noch einen weiteren Aspekt, den ich Ihnen nicht erzählt habe. DeSilvo fand Baskaws Buch – oder zumindest den Datenwürfel, der seine drei Bände umfasste – vor mehr als vierhundert Jahren.«

Norla runzelte verwirrt die Stirn. »Aber sagten Sie nicht, Sie seien ihm begegnet?«, sagte sie. »Wie konnte er vor vierhundert Jahren gelebt haben? Wie konnte er so lange leben?«

»Vielleicht, weil DeSilvo noch einen anderen genialen Zug hatte. Er konnte Menschen überzeugen – von seiner eigenen Unentbehrlichkeit, zum Beispiel. Baskaws Methoden wiesen einen Weg zum Terraformen erdähnlicher Welten – aber eine so ungeheure Aufgabe ließ sich nicht innerhalb einer normalen menschlichen Lebensspanne bewältigen. DeSilvo entschied, dass seine Lebensspanne nicht normal sein würde. Er ging wiederholt in Tieftemperaturschlaf. Tieftemperaturschlaf oder temporale Beschränkung, wenn es sich machen ließ, aber meistens Tieftemperaturschlaf. Durchschnittlich ein Jahr draußen, neunzehn Jahre im Behälter. Zusammen mit einigen wichtigen Mitarbeitern an dem Projekt.«

Norla dachte an ihre Wiederbelebung und erschauerte. Diese Qual immer wieder durchmachen zu müssen … der bloße Gedanke war erschreckend. Aber dann kam sie zu der Erkenntnis, dass sie in ihrem Beruf mehr oder weniger das Gleiche würde tun müssen, wieder und wieder. Würde sie die Charakterstärke dazu haben? Oder würde sie umsatteln müssen? Würde sie, wenn es dazu käme, zu große Angst haben, um wieder in den Kryobehälter zu steigen? Oder genug Vernunft, um es zu lassen?

»Nach dem ersten Mal ist es nicht mehr so schlimm, und Ihr erstes Wiedererwachen war viel schlimmer als in den meisten Fällen«, sagte Koffield. »Der Körper passt sich an. Angenehm ist es nie, aber ich kann aus eigener Erfahrung versichern, dass es nicht immer mit Höllenqualen verbunden ist.«

Sie sah ihn überrascht an – dann erkannte sie, dass es ihm nicht allzu schwer gefallen sein konnte, ihre Gedanken zu lesen. »Das wird immer gesagt, aber ist es wahr?«

»Es ist wahr«, bestätigte Koffield. »Wenigstens im Durchschnitt. Diese letzte Wiederbelebung war auch für mich ziemlich schlimm – vielleicht weil die Dosierung, von der Phelby sprach, nahezu aufgebraucht war. Oder vielleicht aus einem ganz anderen Grund. Ich weiß es nicht. Möglicherweise werden wir es niemals wissen.«

Norla bemerkte, dass ihre Hände ein wenig zitterten, nur wenn sie daran dachte. »Bitte«, sagte sie, »sprechen Sie nicht davon. Lieber von etwas anderem. Erzählen Sie mir mehr über DeSilvo, und was er mit Ihnen zu tun hat. Sie sagten, er sei immer wieder in den Tieftemperaturschlaf gegangen – und dann?«

Koffield schaute zum Bullauge hinaus, eine nachdenkliche Miene im Gesicht. »Die Idee, sich immer wieder in Tieftemperaturschlaf versetzen zu lassen, war vermutlich DeSilvos größter Beitrag zum Solace-Projekt«, sagte er. »Es bedeutete, dass das durch die

Möglichkeiten von Treibhaus verkürzte Projekt innerhalb einer verlängerten menschlichen Lebensspanne abgewickelt werden kann. DeSilvo wurde niemals müde, darauf hinzuweisen, welch eine revolutionäre Veränderung es sei. Und vielleicht hatte er Recht. Wenn Sie die einschlägige Literatur durchsehen, werden Sie feststellen, dass viele ähnliche Projekte scheiterten, weil der Traum in der dritten Generation ausgeträumt war, oder weil die enormen Mittel, die dazu nötig sind, nicht mehr zur Verfügung standen, oder weil die vierte Generation rebellierte, oder weil die fünfte durch die enormen Anstrengungen so geschwächt und verarmt war, dass sie das Projekt nicht fortsetzen konnte. Aber DeSilvo änderte das. Es war nicht mehr erforderlich, eine Generation von Spezialisten nach der anderen anzuwerben und auszubilden – oder gewaltsam zu rekrutieren. Man brauchte nur das gesamte Schlüsselpersonal einzufrieren und zu gegebener Zeit wiederzubeleben. Es war eine einleuchtende Vorstellung. Ein sehr großer Teil der Projektdauer besteht aus Abwarten und Überwachen, ob die angestrebten Wirkungen eintreten. Man bringt das Phytoplankton im Ozean aus und wartet dreißig Jahre, bis es sich hinreichend vermehrt hat, um dann zu messen, ob der Sauerstoffgehalt der Atmosphäre erkennbar angestiegen ist. Oder man sät aus der Luft über einem großen Gebiet Baumsamen aus und überprüft fünfzehn Jahre später, ob und wie das Aufforstungsprojekt sich entwickelt hat. In der Zwischenzeit verweilen die Beteiligten in Kryobehältern.«

»Aber nicht jeder könnte das tun«, widersprach Norla. »Es muss eine gewisse Zahl von Leuten gegeben haben – wahrscheinlich sogar sehr viele – deren Arbeit ihnen das nicht erlaubte. Das wird hauptsächlich einfachere Arbeiten betroffen haben, denke ich. Außerdem muss es immer Leute gegeben haben, die vielleicht den Rhythmus von wachen Perioden und solchen im Kryobehälter einhalten sollten, aber entdeckten, dass sie die wiederholten Aufenthalte im Kryobehälter nicht ertragen konnten oder wollten. Es muss zu einer tief gehenden Klassenspaltung geführt haben, vielleicht einer dauernden. Eine langlebige Oberklasse, die ihre Hände nicht schmutzig macht, und eine Unterklasse, die nicht so lange lebt und die gesamte Schmutzarbeit tun muss. Nimmt man an, dass die meisten Leute, die an der Umgestaltung einer Welt mitarbeiten, dort bis an ihr Lebensende bleiben, würde ein solches System enorme Auswirkungen auf die Sozialstruktur der Siedlergesellschaft haben.«

Koffield lachte. »Ganz recht. Aber was Ihnen in dreißig Sekunden aufgefallen ist, bemerkten die Soziologen und sonstigen Sozialwissenschaftler erst nach Generationen – und dann nannten sie es eine unbeabsichtigte Konsequenz. Es formt die Siedlergesellschaft von Solace bis zum heutigen Tag, nach den Radiosendungen zu urteilen, die ich überwachte.

Aber wie auch immer, DeSilvo war überzeugt, er habe den richtigen Weg gefunden, einen Plan und ein Verfahren und eine Arbeitsweise, die alle alten Probleme lösen würden und mit all seinen Platitüden und luftigen Theorien ökologischer Ästhetik in Einklang zu bringen waren. Und er setzte seine Talente erfolgreich ein, um wohlhabende Sponsoren zu finden, die bereit waren, sich an der Bereitstellung der Mittel für das Projekt zu beteiligen – und so ließ man ihn sein Projekt in Angriff nehmen. Und er machte sich über diese Welt her und baute ihre Ökosysteme um und veränderte die Zusammensetzung der Atmosphäre – und war noch am Leben, um an den offiziellen Einweihungsfeiern teilzunehmen – und als Berühmtheit gepriesen zu werden – als Solace für bewohnbar erklärt wurde, obwohl natürlich noch sehr viel zu tun war. Endlich war er wirklich und wahrhaftig der Große Meister.«

»Und dann?«

Und dann entdeckte er, dass es nur wenige Orte gibt, die schlimmer sind als eine in relativ kurzer Zeit menschlichen Bedürfnissen angepasste Welt, wo er als der Große Meister des Terraformens wirkte. Schließlich wird man mit solch einem Umbau einer Welt niemals wirklich fertig, genauso wenig wie man mit der Erbauung einer Stadt jemals wirklich fertig wird. Immer gibt es noch etwas zu tun, immer muss die eine oder andere Veränderung vorgenommen werden, Fehler und Irrtümer gilt es zu berichtigen. Die Details und Einzelaspekte nahmen kein Ende, und irgendwie gab es immer Leute, die dachten, er müsse konsultiert werden, er solle entscheiden. Aber er war an großartigen Visionen interessiert, nicht an Kleinarbeit.

Damit nicht genug, war Solace abgelegen, einem Provinznest vergleichbar. Niemand von Bedeutung ging dorthin, und schon gar nicht jemand, der von irgendeiner Bedeutung für DeSilvos Ambitionen war. Auch er selbst hatte das Leben an der Grenze niemals anziehend gefunden und konnte Dreck an den Stiefeln und Schmutz unter den Fingernägeln nichts abgewinnen. Ein seltsamer Widerspruch an einem Mann, der sich zum Ziel gesetzt hatte, Grenzwelten für die Besiedelung zu öffnen, aber so war es. Er hielt Ausschau nach einem Vorwand, Solace zu verlassen, und als er einen gefunden hatte, machte er davon Gebrauch.«

»Er machte seine Papiere der Zentralbibliothek zum Geschenk.«

»Was ihn durch eine bemerkenswerte Koinzidenz ins Sonnensystem zurückführte, in das Zentrum aller Dinge, wo er Hof halten und Bewunderer begrüßen, Studenten beraten und für die Kameras posieren konnte – alles das.«

»Und da begegneten Sie ihm«, warf Norla ein.

»Ja«, sagte Koffield. »Als sein Triumph auf Solace erst ein paar Jahre alt war, und meine Katastrophe bei der Zirkumzentralen Wegmarke erst ein paar Monate. Als er auf dem Gipfelpunkt seiner Laufbahn war, und ich in mehrfacher Hinsicht am Tiefpunkt der meinen. Wäre es anders gewesen, hätte ich seine Bekanntschaft wahrscheinlich nie gemacht. Wäre nie in seinen Einflussbereich gelangt. Und vermutlich wäre ich jetzt nicht hier.« Er musterte Norla aufmerksam, als sähe er etwas, das ihm vorher nicht aufgefallen war. »Und Sie auch nicht, denke ich. Die Leute von Glister würden ihre Vergeltung auf andere Weise suchen müssen.«

Koffield verstummte. Norla fragte sich, ob er die Leute von Glister für das Schicksal der *Dom Pedro IV* verantwortlich mache. Sie versuchte ihn wieder zum Sprechen zu bringen. »Wie es auch dazu kam, wir sind jetzt beide hier. Aber was geschah mit Ihnen und DeSilvo?«

Koffield schwieg lang genug, dass Norla überlegte, ob sie ihn gekränkt habe. Er saß bloß da, absolut still und wie in sich versunken.

Endlich sprach er. »Was geschah? Ich war ein Dummkopf, das geschah. Ich war ein Dummkopf, und DeSilvo verleitete mich genau so, wie er alle anderen verleitete. Nur tat er es bei mir nicht durch Schmeichelei oder irgendein Getue oder indem er so tat, als sei ich wichtig und etwas Besonderes. Er tat es dadurch, dass er nicht wusste – oder vielleicht einfach nicht wissen wollte – wer ich war.

Eines Abends gab es einen großartigen Empfang für DeSilvo. Es war nicht der Erste zu seinen Ehren, und nicht der Letzte. Ich erhielt eine höfliche Einladung wegen meines Ranges. Im Habitat der Zentralbibliothek gab es immer eine große Zahl von Empfängen und Konferenzen und Banketten. Manche zur Förderung privater Geselligkeit, aber die meisten zu einem bestimmten Anlass und mit einer Tagesordnung. Und ich passte nicht in die meisten Tagesordnungen. Wie Sie sich denken können, erhielt ich darum nicht viele Einladungen, und die meisten von denen, die ich bekam, schienen von der Art zu sein, dass sie nur proforma ausgesprochen wurden und von mir so viel Fingerspitzengefühl und guter Geschmack erwartet wurde, zu verstehen, dass es peinlich sein würde, wenn ich mich tatsächlich sehen ließe. Ich wusste gut genug, wann ich mit einer höflichen und bedauernden Absage antworten musste, um Peinlichkeiten zu vermeiden. Was ich über das Lesen zwischen den Zeilen nicht wusste, lernte ich ziemlich rasch.

Aber die Einladung zum Empfang bei DeSilvo war nicht von dieser Art. Niemand rief mich zwei Stunden nach dem Eingang der Einladung an, um mich zu fragen, ob ich eine dienstliche Vertretung übernehmen könne, damit der Fragesteller zum selben Empfang gehen könne. Keiner meiner Offizierskollegen kam zufällig vorbei, um zu sagen, dass dieser oder jener Politiker dort sein würde, und ganz allgemein andeutete, dass es unerfreulich wäre, wenn jemand eine Szene verursachen würde.

Also ging ich hin. Es war das erste Mal seit dem Zwischenfall an der Zirkumzentralen Wegmarke, dass ich an solch einem Ereignis teilnahm. Ansprachen wurden gehalten. Irgendwelche Funktionäre standen auf und erzählten uns, wie großartig und einmalig DeSilvo sei, worauf sie ihm eine Medaille, einen Orden oder was verliehen. Etwas, das er in seinen Trophäenschrank hängen konnte. DeSilvo stand auf und nahm den Orden und die zugehörige Urkunde entgegen, hielt dann seine Ansprache – und es war jedes Mal eine sehr gute Ansprache, eine sehr bezwingende und bewegende und kluge Ansprache über die neuen Projekte und Methoden, die alles revolutionieren, den Status Quo beenden und die Menschheit wieder voranbringen würden. Nun könnten sie zehnmal so schnell expandieren, zehnmal so viele Welten besiedeln. Dafür erntete er laute Hochrufe und Applaus, und niemand stellte sich die Frage, ob die Schaffung von zehnmal so vielen unterbevölkerten, isolierten und kostspieligen stellaren Provinznestern eine so großartige Idee sei.

Ich selbst legte mir solche Fragen auch nicht vor, nicht an dem Abend. DeSilvo war ein guter Redner, und ich wurde genauso wie alle anderen von seiner Rhetorik mitgerissen.

Nach den Ansprachen ging DeSilvo im Raum herum, freundlich und aufmerksam und umsichtig wie jeder Politiker und sorgte dafür, dass jeder eine persönliche Begrüßung und ein paar freundliche, launige Worte abbekam. Und schließlich kam er auch zu mir, und so ergab es sich, aus welchem Grund auch immer, dass er sich anscheinend besonders für mich interessierte.«

Koffield schwieg wieder, und Norla tat und sagte nichts, um ihn zum Weitersprechen zu bewegen. Sie spürte, dass sie dieses Stillschweigen nur verstärken konnte, wenn Koffield sich gedrängt fühlte. Sie musste abwarten, die Zeit verstreichen lassen, bis ihm keine andere Wahl blieb, als zu sprechen. Dieser Mann hatte eine Wand des Schweigens um sich errichtet, und nur er konnte sie niederreißen. Niemals hatte er das geringste Detail über sich selbst enthüllt. Nun blieb ihm nichts übrig als es zu tun.

Schließlich fuhr Koffield fort.

»Aus irgendeinem Grund«, sagte er, »nahm DeSilvo mich an diesem Abend beiseite. Vielleicht wollte er etwas, das er durch mich zu bekommen hoffte, vielleicht – er war schon immer ein guter Talentsucher – spürte er irgendwie, dass er mich brauchen konnte.

Wenn es dieses Letztere war, dann lag er mit seiner Intuition richtig. Er gebrauchte mich. Er lud mich zu einem Rundgang durch die Bürosuite ein, die er in der Zentralbibliothek zu seiner Verfügung hatte, und am nächsten Morgen ging ich als Erstes hin. Nachdem er mir alles gezeigt hatte – die Archive, die Datenspeicher, die Systeme zur Wiederauffindung –, erläuterte er im Detail, was er wollte. Die Einzelheiten sind nicht wichtig. Es lief darauf hinaus, dass DeSilvo versuchte, eine absolut vollständige Aufzeichnung der auf Solace durchgeführten Projekte zur Umgestaltung der Biosphäre und der Anpassung bestehender Ökosysteme herauszubringen. Außerdem wollte er Informationen aus den Archiven der Chronologischen Patrouille, hauptsächlich über die erste Entdeckung des Planeten durch Teleskopbeobachtung aus dreißig Lichtjahren Entfernung, über die ersten nach Solace geschickten Sonden und über die Transportleistungen der Chronologischen Patrouille während der laufenden Projekte.

Es war etwas zu tun, es war Forschungsarbeit, und es war vielleicht nützlich. Ich konnte mir vorstellen, dass die Kinder auf Solace später einmal über die Gründung ihrer Welt unterrichtet wurden und die Informationen lasen, die ich gesammelt hatte. Der Gedanke gefiel mir. Ich machte mich an die Arbeit, suchte Quellenverzeichnisse und Nachschlagewerke und beschaffte mir die Freigabe der Archivdaten. Weil ich zur Chronologischen Patrouille gehörte, brauchte ich dafür nur wenige Tage. Ein Zivilist würde Monate oder Jahre benötigt haben, um sich durch das bürokratische Unterholz zu kämpfen.

So fing ich an. Ich fand die Geschichte des Projekts faszinierend, und das freute natürlich DeSilvo. Ich beschloss eine Geschichte des Solace-Terraformungsprojekts zu schreiben, etwas für den durchschnittlichen Leser, statt für die Wissenschaft. Es schien das ideale

Vorhaben für mich. Es war kompliziert genug, um mich lange zu beschäftigen und mir Zurückgezogenheit zu verschaffen. Ich bin überzeugt, dass es genau das war, was man im Hauptquartier der Chronologischen Patrouille von mir erhoffte.

Wie es sich ergab, brachte mein Buchprojekt mit sich, dass ich die erste Person sein würde, die von DeSilvos Archiv Gebrauch machte, bevor es noch vollständig war, und das schmeichelte seiner Eitelkeit.

Er wollte mir in jeder nur denkbaren Weise beistehen, aber ich tat mein Möglichstes, um eine gewisse Distanz zu ihm zu wahren. Um die Wahrheit zu sagen, wollte ich ihn nicht zu eng in das Projekt einbinden, denn mein Buch sollte etwas objektiver als DeSilvos Version sein.

Es ist nicht meine Absicht, mir selbst zu viel als Verdienst anzurechnen. Ich hatte noch nicht angefangen, die Irrtümer und Ungenauigkeiten an der offiziellen Version zu bemerken, geschweige denn das Muster hinter diesem nicht ganz unschuldigen Fehler zu erkennen. Aber etwas anderes fiel mir auf. Es war nichts sonderlich Dramatisches oder Heimliches, aber die im Archiv tätigen Leute waren allesamt ehemalige Mitarbeiter an den Solace-Projekten, und die meisten von ihnen hatten direkt unter DeSilvo gearbeitet. Sie stellten ein Archiv zusammen, das als historische Quelle – durchaus verständlich – DeSilvos Tagesordnungen und Rechenschaftsberichte widerspiegelte.

Ich suchte nicht nach den Auslassungen, den versteckten Akten, den Dingen, die unter den Teppich gekehrt worden waren. Aber ich hatte Jahre lang als nachrichtendienstlicher Offizier für die Chronologische Patrouille gearbeitet. Daher war es für mich die zweite Natur, ein automatischer Reflex, die Löcher zu finden.

Es war raffiniert. Ich werde Ihnen nur ein Beispiel

von der Art und Weise ihres Vorgehens nennen und es dabei belassen. Die Querverweise im Gesamtindex des Archivs hatten viel mehr Hinweisverbindungen auf die Erfolge der einzelnen Teilprojekte als auf die Misserfolge und Fehler. Jeder Historiker, der sich auf diesen Index verlassen würde, um Informationen über einen bestimmten Gegenstand zu finden, statt direkt das Quellenmaterial zu studieren, bekäme sehr voreingenommene und einseitige Informationen, ohne es auch nur zu bemerken. Solche subtilen Manipulationen gab es zu Dutzenden.

Damals dachte ich mir nicht viel dabei. Ich schrieb es dem Optimismus und Stolz der Beteiligten zu, einem unbewussten Impuls, sich des Guten zu erinnern und das Schlechte zu vergessen. Die anderen Forscher waren einfach nicht objektiv. Aber bald begann ich zu bezweifeln, dass es so unabsichtlich oder gutartig war. Ich gewann den Eindruck, dass DeSilvo ganz vorsätzlich die Aufzeichnungen und Berichte umgestaltete und seine Assistenten dazu anhielt, es genauso zu machen, in dem Maße, dass er das Solace-Archiv zu einem passenderen Denkmal für sich selbst machen konnte.

Als ich mit den Recherchen für mein Buch weiter vorankam, bemerkte ich mehr und mehr derartige Löcher und Lücken und Auslassungen. Mehr aus Gewissenhaftigkeit als aus Jagdinstinkt ging ich ihnen nach. Es war das natürliche Interesse eines Autors, wissen zu wollen, was die Urheber der archivierten Akten und Aufzeichnungen verbargen. Also ging ich den fehlenden Hinweisen nach, las die Quellen selbst und verglich sie mit den Hinweisen im Index. Als ich fand, wie unvollständig dieser war, machte ich mich daran, es um meine eigenen Querverweise zu erweitern. Und glauben Sie nicht, das sei eine Kleinigkeit gewesen, ganz gleich, wie intelligent die Computerprogramme sind. Unweigerlich finden sie zu viel oder zu wenig.

Ich verbrachte mehr Zeit mit dem Ausfüllen der Löcher in der offiziellen Geschichte als mit dem Schreiben meiner eigenen. Und dann fand ich es – fand den Schlüssel zu allem, das Scharnier, an dem sich alles andere drehte. Ich fand einen Querverweis auf ein Buch von jemandem namens Ulan Baskaw, einen Hinweis, den zu löschen man übersehen hatte. Der Name sagte mir nichts – und das war angesichts der Zeit, die ich mit der Lektüre der Archivunterlagen verbracht hatte, an und für sich schon bemerkenswert. Inzwischen war ich dem Archivprojekt gegenüber so misstrauisch geworden, dass ich sogar den Hinweis, dass die Sonne im Osten aufgeht, nachgeprüft hätte.

Es hätte nicht den geringsten Zeitaufwand erfordern sollen, alles Material über Ulan Baskaw aufzufinden und abzurufen. Das Suchsystem der Zentralbibliothek hätte auf die bloße Eingabe des Namens die vollständigen Informationen und Querverweise zu diesem Namen liefern müssen. Aber das tat es nicht. Ich zog ganz buchstäblich eine Niete. Nichts war unter Ulan Baskaw gespeichert. Überhaupt nichts. Aber von der Querverweisnummer, auf die ich gestoßen war, wusste ich, dass es zumindest früher einmal einen Hinweis in der Zentralbibliothek gegeben hatte. Die Tatsache, dass er jetzt fehlte, war schon für sich genommen ein deutlicher Hinweis auf eine üble Manipulation, wenn nicht ein klarer Beweis.

Nichts darf jemals aus dem Fundus der Zentralbibliothek gelöscht oder entfernt werden. Sie ist die vollständigste Fundgrube, der sichere Zufluchtsort für alles Wissen. Sobald etwas eine Verweisnummer der Zentralbibliothek hat, kann und darf es nicht verloren gehen. Es wissentlich zu beseitigen, war ein Verbrechen.

Aber es war verschwunden. DeSilvo hatte es gelöscht. Das mag nicht nach einem Verbrechen aussehen, aber in der akademischen Welt, seiner Welt, ist das Verändern oder Manipulieren von Teilen des Bestandes der Zentralbibliothek ein Sakrileg. Eine Profanierung der heiligen Stätten. Ich konnte mir nicht mal ein Motiv vorstellen, das stark genug sein könnte, einen Mann wie DeSilvo zu solch einer Handlungsweise zu verleiten. Aber er hatte einen Grund. Einen Grund, der mehr als ausreichend war, um unerlaubte Änderungen im Datenbestand der Bibliothek lohnend zu machen.«

In der Pilotenkanzel des Leichters ging ein Piepser an. Es war kein Alarmsignal, aber Koffields Stimmung und seine Geschichte hatten sie nervös gemacht und schon beim ersten Ton sprang sie auf, eilte nach vorn und ließ sich in den Pilotensitz fallen. Dann blickte sie auf und über die Schulter, wo sie Koffield zu sehen erwartete, aber er war nicht da. Er saß im Aufenthaltsraum und hatte sich nicht vom Fleck bewegt.

Der Mann war nicht aus der Ruhe zu bringen. Hatte er Eis in den Adern? »Sie haben uns ausgemacht«, rief sie durch die offene Tür der Pilotenkanzel. »Die Verkehrskontrolle der Orbitalstation Solace fragte nach Identität und Flugplan. Hört sich wie eine automatische Sendung an.«

»Antworten Sie«, sagte Koffield, »aber nur knapp. Wenn wir darüber, wer wir sind und wie wir hierher gekommen sind, ins Detail gehen, werden wir den Rest des Fluges damit verbringen müssen, unsere Lebensgeschichte immer wieder zu erzählen, jedem Bürovorsteher und Abteilungsleiter bis zum Stationsdirektor. Geben Sie einfach Namen und Registrierung des Schiffes an und erbitten Sie einen Flugplan zur Orbitalstation. Vielleicht genügt das, um die Klarierung zu bekommen. Und wenn sie mehr Information wollen, gehen Sie nach dem gleichen Prinzip vor. Geben Sie ihnen nicht mehr, als sie verlangen.«

»In Ordnung«, sagte Norla. »Ich setze meine Antwort ab.« Ein Geheimniskrämer, dieser Koffield. Was machte es aus, wenn sie ihre Geschichte ein Dutzend Mal erzählen mussten? Was hatten sie sonst zu tun?

Koffield stand auf, nahm das Foto mit ihm und Oskar DeSilvo an sich und blickte zum Bullauge des Aufenthaltsraumes hinaus. »Ich werde den Rest des Abends in meiner Kabine sein«, sagte er und wandte sich zur Tür.

Norla unterbrach die Eingabe ihrer Meldung und legte auf. »Ah, aber Admiral – Sie waren noch nicht fertig mit Ihrer Geschichte über …«

Koffield blieb stehen und sah sich nach ihr um. Sein Gesichtsausdruck genügte, dass sie aufgab, bevor sie die Frage ausgesprochen hatte. Er hatte einen entschlossenen Zug um den Mund, und seine Augen, die sonst so warm und freundlich blickten, waren plötzlich kalt und hart wie Panzerglas.

»Ich möchte gegenwärtig nicht mehr über diese Angelegenheit sprechen«, sagte er in einem Ton, der so hart war wie sein Gesichtsausdruck. Dann fügte er etwas verbindlicher hinzu: »Ein andermal, Leutnant. Wenn sie uns gefunden haben, werden wir bald mehr hören. Es gibt viel, was ich mir durch den Kopf gehen lassen muss, bevor wir mit den Solaciern zusammentreffen. Es wird für alle Beteiligten am besten sein, wenn ich mich darauf konzentriere, was als Nächstes geschehen wird, statt mich von Ereignissen der Vergangenheit ablenken zu lassen.«

»Ich verstehe«, sagte Norla, obwohl sie in Wahrheit sehr wenig verstand.

»Ich verspreche Ihnen, Leutnant Chandray, dass Sie rechtzeitig alles erfahren werden, was Sie wissen müssen.« Damit nickte Koffield ihr einmal knapp zu und verschwand in seiner Kabine.

*Alles rechtzeitig erfahren, was ich wissen muss.* Sie bezweifelte, dass *er* alles wusste, was er wissen musste. Anton Koffield mochte ein Mann sein, der Wort hielt, aber das Versprechen, das er gemacht hatte, würde für jeden schwer einzuhalten sein.

Und noch schwerer für einen, der bereits mehr als hundert Jahre hinter dem Fahrplan zurückgeblieben war.

13.

# DIE BLASE PLATZT

»Verkehrskontrolle, hier *Cruzeiro do Sul.* Übergang in kreisförmige Umlaufbahn Äquatorialebene wie angewiesen, Triebwerke ausgeschaltet. Ende.«

Norla schaltete das Mikrofon aus und blickte zu ihrem Begleiter. Der Mann machte sie nervös. Es wurde ihr immer klarer, dass sie noch weit davon entfernt war, aus dem Mann schlau zu werden. Seit das erste Signal eingegangen war, hatte er kein weiteres Wort von seiner Geschichte erzählt. Worauf wartete er?

Sie hatte keine Ahnung. Auch seine Einstellung zum Leichter *Cruzeiro do Sul* und zu ihrer gemeinsamen Reise nach Solace war Norla ein Rätsel. Während der ersten zweieinhalb Tage des Fluges hatte er ihrer Handhabung des Schiffes nicht die geringste Aufmerksamkeit geschenkt. Sie hatte erwartet, dass es auch auf der letzten Etappe dabei bleiben würde. Aber auf einmal hatte er es sich anders überlegt und saß neben ihr auf dem Platz des Copiloten. Dort beschränkte sich seine Tätigkeit auf das Zuschauen und beobachten.

Das war ungefähr alles, was er seit dem ersten Signal der Orbitalstation Solace getan hatte. Beobachten und hin und wieder sein Aufnahmegerät kontrollieren, um sich zu vergewissern, dass es alles aufzeichnete. So saß er auf dem Platz des Copiloten, die Hände gefaltet, beobachtete jede Bewegung, die sie machte, lauschte jedem Anruf und jeder Antwort, die zwischen der *Cruzeiro do Sul* und der Verkehrskontrolle der Orbitalstation von Solace hin und her gingen.

Wenn sie es recht bedachte, leuchtete es sogar ein. Er wusste alles über die *Cruzeiro do Sul* und dass Norla eine fähige Pilotin war. Darum bestand keine Notwendigkeit, Wache zu halten. Aber er wusste beinahe nichts über die gegenwärtigen Verhältnisse auf Solace und dem ganzen System. Jeden Augenblick konnte eine wichtige Information eintreffen, vielleicht nur beiläufig in einem Nebensatz erwähnt, etwas, das das entscheidende Stück in einem Puzzle sein mochte, vielleicht sogar in einem Puzzle, von dessen Existenz sie noch nichts wussten. Er musste alles aufzeichnen, was das Unbekannte betraf.

»*Cruzeiro do Sul,* hier Verkehrskontrolle Orbital Solace.« Es war die Stimme eines jungen Mannes, die besorgt klang, aber versuchte, ruhig und professionell zu wirken. »Bleiben Sie in gegenwärtiger Umlaufbahn. Unterlassen Sie Manöver, bis Anweisung ergeht.«

»Hier *Cruzeiro do Sul.* Anweisungen der Verkehrskontrolle erhalten und verstanden. Wir erwarten Instruktionen für Annäherungsmanöver.« Norla schaltete das Mikrofon aus. »Das war die erste Stimme der Verkehrskontrolle, die nicht mechanisch klang«, sagte sie. »Anscheinend sind wir zu menschlicher Aufmerksamkeit aufgerückt.«

»Wahrscheinlich«, sagte Koffield. »Wenn ich eine Künstliche Intelligenz wäre, würde ich dies auch für den richtigen Augenblick halten, die Angelegenheit nach oben an einen Entscheidungsträger weiterzugeben. Ich nehme an, sie wundern sich allmählich über uns.«

»Ja, schließlich werden wir kaum in ihrem gegenwärtigen Schiffsregister verzeichnet sein«, sagte Norla.

»Ich bin überrascht, dass wir so weit gekommen sind.«

»Das ist der Vorteil, wenn man nicht von sich aus mit Informationen herausrückt«, sagte Koffield. »Das macht die Leute neugierig auf alles, was Sie ihnen nicht erzählen.«

»Und was nun?«

»Wir tun, was der Mann sagte«, erwiderte Koffield. »Wir warten. Und fragen Sie mich nicht, wie lange. Es kann Stunden dauern, oder länger. Hängt davon ab, welche Art von Bürokratie sie dort haben ...«

»*Cruzeiro do Sul,* hier Verkehrskontrolle Orbital Solace. Bitte melden.«

Norla lachte. »Eine ziemlich effiziente, wie es scheint.« Sie schaltete ihr Mikrofon wieder ein. »Hier *Cruzeiro do Sul*«, sagte sie. »Wir hören.«

»*Cruzeiro,* wir bekommen seltsame Daten von Ihrem Autotransponder. Ist Ihnen bewusst, dass er auf einer sehr veralteten Frequenz sendet? Ende.«

Norla zog die Brauen hoch und warf Koffield einen Blick zu. »Es überrascht mich nicht. Ende.«

»Ah, ja. Nun, die Frequenz ist nicht das Einzige, was veraltet ist. Unsere Künstliche Intelligenz musste in die Archive zurückgehen, um die Registernummer zu finden. Wir haben Sie als einen Leichter eines größeren Kernschiffes registriert. Können Sie das bestätigen?«

Eines Kernschiffes? Sie hatte diesen Begriff noch nie gehört, aber es war nicht schwierig, darauf zu kommen, was er bedeutete. »Das ist richtig. Unser Kernschiff ist die *Dom Pedro IV,* registriert auf der Erde.« Sie fühlte sich versucht, ihm mehr zu erzählen, aber Koffield schüttelte den Kopf. »Ende«, sagte sie.

»Aha, richtig«, erwiderte die Stimme des jungen Mannes. »Das entspricht unseren Archivdaten. Allerdings wurde die *Dom Pedro IV* vor einhundertzweiundzwanzig Jahren als Verlust gemeldet, mit der gesamten Besatzung. Ende.«

Das passte. Gewöhnlich gaben sie einem überfälligen Schiff fünf Jahre, um vielleicht wieder aufzutauchen, bevor es als Verlust abgeschrieben wurde. »Ja«, antwortete Norla, »ich nehme an, wir waren verloren, sind aber jetzt wiedergefunden worden, Verkehrskontrolle. Ende.«

»Bleiben Sie in Bereitschaft, *Cruzeiro*.« Die Verbindung hätte an dieser Stelle unterbrochen werden sollen, aber der Mann vergaß offenbar, sein Mikrofon auszuschalten. Koffield und Norla konnten zwei oder drei Stimmen hören, die aufgeregt im Hintergrund diskutierten. Schließlich meldete sich der Mann wieder. »Scheiße, mein Mikrofon ist noch an. Ah, *Cruzeiro*, bitte Auskunft: Wo ist *Dom Pedro IV?*«

Norla warf Koffield wieder einen Seitenblick zu. Er sagte mit stummen Lippenbewegungen: *Sagen Sie die Wahrheit.*

»*Dom Pedro* ist im System, Verkehrskontrolle, in einer fernen Umlaufbahn. Unser Kapitän hielt es für richtig, zuerst ein, ah, Erkundungsschiff hineinzuschicken, um zu sehen, wie die Verhältnisse sind. Angesichts der Umstände. Ende.«

»Richtig, *Cruzeiro*. Ich kann das verstehen, denke ich. Bleiben Sie in Bereitschaft.«

Diesmal schaltete der Mann sein Mikrofon aus. Koffield schüttelte den Kopf und lächelte traurig. »Jetzt geht es los«, meinte er. »Wir sind öffentlich geworden. Ich frage mich, ob sie uns für komische Vögel oder kuriose Überlebende halten werden, oder für historische Schätze. Oder sie verdächtigen uns, Beteiligte eines weit reichenden Komplotts zu sein.«

Eins war sicher. Der Mann verstand es, der Sache einen positiven Dreh zu geben.

Nach kurzer Verzögerung meldete sich der Mann

wieder. »*Cruzeiro,* hier Verkehrskontrolle Orbital Solace. Nur um hier Klarheit zu haben. Sie sagen, dass ihr Kernschiff, die *Dom Pedro IV,* gerade eingetroffen sei, einhundertsiebenundzwanzig Jahre verspätet?«

»Das ist richtig. Wir verstehen es auch nicht. Noch nicht. Aber das entspricht den Tatsachen.«

»Sehr gut, *Cruzeiro.* Bitte warten Sie noch einmal.« Wieder wurde die Verbindung unterbrochen. Aber das machte nichts. Jetzt waren sie öffentlich. Jetzt wusste die Außenwelt, dass sie existierten. Und die Außenwelt hatte plötzlich die Fähigkeit, sie zu erreichen, sie zu beeinflussen, sie zu verletzten oder ihnen zu helfen.

Und nun hatten sie endlich einen Fühler zur Außenwelt ausgestreckt. Bis zu diesem Augenblick hatte Norla sich vormachen können, es sei alles ein schlechter Traum. Es war eine Blase von Unwirklichkeit um sie gewesen, weil die Außenwelt nicht wusste, dass sie existierten. Jetzt war die Blase geplatzt.

Endlich kam der Anruf. »*Cruzeiro do Sul,* hier Verkehrskontrolle Orbital Solace. Bitte kommen.« Diesmal war es eine Frauenstimme. Sie klang älter, selbstsicher und befehlsgewohnt.

»Anscheinend sind wir eine Etage höher gelandet«, murmelte Norla und schaltete ihr Mikrofon ein. »Hier *Cruzeiro do Sul.* Verstanden, Verkehrskontrolle. Wir hören.«

»*Cruzeiro,* wenn die Künstliche Intelligenz die Messdaten richtig hat, sieht es so aus, als sei Ihr Autonavigationssystem ungefähr vier Generationen zurück. Wir sind theoretisch rückwärts kompatibel, aber niemand hier möchte sich auf vier Generationen fehlerfreier Programmierung verlassen. Es wäre uns lieber, Sie würden ein manuelles Annäherungsmanöver fliegen und andocken. Sind Sie einverstanden? Ende.«

»Das leuchtet mir ein. Ende.«

»Sehr gut. Ist jemand an Bord, der für manuelle Flugoperationen und Andockmanöver qualifiziert ist? Wenn nötig, können wir einen Piloten zu Ihnen hinausbringen.«

Norla fühlte sich gekränkt, aber dann erkannte sie, dass es eine durchaus vernünftige Frage war. Schließlich kamen sie mit hundertsiebenundzwanzig Jahren Verspätung. Die Besatzung der *Dom Pedro* könnte leicht Verluste erlitten haben – was tatsächlich der Fall war. Die Orbitalstation Solace konnte nicht wissen, ob sie gesund und einsatzbereit und ausgebildet waren, oder gerade noch am Leben und mit Glück und automatischen Programmen schließlich angelangt. »Das ist nicht nötig, Verkehrskontrolle. Wir haben zwei Piloten an Bord, beide ausgebildet und für dieses Fahrzeug qualifiziert. Allerdings nehme ich an, dass unsere Lizenzen inzwischen wahrscheinlich verfallen sind.«

»Nun, wir werden diese Erfordernisse einstweilen zurückstellen, *Cruzeiro.* Wir senden Ihnen unseren Flugplan jetzt auf Band zwei. Bitte prüfen Sie ihn und antworten Sie uns. Ihr Manöverfenster beträgt zehn Minuten und fünf Sekunden und öffnet sich in sechsundvierzig Minuten, sieben Sekunden. Bitte melden Sie rechtzeitig, ob Sie mit Flugplan einverstanden sind oder nicht. Ende.«

»Verstanden. Flugplan ist auf meinem Bildschirm. Bitte warten Sie einen Moment.« Norla überflog den Flugplan und nickte. Kein Problem. Eine konservative Transferumlaufbahn und eine sehr direkte Annäherung. Nicht der schnellste Weg, sie zum Ziel zu bringen, aber sie hatten ungefähr vor einem Jahrhundert jedes Recht verloren, es eilig zu haben. Vermutlich machte die Verkehrskontrolle es ihnen leicht, um Risiken zu vermeiden. Wie sicher konnten sie über den Zustand eines Schiffes aus dem vorigen Jahrhundert sein? »Verkehrskontrolle Orbital Solace, hier ist *Cru-*

*zeiro do Sul.* Der Flugplan ist in Ordnung. Werde Annäherungsmanöver mit Beginn des Zeitfensters einleiten. Ende.«

*

Norla konnte nicht wissen, wie man es heutzutage machte, aber in ihrer Zeit war es außerordentlich selten gewesen, dass ein Pilot Gelegenheit zu einem manuellen Annäherungsmanöver bekam, geschweige denn zum Andocken. Alles wurde von der Künstlichen Intelligenz des Bordrechners und den automatisch wirkenden Systemen gesteuert, und die Piloten saßen auf ihren Händen, waren bloße Hilfssysteme der Elektronik und Maschinerie, die niemals versagte. Piloten waren für unvorhergesehene Fälle da. Aber nach Tausenden von Jahren Raumfahrt blieb nicht viel Unvorhergesehenes übrig. Alles war wenigstens einmal schon passiert und in die Speicher der unfehlbaren Elektronik eingegangen.

Doch dafür, was mit ihnen geschehen war, gab es offenbar keinen Präzedenzfall. Diese Krise war nichts für die Maschinen und die Elektronik. Dies war ihr Fall. Sie würde dieses Manöver fliegen und richtig machen. Sie freute sich darauf.

Denn vielleicht würde sie keine weitere Gelegenheit bekommen. Der Scherz über den Verfall ihrer Lizenzen war in Wirklichkeit kein Scherz. Alles, was sie wusste, war seit mehr als einem Jahrhundert veraltet. Würde sie überhaupt imstande sein, sich in einer modernen Pilotenkanzel zurechtzufinden? Vielleicht hatten die Schiffe heutzutage gar keine Pilotenkanzel mehr. Sie würde von Glück sagen können, wenn man sie wieder an Bord eines modernen Raumschiffes lassen würde, selbstverständlich ohne es selbst zu fliegen. Und sie könnte nicht in einer Besatzung dienen, denn wozu konnte sie noch taugen? Für welche Arbeit würde sie im Hier und Jetzt qualifiziert sein?

Außerdem war es nicht so, als wäre das manuelle Annäherungsmanöver wirklich ganz manuell. Urteilte man nur danach, wie sie sich darauf freute, könnte ein Außenseiter denken, sie würde sich an eine Art Steuerknüppel setzen und mit dem Fuß Gas geben. Aber manuelle Operation bedeutete in Wirklichkeit nur, dass sie den Bordcomputer programmierte, statt es der Station über Fernsteuerung zu überlassen.

Es sei denn, sie entschied sich für echte Selbststeuerung unter Ausschluss aller automatischen Systeme und rein nach den Instrumenten. Das war es, was sie als erregenden Kitzel empfand. Nun, warum nicht? Sie war instruiert worden, das Manöver »manuell« zu fliegen, und sie fühlte sich durchaus imstande, es zu tun.

Sie verspürte ein seltsames Bewusstsein von Rebellion, ein angenehmes Gefühl, den Behörden und ihren Regeln eine lange Nase zu machen, als sie alle automatischen Steuerungssysteme ausschaltete und auf manuelle Steuerung überging. Dabei blickte sie zu Koffield, von dem sie entweder einen energischen Protest oder überhaupt keine Reaktion erwartete. Wie in den meisten Fällen war seine Reaktion ganz anders als sie vorausgesehen hatte.

Der Mann lächelte, lachte beinahe, und zum ersten Mal in vielen Tagen war der Humor in seinen warmen, freundlichen Augen deutlich sichtbar. *Er ist auch ein Pilot*, sagte sie sich. *Wahrscheinlich findet er all die automatischen Systeme genauso langweilig wie ich.*

Ohne weiter darüber nachzudenken, was andere über sie denken oder von ihr halten würden, ging Norla die Checkliste durch, stellte die Fluglage her und programmierte die benötigte Schubleistung der Triebwerke. Dann wartete sie die Startzählung ab.

*

Als ein Übergansmanöver von einer Umlaufbahn zur Annäherung an die Station war es nichts Besonderes. Die Triebwerke feuerten kurz, dann warteten sie zwei Stunden, fünfzehn Minuten und neun Sekunden, bis das Schiff in Position für die zweite Kursänderung war. Ein weiterer kurzer Schub der Triebwerke, und die Arbeit war getan.

Diese zweite Triebwerkszündung brachte sie in eine beinahe perfekt angepasste Flugbahn fünf Kilometer hinter der Orbitalstation. Sie waren in einer geringfügig tieferen und schnelleren Umlaufbahn und näherten sich sehr langsam ihrem Ziel. Wenn Norla keine weiteren Manöver einleitete, würde die *Cruzeiro do Sul* die Station um genau einen Kilometer verfehlen.

Das jedenfalls zeigten die Instrumente an. Aber Norla wollte es selbst sehen, nicht bloß, um die Anzeigen der Instrumente bestätigt zu sehen, sondern weil sie Ausschau halten wollte.

»Ich werde jetzt die Pilotenkanzel ausfahren«, sagte sie zu Koffield.

»Ja, gut«, sagte Koffield.

Norla vergewisserte sich, dass die Verbindungstür zum Aufenthaltsraum druckfest versiegelt war, dann klappte sie die Sicherheitsabdeckung zurück und drückte den Knopf zum Ausfahren der Pilotenkanzel, vielleicht ein wenig energischer als notwendig gewesen wäre. Die äußere Drucktür der Pilotenkanzel glitt zu; die Bewegung der transparenten Tür war kaum auszumachen. Mit leisem Summen entfernten die Pumpen die geringe Menge Luft zwischen der inneren und der äußeren Tür der Pilotenkanzel. Dann blieb es einen Moment lang still, gefolgt von einem tiefen und hallenden metallischen Geräusch von oben.

Norla blickte auf und sah die beiden Hälften des oberen Lukendeckels im Rumpf auseinander gleiten. In der Öffnung erschien das blendend helle, von der

Sonne beschienene Antlitz des Planeten, scheinbar so nahe und scharf, dass sie die Hand hätte ausstrecken und Solace berühren können. Der obere Lukendeckel öffnete sich ganz, und mit einem tiefen Summen, begleitet von Geklapper und Knarren schob sich die Pilotenkanzel aus dem Rumpf.

Wie der Kopf eines lang vergessenen Gottes oder Ungeheuers, das sich aus der Unterwelt erhob, stieg die Pilotenkanzel aus der Dunkelheit ans Licht des freien Raums.

Norla blinzelte in die jähe Helligkeit. »Sonnenbrillen«, sagte sie, öffnete ein kleines Schubfach unter der Instrumententafel und nahm zwei einfache Sonnenbrillen einer Art heraus, wie sie seit wenigstens tausend Jahren niemand mehr getragen hatte. Sie gab Koffield eine, und beide setzten sie auf. Aber es waren keine gewöhnlichen Sonnenbrillen. Die Gläser sandten ein Signal an die photonische Steuerung der Pilotenkabine und zeigten genau an, in welche Richtung der Träger der Brille blickte. Das photonische System konnte dann das Panzerglas der Pilotenkanzel selektiv und augenblicklich verdunkeln, wenn ein blendend helles Objekt in diesem Teil des Himmels erschien. Das System sorgte dafür, dass nichts zu hell war, um es anzusehen.

Solace hing gewaltig und hell über ihnen, und Norla gönnte sich einen Moment, den Anblick zu bewundern. Die sonnenbeschienene Seite der Welt verdunkelte sich zu einer angenehmen Helligkeit, als die Sonnenbrille ihre Wirkung tat. Die Trennlinie zwischen Tag und Nacht war beinahe genau über ihren Köpfen und teilte die Welt in Dunkelheit und Licht.

Solace bot einen spektakulären Anblick. Doch selbst aus der Höhe des Raums war deutlich zu sehen, dass es Probleme mit der Bewohnbarkeit dieser Welt gab. Eine von Leben erfüllte Welt war ein Ort kühler Farben, blau und grün und weiß, von Kontinenten, deren Umrisse durch Wolkenwirbel und Feuchtigkeit verwischt und unvollkommen zu erkennen waren. Solace war hart, die kontinentalen Flächen mehr rot und braun und grau als grün, die Wolkenwirbel von Tiefdruckgebieten außerhalb der äquatorialen Zone spärlich. Sogar das Blau der Ozeane schien nicht ganz richtig. Es war zu dunkel, vielleicht, weil es zu trübe war …

Aber langsam. Sie las zu viel hinein. Sie brauchten Wissen, nicht Dichtung; Fakten, nicht Phantasie. Sie malte das ganze Bild mit Koffields Pessimismus. Vielleicht waren die Verhältnisse nicht annähernd so schlimm. Vielleicht hatte das Licht des lokalen Zentralgestirns eine Färbung, die sie nicht gewohnt war. Es war gescheiter, den unglaublichen Anblick zu bewundern und die Interpretation anderen zu überlassen. Jede aus niedriger Umlaufbahn betrachtete Welt bot einen phantastischen Anblick.

Später aber würde genug Zeit sein, Solace zu betrachten. Vorerst hatte sie andere Arbeit zu tun. Sie veränderte sie Stellung ihres Sitzes, bis sie beinahe auf dem Rücken lag, dann legte sie den Schalter um, der Instrumententafel und Kontrollschirme auf gekrümmten Schienen nach oben bewegte, bis sie wieder in Norlas Blickfeld waren.

Als Nächstes schaltete sie alle Darstellungen bis auf die Daten für das Rendezvousmanöver mit der Orbitalstation Solace aus. Der Sturm von Zahlen, Tabellen und Kurven verblich, und sie hatte nur noch die Anzeigen für Entfernung und Geschwindigkeit, Bahnkontrolle und Annäherungsvektoren vor sich.

Ein weißer Zielkreis leuchtete um ein Stück Himmel über der Nachtseite der Welt auf und zeigte die Position der Orbitalstation an. Doch selbst aus dieser Entfernung brauchte Norla die Hilfe nicht. Die Station war reichlich groß genug, dass man sie mit unbewaffnetem Auge sehen konnte, ein weißer Zylinder in mittlerer Distanz, der langsam um seine Achse rotierte. Eine Station musste sehr groß sein, dass es einfacher und billiger war, die Schwere durch Rotation zu erzeugen, statt die Schwerkraftgeneratoren einzusetzen, die an Bord von Schiffen verwendet wurden. Aber die Orbitalstation Solace war mehr als groß genug.

Bei näherer Betrachtung zeigte sich, dass die Station aus einer Serie flacher Scheiben bestand, die aufeinander gestapelt waren. Jede hatte ein Loch in der Mitte. Aus Gründen, die in den Tiefen früherer Jahrtausende verloren gegangen waren, wurde das grundlegende Konstruktionskonzept ein Rettungsringstapel genannt. Dieses Konstruktionsprinzip erleichterte spätere Erweiterungen der Station durch das Hinzufügen weiterer Scheiben an beiden Enden des Stapels. Das Loch durch die Mitte des Stapels vereinfachte die Bewegung von Raumschiffen in die und aus der Station. Sie passten ihre Rotation jener der Station an und traten an einem Ende ein und am anderen wieder hinaus, statt die komplizierten und kniffligen Manöver auszuführen, die erforderlich waren, die Bewegungen eines Schiffes denen der äußeren Andockstellen an einem rotierenden Stationskörper anzugleichen.

Das Konstruktionsprinzip hatte in anderer Hinsicht seine Nachteile, aber vom Standpunkt eines Piloten gesehen, war eine Rettungsringstapel-Station nahezu ideal. Die Annäherung erfolgte entlang der Längsachse und konnte auf die komplizierten Korkenziehermanöver verzichten, die bei Stationen notwendig waren, deren Architekten mehr Wert auf Modernität der Formgebung und stilistische Verfeinerung als auf praktische Effizienz legten.

Norla merkte, dass etwas fehlte. Etwas war nicht da, das hätte da sein sollen. Und dann erkannte sie, was es war. Verkehr. Ihre Bildschirme zeigten keine anderen Schiffe in Annäherung an die Station, keine Schiffe auf der Ausreise. Vielleicht war der Handelsverkehr einer relativ abgelegenen Welt wie Solace gering, aber wahrscheinlicher erschien ihr, dass die Verkehrskontrolle der Orbitalstation alle anderen vor Annäherung gewarnt hatte, während das seltsame Raumschiff aus der Vergangenheit seine langsamen, manuellen Manöver ausführte.

Die Station schwoll an, wuchs von einem Spielzeug, einem langen und dünnen Kreisel, der langsam um seine Achse rotierte, zu einer massiven Welt im Himmel, einem Turm aus schimmerndem Metall und Glas, der sich lauthals und majestätisch in der Dunkelheit drehte.

Nun wurde klar, dass die Orbitalstation nicht ein einfacher Zylinder war, sondern ein Zylinder, aus dessen äußerer Hülle alle Arten von Strukturen ragten. Norla schaltete die Fernkamera ein, um einen genaueren Eindruck zu bekommen. Dutzende von schimmernden Masten, große Radarantennen auf Stelzen aus Gitterwerk entragten dem Außenradius der zentralen Scheiben. Dunkle Gebilde wie gepanzerte Drehtürme saßen wie Pocken auf den Hüllen der äußeren Scheiben, daneben Strukturen, die wie die Skelette von Parabolantennen aussahen. Mehrere von ihnen sahen zerbrochen aus, und eine genauere Beobachtung der Türme zeigte, dass bei mehreren Teile der äußeren Verkleidungen fehlten. Auch war zu erkennen, dass eine erhebliche Anzahl der sichtbaren Außenstrukturen Anzeichen langen Gebrauchs zeigten. Je länger sie die Station beobachtete, desto mehr wurden Abnutzung und Alter offenbar. Fehlende Teile, verloren gegangene Isolierungen, Reparaturstellen, die nicht ganz zum Original passten. Ungefähr eine von zehn oder sogar eine von fünf der Außenstrukturen hatte selbst von weitem deutlich sichtbare Defekte.

Nach der Information in der Bibliothek der *Dom Pedro IV* war die Orbitalstation Solace ein Stapel aus vier Scheiben, die irgendwann in der Zukunft auf sechs erweitert werden sollten. Zwar hatte sie Bilder der Station gesehen, doch hatte keine der Aufnahmen Rumpfaufbauten und Außenstrukturen gezeigt.

Außerdem war die Station, die sie jetzt vor sich hatte, eindeutig ein Stapel von acht Scheiben, und die vier mittleren Scheiben sahen entschieden älter aus als die äußeren, da ihre Isolation abgenutzt und vom Sonnenlicht nachgedunkelt war. Wenn nichts sonst sie überzeugt hätte, dass viel Zeit vergangen war, dann hätten es diese zusätzlichen Scheiben und die Masten und sonstigen Zubauten getan.

Inzwischen kamen sie der Station näher und näher, und ihre Ansicht davon wurde immer stärker verkürzt, als ihre Orbitalbahnen sich einander annäherten. Schließlich konnten sie von dem mächtigen Zylinder nur noch das Ende sehen, das wie eine große Scheibe direkt vor ihnen im Himmel hing.

Norla blickte hinab zu der Welt unter ihnen. Wie mochte es dort sein? Was taten die Menschen, die dort lebten?

Die *Cruzeiro do Sul* schob sich langsam näher heran, bis sie nur noch einen Kilometer achteraus von der Station war. Norla überprüfte ihre Anzeigen. Eine Minute bis zum letzten Anpassungsmanöver, das die Flugbahn der *Cruzeiro* ein wenig erhöhen und verlangsamen würde, bis sie genau der Umlaufbahn der Station entsprach. Das scheibenförmige Ende der Station wuchs und nahm einen immer größeren Teil des Himmels ein. Nun war die Höhlung in der Mitte der Scheibe deutlich sichtbar, eine gähnende Öffnung, die im Begriff schien, sie zu verschlingen – was sie tatsächlich tun würde.

Norla brachte den Leichter in die geeignete Position für das letzte Manöver und drehte ihn, bis der Bug der Station abgewandt war. Sie überprüfte ein letztes Mal die Instrumente und Anzeigen und beobachtete die Uhr der Startzählung. Sie zündete die Hilfstriebwerke bei drei Prozent Leistung für zwei Sekunden, dann war der Leichter vollkommen auf die Station ausgerichtet. Wieder drehte Norla ihn herum, dass er vorwärts in die Flugrichtung wies. Die *Cruzeiro do Sul* wendete abermals, stoppte die Rotation und wies mit dem Bug direkt auf die Öffnung in der Mitte der Station.

Und dann waren sie dort. Bloße hundert Meter vom achteren Ende der Station, genau ausgerichtet mit dem Mittelpunkt und direkt vor dem zentralen Zugangstunnel, durch den sie bis zum anderen Ende sehen konnten, und wo sie im runden Ausschnitt die Sterne jenseits der Station ausmachen konnten. Perfekt.

Der nächste Schritt war die Anpassung an die Rotation der Station. Sie zündete Hilfstriebwerke zu minimaler Schubleistung, den Blick auf das rückwärtige Ende der Station gerichtet. Sie schaltete aus, zündete nochmals für eine Sekunde, und ein weiteres Mal. Unterdessen kamen sie der Öffnung näher und näher, und durch die Anpassung der Schiffsrotation sah es aus, als ob die Station zusehends langsamer rotierte.

Nur die Sterne, die im Hintergrund und um die Peripherie ihres Gesichtsfeldes hingen, verrieten die Illusion. Dann waren sie ausgerichtet, die Rotation angepasst und im Stationsbereich. Sie konnte durch das kilometerlange Innere des zentralen Zugangstunnels sehen, hinter dem die Sterne im Himmelsausschnitt langsam kreisten.

Ein plötzliches Gefühl von Desorientierung überkam sie, und sie wusste, was es war, selbst wenn es ihr Angst machte. Ihr Unterbewusstsein konnte sich nicht entscheiden, in welche Richtung sie blickte. Einen Augenblick sah ihr Kleinhirn sie flach auf dem Rücken und durch den massiven Tunnelschacht aufwärts blicken, der in Begriff schien, auf sie herabzustürzen. Dann, im nächsten Augenblick hing sie von der Decke eines weiten imaginären Raums und blickte hinab in die bodenlose Tiefe dieses Tunnels, die so ungeheuer war, dass man hindurchfallen und am anderen Ende in den leeren Raum stürzen würde. Und sie war diejenige, die im Begriff war, in den Schacht zu fallen. Dann wurde alles plötzlich horizontal, und sie saß aufrecht in ihrem normalen Pilotensitz und blickte durch einen völlig ebenen Tunnel nach vorn, und niemand war in Gefahr, in oder aus etwas zu fallen.

Sie widerstand der Versuchung, sich an diese letzte Vorstellung zu klammern. Hielt man an tröstlichen Illusionen fest, würde alles nur noch schlimmer, wenn etwas die Illusion zerstörte. Besser war es, sich an die Realität einer rotierenden Röhre im Raum zu halten. Sie musste die Fremdheit bewusst akzeptieren, statt sich hinter den tröstlichen Fiktionen zu verstecken, die zerbrechen konnten, wenn sie es am wenigsten erwartete. Sie kniff die Augen zusammen und spähte angestrengt in den zentralen Zugangstunnel der Orbitalstation.

Der Tunnel selbst hatte einen Durchmesser von einhundertfünfzig Metern und zog sich durch das gesamte kilometerlange Bauwerk. Die Oberfläche war ein Wald von komplizierten Umrissen, welche die Innenwandung des Tunnels bedeckten. Die Rotation des Ganzen erzeugte eine simulierte Schwere mithilfe der Zentrifugalkraft. Unten war die Außenwandung der Station, und oben war das Innere des Zylinders. Der

Horizont war um sich selbst gewickelt. In den äußeren Decks der Station, draußen an der Außenwand des Zylinders würde die simulierte Schwere beträchtlich sein, während sie innen an der Tunnelwandung nicht viel ausmachte. Aber auch dort reichte die Schwere aus, um alle Gegenstände an der gekrümmten Tunnelwand festzuhalten.

Ein Teil der Welt war aufrecht, ein Teil stand auf dem Kopf, und der Rest lag auf der Seite: festgemachte Schiffe, gestapelte Ladung, Beleuchtungskörper, spinnenhafte Kräne, frei schwebende Laderoboter und winzige Gestalten in Schutzanzügen, die da und dort knieten und standen und Arbeiten ausführten, die nur von menschlichen Händen und menschlichen Augen an Ort und Stelle verrichtet werden konnten.

Sie konnte die Verbindungsstellen zwischen den acht Scheiben erkennen, die den Zylinder ausmachten. Auch jetzt brauchte man keinen scharfen Blick, um zu sehen, dass die inneren Scheiben die ältesten waren und dass dort viele Schiffe festgemacht hatten. Die inneren Scheiben waren vom Alter dunkler, wiesen mehr Schrammen, Beulen und Flickstellen auf. Da und dort hatten Triebwerke, die ein wenig zu stark und ein wenig zu früh gezündet worden waren, geschwärzte Stellen an der Tunnelwandung hinterlassen.

Aber wie sah es mit den Andocksystemen der Station aus? Norla dachte zurück an ihre Lehrbücher. Primärtransporter, wurden sie genannt, Trägerwagen mit Roboterarmen. Die Wagen bewegten sich auf Schienen, welche die Länge der Station durchliefen. Norla erinnerte sich, dass in ihrem Lehrbuch von zwei Einschienenbahnen die Rede gewesen war, die 180 Grad voneinander entfernt waren, aber Norla sah vier übergroße Doppel-T-Träger, die an massiven Verstrebungen die Länge der Station durchliefen. Sie waren in regelmäßigen Abständen um das Innere des

Tunnels angeordnet und hellrot gestrichen, um sie so auffallend wie möglich zu machen. Auch hier war es einfach, die beiden Alten, schmutzig und abgenutzt aussehenden von den Neuen zu unterscheiden. Die Trägerwagen der Primärtransporter fuhren auf doppelten Rädern über und unter den Schienen, sodass sie fest darauf gehalten wurden, wenn sie durch die Länge der Station rollten.

Es war aus der Entfernung schwierig zu erkennen, sah aber so aus, als wären zwei der Transporter am anderen Ende der Station stillgelegt worden. Ein Dritter arbeitete ungefähr in der Mitte und hob etwas mit den Greifarmen.

Dann sah sie plötzlich, dass der Vierte direkt auf sie zukam. Der Trägerwagen mit seinem Laderaum kam auf der Schiene näher und hob die Gelenkbeine wie eine groteske Riesenspinne. Am Ende seiner Schiene blieb der Trägerwagen stehen; ein Gelenkarm streckte sich aus der Tunnelöffnung und griff langsam nach der *Cruzeiro do Sul*.

Norla musste der Versuchung widerstehen, nach der Steuerung zu greifen, die Triebwerke zu zünden und den Leichter schnell vor dem großen, grausam aussehenden Arm in Sicherheit zu bringen. Am Ende des Armes war die Andocksonde, und ihre sechs blütenähnlichen Andockscheiben öffneten sich wie ein großes hungriges Maul, die zwei ferngesteuerten Kameras zu beiden Seiten der Sonde glichen den Augen eines Rieseninsekts, das sich anschickte, sie auszusaugen.

Norla zwang sich zur Ruhe. Vor fünf Minuten hatte sie sich beglückwünscht, dass es ihr gelungen war, ihre imaginären Ängste zu vertreiben. Es würde ihrer Selbstachtung nicht gut tun, wenn sie nun die Illusionen wieder die Oberhand gewinnen ließ.

Der Arm hielt mit der ausgestreckten Andocksonde

fünfzig Meter vor der *Cruzeiro do Sul* an. Gegen ihren Willen stieß Norla ein erleichtertes Seufzen aus.

»Sieht gut aus«, sagte sie zu Koffield, mehr um etwas zu sagen als aus irgendeinem Bedürfnis oder Wunsch nach Kommunikation. Sie warf ihm wieder einen Seitenblick zu. Er starrte wie gebannt in den Tunnel der Station, schenkte ihr nicht die geringste Beachtung und schien die Bemerkung überhört zu haben. Seine Sonnenbrille erschwerte es, den Gesichtsausdruck zu deuten. Sie ärgerte sich, dass er anscheinend nie das Bedürfnis hatte, von sich aus zu sprechen. »Wir sind bereit zum Andocken«, sagte sie mit der Hoffnung, seine Aufmerksamkeit zu gewinnen.

»Ja, so ist es«, sagte Koffield ruhig.

»Wie kommt es Ihnen vor?«, fragte sie, bemüht, eine Reaktion von ihm zu bekommen. Es war ein wichtiger Augenblick und nicht zu viel verlangt, dass er sich zu wenigstens irgendeiner Reaktion herbeiließ.

»Riskant«, sagte er. »Nicht das Andocken. Das wird gut vonstatten gehen. Aber wenn wir erst an Bord der Station sind – nun, dann werden wir in ihren Händen sein, nicht wahr? Und nach allem, was ich bisher von der Station sehen kann, weiß ich nicht, wie wohl mir bei dem Gedanken ist.«

Was, zum Henker, redete er da? Was sah er, das ihr entgangen war?

»Machen Sie nur weiter«, sagte er. »Vorsichtig. Und sobald wir an Bord der Station sind, hören Sie nicht auf, vorsichtig zu sein.«

»Im Ordnung«, sagte sie, völlig verwirrt. »Alles klar.«

Sie überprüfte ihre Anzeigen und stellte fest, dass die Künstliche Intelligenz der Orbitalstation und der Bordrechner der *Cruzeiro do Sul* ihre Daten ausgetauscht hatten. Die Station wusste jetzt alles, was sie über das Schiff wissen musste und umgekehrt. Die

Verkehrskontrolle der Station hatte die Freigabe für das endgültige Andockmanöver erteilt. Sie beobachtete den Kontrollschirm des Heckradars und machte vier Schiffe aus, die sich der Station näherten. Alle bewegten sich mit weit größeren Beschleunigungen und viel schnelleren Bahnmanövern als sie es gewagt hatte. Offenbar hatten diese kleinen Schiffe als eine Art Eskorte der *Cruzeiro do Sul* gedient, um das Annäherungsmanöver des Schifffossils, das aus dem Nichts gekommen war, notfalls zu unterstützen.

Aber dass sie sich jetzt bewegten, verriet ihr, dass sogar die Verkehrskontrolle der Station bereit war, zuzugeben, dass die *Cruzeiro do Sul* es geschafft hatte und sicher hereingekommen war. *Nun kommt der leichtere Teil,* sagte sie sich. Kein Grund zu Nervosität, nichts, was sie nicht schon hundertmal getan hätte. Der einzige Unterschied war, dass sie sich Lichtjahre von daheim befand und im falschen Jahrhundert gestrandet war, und dass das Unbekannte der Zukunft auf sie wartete. Koffield hatte Recht, es war nicht das Andocken, wovor sie sich fürchten sollte. Es war das, was danach käme, an Bord der Station.

Dies zu verstehen, half irgendwie. Ihre Lippen waren trocken geworden, und sie befeuchtete sie mit der Zunge und schluckte. Sie schwenkte den Pilotensitz herum, bis die Andocksonde des Schiffes über und vor ihrer linken Schulter war, wo sie sie sehen konnte. Sie schaltete den Hauptbildschirm auf die Kamera der Sonde und wurde mit einem Bild des Greifarms konfrontiert. Sie schaltete die Triebwerkssteuerung von vertikal auf horizontal und zündete die achteren Hilfstriebwerke für eine Viertelsekunde mit minimaler Schubleistung. Der Leichter bewegte sich langsam vorwärts, gerade auf die Andocksonde des Greifarmes zu. Die Geschwindigkeit betrug einen Meter pro Sekunde.

Sie überprüfte die Ausrichtung und sah, dass sie um eine Haaresbreite zu hoch gekommen war. Sie korrigierte mit den seitlichen Triebwerken, und kam der perfekten Ausrichtung auf vielleicht dreißig oder vierzig Zentimeter nahe, versuchte aber nicht mehr zu korrigieren. Sie war gut im Toleranzbereich, und jeder Versuch zur Kompensation würde wahrscheinlich zu einem Übersteuern in die andere Richtung und zu weiteren Korrekturen führen, die weit mehr Schwierigkeiten bereiten konnten.

Langsam trieb sie näher und sah die Andocksonde herankommen. Auf fünfzehn Meter Distanz bremste sie die Vorwärtsbewegung auf einen Viertelmeter pro Sekunde.

Die Sonde war jetzt nahe genug, dass Norla sie nicht mehr direkt sehen konnte. Sie kam von links herein, zur Andockstelle der *Cruzeiro do Sul*. Je näher sie kam, desto größer und grausamer wirkte sie mit ihren weit geöffneten Kiefern, die sich nach dem Schiff ausstreckten.

Langsam trieb sie hinein, bremste noch einmal, bis der Leichter sich nur noch mit bloßen acht Zentimetern pro Sekunde vorwärts bewegte. Wieder prüfte sie die Ausrichtung und sah mit Befriedigung, dass die minimale Abweichung sich aufgelöst zu haben schien, sodass sie genau im Ziel lagen.

Sie nahm die Hände von der Steuerung, war genau, wo sie sein wollte. Nun gab es nichts zu tun als hinauszuschauen und den Kontakt mit der Andocksonde abzuwarten.

Es dauerte etwas mehr als eine Minute, bis die *Cruzeiro do Sul* die letzten paar Meter hinter sich gebracht hatte. Es war seltsam, sich so langsam mit einem Schiff zu bewegen, das so schnell sein konnte, das in ein paar Tagen von den äußeren Bereichen des Systems nach Solace fliegen konnte.

Und seltsam, dass eine Minute so lang sein konnte.

Die Klaue am Greifarm kam dem Schiff näher und näher, und Norla fühlte eine ängstliche Beklemmung, ohne zu wissen, was es war – bis sie merkte, dass es das Unbekannte selbst war, das sie fürchtete. Die Außenwelt, wie sie sich jetzt präsentierte, griff nach ihnen. Bis sie angedockt hatten, bis sie in der Station waren, waren sie noch nicht wirklich Teil der Zukunft. Sie konnten sich wenigstens vorstellen, dass ein Rückzug in die verschwundene Vergangenheit möglich sei. Die letzten paar Sekunden, in denen sie Teil der Vergangenheit waren, Teil des Lebens und der Zeit, in die sie nicht mehr zurückkehren konnten, verflüchtigten sich vor ihren Augen.

Die Kiefer der Stationssonde erfassten die *Cruzeiro do Sul,* die den Kontakt mit einer minimalen Erschütterung quittierte. Das Schiff kam zum Stillstand.

Die Zukunft hatte sie eingefangen.

## 14.

# JONAS UND PANDORA

Anton Koffield beobachtete und lauschte, als ein Signalton erklang und Textzeilen auf dem Bildschirm der Pilotenkanzel erschienen.

ALLE ANTRIEBS- UND MANÖVRIERSYSTEME AUSSCHALTEN. LANDUNGSGERÄT AUSFAHREN. KEINE WEITERE ABFERTIGUNG, BIS ZUSTIMMUNG FESTGESTELLT.

Die Absicht war klar. Die Orbitalstation wollte vermeiden, dass Schiffe unter Eigenantrieb in ihrem Tunnel herumflogen.

Koffield blickte zu Norla Chandray und beantwortete ihre unausgesprochene Frage mit einem Kopfnicken. Sie seufzte besorgt und betätigte die entsprechenden Schalter.

ZUSTIMMUNG FESTGESTELLT. ANDOCKSYSTEM WIRD SCHIFF ZU BUCHT GAMMA ZWEI TRANSPORTIEREN (G2). PASSIVEN ZUSTAND BEIBEHALTEN.

Interessant. Es hatte keine erkennbare Veränderung der Sprache und Begriffe gegeben, als Chandray mit den menschlichen Beamten der Verkehrskontrolle gesprochen hatte. Eine so unpersönliche Sprache mit Infinitivkonstruktionen?

Er blickte wieder zu Chandray. Die Frau hatte keine Freude bei dem Gedanken, ihrem Schiff jede Möglichkeit zur Eigenbewegung zu nehmen. Er konnte es verstehen. Selbst unter normalen Umständen gab kein Pilot bereitwillig die Kontrolle über sein

Fahrzeug auf – und dies waren durchaus keine normalen Umstände.

Der Greifarm zog sich hydraulisch in sich zurück und die *Cruzeiro do Sul* in die Station. Koffield spähte in den zentralen Tunnel und sah den Trägerwagen ihres Greifarms vorwärts rollen und den Arm und die *Cruzeiro* mitziehen. Ein Knarren und Ächzen kam vom Andocksystem, wo es das Trägheitsmoment des Schiffskörpers aufnehmen und überwinden musste, dann setzte sich das Schiff langsam in Bewegung.

Koffield vergewisserte sich, dass sein Aufzeichnungsgerät arbeitete, dann konzentrierte er sich darauf, alles zu sehen, alles zu bemerken, was er mit angespannter Aufmerksamkeit wahrnehmen konnte.

Der Transportwagen rollte gleichmäßig dahin, Greifarm und Schiff nach sich ziehend. Es war schwierig, sich das offene Ende des zentralen Tunnels nicht als einen gigantischen Rachen vorzustellen, der sie verschlang, den Tunnel selbst als die Gurgel eines monströsen Ungeheuers. Jonas, der vom Wal verschlugen wurde. Nun, Jonas war heil und ganz wieder herausgekommen. Vielleicht würden sie ebenso viel Glück haben.

Die *Cruzeiro* glitt aus dem Sonnenschein in den Schatten der Station und den Zugangstunnel. Ohne den Blick vom Tunnel zu wenden, nahm Koffield seine Brille ab und reichte sie Chandray. Sie nahm auch ihre ab und legte beide wieder in ihr Fach.

Aufmerksam beobachtete Koffield das Innere der Orbitalstation. Seit dem vergangenen Jahrhundert war die Station um das Doppelte gewachsen. Das war an sich nicht bemerkenswert. Es war die Art und Weise, wie Zeit und Gebrauch ihre Spuren hinterlassen hatten, die ihm verrieten, was er wissen musste, und das gab ihm Grund zur Beunruhigung. Sie passierten eine Ladebucht, die bis auf ihre tragenden Elemente demontiert war. Wandplatten waren mehr oder weniger willkürlich herausgezogen, desgleichen Halterungen und Verbindungen. Die gleiche Art von Wandplatten war verwendet worden, um unweit davon eine zusätzliche Reparaturbucht einzurichten. In dieser Reparaturbucht lag ein abgenutzter und verschrammter alter Raumtransporter halb zerlegt, doch ob er auseinander genommen oder wieder zusammengesetzt wurde, war unmöglich festzustellen. Keine Arbeitsbeleuchtung war eingeschaltet, keine Kabel verlegt, keine Prüfgeräte angeschlossen, keine Arbeiter vor Ort. Koffield gewann den Eindruck, dass seit langem niemand mehr an diesem Raumtransporter und in dieser Reparaturbucht gearbeitet hatte.

Eine Vierteldrehung um den Zylinder aber war eine neue, hell beleuchtete Reparaturbucht, wo alle Lampen eingeschaltet waren und ein kompletter Arbeitstrupp in Schutzanzügen wie Ameisen einen schimmernden neuen Raumtransporter umschwärmte.

Das war das Muster. Altes wurde nicht erhalten oder wiederhergestellt, sondern man ließ es verrotten, schlachtete es aus, um brauchbare Teile zu gewinnen. Die neuen Abschnitte und Systeme waren nicht in die alten integriert, sondern einfach angebaut und über sie verlegt. Es war keine rationelle oder effiziente Art zu arbeiten. Und es würde nicht so sein wie es war, wenn nicht jemand, wahrscheinlich eine große Gruppe, über Generationen hin in irgendeiner Weise davon profitierte, dass in dieser irrationalen Art und Weise gearbeitet wurde. Und die Gruppe musste die Macht haben, um alles zu ihrem Vorteil einzusetzen. An anderen Orten, unter anderen Umständen – auf der Oberfläche des Planeten, zum Beispiel –, hätte die Aufgabe eines alten Ladekrans, wo er stand, während ein neuerer, größerer und stärkerer hundert Meter weiter errichtet wurde, nicht so viel Bedeutung gehabt, hätte auch nicht als warnendes Zeichen größerer Probleme gedient. Aber in der Enge selbst einer großen Orbitalstation sah es anders aus. »Sie haben die Größe der Station verdoppelt«, sagte er zu Norla, »aber die alte Hälfte sieht heruntergekommen aus, als wäre man nahe daran, sie aufzugeben. Was sagt Ihnen das?

»Ich weiß nicht genau«, antwortete sie. »Vielleicht sind sie schlechte Planer oder vielleicht ist es bloß die gewöhnliche alte Korruption. Oder vielleicht weigerte sich die alte Garde, etwas neu zu bauen oder zu verbessern, und die jungen, aufsteigenden Kräfte ließen sie, wo sie waren, und umgingen sie, bauten außen herum.«

Nicht zum ersten Mal gab Koffield ihr gute Noten für Intelligenz. Sie war keine ausgebildete Beobachterin, aber sie verstand zu interpretieren, was sie sah.

Als sie zu den älteren zentralen Scheiben gezogen wurden, zeigte es sich offensichtlicher und extremer. Ruinierte Wartungsbuchten, leer wie Geisterstädte, standen Seite an Seite mit hell beleuchteten Lagerhallen, in denen geschäftiges Leben herrschte. Die Fenster gepflegter neuer Wohneinheiten starrten in dunkle, ausgeschlachtete und demontierte Tankanlagen. Auch das schien Teil des Musters zu sein. Nicht nur das lebendige Neue neben dem verarmten Alten, sondern die Luxuswohnung neben den verfallenden Resten des Notwendigen.

Nichts davon war gut.

Der Arm des Trägerwagens schleppte sie reibungslos an allem vorbei, über die Mitte der Station hinaus und zum anderen Ende des Zylinders. Sie kamen zum vorderen Andockkomplex und wurden vom Anblick eines ganz anderen Musters begrüßt – oder vielleicht, überlegte Koffield, bloß einer Variation des gleichen Themas.

Alle Andockbuchten waren voll, und das ergab keinen Sinn. Wenn etwas draußen im Raum nicht knapp war, dann war es der Raum selbst. In jeder anderen Station, die Koffield je gesehen hatte, gab es eine sehr einfache Methode, mit Überfüllung fertig zu werden. Wenn eine Bucht benötigt wurde, wartete man einfach, bis das Schiff daran mit dem Entladen fertig war, dann ablegte und in einer Parkumlaufbahn nahe der Station blieb. Angenommen, man sorgte für Vorsichtsmaßnahmen zur Verhinderung von Kollisionen, und angenommen, die Schiffe hatten ausreichend Antriebsenergie und waren gut bevorratet, gab es praktisch keine Grenze für die Zahl der Schiffe, die man parken konnte. Sie in den Ladebuchten zu lassen, diente keinem Zweck. Koffield spähte zum vorderen Ende des Zugangstunnels in den freien Raum. Sogar mit unbewaffnetem Auge konnte er zehn oder zwanzig Schiffe der einen oder anderen Art sehen, größtenteils kleinere Typen für den engeren interplanetarischen Bereich. Alle waren dort bis zu einer späteren Verwendung geparkt. Sie benutzten die normalen Techniken.

Warum waren die Andockbuchten der Station dann bis zum Bersten gefüllt?

Koffield fand seine Antwort, als er sah, welche Art von Schiffen in den Buchten lagen. Fast alle waren Raumtransporter für den Verkehr durch die Atmosphäre hinunter zur planetarischen Oberfläche und zurück. Alle waren von unbestimmt futuristischer Form, aus der Perspektive eines vergangenen Jahrhunderts gesehen, und nahezu alle zeigten Spuren langen und harten Gebrauchs. Durch die Bullaugen war bei den meisten nur eine minimale Innenbeleuchtung auszumachen. Wenige hatten Fluggastbrücken, die zu ihnen führten, aber alle hingen an den Nabelschnüren von Schlauchleitungen und Kabeln, die offenbar an lebenserhaltende Systeme angeschlossen waren. Die meisten waren unbeleuchtet, doch bei einigen Schiffen blinkten die Positionslichter, also konnte es kein Verbot von Positionslichtern geben. Warum wurden sie dann ausgeschaltet, wenn nicht …

Zweiter Offizier Norla Chandray war ihm einen Schritt voraus. »Ich glaube, unten auf der Oberfläche muss es größere Schwierigkeiten geben als wir dachten«, sagte sie. »Dies sind alles Raumtransporter für den Verkehr zur Oberfläche. Deshalb werden sie über Leitungen versorgt und in Bereitschaft gehalten, aber nur je nach Bedarf mit den Fluggastbrücken verbunden.«

Koffield nickte. Die Schiffe hatten nicht genug Energiereserven und Treibstoff für den Rückflug, also mussten sie angedockt bleiben. Die Station versorgte sie mit Energie und Luft, weil die Transporter selbst nicht genug davon hatten. Konnte es sein, dass die Raumtransporter besetzt waren und auf Treibstoffversorgung warteten?

Warum wurden sie dann nicht aufgetankt? Keine der drei möglichen Antworten, die Koffield einfielen, konnten ihn glücklicher machen. Entweder hatte die Station nicht genug Treibstoff, um die Raumtransporter aufzutanken, oder diese konnte nicht dafür bezahlen, oder sie weigerten sich, Treibstoff an Bord zu nehmen, weil sie fürchteten, zurückgeschickt zu werden.

Aber wer würde unter solchen Umständen von der Oberfläche des Planeten zur Orbitalstation fliegen?

Wenn die Verhältnisse auf Solace sich wirklich sehr verschlechtert hatten.

»Wie sieht es mit unserem Treibstoff aus?«, fragte Koffield. Er hätte selbst nachsehen können, konnte den Blick aber nicht von der gestrandeten Flotte von Raumtransportern wenden.

»Die Tanks sind knapp unter achtzig Prozent voll«,

sagte Norla. »Wir können im System überall hin, oder zurück zur *Dom Pedro,* wenn wir müssen.«

»Die *Dom Pedro* hört sich gut an«, sagte Koffield. »Aber ich kann mir keinen Ort in diesem System vorstellen, den ich gern aufsuchen würde.«

»Genau meine Meinung«, erwiderte Chandray. »Ich würde gern wissen, wo sie uns unterbringen wollen?«

»Sie haben es auf der Anzeige gesehen«, sagte Koffield. »Andockbucht Gamma zwei.«

»Ja, richtig. Aber es sieht so aus, als sei schon jemand dort.« Sie zeigte über seine Schulter, und er blickte in die angegebene Richtung. Er hatte im Gegensatz zu ihr nicht auf die Platzmarkierungen geachtet. Und dort, ganz deutlich, war das Zeichen G 2. Und genauso offensichtlich lag dort bereits ein Schiff, ein Raumtransporter mit kurzen Tragflächen und Leitwerken für die Atmosphäre, der augenscheinlich zu groß war, um G 2 mit einem anderen Fahrzeug zu teilen, geschweige denn einem Transportleichter von der Größe der *Cruzeiro do Sul.* Der Name des Transporters, *Ease,* stand mit großen Buchstaben auf der Rumpfseite.

Die Antwort auf Chandrays Frage kam, bevor sie länger darüber nachdenken konnte. Der Greifarm, der die *Cruzeiro* geschleppt hatte, verlangsamte, und der Rumpf der *Cruzeiro* ächzte und stöhnte, als das Trägheitsmoment ihrer Masse aufgefangen wurde. Ein weiterer Greifarm rollte auf seinem Trägerwagen heran und hielt vor der *Cruzeiro do Sul.* Der zweite Arm schwang über die Andockbucht Gamma zwei, verband seine Andocksonde mit dem Befestigungspunkt in der Nase der *Ease,* und der Arm zog den Raumtransporter aus der Bucht und in den Zentraltunnel der Station. Darauf drehte er sich in seinem Gelenk, bis der Raumtransporter genau auf das vordere Ende des Tunnels ausgerichtet war. Der Arm auf seinem

Trägerwagen bewegte sich vorwärts und schob die *Ease* vor sich her zum Ende des Tunnels. Ungefähr zwanzig Meter vorher ließ der Arm los, und die *Ease* trieb langsam hinaus in den offenen Raum. Soweit Koffield sehen konnte, unternahm sie keine Anstrengung, ihren Kurs zu ändern oder ihre Vorwärtsbewegung relativ zur Station zu verlangsamen. Der Arm hatte dem Fahrzeug keinen Stoß versetzt, ihm aber eine Geschwindigkeit von einigen Metern pro Sekunde mitgeteilt, genug, um seine Umlaufbahn etwas zu verändern. Wenn die *Ease* ihre Vorwärtsbewegung nicht verlangsamte, würde sie in ihrer etwas unterschiedlichen Umlaufbahn bleiben und sich allmählich von der Station entfernen. Koffield konnte keine Innenbeleuchtung bei der *Ease* ausmachen, noch waren die Positionslichter eingeschaltet.

Er und Chandray sahen einander an. War der Pilot der *Ease* nur extrem ökonomisch im Umgang mit Energie und Treibstoff an Bord, oder hatten sie gerade gesehen, wie ein Schiff absichtlich sich selbst überlassen und aufgegeben wurde? War überhaupt ein Pilot an Bord gewesen, eine Besatzung? Hatte die Dispositionsstelle der Station gerade eine Routineoperation vorgenommen, um ein Schiff über den Bordrechner ferngesteuert in eine Parkbahn zu bringen – oder hatten sie gerade gesehen, wie ein Leichnam über Bord geworfen wurde, um Platz für den Neuankömmling zu schaffen?

Für solche Fragen war keine Zeit. Ihr Greifarm hatte sich wieder in Bewegung gesetzt, drehte die *Cruzeiro do Sul* durch neunzig Grad, dass ihr Heck genau in die Andockbucht Gamma zwei wies. Dann manövrierte er den Leichter rückwärts in ihre Bucht. Aber was war mit der *Ease?* Hatten sie gerade ein Bauernopfer auf dem Schachbrett der Station gesehen, damit sie dessen Platz einnehmen konnten? Würden sie die *Cruzeiro* genauso beiläufig opfern, sollte das ihren Zwecken dienlich sein?

Der Gedanke an Schachfiguren machte Koffield bewusst, dass er selbst auch wie eine Schachfigur von anderen bewegt worden war, oftmals von Kräften, die er weder sehen noch verstehen konnte. Viel zu lange hatten sie ihn bewegt, ohne dass er selbst eine wirkliche Wahlmöglichkeit gehabt hätte. Seit dem Ereignis bei der Zirkumzentralen Wegmarke war es so gegangen. Wer hatte ihn in diese Zeit und an diesen Ort manövriert, und warum? Und was verriet die Position der Figuren auf dem Schachbrett der Orbitalstation? Welches Spiel trieben sie hier, und wie war der Spielstand?

Mit einem sanften Stoß setzte die *Cruzeiro do Sul* auf dem Deck der Andockbucht auf. Sie waren angekommen. Anton Koffield wusste, dass jetzt er am Zug war. Und er hatte nicht die leiseste Ahnung von den Regeln dieses Spiels.

*

Es hätte der Höhepunkt ihrer Reise sein sollen. Ein wenig Aufräumarbeit, umschalten der elektrischen Systeme auf Bereitschaftsbetrieb, dann hätte der große Augenblick kommen sollen, wenn sie von der *Cruzeiro* durch eine Fluggastbrücke mit Luftschleuse in die Orbitalstation gingen, in die Zukunft voller Menschen und Ereignisse.

Nachdem sie nun einmal hier waren und es kein Zurück gab, nachdem sie ihren Rubicon überquert hatten und endlich am Ziel waren, hatte Norla es eilig, von Bord zu kommen und zu sehen, was es in dieser Station zu sehen gab.

Sogar der große Anton Koffield ließ eine gewisse Ungeduld erkennen und tat sogar etwas, was ein klein wenig irrational war. Während Norla noch mit dem

Ausschalten von Systemen und Überprüfungen beschäftigt war, ging Koffield in seine Kabine und trug seinen kostbaren gesicherten Behälter heraus, um ihn neben die Luftschleuse zu stellen. Norla sah ihn dabei, und er merkte, dass sie ihn beobachtete. Er lächelte, zuckte die Achseln und ging zurück in seine Kabine, ohne ein Wort zu sagen. Es war absurd, wirklich. Wie viel Zeit würde er einsparen, wenn er das Ding so viel näher am Ausgang hatte, sobald die Schleuse sich öffnete? Und welchen Sinn hatte es überhaupt gehabt, den gesicherten Behälter die ganze Zeit in seiner Kabine zu verwahren? Hatte er befürchtet, sie würde ihn stehlen oder den Inhalt ausplündern?

Wenigstens war es ein Beweis, dass Koffield menschlich war. Und ein Beweis, dass er ebenso wie Norla bereit und ungeduldig war, die nächsten Schritte zu tun.

*

Aber die Orbitalstation war nicht bereit für sie. Dafür sorgte das Gesundheitsamt. Es gab von sich aus keine Erklärungen ab, und auch nicht auf Befragen. Das Gesundheitsamt machte lediglich klar, dass Koffield und Chandray erst nach einer gründlichen medizinischen Untersuchung die Erlaubnis zum Betreten der Station erhalten würden. Ein ferngesteuertes Elektrofahrzeug rollte zur äußeren Luftschleusentür der *Cruzeiro* und lieferte zwei Packungen mit Kunststoffbehältern und Besteck zur Entnahme von Proben.

Nachdem sie die Packungen aus der Luftschleuse an Bord genommen hatten, mussten sich beide dem unangenehmen und unwürdigen Prozess unterziehen, die verlangten Proben von Haaren, Fingernägelabschnitten, Speichel, Stuhl, Urin, Ohrenschmalz, einem Ballon voll ausgeatmeter Luft und sogar Abstriche von Zunge und Mundhöhle zu entnehmen.

All diese Proben konnte Norla allein gewinnen, aber sie kannte sich gut genug, um nicht zu versuchen, sich selbst eine Blutprobe abzunehmen, wenn es nicht sein musste. Es schien, dass Koffields Erfahrungen ihm die gleiche Lektion gelehrt hatten, und er war gern bereit, ihr dabei zu helfen und ihre Hilfe in Anspruch zu nehmen.

Es war ein Augenblick eigentümlicher Intimität, als beide einen Ärmel aufrollten und den Unterarm entblößten, dass der jeweils andere mit einer Nadel hineinstechen konnte.

Norla war seltsam und ein wenig unbehaglich zumute, als Koffield ihren Arm in die Hände nahm und fachmännisch massierte, um eine Vene zu finden. Seit jenem Tag, als er sie aus dem Tieftemperaturschlaf wiederbelebt hatte, war es zwischen ihnen nicht zu der geringsten Berührung gekommen. Das Gefühl seiner Hände auf ihrer Haut hatte etwas *Gefährliches.* Der Stich der Nadel war bloß kalt, scharf und präzise, statt wirklich schmerzhaft. Als er den Kolben der Spritze zurückzog, sah das aufgezogene Blut im Probenbehälter röter aus als es sein sollte.

Norla fand, dass es zu vollkommen und archetypisch aussah, um echt zu sein, es sah wie Kunstblut aus, makabres Make-up anstelle wirklichen Lebenssaftes. Aber die stählerne Hohlnadel und das Blut ängstigten sie nicht. Es war Anton Koffield, den ihr Unterbewusstsein als gefährlich erkannte.

Koffield betupfte die Einstichstelle an ihrem Arm, bedeckte sie mit einem Stück Heftpflaster und schraubte den Probenbehälter von der Nadel. Die Nadel kam in den Abfalleimer, der Probenbehälter in seine sorgfältig etikettierte Nische in der Probenpackung, die nun verschlossen und zur Abholung wieder in die Luftschleuse gestellt werden konnte.

»Nun zu mir«, sagte Koffield und schob seinen

Ärmel hoch. Er setzte sein Vertrauen in sie, und sie wollte sich dieses Vertrauens würdig erweisen. Es war die Arbeit von einer Minute, seine Blutprobe zu nehmen und den Probenbehälter in seine Probenpackung zu tun. Nicht viel länger dauerte das Verschließen der Packungen, die Überprüfung, dass sie richtig etikettiert waren, und das Hinaustragen in die Luftschleuse. Norla schloss die luftdichte Tür und drückte die Knöpfe zum Auspumpen der Schleusenkammer und Öffnen der äußeren Tür. »Das wär's«, sagte sie. »Ich frage mich, vor welcher Art Ansteckung sie sich fürchten.«

»Vielleicht sorgen sie sich, dass wir uns bei ihnen anstecken könnten«, sagte er. »Krankheitserreger sind in beiden Richtungen aktiv.«

»Daran hatte ich nicht gedacht«, räumte sie ein. »Und ich kann den Leuten nicht verdenken, dass sie im Umgang mit Fremden vorsichtig sind, die Erreger aus dem letzten Jahrhundert einschleppen könnten und ganz sicher nicht die Immunisierungen und Antikörper dieses Jahrhunderts haben. Aber ich sitze nicht gern hier fest und warte wer weiß wie lange, bis sie ihre Untersuchungen vorgenommen haben.«

»Ich auch nicht«, sagte Koffield. »Zieht man alles in Betracht, haben wir alle Wartezeit abgeleistet, die man von uns erwarten kann, nicht wahr?«

Norla lächelte über den kleinen Scherz, blickte dann zu dem gesicherten Behälter, der noch auf dieser Seite der Schleuse am Eingang stand. Der Behälter, den Koffield so sorgfältig bewacht hatte, wo er nicht übersehen werden konnte, wenn sie Erlaubnis erhielten, das Schiff zu verlassen.

»Ich habe noch eine andere Wartezeit abgeleistet«, sagte sie. »Ich habe gewartet, das Ende Ihrer Geschichte zu hören. Was ist in dieser Büchse der Pandora, die Sie so sorgsam behüten. Was hat es damit auf sich?«

»Als Junge las ich alle Mythen und Sagen des Altertums, die ich in die Hände bekommen konnte, auch die Geschichte über Pandora«, sagte Koffield. Es war kaum zu überhören, dass er ihre Frage nicht wirklich beantwortete. »Wenn ich mich recht erinnere, flogen in dem Augenblick, da Pandora sie öffnete, alle Übel der Welt aus der Büchse«, sagte Koffield. »Sobald die Übel entkommen waren, schaute sie in die Büchse und sah, dass das Einzige, was noch darin war, die Hoffnung war. Das störte mich immer. Ich konnte nicht umhin, mich zu wundern, wer Übel und Hoffnung in dieselbe Büchse tun würde, und warum? Und warum versteckte sich die Hoffnung am Boden der Büchse, traute sich nicht heraus, während die Übel kühn genug waren, bei der ersten Gelegenheit zu entkommen?«

»Ich nehme an, sie würden nicht einen Behälter voll Übel diesen weiten Weg hierher bringen«, sagte Norla. *Oder vielleicht doch?*, fragte sie sich. *Alle Leute von Glister würden ihn für fähig halten, genau das zu tun.* Aber sie wollte Antworten auf ihre Fragen, und war entschlossen, nicht locker zu lassen. »Wenn es also nicht Übel sind, was ist dann in Ihrem Behälter? Ist es Hoffnung?«

Koffield runzelte die Stirn, dann zuckte er die Achseln. Es war seltsam, solche Gesten der Ungewissheit bei ihm zu sehen. »Vielleicht«, sagte er schließlich. »Hoffnung vielleicht. Wenigstens für einige. Wissen sicherlich. Und eine Warnung, wenn jemand darauf hört.«

»Sie sagten, Sie würden mir den Rest der Geschichte erzählen«, bohrte Norla weiter. Sogar in ihren eigenen Ohren klang sie wie ein bockiges Kind, das eine weitere Gutenachtgeschichte verlangt. »Sie sagten, Sie würden mir alles erzählen, bevor ich es wissen müsse. Sobald man unseren Gesundheitszustand für unbedenklich erklärt und wir die Schleuse wieder öffnen, wird alles Mögliche passieren. Ich glaube nicht, dass später Zeit dafür sein wird. Ich muss es wissen, bevor wir hinausgehen. Erzählen Sie.«

Koffield schaute zu seinem gesicherten Behälter und dann zurück zu Norla. Er nickte in einer Weise, die vielleicht nicht bereitwillige Zustimmung signalisierte, doch wenigstens Ergebung ins Unvermeidliche.

Aber die letzte der Barrieren musste noch beseitigt werden. »Das lässt sich nicht in den zwei Minuten erzählen, die wir vor der Luftschleuse warten«, sagte er. »Sie werden mindestens mehrere Stunden brauchen, bevor sie uns einlassen. Heute Abend, beim Essen, werde ich Ihnen den Rest erzählen.«

Norla blickte ihn an und nickte. Auch sie gab sich damit zufrieden, wenn auch nicht mit Freuden. Sie wollte ihn noch mehr drängen, dass er mit allem herauskäme, ein für alle mal, aber sie spürte, dass mehr Druck wahrscheinlich weniger bringen würde. »Also gut«, sagte sie. »Heute Abend.«

Koffield lächelte steif. »Dann bis zum Abendessen«, sagte er, machte kehrt, ging zurück in seine Kabine und schloss die Tür.

Norla stand da und starrte die verschlossene Tür an. Sie schien ihr ein passendes Symbol für die mit Anton Koffield verbrachte Zeit zu sein. »Bis zum Abendessen«, sagte sie zu der Tür.

Sie versprach sich allzu viel davon.

## 15.

# DOMINOTHEORIE

»Dies hier ist die Ursache«, sagte Hues Remblant. Er hielt einen handelsüblichen Programmspeicherwürfel von zehn Zentimeter Kantenlänge in die Höhe, dass Kapitän Marquez ihn sehen konnte. Er hielt ihn so wie ein Geheimdienstbeamter seine Identitätsmarke vorzeigen würde, als eine Art Autoritätsausweis. »Oder vielmehr die Person, die diesen Würfel umprogrammierte.«

Kapitän Felipe Enrique Marquez saß an seinem Platz in der Zentrale der *Dom Pedro IV,* obwohl es zurzeit nicht viel für ihn zu tun gab. Die Hälfte der Bordsysteme war auf Bereitschaft heruntergefahren, während die Besatzung diagnostische Tests von allem nur Erdenklichen machte. Es war nicht übertrieben, zu sagen, dass sie arbeiteten, als ob ihr Leben davon abhinge.

Marquez streckte die Hand nach dem Würfel aus, und der Erste Offizier Remblant übergab ihn dem Kapitän, obwohl beide sehr gut wussten, dass eine bloße Betrachtung des Würfels niemandem etwas sagen konnte. Aber Marquez wollte das Ding berühren, das sein Schiff ruiniert hatte, wollte es in der Hand halten und aus der Nähe betrachten, weil es ihn verraten hatte.

Nicht, dass es ihm nützte. Es war ein Datenwürfel wie jeder andere. Er stellte ihn auf die Konsole und richtete den Blick auf die beiden Männer, Hues Remblant und Dixon Phelby, die vor ihm standen. »Wie?«, fragte er.

»Erstklassig«, sagte Remblant.

Marquez fasste ihn schärfer ins Auge. Bis zu diesem Augenblick hätte er gesagt, dass der Spezialist für Triebwerke, Navigation und Schiffsführung keinen erkennbaren Sinn für Humor habe – und auch jetzt war er dessen nicht sicher. Vielleicht hatte der Mann einen Scherz gemacht, aber wahrscheinlicher war, dass er seine ehrliche Meinung über die Geschicklichkeit dessen ausdrückte, der den Datenwürfel sabotiert hatte. »Könnten Sie etwas spezifischer sein?«, fragte er.

»Selbstverständlich, Kapitän«, sagte Remblant. »Zeitschacht-schiffe verwenden die archivarisch stabilsten Speicher- und Datensysteme, die zu bekommen sind. Sie haben eine Lebensdauer, die in Tausenden oder Zehntausenden von Jahren gemessen werden kann, und sind mit sehr viel innerer Redundanz gebaut. Außerdem sorgt ihr Konstruktionsprinzip dafür, dass Daten nach einer zufälligen Löschung wiedergewonnen werden können.«

»Was soll's? Alles wurde gelöscht«, sagte Marquez ungeduldig. Schließlich kannte er die Systeme seines Schiffes.

»Ja, sicherlich. Aber nicht zufällig. Wir haben jenseits allen Zweifels festgestellt, dass es vorsätzlich gemacht wurde.«

»Warum spielt dann die Fähigkeit, zufällige Löschungen zu überleben, eine Rolle?«

»Weil unser Saboteur außerstande war, diese Konstruktionsprinzipien vollständig auszuschalten. Der Würfel hier enthielt das gesamte Programm zur Neuorientierung des Schiffes und den Direktflug nach Solace durch normalen Raum ohne einen Zeitschachttransit. Aber es war noch mehr darin. Nach dem Eintreffen des Schiffes aktivierte der Würfel eine Serie von Befehlen zur Haushaltführung – obwohl Haushaltdemolierung eine bessere Bezeichnung wäre.«

»Dann waren alle Datenspeicher und Logs bis zur Ankunft intakt?«

»So ist es.«

»Ich sehe«, sagte Marquez. Angesichts solch äußerst ärgerlicher Neuigkeit fiel es ihm schwer, die Fassung zu bewahren. Seit einhundertsiebenundzwanzig Jahren hatte das Schiff – *sein* Schiff – methodisch alles aufgezeichnet, was geschehen war, und was an Defekten und Störungen aufgetreten war. Und dann, Minuten oder vielleicht Sekunden bevor er, Marquez, wiederbelebt wurde, war alles gelöscht worden. Zu sagen, der Täter habe der Verletzung noch eine Beleidigung hinzugefügt, wäre die Untertreibung des Jahrhunderts gewesen. Es war ein Schlag ins Gesicht eines todwunden Mannes.

»Bitte fahren Sie fort.«

»Die letzten vier Befehle in der Sequenz zur Haushaltführung betrafen die Löschung des Aufzeichnungssystems und aller Sicherungskopien, die Löschung des Umorientierungsprogramms, die Nullstellung aller Uhren und schließlich die Löschung der Haushaltführungsserie selbst. Der wichtige Punkt ist, dass der Befehl zur Nullstellung der Uhren erst auszuführen war, *nachdem* alles andere gelöscht war, sonst wären Datum und Uhrzeit im Log erhalten geblieben und hätten den genauen Zeitpunkt der Nullstellung verraten. Da die Uhren von Null wieder anfingen, wäre eine Angabe von Datum und Zeit ausreichend gewesen, um die genaue zeitliche Orientierung zu bekommen. Also musste der Befehl zur Nullstellung zuletzt ausgeführt werden, direkt über den Hauptsequenzer.«

»Und da war die Haushaltführung nicht so gründlich wie sie hätte sein können«, meldete Phelby sich zum ersten Mal zu Wort. Er sagte es mit einer munteren Selbstsicherheit, die dem Kapitän früher schon bei anderen Gelegenheiten aufgefallen war.

Remblant sah den Ladungsspezialisten ärgerlich an. Die beiden hatten sich als ein gutes Arbeitsteam erwiesen, aber das trotz und nicht wegen ihrer persönlichen Beziehung. »Ja«, sagte Remblant. »Lademeister Phelby machte die einzige Spur ausfindig, die der Saboteur hinterlassen hatte.«

»Nun, Phelby?«

»Ja, Chef ... ah ... Kapitän. Das gesamte Kontrollsystem an Bord ist darauf abgestellt, dass es sich von Irrtümern erholen kann. Es sollte verhindern, dass ein Kommando oder eine Sequenz oder ein Programm sich selbst löscht. Daher wurde ihm die Fähigkeit zur Kaskaden-Wiedergewinnung eingebaut. Stellen Sie sich eine Reihe Dominosteine vor, die umgefallen ist. Nun stellen Sie den letzten gefallenen Dominostein wieder aufrecht, und er richtet den Nächsten hinter ihm gleichfalls auf. Der wiederum den Nächsten, und so weiter. Also wusste ich – wussten wir, dass etwas – wahrscheinlich der Befehl zur Nullstellung aller Uhren – noch irgendwo im System sein musste.« Phelby blickte zu seinem Gefährten. »Unser Saboteur versteckte sein Werk ziemlich gut, aber wir wussten, es musste da sein. Wir suchten beide, und jeder von uns hätte es finden können«, sagte er. »Zufällig war ich es. Sobald wir die Sequenz der Nullstellung fanden, war der Rest ziemlich klar.«

»Sehr mühsam«, bemerkte Remblant.

»Verdammt langweilig«, sagte Phelby und lächelte seinem Partner zu. »Aber es gelang uns, viele der Dominosteine wieder aufzurichten. Nicht alle.«

»Bitte fahren Sie fort«, sagte Marquez.

»Ja, Kapitän«, sagte Remblant. »Wir haben einen

großen Teil des Sabotageprogramms wiedergewonnen. Die Kaskaden-Wiedergewinnung hat ihre Grenzen, und einige Teile waren unrettbar verloren. Aber wir bekamen genug, um uns ein gutes Stück weiter zu helfen. Und die Nachricht ist gut.«

»So gut wie sie unter den Umständen sein kann«, sagte Phelby.

»Und diese Nachricht ist?«, fragte Marquez.

»Wir glauben, dass das Schiff jetzt sauber ist. Sobald wir das Sabotageprogramm untersuchen konnten, waren wir imstande, mehrere charakteristische Muster zu finden, wie der Programmierer, der Saboteur, bei seiner Arbeit vorging. Man könnte sagen, wir erfuhren, wie seine Handschrift aussah. Natürlich haben wir an anderen Elementen der Bordsysteme eine Suche nach denselben Mustern vorgenommen, und dort sind sie nicht. Alle anderen Systeme ergeben normale diagnostische Resultate. Es gibt keine weiteren Anzeichen von Manipulation.«

»Also erwarten uns keine weiteren Fallen?«

Remblant zog eine Augenbraue ein wenig in die Höhe und zuckte mit der Schulter. »Ein Zeitschachtschiff ist extrem komplex. Es wird immer Möglichkeiten geben, etwas an Bord zu verbergen, besonders wenn es so mikroskopisch klein und unsichtbar wie ein versteckter Computercode ist. Aber wir haben festgestellt, dass im System keine Computerprogramme sind, die solche Merkmale zeigen, wie wir sie im Sabotageprogramm gefunden haben. Außerdem würde der Saboteur keinen Grund gehabt haben, weitere Fallen aufzustellen.«

»Warum nicht?«

»Die Erste funktionierte«, sagte Phelby. »Sie tat, was der Saboteur wollte. Warum eine Zweite aufstellen? Ich habe keine Ahnung, warum der Saboteur unsere Ankunft hier um eineinviertel Jahrhundert verzögern wollte, aber das sollte mit dem Programm erreicht werden, und es wurde erreicht. Jetzt ist es weg. Wir können die Kontrollsysteme für Navigation und Antrieb von den Sicherungskopien neu aufladen, wann Sie wollen.«

Marquez nickte. Er sah die Logik. Trotzdem wollte er sein Schiff nicht aufgrund dessen aufs Spiel setzen. »Sehr gut«, sagte er. »Gute Arbeit, was Sie beide geleistet haben. Aber wir werden von der Annahme ausgehen, dass noch etwas auf uns warten könnte. Wir werden mit der vollen Diagnostik weitermachen. Sobald sie vollständig ist, möchte ich ausführliche schriftliche Meldungen von allen Abteilungen – und eine Meldung von Koffield und Chandray über die Verhältnisse im System. Sobald ich Gelegenheit haben werde, dieses ganze Material durchzusehen, werden wir anfangen, über die Neuaufladung von Systemen nachzudenken und darüber, was wir als Nächstes tun werden. Was Sie mir gesagt haben, ist sehr ermutigend – aber ich sehe keinen Grund, irgendwelche Risiken einzugehen.«

Remblant gab keine Reaktion zu erkennen, aber Phelby neigte den Kopf auf die Seite und zuckte die Achseln. »Wir dachten uns, dass Sie es so sehen würden«, sagte er. »Kann nicht sagen, dass ich anderer Meinung wäre.« Er grinste, aber in seiner Miene war etwas Trauriges, Verlorenes. »Schließlich«, meinte er, »haben wir es nicht mehr eilig.«

*

Norla hätte sich daran gewöhnt haben sollen, dass Koffield sie überraschte, so oft hatte er es schon getan. »Mit dem Unerwarteten rechnen«, war ein Spruch, der schlau klang, aber Norla war es noch nie gelungen, solch eine Einstellung tatsächlich zu finden.

Sie hätte den ganzen Nachmittag und Abend verbringen und mit dem Unerwarteten rechnen können und wäre trotzdem von der Mahlzeit verblüfft gewesen, die Admiral Anton Koffield von der Chronologischen Patrouille zubereitete. Sie hatte gewusst, dass er imstande war, ein Schiff im Kampf zu kommandieren, aber sie hatte nicht erwartet, dass er kochen konnte. Während ihrer gemeinsamen Reise hatte er jedenfalls kein Beispiel solch eines Talents geliefert.

Die Kochnische der *Cruzeiro do Sul* war nichts Besonderes, und was es an Vorräten gab, war nicht mit großem Einfallsreichtum zusammengestellt, doch die Mahlzeit, die er ihr vorsetzte, duftete gleichwohl wunderbar, selbst wenn sie keine Ahnung hatte woraus sie bestand. Aber wenn sie auch vom köstlichen Duft verführt war, überlegte sie, warum Koffield es tat. War es ein Versuch, sie von ihren Fragen abzulenken? Norla konnte nicht glauben, dass ein so intelligenter Stratege wie Anton Koffield auch nur eine halbe Minute denken würde, dass solch ein Kniff funktionieren könnte. Für das Abendessen hatte er einen formalen Uniformrock angezogen. Vielleicht war es nur ein Gespür für besondere Gelegenheiten, das ihn inspiriert hatte. Heute war ihre Reise zu Ende gegangen, und morgen würden sie mit den Solaciern zusammentreffen, und wer konnte wissen, was ihre Absichten sein würden? Vielleicht war es bloß eine Art Henkersmahlzeit.

Oder vielleicht – vielleicht war es so, dass Koffield der Meinung war, dass das Ende einer Geschichte oder zumindest das Ende *seiner* Geschichte eines angemessenen äußeren Rahmens bedurfte.

Während des Essens sprachen sie über unwichtige Dinge – technische Aspekte des Annäherungs- und Andockmanövers, und begleiteten ihre Reden mit den gleichen Handbewegungen, die Piloten seit Jahrtausenden gebrauchten, um Flugzeuge und Schiffe darzustellen, die sich aufeinander zu bewegten. Sie sprachen über die äußere Erscheinung der Orbitalstation, wo Neues und Altes wie ein aus allen greifbaren Holzteilen gebasteltes Rettungsfloß zusammengestückt war.

Der Hauptgang war gegessen. Koffield servierte einen süßen Kuchen aus den Bordvorräten, der genauso schmeckte, wie er schmecken musste: seit hundert Jahren tiefgekühlt. Schließlich versickerte das belanglose Gespräch, und eine erwartungsvolle Stille senkte sich über den Tisch.

»Nun gut«, sagte Koffield, als ob der Raum statt von der Stille von Norlas lästigen Forderungen erfüllt wäre, dass er weiter erzähle. »Ich denke, es wird besser sein, dass ich Ihnen den Rest dessen erzähle, was ich weiß. Wenigstens zu diesem Thema. Wie Sie sich erinnern, unterbrachen wir die Erzählung bei meiner Entdeckung, dass jemand Material der Zentralbibliothek manipuliert hatte. Diese Entdeckung traf mich schwer. Selbst nach allem, was ich gesehen hatte, glaubte ich noch an DeSilvo.«

Koffield dachte nach und schüttelte den Kopf. »Nein. Ich muss weiter ausholen. Nach dem Zwischenfall bei der Zirkumzentralen Wegmarke und seinen Auswirkungen auf Glister wurde ich noch immer von vielen gemieden. DeSilvo war der Einzige gewesen, der auf mich zu gegangen war, der danach Vertrauen zu mir hatte. Es fiel mir außerordentlich schwer, nicht mehr an den einen Mann zu glauben, der zumindest nach meinem Gefühl an mich glaubte.

Und doch waren meine Empfindungen bereits zwiespältig. Ich glaube schon damals begann ich unbewusst zu spüren, dass er in mir nur ein Werkzeug gesehen hatte, das er billig bekommen und aus dem er gute Dienste herausholen konnte. Auch ich habe in meinem Leben von vielen Leuten Gebrauch gemacht, und es gibt sicherlich Schlimmeres, als nützlich zu sein – aber ich hatte immer versucht, ehrlich mit den Menschen zu sein, die ich benutzte, sicherzugehen, dass sie die Transaktion verstanden und begriffen, was von beiden Seiten gegeben und genommen wurde.«

Darüber musste Norla lächeln. Sie hatte durchaus gefühlt, dass Koffield sie benutzte, aber noch jetzt hatte sie nicht die leiseste Vorstellung von den Bedingungen der Transaktion.

Koffield fuhr fort: »Aber DeSilvo tat nichts dergleichen. Er gab vor, ich sei sein großer Freund, sein unentbehrlicher Mann und von unschätzbarem Wert. Alles Aufgeblasenheit und Schwindel – und ziemlich durchsichtig. Es war irgendwie beleidigend, dass er nicht einmal erwartete, ich würde es durchschauen.

Nachdem ich die fehlenden Bücher entdeckt hatte, wäre es wahrscheinlich normal und vernünftig gewesen, wenn ich mich an einen Bibliothekar gewandt hätte, oder vielleicht an einen von DeSilvos Archivaren oder auch an DeSilvo selbst, und nach ihnen gefragt hätte. Aber ich konnte nicht mehr daran glauben, dass es sich als ein unschuldiger Fehler oder Irrtum erweisen würde. Über diesen Punkt war ich längst hinaus.

Vielleicht wäre danach der nächste vernünftige Schritt gewesen, selbst eine Computersuche einzuleiten. Es gibt fast immer einen Weg, etwas in einem Computersystem aufzuspüren, nachdem es gelöscht oder verlegt worden ist. Aber ich wusste bereits, dass jemand – und ich hatte eine ziemlich klare Vorstellung, wer – mit dem Computersystem der Zentralbibliothek sein eigenes Spiel trieb. Es war mir bekannt, wie ausgeklügelt und sicher das System der Zentralbibliothek war. Es würde einer Person mit großer Geschicklichkeit, Wissen und unbeschränktem Zugang bedürfen, um dieses System zu manipulieren.

Wer das konnte, der konnte auch Fallen und Suchmonitore und andere Abwehr- und Nachweisprogramme in das Computersystem einbauen. Ich musste davon ausgehen, dass DeSilvo, wenn ich ein derartiges Suchprogramm aktivierte, augenblicklich davon wissen würde. Und ich wollte mich nicht zu früh verraten.

Außerdem gab es noch etwas, das mir nach meiner Zeit im Nachrichtendienst bekannt war: Eine Person, die ein Computersystem so gut manipulieren kann, neigt dazu, in der Art von Computersystem und Künstlichen Intelligenzen zu denken. So vieles von dem, was sie über die Welt wissen, gelangt durch Computerdarstellungen zu ihnen, und mit der Zeit beginnen sie zu denken, dass die Welt so *ist,* wie der Computer und die Künstliche Intelligenz es ihnen weismachen. Wenn die Computeraufzeichnungen zeigen, dass das Buch gelöscht worden ist, dann ist das so. Das konnte ich zu meinem Vorteil nutzen – indem ich mich bei meiner Suche auf die altmodische, dingliche, stoffliche Ebene begab. Nicht vielen Menschen ist überhaupt klar, dass so etwas noch möglich ist. Sie betrachten Wissen nicht als etwas mit einer stofflichen Existenz an einem bestimmten Ort. Sie denken es sich als eine Wolke unsichtbarer Daten, die überall abgerufen werden kann, wo sie gebraucht wird. Aber Wissen ist noch wirklich, und kann – muss – in stofflichen Objekten enthalten sein, in Büchern.

Es gibt eine wichtige Daumenregel, die zu lernen Archivare früherer Zeiten lange brauchten. Es ist folgende: Je technisch verfeinerter ein Datenspeichersystem ist, desto früher wird es schwierig oder unmöglich werden, diese Daten zu lesen und abzurufen, sobald die Technik obsolet wird. Wir können den Stein von Rosette noch immer lesen, weil die ägyptischen und griechischen Buchstaben und Worte in Stein geschnitten wurden. Wir können noch immer die Übersetzungen und Kommentare des neunzehnten Jahrhunderts über diesen Stein lesen, weil sie auf Papier gedruckt wurden, und die Faksimileausgaben dieser Bücher, die wir heute haben, wurden auf Material gedruckt, das biegsam, nahezu unzerreißbar ist und nicht versprödet, sodass es Jahrtausende überdauern kann. Aber wir können nicht viel davon lesen, was nach dem späten zwanzigsten Jahrhundert über den Stein von Rosette geschrieben wurde. Wir verstehen nicht mehr die Daten in den Speichersystemen jener Ära zu entziffern, und ihre Datenspeicher sind im Laufe der Zeit oxidiert und erodiert.

Die offensichtliche Lösung dieses Problems besteht darin, dass besonders wichtige Dokumente in einer Weise gespeichert werden, die so lange lesbar bleiben wird wie der Stein von Rosette, sei es in der Form von Rollen oder gebundenen Büchern oder in permanenten, selbstentschlüsselnden Systemen.

Dies alles war mir bekannt, und ich folgerte, dass, wenn jemand zu irgendeiner Zeit gedacht hatte, dass Ulan Baskaws Arbeit wichtig genug sei und langfristig Bedeutung behalten würde, Baskaws Werk in die PSS aufgenommen sein würde, die Permanente Stoffliche Sammlung der Zentralbibliothek.

Ich beschloss dort zu suchen, obwohl es schwierig war, überhaupt zur PSS zu kommen. Tatsächlich gibt es zwei solche Einrichtungen, eine als Duplikat der anderen gedacht, obwohl es natürlich nicht möglich ist, beide Sammlungen vollkommen miteinander zu synchronisieren. Die Haupt-PSS ist in einem alten Orbitalhabitat in einer Umlaufbahn um Neptun, allerdings einer ganz anderen Umlaufbahn als jener des Habitats der Zentralbibliothek. Die zweite PSS soll sich in einer unterirdischen Bunkeranlage irgendwo im Süden Spaniens befinden, Zutritt hat nur, wer ein berechtigtes Interesse nachweisen kann. Die an sich unpraktische Verteilung bezweckt, dass keine einzelne Katastrophe die Zentralbibliothek und beide permanenten Sammlungen vernichten kann.

Ich wusste, dass ich behutsam vorgehen und vor allem vermeiden musste, DeSilvos Verdacht zu wecken. Aus diesem Grund konnte ich nicht einfach verkünden, dass ich mich auf die Suche nach Baskaws Werken machen wolle, und an Bord eines Raumtransporters hinüber zum PSS-Habitat gehen. Ich wollte alles vermeiden, was DeSilvo daran erinnern konnte, dass die Permanente Stoffliche Sammlung überhaupt existierte, könnte es ihn doch auf den Gedanken bringen, dass er es unterlassen hatte, Kopien von Baskaws Werken, die dort überlebten, zu zerstören. Wenn er auch nur ahnte, worauf ich hinaus wollte, würde er alles daran setzten, um mir zuvor zu kommen. Also musste ich mit einer einleuchtenden, zur Tarnung erfundenen Geschichte aufwarten, einem akzeptablen Grund, das Habitat der Zentralbibliothek lange genug zu verlassen, um in der PSS zu forschen.«

Koffield machte eine Pause und zog eine unglückliche Grimasse, bevor er fortfuhr: »Also tat ich etwas, worauf ich nicht stolz bin. Ich sagte meinen Vorgesetzten, dass ich Krankheitsurlaub nehmen müsse. Nach der Geschichte bei der Zirkumzentralen Wegmarke und den Schwierigkeiten unseres Rückfluges hatte ich ein Anrecht auf längeren Genesungsurlaub. Man hatte ihn mir sogar angetragen. Die Ärzte hatten geistige und emotionale Erschöpfung festgestellt, und die Gefahr eines Nervenzusammenbruches. Aber ich hatte mich geweigert.

Nun ging ich wieder zu ihnen und sagte, sie hätten Recht gehabt, ich brauchte eine Ruhepause, eine Gelegenheit zur Entspannung in einer anderen Umgebung. Vielleicht hatte ich darin sogar Recht. Vielleicht war ich nicht mehr weit von einem Zusammenbruch entfernt. Vielleicht war mein ganzer Verdacht gegen DeSilvo ein Ausfluss totaler Paranoia. Es gibt da einen alten Scherz: Dass du paranoid bist, schützt dich nicht vor der Irrenanstalt. Wie sich herausstellte, hatte ich in der Sache von DeSilvos Machenschaften Recht. Aber die Tatsache, dass ich Recht hatte, war kein Beweis meiner geistigen Gesundheit. Schon gar nicht, weil das, dessen ich ihn verdächtigte, mindestens an Wahnsinn grenzte.

Ich bekam meinen Genesungsurlaub und erzählte allen, dass ich Urlaub bei Port au Prince machen wolle, im ehemaligen Haiti auf der Westseite der Insel Hispaniola. Ich hatte mich immer für die Geschichte der Karibik interessiert, für den Zusammenbruch der haitianischen Bevölkerung und die nachfolgende ökologische Regeneration. Man könnte mit Blick auf Solace und Glister und andere Fälle sagen, dass die ökologische Wiederherstellung und Renaturierung von Hispaniola der Erfolg war, der uns den Mut gab, uns in tausend Fehler zu stürzen«, sagte er.

Norla runzelte die Stirn. »Ich verstehe nicht. Welche Fehler?«

Koffield sah sie traurig an. »Die Fehler, in die wir uns unser ganzes Leben lang verstricken, ohne sie zu sehen«, sagte er freundlich.

Die Erklärung leuchtete ihr nicht recht ein, aber Norla ließ es damit bewenden. »Vielleicht werde ich das später verstehen«, sagte sie. »Erzählen Sie weiter.«

»Sie werden sehr bald verstehen«, erwiderte er. »Sobald ich offiziell in Urlaub war, brauchte ich meinen Aufenthalt jedenfalls nicht mehr zu melden und auch keinen Reiseplan zu hinterlegen. Doch obwohl das Gesetz Eingriffe in die Privatsphäre untersagt, verließ ich mich nicht so sehr darauf. Ich buchte Flüge und Flughafentransfer und ein Ferienhaus bei Port au Prince ohne die Absicht, Gebrauch davon zu machen.

Ich wollte für den Fall, dass DeSilvo versuchte, mir nachzuforschen, eine falsche Fährte hinterlassen. Für alles bezahlte ich im Voraus. Reisebüros, Vermieter und Fluglinien werden versuchen, einem Kunden nachzuspüren, der Reservierungen und Buchungen vornimmt, ohne dafür zu bezahlen. Aber kaum jemand wird einem Kunden nachspüren, der für diese Dienste bezahlt, aber keinen Gebrauch davon macht. Wenn das Ferienhaus bezahlt ist, wird der Eigentümer keine Zeit mit Überlegungen vergeuden, ob das Ferienhaus auch wirklich bewohnt wird.

Ich gebrauchte allerlei Kniffe, die ich in meinen Tagen beim Nachrichtendienst gelernt hatte, nicht nur, um eine falsche Fährte für DeSilvo zu legen, sondern um es ihm darüber hinaus so gut wie unmöglich zu machen, meine wirklichen Bewegungen zu verfolgen, sollte es ihm einfallen. Es waren reine Vorsichtsmaßnahmen; noch immer hatte ich keinen Anhaltspunkt, dass er mich überhaupt verdächtigte.

Der langen Rede kurzer Sinn ist, dass das Schiff zur Erde ohne mich abreiste, aber jede Quelle, die DeSilvo würde überprüfen können, musste zeigen, dass ich an Bord war. Aber ich war es nicht. Stattdessen nahm ich einen lokalen Transporter zum Habitat der Permanenten Stofflichen Sammlung.

Ich war noch nie in der PSS gewesen, hatte mich aber so weit informiert, dass ich vorbereitet war. Es ist eine riesige Anlage, zwei Kilometer lang, das meiste davon in einer reinen Stickstoffatmosphäre, um altes Papier vor dem Oxidieren zu bewahren. Die Archive sind zur sicheren Aufbewahrung der Bücher gedacht, nicht zur Bequemlichkeit der Leute. Ich war auf die geringe Schwere vorbereitet und hatte meine Atemmaske und warme Kleidung und so weiter mitgebracht.

Ich werde Sie nicht mit Einzelheiten über die

Reise behelligen, aber sobald ich im PSS-Habitat war, brauchte ich zwei volle Tage, um mich mit den Einrichtungen vertraut zu machen, Anmelde- und Antragsformulare auszufüllen, mein Quartier im Besucherflügel zu beziehen, wo normale, für Menschen zuträgliche Lebens- und Arbeitsbedingungen herrschten, und dann zu warten, bis mein Antrag bewilligt wurde.

Erst am Morgen des dritten Tages kam ich endlich in die richtige Abteilung und wanderte lange die endlosen Bücherregale entlang. Um die Titel auf den Buchrücken in den oberen Regalen besser lesen zu können, hatte ich vorsorglich eine Stablampe mitgebracht. Und dann stand ich endlich vor dem richtigen Regal und hatte die Rücken der drei Bücher von Ulan Baskaw in Augenhöhe vor mir. Es war ein seltsames Gefühl von Befriedigung und Triumph in diesem Augenblick. Wenigstens auf dieser Ebene hatte meine Vermutung sich als zutreffend erwiesen. In der Vergangenheit hatte ich mehrmals gezweifelt, ob ich nicht Opfer eines redaktionellen Irrtums geworden sei, der falsch geschriebene Titel zitiert hatte. Die Bücher fehlten, hatte ich mir gesagt, weil sie nie existiert hatten.

Aber sie existierten, und ich konnte sie in die Hand nehmen. Ich nahm alle drei Bücher und trug sie zum nächsten Lesesaal, ungefähr zehn Minuten zu Fuß von den Regalen, wo ich sie gefunden hatte. Ich drehte die Heizung auf und setzte mich, um zu lesen, was Ulan Baskaw vor Jahrhunderten geschrieben hatte, um zu finden, was darin DeSilvo veranlasst hatte, alle im Datennetz gespeicherten Versionen der Bücher verschwinden zu lassen.

Auch jetzt noch, als ich den ersten Band aufschlug, fragte ich mich, ob ich womöglich einer Schimäre nachjagte. Ich hatte keine wirklichen Beweise. War ich am Ende bloß ein paranoider Dummkopf? Angenommen Baskaws Bücher waren aus den Speichern der Zentralbibliothek gelöscht worden, weil sie langweilig, nutzlos oder ungenau waren?

Ich las das erste Buch durch, und als ich damit fertig war, fiel es mir viel leichter zu glauben, ich sei bloß paranoid. Der Titel lautete *Statistische Analyse von Populationen in Künstlichen Umgebungen.* Es war Baskaws Doktorarbeit, wenn ich mich recht erinnerte, und wenn ich mir ein Urteil erlauben darf, ein besonders langweiliges und pedantisches Beispiel gestelzten akademischen Stils. Die darin vorkommenden mathematischen Berechnungen waren umständlich, aber nachvollziehbar, die Sprache ziemlich archaisch, was von einem so alten Buch zu erwarten war. In einigen Fällen brauchte ich ein Wörterbuch und eine Interpretationshilfe, um komplizierte Zusammenhänge zu verstehen. Aber es war im Grunde nichts Neues darin. Zu Lebzeiten des Autors mochten es bahnbrechende Erkenntnisse gewesen sein, und vielleicht war Baskaw ein bekannter Forscher auf dem Gebiet der Bevölkerungsstatistik gewesen. Oder er hatte nur auf einem Feld gearbeitet, das vor ihm schon viele Bevölkerungsstatistiker beackert hatten. Ich kann es nicht sagen. Aber ich konnte in diesem Buch nichts finden, das sich als Leiche in DeSilvos Kleiderschrank geeignet hätte.

Das zweite Buch aber war Gold wert. *Neue Methoden zum Umbau von Ökosystemen* war ganz offensichtlich die Grundlage des ganzen Treibhaus-Sonnenspiegel-Systems, wie es auf Solace verwendet wurde. Ich war verblüfft. Dank der Propaganda, die DeSilvo für diese Methode gemacht hatte, gilt sie heute als seine Erfindung. Jeder kennt Treibhaus und Sonnenspiegel und nennt es die DeSilvo-Methode. Aber es war nicht seine, sondern Baskaws Erfindung. Da stand es zu lesen, in allen Einzelheiten. Ulan Baskaw hatte alle die

Ideen zu Papier gebracht, die DeSilvo als seine eigenen ausgab. Hier hatte ich den unwiderleglichen Beweis, dass die auf Solace angewendeten Methoden zur Angleichung unterschiedlicher Biosphären und Ökosysteme ein gigantisches Plagiat waren. DeSilvo hatte sich als Urheber von Ideen und Methoden ausgegeben, die er von einer längst vergessenen Quelle gestohlen hatte.«

»Na und?«, fragte Norla. »Welchen Unterschied macht es schon, wem das Verdienst an der Idee zukommt? DeSilvo verwischte seine Fährte und versteckte das Quellenmaterial vor Hunderten von Jahren. Ich kann mir denken, dass so etwas in der wissenschaftlichen Welt großes Aufsehen erregen könnte, aber wen sonst würde es kümmern? Es ändert nichts. Wenn das alles ist, worum es geht, ist es das Aufhebens nicht wert!«

Koffield sah sie mit ärgerlichem Ausdruck an. »Machen Sie sich nicht lächerlich«, erwiderte er scharf. »Ich hätte meine Zeit nicht damit vergeudet, Ihnen die Geschichte zu erzählen oder die Reise nach Solace zu machen, wenn das alles wäre.« Der zornige Glanz verlor sich aus seinen Augen, als er fortfuhr: »Ich gebe zu, dass ich damals, als ich dieses zweite Buch entdeckte, überlegte, ob das alles sei. Es war eine Antiklimax. Sie haben insofern Recht, als es nicht genug gewesen wäre, all meine Anstrengungen zu rechtfertigen. Aber auf der anderen Seite würde dieses zweite Buch für DeSilvo Grund genug sein, alle Erwähnungen von Baskaw im System der Zentralbibliothek zu unterdrücken.

Aber für mich – uns – würde sich natürlich die Frage stellen, welchen Sinn es hat, diese Sache weiter zu verfolgen, wenn das alles ist. Vielleicht hätte ich meine Notizen der Leitung der Zentralbibliothek übergeben und es ihr überlassen sollen, DeSilvo des Plagiats anzuklagen. Und danach hätte ich der Angelegenheit den Rücken kehren und mit meinem Leben weitermachen können. Oder wenigstens mit dem, was für mein Leben gehalten werden konnte.«

»Wie bitte?«

Koffield blickte ihr in die Augen, als wollte er ihren Widerspruch herausfordern. »Wäre ich der Sache weiter nachgegangen, wenn das Leben mir etwas anderes gelassen hätte? Ich hatte keine Familie, keine Freunde, keine Aussicht, dass meine Karriere anderswohin als in staubige Winkel führen würde, wo niemand mich sehen konnte, Orte, wo meine bloße Anwesenheit, meine Existenz kein Affront sein würde, keine Peinlichkeit inmitten einer höflichen Gesellschaft. Es war mir nichts geblieben.

Aber selbst in diesem Zustand hatte ich so viel Verstand, dass ich erkannte, es müsse etwas ernstlich falsch sein, mehr als dass DeSilvo bloß die Spuren seines Plagiats verwischen wollte.

Was er getan hatte, indem er Baskaw aus den Speichern der Zentralbibliothek löschte, war ein weitaus ernsteres Verbrechen als Plagiat – und eins, dessen Entdeckungsrisiko größer war, ganz gleich wie geschickt er Gedächtnissysteme von Computern manipulieren konnte. Tatsächlich wurde es aufgedeckt, weil er sein Plagiat versteckt hatte, nicht durch das Plagiat selbst.

Es wäre viel sicherer gewesen, das Plagiat durch Nichtstun zu verbergen. Schließlich war das Buch, das ihn verraten konnte, eines unter Milliarden, und noch dazu eines, das wahrscheinlich außer ihm selbst seit Jahrhunderten niemand gelesen hatte. Die Aussichten, dass jemand es lesen und in der Lage sein würde, die Verbindung mit seinem Projekt herzustellen, waren wirklich äußerst gering. In all den Jahrzehnten, seit DeSilvo mit der Arbeit auf Solace begonnen hatte, war niemand sonst auf diese Verbindung gekommen. Erst die Löschung von Baskaws Buch aus den digitalen Aufzeichnungen der Zentralbibliothek war der Hinweis, der mich zur Entdeckung seines Plagiats führte. Hätte er das Buch in Ruhe gelassen, wäre er sicher gewesen.«

»Warum tat er es dann?«

»Das war meine Frage. Warum solche Risiken eingehen? Man überreagiert nicht auf Risiken und Gefahren, die man versteht, und DeSilvo hatte sein ganzes Leben in der akademischen Welt verbracht. Er wird Geschichten über Plagiatoren gehört haben, die überführt wurden, und wie es dazu kam und wie hoch die Risiken waren – und er wird ebenso gewusst haben, wie ernst die Strafen für Manipulationen mit den Datenaufzeichnungen der Zentralbibliothek sind. Er wird die Schwierigkeiten gekannt haben, denen er sich bei dem Versuch, es unbemerkt zu tun, gegenübersehen würde. Möglicher Gewinn und Risiko glichen einander nicht aus. Es sei denn, es spielte noch etwas anderes mit hinein. Etwas, das er ebenfalls verbergen musste. Und so war es.

Im letzten Kapitel des Buches *Neue Methoden zum Umbau von Ökosystemen* besprach Baskaw potentielle Fehler in der Theorie – der Theorie, die auf Solace in die Praxis umgesetzt wurde. Er brachte Schwachpunkte und ungeklärte Fragen zur Sprache, die hätten gelöst werden müssen, bevor die Theorie umgesetzt werden konnte. Und am Ende des letzten Kapitels kehrte er zum Thema der Doktorarbeit zurück, seinem ersten Buch: Populationsstatistiken in künstlichen Umgebungen. Es waren nur ein paar Seiten Material, ein paar relativ einfache Gleichungen. Aber diese Gleichungen waren inspiriert. Sie waren mir neu. Ich habe die Literatur durchforscht, und sie sind nirgends zu finden, nirgends erwähnt; sie sind bis herab in unsere

Zeit neu geblieben. Sie öffnen neue Türen. Mehr als das – sie öffnen Türen, von denen wir nicht einmal wussten.

Baskaw gebrauchte sie, um potentielle Fehler in dem Verfahren zu beleuchten, das er vorschlug; es hatte mit Problemen zu tun, Anfangspopulationen zahlreicher Arten im Gleichgewicht zu halten, ohne dass einzelne Arten sich zu stark vermehren oder aussterben und die Nahrungskette verzerren oder unterbrechen. Die Mathematik, die er dazu einsetzte, war brillant, aber er wendete sie auf ein viel zu begrenztes Problem an. Es war, als wollte er ein überschallschnelles Fahrzeug vom Stadtzentrum in die Vororte benutzen. Baskaw gebrauchte den neuen mathematischen Ansatz zur Behandlung von Fragen, die im Verhältnis zur Aussagekraft seiner Gleichungen nicht nur trivial waren, sondern welche die Aussagekraft ihrer Gleichungen tatsächlich beschränkten.

Aber die Fragen, die auf diesen letzten Seiten aufgeworfen wurden, waren wie ein lange fehlendes Stück aus einem Puzzle. In den Jahrhunderten, seit Baskaw seine Bücher schrieb, in denen wir erleben mussten, dass diese Bücher unbeachtet blieben und er als ein Unbekannter starb, haben wir eine große Menge praktischen Wissens über den Umbau von Ökosystemen und Biosphären und über die Populationsstatistiken vieler gleichzeitig existierender Arten gewonnen. Aber die Beobachtungen und Untersuchungsergebnisse, die wir sammelten, ergaben nie ein zusammenhängendes Ganzes. Die Fakten ließen sich nie in ein schlüssiges Gesamtbild einordnen, wie es einer systematisch aufgebauten Wissenschaft als Grundlage hätte dienen können. Wir hatten nur Ansammlungen empirischer Daten, Ergebnisse und Vermutungen. Aber mit der Projektionsmathematik Baskaws, ihrer Anwendung auf die riesigen, aber ungeordneten Massen von Daten,

Beobachtungen, Projektionen und Abweichungen fiel plötzlich alles wie in einem Kaleidoskop zu einem Muster zusammen. Ich sah das sofort. Auch DeSilvo hätte es sehen sollen.«

Nervös rieb er die Hände aneinander. »Und wenn er es gesehen hatte, wie er es gesehen haben musste, wenn er dieses Buch gründlich gelesen hatte, dann sind seine Verbrechen tatsächlich enorm. Die einzige Möglichkeit, dass er in Unschuld gehandelt haben könnte, würde sein, dass er nicht den gesamten Inhalt gelesen, studiert und verstanden hatte, das eine schmale Buch, dessen zentrale Idee er sich angeeignet und auf dessen Fundament er sein ganzes Lebenswerk errichtet hatte. Oder er las diese letzten paar Seiten und verstand nicht, was ihm hätte in die Augen springen müssen. Trifft beides nicht zu, so ist er unzweifelhaft schuldig.« Und Koffield versank wieder in grübelndes Schweigen und starrte aus den Bullaugen auf die leeren Wände der Andockbucht.

Norla fragte sich, wessen DeSilvo sich schuldig gemacht hatte, als die Augenblicke vergingen und Koffield nichts weiter sagte. Wie konnte das Lesen des gesamten Buches einen Unterschied zwischen Schuld oder Unschuld machen? Aber sie wusste, dass es besser sein würde, Anton Koffield die Dinge in seiner Art und Weise darstellen zu lassen – wenn sie erreichen konnte, dass er weitersprach. Die Frage von DeSilvos Schuld oder Unschuld, was immer das Verbrechen gewesen sein mochte, schien schwer auf Koffield zu lasten und hatte mit diesem Buch zu tun. Das war der Hebel, den sie ansetzen musste, um ihn zum Weitersprechen zu bewegen. »Glauben Sie, er hat es wirklich gelesen?«, fragte sie.

Koffield sah zu ihr her, dann wandte er den Blick wieder zum Bullauge. »Es ist unwahrscheinlich, dass er das Riesenprojekt der Umgestaltung in Angriff genommen hätte, ohne das ganze Buch gelesen zu haben, nicht wahr? Das Ökonomieprinzip sagt uns, dass wir der einfachen, offensichtlichen Erklärung folgen müssen«, sagte er. »Und doch.« Wieder schwieg er eine Weile. »Und doch gibt es Ereignisse in unserem Leben, in unserer Geschichte, Zeiten und Orte, wo die unwahrscheinlichsten Erklärungen zusammentreffen, wo das Schicksal von Millionen von einem trivialen und ganz unmöglichen Ereignis bestimmt wird. Einer der größten Kriege vor etwa dreitausend Jahren, der Millionen das Leben kostete, brach aus, weil ein Wagen falsch abbog, umkehrte und in die Falle fuhr, die noch nicht ganz bereit gewesen war, als er sie zuerst passiert hatte. Die Erforschung der Zeitschächte steckte vierzig Jahre lang in einer Sackgasse, weil niemand bemerkte, dass ein Messinstrument rückwärts eingebaut worden war und so jedes Mal die erwartete Antwort gab, statt die richtige.

Vielleicht las DeSilvo das Buch ein halbes Dutzend Male oder öfter, jedes Mal begeistert von den Möglichkeiten, die in den Anfangskapiteln dargestellt sind, ohne aber bis zu den pessimistischen Erkenntnissen am Ende vorzudringen. Oder vielleicht tat er den letzten Abschnitt als übervorsichtig ab. Ich habe eine ganze Reihe solcher Strohhalme gefunden, an die ich mich klammern kann, einige sind sogar glaubhaft. Denn die Alternative ist, dass Dr. Oskar DeSilvo wissentlich die gesamte Population, die ganze Welt und die ganze Zukunft von Solace um seines Egos willen zum Untergang verurteilte.« Und wieder versank Koffield in trübes Schweigen und starrte aus dem Bullauge. Aber diesmal war etwas in seinem Stillschweigen, das zu erkennen gab, dass nichts mehr zu sagen war, dass seine Erzählung ihr Ende erreicht hatte.

Aber das konnte nicht das Ende sein. Es sei denn, er erwartete von ihr, dass sie den Rest des Weges selbst ging. Und sie erkannte, dass sie es vielleicht konnte. Es war nicht nötig, ihr den Rest mit dem Löffel einzuflößen. Plötzlich war ihr alles klar.

»Was die letzten Seiten des zweiten Buches sagten, muss darauf hingewiesen haben, dass ein Terraformungsprojekt, wie es auf Solace versucht wurde, womöglich scheitern könnte«, sagte sie. »Dass er aber zusammen mit den seither gewonnenen Erkenntnissen und Erfahrungen scheitern *musste.*«

Koffield sah sich mit einem Ausdruck leichter Überraschung zu ihr um. »Ganz recht«, sagte er. »Fahren Sie fort.«

»Das dritte Buch«, sagte Norla. »Im dritten Buch muss auch etwas gestanden haben. Was? Sah Baskaw in seiner eigenen Mathematik, was Sie darin sahen? Dass sie sich auf mehr anwenden ließ?«

»Genau richtig«, sagte Koffield. Baskaw sah, was ich sah, und folgte diesem Weg weiter. Er nannte das dritte Buch *Ökologische und Klimatische Stabilität Künstlicher Umgebungen.*

Manchmal mache ich mir Gedanken über Ulan Baskaw. Es gibt praktisch keine Information über ihn. Nicht einmal eine biographische Notiz im Anhang eines der Bücher. Es fehlt jeder Hinweis auf Zeit und Ort der Geburt und des Todes. Ich bin noch nicht einmal sicher, dass er ein Mann war. Ulan könnte auch ein Frauenname gewesen sein. Wir haben nur die Bücher, ihre Erscheinungsdaten und andere Hinweise, die sich da und dort aus dem Text erschließen lassen. Wahrscheinlich gibt es Fachleute, die aus stilistischen Eigenheiten Folgerungen ableiten könnten, aber ich bezweifle, dass sie viel finden würden.

Aber die Erscheinungsdaten der Bücher. Ich fand sie alle drei Seite an Seite auf dem Regal, mit identischen Einbänden und in gleicher Schrifttype gedruckt, als wären sie alle zugleich auf den Markt gekommen.

Aber die Daten – und sogar der Ton, die Grundstimmung des Geschriebenen – erzählen eine andere Geschichte. Er – oder vielleicht sie – schrieb oder veröffentlichte den ersten Band im Jahr 4306 allgemeiner Zeitrechnung und wurde als Dissertation identifiziert, die der Universität von Toowoomba eingereicht wurde –, aber ob es wirklich eine Dissertation war, oder vielleicht eine Habilitationsschrift, lässt sich nicht sagen. Eine Universität von Toowoomba gibt es nicht mehr. Aber er war noch jung und voller Begeisterung für sein Thema, obwohl uns Bevölkerungsstatistik strohtrocken erscheinen mag. Diese Reste jugendlicher Begeisterung, wenn ich so sagen darf, schimmern da und dort durch die trockene Pedanterie der Darstellung. Er widmete das Buch einem Professor. Das kommt bei jungen Akademikern häufig vor.

Das zweite Buch datiert von 4316, zehn Jahre später. Der Stil ist gereifter, besonnener. Eine gewisse Zuversicht ist spürbar, ein Stolz auf das Geschriebene. Er weiß, dass er etwas Neues und vielleicht sogar Wichtiges gefunden hat. Trotzdem ist er vorsichtig, sogar zurückhaltend.

Das dritte Buch trägt das Datum 4359, dreiundfünfzig Jahre nach dem ersten und dreiundvierzig nach dem zweiten Buch. Es gab eine Zeit in der Menschheitsgeschichte, da wurden dreiundfünfzig Jahre als eine volle Lebenszeit betrachtet. In jedem menschlichen Leben sind dreiundfünfzig Jahre eine lange Zeit. Was geschah in seinem – ihrem – Leben zwischen dem ersten und dem letzten Buch? Veröffentlichte er anderswo ein Dutzend Werke, die nicht auf uns gekommen sind? Schrieb er in der Zwischenzeit nichts? War sein Leben glücklich und zufrieden, oder folgte ein Unheil dem anderen? Hatte er Familie, Kinder? War er von seiner Arbeit völlig in Anspruch genommen, fasziniert von der mathematischen Darstellung komplexer ökologischer Zusammenhänge? Oder war es nur ein vorübergehendes Interesse der Jugendzeit, auf das er durch eine Laune in seinen späteren Tagen zurückgekommen war? Schrieb er das dritte Buch, um sich mit Zweifeln auseinander zu setzen, die ihn sein ganzes Leben verfolgt hatten, oder nur mit dem Vorsatz, ein Werk zu vollenden? Wie und wann und warum entdeckte er seine Fehler? Kamen sie ans Licht, als irgendwelche vergessenen Projekte, die auf seinen Arbeiten beruhten, verwirklicht werden sollten? Oder musste ein ganzes Projekt plötzlich abgesagt werden, als der Fehler zu spät entdeckt wurde? Es gibt keinerlei Aufzeichnung über die fraglichen Daten, aber Aufzeichnungen können verloren gehen, gelöscht oder vergessen werden. Oder war die Frage rein akademisch, von keiner praktischen Bedeutung? Schrieb er das dritte Buch nur der Vollständigkeit halber, um sein Thema erschöpfend zu behandeln? Wir wissen es nicht. Aber ich glaube, ich konnte zwischen den Zeilen dieses dritten, schmalen Bandes lesen. In der steifen, vorsichtigen Gelehrtenprosa klangen Schuldgefühl, Trauer und Bedauern an. Ich denke, der alte Mann – oder die alte Frau – der dieses dritte Buch schrieb, tat es auf der Suche nach einer Art Absolution. Der Autor dieses Buches wollte etwas richtigstellen, was schief gegangen war. Was genau, werden wir niemals wissen.«

»Seine Fehler. Was waren seine Fehler?«

Koffield stand auf und wanderte einmal im Raum auf und ab und blieb dann in der Mitte stehen, Norla zugewandt. Er sprach mit erhobener Stimme, dass sie über die Distanz tragen würde, die er zwischen sie gelegt hatte. »Der zentrale Punkt von allem«, sagte er. Die Akustik des Raumes versah seine Stimme mit der Andeutung eines Halleffekts. Norla konnte die Anspannung und Sorge in seinen Gesichtszügen lesen. »Der zentrale Punkt von allem ist, dass ihm nie in den Sinn kam, die von ihm erfundene Mathematik auch nur auf die Projektbeispiele anzuwenden, die er zur Verdeutlichung seiner Theorie im zweiten Buch anführte.

Aber im dritten Buch holte er das nach. Der erste Abschnitt trägt den Titel *Durch bestimmte Mittel erzeugte künstliche Umgebungen.* Die ›bestimmten Mittel‹ bedeuten die Ideen, die er selbst propagiert hatte. Und in diesem dritten Buch bewies er, dass diese ›bestimmten Mittel‹ zu einer instabilen planetarischen Ökologie führen müssen. Jedes durch diese Mittel umgestaltete Ökosystem von planetarischen Ausmaßen würde früher oder später zusammenbrechen. Unausweichlich.«

»Und das war die von DeSilvo angewandte Methode«, sagte Norla. »Er baute das Projekt Solace am Rande eines Abgrunds.«

»Und nun ist es im Begriff, hinunterzufallen«, sagte Koffield. »Wären wir nach unserem ursprünglichen Plan hierher gekommen, wäre Zeit gewesen, die Menschen zu warnen, zur Auswanderung zu bewegen, sie in Ruhe und Ordnung mit ihrer beweglichen Habe zu evakuieren. Aber nun ist es wahrscheinlich zu spät. Ob sie auf mich hören werden oder nicht, macht kaum noch einen Unterschied. Selbst wenn sie es tun, ist schwer zu sagen, was noch getan werden kann.«

»Warum gingen Sie nicht zu DeSilvo?«, fragte Norla. »Offensichtlich handelte er in der Verfolgung des Projekts Solace nicht ganz rational, aber würde er wirklich bereit gewesen sein, all diese Leben auszulöschen?«

»Wahrscheinlich nicht. Sicherlich war er zumindest zeitweilig Opfer gewisser Selbsttäuschungen, um so weit zu gehen, wie er es getan hatte. Aber zu Ihrer Frage. Ja, ich denke, dass er eingelenkt hätte, wenn es mir gelungen wäre, ihn zu überzeugen – wenn auch aus keinem anderen Grund als dem der Rettung seines Lebenswerkes. Er sah Solace als ein Monument zu seinem eigenen Ruhm, und er konnte den Ruin nicht gewollt haben. Ich wollte zu ihm gehen, sobald ich bereit wäre. Ich wollte sichergehen und eine klare, schlüssige Argumentationskette haben, der er sich nicht verschließen könnte. Ich war noch weit, weit davon entfernt, ihm zu vertrauen, und irgendwann in meinen Überlegungen wurde mir klar, dass ich mit der Information würde an die Öffentlichkeit gehen müssen, wenn sie etwas bewirken sollte. Wenn ich das täte, würde er ohnehin davon erfahren.

Als ich von der PSS zurückkehrte, buchte ich sofort eine Passage an Bord der *Dom Pedro IV* nach Solace, um meine Warnungen persönlich zu überbringen. Dann machte ich mich an meine Analyse. Ich war erst ein paar Tage an der Arbeit, als ich erfuhr, das die *Chrononaut VI* in einer Erdumlaufbahn war und ihre Route geändert hatte. Sie sollte in fünf Tagen nach Solace abgehen. Ich konnte keine Kabine an Bord bekommen, und außerdem war ich noch nicht bereit. Meine Arbeit war noch nicht fertig. Ich stellte alles Material zusammen, was ich schon beisammen hatte und schickte ein Lasergramm an die *Chrononaut,* um es an die Behörden auf Solace zu übermitteln. Meine Sendung enthielt den Text eines kurzen vorläufigen Berichts und eine Botschaft des Inhalts, dass ich an Bord der *Dom Pedro IV* reisen und einige Wochen später mit vollständigerer und detaillierterer Information kommen würde.

»Dann, drei Tage nach der Abreise der *Chrononaut* starb DeSilvo. Wieder.«

»Wieder?«

»Medizinisch tot, nicht rechtsgültig«, sagte Koffield. »DeSilvo war ein alter, alter Mann und war viele Male gestorben. Aber er war auch ein reicher und einflussreicher Mann, der an einem Ort mit den besten medizinischen Einrichtungen lebte. Die Zentralbibliothek hat – oder hatte wenigstens vor hundert Jahren – ihr eigenes Krankenhaus. Abgesehen davon hatten DeSilvo und die Mitglieder seines Forschungsstabes ihre eigene und sehr modern eingerichtete Privatklinik.

Sie sagten mir, DeSilvo habe erst ein paar Monate vorher ein neues Herz bekommen, geklont aus seiner eigenen DNS. Es sei bereits seine dritte Herztransplantation gewesen. Anscheinend hatte das neue Herz irgendwie versagt – nicht ungewöhnlich bei einem so alten Mann, der schon vielfache Organtransplantationen gehabt hatte. Und DeSilvo hatte zum einen oder anderen Zeitpunkt alles bekommen, Herz, Lunge, Leber, Augen, Milz. Irgendwann können die Stressfaktoren der wiederholten chirurgischen Eingriffe zu viel sein. DeSilvo war zusammengebrochen. Sie entnahmen ihm frische DNS-Proben, dann brachten sie ihn in ein temporales Beschränkungsfeld maximaler Verdrängung, was bedeutete, dass die Zeit für ihn praktisch stehen blieb, während sie ein weiteres neues Herz heranzüchteten. Es ist ein langer, komplizierter Prozess, und die beteiligten Mediziner sahen keinen Grund zu übermäßiger Eile. Er war noch immer in diesem Zustand, als ich an Bord der *Dom Pedro IV* ging. So hatte ich keine Gelegenheit, mit ihm über das zu sprechen, was ich erfahren hatte. Ich werde nie wissen, wie er reagiert hätte.«

Koffield hob die Hände zum Gesicht und rieb sich müde die Augen. Er ließ die Hände sinken und betrachtete sie, als erwarte er – oder wünsche wenigstens –, dass sie nicht leer wären, dass es etwas gäbe, was er tun und bewirken könne. »Also kam ich nicht mehr dazu, ihn zu fragen, ob er wisse, dass er eine Welt zum Untergang verurteilt hatte, und ob es ihm nichts ausmache. Oder ob er es sich nicht eingestehen wolle.

Aber selbst das reicht noch nicht an das Schlimmste heran«, sagte er. »An das, was DeSilvo nicht sah oder nicht sehen wollte. Hatte er das dritte Buch gelesen? Wenn er es gelesen hatte und dann mit dem Projekt Solace weitermachte, klebt Blut an seinen Händen, das Blut von Generationen. Und doch wird all dieses Blut wie nichts sein. Wie nichts, auf lange Sicht. Nicht mehr als ein Tropfen, der sich in der Tiefe des Ozeans verliert.«

Norla erhob sich und trat ein paar Schritte auf ihn zu. Sie hatte plötzlich Herzklopfen, hörte das Pochen dumpf in ihren Schläfen. Irgendetwas ängstigte Anton Koffield, und was ihn ängstigte, musste wirklich schrecklich sein. »Wie könnte das sein?«, fragte sie. »Eine ganze Welt verlieren – was könnte das bedeutungslos erscheinen lassen?«

Er wich einen Schritt zurück, in keiner bestimmten Richtung, nur weil er ihr nicht zu nahe sein wollte. Ihr und keinem anderen Menschen. *Kommst du jemandem nahe, so schmerzt es, wenn du ihn verlierst,* dachte Norla und zog sich auch einen Schritt zurück. »Was ist schlimmer?«, fragte sie wieder.

»Sie brauchen nur die Mathematik durchzuarbeiten«, sagte Koffield bitter. Seine Stimme war ruhig und kalt. »Eliminieren Sie so viele Variable, wie Sie können. Vereinfachen Sie durch Wegkürzen von beiden Seiten der Gleichung, was Sie können. Manchmal – nicht immer, aber manchmal – ist es so, dass, je mehr Sie wegkürzen können, je allgemeiner die Gleichung wird, desto mehr sagt sie aus. Manchmal sind es alle Dinge von Bedeutung, die sich gegenseitig aufheben, und Sie bekommen schließlich etwas, das Ihnen gar nichts sagt. Manchmal ist die Mathematik sehr elegant, sehr hübsch und einfach – und ganz bedeutungslos.

Und manchmal braucht man fünfzig Jahre, oder hundert Jahre, um genug zu lernen, dass man die Variablen und die Werte und ganze Blöcke ausmachen kann, die sich wegkürzen lassen. Oder es dauert genauso lang, um zu sehen, was die sehr hübsche Gleichung, die nichtssagend schien, Ihnen tatsächlich sagen kann.«

Er fasste Norla scharf ins Auge, um ihr einzuschärfen, was er zu sagen hatte. »Baskaws Kommentar am Ende des zweiten Buches verwendete recht komplizierte Mathematik, um zu zeigen, dass die auf Solace angewandten Biotechniken instabil sein *könnten.* Im dritten Buch gebrauchte er einige vereinfachte und verallgemeinerte, aber noch immer sehr komplexe Versionen derselben Mathematik, um zu beweisen, dass Solace oder jede andere, in gleicher Weise umgestaltete Welt instabil sein *müsse.* Baskaw hatte nicht genug Daten und keine ausreichend große Wissensbasis, um weiter zu gehen. Heute können wir es. Was ich machte, würde heute jeder können, der auf dem Gebiet tätig ist. Ich reinigte seine Mathematik von allerlei Unterholz, eliminierte Dinge, die nicht darin sein mussten und verkürzte sie auf ganz einfache Begriffe.

Unter anderem sagt uns Baskaws Formel, dass, wenn alle anderen Dinge gleich sind, die Stabilitätsperiode für ein gegebenes künstliches Ökosystem eine Funktion seiner inhärenten Komplexität und der Zeit ist, die zur Einrichtung des Ökosystems erforderlich war. Stabilität ist gleich Komplexität mal Entwicklungszeit. $S = Q \times Z$ (d). $S = Q^* Z$ (d). Je einfacher die Ökologie und je schneller sie aufgebaut wird, desto kürzer ihre Dauer. Solace ist eine sehr einfache Ökologie, aufgepfropft auf die heimische, und wurde in großer Eile aufgebaut. Solace ist zum Untergang verurteilt.«

»Das sagten Sie mir bereits. Sie sagten, es gebe noch etwas Schlimmeres.«

»So ist es!«, erwiderte Koffield mit erhobener Stimme. »Ich sagte es Ihnen gerade! Dieselbe Formel ist auf jede andere künstliche Umgebung anwendbar, und der Wert für Komplexität ist in keiner von ihnen sehr hoch. Es hat früher schon ökologische Zusammenbrüche gegeben, angefangen mit der Marskatastrophe, und weiter bis zum heutigen Tag.

Wir haben uns immer eingeredet, es handle sich um Beinahe-Fehler, verursacht durch dieses oder jenes spezifische Versagen. Beseitigt man dieses Problem, verstärkt jenes System, versucht es noch mal, und alles wird gut sein. Aber das ist nicht wahr. Das Problem ist systemimmanent. Es liegt im Prozess selbst. Es gilt überall, alle Zeit. Es gibt viele Möglichkeiten, das Problem zu maskieren, und ebenso viele Möglichkeiten, dies oder das in Ordnung zu bringen, wenigstens für einige Zeit. Man kann die Stabilitätsperiode verdoppeln oder verdreifachen, wenn man sich genug bemüht und etwas Glück hat. Man kann es sogar noch besser machen, indem man zusätzliche Spezies und Biomasse importiert. Aber abgesehen von solchen Manipulationen läuft es auf dies hinaus: Lässt man sich fünftausend Jahre Zeit, eine vollständig isolierte Ökologie aufzubauen, so wird sie ungefähr fünftausend Jahre überleben. Baut man sie in fünf Jahren auf, so wird sie nur fünf Jahre überleben.«

Koffield zeigte zum Bullauge hinaus. »Alle durch Terraformen bewohnbar gemachten Welten sind zum Untergang verurteilt. Früher oder später werden sie alle zugrunde gehen. Alle. Und wir können nichts dagegen tun.«

# ORBITALSTATION SOLACE

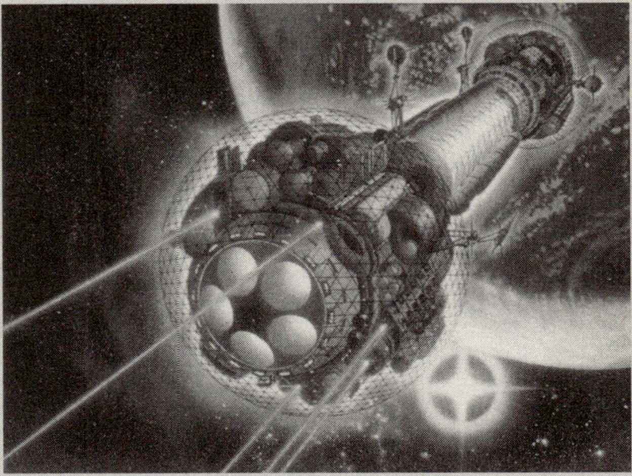

## 16.

# DER TIEFSTE TURM

Norla Chandray schob den Ärmel hoch, hielt den Injektor an den rechten Oberarm und drückte den Auslöseknopf. Der Injektor schoss ihr seine Medikamente und Antikörper und Pseudoviralen unter die Haut. Sie wusste nicht, ob der chemotherapeutische Cocktail im Injektor sie daran hindern sollte, eine Seuche, die sie in sich trug, in die Station einzuschleppen, oder sich mit einer zu infizieren, die es dort schon gab, und es war ihr auch gleich. Sie fühlte sich benommen, hilflos, apathisch. Was machte es schon aus, wenn sie sich mit der Seuche dieser Leute infizierte, oder diese sich mit ihrer? Sie würden allesamt sterben. Diese ganze Welt ging dem ökologischen Zusammenbruch entgegen.

Koffield verabfolgte sich seine Injektion, dann zog er seinen Uniformrock an und rückte den Kragen zurecht. Er glich in jeder Hinsicht dem stocksteifen Marineoffizier, ruhig, emotionslos, unerschütterlich. Norla beneidete ihn darum. Sie hatte keine solche vorgefertigte Rolle, in die sie schlüpfen und in der sie sich verstecken konnte. Sie hatte nur sich selbst.

Aber wenn Koffield seinen militärischen Rang hatte, hinter dem er sich verbergen konnte, den er als Schutzschild zwischen der Außenwelt und seinem inneren Selbst gebrauchte, musste es einen Preis geben, den er dafür zu zahlen hatte. Wie viel von dem Privatmann überlebte noch hinter diesem Schutzschild? Wie viel von seiner Seele war ausgehöhlt durch die endlose Disziplin, die starre Selbstbeherrschung?

»Fertig?«, fragte er sie.

»Nein«, antwortete sie ehrlich. »Gehen wir.«

Er nickte und bediente die Steuerung der Luftschleuse. Die innere Tür glitt auf, und sie traten in die Kammer, Koffield mit dem gesicherten Behälter und einer Reisetasche, in der er Kleider, Toilettenartikel und dergleichen verwahrte. Norla trug eine ähnliche Tasche mit ihren persönlichen Sachen, dazu einen kleinen Rucksack, der aber mehr der Form halber zu ihrem Gepäck zählte. Er enthielt eine Taschenkamera und ein Aufzeichnungsgerät, außerdem ihr Waschzeug. Darüber hinaus gab es nicht viel, was sie mit Sicherheit brauchen würde. Sie hatte keine Vorstellung davon, was als Nächstes geschehen würde. Freilich gab es tausend Dinge, die sie vielleicht brauchen würden, von Gasmasken über Taschenrechner mit Dolmetscherfunktionen bis zu Selbstverteidigungswaffen, insgesamt mehr als sie würden tragen können. Doch selbst nach den sichtbaren Beweisen, dass an Bord der Orbitalstation nicht alles war, wie es sein sollte, würde es jedenfalls diplomatischer sein, vorerst anzunehmen – oder wenigstens so zu tun –, als ob alles normal wäre.

Sie betrat die Luftschleuse und wartete in der Kammer, bis Koffields Knopfdruck die äußere Tür öffnete.

*

Der stellvertretende Stationsbetriebsleiter Yuri Sparten stand im gedeckten Gang der Fluggastbrücke, ein paar Schritte von der äußeren Luftschleuse entfernt und starrte nachdenklich auf die Tür des geheimnisvollen Schiffes. Er hatte sich tief in die Aufzeichnungen des

Stationsarchivs vergraben und schließlich einige Einzelheiten über die Vergangenheit der *Cruzeiro do Sul* exhumieren können, aber die ganze Angelegenheit hörte sich zu sehr wie eine jener Gruselgeschichten an, die man sich gern am Abend an einem Lagerfeuer erzählt. Das Geisterschiff aus der Vergangenheit, die tote Besatzung wieder zum Leben erweckt.

Er fühlte sich unruhig und besorgt, und ihm war, als sollte er etwas unternehmen. Und so, mehr um nervöse Energie aufzubrauchen als weil es notwendig gewesen wäre, trat er näher und begann die Versiegelung der Fluggastbrücke an der Bordwand des Schiffes zu überprüfen. Natürlich war es sinnlos, denn auf der anderen Seite der Versiegelung herrschte Vakuum. Hätte es ein Leck gegeben, würde er es an der pfeifend entweichenden Luft erkannt haben, ohne mit der Hand über den Anschluss zu streichen.

Drinnen waren metallische Geräusche zu vernehmen. Das musste die innere Tür der Luftschleuse sein. Gleich würden sie herauskommen. Aber nun, da er schon angefangen hatte, fühlte er sich verpflichtet, die sinnlose Überprüfung der Druckversiegelung zu beenden. Er kniete nieder und führte die Hand unter der äußeren Schleusentür die Versiegelung entlang.

Ein leises Klicken und ein zischendes Geräusch warnten ihn, dass die äußere Tür geöffnet wurde. Er richtete sich schnell auf und kippte in der geringen Schwere nahe der Stationsachse beinahe hintenüber. Hastig trat er ein paar Schritte von der Tür zurück, seltsam verlegen, als wäre er beinahe bei etwas Ungehörigem ertappt worden.

Mit einer halben Sekunde Verspätung gelang es ihm, eine dem Empfang von Besuchern angemessene Haltung anzunehmen. Dass es eine halbe Sekunde zu spät war, wusste er in dem Moment, als er in die Augen des Mannes sah. Es kostete den Fremden offensichtlich eine Willensanstrengung, Yuri nicht auf der Stelle zurechtzuweisen. Noch nie hatte Yuri einen Mann gesehen, der so offensichtlich nicht in Zivilkleider gehörte. Und tatsächlich bemerkte Yuri gleich darauf, als der Mann durch die Türöffnung stieg, dass er unter seinem leichten Mantel eine Art Offiziersuniform trug.

Das machte Yuri plötzlich sehr verlegen, als ob er zum Appell angetreten wäre. »Willkommen in der Orbitalstation Solace«, sagte er etwas langsamer und sorgfältiger als gewöhnlich. Im letzten Jahrhundert mochten sich Aussprache und Betonungen stark verändert haben. »Ich bin der stellvertretende Stationsbetriebsleiter Yuri Sparten.« Da er nicht wusste, welche Begrüßungsgeste – einen Händedruck, eine Ehrenbezeigung, einen Kuss auf beide Wangen – sie für angemessen halten mochten, hielt er sich zurück.

»Danke«, sagte der Mann. »Ich bin Anton Koffield, und dies ist Norla Chandray. Unser Raumfahrzeug ist der Leichter *Cruzeiro do Sul* vom Zeitschachtfrachter *Dom Pedro IV.*«

»Sehr angenehm«, sagte Chandray und lächelte ihm mechanisch zu. Es war ein unaufrichtiger Ausdruck, der ihre Gefühle nicht widerspiegelte, sollte Yuri aber nur beruhigen.

»Ich bin erfreut, Sie beide kennen zu lernen«, sagte er. Die Worte kamen ihm unbeholfen und unehrlich vor. Ihm schien, dass Koffield ihn aufmerksam anstarrte, und er sorgte sich, ob seine dunkelgraue Uniform ordentlich gereinigt und gebügelt war.

Dann war er sich plötzlich akut seiner Jugend bewusst und fühlte sich noch verlegener, als ob es ein Fehler oder eine Behinderung sei, die er überwinden müsse. Er war schlank, langknochig, von bräunlicher Hautfarbe. Er fand, dass er sich mit Anmut bewegen konnte, wusste aber auch, wie leicht er zu konfus und ungeschickt sein konnte. Yuri hatte ein langes, hageres Gesicht und übte manchmal vor dem Spiegel einen entschlossenen Blick mit vorgeschobenem Kinn. Er schnitt sein schwarzes Haar so kurz, dass es aussah, als hätte er sich den Schädel rasiert.

Aber jetzt war keine Zeit, sich wegen seines Aussehens zu sorgen. Er sollte die Besucher einschätzen. Er zwang sich zur Ruhe und beschloss, sich zunächst auf Chandray zu konzentrieren, die weit weniger einschüchternd wirkte. Zwar war sie ihm als Zweiter Offizier des Frachtschiffes *Dom Pedro IV* angekündigt worden, doch wirkte ihre Erscheinung so zivil, wie Koffields militärisch war. Sie war keine auffallende Erscheinung, vielleicht Anfang bis Mitte dreißig, mittelgroß und schlank, aber ein wenig auf der üppigen Seite, von blasser Hautfarbe und mit aschblondem Haar, das in kurzen krausen Locken den Kopf mit den ziemlich großen graublauen Augen umrahmte.

»Danke, dass Sie zu unserem Schiff gekommen sind«, sagte Chandray, und Yuri merkte, dass er zu lange nichts gesagt hatte.

»Es ist mir eine Ehre zu dienen«, erwiderte er und begleitete die förmliche Wendung mit einer leichten, sehr korrekten Verbeugung.

»Wir danken Ihnen«, sagte Koffield. »Es ist eine Ehre, so aufmerksam empfangen zu werden.«

Das war nicht ganz die konventionelle Antwort, aber sie hatten nicht gerade viel Gelegenheit gehabt, moderne Standards der Etikette zu üben. Es musste genügen. Die beiden Besucher sprachen mit einem eigenartigen, aber gut verständlichen Akzent.

Chandray blickte im gedeckten Gang umher, und Yuri sah, dass sie schnüffelnd die Nase rümpfte. Es war klar, dass die Luftreinigungsanlage nicht gut genug arbeitete, um ihre Billigung zu finden. Koffield empfand wahrscheinlich das Gleiche, aber in seinem

Gesicht war nichts zu lesen. Nun, wenn sie dachten, die Luft hier sei nicht die beste, dann stand ihnen unten in der äußeren Begrenzungsebene eine Überraschung bevor. Selbst Yuri fand, dass es dort nach fünftausend Menschen roch, die viel zu lange nicht gebadet hatten – und das entsprach ziemlich genau den Tatsachen.

Beide Besucher hatten das etwas bleiche, vage und erschöpfte Aussehen von Menschen, die sich noch nicht ganz von einer langen Zeit im Tieftemperaturschlaf erholt haben. Auch war der etwas hilflose Ausdruck im Gesicht der Frau nicht unerwartet. Yuri hatte den gleichen Ausdruck in den Gesichtern der heimat- und besitzlosen Hochwasserflüchtlinge gesehen, die sich in allen Teilen der Station drängten.

Koffields ernste Züge, das wie versteinerte Gesicht, überraschten Yuri. Der Mann sah nicht wie ein Flüchtling aus, sondern wie einer, der auf einen Kampf vorbereitet ist.

»Wenn Sie irgendwelche Wünsche haben«, sagte Yuri, »zögern Sie bitte nicht, sie zu äußern.«

»Ich danke Ihnen wieder«, sagte Koffield, »und hoffe, Sie werden es mir vergeben, wenn ich sofort von diesem freundlichen Angebot Gebrauch mache. Ich weiß nicht, wie der richtige Titel lauten mag, aber ich – wir – würden gern mit dem Stationskommandanten oder Direktor zusammentreffen, sobald es möglich ist. Es ist eine dringliche Angelegenheit.« Koffield klopfte an den Handgriff des ziemlich großen Gepäckstücks, das er bei sich hatte, und Yuri folgerte, dass der Inhalt des Behälters etwas mit der Dringlichkeit zu tun haben müsse.

»Keine Entschuldigung erforderlich. Tatsächlich hat Stationskommandant Raenau den Wunsch geäußert, Sie so bald wie möglich kennen zu lernen.« Das war ziemlich stark untertrieben. Raenau hatte unverblümt befohlen, dass die Besatzung der *Cruzeiro do Sul* sofort zu ihm gebracht werde, ob es ihr gefiel oder nicht. Aber Sparten sah keinen Schaden darin, etwas diplomatischer vorzugehen, denn schließlich wollten beide Seiten das Gleiche. »Wenn Sie wünschen, ihn jetzt zu sprechen, bevor ich Sie zu Ihren Quartieren bringe, könnte ich das sicherlich arrangieren.«

Koffield zog überrascht die Brauen hoch. »Ich muss zugeben, dass ich erwartete, eine Weile mit der Vorbereitung meines Anliegens zu verbringen. Die Nachricht erfreut mich sehr, doch rechnete ich nicht damit, dass Ihr Kommandant so lebhaft daran interessiert sein würde, uns zu sehen. Darf ich fragen, ob er Ihnen einen Grund nannte?«

»Nein, das tat er nicht.« *Genauso wenig wie du deine Gründe genannt hast,* dachte Yuri. »Aber wenn Sie mir Gelegenheit geben wollen, einen sehr kurzen Anruf zu machen, werden wir direkt zu seinem Büro gehen, und dann werde ich Sie zu Ihren Quartieren bringen, wo Sie als Gäste des Kommandanten willkommen sein werden.«

Das war eine gute Nachricht, denn Koffield hatte keine Ahnung, welches Geld heutzutage in Umlauf war und woher er es nehmen sollte. »Ausgezeichnet«, sagte er. »Wir freuen uns auf Ihre Gastfreundschaft.«

Das Wort Gastfreundschaft ließ Yuri stutzen. Er überlegte einen Moment, entschied dann, dass es nicht schaden könne, den beiden gleich jetzt reinen Wein einzuschenken. »Was diese Gastfreundschaft betrifft, so fürchte ich, dass sie unseren normalen Standard nicht ganz erreichen wird. Tatsächlich können wir nicht viel Luxus bieten. Wie Sie vielleicht bemerkt haben werden, ist die Station zurzeit ziemlich überfüllt.«

»Wir wussten es nicht«, sagte Koffield trocken, »aber wir begannen es zu vermuten. Die Andockbuchten sind bemerkenswert voll, und die Schiffe darin scheinen nicht im allerbesten Zustand zu sein.«

Yuri zögerte einen Moment. »Ah, ja«, sagte er. »So ist es. Aber jedenfalls können wir Sie aufnehmen.«

»Wenn die Station so überfüllt ist, wie Sie sagen«, sagte die Chandray-Frau, »könnten wir an Bord unseres Leichters bleiben.«

Yuri sah sie überrascht an – und bemerkte, dass auch Koffield es tat. Was sie gesagt hatte, war zweifellos durchaus höflich und in Ordnung, wo sie herkam. Aber Yuri konnte sich auf Anhieb ein halbes Dutzend Kulturen vergegenwärtigen, wo schon der Vorschlag, auf Gastfreundschaft zu verzichten, eine tödliche Beleidigung war. Sicherlich gab es sogar auf Solace Gemeinschaften, wo es ein schrecklicher Fehler gewesen wäre. Niemand mit etwas Erfahrung anderer Kulturen würde sich solch einen Schnitzer geleistet haben. Offensichtlich war sie weit weniger erfahren als Koffield.

»Ich bin sicher, dass das Angebot unseres zuvorkommenden Gastgebers ganz aufrichtig gemeint war, Zweiter Offizier Chandray«, sagte Koffield. »Und ich zweifle nicht daran, dass wir die Unterbringung in der Station bequemer und angenehmer als alles finden werden, was wir uns an Bord eines Schiffes leisten können.«

Chandray errötete sichtbar. »Ja, ja, natürlich«, sagte sie. Dann, zu Yuri gewandt: »Bitte vergeben Sie mir. Wenn ich Sie beleidigt haben sollte, war es völlig unbeabsichtigt.«

»Keine Ursache«, erwiderte Yuri. Er betrachtete die beiden nachdenklich. Der kurze Wortwechsel hatte ihm viel über diese zwei Fremden gesagt. Der Mann wusste, dass man vorsichtig und aufmerksam sein musste, wenn man in eine neue Kultur kam, die Frau nicht. Diese Erkenntnis mochte später einmal nützlich sein. »Jedenfalls haben wir Quartiere für Sie, und der

Stationskommandant legt Wert darauf, Sie recht bald kennen zu lernen. Wenn Sie mit mir kommen wollen, am anderen Ende der Fluggastbrücke wartet ein Freiläufer auf uns.«

»Ein was?«, fragte Chandray.

»Ein Freiläufer. Das ist ein kleiner offener Wagen, der nicht an das System der Transitröhren gebunden ist und überall in der Station frei verkehren kann. Würden Sie mir bitte folgen?«

»Gern«, sagte Koffield.

»Einen Moment«, sagte Chandray. »Zuerst muss ich die äußere Schleusentür sichern.« Sie trat neben die Tür und öffnete eine kleine Klappe in der äußeren Hülle der *Cruzeiro do Sul,* hinter der sich ein Tastfeld verbarg. Entweder absichtlich oder zufällig bewegte sie den Körper zwischen Yuri und die offene Klappe, damit er nicht beobachten konnte, welche Tasten sie berührte. Die äußere Tür der Luftschleuse glitt zu, und Yuri hörte ein tiefes, massiv metallisches *klack, klack, klack* aus dem Innern. Anscheinend hatte die *Cruzeiro* eine Sicherheitsverriegelung mit drei massiven Stangen. »In Ordnung. Verschluss zu, Kombination verschlüsselt, Schlüssel draußen«, sagte sie. »Wir können gehen.«

Nach der Warnung, die sie gerade erhalten hatte, hätte es Chandray in den Sinn kommen sollen, dass das so offensichtliche und vollständige Zusperren ihrer Tür vor dem Gastgeber als eine schlimme Beleidigung aufgefasst werden konnte.

Dann aber wandte Chandray sich um und blickte ihm gerade ins Auge. Keine Verlegenheit, keine Entschuldigung. Es war klar, dass sie genau wusste, was sie tat. Und diesmal, bemerkte Yuri, erhob Koffield keinen Einwand, unternahm keinen Versuch etwaige Empfindlichkeiten zu besänftigen. Yuri lächelte traurig in sich hinein. Er konnte es ihnen nicht verdenken.

Sie hatten gesehen, wie die Andockbuchten und die Schiffe darin aussahen. Sie mochten sogar beobachtet haben, wie die *Ease* über Bord gegangen war. Zweifellos hatten sie einiges, wenn nicht alles von dem erraten, was an Bord der Station vorging. Höflichkeit war eine Sache, das Nötige tun, um sich den Rücken und die Rückkehr freizuhalten, waren eine andere.

»Hier entlang«, sagte Yuri. Koffield hob den Behälter und seine Reisetasche auf, und Chandray stand bei ihm, bereit, Yuri zu folgen. Er führte sie durch den Tunnel der Fluggastbrücke zur zentralen inneren Luftschleuse der Gamma-Andockbuchten, und alle drei bemühten sich mit Bedacht, alles zu ignorieren, was gerade zu Tage getreten war.

*

Yuri bedeutete seinen beiden Gästen, sich auf die rückwärtige Bank des Freiläufers zu setzen. »Sie werden mehr sehen, wenn Sie nach vorn schauen«, sagte er. Sie stiegen ein. Koffield handhabte seinen großen Behälter mit auffallender Vorsicht. Yuri stieg selbst ein und setzte sich in den linken vorderen Drehsitz, den er nach vorn schwenkte. »Zum Eingang Ringpark und zum DeSilvo-Turm, auf aussichtsreicher Strecke in Beobachtungsgeschwindigkeit«, sagte er. Am Armaturenbrett des Freiläufers gingen Lichter an und zeigten, dass er die Instruktionen verstanden hatte. Auf einer leuchtenden Mattscheibe erschien die Übersichtskarte mit eingezeichneter Route. »Route gebilligt«, sagte Yuri, dann schwenkte er seinen Sitz herum zu den Gästen, während das Fahrzeug sich in Bewegung setzte. Es rollte aus dem Bereich der zentralen Luftschleuse, eine Rampe hinunter und bog in eine Transitröhre.

Die Transitröhren waren funktionell, fensterlos, schlecht beleuchtet, ungepflegt und zerkratzt. Der

Wagen schaltete einen Scheinwerfer und Innenbeleuchtung ein, als er durch den Tunnel rollte.

»Dies ist die aussichtsreiche Strecke?«, fragte Chandray.

Yuri lachte. »Wir sind noch nicht ganz in der landschaftlich schönen Gegend. Bald aber kommen wir aus der Transitröhre, und Sie werden sehen – nun ja, was Sie sehen werden. Offen gestanden sind auch die landschaftlich schönen Teile gegenwärtig nicht sehr sehenswert. Aber um diese Tageszeit ist die landschaftlich schöne Strecke der wahrscheinlich schnellste Weg. Wie auch immer, es hat keinen Sinn, die Situation vor Ihnen zu verbergen. Sie sollen uns ruhig sehen, wie wir sind, mit Warzen und allem.«

Chandray und Koffield tauschten einen kurzen Blick. Sie schienen interessiert an allem, was er sagte, aber nicht überrascht. »Warum sind die landschaftlich schönen Teile nicht reizvoll?«, fragte Chandray. Sie versuchte es beiläufig herauszubringen, aber ihr Gesichtsausdruck machte deutlich, dass es ein Gegenstand ihres besonderen Interesses war. Chandray würde es im Leben niemals weit bringen, wenn sie sich darauf verlassen musste, ihre Gefühle zu verbergen.

Aber es war sinnlos zu leugnen, was sie in wenigen Augenblicken sehen würden. Manches konnte man einfach nicht ignorieren. Yuri zuckte die Achseln. »Die ganze Station wimmelt von Flüchtlingen, und wahrscheinlich werden wir jede Menge von ihnen zu sehen bekommen. Vor noch nicht langer Zeit war es viel schlimmer, aber es ist immer noch ziemlich schlecht. Sie werden sehen.«

»Wir hatten so etwas vermutet«, erwiderte Koffield. »Auf unserer letzten Reiseetappe fingen wir ein paar Sendungen über Evakuierung und Panik auf. Ich denke, beides hängt zusammen.«

Yuri nickte. »Eine Geschichte wurde in die Welt gesetzt und bekam Beine. Ein Gerücht über die Evakuierung eines Teils der Bevölkerung. Madame Kalzant, das heißt, Madame Neshobe Kalzant, die geschäftsführende Regierungsbeauftragte des Planetarischen Rates, entschied daraufhin, dass die Situation unten nur zu beruhigen sei, wenn jedem, der es wollte, der Flug hierher gestattet würde, womit demonstriert werden sollte, dass wir den Verkehr bewältigen können. Sie kalkulierte, dass die Demonstration ausreichender Verkehrsverbindungen der Panik ein Ende machen würde. Und so war es auch, weitgehend. Wenn er für uns hier oben auch sehr hart war, der Plan funktionierte. Die Panik hörte auf, ausgehender Verkehr ging auf die normalen Werte zurück oder sank sogar darunter. Dafür stieg der Rückreiseverkehr nach Solace an. Es wird noch eine Weile dauern, bis der Normalzustand erreicht sein wird, aber es sieht so aus, als hätten inzwischen fast alle beschlossen, nach Solace zurückzukehren.«

»Fast alle?«, fragte Koffield.

Yuri hob die Hände. »Wir sind eine Transiteinrichtung, ein Umladepunkt. Wir haben eine ziemlich große Bevölkerung, aber es ist eine Arbeitsstation, kein Erholungsort mit viel überschüssiger Kapazität. Wir hatten nicht genug Möglichkeiten, um allen, die heraufkamen, einen angenehmen Lebensunterhalt zu sichern.

Also gaben wir viele Leute an andere Stationen und Habitats weiter, sogar zu einigen der überkuppelten Kolonien im äußeren System. Wir waren überschwemmt von Flüchtlingen. Noch immer sind wir mit ihrer Rückführung nach Solace vollauf beschäftigt. Aber ein Teil der Flüchtlinge konnte nur bis hier kommen. Kein Geld, keine Ausrüstung, keine gefragten Fähigkeiten. Zeitweise wurde der Treibstoff für die Schiffe knapp, ebenso die Nahrungsmittel.«

Der Freiläufer wechselte auf eine abwärtsführende Rampe und rollte in einen offenen Lastenaufzug. Dieser schloss die Türen und sank abwärts, sowie der Freiläufer zum Stillstand gekommen war. Aus irgendeinem Grund fand die Fahrt mit dem Aufzug in völliger Stille statt. Yuri fragte sich, was der Grund sein mochte, dass Aufzüge Gespräche zum Verstummen brachten. Natürlich konnte eine Fahrt in einem Lastenaufzug der Station eine irritierende Erfahrung sein. Je weiter man sich von der Stationsachse entfernte, desto dramatischer stieg der scheinbare Zug der Schwerkraft an. Von ungefähr einem Zehntel Ge kamen sie in wenig mehr als einer Minute auf fast halbe Erdschwere. Yuri hatte niemals Freude daran, selbst wenn die Normalgeschwindigkeit der Aufzüge niedrig gehalten wurde, um den Übergang nicht allzu unangenehm zu machen.

Jedenfalls bot die Unterbrechung des Gesprächs eine günstige Gelegenheit, einen Anruf zu machen. Yuri beschloss die Chance zu nutzen, zog sein Taschengerät hervor, wählte eine Verbindung zum Büro des Stationskommandanten und hielt das Gerät ans Ohr, sodass nur er die andere Seite des Gesprächs hören konnte.

»Büro des Kommandanten, Operationssystem«, meldete sich die Künstliche Intelligenz am anderen Ende. »Instruktion an Anrufer: Bestätigung der Anruferidentität über Stimmenprüfung als Yuri Sparten.«

»Sparten bestätigt«, sagte Yuri.

»Stimmenvergleich«, sagte die Künstliche Intelligenz und verstummte. Sie wartete auf Yuri.

»Zwei Gäste von *Cruzeiro do Sul* eingetroffen«, sagte Yuri. »Unterwegs zum Büro des Kommandanten. Ankunft ungefähr zwanzig Minuten. Einverstanden mit sofortigem Zusammentreffen.«

»Bestätigung ausreichend. Notiert und eingetragen.«

Yuri nickte, schaltete das Gerät aus und steckte es in die Tasche. Er hatte den Anruf nur seinen Besuchern zuliebe gemacht, nicht um die Künstliche Intelligenz zu unterrichten. Die wusste schon Bescheid. Der Anruf zur Bestätigung hatte den Zweck, die Vorladung durch den Kommandanten mehr wie eine Einladung erscheinen zu lassen Yuri verbrachte einen guten Teil seiner Zeit mit solchen bereinigenden, besänftigenden Manövern. Kommandant Raenau war nicht für seine diplomatische Geschicklichkeit bekannt.

Yuri blickte zur Anzeige der Ebenen an der Aufzugwand und sah, dass sie bald draußen waren. Er sah sich um und bemerkte einen fragenden Ausdruck in Chandrays Gesicht. »Ihr Gespräch eben«, sagte sie, »machte den Eindruck, als sprächen Sie zu einem Roboter oder einer Art Maschine?«

»Das stimmt«, sagte Yuri. »Aber warum kommt Ihnen das seltsam vor? Sicherlich hatten Sie sprechende Maschinen auch vor hundert Jahren.«

»O ja, natürlich«, erwiderte sie. »Es ist die Syntax, die Redeweise, die mich beinahe an einen eigenen Dialekt gemahnte. Aber wenn ich jetzt darüber nachdenke, sprach das Verkehrskontrollsystem ganz ähnlich.« Sie runzelte nachdenklich die Stirn, dann wurden ihre Augen lebendig. »Ist es so, dass besondere Sprachmuster verwendet werden, wenn man zu einer Maschine spricht?«

Diese Chandray-Frau verstand vielleicht nicht viel von Etikette und Höflichkeit, aber sie war nicht dumm. »Ganz recht«, sagte er. »Es wird in einer Art Telegrammstil gesprochen, um Zeit zu sparen. Angeblich war es Gründer DeSilvos eigene Idee.«

»DeSilvo?«, fragte Koffield.

Der Name löste bei beiden eine starke Reaktion aus. Eine weitere interessante Einzelheit, die man sich merken musste. »Das wurde seit seiner Zeit so gemacht, aber vielleicht auch schon früher. Die Maschinen können natürlich normale Umgangssprache verstehen und gebrauchen, aber zur Vereinfachung wird mit ihnen Maschinensprache gebraucht, wie wir es nennen. Aber ich denke, es ging ihm nicht allein um Vereinfachung. Wenn man in einer Sprache mit Maschinen verkehrt, die sich von der normalen Umgangssprache unterscheidet, dann ist man sich stets mehr oder minder klar bewusst, dass man es nicht mit einem Menschen zu tun hat. In einer Krise vergeudet man keine Zeit damit, sie anzuschreien oder zu widersprechen oder Argumente vorzutragen, die nur einem Menschen einleuchtend erscheinen können.«

»Subtil«, sagte Koffield, halb zu sich selbst und halb zu Chandray. »Interessant, klug und subtil. Mit Maschinen kannte er sich immer aus.«

Was darauf hindeutete, dass dieser Koffield den Gründer DeSilvo persönlich gekannt hatte! Yuri rechnete im Kopf nach und folgerte, dass das möglich war. Ein weiterer nützlicher, sogar faszinierender Punkt, den er später in der Befragung erwähnen musste. »Es dient wohl auch zur Kennzeichnung des Status«, sagte Yuri. »So nannten es jedenfalls meine Sozialkundelehrer. Wir gebrauchen die verkürzte Redeweise als Maschinensprache, um zu elektronischen Intelligenzen und Dienstmechanismen zu sprechen, aber nicht zueinander. Nach Ansicht meiner Lehrer soll das psychologisch günstig sein.«

Der Aufzug kam in der äußeren Begrenzungsebene zum Stillstand, derjenigen bewohnbaren Ebene, die der äußeren Hülle der Station am nächsten war. Die Türen öffneten sich, und der Freiläufer rollte rückwärts hinaus, wendete, fuhr durch einen Seitengang und kam dann hinaus auf den Zentralboulevard, der die gesamte Länge der Station durchzog.

Wo es einst Lichterglanz, offene Geschäfte, Gelächter und Musik gegeben hatte, sah man jetzt leer geräumte Schaufenster, heruntergelassene Rolläden, verschlossene Türen und ein scheinbar chaotisches Verkehrsgewühl und Menschengewimmel. Ein übler Geruch hing in der Luft und wurde noch schlimmer, als sie näher zum Ringpark kamen. Der Zentralboulevard hatte alle Eleganz, allen Stolz verloren und war überlagert von einem elenden Miasma von ungewaschenen Körpern und überlasteten Abwasser- und Abfallbeseitigungssystemen.

Der Zentralboulevard war die wichtigste Durchgangsstraße der Station, die einzige, die groß und lang genug war, um in einer irdischen Stadt als Hauptstraße zu gelten. Sie war so breit, dass der Umfang der Station erkennbar wurde. Yuri blickte den Boulevard hinunter und sah die Frachtabfertigung am achteren Ende der Station, mehr als einen halben Kilometer entfernt.

Ladengeschäfte, Schiffsagenturen und Cafés, Kinos und Bars säumten beide Seiten des Boulevards. Gehsteige trennten die Gebäude von den Fahrbahnen. Von der Decke hingen zwei verglaste Transitröhren, aber der Boulevard diente hauptsächlich dem Straßenverkehr.

Fahrzeuge aller Art drängten sich auf den beiden schmalen Fahrbahnen des Boulevards. Cybernetisch selbststeuernde Lastwagen, pedalgetriebene drei- und vierrädrige Rikschas, private und als Taxis gekennzeichnete Freiläufer mit Elektroantrieb befuhren die Hauptstraße, bogen in Querstraßen ab oder von dort ein. Der Fahrzeugverkehr auf dem Boulevard sah wie immer ziemlich chaotisch aus, aber Yuri machte sich darum keine Sorgen. Das automatische Verkehrskontrollsystem war gut durchdacht und sorgte dafür, dass keine Stauungen entstanden und Sicherheitsabstände eingehalten wurden.

Die Gehsteige und die Ladengeschäfte – und die Leute in ihnen – machten ihm Sorgen. Bei Tag und Nacht, rund um die Uhr, wimmelte es hier von Menschen, und ständig kam es irgendwo entlang der Straße zu Aufläufen, Streitigkeiten und Schlägereien. Je näher sie zum Ringpark kamen, desto dichter, schäbiger und unruhiger wurde die Menge. Vor nicht allzu langer Zeit waren die Geschäfte ansprechend und voll Waren gewesen, in den Schiffsagenturen hatte reger Betrieb geherrscht, und die Bars und Cafés waren beliebte Treffpunkte von Menschen aller Altersgruppen gewesen, die Entspannung und Unterhaltung suchten. Jetzt war die Hälfte der Läden geschlossen, und einige waren in den Krawallen ausgebrannt oder zerschlagen. Die meisten noch geöffneten Läden und Lokale wurden von bewaffneten Wächtern geschützt, die Schaufenster mit schweren Metallgittern gesichert.

Alle Wertgegenstände und zerbrechlichen Dinge waren längst entfernt worden. Vieles war zerschlagen oder gestohlen, und den Rest hatten die Eigentümer aus der Gefahrenzone geschafft. Alle Schilder, alle im Freien aufgestellten Tische und Stühle waren verschwunden. Alles schmückenden Beiwerks entkleidet und im Verteidigungszustand, war der Boulevard nicht mehr er selbst. Er war nichts als eine Reihe schäbiger kleiner Gebäude, verbarrikadiert gegen Unzufriedene und Plünderer. Handel und Wandel gingen weiter, aber alles hatte sich sehr verändert und war stark zurückgegangen.

Der Freiläufer verlangsamte im dichten Verkehr. Vor der nächsten Kreuzung kamen sie zum Stillstand und mussten warten, bis es weiterging.

»Flüchtlinge?«, fragte Koffield und deutete mit einem Nicken auf eine Gruppe ungewaschen aussehender Männer, die wie ratlos an einer Straßenecke beisammen standen. Es überraschte Yuri nicht, dass Koffield auf sie aufmerksam geworden war. Von ihrer Haartracht bis zum Schnitt ihrer zerknautschten Kleidung, von den hageren, wettergegerbten Gesichtern zu den harten, schwieligen Händen wies alles darauf hin, dass es Leute waren, die nicht hierher gehörten, Leute, die keine Heimat hatten, für die es keinen Raum gab.

»Flüchtlinge«, bestätigte Yuri. Er bemühte sich, Ärger und Frustration aus seinem Ton herauszuhalten. Die schäbigen Männer sahen harmlos aus, sogar Mitleid erregend. Aber diese bemitleidenswerten Männer und ihre Frauen und Kinder hatten die Station allein durch ihre Anwesenheit in größte Gefahr gebracht. Es war nicht zuletzt purem Glück zu verdanken, dass es noch nicht zum völligen Zusammenbruch lebenswichtiger Systeme gekommen war.

Die normale Bevölkerungsstärke der Station lag bei viertausend, etwas über der offiziell als »optimal« bezeichneten Bevölkerungszahl von dreitausendfünfhundert. Am Höhepunkt der Krise, als sie zweitausend Flüchtlinge zusätzlich zur normalen Bevölkerung in der Station gehabt hatten, hatte das System zur Luftreinhaltung und Zirkulation mit knapper Not standgehalten, und die Lebensmittelversorgung war auf einen kritischen Tiefstand abgesunken. Wasserversorgung, Wiederaufbereitung von Abwasser und Abfällen, medizinische Versorgung – alles war bis zum Äußersten beansprucht gewesen. Noch immer waren fast tausend Flüchtlinge an Bord, und diese machten keine Anstalten, freiwillig zu gehen. Die Verhältnisse hatten sich gebessert, aber Dienstleistungs- und Versorgungssysteme, die keine Gelegenheit gehabt hatten, sich zu erholen, waren nach wie vor überbeansprucht.

»Es ist Außenseitern nicht leicht zu erklären«, sagte Yuri, »aber für viele Leute war das Schlimmste der Flüchtlingskrise nicht, dass sie kamen und alles nahmen und aufbrauchten, was wir hatten. Es war, dass sie alles nahmen und weniger als nichts daraus machten. Unsere Luftfilteranlagen arbeiten seit Monaten an der oberen Belastungsgrenze, die ganze Station lebt mit knappen Nahrungsmittel- und Wasserrationen, wir sind vollständig ohne Medikamente – und es ist alles für nichts gewesen. Sie sind noch immer hier, die meisten von ihnen nicht besser daran als am Tag ihrer Ankunft. Es ist, als hätten wir überhaupt nichts getan – und wir taten so viel, dass es beinahe zum Zusammenbruch der Station und aller Menschen in ihr gekommen wäre.«

»Sie könnten doppelt so viel tun, und es würde nicht helfen«, sagte Koffield. »Ich kann es gut verstehen. Als ich etwa in Ihrem Alter war, machte ich eine Erfahrung. Ich war ein junger Offizier auf Rettungsmission in einer Kolonie. Alle Mitglieder der Rettungsmannschaft wunderten sich, wie es kommen konnte, dass wir so zornig auf die Leute waren, die wir zu retten versuchten.«

Yuri nickte eifrig. »Genau das ist es. Nur … nun, Sie gingen mit der Absicht hin, Menschen zu retten. Uns wurde das Problem einfach aufgehalst.« Er zuckte die Achseln. »Natürlich sind wir nicht die ganze Zeit zornig. Wir haben Mitgefühl. Wir kümmern uns um die Leute. Ich kann ihnen keinen Vorwurf daraus machen, dass sie bleiben wollen. Die meisten von ihnen kommen aus den Überschwemmungsgebieten, wo ihre Heimstätten verwüstet sind, die Ackerkrume fortgeschwemmt. Kein vernünftiger Mensch würde dorthin zurückkehren wollen. Verglichen damit, müssen sich der Schmutz und das Durcheinander hier paradiesisch ausnehmen.«

»Warum haben Sie die Leute überhaupt hier hereingelassen?«, fragte Chandray.

»Es war nicht unsere Entscheidung«, sagte Yuri. »Anordnung der Regierung. Die offizielle Politik war, dass jeder, der die Oberfläche verlassen wollte, die Möglichkeit dazu bekam. Wahrscheinlich war es sogar die richtige Politik, selbst wenn sie hier oben nicht allzu populär war. Sie machte einer Massenpanik, die außer Kontrolle zu geraten drohte, ein Ende. Die meisten Flüchtlinge, die von der Möglichkeit Gebrauch gemacht hatten und hierher gekommen waren, sind inzwischen zurückgekehrt. Aber die meisten derjenigen, die nicht zurückkehrten, sind noch hier. Nur etwa zehn Prozent sind anderswohin ausgewandert.«

»Und nun haben Sie zwei weitere am Hals«, sagte Chandray.

Yuri war nicht sicher, ob es scherzhaft gemeint war, und einen Augenblick lang dachte er daran, die Bemerkung unbeachtet zu lassen, aber Chandrays Worte kamen der Wahrheit zu nahe. Sie hatten eine zusätzliche Belastung zu bewältigen. »Wenn ich Sie wenigstens in diesem Punkt beruhigen kann, möchte ich Ihnen versichern, dass die Stationsverwaltung Sie nicht in die gleiche Kategorie wie die Leimfüße einstuft.« Er errötete über das ungewollt entschlüpfte Wort.

»Sie nennen die Flüchtlinge ›Leimfüße‹?«, fragte Chandray.

»Ah, ja. Leimfüße oder Leimfüßer, weil sie hier kleben bleiben. Man bringt sie nicht weg.«

Eine Weile sprach keiner etwas. Yuri schämte sich. Ein Mitbewohner der Station hätte verstanden und sympathisiert, aber konnten diese zwei das auch? Yuri hatte zuerst geglaubt, und glauben wollen, dass die Flüchtlinge Menschen wie alle anderen seien. Es mochten heimatlos gewordene Bauern sein, die mit den Ingenieuren und Mechanikern und Handelsleuten und Verwaltungsangestellten, die in der Station lebten, keine Gemeinsamkeiten hatten, aber bei alledem waren sie schließlich Mitmenschen. Doch dann kamen die endlosen Schwierigkeiten und Ärgernisse, die sie verursachten, die Enge, die Rationierung, die Unruhen – und der Geruch. Es gab Zeiten, da glaubte Yuri den Leimfüßen alles vergeben zu können, wenn es in ihren Lagern nur nicht so stinken würde. Es wurde immer schwieriger, von den Flüchtlingen nicht als Unruhestifter zu denken, als Schmarotzer, die nichts boten und alles verlangten. Die Stationsbewohner setzten die Flüchtlinge mit dem Schmutz und Elend gleich, in dem sie lebten. Es war verdammt schwierig, sich zu vergegenwärtigen, dass die Leimfüße irgendwann einmal etwas anderes gewesen waren als ein Haufen schmutzigen Gesindels.

Und vielleicht war es das, was sie den Stationsbewohnern am meisten verhasst machte. Weil die Stationsbewohner wussten, dass die Flüchtlinge genau wie sie selbst waren, Menschen, die ohne eigenes Verschulden heimatlos und verarmt waren. Die Flüchtlinge führten ihnen vor Augen, was aus ihnen werden mochte, wenn sie Pech hatten. Wenn andere so tief fallen konnten, dann konnten sie es vielleicht auch.

»Es tut mir Leid«, sagte Yuri. »Es ist keine freundliche Bezeichnung für eine Gruppe hilfloser Menschen. Aber es ist nun mal der Name, den sie bekommen haben. Ich wollte damit nur sagen, selbst wenn es mir nicht gut gelungen ist, dass Sie jedenfalls nicht in diese Kategorie fallen.«

Chandray streifte ihn mit einem kühlen Blick, bevor sie wieder zu den schäbigen Männern an der Straßenecke schaute. »Ich kann mir einiges denken, was wir gemeinsam haben«, meinte sie. »Sie und wir sind beide weit entfernt von der Heimat – und weder sie noch wir können zurück.«

Der Verkehr setzte sich wieder in Bewegung, und

der Freiläufer rollte vorwärts und ließ die Gruppe müder, geschlagener Männer zurück.

*

Norla Chandray war zum Heulen zumute. So lange hatte sie davon geträumt, Orte und Menschen in anderen Sternsystemen zu sehen. Nun war ihr Wunsch in Erfüllung gegangen. Sie sah, dass die Leute hier oben hartherzig und zornig auf die Hilflosen waren, und dass die Leute dort unten all ihre Habe und alle Hoffnung auf ein besseres Leben verloren hatten. Sie sah sich in einem verwirrenden, überfüllten, übel riechenden Höllenlabyrinth. Und sie wusste, dass sie hier in der Falle saß. Sie sah keine Wahrscheinlichkeit, dieser Welt, dieser Zukunft zu entkommen. Selbst wenn es gelang, die *Dom Pedro IV* zu reparieren, bezweifelte Norla, dass sie es über sich bringen würde, wieder in den Kryobehälter zu steigen, der sie beinahe umgebracht und ihre beiden Freunde getötet hatte. Aber vielleicht würde das Risiko eines solchen Todes dem Leben in diesem Albtraum vorzuziehen sein. Norla schauderte. Sie war niedergeschlagen und desillusioniert. Wie hatte es dazu kommen können, dass sie in einer Zeit und an einem Ort angelangt war, wo die Wahlmöglichkeiten so wenige und so unerfreuliche waren?

Der Freiläufer rollte weiter durch den dichten Verkehr. Die Zeichen deuteten darauf hin, dass sie sich dem Ringpark näherten, was immer das war. Der Straßenverkehr nahm ab, aber die Massen von Flüchtlingen auf den Gehsteigen wurden dichter. Weiter voraus wichen die Gebäude vom Boulevard zurück, und die transparenten Transitröhren über der Straße teilten sich, führten abwärts und verschwanden unter der Straßenebene. Die Reihen der Gebäude und Geschäfte endeten, und eine nackte, kahle blaue Wand zu beiden Seiten der Straße markierte das Ende des Geschäftsviertels. Aber die Straße und die Gehsteige führten weiter durch eine weite, kreisförmige Öffnung in der Wand. Weiter voraus war der Weg frei und führte direkt in etwas, das der Ringpark sein musste.

Die Straße führte geradeaus zu einer weiteren kreisförmigen Öffnung, hinter der das rückwärtige Ende der Station sichtbar wurde. Auf allen Seiten öffnete sich ein weitläufiger grüner Raum um sie, als sie durch die Öffnung fuhren. Der Ringpark umgab die ganze Station auf der letzten, äußeren Ebene der Station. Norla blickte zur himmelblauen Decke auf und schätzte, dass der Park drei oder vier Ebenen der Station einnehmen musste. Jenseits dieser Decke musste es mehrere weitere Ebenen geben, und darüber dann den zentralen Zugangstunnel der Station, durch den die *Cruzeiro do Sul* eingelaufen war.

Man hatte keinen Versuch unternommen, die Decke anders aussehen zu lassen als eine hohe, blau gestrichene Decke. Stationen mit ähnlichen Parks verwendeten bisweilen holographische Projektionen und andere Mittel bis hin zu Illusionsmalerei, um Wolkengebilde und Sonnenschein und perspektivische Gebirgslandschaften und so weiter darzustellen. Norla gefiel besser, wie sie es hier gemacht hatten, wo eine Decke eine Decke geblieben war. Erst bei näherer Betrachtung sah sie, dass man hier und dort fliegende Gestalten und Szenen aus Mythen auf die Decke gemalt hatte. Hier spie ein Drache Feuer, ein unmöglich zerbrechliches Flugzeug aus Holz und Papier aus alten Zeiten flog dort durch den gemalten Himmel, aber es waren bloße Dekorationen, die nicht beabsichtigten, jemand zu täuschen.

Vor und hinter ihr waren die Schotts mit abstrakten braunen und grünen Mustern gestrichen, die an Tarnbemalung erinnerten und allmählich mit dem Blau der Decke verschmolzen. Es war genug, den Gedanken an imaginäre Wälder wachzurufen, aber nicht so sehr, dass man darin einen Versuch sehen könnte, Wälder statt metallener Schotten vorzutäuschen. Vollkommen normale direkte Beleuchtung erhellte den Park, keine optischen Illusionen einer simulierten Sonne oder raffinierter indirekter Beleuchtungssysteme. Der einzige Lichteffekt, den sie nicht verstehen konnte, war ein plötzliches, kurzes und schwach pulsierendes Licht, das alle drei Minuten oder so von rechts aufleuchtete.

Das Gelände des Parks war – oder war es zumindest gewesen – eine ziemlich konventionelle Annäherung an eine offene Parklandschaft. Wiesenflächen mit kleinen Teichen da und dort, belebt von Baumgruppen.

Aber es war offensichtlich nicht so, wie es einmal gewesen war. Das Gras der Wiesen war fleckig, von Braun und Gelb durchsetzt, das Wasser in den Teichen von einem eklig fettigen Graugrün. Jemand entleerte einen Toiletteneimer in den nächsten Teich, als Norla gerade hinsah, während jemand anders aus derselben Quelle Wasser entnahm. Viele Bäume waren umgehauen und nur noch als Stümpfe kenntlich. Unter all den anderen Gerüchen, welche die Luft trübten, identifizierte Norla Holzrauch. Im Umkreis waren ein halbes Dutzend Lagerfeuer zu sehen. Der rauchige Dunst in der Luft vermischte sich mit den Gerüchen ungewaschener Körper, ranziger Nahrung, faulender Fäkalien, Urin, angebrannter Nahrung und anderen Dingen, die Norla nicht aussondern konnte.

Und überall waren die Flüchtlinge, saßen in Gruppen von fünf oder zehn oder einem Dutzend um die Feuer, wanderten ziellos herum, lagen oder saßen allein im niedergetretenen dürftigen Gras. Spartens Leimfüße. Die Menschen, die von einer scheinbar aus dem

Nichts entstandenen Krise an diesen übel riechenden Strand gespült worden waren.

Der Freiläufer bog vom Zentralboulevard auf einen gepflasterten Nebenweg ab, der nach rechts in die Richtung der Lichtimpulse führte. »Fahrzeugbefehl: Hier Pause«, sagte Yuri Sparten. Der Freiläufer verlangsamte, fuhr an den Straßenrand und kam zum Stillstand.

»Nun, meine Herrschaften, da sind wir«, sagte Sparten. »Sie wollten den landschaftlich schönen Teil der Route sehen. Dies ist er.«

»Verdammt«, sagte Koffield. Es war schwierig zu erkennen, ob er es als einen Fluch meinte, oder als eine passende Beschreibung des Ortes. Die drei saßen im Wagen und beobachteten, was um sie vorging. Die Szene überwältigte sie alle.

»Hier haben Sie die Flüchtlinge untergebracht?«, fragte Norla. »In einem offenen Park?«

»Der Park ist so abgeschlossen wie alles andere in der Station«, sagte Yuri Sparten. »Es gibt kein nennenswertes Wetter. Wir haben Gästezimmer für zwei oder dreihundert Leute, um Mannschaften angedockter Schiffe unterzubringen – und diese Quartiere sind so gut wie immer belegt. Wo sonst sollten wir zweitausend Leute unterbringen, wenn nicht hier?«

Norla suchte verzweifelt nach einer Antwort, die sie ihm ins Gesicht werfen konnte, aber sie fand keine.

»Ich bin erstaunt, dass Ihre lebenserhaltenden Systeme so gut durchgehalten haben«, bemerkte Koffield. »Mit so vielen zusätzlichen Leuten an Bord müssen sie nahe am Rand des Abgrunds gewesen sein.«

»Am Rand und darüber. Aber wir beginnen uns zu erholen. Ob Sie es glauben oder nicht, es war viel schlimmer als jetzt. Zum einen ist der Gestank nicht annähernd so schlimm wie er war. Das meiste, was Sie hier sehen und riechen, sind Rückstände und Reste aus der Zeit, als es wirklich schlecht aussah. Die Luftfilteranlagen können endlich anfangen, eine Besserung der Atemluft in Angriff zu nehmen, statt nur Rauch und Gestank in Bewegung zu halten. Und wir sind nahe daran, die sanitäre Situation wieder unter Kontrolle zu bringen. Eine Zeit lang beerdigten sie hier ihre Toten, nur ist die Erde nicht tief genug, um es richtig zu machen. Wir hatten hier Leichen, die unter fünfzehn Zentimetern Erde verwesten. Wir haben sie exhumiert und weitere Beerdigungen verhindert. Glauben wir.«

Norla starrte ihn an. Er sagte es beinahe so, als würden die Flüchtlinge ihre Toten als eine Art Sport oder Spiel begraben, ohne zu merken, was für ein Ärgernis sie damit anrichteten. Sie fragte sich, was mit den exhumierten Leichen geschehen sein mochte, sagte sich aber dann, dass sie es nicht wissen wollte. Außerdem redete Yuri Sparten noch.

»Das größte Problem, das wir gegenwärtig haben, ist, die Leute zu überzeugen, dass sie keine Feuer anzünden sollen«, sagte er gerade. »Wir können uns die Sauerstoffverschwendung nicht leisten, und der Rauch und Ruß verstopfen die Luftfilteranlagen.«

»Warum machen sie Feuer?«, fragte Norla,

»Wegen der Wärme«, sagte Yuri, als wäre es offensichtlich. »Während der Nachtschicht wird es kalt hier im Park. Die meisten der Leimfüße sind einfache Leute, nicht allzu gebildet, aber trotzdem hätten sie die Vernunft aufbringen sollen, auf das Abbrennen von Feuern zu verzichten. Es war schlimmer als nutzlos. Der Park wurde über den Heizschlangen der äußeren Hülle erbaut. Sie sind hier unter dem Boden verlegt. Die Abgabe überschüssiger Wärme war Teil der Idee, die zur Gestaltung des Parks führte. Das Luftumwälzsystem der Station pumpt Warmluft in den Park. Sehen Sie den meterhohen grauen Würfel dort?

Es gibt viele davon überall im Park, obwohl die meisten durch die Landschaftsgestaltung besser versteckt sind. Einige saugen Luft an, die anderen blasen sie ab. Sie stehen in Verbindung mit einem Pumpsystem, das auf Konvektion beruht und die Luft durch die Heizschlangen drückt, wo sie allmählich abkühlt, Wasserdampf auskondensiert und wieder in den Park geleitet wird.«

»Wenn die Leute frieren, können Sie dann nicht die Heizschlangen abschalten, wo die Luft abkühlt?«

Yuri schüttelte den Kopf. »Die sind ein integraler Bestandteil des Umwälz- und Kühlsystems. In dieser Station wird eine Menge überschüssiger Wärme erzeugt. Wenn wir sie nicht durch dieses System abkühlten, würde die ganze Station in ein paar Tagen Temperaturen bekommen, die sie unbewohnbar machen würde, und mit der Erwärmung würde es immer weiter gehen. Wir würden buchstäblich kochen. Wir müssen die Station kühlen, und verwenden den Park als Wärmeabfluss. Also wird es hier kalt, und die Flüchtlinge hauen Bäume um und zünden Feuer an, um es warm zu haben, und pumpen mehr Wärme in das System, das zur Abkühlung gedacht ist, und so kompensiert es automatisch, bis wir manuell korrigieren können, und dann – nun ich könnte fortfahren, aber es ist ein schauerliches Durcheinander. Der einzige Lichtblick ist, dass sie mit dem brennbaren Material beinahe am Ende sind.«

»Also werden sie jetzt frieren.«

»Sie werden es kalt haben, das ist alles«, erwiderte Yuri mit einiger Schärfe. Er runzelte die Stirn. »Ich weiß, wie hart es klingt, aber es gibt nur so viel, was wir tun können, und das tun wir. Wir haben Sammlungen von Decken und warmen Kleidern und elektrischen Heizgeräten und so weiter veranstaltet, aber wir haben weder die Rohmaterialien noch die Fertigungskapazität, um diese Dinge in der Station zu erzeugen. Wenn wir alle Ressourcen und Kapazitäten darauf verwendeten, ihnen alles zu verschaffen, was sie brauchen, und das in kürzester Zeit, würde es die Station ruinieren und uns allen viel größere Probleme bereiten. Das ist der Drahtseilakt, den wir in mehrerlei Hinsicht vollführen. – Fahrzeugkommando: Weiterfahren.« Der Freiläufer rollte wieder auf den gepflasterten Weg und fuhr weiter.

*

Der Weg verlief ungefähr rechtwinklig zum Zentralboulevard und folgte dem inneren Umfang der Station. Norla kam es so vor, als würden sie ständig eine Steigung hinauffahren, die steiler und steiler wurde, während hinter ihnen ein ebenso steiler Hügel lag.

Was sie seit ihrer Ankunft gesehen hatte, wiederholte sich ständig von neuem, während sie dahinfuhren: die gleiche Zerstörung, die gleichen Gruppen kauernder Gestalten, der gleiche Staub und Rauch, das gleiche trübe Licht.

Endlich verlangsamte der Freiläufer und bog in einen Seitenweg. In der Nähe war wieder einer der Zierteiche, ein rundes dunkles Loch im Rasen. Aber dann bemerkte Norla einen Unterschied an diesem Teich – und dann in anderen, die sie sah. Die Teiche, an denen sie zuerst vorbeigekommen waren, hatten kunstvoll gerundete, abstrakte Umrisse gehabt. Dieser war vollkommen kreisförmig. Die anderen hatten keine Barrieren zwischen dem Ufer und den umgebenden Wiesen gehabt. Dieser hatte einen recht stabilen meterhohen Metallzaun ringsherum. Und keiner der anderen Teiche war bewacht gewesen. Hier aber zählte Norla sechs mit Gewehren bewaffnete Wächter.

Und dann kam wieder einer dieser Lichtimpulse,

strahlte aus dem vermeintlichen Teich aufwärts. Es wurde zunehmend klar, dass dies kein Teich war, obwohl Norla sich nicht vorstellen konnte, was sich darin verbarg.

»Was ist das hier?«, fragte sie, als der Freiläufer bei einem Fußpfad zum Stillstand kam, der zu dem eingefriedeten Etwas führte.

»DeSilvo-Turm«, sagte Yuri. »Kommen Sie mit.« Er stieg aus und bedeutete seinen beiden Gästen, ebenfalls auszusteigen.

Koffield fasste seinen gesicherten Behälter beim Griff, hob ihn auf und trug ihn aus dem Fahrzeug. Norla stieg zuletzt aus. »Sieht nicht sehr wie ein Turm aus«, murmelte sie zu Koffield.

»Es sah mehr wie einer aus, als wir ihn von der anderen Seite sahen«, erwiderte Koffield schmunzelnd.

Norla brauchte einen Moment, bis sie verstand. »Oh, natürlich!« Sie sahen nicht von oben auf die Spitze dieses Turms. Neugierig schritt sie zur Basis des Turmes. Zum ersten Mal seit sie die *Cruzeiro do Sul* verlassen hatten, war sie neugierig, etwas zu sehen.

Sie folgte Yuri Sparten den Weg entlang. Er machte eine grüßende Handbewegung zu einem der Wächter, der nickte und den anderen signalisierte, die Gruppe passieren zu lassen. Am Geländer um den vermeintlichen Teich blieb er stehen, lächelte, und Norla sah, dass es ein etwas müder, duldsamer Ausdruck war: der Einheimische, der ungezählte Touristen zur selben Attraktion geführt hatte und auswendig wusste, wie das Ritual lief.

Er wandte sich um, lehnte sich gegen das Geländer und sah seine Gäste an. »Werfen Sie einen Blick hinein«, sagte er. »Es ist lohnend, selbst im gegenwärtigen Zustand.«

Norla bewegte sich vorsichtig zum Geländer und schaute hinab in den »Teich« – und sah drei Türme, die hinab in die Unendlichkeit reichten. Jenseits einer massiven Platte aus spiegelfreiem und hochtransparentem Glas, die mit Leichtigkeit zehn Meter im Durchmesser hatte, war nichts als Raum. Raum und eine Struktur. Drei Säulen aus Stahl und Glas, jede sechseckig, ragten von den Rändern des riesigen Beobachtungsfensters hinaus. Die Abstände zwischen ihnen waren genau gleich, und sie trafen tief unten mit der Basis eines glitzernden sechseckigen Gebildes aus Stahl und Glas zusammen. Der Anblick war höchst seltsam und verwirrend, sodass Norlas Augen eine Weile brauchten, bis sie sich zurechtgefunden hatten.

»Der DeSilvo-Turm umfasst tatsächlich drei Türme in einem«, antwortete Sparten, bevor sie fragen konnte, im leicht singenden Ton eines Fremdenführers, der seinen Vortrag schon viele Male gehalten hat. »Die drei Säulen bilden die drei Beine eines Dreifußes. An ihrem entfernten Ende, von hier aus gesehen, finden die drei Säulen an der Basis der sechseckigen Struktur zusammen. Offiziell wird diese von den Säulen gehaltene Struktur der Große Pavillon genannt, aber manche Leute nennen ihn den Ausleger, oder Ausleger-Pavillon. Ich verstehe diesen Namen nicht ganz, aber man sagte mir, ein Ausleger sei ein Zusatzrumpf bei einigen Arten von Wasserfahrzeugen. Die meisten Leute nennen den Großen Pavillon die Gondel, was mir etwas besser einleuchtet.

Sie sehen direkt hinunter zur Basis der Hauptstruktur. Je nachdem, wie Sie es betrachten, ist es entweder der höchste oder der tiefste Punkt der Station. Jedenfalls befindet sich das Büro des Stationskommandanten in der Ebene der Gondel, die am weitesten draußen ist. Es ist also der Punkt der Station, der am weitesten von ihrem Zentrum entfernt ist.

Die drei Säulen, die Sie sehen, erheben sich aus dem

Rumpf der Station. Sie sind zehn Stockwerke hoch – oder tief. Aus diesem Blickwinkel können Sie es nicht sehen, aber der Pavillon umfasst sechs Stockwerke.«

»Es muss ein gigantisches Gegengewicht auf der anderen Seite der Station geben«, sagte Koffield.

»Nun, natürlich müssen wir alle Außenstrukturen in Tandemform bauen, sonst würde die Rotationsbewegung völlig außer Kontrolle geraten«, sagte Sparten. »Wenn wir tausend Tonnen Stahl auf dieser Seite der Station hinaushängen lassen, müssen wir hundertachtzig Grad entfernt weitere tausend Tonnen als Gegengewicht haben. Tatsächlich ist der DeSilvo-Turm das eigentliche Gegengewicht. Ein Grund, dass er errichtet wurde, war, dass ein Gegengewicht für die Speichertürme auf der anderen Seite der Station benötigt wurde.

Sie können sehen, dass die drei Säulen nicht bloß tragende Strukturen sind, sondern in sich selbst echte Gebäude. Sie ähneln einem gewissen Stil alter Turmhäuser aus Stahl und Glas, wie man sie auf Erden hatte, obwohl ich nicht viel darüber weiß. Wir werden einen Aufzug hinunter durch einen dieser Türme nehmen, bis zum Pavillon, wo Ihre Quartiere sind. Bitte kommen Sie mit.«

Norla verweilte so lange wie sie konnte, fasziniert von der unglaublichen Struktur. Es schien wahnsinnig, so etwas auf eine Station zu bauen, die so viele alte, halb fertige Reparaturstellen an der Außenhülle hatte, aber dieser Wahnsinn spielte beinahe keine Rolle. Seine eigene Großartigkeit war annähernd Grund genug, solch ein Ding zu errichten.

Sie sah, wie der gestirnte Himmel sich an der rotierenden Station vorbeidrehte und die Oberfläche von Solace jenseits des Rahmens vom DeSilvo-Turm in Sicht kam. Die Helligkeit des Planeten überflutete die riesige Glasplatte mit Licht und schien von diesem

Punkt aus das gesamte Innere des Ringparks zu beleuchten. Das erklärte die Lichtimpulse.

Norla fragte sich, warum man die Glasplatte nicht undurchsichtig machte, um das träge Pulsieren des Lichts auszuschalten. Vielleicht gab es einen Mechanismus, der das bewirkte, aber er war beschädigt. Und vielleicht half die Transparenz bei dem notwendigen Temperaturausgleich. Oder vielleicht hofften die Leiter der Station, dass ein helles Aufleuchten alle paar Minuten helfen würde, die Leimfüße zu vertreiben.

Norla beschattete die Augen, bis der Lichteffekt vorüber war und blinzelte in die plötzliche Dunkelheit, wo die Sterne an den Dreifachtürmen vorüberzogen. Sie konnte Leute in den Säulen sehen, die sich hinter Glaswänden bewegten. Dann fand eine Bewegung am Rand ihres Gesichtsfeldes ihre Aufmerksamkeit, und sie blickte an einer der drei Säulen hinab, wo ein äußerer Aufzug vom Pavillon zur Station stieg. Sie konnte die Leute im Aufzug erkennen. Sie hatten die Gesichter nahe am Glas und beobachteten die Aussicht.

Das war eine Aufzugfahrt, die sie sich nicht entgehen lassen durfte. Sie blickte auf und wollte Koffield darauf aufmerksam machen, aber er war nicht mehr da. Sie blickte umher und bemerkte, dass er und Sparten bereits unterwegs zu einem niedrigen Gebäude waren, das in eine künstliche Anhöhe eingebaut war. Nach dem Winkel zu urteilen, in dem sie durch die große Scheibe sah, war es der Zugang zur hinteren Säule.

Sie nahm ihre Tasche und beeilte sich, die anderen einzuholen.

*

Am Eingang zum Aufzug blieb Yuri Sparten stehen und ließ seinen beiden Besuchern den Vortritt, dass sie bis an die äußere Glaswand der Aufzugkabine treten konnten.

Koffield musste lächeln, als Norla zur Glaswand eilte, obwohl sie noch in der Station waren und es nichts zu sehen gab als die schwarze Wand des Aufzugschachtes.

Bisher hatte Koffield sich im Hintergrund gehalten, um neben allem anderen ihren Führer Yuri Sparten zu beobachten – aber selbst der beste menschliche Beobachter kann nicht in alle Richtungen gleichzeitig sehen. Spartens Verhalten hatte ihm bereits vieles verraten, und die Aussicht vom Aufzug würde ohne Zweifel sehenswert sein. Als die Kabine sich zum Ausleger oder Pavillon oder der Gondel, wie immer sie es nannten, in Bewegung setzte, blickte auch er zur Glaswand hinaus. Die Kabine verließ das Stationsgebäude und zeigte die ungeheure Weite des Universums, darin blendend helle Objekte – den Planeten, ein Raumschiff im Anflug, die entfernten Sterne vor dem kohlschwarzen Hintergrund des Weltraums.

Die Aussicht von der Aufzugkabine war natürlich spektakulär, und Anton Koffield hatte nichts Geringeres erwartet. Es war anzunehmen, dass die bemerkenswerte Aussicht einer der Hauptgründe für den Bau dieses ganzen absurden Komplexes gewesen war.

Die beiden anderen Säulen waren ebenfalls glänzende Türme aus Glas und blauem Stahl. Sie rahmten die Aussicht auf die Flotte von Schiffen ein, die sich, teils funktionsfähig, teils aufgegeben, vor der Station und in Formation mit ihr in der Umlaufbahn befanden. Die Schiffe, die Sterne im Hintergrund, der Planet unter ihnen, kreisten langsam und majestätisch über den Himmel.

Koffield blickte zur Station selbst, während sie sich langsam von ihr entfernten. Zuerst war sie nichts als eine weite und öde dunkle Ebene, deren Schwärze nur von dem großen runden Fenster unterbrochen wurde, durch das sie kurz zuvor geblickt hatten, einen runden Teich von gelbweißem Licht, der nun rasch zurückblieb, als sie sich von der Station entfernten. Aber dann trug die Umlaufbahn der Station sie aus dem planetarischen Schatten ins Sonnenlicht, und die enorme Masse der Station schimmerte in metallischem Glanz, und die komplizierten Strukturen auf ihrer Oberfläche waren plötzlich als ein harter metallischer Wald aus Kränen und Türmen, Antennen und Rohrleitungen zu erkennen.

Koffield war einmal in einem Luftschiff geflogen, einem Fahrzeug leichter als Luft, das nicht viel mehr als eine Gondel gewesen war, die von einem massiven, starren, mit Gas gefüllten Auftriebskörper hing. Als er zur gewaltigen Masse der Station aufblickte, die jetzt über ihm aufragte, war der Vergleich augenfällig. Er war in einem Fahrzeug, das an einem Drahtseil zwischen Auftriebskörper und Gondel glitt.

Er schaute hinab und sah den Planeten vorbeischweben und außer Sicht kommen, um von den kreisenden Sternen des Weltraums ersetzt zu werden. Wenn er lange genug hinausblickte, würde die mächtige Rundung des Planeten wieder von der anderen Seite in Sicht kommen, aber es gab jetzt zu viel anderes zu sehen. Die Aussicht war bemerkenswert. Natürlich konnte man gegen nahezu alles abgestumpft werden. Er warf einen Blick zu Sparten und sah, dass der, statt die Aussicht zu bewundern, die Stockwerksanzeige beobachtete.

Koffield blickte in die Fahrtrichtung. Die Hauptstruktur dieser Wirklichkeit gewordenen architektonischen Wahnvorstellung rückte näher, die harten Kanten von blauem Glas und Stahl glänzten im Sonnenlicht. In der Mitte, direkt unter dem großen Fenster, durch das sie aus der Station geschaut hatten, war ein großes sechseckiges Fenster in der Grundfläche der Gondel. Er konnte deutlich Leute erkennen, die dort herausschauten und ihre Aufzugkabine beobachteten, mit den Fingern darauf zeigten und ihnen zuwinkten. Koffield widerstand der Regung, zurückzuwinken, erlaubte sich aber ein kleines Lächeln, als er Norla winken sah.

Ihre Gewichtszunahme war deutlich spürbar, als sie sich weiter von der Zentralachse der Station entfernten. Die Zunahme an simulierter Gravitation brachte Koffield die Frage der Massen und Belastungen zu Bewusstsein. Welche tragenden Elemente und strukturellen Verstärkungen waren notwendig gewesen, um die monströse Masse des DeSilvo-Turmes an der Station festzumachen? Sicherlich war die Station niemals für die Aufnahme solcher Spannungen und Beanspruchungen konstruiert worden. Wie schwierig und kostspielig die Verstärkung gewesen sein musste! Vielleicht teurer als der ganze DeSilvo-Turm, wenn man das Gegengewicht auf der anderen Seite dazurechnete. Wer konnte bei solch einem Projekt beurteilen, ob die Arbeit richtig und zweckentsprechend getan worden war?

Sonnenlicht fiel auf die vorderen Säulen, dann auf die Seite der Gondel. Sofort verwandelte sich das kühle Blau in schimmerndes Silber, als das reaktive Glas von Transparenz zu voller Reflexion überging.

Aber selbst volle Reflexion konnte nicht alles Licht fern halten. Selbst wenn nur ein Prozent des Sonnenlichts durch das Glas der Säulen und der Gondel drang, würde es eine massive Aufheizung mit sich bringen. Koffield konnte nicht einmal schätzen, wie hoch die Energiekosten für die Klimatisierung der Gondel sein mussten.

Selbst unter der Annahme, dass all dieses Glas gehärtet und isoliert war und nahezu alles unerwünschte Sonnenlicht blockierte, würde ein luftgefüllter Glaskasten wie dieser eine enorme Hitzemenge absorbieren und erhalten. Und natürlich mussten sie das Innere bei einer gleichmäßigen Temperatur halten, wenn der Turm in den Schatten kam. Vielleicht mussten sie dann sogar Wärme erzeugen, um ein Gleichgewicht zu erhalten. Die Probleme der Kühlung und Beheizung mussten enorm sein.

Kein Wunder, dass die Luft- und Wärmeregulierung der Station überfordert waren. Die Grundstruktur der Station hatte eine solide, völlig undurchsichtige und stark isolierte Hülle von einer Form, die relativ einfach zu erwärmen und zu kühlen war. Ihre Systeme zur Belüftung und Klimatisierung brauchten im Verhältnis zur Größe der Station nicht besonders umfangreich und leistungsfähig zu sein und konnten die Vorteile des Maßstabs wirtschaftlich nutzen. Die Außenstrukturen waren im Verhältnis zur gesamten Station nicht groß, aber sie mussten die Heizungs- und Belüftungssysteme überproportional belasten. Und um den Aufenthalt in der Gondel und den Türmen angenehm zu gestalten, mussten die Systeme lange vor der Ankunft der ersten Flüchtlinge nahe an der Belastungsgrenze gearbeitet haben.

Wahnsinn vom Anfang bis zum Ende, aber nicht im Mindesten überraschend, nach allem, was er bisher gesehen und erfahren hatte. Vielleicht sogar vorhersehbar, so niederdrückend diese Vorstellung war.

Das glitzernde sechseckige Juwel, das die Gondel war, rückte näher und näher, bis die Aufzugkabine in das Deck glitt. Alle zwinkerten und bemühten sich, ihre Augen an den plötzlichen Helligkeitsverlust zu gewöhnen.

Sie waren in der Gondel eingetroffen, einem Ort, dessen Existenz von Anfang an überflüssig gewesen war.

*

Elber Malloon saß an seinem Lagerfeuer, hielt die kleine Zari im Schoß und starrte zum Eingang des Gondelaufzugs bei dem großen Aussichtsfenster, das unlängst für die allgemeine Benutzung gesperrt worden war. Er hatte sie kommen und wieder gehen sehen, und nun starrte er hinüber, als könnte es sie in seinem Gedächtnis fixieren, wenn er sich den Ort einprägte, wo er sie zuletzt gesehen hatte.

Den jungen Mann mit den harten Gesichtszügen in der Uniform der Stationsverwaltung hatte er früher schon gesehen. Er war mehrere Male gekommen und gegangen, hatte diese oder jene Würdenträger oder Spezialisten durch die Station geführt. Natürlich hatten auch die Leimfüße jedes Mal zum Besichtigungsprogramm gehört. Diesen jungen Mann brauchte er sich nicht zu merken.

Aber seine Passagiere, den älteren Mann mit der militärischen Haltung und die junge Frau – die waren anders, sehr verschieden von den Amtspersonen, die kamen und einen anstarrten, als wäre man bloß irgendeine seltsame Tierart, die man hier zum Studium ihrer Lebensgewohnheiten eingesperrt hielt.

Bei diesen beiden war es anders. Sie waren überrascht, schockiert. Sie hatten dies noch nicht gesehen, nicht davon gehört noch etwas dergleichen erwartet. Alle anderen, die mit den Freiläufern durchkamen, waren entweder gelangweilte Bürokraten wie der junge Mann mit den harten Gesichtszügen, überdrüssig der Anblicke, die sich ihnen hier boten, bemüht zu übersehen, was um sie vorging, oder sie kamen mit vorgefassten Meinungen. Sie waren ärgerlich oder entsetzt oder troffen von Mitgefühl, noch bevor sie zum Ringpark kamen. Nicht diese zwei. Sie waren sprachlos verblüfft von dem, was sie sahen.

Aber das war nicht alles. Erst als seine Frau mit ihren Essensrationen zurückkehrte und er den Ausdruck in ihren Zügen sah, wurde es ihm klar. Dieser Ausdruck. Ohne Zweifel lief er selbst damit herum. Das war der springende Punkt. »Eine komische Sache«, sagte Elber zu Jassa, als sie sich zu ihm setzte. »Gerade kamen wieder zwei von den Oberen auf Besichtigungstour vorbei.«

»Was soll daran komisch sein?«, fragte sie und nahm ihm Zari ab. »Sie kommen und glotzen die ganze Zeit.«

»Nichts weiter, aber wie sie schauten. Es waren bessere Leute, sauber, gute Kleider. Sie waren auch gut genährt, vielleicht ein bisschen blass, aber nicht sehr. Und der Fremdenführer – dieser junge Kerl, du kennst ihn – behandelte sie höflich. Obere, kein Zweifel. Aber … aber die Gesichter, die sie machten. Sie waren wie wir. Wie wir!«

Jassa sah ihn an und runzelte die Stirn. »Wie meinst du das, ›wie wir‹?«

»Na, diese zwei. Du konntest es in ihren Gesichtern sehen, in ihren Augen, schon von weitem. Schockiert und ängstlich, überrascht – und noch etwas. Es war in ihren Augen zu sehen. Sie hatten alles verloren und waren in einer neuen Welt gelandet, die sie nicht kannten. Diese zwei«, sagte er wieder, »waren so verloren und fern der Heimat wie wir es sind. Vielleicht noch mehr.«

17.

# DAS ZIMMER DES ZAUBERERS

Sparten führte sie mit forschem Schritt durch die glitzernde obere Empfangshalle direkt unter dem sechseckigen Aussichtsfenster. Norla hatte nur die Gelegenheit zu einem flüchtigen Blick auf die gewaltige Masse der Orbitalstation. Und obwohl sie nur eine Sekunde innehielt, musste sie traben, um die anderen zwei einzuholen, und wäre in der merklich höheren Schwere beinahe gestolpert. Sie hatte vergessen, wie lästig variable Schwereverhältnisse an Bord einer rotierenden Station waren.

Unmittelbar unter dem oberen Aussichtsfenster war ein kreisrunder offener Raum im Deck oder Boden, wie immer man es hier nennen mochte, mit einem niedrigen Geländer rings herum. Die Öffnung nahm ungefähr die Hälfte des Raumes unter dem Aussichtsfenster ein und war genau unter ihm zentriert. Norla blickte hinab und sah ein großes Atrium, eine weite offene Fläche, kreisförmig im Querschnitt. Sie reichte fünf Ebenen hinunter. Auf jeder Ebene unter ihr waren Leute, lehnten am Geländer, blickten herauf oder hinab oder hinüber und zeigten einander dies und das.

Norla spähte hinab zur untersten Ebene. Dort waren drei keilförmige Wasserbecken zu sehen. Kaum ein Lufthauch trübte die spiegelglatten Oberflächen. Sie konnte ihr eigenes entferntes Spiegelbild sehen, eingerahmt von dem Ausblick des sechseckigen Fensters über ihr. Dort unten im stillen Wasser war auch das Spiegelbild der Station zu sehen, das drohend hinter ihr aufragte. Zwischen den keilförmigen Wasserbecken waren drei Fußwege, die an einem zentralen, runden Podium zusammenführten. Dieses befand sich genau in der Mitte der untersten Ebene. Norla blickte auf, legte den Kopf in den Nacken, um die Station zu sehen und sich die Visierlinien vorzustellen. Wenn man auf dieser zentralen Plattform der untersten Ebene stand, konnte man senkrecht nach oben zum Aussichtsfenster im Ringpark blicken, durch das Norla die tragenden Säulen der Gondel gesehen hatte.

Koffield warf einen Blick hinab, hielt sich aber nicht auf und ging weiter, noch immer mit seinem gesicherten Behälter, und Sparten hielt mit ihm Schritt. Norla verweilte noch einen Augenblick länger am Geländer, dann eilte sie den beiden wieder nach. Sie standen vor einem weiteren Aufzug und warteten auf sie.

Dieser war eine eher konventionelle, fensterlose Aufzugkabine. Sie trat hinein, die Tür schloss sich, und sie sanken abwärts. Niemand sprach. Als sie sich so noch weiter von der Rotationsachse entfernten, nahm Norlas scheinbares Gewicht noch mehr zu, bis es schätzungsweise dreiviertel der Erdschwere erreicht hatte. Das Gefühl, schwerer zu werden, erweckte den irrigen Eindruck, dass sie in einem Aufzug nach oben und nicht nach unten führe. Sie beobachtete die Zahlen auf der Stockwerkanzeige, die von *Obere Ebene* zur *5*, zur *4*, *3*, *2* und dann *Hauptebene* abwärts zählte, wo der Boden des Atriums war. Sie erwartete, dass der Aufzug halten und die Türen sich öffnen würden, doch er sank weiter abwärts. Die Stockwerkanzeige erlosch, als hätte die Ebene, die sie ansteuerten, keinen Namen und keine Nummer.

Der Aufzug kam zum Stillstand, die Tür glitt zurück. Sie stiegen aus, Norla als Erste.

Sie hatte nur Zeit zu sehen, dass sie in einem Büro waren, in dem ein Mann an einem Schreibtisch saß, bevor die Dämpfe sie erreichten. Der stechende Brandgeruch stieg Norla in die Nase, und sie zwinkerte mit tränenden Augen, als ein rauchiger Dunst in Augen und Kehle brannte. Sie nieste zweimal heftig, dann hustete sie.

Sie dachte im ersten Moment, dass die von der Flüchtlingskrise verursachte schlechte Luft sich irgendwie hier unten gesammelt haben musste. Mit tränenden Augen wandte sie sich zum Aufzug zurück. Sie mussten fort von hier, wieder hinauf, die Leute vom Technischen Dienst verständigen …

»Tut mir Leid«, sagte eine klare, lakonische Stimme. »Manchmal vergesse ich, dass es einige Leute ziemlich hart trifft. Warten Sie einen Augenblick, ich schalte das Luftgebläse und die Filteranlage höher.«

Ein Brausen von Ventilatoren ertönte, und ein kühler, reiner Luftstrom hüllte Norla ein. Sie hustete noch ein paarmal, dann atmete sie leichter.

Sie rieb sich die Augen und zwinkerte. Der Mann hinter dem Schreibtisch hatte sich erhoben. Er warf einen Blick auf eine Art Steuerkonsole, dann wandte er sich seinen Besuchern zu.

Er war ein hart und eher verdrießlich aussehender Mann mit kantigem Gesicht. Von niedrigem Wuchs, stämmig und breitschultrig, beinahe gedrungen. Er war dunkelhäutig, mit einem völlig haarlosen, glänzenden Schädel. Er hatte tiefliegende braune und durchdringende Augen, deren Weiß gelblich war. Er musterte sie mit seinem verdrießlichen Blick, aber irgendwie gewann Norla den Eindruck, dass es nichts mit ihnen zu tun hatte. Verdrießlichkeit war der Ausdruck, der seinem Gesicht naturgemäß war.

»Treten Sie näher«, sagte er, nahm etwas aus einem flachen Behälter auf seinem Schreibtisch und steckte ein Ende davon in den Mundwinkel. Es war ein brauner Zylinder, ungefähr fünfzehn Zentimeter lang und anderthalb Zentimeter dick. Er verzog das Gesicht, und das Ende des Zylinders glomm einen Augenblick orangegelb auf. Darauf nahm er das Ding aus dem Mund, blies Rauch in die Luft und führte es wieder zum Mund.

Norla war fasziniert. Sie hatte von solchen Dingen gehört, aber noch nie hatte sie wirklich jemanden gesehen, der eine Zigarre geraucht hatte.

»Ich bin Karlin Raenau, der Stationskommandant«, sagte der Mann. »Man hat mich dazu verurteilt, diesen Laden hier zu führen. Nehmen Sie Platz.« Raenau blickte hinüber zu Sparten. »Nicht nötig, dass Sie hier herumhängen«, sagte er. »Gehen Sie und tun Sie Ihre Arbeit.«

Sparten salutierte und zog sich zurück. Norla sah ihn in den Aufzug treten und die Türen schließen – und war überrascht zu sehen, dass der Aufzugschacht nicht so weit herabreichte. Als die Aufzugkabine emporstieg und durch die Decke verschwand, ließ sie nichts zurück als eine leere Stelle am Boden in der Mitte des großen kreisrunden Büros. Eine Luke in der Decke schloss sich, nachdem der Aufzug sie passiert hatte.

»Er ist ein guter Junge, aber er macht mich nervös«, sagte Raenau zu niemand im Besonderen. Er setzte sich hinter seinen Schreibtisch und bedeutete Norla und Koffield, sich ihm gegenüber in die Besuchersessel zu setzen. Er betrachtete seine Gäste nachdenklich und sprach nicht gleich.

Norla nutzte die Gelegenheit, um sich im Büro umzusehen. Der ohne Schacht mitten im Raum erscheinende und aus ihm verschwindende Aufzug war nicht das einzige seltsame Merkmal. Der Raum war von kreisförmigem Grundriss und mindestens anderthalbmal so groß wie das Hauptdeck der *Cruzeiro do Sul* mit Aufenthaltsraum und Kabinen. Die Decke war grau lackiert, aber der Boden und die Wände waren von einem gleichförmigen mattsilbernen Ton. Erst als Norla die schwachen Umrisse eines Schiffes bemerkte, das unter dem Boden und eine Seite der Wand hinauf kreiste, erkannte sie, dass der ganze Raum mit Ausnahme der Decke aus variabel reflektierendem Glas bestand, das auf maximale Undurchsichtigkeit eingestellt war.

Hinter den Besuchersesseln befand sich ein frei stehender Rahmen, von dem ein gewebter dekorativer Wandbehang mit einem abstrakten Muster hing, wo er direkt in Raenaus Blickfeld war, wenn er am Schreibtisch saß. Seitwärts neben dem Schreibtisch war etwas wie ein großer Faltschirm mit einem phantasievollen Muster schwimmender Fische. Es war ein zu großes Objekt und zu sorgfältig an einem Platz positioniert, der dem Schreibtisch zu nahe stand, um praktisch zu sein. Daraus schloss Norla, dass es nicht als Raumschmuck gedacht war, sondern vielleicht eine Art Datendisplay war.

Unter Raenaus Schreibtisch und der Fläche vor ihm lag ein dicker, weicher, fein gemusterter Teppich. Verstreut im Raum standen drei oder vier Gruppierungen von Möbeln, jede gleichfalls auf einem dekorativen Teppich und mit Wandbehängen oder Faltschirmen in der Nähe. An den Wänden selbst hing nichts.

Der Raum schien die gesamte Ebene des Gebäudes einzunehmen. Es gab keine Türen in den Wänden, und jenseits der undurchsichtig gemachten Wände waren offenbar nichts als Sterne und leerer Raum. Bei der Betrachtung der Decke bemerkte Norla weitere Luken verschiedener Größen. Einige waren groß genug, um eine kompakte Küche oder einen ganzen Waschraum herabzulassen. Wie es schien, war das Büro so konstruiert, dass es verschiedene Nutzungsformen ermöglichte.

So groß der Raum war, erreichte er doch nicht annähernd den Durchmesser, den sie in den oberen Ebenen der Gondel gesehen hatte, und sie begriff, dass dieser Raum an der Unterseite der Gesamtstruktur hing, eine Blase, die keinen anderen Eingang oder Ausgang hatte als durch die Decke.

»Eine Menge Spielzeug hier drinnen«, sagte Raenau, und Norla merkte verspätet, dass er sie beobachtet hatte, während sie in die Betrachtung des Raumes versunken war. »Ich mache keinen Gebrauch davon. Ich brauchte ein Arbeitszimmer, und man gab mir den Spielplatz eines Knöpfchendrückers.«

»Dies alles ist variabel reflektierendes Glas, nicht wahr?«, fragte Norla mit einer Geste zum Boden und den Wänden.

»Richtig, Multiglas. Ich benutze es fast nie. Wollen Sie sehen?«

Bevor Koffield oder Norla antworten konnten, drückte Raenau auf einen Knopf und drehte einen Schalter.

Die Beleuchtung ging aus, der Raum wurde völlig dunkel. Dann verblassten auch Boden und Wände. Norla schrie erschrocken auf. Sogar der unerschütterliche Anton Koffield sog scharf die Luft ein. Norla schloss die Augen und umklammerte die Armlehnen ihres Sessels, zwang sich zur Ruhe. Als sie den Schreck überwunden hatte, ließ sie eine Armlehne los und öffnete langsam die Augen. Um einen Orientierungspunkt zu haben, starrte sie geradeaus zu Raenau.

Oder zumindest dahin, wo Raenau sein sollte. Es war nichts zu sehen als ein kleiner, schwacher orangegelber Punkt, der aufleuchtete und verblasste, aufleuchtete und verblasste. Dann erkannte sie, dass es das glühende Ende seiner Zigarre war, an der er paffte.

Sie blickte auf die schwarzen Umrisse des Teppichs zu ihren Füßen. Neben diesem kam der Planet zum Vorschein und zog vorüber. Auch die Sterne zogen ihre Bahnen, und ein kleiner Raumtransporter kam in Sicht. Norla fasste sich ein Herz, stand auf und schritt zum Rand des Teppichs, zögerte einen Moment lang und tat einen Schritt hinaus in das absolute Nichts. Sie hörte ihre Absätze und fühlte die Festigkeit des Bodens unter sich, doch wenn sie hinabblickte, sah sie nichts unter sich. Unter ihren Füßen war das Universum, die Sterne, die Dunkelheit der Leere; alles zog in feierlich gemessener Prozession vorbei.

Ihre Hände waren zu Fäusten geballt, ihr ganzer Körper verkrampft und angespannt. Es fiel ihr schwer, sich zu entspannen, und sie sah sich nach dem dekorativen Gewebe am Rahmen um. Nun verstand sie die Teppiche und die sorgfältig positionierten Rahmen und Behänge im Raum. Selbst wenn das Glas auf maximale Undurchlässigkeit eingestellt war, blieb eine gewisse Durchsichtigkeit erhalten. Niemand wollte alle paar Minuten den Planeten aus den Augenwinkeln vorüberziehen sehen. Sie bemerkte, dass es hinter Raenaus Schreibtisch keinen Sichtschutz gab. Entweder hatte der Mann nicht daran gedacht, oder er glaubte, es würde zu seinem Vorteil sein, wenn seine Besucher abgelenkt und verunsichert würden.

Allmählich passten ihre Augen sich der Dunkelheit an. Sie blickte umher und sah die Möbelgruppen auf ihren Teppichen scheinbar im Nichts hängen. Sie sah den Raumtransporter abermals in Sicht kommen. Dann blickte sie zur vorderen Wand hinaus, wo die Flotte der funktionsfähigen und stillgelegten Schiffe die Station in ihrer Umlaufbahn begleitete. Als die Tagseite des Planeten wieder vorüberzog, erfüllte Licht den Raum.

Obwohl Wände und Boden transparent blieben, ließ Raenau die Beleuchtung langsam wieder angehen. Die Gegenstände und Menschen im Raum, die bloße Umrisse und Schatten gewesen waren, gewannen ihre feste Gestalt zurück. Es war irgendwie noch seltsamer, hell beleuchtete und wirklich aussehende Gegenstände scheinbar bewegungslos im Raum hängen zu sehen.

Raenau stand hinter dem Schreibtisch auf und trat vom Teppich auf den transparenten Glasboden. Er bewegte sich mit einer Unbekümmertheit, die etwas einstudiert wirkte, weil Norla den Eindruck gewann, er bemühe sich zu angestrengt um beiläufige Lässigkeit.

Er blickte hinab zu den Sternen unter seinen Füßen und zog nachdenklich an seiner Zigarre. »Hier stehe ich«, sagte er, »Herr und Meister von allem, was ich nicht überblicke.«

»Wie bitte?«, fragte Koffield. Er saß noch immer gefasst an seinem Platz, hatte alle momentane Überraschung oder den Schock überwunden, die er empfunden haben mochte, als der Boden verschwand. Eine interessante Feststellung. Sowohl Raenau als auch Norla hatten das Bedürfnis verspürt, sich zu beweisen, ihren Mut zu demonstrieren, indem sie ins Nichts hinaustraten. Koffield war ruhig sitzen geblieben.

»Herr und Meister von allem, was ich nicht überblicke«, wiederholte Raenau und zeigte mit beiden Händen nach unten. »Ich kann buchstäblich das ganze Universum von hier aus sehen, während die Station um ihre Achse rotiert und den Planeten umkreist. Früher oder später kommt jede Richtung in Sicht. Die einzige Richtung, in die ich nicht blicken kann, das Einzige, was ich nicht sehen kann, ist die Station, die ich führen soll. Sie ist immer unsichtbar. Man hat dieses Büro – die ganze verdammte Gondel – hauptsächlich als ein Mittel zum Beeindrucken von Menschen gebaut, für den psychologischen Effekt. Alles muss gewaltig und großartig aussehen. Es macht die Symbolik, dass man von hier aus die Station nicht sehen kann, noch seltsamer, nicht wahr?«

»Um ehrlich zu sein«, sagte Koffield, »habe ich seit dem Augenblick, als wir an Bord kamen, an diesen und viele ähnliche Punkte gedacht. Die Gondel ist ein Schrein für den Geist des Narzissmus. Anscheinend wurde sie nur zu dem Zweck entworfen, dass sie von verschiedenen Blickwinkeln aus betrachtet und ständig bewundert werde.«

Raenau nickte. »Wahrscheinlich würde der Architekt es nicht zugeben, aber wahrscheinlich ist es trotzdem wahr.«

»Wer war der Architekt? Ich will niemanden kränken, aber mir scheint, dass die Person, welche die Gondel entwarf und bauen ließ, extrem von sich selbst eingenommen gewesen sein musste, und doch fern von jeder Selbsterkenntnis.«

Raenau lachte laut heraus, nahm die Zigarre aus dem Mund und hielt sich mit theatralischer Gebärde einen Finger an die Lippen um Stille zu signalisieren. »Geben Sie Acht, wer Sie das sagen hört«, sagte er in laut hörbarem Flüsterton. »Die Gondel und der DeSilvo-Turm beruhen auf Skizzen, die der große Dr. Oskar DeSilvo selbst hinterließ.«

»Das«, sagte Koffield, »überrascht mich nicht im Geringsten.«

Raenau lachte glucksend und ging zurück zu seinem Schreibtisch. Er setzte sich und drehte einen Knopf am vertieft eingelassenen Steuerpult. Das Nichts, die Sterne und der schwarze Himmel unter Norlas Füßen verblassten zum matten Silber des festen Bodens.

Wenn sie angestrengt Ausschau hielt, konnte sie noch immer die hellsten Objekte als undeutliche Schemen vorüberziehen sehen, aber es war nicht leicht.

Auf einmal fiel ihr ein, wie töricht sie ausgesehen haben musste, als sie dastand und auf den Boden zwischen ihren Füßen starrte. Vor Verlegenheit errötend, kehrte sie an ihren Platz zurück und setzte sich.

»Die verdammten durchsichtigen Wände«, grollte Raenau. »Sie machen mich verrückt. Überall ist es das Gleiche, in allen privaten Bereichen der Gondel. Jeder zieht ein und schnattert begeistert über die Aussicht, die Aussicht, die Aussicht – und dann erkennen sie, dass sie es nicht ertragen können, jede Minute des Tages das Universum vorbeikreisen zu sehen. Das Ganze ist um der Aussicht willen gebaut – und wir haben alle Rolläden und Wandbehänge und Wandschirme als Sichtschutz angebracht.«

Raenau drückte seine Zigarre in einer Art Schale aus – einem Aschenbecher, so nannte man es – und zog einen Kasten aus einer Schreibtischschublade. Er öffnete sie und nahm eine weitere Zigarre heraus. Er war im Begriff, den Kasten zurückzustellen, als er für einen Moment zögerte. Norla hoffte, dass der Mann begriffen habe, wie unhöflich es wäre, noch eines von den verdammten giftigen Dingern vor seinen Gästen anzuzünden, aber Raenaus Zögern hatte ein anderes Motiv, und es hatte sogar mit Manieren zu tun. »Verzeihung«, sagte er, »ich hätte Ihnen auch eine anbieten sollen.« Er hielt die Zigarrenkiste in die Höhe. »Ich nehme an, keiner von Ihnen würde eine Zigarre mögen?«

»Nein danke«, erwiderte Norla und hoffte, ihr Ton sei nicht allzu vehement. »Ich, ah, rauche nicht.«

»Kaum jemand tut das«, sagte Raenau traurig. »Admiral Koffield? Wie ist es mit Ihnen?«

Norla hatte eine so entschiedene Ablehnung wie

ihre eigene erwartet, wenn auch vielleicht ein wenig diplomatischer. Stattdessen kam ein seltsamer, abwesender Ausdruck in Koffields Augen. »Seit zwanzig Jahren subjektiver Zeit habe ich keine richtige Zigarre mehr geraucht«, sagte er. »Annähernd anderthalb Jahrhunderte objektiver Zeit.«

»Havanna«, sagte Raenau und hielt die Zigarrenkiste Koffield hin. »Nicht kubanischer Tabak, der zwanzig Lichtjahre von der Erde gewachsen ist, oder in Kuba aus texanischen Blättern gemacht, oder ähnlicher Unsinn. Echte Havanna. Der wahre Jakob.« Sein Tonfall machte deutlich, dass er Koffield verlocken wollte, aber der Lobpreis einer echten Havanna bedeutete Norla nichts.

»Wie, zum Teufel, konnten Sie hier draußen echte Havannazigarren bekommen?«, fragte Koffield. Er stand auf, beugte sich über den Schreibtisch und nahm die Kiste entgegen. Er öffnete sie und betrachtete den Inhalt mit einem Ausdruck, der beinahe ehrfürchtig war.

»Sagen wir einfach, ich habe Freunde an verschiedenen Orten. Und die Versandtechniken haben sich gebessert, während Sie … ah … aus dem Verkehr gezogen waren.«

Koffield wählte eine Zigarre aus und gab die Kiste Raenau zurück, der sie sorgfältig verstaute. Koffield hielt die Zigarre unter die Nase und sog den Duft tief ein, dann hielt er sie ans Ohr und schien ihr aus irgendeinem Grund zu lauschen, während er sie zwischen Daumen und Zeigefinger rollte. Raenau zog ein kompliziert aussehendes kleines Gerät aus der Jackentasche und reichte es Koffield, der es gebrauchte, um das Ende der Zigarre abzuknipsen. Darauf zog Raenau aus derselben Tasche ein anderes Gerät hervor, und Koffield musste einen Moment darüber grübeln, bevor es ihm gelang, dem Gegenstand eine kleine Flamme zu entlocken. Er steckte die Zigarre zwischen die Zähne und tauchte das Ende der Zigarre in die Flamme, während er angestrengt am anderen Ende sog.

Es dauerte eine gute Weile, bis das Ding zu Koffields Befriedigung glühte, und dann musste natürlich Raenau die gesamte Prozedur wiederholen, um *seine* Zigarre in Gang zu bringen.

Es war offensichtlich, dass das Ganze eine Art Ritual war, und dass Koffield bei Raenau eine Menge Punkte gemacht hatte, nur weil er verstand, mit einer Zigarre umzugehen, und weil er den zweifelhaften Genuss, sich mit giftigem Rauch einzunebeln, zu schätzen wusste. Genauso wie das Verschwindenlassen des Bodens, waren die Zigarren ein Test gewesen. Wofür genau, vermochte Norla nicht zu sagen – aber es war klar, dass Koffield mit fliegenden Fahnen bestanden hatte.

»Ich möchte nicht unhöflich sein«, log Norla, »aber Sie wünschten uns dringend zu sprechen, und wir sind weit gereist, um hierher zu kommen, in einer Sache, die Admiral Koffield für außerordentlich wichtig hält. Vielleicht könnten wir beginnen?«

»Sie haben Recht«, sagte Raenau. »Fangen wir damit an und bringen es auf die Tagesordnung. Ich nehme an, ich wollte bloß den Augenblick genießen, dass Sie es endlich hierher geschafft haben. Ich weiß nicht, ob Sie es erkennen, aber dieser Augenblick markiert das Ende eines Geheimnisses, das sehr lange gelebt hat. Und ich werde derjenige sein, der die Antwort zuerst hört.«

»Ich fürchte, wir haben einige schlechte Nachrichten, was das betrifft, Kommandant«, erwiderte Koffield. »Als wir von der *Dom Pedro IV* ablegten, hatte niemand an Bord eine Ahnung, was schief gegangen war oder wie die Fehlfunktionen zu erklären waren.

Wir verstehen auch nicht, wie sie überhaupt hatte hierher kommen können.«

»Nein, nein, Sie missverstehen mich«, sagte Raenau. »Was die Fehlfunktion Ihres Schiffes auslöste, ist nicht das Geheimnis, das mich beschäftigt, obwohl es sicherlich andere interessieren wird. *Sie* sind das Geheimnis, das mich interessiert. Sie und die Botschaft, die Sie schickten.«

»Was ist so besonders an uns?«, fragte Chandray. »Wir waren an Bord eines Schiffes, das nicht am Ziel eintraf, und sicherlich war es nicht das erste Schiff, dem das passierte.«

Raenau zuckte die Achseln. »Richtig. Ich kann Ihnen keinen triftigen Grund dafür nennen. Manche Fälle werden berühmt, andere nicht. Irgendetwas ist daran so seltsam oder bizarr, dass es die Phantasie beschäftigt. Leute erfinden Verschwörungen oder denken sich Erklärungen aus. Irgendeine Einzelheit fasziniert jemanden. Ein Gerücht, eine Geschichte gewinnt ein Eigenleben. Etwas wird in einer Weise aufgeblasen, die in keinem Verhältnis mehr zur Wirklichkeit steht. Vielleicht war es der Umstand, dass die *Chrononaut VI* niemals zurückkehrte, und das Pulvrick starb, bevor sie die Botschaft weitergeben konnte. Jedenfalls ist um den Verlust der *Dom Pedro IV* eine ganze Legende entstanden – eine ganze Reihe von Legenden.«

»Also sind wir berühmt?«, fragte Norla. Der Gedanke amüsierte sie.

Raenau zögerte, offensichtlich im Zweifel, wie er antworten sollte. Koffield sagte: »Sagen Sie es uns offen, Kommandant. Information ist uns wichtiger als Höflichkeit. Auch wenn man uns für Ungeheuer hält, sagen Sie es uns ruhig.«

Raenau sah ihn überrascht an. »Es ist seltsam, dass Sie als Erstes daran denken, berühmt oder berüchtigt zu sein. Haben Sie ein schlechtes Gewissen?«

Norla wäre interessiert gewesen, seine Antwort auf diese Frage zu hören, aber Koffield sagte nichts.

Raenau lachte und fuhr fort: »Nun, wer hat nicht etwas, woran er sich schuldig fühlt? Aber ich kann Ihnen sagen, dass es nichts dergleichen ist. Nun, vielleicht bei einigen Leuten, die Nachkommen der Flüchtlinge von Glister, mag es noch gewisse Ressentiments geben, aber das braucht Sie nicht zu kümmern.«

Norla war erstaunt, Raenau von Glister sprechen zu hören, aber Koffield ließ sich nichts anmerken. Sie hätte den Köder gern aufgenommen, und in Raenaus Gesichtsausdruck war zu erkennen, dass er gern gefragt sein würde, aber jetzt war nicht die rechte Zeit und der rechte Ort dafür. Es gab andere Dinge, von denen sie wissen mussten. »Wir wissen fast nichts, Kommandant«, sagte sie. »Was wollten Sie gerade sagen? Wer ist Pulvrick, und was ist mit der *Chrononaut?*«

»Natürlich, Sie können es nicht wissen. Entschuldigen Sie. Kurz und gut, das Verschwinden der *Dom Pedro IV* war einmal eine bekannte Geschichte. Das ist heute nicht mehr der Fall. Sie sind nicht mehr berühmt. Heutzutage sind Sie Teil einer alten Geschichte, von der die meisten Leute nur ein klein wenig wissen. Die Menschen haben gehört, dass es eine Legende oder ein Geheimnis gibt, aber sie wissen nicht genau, was es damit für eine Bewandtnis hat. Vieles ist vergessen oder durcheinander gebracht worden. Ich bin überzeugt, dass Ihre Ankunft neues Interesse entfachen wird, aber ich habe genug in den Archivaufzeichnungen gegraben, um zu wissen, dass die Versionen der Geschichte, die der allgemeinen Öffentlichkeit am besten bekannt sind, weit von den Tatsachen entfernt sind. Ich musste eine Menge Hausaufgaben erledigen, bevor ich die Situation gut genug verstand, um mich selbst zufrieden zu stellen.«

Koffield lächelte. »Das hört sich so an, als hätten Sie uns seit einiger Zeit erwartet.«

»Das ist richtig«, sagte Raenau. »Ich bin einer von den Leuten, die Bescheid wissen *müssen.* Und Sie haben mich jeden Tag verrückt gemacht, seit ich diesen Posten angenommen habe. Und alle anderen armen Teufel, die diesen Posten jemals inne hatten.«

»Wie kann das sein?«, fragte Norla.

Raenau klappte die Abdeckung der versenkten Schalttafel in seinem Schreibtisch auf und drückte ein paar Knöpfe. Die Darstellung schwimmender Fische auf dem dekorativen Faltschirm neben seinem Schreibtisch verschwand, und auf der oberen Hälfte erschien an ihrer Stelle ein Text.

»Meine Tagesordnung«, sagte Raenau. »Punkt eins.«

Norlas Aufmerksamkeit brauchte nicht eigens darauf gelenkt zu werden; es sprang ihr in die Augen. Alle anderen Punkte der Tagesordnung waren in normal großer schwarzer oder dunkelblauer Schrift wiedergegeben, aber der erste Punkt hatte rote Großbuchstaben, und auch die Schriftart war eine andere. Der übrige Text erschien in der gleichen, etwas ornamental wirkenden Schrift, die sie auf den meisten Hinweisschildern und Plakaten in der Station gesehen hatte. Aber der erste Punkt der Tagesordnung war in der dicken, vereinfachten Groteskschrift, die sie an Bord der *Dom Pedro IV* und der *Cruzeiro do Sul* verwendeten. Der Text lautete:

(STANDARDDATENCODE 5. FEB. 5213) VORDRINGLICHER DAUERAUFTRAG, IN LOG EINZUSTELLEN: NACH ANKUNFT DOM PEDRO VI IST PASSAGIER ANTON KOFFIELD UNVERZÜGLICH ZUM BÜRO DES STATIONSLEITERS ZU FÜHREN UND STATIONSLEITER OHNE RÜCKSICHT AUF ZEIT ODER UMSTÄNDE ZU VERSTÄNDIGEN. BEIGEFÜGTE DATEI WIRD NACH BESTÄTIGUNG DER IDENTITÄT ENTSCHLÜSSELT.

Es fiel Norla sofort auf, dass die Syntax der Anweisung relativ normal war. Alle anderen Aufzeichnungen der Tagesordnung waren in der gleichen verkürzten Computersprache abgefasst, die Sparten benutzt hatte.

»Vordringlicher Dauerauftrag«, sagte Raenau. »Diese Worte habe ich angestarrt, seit ich diese Stelle antrat. Und genauso erging es meinen Vorgängern. Endlich ist der große Tag gekommen, dem Himmel sei Dank!«

»Sie konnten den Tagesordnungspunkt nicht löschen?«, fragte sie.

Raenau verneinte. »Die Stationsleiterin jener Zeit, eine Frau namens Pulvrick, sorgte dafür. Ich konnte nicht einmal den Fehler korrigieren und *Dom Pedro IV* statt *Dom Pedro VI* einsetzen. Wahrscheinlich hatte sie es mit der *Chrononaut VI* verwechselt.«

»Augenblick«, sagte Norla. »Warten Sie. Wir wissen etwas über die *Chrononaut*, aber nichts über den Rest der Geschichte.«

»Tut mir Leid. Ich gehe immer noch davon aus, dass Sie über dieses Zeug Bescheid wissen, weil es von Ihnen handelt. Drei Tage nach dem Eintreffen der *Chrononaut VI* wies Pulvrick die Künstliche Intelligenz der Station an, diese Botschaft …« – er zeigte mit der Zigarre zum Faltschirm – »in den geschützten Speicher wesentlicher Daten aufzunehmen. Und seitdem muss jeder Stationsleiter den Text jeden Tag sehen.«

»Warum konnten Sie die Botschaft nicht einfach aus dem Speicher löschen – oder der Künstlichen Intelligenz den Auftrag dazu geben?«

»Weil ich diese Station nicht wirklich leite«, sagte Raenau. »Das erledigt die Künstliche Intelligenz der Station. Geht nicht anders bei einem so großen und komplizierten System wie dieser Station. Die Komplexität der Operationssysteme hier reicht an die eines menschlichen Körpers heran. Sie können nicht das Gehirn herausreißen und ein neues hineintun. Werden einzelne Systeme ergänzt oder erweitert, müssen die anderen weiterlaufen. In jedem Subsystem gibt es Sicherungskopien, alle Arten von Redundanz. Ich habe mich damit vertraut gemacht. Die Künstliche Intelligenz der Station hat in den letzten hundertdreißig Jahren mindestens sechs Erneuerungen und vierzehn größere Erweiterungen erlebt. Und jede Generation Künstlicher Intelligenz hat dafür gesorgt, dass diese verdammte Botschaft an erster Stelle der Tagesordnung erscheint, was immer geschieht.«

»Pulvrick muss gedacht haben, wir hätten etwas Wichtiges zu sagen«, meinte Koffield.

»Natürlich haben sich manche Leute von Zeit zu Zeit darüber Gedanken gemacht«, räumte Raenau ein. »Besonders aktuell war es zu der Zeit, als die Flüchtlinge von Glister nach Solace kamen, vor meiner Geburt und als ich ein Kind war. Später kaum noch. Aber es gab eine Menge Theorien und Mutmaßungen. Man hatte immer angenommen, dass die *Chrononaut* eine Nachricht von Ihnen bringen würde, dass Sie an einer großen Sache arbeiteten oder lebenswichtige Neuigkeiten hätten oder was immer, aber niemand hat die Nachricht je gesehen. So ist es, wenn die Leute anfangen, Theorien und Gerüchte zu verbreiten. Es gab ganze Bücher über dieses Thema, übrigens. Wenn Sie Zeit und Gelegenheit haben und interessiert sind, schauen Sie im Archiv nach.« Raenau grinste plötzlich. »Aber ich denke, Sie wissen, ob es eine Nachricht gab, nicht wahr? Ich denke, Sie werden nicht darüber lesen müssen.«

Koffield sah ihn aufmerksam an. »Es wurde angenommen, dass ich mit der *Chrononaut* eine Nachricht schicken würde? Warum angenommen. Wieso wussten sie es nicht? Und wenn sie es nicht wussten, warum gaben sie sich Spekulationen hin?«

Wieder zeigte Raenau mit der Zigarre in den fleischigen Fingern zur Darstellung der Tagesordnung. »Deswegen. ›Beigefügte Datei wird entschlüsselt.‹ Es wurde drei Tage nach Ankunft der *Chrononaut* aufgezeichnet, und es gibt eine damit verbundene verschlüsselte Datei. Deswegen und weil die Botschaft ausdrücklich Sie erwähnte, wurde immer angenommen, dass Pulvrick eine Botschaft von Ihnen bis zu Ihrer Ankunft und Entschlüsselung archiviert habe. Seither wurde hin und wieder versucht, die Nachricht zu finden und zu entschlüsseln, aber die Künstliche Intelligenz der Station hatte Anweisung, die Nachricht zu schützen und hat das getreulich befolgt. Sogar die Örtlichkeit der Nachricht im geschützten Speicher ist verschlüsselt.«

»Ich hatte tatsächlich der *Chrononaut* eine Nachricht an den Stationsleiter mitgegeben, adressiert an das Büro, da ich keine Ahnung hatte, wer der Leiter war. Es war von mir niemals beabsichtigt, die Nachricht geheim zu halten«, sagte Koffield. »Pulvrick hätte die Botschaft entschlüsseln sollen, sobald wir überfällig waren.«

»Richtig«, sagte Raenau. »Nur war sie zu dem Zeitpunkt schon tot. Die Station wurde damals von einem schlimmen Virus heimgesucht, der viele Menschen tötete, darunter auch Pulvrick und die meisten ihrer engeren Mitarbeiter. Und die *Chrononaut* kam danach nie wieder durch das System Solace. Jahre vergingen, bevor jemand daran dachte, ihr nachzuspüren. Inzwischen war sie als Schrott verkauft worden, die Besatzung in alle Welt verstreut. Allein das festzustellen, dauerte Jahre. Sie konnten ein paar Besatzungsmitglieder finden, aber sie wussten nichts. Der Kapitän war der Mann, mit dem man hätte sprechen müssen, aber die Suche nahm eine Menge Zeit in Anspruch, war außerdem kostspielig, und nach einer Weile gab man die Suche nach ihm auf.«

Koffield starrte Raenau an, ohne ihn zu sehen. »Wollen Sie damit sagen, dass niemand außer dieser Pulvrick weiß oder jemals wusste, was in meiner Nachricht stand?«

»So ist es.«

»Seit einhundertsiebenundzwanzig Jahren ist die Nachricht im geschützten Speicher der Künstlichen Intelligenz der Station und hat auf meine Ankunft gewartet?«

»Genau. Das ist jedenfalls unsere Meinung. Wir glauben, dass die Künstliche Intelligenz die entschlüsselte Botschaft freigeben wird, sobald wir ihr positive Bestätigung Ihrer Identität geben. Aber wir können es nicht mit Gewissheit sagen.«

Koffield war verblüfft. Von allen Möglichkeiten, die er in Erwägung gezogen hatte – diese war nicht dabeigewesen. »Dann wissen Sie es nicht«, sagte er. »Sie wissen es nicht.«

»Nein, wir wissen es nicht«, sagte Raenau. »Und nun ja, ich möchte Ihnen nicht zu nahe treten, aber Sie sind ganz buchstäblich Geschichte. Vielleicht ist Ihnen das noch nicht richtig bewusst geworden. Vielleicht war Ihre Nachricht vor hundert Jahren von großer Bedeutung – aber heute …? Damit kommen Sie einfach zu spät. Die Historiker werden gern mit Ihnen reden wollen, und ich selbst möchte auch sehr gern erfahren, was Sie zu berichten haben, aber, nun – viel Zeit ist vergangen.«

»Wenn wir so unwichtig sind, warum ließen Sie uns direkt hierher bringen?«, fragte Norla ein wenig gereizt.

»Mir blieb keine andere Wahl. Sobald Ihr Schiff als ein Leichter der *Dom Pedro IV* identifiziert war, fing die Künstliche Intelligenz an, alle Alarmsignale auszusenden, die sie hatte, und bestand auf Erfüllung des vordringlichen Dauerauftrags. Wohlgemerkt, ich war glücklich über die Nachricht und nur zu gern bereit zur Zusammenarbeit. Ich will endlich diesen Punkt eins von der Tagesordnung haben. Habe es gründlich satt, jeden Morgen auf diese rote Schrift zu starren. Also können wir Ihre Identifikation vornehmen und diese Sache hinter uns bringen?«

Norla war drauf und dran, weitere Proteste vorzubringen, aber Koffield fing ihren Blick auf und schüttelte den Kopf. »Was wir zu sagen haben, und was in der Nachricht steht, ist noch immer sehr wichtig, Kommandant. Sobald Sie die Nachricht entschlüsseln, und sobald ich diesen gesicherten Behälter öffne, werden wir es beweisen.«

»Hmm. Ich glaube, ich muss Ihre Zuversicht bewundern. Lassen Sie mich die Künstliche Intelligenz auf verbale Betriebsart schalten, dann können wir die Sache erledigen.« Er bediente weitere Funktionsschalter und Knöpfe seiner im Schreibtisch verborgenen Schalttafel.

Eine klar artikulierende, ausdrucks- und geschlechtslose Stimme sprach von irgendwo und überall im Raum. »Verbales Betriebssystem aktiviert«, verkündete sie.

»Ich hasse es, mit dem verdammten Ding zu sprechen«, knurrte Raenau. »Kommt mir vor, als hätte ich es mit einem Klugscheißer von Assistenten zu tun, der mir ständig zeigen will, dass er klüger sei als ich.« Er räusperte sich und sprach mit übertriebener Deutlichkeit und Langsamkeit. »Befehl an Zentralrechner. Identitätsprüfung. Person auf Platz zwei. Vergleiche Ergebnisse mit vordringlichem Dauerauftrag, Tagesordnung Stationskommandant Punkt eins. Beginn sofort.«

»Person auf Platz zwei. Angeben Name, persönliches Kennwort.«

»Anton Koffield. ›Ich warne vor kommenden Dingen‹.«

»Vorläufige Übereinstimmung, bitte warten.«

In der Decke tat sich eine Öffnung auf, eine andere als die des Aufzugs, und ein kleiner Gerätewagen auf Rädern, gehalten von einem hydraulischen Arm, senkte sich herab in das Büro. Der Arm setzte den Wagen ab und ließ ihn los. Der Wagen rollte auf Koffield zu und hielt vor ihm an.

»Fingerabdruck, Blutprobe zur DNS-Feststellung, Netzhautprüfung«, verkündete die körperlose Stimme. »Scanner-Probenentnehmer aktiv. Aufnahmeschlitz Hand einschieben, Handfläche unten.« Koffield steckte seine Hand mit weit größerer Bereitwilligkeit in die Öffnung als Norla das getan hätte. Sie sah ihn leicht zusammenzucken, als die Hohlnadel des Probenentnehmers in eine Fingerspitze stach und Blut entnahm. »Hand zurückziehen. Person warten.«

Im Oberteil des Wagens öffnete sich ein zweiter Schlitz, und eine Scannermaske schob sich aus dem Wagen, gehalten von einem Teleskoparm. Dieser hielt sie in Augenhöhe ein paar Zentimeter vor Koffields Kopf. »Gesicht gegen Maske drücken, Augen mit Scanner ausrichten. Augen offen, geradeaus blicken.« Koffield beugte sich zur Maske und drückte das Gesicht hinein. »Vollständig«, verkündete die Stimme. »Identität Person Koffield, Anton. Vordringlicher Dauerauftrag, Tagesordnung Punkt eins Aktion erforderlich, ausführen.«

Der Wagen rollte zurück, der teleskopische Arm kam herab, hob ihn auf und zog sich zurück. Die Deckenverkleidung schloss sich.

»Er ist weg«, sagte Raenau in freudigem Erstaunen. »Er ist tatsächlich weg.«

Natürlich schaute er zum Faltschirm und die leere Stelle, wo so lange Jahre die roten Buchstaben gewesen waren. Punkt eins der Tagesordnung war gelöscht, und Raenaus derbes, energisches Gesicht zeigte den

Ausdruck eines Menschen, der gerade Zeuge eines Wunders geworden ist.

»Ist die Datei da?«, fragte Koffield. »Wird sie von der Künstlichen Intelligenz entschlüsselt?«

»Hah?«, sagte Raenau, noch immer wie erstarrt vom Anblick der leeren Fläche, wo Punkt eins der Tagesordnung gewesen war.

»Die Datei. Hat die Künstliche Intelligenz die entschlüsselte Datei freigegeben?«, fragte Koffield. Auf einmal war er wacher und lebhafter als während des ganzen vorausgegangenen Besuchs.

»Oh! Ja, richtig.« Raenau aktivierte den Datenanschluss auf seinem Schreibtisch. »Kommt gerade herein. Dieses Ding muss bis zum Teufel und zurück verschlüsselt gewesen sein, wenn die Künstliche Intelligenz so lange braucht, den Klartext auf den Bildschirm zu bringen.«

»Sehr gut«, sagte Koffield. »Was die Botschaft sagt, sollte mit den Unterlagen hier übereinstimmen«, sagte er und klopfte an seinen gesicherten Behälter.

*Dies ist der Augenblick,* sagte sich Norla. Für Koffield war es wichtig, dass dieser Text vorlag und gelesen wurde, bevor er weitergehen konnte. Wenn Raenau die verschlüsselte Datei, die seit mehr als hundert Jahren hier gewartet hatte, mit den Informationen vergleichen konnte, die Koffield jetzt lieferte, würde das ein unwiderleglicher Beweis für die Echtheit der Information sein. Niemand würde jemals behaupten können, sie sei manipuliert oder gefälscht worden. Jetzt war er bereit. Koffield war am Ende seines langen, langen Wegs angelangt. Sie konnte es seinem Gesicht ansehen. Vielleicht ein Jahrhundert zu spät, aber nun war er endlich im Begriff, seine selbst auferlegte Mission zu erfüllen.

Eifrig, mit eiligen Bewegungen, hob Koffield den gesicherten Behälter auf Raenaus Schreibtisch, wobei er beinahe den Aschenbecher hinunterstieß, der seine vergessene Zigarre enthielt. »Die Daten in diesem gesicherten Behälter hier werden mit denen in Ihrer Datei übereinstimmen«, sagte er. »Jede Datei wird beweisen, dass die andere authentisch ist.«

»He! Vorsichtig, dass Sie mir mit diesem Ding nicht den Schreibtisch zerkratzen«, warnte Raenau und erhob sich hastig von seinem Stuhl.

*Wir sind hier, um vor dem Ende der Welt zu warnen, und er sorgt sich um seine Schreibtischplatte.* Norla war nahe daran, in ein halb hysterisches Kichern auszubrechen.

»Ihr Schreibtisch ist vollkommen sicher, Kommandant«, sagte Koffield in einem Ton, der ungeduldiger Schärfe nahe kam. »Ihre Welt ist in Gefahr. Sie müssen die Information in der gerade entschlüsselten Datei und die Information vergleichen, die ich in diesem Behälter habe.«

»Nun, warten Sie einen Moment …«

»Da ist eine zweiseitige Zusammenfassung am Anfang meiner Botschaft, die Ihnen von der *Chrononaut VI* überbracht wurde. Lesen Sie.«

»Ich habe Besseres zu tun als …«

»Mein Rang mag seit hundert Jahren veraltet sein, aber ich bin Ihr vorgesetzter Offizier. Lesen Sie. Jetzt!«

Raenau starrte Koffield an, und für ein Dutzend Herzschläge schien die Zeit stillzustehen. Dann setzte sich Raenau langsam, drückte seine Zigarre im Aschenbecher aus und brachte den Inhalt der Datei auf den Bildschirm seines Schreibtischs. Norla beobachtete ihn aufmerksam. Es lag ihren Gedanken nicht allzu fern, dass es für Raenau verschiedene Möglichkeiten gab, sich seiner lästigen Besucher zu entledigen. Er brauchte nur einen Alarmknopf zu drücken, und schon würden bewaffnete Wächter aus der Decke herabfallen. Aber er blieb ruhig. Er saß da und las, und der Lichtschein vom Bildschirm beleuchtete sein ausdrucksloses Gesicht mit weichen Tönen.

Es herrschte völlige Stille im Raum. Norla ertappte sich dabei, dass sie den Atem anhielt, ohne zu wissen warum. Sie zwang sich, wieder zu atmen, starrte unverwandt in das Gesicht des Stationskommandanten.

Aber Raenau ließ sich kaum etwas anmerken. An einer Stelle runzelte er die Stirn und schien etwas in einem vorherigen Absatz nachzulesen, bevor er weiterscrollte.

Schließlich war er fertig und schaltete den Bildschirm aus. Er saß vielleicht eine halbe Minute stumm da und blickte stirnrunzelnd auf die polierte Schreibtischplatte. Endlich sprach er, ohne den Blick zu heben. »Mein erster Impuls ist, Sie beide aus meinem Büro zu werfen und als ein paar Verrückte einsperren zu lassen«, sagte er. »Ihre Zusammenfassung, Admiral Koffield, liest sich wie eine sorgfältig durchdachte, ausgearbeitete, hundert Jahre alte Liste von paranoiden Selbsttäuschungen und apokalyptischem Geschwafel. Ich bin sehr überrascht, dass Pulvrick es überhaupt ernst nahm.« Er stieß ein müdes Seufzen aus, blickte dann zu ihnen auf. »Das Dumme ist nur, dass alles, was Sie in Ihrer Zusammenfassung prophezeiten, eingetroffen ist. Das macht es schwieriger für mich, Sie für verrückt zu halten. Nicht unmöglich. Nur schwieriger.«

»Lassen Sie es mich noch schwieriger machen«, sagte Koffield. »Öffnen Sie diesen gesicherten Behälter und dann den Kasten darin. Aber machen Sie zuerst die Langzeitkamera los und stellen sie so ein, dass sie aufzeichnen kann, was Sie tun.«

»Das tun Sie, um zu beweisen, dass Sie nicht verrückt sind?«, fragte Raenau. Er funkelte den gleichmütigen Koffield an, dann zuckte er die Achseln. »In Ordnung, ich werde tun, wie Sie sagen. Der schnellste Weg, dies hinter mich und Sie hier hinaus zu bringen.« Er blickte auf den gesicherten Behälter, sah, wie die Langzeitkamera befestigt war und machte sie los. Er setzte sie auf die andere Seite seines Schreibtisches, wo sie die weiteren Vorgänge klar im Bild haben würde, und wandte seine Aufmerksamkeit wieder dem Behälter zu. »Wie funktioniert dieses Ding? Es ist nicht ganz wie das, was wir heutzutage haben.«

»Es ist ein System zum einmaligen Öffnen«, sagte Koffield. »Das Öffnen der Schnappschlösser zerstört den inneren Sperrmechanismus, sodass der Behälter nicht wieder verschlossen werden kann. Ich glaube, es ist ein gedrucktes Etikett mit Anleitungen neben den Schnappschlössern.«

»Ah, wo – ja, richtig, da ist es.« Raenau las die Instruktionen, dann öffnete er nacheinander die Versiegelung und die Schnappschlösser. Der Behälter ging auf. Er klappte den Deckel hoch und gab den Blick auf Koffields Gepäck frei, seinen Reisekoffer mit dem Aufdruck der Chronologischen Patrouille. Raenau hob ihn heraus, legte ihn auf den Schreibtisch, nahm dann den leeren gesicherten Behälter herunter und stellte ihn auf den Boden. Norla fragte sich, ob Raenau nur mehr Raum zum Arbeiten haben wollte, oder ob er sich noch immer um die polierte Oberfläche seines kostbaren Schreibtisches sorgte.

Koffield war sichtlich um Selbstbeherrschung bemüht. Seine Hände zuckten, als könnte er sich kaum zurückhalten, den Koffer selbst zu öffnen. Aber es war besser, wenn Raenau es vor der laufenden Kamera tat. Koffield hatte bereits so viel unternommen, um jede Möglichkeit von Schwindel und Trickserei auszuschließen, dass es töricht wäre, jetzt nachlässig zu werden. Solange er sein Gepäck nicht anrührte, konnte niemals jemand eine Geschichte erfinden, dass Koffield mit einem Taschenspielertrick eine neu geschriebene »Vorraussage« dessen, was in den letzten hundertsiebenundzwanzig Jahren geschehen war, in den Koffer zu praktizieren.

»Nur zu«, sagte Koffield. Seine Augen leuchteten. »Öffnen Sie ihn.«

Norla warf ihm einen Seitenblick zu, und diesmal war der Mann ausnahmsweise verständlich. Sie konnte seine Gedanken und Gefühle so deutlich lesen, als wären sie auf Raenaus Bildschirm. Es war der Augenblick, auf den er die ganze Zeit hingearbeitet hatte. Sobald sein Bericht einem hohen einheimischen Beamten übergeben war, und in einer Weise, dass niemand ihn eines Betrugs bezichtigen konnte, würde der schlimmste Teil des Kampfes vorüber sein.

»Schon gut, schon gut«, sagte Raenau. »Bin schon dabei.« Er brach die Versiegelung, öffnete die Schlösser und klappte den Deckel auf. Dann starrte er auf den Inhalt.

Im Raum herrschte für eine Zeitspanne, die ein einziger Augenblick oder eine Lebenszeit hätte sein können, Totenstille.

»Ist das eine Art Scherz?«, verlangte Raenau zu wissen. »Denn ich habe hier eine Station in schwieriger Lage. Ich habe, verdammt noch mal, keine Zeit für Scherze und Spiele.«

Norla reckte den Hals und sah das vom Alter verblichene, rostfleckige innere Futter des Koffers, und die sorgfältig ausgesparten Nischen, die für Bücher und Datenwürfel gedacht waren.

Aber es gab keine Datenwürfel, keine Bücher. Nichts als geschmolzenes, zusammengedrücktes, bröckelndes Kunststoffmaterial und korrodiertes Metall, das ohne Zweifel in den Koffer getan worden war, um das Gewicht der herausgenommenen Dinge zu imitieren.

Der Bericht, die Datei, die Warnung – alles war fort, so verloren wie die zehntausende von Tagen, die verstrichen waren seit Anton Koffield seinen Reisekoffer geschlossen hatte.

## 18.

# BÖSES ERWACHEN

Norla Chandray durchwanderte die Korridore der Gondel, ohne zu wissen oder darauf zu achten, wo sie ging, solange sie nicht zu ihrem Quartier zurückkehrte. Ihr Raum war eine winzige Kammer, aber das war nicht das Problem. Sie hatte die Hälfte ihres Lebens im Raum verbracht, in Schiffen mit allen Arten von kleinen Kabinen. Enge Räume störten sie nicht.

Ihr Quartier hatte ein Fenster, das eine ganze Wand einnahm und Ausblick auf die kreisenden Bewegungen des Universums gewährte, das sich um die Station zu drehen schien und geeignet war, Desorientierung und Schwindelgefühl zu erzeugen, aber das war nicht das Problem. Ein Raumpilot musste desorientierende Ausblicke gewohnt sein. Außerdem konnte sie die Fensterwand jederzeit auf maximale Undurchsichtigkeit einstellen und die Rolläden schließen, die offensichtlich später eingebaut worden waren, als man entdeckt hatte, dass die Aussicht zu viele Besucher zur Verzweiflung trieb.

Es waren die Geräusche, die sie hörte, und die Geräusche, die sie zu hören glaubte, die sie aus ihrem Quartier trieben. Ihre Kammer teilte eine nicht schallisolierte Wand mit dem Nebenraum, wo man Koffield untergebracht hatte. Als sie gemeinsam Raenaus Büro verlassen hatten, war er ein gebrochener Mann gewesen. Betäubt, verloren, ruiniert.

Es war die Mission gewesen, die selbst auferlegte Pflicht, die ihn aufrecht gehalten und trotz aller Widrigkeiten angetrieben hatte. Sie hatte ihm die Energie und innere Kraft zum Weitermachen verliehen, und nun war sie ihm genommen. Die Aufgabe und die Pflicht, die seit so langer Zeit in den Mittelpunkt seines Wesens gerückt waren, hatten eine groteske Entwertung zu nichts weiter als einem derben handgreiflichen Scherz erfahren, waren zu einem entleerten Reisekoffer geworden, der zur Erheiterung eines grausamen und gesichtslosen Fremden vor einem Jahrhundert und Lichtjahre entfernt mit wertlosem Schrott beschwert worden war.

Sie hatte ihn beobachtet, wie er in sein Quartier gestolpert war, offensichtlich ohne sich bewusst zu sein, wo er war und was geschah. Sie war in ihre winzige Kammer gegangen und hatte hinausgeblickt zu den Schiffen und Sternen, die in der Dunkelheit vorbeizogen. Und dann hatte sie die dumpfen Stöße von nebenan gehört.

Vielleicht war er nur etwas ungeschickt beim Öffnen der herausklappbaren Möbel. Vielleicht war er über etwas gestolpert oder hatte das Klappbett herunterfallen lassen und sich dann etwas zu heftig darauf geworfen, aus dem Gleichgewicht gebracht durch die variable Schwerkraft.

Oder vielleicht waren es die ersten Geräusche eines Mannes gewesen, der völlig die Fassung verloren hatte. Vielleicht würden als Nächstes gequälte Rufe kommen, Flüche, Schluchzen, oder – schlimmer noch – eine brütende leere Stille, der Norla alles zuschreiben konnte, was sie wollte. Würde Stille bedeuten, dass er in die Unendlichkeit jenseits der Glaswand hinausstarrte und seinen eigenen Untergang betrachtete, und vielleicht die Mittel, die dazu benötigt wurden? Oder würde es bedeuten, dass Koffield sich hingesetzt hatte, um einen neuen Plan auszuarbeiten, oder seinen Bericht neu zu schreiben? Oder würde es einfach bedeuten, dass er eingeschlafen war?

Sie wollte es nicht wissen. Was sie an Geräuschen oder dröhnender Stille aus diesem Raum hörte, würde für sie tiefste Verletzung von Koffields Privatsphäre sein, und Koffield war der am meisten in sich gekehrte Mann, den sie je kennen gelernt hatte. Welche inneren Qualen er auch ausstand, er brauchte kein Publikum, und sie hatte nicht den Wunsch, eins zu sein.

Darum war sie gegangen. Nun durchwanderte sie das glitzernde Labyrinth der Korridore, die großartigen Esplanaden, die übertriebenen öffentlichen Räume der Gondel, allein mit ihren eigenen Verlusten, ihren eigenen Entbehrungen. Dies war nicht ihre Welt, nicht ihre Zeit. Alles, was sie je gehabt oder getan oder gekannt hatte, alle Orte, wo sie gewesen war, waren so verloren wie Koffields kostbarer Bericht, längst ertrunken im Ozean der Jahre.

Sie fühlte sich in diesem Ozean treiben, und nirgendwo war ein sicherer Hafen in Sicht. Sie fühlte sich ertrunken in der Tiefe der Zeit, treibend in der falschen Welt, der falschen Lebenszeit, ohne Hoffnung auf Rettung.

Sie fand sich wieder auf dem Oberdeck der Gondel, unter dem großen Aussichtsfenster in der Decke, am Geländer des Atriums, wo man die unteren Decks sehen konnte. Sie lehnte sich über das Geländer und starrte hinunter, wo Leute in dem kleinen Park mit den Wasserbecken zu sehen waren. Sie konnte sich selbst erkennen, eine winzige Spiegelung in dem stillen Wasser des Beckens, während hinter ihr die gewaltige Masse der Orbitalstation durch das große Deckenfenster erdrückend sichtbar war.

Sie sah ein Kind am Becken knien und eine Hand ins Wasser stecken und hin und her plätschern. Der

Wasserspiegel verzerrte sich von Riffeln und schimmerte, und Norlas Spiegelbild verschwand in der plötzlich aufgewühlten Oberfläche dort unten.

Das war alles, was es brauchte, dachte sie. Eine impulsive Tat hier und jetzt, oder vor langer Zeit und weit entfernt, ein Aufklatschen, und das Wasser würde sich über ihr schließen, sie verschlucken im Ozean der Jahre, und es würde sein, als ob sie nie gewesen wäre. Eine Laune des Schicksals hatte sie hundert Jahre in die Zukunft verschlagen. Ein perverser Verstand hatte Koffield mit einem versiegelten Behälter voll Abfall zur Wiederaufbereitung über die endlosen Lichtjahre geschickt. Welch beiläufige Grausamkeit in diesem vorsätzlichen Akt! Und nun? Welch völlig willkürlicher Zufall konnte sie alle jederzeit vernichten?

Sie wandte sich vom Geländer ab und suchte einen Ort, wo sie solche Dinge nicht sehen oder denken würde.

*

Anton Koffield hatte die leisen Geräusche aus dem Nebenraum gehört und richtig gedeutet, dass Norla ihre Kammer betreten und dann wieder verlassen hatte. Ein winziger Teil seines Bewusstseins erriet sogar ihre Motive und war dankbar dafür.

Aber es schien, dass diese winzigen Bruchstücke von Bewusstsein und vernünftigem Denken in dem Sturm aus Schock, Bestürzung und Unglauben, der ihn durchtobte, fast außer Sicht gerieten.

*wie war es geschehen wie war es geschehen wie war es geschehen wer tat es wer tat es wer tat es warum warum warum*

Die Fragen schwirrten ihm durch den Kopf wie aufgeregte Insekten, und Koffield hielt sich in einem vergeblichen Versuch, die lautlosen Schreie der Panik, die aus seinem Innern kamen, nicht hören zu müssen, die Ohren zu.

Mit einem erstickten Stöhnen erhob er sich von seinem Bett und sprang auf. Er trat gegen die Seite des Bettes, dass es in seine Wandnische hochklappte. Er fluchte laut, so laut, dass Zorn und Enttäuschung die profanen Worte in ein kaum verständliches Wutgeheul vewandelten.

Die Warnung, an der er so lange gearbeitet hatte, war gestohlen, verloren in den Tiefen der Zeit. Millionen von Menschen hier und auf anderen Welten würden sterben, wenn sie diese Warnung nicht erreichte.

Er ließ alles heraus, ließ den so lange unter Verschluss gehaltenen Gefühlen freien Lauf, ließ die Tränen rinnen, ließ sich zu Boden fallen, wo er die Arme um die angezogenen Knie legte und stöhnend vor und zurück schaukelte.

Er wusste, dass es heraus musste, wenn er nicht verrückt werden wollte. Das winzige Stück Bewusstsein, das an der Vernunft festhielt und einen kühlen und vorsichtigen Beobachter abgab, hatte begriffen, dass Vernunft ihn nicht retten konnte. Er ertrank in einem Albtraum, und dagegen anzukämpfen würde das Ende nur beschleunigen. Nur durch Nachgeben, indem er den Albtraum auf seine Psyche wirken ließ und dann weiterging, würde er überleben können.

Noch als er so in einem Winkel kauerte, schluchzend vor und zurück schaukelte, murmelnd und stöhnend, arbeitete der kalte und harte, entschlossene Soldat und Taktiker, der den Kern von Anton Koffields Wesen ausmachte, durchaus berechnend.

*Lass die Dämonen heraus. Lass sie heraus, und danach wird Zeit sein, wieder vorwärts zu gehen, zu kämpfen und zu suchen.*

Eine hilflose Gestalt stöhnte in einem Winkel des

Raums, und ein gesunder Verstand wartete auf das Abklingen der seelischen Krise.

*

Raenau merkte nicht gleich, dass seine Zigarre ausgegangen war. Das wäre für jeden, der ihn kannte, ein sicheres Zeichen gewesen, dass er äußerst beunruhigt war.

Aber es war niemand da, der es sehen konnte. Raenau saß allein an seinem Schreibtisch im absurden Goldfischglas seines Büros. Die Beleuchtung war gedämpft, und es herrschte vollkommene Stille im Raum. Auf dem Bildschirm seines Datenanschlusses blinkten drei oder vier Mitteilungen, deren Prioritätscodes durch das Blinken ihre Dringlichkeit ausdrückten. Der in den dekorativen Raumteiler eingebaute Schirm zeigte die gleichen vordringlichen Punkte, dazu ein Dutzend oder mehr weniger dringliche Angelegenheiten.

Raenau sah nichts davon, sah nichts vom Raum, sah überhaupt nichts.

Der Mann war offensichtlich verrückt. Im Kryobehälter musste ihm das Gehirn endgültig erfroren sein. All dieser Unsinn mit dem gesicherten Behälter. Worauf, zum Teufel, hatte er hinaus wollen?

Vielleicht war es ein Schwindel, ein Streich, eine Art Propagandatrick. Vielleicht war der Mann ein betrügerischer Hochstapler.

Wenn aber der gesicherte Behälter ein Schwindel gewesen wäre, eine untergeschobene Fälschung, dann hätte der Inhalt eine Menge glaubhafter Informationen enthalten müssen, statt eines zerfallenden Knäuels aus zusammengedrücktem Metall und geschmolzenem Kunststoff. Oder war es alles Teil eines weitergehenden Planes eines komplexen Geheimdienstmanövers, das Raenau nicht entwirren konnte? Aber war das möglich?

Alles passte, bis hin zum Netzhaut- und DNS-Vergleich, die mit Raenaus eigener Ausrüstung vorgenommen worden waren. Endlich blickte er auf, sah aber nur, was nicht da war. Die rote Schrift der Tagesordnung, Punkt eins, die seit mehr als einem Jahrhundert seine Vorgänger und ihn selbst genervt hatte, war verschwunden.

Seit einhundertsiebenundzwanzig Jahren hatte diese Nachricht verkündet, dass Anton Koffield, dieses im falschen Jahrhundert gestrandete Fossil, eine Person sei, auf die gehört werden sollte. Die rote Schrift hatte Generationen von Stationsleitern ermahnt, auf Anton Koffield zu hören. Sicherlich verdiente das ein gewisses Maß von Beachtung.

Raenau wandte sich seinem Datenanschluss zu und rief eine Kopie des vorläufigen Berichts ab, den Koffield vor so langer Zeit geschickt hatte – oder wenigstens geschickt haben wollte. Er überflog den Text ein weiteres Mal, obwohl es kaum erforderlich war. Er kannte ihn beinahe auswendig.

Seine Künstliche Intelligenz konnte jede Menge Kopien des Berichts ausspucken. Koffield war zu verblüfft gewesen, zu sehr vor den Kopf geschlagen, um danach zu fragen. Raenau brauchte nur ein paar Befehle und Bestätigungen einzugeben, und der Bericht würde gelöscht, ausgetilgt, als hätte es ihn nie gegeben.

Es war ein verlockender Gedanke, und seine Finger bewegten sich über die Tastatur.

Aber nein, es war zu leicht. Den Bericht verschwinden lassen und so tun als hätte es ihn nie gegeben. Den Kopf in den Sand stecken und vorgeben, alles sei so wie es sein sollte. Diese Einstellung hatte Solace über Generationen hin eingebrockt, was man jetzt auslöffeln musste. Und Raenau war ein Mann, der klare Verhältnisse schätzte. Bevor die Flüchtlinge aus den Überschwemmungsgebieten ihrerseits die Station überschwemmt hatten, war ihm die kritische Lage unten auf Solace nicht wirklich bewusst gewesen. Aber jetzt wollte er von Beschönigungen nichts mehr wissen.

Seit Monaten hatte er Wände und Boden seines Büros nicht mehr auf volle Transparenz eingestellt. Die kleine Überraschung, die er Koffield und Chandray geboten hatte, war eine Ausnahme gewesen. Nun stellte er zum zweiten Mal an einem Tag die volle Transparenz wieder her. Die silbrigen Wände verblichen, die Sterne und der Himmel und die verwundete Welt Solace zeigten sich Raenaus Blick. Nachdenklich stand er auf und ging von seinem Schreibtisch zum Rand des dicken Teppichs, der ihn umgab, und trat hinaus auf das feste Nichts des Glasbodens. Vor Chandray und Koffield hatte er eine Schau daraus gemacht, scheinbar im leeren Raum zu stehen, aber es hatte ihn Überwindung gekostet, so zu tun, als mache es ihm nichts aus.

Jetzt, ohne Publikum, war es noch schwieriger. Aber es war ihm klar, dass er das irrationale Angstgefühl unterdrücken und sehen musste, was dort unten war. Er musste der Wirklichkeit die Stirn bieten, statt sie zu ignorieren.

Das Universum drehte sich unter seinen Füßen vorüber. Einmal, zweimal, dreimal kreiste Solace unter ihm vorbei, und er schaute hinab und versuchte zu sehen, was dort war, ohne sich einzureden, es sei geringfügig, vorübergehend, und würde sich von selbst wieder regulieren.

Er dachte an seine zahlreichen Reisen zur Oberfläche und was er gesehen hatte. Die absterbenden Bäume in den Dürregebieten, die von zerstörerischen

Insekten wimmelnden Felder, wo kein Vogel sang. Die abgemagerten Kühe und das zwergenhafte Geflügel auf den notleidenden Bauernhöfen.

Solace kam wieder außer Sicht, und Raenau blickte zur Decke auf, hinter der sich klug ersonnene Maschinerien und Vorrichtungen verbargen. Sein inneres Auge überblickte die Station, seine eigene Domäne, für immer unsichtbar von dem Büro, das sie beherrschte.

»Herr über alles, was ich nicht sehe«, murmelte Raenau zu sich selbst. Der Scherz war nicht mehr lustig. In seiner Vorstellung wischte er die verrückte, extravagante Gondel und den ganzen DeSilvo-Turm weg und sah die Station selbst. Voll von den Zeugnissen eines Wohlstandes, den Handel und Industrie ihr gebracht hatten, nun aber überschwemmt von Armen und Verzweifelten. Er sah das Juwel des Ringparks erfüllt vom Rauch und Schmutz der Flüchtlinge, der Menschen, die in Panik vor etwas noch Schlimmerem geflohen waren. Warum, zum Teufel, waren all diese Menschen hierher geflohen? Gab es nicht außerhalb der Überschwemmungsgebiete genug nicht betroffene Gegenden, wo sie hätten Zuflucht finden können? Es war nur diese verdammte Panik gewesen.

Vielleicht war Koffield paranoid. Vielleicht war er sogar ein Schwindler, der irgendein unglaubliches Manöver abzog, aus Gründen und zu Zwecken, die Raenau sich nicht vorstellen konnte.

Aber bei alledem hatte Koffield Recht. Wer die Zeichen zu lesen verstand, musste es zugeben. Klimaveränderung, Verschiebung der Vegetationsgrenzen, Vordringen der Vereisung, Ausbreitung der Wüstengürtel – der Niedergang vollzog sich ziemlich genau nach dem von Koffields Bericht vorausgesagten Schema.

Die Entwicklung des vergangenen Jahrhunderts hatte den Bericht im Wesentlichen bestätigt. Also konnte es nicht schaden, wenn alle, die es anging, ihn zu lesen bekamen. Neshobe Kalzant, Jorl Parrige, die Wissenschaftler auf Treibhaus, alle.

Karlin Raenau kehrte zurück an seinen Schreibtisch und setzte sich. Ein Begleitschreiben, eine Einführung. Er musste Koffields Bericht etwas beifügen, um zu erklären, was er war und woher er gekommen war.

Das war etwas, worauf er sich konzentrieren konnte.

Endlich bemerkte Raenau, dass seine Zigarre ausgegangen war. Sorgfältig zündete er sie wieder an und machte sich zufrieden paffend an die Arbeit.

*

*Anton der Schreckliche.* Von der plötzlichen Erleuchtung getroffen, setzte Yuri Sparten sich im Bett auf. Anton der Schreckliche. Natürlich. Alle Flüchtlinge von Glister und ihre Nachkommen kannten diesen Namen. Eltern gebrauchten ihn, um ihre unartigen Kinder zu disziplinieren. Du tust jetzt, was ich dir gesagt habe, oder Anton kommt heute Nacht und holt dich.

Anton war eine Schreckgestalt, ein Ungeheuer, zurechtgemacht aus Überlieferung und Legende. Yuri hatte Anton niemals als etwas anderes betrachtet. Anton war ein Stück Folklore, eine Gestalt früherer Zeiten, von der man nicht genau wusste, ob sie wirklich existiert hatte. Niemals hatte Yuri sich Anton den Schrecklichen als einen Mann von Fleisch und Blut vorgestellt.

Bis heute.

Anton war ein verbreiteter Name mit vielen lokalen Varianten. Antonio, Antonius, Nathan – und Anton. In ähnlicher Weise gab es viele Kerfields, Kolfeldts, Colfelds und so weiter. Keiner dieser Namen gleich welcher Variante wurde freilich unter den Nachkommen der Evakuierten von Glister verwendet.

Aber überall wurden Varianten eines gegebenen Namens oft nach lokalem Brauch und Dialekt verändert. Und die überlieferten Geschichten folgten meistens lokalen Varianten.

Yuri stand auf und ging an seinen Schreibtisch. Er schaltete den Datenanschluss ein und rief das Lexikon von Glister ab.

*Anton der Schreckliche, siehe Kolfeld, Anton.*

Es konnte trotzdem Zufall sein. Koinzidenz. Er musste es genauer überprüfen. Er startete ein weiteres Suchprogramm und sortierte die Ergebnisse.

Mit wachsender Ungeduld ging er einem Hinweis um den anderen nach, geriet in zwei oder drei Sackgassen, Schilderungen von Ereignissen statt die Hintergrundfigur zu finden. Aber zuletzt stieß er doch auf eine Kurzbiographie des Mannes selbst.

*Kolfeldt, Anton,* eigentlich Koffield Anton. Offizier der Chronologischen Patrouille, letzter Rang Konteradmiral der Reserve …

Aber Yuri las nicht weiter. Mit der Kurzbiographie war ein Bild gekommen, eine Portraitaufnahme von Kopf und Schultern, ein übermäßig gesteigertes, körniges, kontrastreiches Bild von irgendwo. Ein Bild des Mannes, der vor hundertdreißig Jahren die Schiffe hatte stranden lassen, deren Verlust das Scheitern eines Dutzends ökologischer und biotechnischer Terraformungsprojekte besiegelt hatte, weil die Ausrüstungen und Hilfsmittel zu deren Durchführung mit den Schiffen zerstört worden waren. Der Mann, der durch die Zerstörung der Schiffe die Rettung der Projekte verhindert und durch die Schließung des Zeitschachts Glister von der Außenwelt abgeschnitten hatte.

Ein Bild des Mannes, der so den fünf Jahrzehnte

später eingetretenen Kollaps des gesamten importierten Ökosystems von Glister eingeleitet hatte.

Ein Bild des Mannes, den er vor noch nicht zwölf Stunden an Bord der Station willkommen geheißen hatte.

*

Milos Vandar warf sich im Bett hin und her und ächzte im Schlaf. Er träumte von seiner Arbeit, vom Virtussee und dem Kampf gegen die Algen. Eine Art Boje trieb auf dem See und läutete mit einer weithin hallenden Glocke, während sie von den Wellen bewegt wurde. Auch Milos war irgendwie im Wasser und kämpfte gegen die Algen. Er stieß sie und schob sie zurück, drängte sie beiseite.

Aber die Algenteppiche wehrten sich, schoben sich rechts und links an ihm vorbei in die Teile des Sees, aus denen er sie vertrieben hatte. Irgendwie gab es eine Wand im Wasser. Sie war hinter ihm, außer Sicht aber immer hinter ihm, ganz gleich wie er sich drehte und hinter sich blickte. Und irgendwie hatte der größte Algenteppich eine Faust oder Keule gebildet, die gegen die Wand schlug.

In weiter Ferne an der Oberfläche des Sees hörte er noch immer die Totenglocke der Boje ihre Warnung läuten. Die Wand, die er nicht sehen konnte, gab nach, platzte auf, und die Algen, die alles Leben im Virtussee erstickt hatten, waren im Begriff, die Wand zu durchbrechen, schlugen an seine Wohnungstür und drückten wie verrückt auf den Klingelknopf. Die Nachbarn mussten es hören, so schalldicht war das Haus nicht …

Milos Vandar schwamm aus den Tiefen seines Traumsees aufwärts, aus den Tiefen des Schlafes zur Oberfläche des Wachens und eines unverschämt lauten Klopfens an seine Tür. Die Klingel ging wieder los und begleitete die dumpfen Schläge. Milos fluchte und beschloss nicht zum ersten Mal die Klingel abzuschalten oder eine andere einzubauen, die angenehmer klang, vielleicht mit einer Melodie.

Er stolperte aus dem Bett, fuhr in einen Morgenmantel und tappte ein wenig unsicher zur Tür. Wer immer dort klopfte – nein, mit der Faust dagegenschlug –, schien es furchtbar eilig zu haben. Vielleicht ein Laborassistent in Panik, weil eine Kolonie eingegangen war. Er widerstand dem Impuls, etwas wie »schon gut, schon gut, ich komme« zu murmeln. Es hatte keinen Sinn, denn die Tür war dick und sein Besucher machte draußen einen Höllenlärm und würde es nicht hören.

Er legte die Hand an das Scannerfeld des Schlosses, und die Tür ging auf. Zu seiner Überraschung und Bestürzung sah Milos sich keinem in Panik geratenen Laborassistenten gegenüber, sondern zwei muskulös aussehenden Männern in dunkelgrauen Uniformen. Milos erkannte ihre Abzeichen nicht.

»Sie sind Milos Vandar«, sagte der eine, als wäre das schon für sich ein Verbrechen, das die Festnahme rechtfertigte. »Kommen Sie mit. Jetzt!«

»Was?«

»Sie haben mit uns zu kommen. Jetzt!«

Der Mann fasste Milos beim Arm und zog ihn vorwärts. Nicht hart genug, dass es schmerzte oder Milos das Gleichgewicht verlor, aber gerade genug, dass Milos merkte, wie kräftig der andere war und was er mit seinen Kräften tun konnte, wenn er es für nötig hielt.

»Aber … ich … es ist …«, stammelte Milos.

»Na, lass schon, Wint«, sagte der kleinere Mann – obwohl er nur wenig kleiner war. »Lass ihn wenigstens was anziehen.«

»Ja, bitte«, sagte Milos. »Lassen Sie mich wenigstens

etwas anziehen.« Erstaunlich. Er hatte oft von dem alten Spiel mit dem guten und dem bösen Polizisten gehört, und da war es wieder. Obwohl er wusste, dass es zumindest wahrscheinlich bloß ein Kniff war, eine Methode, um ihn einzuschüchtern, wirkte es trotzdem.

»Also gut«, sagte Wint in widerwilligem Ton, als wäre es ein enormes Zugeständnis, jemand eine Hose anziehen zu lassen, etwas, das gegen all seine Prinzipien ging. »Aber machen Sie schnell. Und pass auf ihn auf.« Er ließ Milos' Arm los und machte eine wegscheuchende Handbewegung.

»Ich … ah … habe meine Kleider im Schlafzimmerschrank«, sagte Milos entschuldigend, als sei ihm bewusst, wie unhöflich es war, nicht für den Fall, dass in der Nacht zufällig ein Festnahmekommando der Geheimpolizei vorbeikäme, eine Garnitur Kleider griffbereit neben der Wohnungstür zu haben. »Ich muss sie holen.«

»Geh mit ihm, Syd«, sagte Wint zu seinem Kollegen. »Gib auf ihn Acht.«

Erst als Milos sich angekleidet hatte, hinausgeführt und nicht allzu sanft in das wartende Fahrzeug seiner Besucher genötigt worden war, begann er sich zu fragen, was alles das zu bedeuten habe. Zweifellos war es Teil ihrer üblichen Taktik, das Opfer so lange wie möglich im Unklaren zu lassen, zu verunsichern und aus dem Gleichgewicht zu bringen. War es eingeschüchtert, brachte es nicht genug Mut auf, irgendwelche Schwierigkeiten zu machen.

Als er sich hinreichend gefangen hatte, um zu fragen, was geschah, war es viel zu spät. Die beiden Polizeibeamten – wenn sie Polizeibeamte waren – saßen mit ausdruckslosen Gesichtern im Wagen, Wint neben Milos und Syd auf einem vorderen, rückwärtsgerichteten Sitz. Der Fahrer war hinter einer undurchsichtigen Trennwand. Es war offensichtlich, dass keiner der beiden Fragen beantworten würde. Milos musste sich eingestehen, dass er ohnehin nicht den Mut hatte, sie etwas zu fragen.

Der offenbar militärische Wagen, dessen Fenster undurchsichtig gemacht waren, verließ die überdachte Parkfläche an Milos' Haus und fuhr seinem Ziel entgegen. Der unvermeidliche Regen prasselte auf das Dach des Wagens, aber Milos achtete nicht darauf. Seine ängstliche Phantasie war zu beschäftigt, auf eigene Reisen zu gehen.

Er erinnerte sich an Geschichten von besiedelten Welten, die schlimme ökologische Krisen der importierten und aufgepfropften Ökosysteme durchgemacht hatten. Schwere Probleme hatte es auch in den großen Habitats und überkuppelten Kolonien gegeben. Wenn die Umwelt zum Teufel ging, verschlechterte sich auch das politische Klima. Dann gelangte früher oder später jemand zu dem Schluss, dass die Situation nach strengen Maßnahmen verlange, nach energischer Führung und straffer Disziplin. Mit einem Wort: Diktatur. Die Dissidenten und sonstigen Unruhestifter mussten verhaftet werden, am besten auch die Wissenschaftler als Überbringer der schlechten Nachrichten.

Hatte es hier auch schon angefangen? Hatte er etwas gesagt, etwas gefunden oder bewiesen, das den Autoritäten nicht gefiel? War er der Einzige oder der Erste, der festgenommen worden war? Oder waren die Straßen und der Himmel voll von Fahrzeugen, die zwischen den Wohnungen der verdächtigen Personen und dem Hauptquartier derer hin und her jagten, die gerade das Denken und Aussprechen bestimmter Dinge per Gesetz zu Verbrechen gestempelt hatten?

Alles Fragen, die er nicht zu stellen wagte. Milos saß schweigend und wartete auf das Ende der Fahrt und den Anfang des Albtraums.

Der Wagen verlangsamte. Anscheinend waren sie ihrem Ziel nahe, wo immer das war. Es war keine lange Fahrt gewesen. War das ein gutes Zeichen oder ein schlechtes?

Der Wagen hielt, dann fuhr er langsam wieder an. Das Geräusch des Regens auf dem Dach hörte auf, und das Motorengeräusch veränderte sich. Sie waren in einem gedeckten, abgeschlossenen Raum, einer Art Tiefgarage oder Fahrzeughalle in einem Komplex.

Milos fragte sich, ob er bereits seinen letzten Blick in die Außenwelt getan habe. Würden sie ihn in eine dunkle Innenzelle werfen, aus der man ihn nie mehr entlassen würde?

Wint überprüfte eine Statusanzeige, nickte und drückte den Code in das Türschloss. Die Wagentür klappte nach oben, und Wint, der böse Polizist, stieg aus. Milos folgte etwas zögernd mit Syd, dem guten Polizisten, der ihn vorwärts drängte.

Sie waren in einer schlecht beleuchteten, anonymen, ganz gewöhnlichen Parkgarage. In der Stadt gab es Dutzende dieser Art. Aber die Parkebene, auf der sie anhielten, war völlig leer bis auf Milos, seine Bewacher und den Wagen, der sie hergebracht hatte. Hier und dort glommen ein paar Lichter, und Hinweisschilder zeigten auf obere und untere Ebenen. Wenn aus kleinen Einzelheiten wie diesen irgendwelche Anhaltspunkte über seinen Aufenthalt gewonnen werden konnten, war Milos viel zu aufgeregt und abgelenkt, um Notiz davon zu nehmen.

Wint und Syd ließen ihm sehr wenig Zeit, seine Umgebung zu betrachten. Sofort führten sie ihn zu einem Personenaufzug wenige Schritte vom Standplatz des Wagens. Die Türen schlossen sich in dem Augenblick, als sie drinnen waren, und sofort setzte sich die Kabine in Bewegung, ohne dass jemand einen Knopf drückte oder ein Kommando sprach.

Die Aufzugkabine fuhr nach oben, und das gab Milos wenigstens etwas Hoffnung. Sie brachten ihn nicht hinunter in irgendeinen unterirdischen Kerker oder Bunker. Oben war gut. Oben gab es wenigstens die Hoffnung auf Fenster und Licht.

Oder es hatte überhaupt nichts zu bedeuten. Milos gab seine Bemühung auf, Sinn und Bedeutung zu finden. Kurze oder lange Fahrt, Aufzug aufwärts oder abwärts – solche Dinge waren ohne Kontext bedeutungslos. Ohne Daten waren Vermutungen sinnlos. Außerdem würde er bald mehr wissen – es sei denn, sie würden ihm nie irgendetwas sagen, ihn in ständiger Ungewissheit lassen.

Der Aufzug hielt, die Türen öffneten sich, und die drei traten hinaus in einen Korridor, der weniger unheilvoll aussah als erwartet. Die Lampen waren auf Nachtbeleuchtung geschaltet, und es war schwierig, die Türschilder auszumachen. Die beiden Wächter nahmen Milos in die Mitte, und jeder hielt ihn bei einem Unterarm. Sie führten ihn den Korridor entlang zu einer größeren Flügeltür, die sich öffnete, bevor er die Schrift darauf lesen konnte.

Sie passierten etwas wie eine Empfangshalle und folgten einem weiteren Korridor. Vor einer bestimmten Tür, die sich bei ihrer Annäherung öffnete, blieben die Wächter stehen. Sie stießen Milos in den Raum, die Tür glitt hinter ihm zu und trennte ihn von den Wächtern draußen.

Milos war allein in einem kleinen, fensterlosen Kasten von einem Raum. Selbst in seinem desorientierten und angstvollen Zustand war ihm sofort klar, dass der Raum niemals als Zelle oder Gefängnis gedient hatte. Er sah mehr wie ein unbenutzter Lagerraum aus, oder vielleicht ein Arbeitsraum für irgendeine untergeordnete Tätigkeit.

Aber zu allen Zeiten waren Räume für andere als

die ursprünglich gedachten Zwecke benutzt worden, und vielleicht waren die richtigen Zellen alle schon zum Bersten gefüllt, und die Anführer des Staatsstreiches sahen sich gezwungen, alle halbwegs geeigneten Räume, die sie finden konnten, zur Unterbringung ihrer zahllosen Gefangenen zu verwenden.

In der Mitte des Raums war ein einfacher, etwas zerkratzt aussehender Arbeitstisch und zwei ebenso mitgenommene Metallstühle, einer der Tür gegenüber, die Lehne des anderen war der Tür zugekehrt. Da er sonst nichts zu tun wusste, setzte Milos sich auf den Stuhl, welcher der Tür zugekehrt war. Er legte die Hände auf die Tischplatte und starrte die Tür an, wartete, dass irgendwer kommen und ihm sagen würde, was vorging.

Er brauchte nicht lange zu warten. Zehn Minuten nach seiner Ankunft ging die Tür auf und schloss sich gleich darauf hinter einem dünnen, beinahe abgezehrt aussehenden Mann, der dastand und Milos anstarrte. Der Mann hielt etwas wie eine Klemmtafel oder ein flaches elektronisches Notizbuch in der Hand. Sein Gesichtsausdruck war seltsam, beinahe so, als hätte er Milos beim Verstoß gegen irgendeine Regel ertappt und überlegt, ob er ihn für die Ordnungswidrigkeit zur Rechenschaft ziehen solle oder nicht. Irgendetwas an ihm kam Milos vertraut vor. Er sah aus, als gehöre er in den Hintergrund statt nach vorn und in die Mitte. Milos war überzeugt, er habe ihn irgendwo in einer Menge gesehen, oder mit jemand anderem.

»Da sind Sie ja, Dr. Vandar«, sagte der Mann, als hätte er ihn überall gesucht, und Milos hätte ihn warten lassen. »Freut mich, dass Sie endlich gekommen sind.«

Milos musterte den anderen. In der Vergangenheit hatte er oft mit diesem Typ zu tun gehabt – kleinen Funktionären, die sich mehr um die Regeln sorgten als um den Sinn der Regeln. Milos hatte die Erfahrung gemacht, dass man mit solchen Leuten am besten zurechtkam, wenn man sie in dem Glauben ließ, sie hätten gewonnen. Ganz automatisch setzte er sich aufrecht, nahm die Hände vom Tisch und versuchte angemessen apologetisch auszusehen. »Ich fürchte, ich wusste nicht, dass ich erwartet wurde.«

Der Mann sah ihn irritiert an, ein Gesichtsausdruck, der den Falten seiner Züge auf natürliche Weise entsprach. »Wie viel haben sie Ihnen gesagt? Die Männer, die Sie abholten und hierher brachten?«

»Überhaupt nichts.«

»Sie wissen nicht, warum Sie hier sind?«, fragte der Mann und setzte sich auf den anderen Stuhl. Seine Haltung ließ erkennen, dass er Milos früher schon gesehen hatte und erwartete, wiedererkannt zu werden. Die beiden waren zusammengekommen, und erst vor kurzem. Milos wagte den Mann nicht zu beleidigen, indem er ihn fragte, wer er sei.

Er schüttelte hoffnungslos den Kopf. »Nein. Vielleicht hat etwas an meiner Arbeit Ihre … Ihre Missbilligung erregt?«

»Missbilligung? Im Gegenteil. Sie sind wegen der hohen Qualität Ihrer Arbeit am Virtussee hier.« Plötzlich ging Milos ein Licht auf, und er wusste, wer sein Inquisitor war. Aither Friable – nein, Fribart, das war es. Fribart, Jorl Parriges Assistent. Als er an jenen Tag zurückdachte, fand in seinem Gedächtnis auch Fribart seinen Platz. Der Assistent, der Speerträger, der Mann im Hintergrund.

Was, zum Henker, tat ein Nichts wie Fribart mitten in einer Palastrevolution? Und was hatte der Virtussee damit zu tun? Was konnten Putschisten mit Biologen anfangen? »Hat – hat der Vorsitzende Parrige die Macht übernommen?«, fragte Milos.

»Wie bitte?«

»Ist es eine Machtübernahme? Ein Putsch? Hat Ihr ... ah ... Chef – die Macht übernommen? War er derjenige, der meine Festnahme anordnete oder wie immer Sie es nennen wollen?«

Fribart blickte verwirrt drein. »Putsch? Festnahme? Ich weiß nicht, wovon Sie reden. Ich schickte zwei Männer los, um Sie zu bitten, dass Sie hierher kommen und uns Ihre Meinung zu einer dringenden Angelegenheit sagen, das ist alles.«

»Ich sehe«, sagte Milos, obwohl ihm die Situation alles andere als klar war. Entweder war Fribart äußerst unaufrichtig, oder es ging vieles in Parriges Namen vor, wovon Fribart – und Parrige – nichts wussten. Aber wenigstens schien es sich nicht um einen Staatsstreich zu handeln, und so wuchs die Wahrscheinlichkeit, dass Milos als freier Mann würde hinausgehen können. »Die Männer, die mich nicht festnahmen, verrieten mir nichts über eine solch dringende Angelegenheit«, sagte er.

»Sie hatten keine Kenntnis davon«, sagte Fribart ungeduldig. Aber wir wollen nicht in Nebensächlichkeiten abschweifen. Sind Sie bereit, uns zu helfen, oder nicht?«

Milos Vandar hielt sich selbst für einen vernünftigen Menschen von sanfter Wesensart. Aber er bildete sich auch ein, dass er etwas wie ein Rückgrat habe, besonders wenn er es mit einem Emporkömmling von einem Bürokraten statt der Geheimpolizei zu tun hatte. »Sie bringen es heraus, als hätten Sie mich bereits ein Dutzend Male höflich gefragt«, sagte er. »Was tatsächlich geschehen ist, sah nicht danach aus. Die beiden Strolche, die Sie schickten, weckten mich auf, zerrten mich aus dem Bett, jagten mir eine Höllenangst ein und brachten mich hierher, ohne mir zu verraten, wohin oder warum ich mit ihnen gehen musste. Dann kommen Sie herein und wollen von mir einen

Dienst, um den Sie nicht einmal gebeten haben. Das nenne ich nicht die beste Methode, mich davon zu überzeugen, dass ich Ihnen helfen soll. Wenn Sie es also nichts anderes von mir wollen, werde ich jetzt gehen.«

Er stand auf und war schon halb vom Stuhl hochgekommen, als Fribart mit klarer, harter Stimme sagte: »Setzen Sie sich, Vandar. Sofort!«

»Ich denke nicht daran …«

»Dr. Vandar. Bitte. Setzen Sie sich!« Eine seltsame Veränderung überkam Fribart. Der Mann erschauerte sichtlich, und es war, als wäre eine Wand eingestürzt, eine Wand von bürokratischer Anmaßung, starren Regeln und steifer Missbilligung allen regelwidrigen Verhaltens. Hinter alledem nahm Fribarts Gesicht einen Ausdruck und seine Stimme eine Gefühlsregung an, die vorher nicht dagewesen waren. Ganz plötzlich sah Milos sich nicht mehr einem schikanösen Subalternbeamten mit zu viel Macht gegenüber, sondern einem intelligenten, ängstlichen, alarmierten Menschen. »Bitte«, sagte Fribart wieder. »Bitte nehmen Sie mein aufrichtiges Bedauern über Ihre Behandlung heute Nacht an, aber ich muss darauf bestehen, dass Sie bleiben und mich anhören. Danach können Sie tun, was Sie wollen.« Fribart machte eine Handbewegung zu Vandars Stuhl und wartete, bis Milos sich wieder gesetzt hatte. »Also gut«, sagte Milos. »Reden Sie.«

Fribart zögerte einen Moment lang, bevor er fortfuhr. »Es gibt ein altes Sprichwort, Dr. Vandar, das besagt, man solle nie etwas bösem Willen zuschreiben, was durch Unvermögen verursacht sein kann. Sinngemäß bitte ich Sie, nicht dem Unvermögen zuzuschreiben, was durch blinde Panik verursacht wurde. Etwas hat sich ereignet. Etwas, das jeden, der es zu Gesicht bekam, in die größte Angst und Sorge versetzt hat. Das allein muss der Grund sein, dass man Sie wie einen gewöhnlichen Verbrecher kassierte. Die Leute, die den Befehl gaben – ich nehme mich selbst nicht aus –, waren vor Aufregung kopflos und machten den Fehler, es zu zeigen.«

Er legte die flache Tafel auf den Tisch, nahm aber die Hand nicht davon. »Die Orbitalstation schickte vor ungefähr fünf Stunden diesen Bericht. Sie sind nicht allein. Wir haben Leute aus einem halben Dutzend Disziplinen zusammengeholt, um alle Aspekte zu untersuchen. Sprachwissenschaftler, um Stilvergleiche vorzunehmen. Navigatoren und Schiffskapitäne, um zu klären, ob dieses Schiff, die *Dom Pedro* soundso wirklich den Flug gemacht haben kann, den sie angeblich hinter sich gebracht hat. Computerspezialisten, um zu klären, ob der Bericht unverändert blieb, seit er verschlüsselt eingespeichert wurde. Wir untersuchen jeden Aspekt, der hier von Relevanz sein kann.«

»Von Relevanz wofür?«, fragte Milos. »Verraten Sie mir, worum es geht.«

Fribart sah ihn an und seufzte. »Es ist eine komplizierte Geschichte, aber sie läuft auf Folgendes hinaus: Dieser Bericht soll vor mehr als hundert Jahren abgefasst worden sein. Vielleicht stimmt das, vielleicht nicht. Auch dieser Teil wird untersucht. Jedenfalls wurde er heute vom Kommandanten der Orbitalstation geöffnet und gelesen. Er enthält eine Voraussage über die Aussichten und Folgen der Terraformung hier auf Solace mit alarmierender Genauigkeit. Noch alarmierender ist der Bericht, weil er voraussagt, was in Zukunft geschehen wird. Darum brauchen wir Sie, zur Überprüfung der wissenschaftlichen Fakten. Der Bericht beschreibt die Methoden, die angewandt wurden, um die Voraussagen zu ermitteln. Es ist viel Mathematik und Spezialwissen damit verbunden. Außerdem erwähnt der Bericht weitere Beweise und Detialberechnungen, die der Verfasser mitbringen würde. Diese Beweise und Details sind verloren gegangen. Der Bericht ist alles, was wir haben und haben werden. Wir möchten, dass Sie sich die Ihr Fachgebiet berührenden Teile des Berichts ansehen und uns eine Beurteilung geben, ob die Prognosen und ihre theoretischen Grundlagen korrekt sind, oder ob es sich nur um ein realistisch klingendes Machwerk handelt. Denn falls Letzteres nicht der Fall ist, ist alles, was wir in generationenlanger Arbeit hier aufgebaut haben, in Gefahr.«

Fribart schob das flache Lesegerät über den Tisch und zog die Hand ruckartig davon zurück, als wäre er froh, es los zu werden. Und damit entwickelte sich zurück, was immer in Fribart eine Wandlung bewirkt hatte. Die Fassade stand wieder, die menschliche Persönlichkeit kam außer Sicht. Was ihn bewogen haben mochte, seine menschliche Seite zu zeigen, konnte sich nicht lange behaupten. »Nun«, sagte Fribart in seinem alten Tonfall genervter bürokratischer Tugend, »entspricht alles das Ihrer Definition eines guten Grundes?«

»Ja«, erwiderte Milos. »Ja, ich denke schon. Er nahm das flache Lesegerät an sich, zögernd, nachdem Fribart offensichtlich froh gewesen war, es los zu werden.

Er begann zu lesen.

# SOLACE

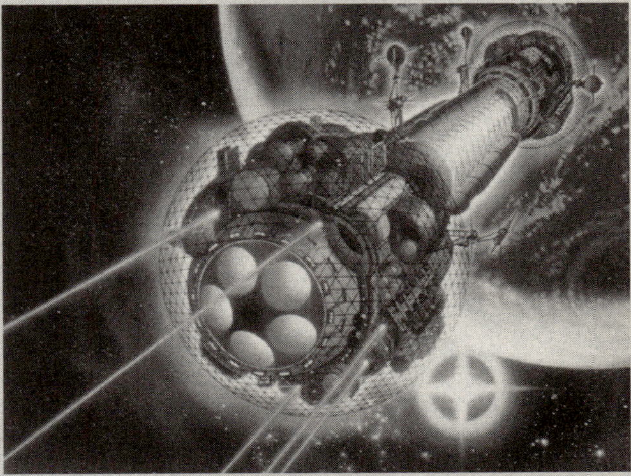

19.

# AUSSICHT VOM DIAMANTRAUM

Und das bringt uns zum letzten Punkt«, sagte Wandella Ashdin.

»Sehr gut«, sagte Neshobe. Sie war heilfroh zu hören, dass das Ende in Sicht war. Ashdin galt als eine gewissenhafte Historikerin und Erforscherin verschütteter und vernachlässigter Quellen, aber die Weitschweifigkeit und massive Desorganisation ihrer Berichte und Erläuterungen waren geeignet, jeden Zuhörer zur Verzweiflung zu bringen.

»Ja«, sagte Ashdin vage, »der letzte Punkt. Admiral Koffield meldete Dr. DeSilvos zeitweiligen Tod durch Herzversagen. Nun lassen Sie mich sehen ...« Neshobe Kalzant und die übrigen im Raum Anwesenden sahen mit kaum verhohlener Ungeduld zu, wie Wandella Ashdin abermals ihre umfangreichen Notizen durchsuchte. »Ja, da haben wir es. Insofern, als es Admiral Koffields Auskunft bestätigt, ist es ein sehr nützliches Detail. Es stimmt sehr gut damit überein, was wir von Dr. DeSilvos Aktivitäten während jener Zeit wissen und füllt eine der größeren Lücken in unserem Wissen von seinem Leben aus. Dr. DeSilvo war nicht sehr mitteilsam über sein Privatleben und ließ über seine Krankengeschichte so gut wie nichts verlauten. Ich habe die Erfahrung gemacht, dass, wann immer ich auf einen Abschnitt seines Lebens stoße, der völlig leer ist, ohne Aufzeichnungen oder Aussagen irgendwelcher Art über sein Tun und Lassen, es sich fast immer um Krankheitsphasen handelt, in denen DeSilvo sich aus der Öffentlichkeit zurückzog und nicht selten sogar in temporale Beschränkung begab, während seine Behandlung vorbereitet wurde. Der Bericht des Admirals deckt genau eine der größten verbliebenen Lücken in DeSilvos Chronologie ab. Selbst die Erwähnung einer misslungenen Herzverpflanzung deckt sich mit dem, was ich aus sekundären Quellen der einen oder anderen Art in Erfahrung bringen konnte. Wenn Sie Wert darauf legen, könnte ich Ihnen diese Quellen genauer erläutern ...«

»Das wird sicherlich nicht notwendig sein«, sagte Neshobe eilig. »Sie sind ohnedies schon gründlich genug gewesen.«

»Oh, ich danke Ihnen«, erwiderte Ashdin der Neshobes versteckte Ironie offensichtlich entgangen war.

»Keine Ursache«, sagte Neshobe abwesend. Sie seufzte und rieb sich mit beiden Händen das Gesicht. Ashdin war die Letzte und langatmigste der Experten, die ihre Stellungnahmen zu dem Bericht gegeben hatten, und die Zusammenkunft hatte sich bereits sehr in die Länge gezogen, bevor Ashdin begonnen hatte. »Ich weiß nicht, wie es mit Ihnen steht«, sagte Neshobe zu den übrigen Anwesenden, »aber ich brauche eine Pause. Hat jemand etwas dagegen, wenn ich Erfrischungen bringen lasse?«

Natürlich hatte niemand etwas dagegen. Es war ein Vorteil, Geschäftsführende Regierungsbeauftragte des Planetarischen Rates zu sein. Man konnte seine Pausen nach Belieben wählen. »Dienstleistung«, sagte Neshobe zum Mikrofon der Künstlichen Intelligenz des Regierungsgebäudes. »Versammlungspause. Erfrischungen hereinbringen jetzt.«

Ein leiser doppelter Glockenton zeigte an, dass die Künstliche Intelligenz gehört und verstanden hatte.

Neshobe Kalzant stand auf, reckte die Arme und machte damit allen anderen klar, dass auch sie sich zwanglos verhalten durften. Der Konferenztisch wartete, bis alle aufgestanden waren, dann schob er einen Arm heraus, der die Oberfläche abräumte und alles in einem Schubfach verstaute. Dann faltete sich der Tisch zusammen und rollte aus dem Weg.

Neshobe nutzte den Augenblick, als alle dem Tisch aus dem Weg gingen. Sie schritt zum anderen Ende des Raumes, verschränkte die Arme vor der Brust und schaute zum Fenster hinaus. So machte sie durch Haltung und Körpersprache deutlich, dass sie ein paar Augenblicke ungestört sein wollte. Sie tat es so wirkungsvoll, dass sogar Ashdin nach kurzem Zögern den Wink verstand. Neshobe sah aus den Augenwinkeln, dass die Frau sie beobachtete und überlegte, ob sie zu einem kleinen Schwatz herüberkommen solle. Darauf wandte Neshobe sich dem Fenster noch direkter zu, und das schien zu wirken. Sie beobachtete die Spiegelung im Fensterglas und sah, wie Ashdin ihr Vorhaben aufgab und sich dem Erfrischungswagen zuwandte, der selbsttätig hereingerollt kam.

Schon bald nach ihrem Amtsantritt hatte Neshobe entdeckt, dass deutliche Signale der Körpersprache oft bewirken konnten, dass man sie in Ruhe ließ, wenn sie in Ruhe gelassen werden wollte.

Nachdem sie eine Weile mit ihren Gedanken allein gewesen war, kehrte sie dem Fenster den Rücken und beobachtete die anderen Mitglieder der Versammlung, als sie sich am Servierwagen mit Tee, Obst und Pasteten versorgten.

Zuerst die beiden Besucher aus Vergangenheit und weiter Ferne – Norla Chandray und Anton Koffield. Es war deutlich zu sehen, dass beide nicht in der besten körperlichen und geistigen Verfassung waren. Angesichts dessen, was sie durchgemacht hatten, war es zu verstehen.

Dann Jorl Parrige, Vorsitzender des Planetarischen Rates, der glücklicherweise ohne seinen Assistenten gekommen war. Fribart machte sie immer nervös. Aber Parrige war ein Fels in der Brandung. Sie brauchte ihn.

Dann war da Wandella Ashdin. Sie galt als eine verdienstvolle Historikerin, die in der Vergangenheit verschiedene Arbeiten veröffentlicht hatte und sich besonders auf die frühen Jahre nach der Gründung von Solace sowie auf das Leben und die Arbeit Oscar DeSilvos spezialisiert hatte. Neshobes Leute hatten sie aus der örtlichen Universität geholt.

Ashdin war von der Situation eingeschüchtert und aufgeregt zugleich, und verständlicherweise vor allem von Koffield und nicht von den örtlichen politischen Schwergewichten fasziniert.

Jedes Mal, wenn der Mann den Mund auftat, wandte Ashdin sich um und starrte ihn mit aller Intensität und Aufmerksamkeit an, die ihre wässerigen blauen Augen aufbringen konnten. Wahrscheinlich versuchte sie sich jedes Wort einzuprägen, das aus seinem Munde kam. Es hatte Ashdin sehr geschmerzt, dass diese Versammlung inoffiziell war und keine Aufzeichnungen gemacht werden durften. Als Ashdin mit Aufzeichnungsgeräten und Mikrofonen eingetroffen war und ihr Gerät hatte zurücklassen müssen, war sie den Tränen nahe gewesen.

Aber Koffields Anwesenheit entschädigte dafür. Schließlich hatte Koffield den Gründer DeSilvo persönlich gekannt, mit ihm gesprochen und zusammengearbeitet. Bisher hatte Ashdin sich darauf beschränkt, verhältnismäßig vernünftige Fragen zu stellen, doch kostete es sie offensichtlich alle Selbstbeherrschung, um Koffield nicht auf der Stelle festzunageln und über Oskar DeSilvo auszufragen. Oder vielleicht wartete sie nur auf eine Gelegenheit.

Dann kam Dr. Milos Vandar, der Biotechniker, der neben Ashdin am Servierwagen stand und versuchte, an den Samowar heranzukommen, den sie blockierte, als es ihr endlich gelang, Koffield in ein Gespräch zu verwickeln. Die völlig auf den höflich leidenden Koffield fixierte Ashdin bemerkte Vandar nicht.

Vandar hatte nicht absolut und unwiderlegbar bestätigen können, dass Koffields Arbeit zutreffend war. Aber hatte auch nicht andeutungsweise sagen können, dass Koffield in seiner Analyse Fehler gemacht hatte. Und Vandar war ein Mann von genug Verstand und Phantasie, um die Implikationen zu erkennen, die sich ergaben, wenn Koffields Analyse der Wahrheit nahe kam. Dass ein Mann wie Vandar nach allem äußeren Anschein tief besorgt und beunruhigt war, verriet Neshobe, wie ernst die Lage sein konnte. Vandar schien sogar beunruhigter als Koffield selbst.

Und schließlich Karlin Raenau, der Einzige außer ihr, der sich noch nicht mit Erfrischungen bedient hatte und auf der anderen Seite des Raums tief in Gedanken auf und ab ging. Neshobe und Raenau hatten im Laufe der Jahre in leidlichem Einvernehmen zusammengearbeitet, aber ihre Beziehung war stets korrekt und geschäftsmäßig geblieben und hatte niemals eine Ebene zwangloser Freundlichkeit erreicht. Sie waren in ihrer jeweiligen Wesensart zu verschieden, als dass sie einen Zugang zu dem Mann hätte finden können.

Jetzt aber, nachdem sie seine Schilderung der Zusammenkunft mit Koffield und Chandray und der Folgen gehört hatte, die sich daraus ergeben hatten, begriff sie, dass sie doch etwas gemeinsam hatten: Sie hassten beide ihre Amtsräume, wo sie ihre Arbeit tun mussten. Raenaus Büro und ihres waren von demselben Mann entworfen worden. Raenau fühlte sich von den überflüssigen Extravaganzen seines Arbeitszimmers genauso gepeinigt wie sie in ihrem Arbeitsumfeld, und dafür konnten sie beide dem großen Genie Oskar DeSilvo danken.

Der verdammte DeSilvo. Er schien hinter allem zu stecken. Ashdin, die in ihm einen Forschungsgegenstand sah, war zusammen mit dem größten Teil der Bevölkerung von Solace fest davon überzeugt, dass DeSilvo ein Genie gewesen sei. Aber je mehr Neshobe über ihn erfuhr und aufgerufen war, sich direkt mit seinem Vermächtnis zu befassen, desto stärker wurden ihre Zweifel an seiner unvergleichlichen Genialität. Wenn er ein Genie gewesen war, dann allenfalls auf dem Gebiet der Selbstvermarktung, denn sie hatte längst den Eindruck gewonnen, dass er nichts als Fehler gemacht hatte. Von seiner Angleichung der planetarischen Biosphäre und Ökosysteme an die Bedürfnisse menschlicher Besiedlung bis zur Bürogestaltung konnte sie in seinem Werk nichts als Geltungssucht und Oberflächlichkeit finden.

Die Menschen in dem Märchen von des Kaisers neuen Kleidern hatten bloß so getan, als wäre der Kaiser in prachtvolle Gewänder gekleidet. Die Leute von Solace gingen noch weiter. Sie hatten bis auf den heutigen Tag nicht gemerkt, dass der alte Oskar splitternackt gewesen war. Sie glaubten wirklich, dass DeSilvo ein Genie gewesen sei.

DeSilvo. Der verdammte alte Geck war seit hundert Jahren oder länger wirklich und endgültig tot, und doch war es, als befände er sich mit ihnen im Raum.

Nun, das war nicht zu weit hergeholt, denn schließlich hatte er den Raum entworfen. Der Diamantraum, wurde er genannt. Sein Grundriss war wie ein länglicher, achteckig geschnittener Diamant geformt. Der

Boden bestand aus weißem Marmor, und die Decke war ein weiteres Beispiel der verdammten Totalverglasungen, die DeSilvo überall eingesetzt hatte. Das bestimmende Merkmal des Raumes aber waren die Wände – wenn man ein System konkaver Vertäfelungen Wände nennen konnte.

Diese Wände gingen von der achteckigen Decke und dem Boden in einem Winkel von ungefähr dreißig Grad aus, und zwischen den oberen und unteren Teilen war etwa in Brusthöhe ein vertäfelter Mittelstreifen, der rechtwinklig zu Boden und Decke war, wie man es von einer Wand erwartete. Die acht Seiten des Raumes waren nach den Kardinalpunkten und Halbkardinalpunkten des Kompasses ausgerichtet. Die östliche und die westliche Seite des Raums waren die längsten, die nördliche und die südliche Seite genau halb so lang, und die nordöstliche, nordwestliche, südwestliche und südöstliche Seite waren noch kürzer, nicht viel mehr als abgeschrägte Ecken der längeren Seiten.

Die mittleren und oberen Wandvertäfelungen im Osten, Westen und Süden des Raums waren ebenso wie die Decke voll transparent, und der Raum selbst so angelegt, dass er auf drei Seiten prachtvolle Aussichten bot. Neshobe war die Idee dahinter nicht ganz klar, aber ihr Verständnis ging dahin, dass die durchsichtigen Wandvertäfelungen und die Decke transparente Regierungspraxis symbolisieren sollten. Ashdin hätte ihr zweifellos mehr darüber sagen können, wenn Neshobe danach gefragt hätte. Die prachtvollen Aussichten sollten den führenden Persönlichkeiten der Regierung, die hier aus- und eingingen, an Weitblick und Ambition erinnern.

Es war keineswegs zufällig, dass es viel zu sehen gab – oder wenigstens viel zu sehen gäbe, wenn das Wetter öfter aufklarte. Das Regierungsgebäude war auf einem Felsen über Solace City errichtet worden, auf einem sorgfältig ausgewählten und landschaftsgärtnerisch gestalteten Grund. An klaren Tagen konnte man die ganze Stadt und die See jenseits davon überblicken. Wahrscheinlich hatte DeSilvo zuerst den Standort für das Regierungsgebäude festgelegt und dann erst die Stadtanlage geplant, welche ganz auf den Eindruck abgestellt war, den Betrachter vom Regierungsgebäude aus gewannen.

Die Ostseite des Raums bescherte einen Ausblick auf die Felslandschaft des Vorgebirges. Wild und unberührt und spärlich bewachsen von einheimischer Vegetation. Im Süden lag Solace City: die beispielhafte Errungenschaft des gegenwärtigen Zeitalters, zumindest in der Phantasie des Architekten, der sowohl die Stadt als auch die Aussicht auf sie entworfen hatte. Eine großartige Prachtstraße führte von der Stadt zum Flughafen/Raumhafenkomplex weiter im Süden. Jenseits des Flug- und Raumhafens lag der Seehafen, und von dort erstreckten sich die Wasser der Meeresbucht bis zum Horizont.

Neshobe hatte irgendwo gelesen, dass ein Betrachter, der die Aussicht nach Süden überblickte, über die Nebeneinanderstellung von Land, Luft, Raum und See nachdenken sollte, und über die Rolle, die jeder Teil in der Geschichte der Erforschung, Expansion und Besiedlung gespielt hatte. Diese Idee hatte Neshobe immer irritiert. Wenn sie zu einem Fenster hinausschaute, wollte sie eine Aussicht, nicht eine Lektion von hochgesinnten Ideen in visuellen Symbolen.

Im Westen lagen die üppigen, grünen Parklandschaften des Novaterra-Schutzgebietes, einer Symbiose einheimischer und importierter Pflanzen, eine Abfolge kunstvoller landschaftsgärtnerisch gestalteter Biotope mit Felsformationen, Wäldern, Teichen und Seen: Die strahlende, lebendige Zukunft der Welt.

Besonders die Anlage von Gewässern hatte es DeSilvo angetan. Für ihn waren die in üppiges Grün eingebetteten Teiche und Seen Symbole einer blühenden Lebenswelt gewesen, und er hatte das vielfach abgewandelte Motiv an allen Orten verwendet. Dabei hatte er sich nicht von seinen Plänen abhalten lassen, wenn keine natürlichen Bodensenken vorhanden waren; dann hatte er geeignete Becken für Seen und Teiche ausbaggern und von natürlichen Rinnsalen und Bächen mit Wasser füllen lassen. Neshobe sah darin eine alberne Extravaganz, aber eine, auf die es in der heutigen Zeit kaum noch ankam. Viele Gewässer des Novaterra-Schutzgebietes waren durch Erdrutsche und Schlammlawinen ruiniert, und viele Seen und Teiche waren über die Ufer getreten und hatten die weitere Umgebung versumpfen lassen.

Das Problem war, dass die großartigen Aussichten und ihr Symbolismus mit dem Einsetzen immer häufigerer Regenfälle weit gehend verschwanden. Ob es Nieselregen, Nebel oder Dauerregen war, er begrenzte die Sichtbarkeit auf einige hundert Meter. Außerdem neigten die transparenten Glasvertäfelungen von Wänden und Decken, die für trockenere Wetterverhältnisse entworfen waren, zum Beschlagen. Die meiste Zeit war der Diamantraum in Nebel und Regendunst gehüllt, und von den gläsernen Innenflächen rann das Kondenswasser. Und das war ein Symbolismus, den jeder verstehen konnte.

Neshobe hasste den Diamantraum, aber es war der berühmteste Raum im Regierungsgebäude und wahrscheinlich auf ganz Solace. Zwar nutzte sie ihn nicht als eigentliches Arbeitszimmer, aber für alle anderen Anlässe war sie mehr oder weniger gezwungen, davon Gebrauch zu machen. Man erwartete es von ihr. Eine Zusammenkunft, die im Diamantraum stattfand, war schon durch diesen Umstand bedeutungsvoll. Einige Male hatte sie versucht, praktischere und bequemere Räume für Zusammenkünfte zu nutzen, doch hatten die Teilnehmer es als ein unausgesprochenes Zeichen aufgenommen, dass sie oder das Thema ihrer Zusammenkünfte nicht wichtig genug waren, um eine Benutzung des Diamantraumes zu rechtfertigen. Ihn zu betreten, aus welchem Grunde auch immer, war eine große Ehre. Wandella Ashdin, die den Raum noch nie gesehen hatte, war vor Aufregung trotz des wenig erfreulichen Anlasses von so heftigem Herzklopfen befallen worden, dass sie sich zur Beruhigung in einem Nebenraum hatte niederlegen müssen.

Und diese unerfreuliche Versammlung war noch lange nicht zu Ende. Es gab noch eine Menge zu diskutieren. Also hatte es keinen Sinn, sich einem Imbiss zu verweigern, den die anderen sich gönnten. Sie brauchte auch eine kleine Stärkung, um über die Runden zu kommen. Neshobe Kalzant zwang sich zur Entspannung, zwang ein aufrichtig aussehendes Lächeln in ihr Gesicht und ging hinüber zum Servierwagen, um sich unter die anderen zu mischen.

*

Der leer geräumte Servierwagen rollte hinaus, und die Türen des Diamantraumes falteten sich hinter ihm zu. Der Konferenztisch hatte sich wieder auseinander geklappt und sämtliche Papiere und Schreibgeräte, die er zuvor eingesammelt hatte, wieder an ihre Plätze gelegt. Neshobe nahm ihren Sitz am Kopfende des Tisches ein und wartete, bis die anderen Platz genommen hatten.

»Die Sitzung ist wieder eröffnet«, sagte sie. »Lassen Sie mich kurz zusammenfassen, was heute Morgen besprochen wurde, um sicherzugehen, dass ich es richtig verstanden habe. Ich habe von Ihnen allen gehört, wie Sie den vorgelegten Bericht aus der Perspektive ihrer jeweiligen Fachgebiete beurteilen, soweit das ohne gründlichere Recherchen möglich ist. Kommandant Raenau hat eine hervorragende navigatorische Analyse der Reise der *Dom Pedro* geliefert und damit eine wesentliche Grundlage gegeben. Sie werden verstehen, Admiral Koffield und Zweiter Offizier Chandray, dass wir so gut es uns möglich ist, feststellen mussten, ob Sie wirklich die Personen sind, die zu sein Sie behaupten, wenn Sie auf die Art und Weise hierher kamen, die Sie angaben, und ob die Warnung, die Sie brachten, authentisch und wirklich aus dem letzten Jahrhundert ist.«

Sie wandte sich zu Vandar. »Wenn ich es richtig sehe, Dr. Vandar, fanden Sie die Voraussagen in hohem, sogar beängstigend hohem Maße zutreffend. Und Sie meinten, dass dort, wo die Prognosen irrten, diese Irrtümer durch unvorhersehbare Ereignisse wie die Masseneinwanderung von Flüchtlingen aus Glister vor mehreren Jahrzehnten verursacht worden seien.«

»Ganz recht. Es ist schwierig, solche Dinge zu quantifizieren, aber ich würde sagen, dass der prognostische Wert von Admiral Koffields Arbeit, wenn wir sie direkt mit den realen Verhältnissen vergleichen, zu etwa fünfundsechzig Prozent genau ist.«

»Das hört sich nicht so überwältigend an«, sagte Jorl Parrige.

»Ah … Sie haben Recht. Aber ich wollte fortfahren, dass es komplizierter ist. Admiral Koffield entwickelte ein ausgefeiltes mathematisches Modell auf der Grundlage der statistisch erfassten Werte der wirklichen klimatischen und ökologischen Verhältnisse, wie sie vor knapp einhundertdreißig Jahren bestanden. Dann projizierte er die dort erkennbaren Entwicklungstendenzen unter der Annahme einer gleichmäßigen Weiterentwicklung. Aber wie der Admiral schon damals wusste, verlaufen natürliche Entwicklungen nicht geradlinig. Das Unerwartete geschieht und verändert die Projektion. Wir müssen diese Faktoren berücksichtigen.«

»Also verändern Sie das Modell, um es den Umständen anzupassen?«, fragte Parrige mit einem Unterton von Missbilligung.

»Nein, natürlich nicht«, erwiderte Vandar beinahe gekränkt. »Das Modell bleibt das gleiche. Es ist nur eine Frage der Anpassung und Korrektur der Daten, die wir in das Modell einbringen. Nun, ich muss bekennen, dass ich sehr wenig Zeit gehabt habe, mit dem Koffield-Modell zu arbeiten, und ich will nicht behaupten, dass ich es vollständig verstehe. Aber es ist mir gelungen, wenigstens grobe Korrekturen für die zwei bedeutendsten ungeplanten Ereignisse von größerer Auswirkung in das Modell zu integrieren: das Einströmen von Flüchtlingen und die wiederholten Restaurierungen und Reparaturen an Sonnenspiegel und Treibhaus. DeSilvos ursprünglicher Plan sah vor, dass beide vor mehr als siebzig Jahren stillgelegt werden sollten. Mit diesen Korrekturen glaube ich den Voraussagewert auf ungefähr fünfundachtzig Prozent steigern zu können. Mit mehr und besseren Daten könnte ich den Wert sicherlich auf über neunzig Prozent steigern. Es ist ein starkes, solides Modell, bei weitem besser als die Werkzeuge, die wir bisher benutzt haben. Aber die Fähigkeit des Modells zur Voraussage der gegenwärtigen Situation ist sekundär. Weitaus wichtiger ist, was es für die Zukunft prophezeit.«

»Und was ist das?«, fragte Parrige. »In allgemeinverständlichen Begriffen.«

Vandar schüttelte traurig den Kopf. »In allgemeinverständlichen Begriffen? Unheil. Absolute Katastrophe. Ein Kollaps der importierten Ökologie, wie wir ihn auf Glister hatten. Das gegenwärtige von uns geschaffene Ökosystem ist in einem sich selbst beschleunigendem Niedergang begriffen, der unsere gegenwärtigen Probleme harmlos erscheinen lässt. Wenn ich es melodramatisch ausdrücken darf, sind wir zum Untergang verurteilt.«

»Einen Moment bitte, Dr. Vandar«, sagte Neshobe. Melodramatische Endzeiterwartung war das Letzte, was sie gegenwärtig brauchten. Eine so beängstigende so emotionale Situation verlangte nach kühler, vorsichtiger, ruhiger Diskussion. Die Leute um den Konferenztisch waren bereits nervös. Es hatte keinen Sinn und diente keinem Zweck, wenn man ihre Nervosität noch verstärkte. Der beste Zeitpunkt, eine Panik zu entschärfen, war vor ihrem Ausbruch. »Ich muss das Schritt für Schritt betrachten. Im Moment brauche ich von Ihnen nur zu wissen, dass Sie die von Admiral Koffield vorgelegte Arbeit als legitim betrachten. Ist die Mathematik ehrlich, sind die Annahmen gültig, und so weiter. Ich nehme an, Sie haben sich dessen vergewissert?«

Vandar nickte energisch. »Durchaus. Ich bin sicher, dass …«

»Bitte, Dr. Vandar. Wir werden der Sache gleich weiter nachgehen. Im Moment möchte ich nur sicherstellen, dass wir eine Übereinstimmung haben. Kommandant Raenau, Ihre Leute haben das Raumfahrzeug untersucht, mit dem unsere Freunde kamen, und Navigationsberechnungen des Kurses vorgenommen, den die *Dom Pedro IV* genommen hat, zusammen mit verschiedenen anderen Einzelheiten wie der Identitätsüberprüfung, die von Ihrem System vorgenommen wurde, bevor der Bericht entschlüsselt und freigegeben wurde. Ist Ihre Geschichte stichhaltig?«

Raenau beschränkte sich auf die kürzeste mögliche Antwort. »Ja, Madame«, sagte er.

»Irgendwelche Zeichen von Manipulation oder Fälschung? Irgendwelche Hinweise, dass dies ein groß angelegter Schwindel sein könnte, dem wir ausgesetzt sind?«

»Nein, Madame. Und glauben Sie mir, wir haben uns vergewissert.«

»Und was sie geschildert haben, ist physikalisch möglich? Das Schiff konnte tun, was sie von ihm sagten?«

Raenau zögerte nur einen Sekundenbruchteil. »Ja-a. Der einzige fragliche oder nicht einleuchtende Teil ist das Versagen des Schiffes. Die Wahrscheinlichkeit, die gegen diese Art von Systemversagen spricht, ist so groß, dass sie sich kaum berechnen lässt. Und die Wahrscheinlichkeit, dass ein Schiff, wenn auch mit Verspätung, nach schwerem Systemversagen am Zielort eintrifft, ist fast ebenso gering. Die Wahrscheinlichkeit sowohl für das Systemversagen wie auch für die sichere Ankunft ist unendlich gering. Es sei denn, wir gehen nicht von einem Zufall aus. Und der Austausch von Schrottmaterial gegen den endgültigen Bericht im gesicherten Behälter des Admirals konnte natürlich nicht zufällig sein.«

»Unser Schiff wurde sabotiert«, sagte Koffield. »Es hat keinen Sinn, darum herum zu reden. Die Information, die ich Ihnen brachte, wurde vorsätzlich gestohlen. Das zumindest ist offensichtlich.«

Neshobe betrachtete den Mann nachdenklich. Er hatte nicht viel gesagt, und Berichte von Raenau und anderen Quellen an Bord der Orbitalstation zeichneten das Bild eines beherrschten, disziplinierten Mannes, dessen Zusammenbruch unter dem ungeheuren Druck durchaus verständlich war. Kurzum, er war ein Mann, der sich abmühte, wieder Boden unter die Füße zu bekommen. Die Zeichen waren da, wenn man aufmerksam hinschaute. Die Art und Weise, wie er abwechselnd die Finger streckte und zu Fäusten ballte, wie seine Kiefermuskeln arbeiteten, der gehetzte Blick in seinen Augen. Er versuchte ruhig und beherrscht zu erscheinen, obwohl er es nicht war.

»Ich stimme Ihnen zu, Admiral«, sagte Neshobe. »Das ist die offensichtliche und unausweichliche Schlussfolgerung. Wer es tat, und warum, sind entscheidende Fragen – aber es sind keine Fragen, die uns hier im Moment beschäftigen.«

»Ich verstehe, Madame«, sagte Koffield.

Neshobe nickte ihm zu und richtete ihren Blick auf die Historikerin. »Dr. Ashdin. Sie sind vertraut mit den historischen Zusammenhängen von Zeiten und Orten und Menschen, die uns hier beschäftigen. Gibt es etwas in dem Bericht, der uns verraten würde, dass diese Leute nicht sind, als was sie sich ausgeben, oder etwas, das der Geschichte, die sie erzählt haben, widersprechen würde?«

»Es gibt eine große Menge von Material, das noch durchgearbeitet werden muss, und natürlich würde ich gern Admiral Koffield und Zweiten Offizier Chandray ausführlich befragen. Insbesondere würde ich gern erfahren, wie der Admiral und Dr. DeSilvo …«

»Nichts davon, bitte«, sagte Neshobe schnell. Wenn sie Ashdin wieder in Fahrt kommen ließ, würden sie alle noch am Abend hier sitzen. »Jedenfalls nicht jetzt. Später vielleicht, wenn Admiral Koffield und Zweiter Offizier Chandray zur Zusammenarbeit bereit sind. Bitte beantworten Sie nur die Frage. Haben Sie irgendeinen Grund zu der Annahme, dass diese Leute nicht sind, als was sie sich ausgeben?«

»Nein, Madame.«

»Glauben Sie tatsächlich, dass sie sind, als die sie sich ausgeben?« Neshobe stellte ihre Fragen absichtlich in einer Form, die sie beinahe zu einer rituellen Anrufung machte, denn sie wollte Ashdin und allen anderen durch diesen formalen Ton den Ernst der Situation verdeutlichen. »Antworten Sie mit Bedacht. Sind sie die, als die sie sich ausgeben?«

Ashdin schluckte nervös. »Ja, Madame, sie sind es. Alle Hinweise deuten darauf hin, und nichts widerspricht der Annahme.«

»Sehr gut.« Es war Zeit voranzugehen, aber Neshobe spürte, dass sie sich einen Moment Zeit lassen musste. Sie waren an einem Schlüsselpunkt. Wenn Koffield wirklich Koffield war, und wenn die nachprüfbaren Teile dessen, was er über Vergangenheit und Gegenwart zu sagen hatte, der Wahrheit entsprachen, und wenn seine wissenschaftliche und mathematische Analyse zuverlässig war, und wenn das alles zu dem klimatischen Umbruch passte, den sie sehen konnte, wenn sie aus den übergroßen Fenstern des Diamantraumes blickte, dann …

Dann würden sie wieder bei dem Thema sein, dem sie ausweichen wollte. Untergang. Die Neuauflage von Glister. Sie nahm ihren Schreiber auf und kritzelte bedeutungslose Vierecke und Kreise auf ihr Datenblatt, dann löschte sie das Gekritzel. Sie stieß den Atem aus, den sie unbewusst angehalten hatte, und legte den Schreiber aus der Hand.

Sie blickte in den Kreis der erwartungsvollen Gesichter und nickte zu niemand im Besonderen. »Sehr gut«, sagte sie wieder. Sie blickte zu Koffield und Chandray und lächelte ihnen sinnlos zu. »Ich bin überzeugt, dass Sie die Wahrheit sagen, und bezweifle nicht, dass die Erwägung alles dessen, was Sie uns erzählt haben, uns mehr und bessere Gelegenheit geben wird, Ihre Geschichte zu überprüfen, und wir werden sie natürlich in jeder Hinsicht, die uns möglich ist, überprüfen. In einer so ernsten Sache versteht sich das von selbst. Aber ich glaube Ihnen und zweifle nicht daran, dass all unsere nachfolgenden Überprüfungen Ihre Information bestätigen werden.«

Neshobe hielt wieder inne und trommelte nervös mit den Fingern auf den Tisch. Es war offensichtlich, dass sie Koffield die nächste Frage stellen musste, aber sie brachte es nicht über sich. Sie musste die Wahrheit hören, wollte sie aber nicht vom Orakel selbst hören. Es würde einfacher sein, wenigstens etwas einfacher, sie von einem Zwischenträger zu hören, einem Einheimischen. Sie wandte sich zu Milos Vandar.

»Dr. Vandar«, sagte sie, »Sie haben Admiral Koffields Material untersucht und sind mit dem gegenwärtigen Zustand des Klimas und unserer gesamten Biosphäre so vertraut wie nur irgendeiner. Vor noch nicht langer Zeit schienen Sie zu glauben, es gebe zumindest Hoffnung auf eine Stabilisierung als Grundlage und Ausgangspunkt für eine Regeneration geschädigter Ökosysteme. Aber nun haben Sie die Arbeit des Admirals gesehen. Hat sie Ihre Auffassung so vollständig verändert? Bis zu einem Punkt, wo sie sicher sind, dass es keine Chance für die Stabilisierung gibt?«

Vandar lächelte müde. »Bisher war es so, dass die Wissenschaftler der Fachgebiete Klimaforschung, Biotechnik und Umweltgestaltung und so weiter die Meinung vertraten, man solle das Wort *Gewissheit* vermeiden«, sagte er. »Wir sagten uns, dass alles – oder wenigstens vieles – möglich ist, selbst wenn wir es als unwahrscheinlich bezeichnen. Und in gewissem Sinne gilt das noch immer. Ein Ökosystem, eine ganze Biosphäre – das sind dynamische Prozesse. Man kann sie mit Ebbe und Flut vergleichen. Auf scheinbare Schwächungen folgen immer wieder Erneuerungen. Ein natürliches, robustes Ökosystem, wie wir auf Erden viele haben, kann sich erholen, und regenerieren. Es hat die Fähigkeit, Veränderungen zu absorbieren, zu überleben, sich anzupassen, und das ist im Laufe der Erdgeschichte viele Male geschehen. Es ist zumindest vorstellbar, dass dies auch auf Solace möglich sein könnte. Aber es gibt einen großen Unterschied zwischen dem wissenschaftlich Möglichen auf einer Seite und dem kaum Wahrscheinlichen in der wirklichen Lebenswelt. Das von uns aufgepfropfte Ökosystem importierter Arten hat bis heute keine wirkliche Verbindung mit den heimischen Arten erreichen können, von einer Symbiose ganz zu schweigen. Darum ist es naturgemäß viel stärker gefährdet als ein autochthones System. Nachdem ich den Bericht des Admirals gelesen habe, muss ich sagen, dass die Wahrscheinlichkeit einer Rückkehr zu den stabilen Klimaverhältnissen früherer Zeiten nahe null ist. Wir befinden uns hier in einer Phase großräumiger Klimaumstellung, gegen die sich zu stemmen sinnlos ist. Die einzige realistische Möglichkeit liegt in langfristiger Anpassung. Das wird aber bedeuten, dass ein großer Teil der bisher erbrachten Anstrengungen zur Schaffung und Stabilisierung terrestrischer Umweltbedingungen vergeblich waren. Wenn wir uns auf die Reparatur eingetretener Schäden beschränken und im Übrigen hoffen, dass es wieder so werden wird, wie es einmal war, dann müssen wir damit rechnen, dass unsere aufgepfropften Ökosysteme unter den Bedingungen der Klimaänderung die Fähigkeit zu kurzfristiger Anpassung und Selbsterneuerung verliert – wenn sie diese jemals hatten.«

Jorl Parrige ergriff das Wort. »Ich entnehme Ihrem Bericht, Admiral, dass Sie nicht bloß von den Problemen kurzfristiger Erneuerung sprechen, nicht wahr?«, sagte er. Neshobe konnte nicht umhin zu bemerken, dass Parrige keine Angst hatte, sich an das Orakel direkt zu wenden.

Koffield schüttelte den Kopf. »Nein, ich fürchte nicht, Herr Vorsitzender. Aber wenn mein Modell hinreichend genau ist und die Daten zutreffen, dann sagen sie uns, dass wir uns um langfristige Folgen und Probleme keine Sorgen mehr machen müssen.« In einer hilflosen Geste hob er die Hände vom Tisch. »Es tut mir Leid«, sagte er und blickte von Parrige zu Neshobe und dann zu den anderen Anwesenden. »Es ist, wie ich es sehe, eine schmerzhafte Tatsache, aber nichtsdestoweniger eine Tatsache. Sie müssen das Projekt des Terraformens von Solace als gescheitert betrachten. Der Klimawandel, ob durch unsere Maßnahmen zur Angleichung der Biosphäre ausgelöst oder nicht, führt zum Niedergang und Absterben der instabilen importierten Ökosysteme.«

## 20.

# IN ERMANGELUNG EINES NAGELS

Kapitän Felipe Enrique Marquez saß an seinem Platz in der Zentrale der *Dom Pedro IV* und starrte verdrießlich auf den Bildschirm, als könnte seine finstere Miene die dort wiedergegebene Botschaft zur Preisgabe weiterer Informationen einschüchtern.

1. Verbindung mit einheimischen Behördenvertretern aufgenommen. Abreise nach Solace-Stadt für morgen 9:00 Ortszeit geplant. Zusammentreffen mit Gouverneurin vorgesehen.
2. Inhalt des gesicherten Behälters scheint vor Abreise der *Dom Pedro IV* vorsätzlich entfernt und gegen Schrottmaterial ausgetauscht zu sein. Täter und Motiv unbekannt.
3. Örtliche Situation schwierig, aber friedlich, einheimische Behördenvertreter kooperativ. Gefahr für *Dom Pedro IV* im Falle einer Annäherung ist als minimal einzuschätzen. Allgemeine Situation kurzfristig stabil, keine unmittelbare politische oder militärische Krise zu erwarten. Langfristige Aussichten dagegen schlecht.
4. Koffield durch Entdeckung von Punkt 2) beim Öffnen des Behälters schwer erschüttert. Sein Geisteszustand könnte von entscheidender Bedeutung in Gesprächen mit Gouverneurin sein.
5. Betr.: Sicherheit von Schiff und Fracht. Das Risiko

eines Aufenthalts im inneren System ist als gering bis hinnehmbar einzuschätzen.

6. Betr.: Rechtsstatus des Schiffes nach der gegenwärtigen Gesetzeslage. Rechtsberatung und juristische Fachliteratur bestätigen, dass Besitz- und Eigentumsrechte durch Missgeschick *Dom Pedro IV* unbeeinträchtigt sind.
7. Betr.: Markt für Waren. Bisher keine Möglichkeit, Erkundigungen einzuziehen. Viele Gegenstände der Frachtgutliste mögen antiquarischen Wert haben. Für Eisenwaren, Material und Maschinen für Stahlbau Wertsteigerung wahrscheinlich.
8. An Bord Leichter *Cruzeiro do Sul* alle Systeme normal. Leichter gedockt und gesichert in Orbitalstation, dadurch Bordradio blockiert durch Stationskörper. Diese Botschaft geht als komprimierte Funkmeldung über den Radiosender der Orbitalstation. Örtliche Verschlüsselungsfähigkeit vermutlich fortgeschritten. Muss daher annehmen, dass diese Sendung überwacht wird. Gesicherte Radioverbindung derzeit nicht möglich.
9. Die Ereignisse sind im Fluss. Weitere Meldung folgt, wie Entwicklungen es verdienen und sich Gelegenheit bietet.
   Chandray

Diese Frau! Ein sehr hübsches digitales Signal mit professionell angeordnetem Text, und doch hatte sie es noch fertiggebracht, absurdes Melodrama und kryptische Details in die Botschaft hineinzubringen, die mehr Fragen aufwarfen als beantworteten. Worüber genau wollten sie mit der Gouverneurin reden? Und wie kam es, dass Koffields Geisteszustand so wichtig war? Marquez wünschte dem Mann nichts Schlechtes, aber sicherlich gab es wichtigere Dinge als Koffields Gemütsverfassung.

Oder hatte Chandray etwas von ihm erfahren, das Koffield ihm, Marquez, zu enthüllen nicht für opportun gehalten hatte? Etwas, was Koffields Bedeutung erhöhte?

Und wie, in drei Teufels Namen, war es ihnen gelungen, so rasch ein Zusammentreffen mit der Gouverneurin zu vereinbaren? Marquez blickte auf die Uhrzeit der Botschaft. Sie war vor Stunden eingegangen, als er geschlafen hatte. Inzwischen, wenn er die Zeitzonen richtig berechnet hatte, mussten sie und Koffield bereits bei ihrer Zusammenkunft sein.

Was machten sie dort? Marquez fühlte sich frustriert, abgeschnitten – und es trug nicht zur Verbesserung seiner Stimmung bei, wenn er sich erinnerte, dass er selbst entschieden hatte, die *Dom Pedro IV* im äußeren Bereich des Systems zu verstecken.

Und was war mit Koffields gesichertem Behälter? Wer, zum Teufel, hatte den Inhalt gestohlen, und warum? Marquez hatte jetzt direkte Beweise von zwei getrennten Sabotageakten gegen sein Schiff. Gab es einen Zusammenhang? Musste mit weiteren Überraschungen gerechnet werden? Wer hatte dies getan, und warum?

Er musste mehr wissen, viel mehr – aber es lag auf der Hand, dass er es nicht herausbringen würde, solange er hier draußen saß, wo er war. Und selbst wenn Chandray in manchen Punkten nicht klar gewesen war, ging aus ihrer Botschaft doch deutlich genug hervor, dass es nach ihrer Einschätzung ungefährlich war, das Schiff nach Solace zu bringen. Es war Zeit, die *Dom Pedro IV* für den Flug ins Innere System bereit zu machen. Marquez hatte schon vor Chandrays Botschaft gewusst, dass er früher oder später nach Solace gehen musste, wenn er nicht für immer hier draußen im Nichts treiben wollte. Aber er war ein Handelskapitän, kein Entdecker. Er hatte kein Verlangen, sich in die unbekannte Welt der Zukunft zu stürzen, die ihn im inneren System erwartete. Doch nun, da Chandray die nötige Vorarbeit geleistet hatte, blieb ihm nichts anderes übrig.

Und noch etwas beschäftigte seine Gedanken, als er die Befehle gab, das Schiff reisefertig zu machen. Chandray hatte in ihrer Nachricht mehrere Punkte angeführt, mit deren Klärung und Überprüfung er sie beauftragt hatte.

Aber diese Punkte rangierten erst an fünfter bis siebter Stelle auf ihrer Liste. Wo lagen ihre Prioritäten? Marquez hatte das sichere Gefühl, dass es nicht mehr das Schiff war. So viel war der Art und Weise zu entnehmen, wie sie die einzelnen Punkte der Botschaft geordnet hatte.

Was war ihr jetzt wichtiger? Wenn die Zeit zum Handeln käme, was würde Norla Chandray tun? Und für wen würde sie arbeiten?

*

»Der Nächste!«

Die Angestellte blickte von ihrem Schreibtisch auf, um den Leimfuß mit einem flüchtigen Blick zu mustern. Viele verließen in diesen Tagen die Orbitalstation und flogen zurück nach Solace. Die amtliche Politik war, alle Flüchtlinge so bald wie möglich zurückzuschicken und zu diesem Zweck mit Freiflugscheinen zu versehen. So sehr die Angestellte alle Leimfüße loswerden wollte, mochte sie es ihnen doch nicht zu leicht machen. Sie hatten die Station mit ihrem Schmutz und ihrer Unordnung versaut – ihre Station, ihre Heimat. Dafür sollten sie haftbar gemacht werden, irgendwie.

Der Leimfuß setzte sich auf den Stuhl vor ihrem Schreibtisch und lächelte sie an. »Hallo«, sagte er. Er war ein jung aussehender Mann, und die Leimfüße waren überwiegend Bauern, die rasch alterten. Er konnte noch keine dreißig sein. Seine Kleider waren abgetragen und schäbig, aber jemand hatte sich bemüht, sie zu flicken und zu säubern. Auch Gesicht und Hals waren gewaschen, und sein Haar war mehr oder weniger akkurat gekämmt. Er hatte sich Mühe gegeben. Das war immerhin etwas.

»Name?«, schnarrte sie und vertrieb alle sanften Gedanken aus ihrem Sinn. Mitgefühl war nicht angebracht.

»Elber Malloon«, sagte er.

Ihr Datenanschluss brachte seine Akte auf den Bildschirm. »In Begleitung und Ehefrau Jassa und Tochter Zari?«

»Das stimmt.«

»Und Sie wollen jetzt zurück?«, fragte sie in Erwartung der Worte, die sie an diesem Vormittag schon -zigmal von den Leimfuß-Flüchtlingen gehört hatte, die in der Warteschlange standen. »Mit Weitertransport vom Raumhafen zu Ihrer Heimatgemeinde?«

»Nein«, sagte Malloon. »Nein danke, aber das ist es nicht.«

Sie sah ihn scharf an. »Was? Warum nicht? Warum sind Sie dann hier?«

»Also«, sagte Malloon zögernd, »ich möchte bleiben, hier in der Station. Ich möchte sehen, ob es eine Möglichkeit dafür gibt.«

»Wir können Sie hier nicht kostenlos für immer versorgen«, sagte sie.

»Nein, ich weiß das«, sagte er. »Ich würde arbeiten. Überall, egal was. Jassa und ich, wir haben es besprochen. Hierzubleiben, muss besser sein als zurückzugehen. Wir haben kein Heim mehr. Und wenn wir anderswo wieder eine neue Landwirtschaft aufbauen – wer garantiert uns, dass wir dort nicht von

Überschwemmungen oder Dürre heimgesucht werden?«

»Also wollen Sie bleiben?«, sagte die Angestellte und starrte ihn verwundert an. Keiner von ihnen wollte bleiben. Nach Hause, nach Hause, nach Hause war alles, was sie hörte. Sie war nicht darauf vorbereitet auf einen zu stoßen, der bleiben wollte, noch dazu arbeiten. Sie war nicht einmal sicher, wo sie die dafür notwendigen Formulare bekommen konnte.

Was Arbeit anging – die Flüchtlingskrise hatte die Station in einem verheerenden Zustand zurückgelassen, und der Arbeitskräftemangel war schlimm, auch wenn ihre Abteilung es nicht zugeben wollte. Es würde eine Menge Arbeit erfordern, um alles wieder in Ordnung zu bringen. Genug Arbeit für diesen Mann und seine Frau. »Jede Arbeit, die Sie hier bekommen könnten, würde nicht angenehm oder leicht sein. Das wissen Sie, nicht wahr?«

»Ich war Bauer«, sagte Malloon. »Härtere Arbeit gibt es nicht. Ich kann Ihre Arbeit tun.«

*War* ein Bauer. Alle anderen, die hier durchkamen, sagten: »Ich bin Bauer«. Sie waren stolz auf ihren Beruf und hielten daran fest, auch wenn sie ihre Hofstelle hatten aufgeben müssen. Aber dieser Bursche sagte *war.* Er hatte mit seiner früheren Existenz abgeschlossen. Sie seufzte. »Wenn Sie einen Arbeitsvertrag bekommen, wird er eine Laufzeit von mindestens zwei Jahren haben«, warnte sie ihn. »Sie werden in der Station bleiben müssen, bis die Laufzeit des Vertrags abgelaufen ist. Wenn Sie erst unterschrieben haben, können Sie nicht in sechs Monaten daherkommen und sagen, Sie möchten doch lieber zurück in die Heimat.«

»Das werde ich nicht tun«, sagte Elber Malloon. »Darum bin ich jetzt hier. Weil ich das nicht tun werde. Weil ich nicht kann.«

»Warum können Sie nicht?«

»Weil es meine Hofstelle nicht mehr gibt«, sagte er. »Sie ist überschwemmt, einen Meter unter Wasser. Wir haben uns informiert. Weiter talabwärts haben Erdrutsche den Fluss gestaut. Das Wasser läuft nicht ab, hat einen See gebildet. Bis ein Durchstich gemacht wird, können Jahre vergehen, wenn es überhaupt geschieht.« Er sah ihr ins Gesicht, las ihren Ausdruck. »Sie verstehen nicht«, sagte er. »Wir haben kein Heim mehr, und selbst wenn die Behörde uns neues Siedlungsland in einer günstigeren Gegend zuweist, woher soll ich das Kapital für einen Neuanfang nehmen? Mit dem staatlichen Zuschuss allein ist es nicht zu machen, und ein Kredit würde bedeuten, dass ich Jahrzehnte lang nur für die Bank arbeiten müsste. Darum wollen wir bleiben. Unserer Tochter zuliebe.«

*

*Niedergang und Absterben.* Die Worte widerhallten in Neshobes Kopf und in der Stille, die im Raum herrschte. Man hörte nichts als das gedämpfte Trommeln des Regens auf dem transparenten Dach des Diamantraumes.

Natürlich hatte sie es gewusst, bevor Koffield es ausgesprochen hatte. In gewisser Weise hatte sie es tief in ihrem Innern seit ziemlich langer Zeit gewusst. Es war lange her, seit es wirkliche Erfolgsmeldungen gegeben hatte, positive Entwicklungen, die mehr waren als kurzlebige Zwischenspiele. Aber bisher hatte sie es nie auszusprechen gewagt, hatte sogar die Gedanken daran verdrängt. Jetzt war es offen ausgesprochen. Man konnte sich nicht mehr davor verstecken. Ihr blieb nur die Wahl, die Stichhaltigkeit der Behauptung zu leugnen oder sich mit den Konsequenzen auseinander zu setzen. »Wie viel Zeit bleibt uns nach Ihrer Auffassung?«, fragte sie mit tonloser Stimme. »Wie viel

Zeit, bis Solace nach Ihrer Berechnung unbewohnbar wird?«

Sie kannte Koffield nicht. Aber seine Reglosigkeit war so ausdrucksvoll wie jede Geste hätte sein können. Er saß stumm und starr da wie ein Stein, während er seine Antwort überdachte.

»Das kann niemand sagen, Madame«, sagte er schließlich. »Mein mathematisches Modell ist nicht ganz mein eigenes, wie Sie wissen. Die Teile, die sich mit dem Zusammenbruch und der Auflösung eines Systems befassen, beruhen beinahe zur Gänze auf früheren Arbeiten. Was ich darüber sagen kann, ist, dass alle Szenarien von der Art der Ausgangsbedingungen abhängen, und dass diese Ausgangsbedingungen nicht voraussagbar sind. Es ist viel einfacher, das Verhalten eines stabilen Systems vorauszusagen. Sie fragen aber nach dem Verhalten eines Systems zu einem Zeitpunkt, da es instabil wird. Die geringste Veränderung in jeder von einem Dutzend Variablen jetzt könnte in Jahren dramatische und unberechenbare Auswirkungen haben.«

»Das ist nicht zufrieden stellend«, sagte Neshobe. »Sie sind hierher gekommen, um mir zu sagen, dass unsere Welt zum Niedergang und Absterben verurteilt sei, zur Unbewohnbarkeit. Sie müssen doch einen zeitlichen Rahmen in Ihre Berechnungen eingebracht haben, Vergleichsdaten aus ähnlich gelagerten Fällen der Vergangenheit. Sie müssen doch eine Vorstellung haben, Annäherungswerte. Irgendetwas müssen Sie uns geben, sonst können wir aus Ihrer Prognose keine praktischen Folgerungen ziehen.«

Koffield furchte die Stirn, dann schüttelte er den Kopf. »Es ist unmöglich, definitive Auskunft zu geben. Heute früh haben wir eine Schätzung gemacht, indem wir Dr. Vandars neue Daten auf mein altes Modell übertrugen. Daraus geht hervor, dass wir ein

Absinken des Sauerstoffanteils in der Atmosphäre beobachten werden. Damit wird, wenn auch nicht proportional, eine Zunahme von Kohlendioxid verbunden sein. Die Projektion ist, dass dieser Prozess in etwa zehn Jahren einsetzen wird. Das ist eine extrem ungewisse Zahl. Es könnte in fünf Jahren einsetzen oder erst in fünfzehn oder zwanzig. Vielleicht ist der Prozess bereits in Gang gekommen, aber wir haben es noch nicht festgestellt. Es sollte möglich sein, die Schätzung mit besseren Daten zu verfeinern. Eine schlüssigere Antwort kann ich Ihnen hier nicht geben.«

Neshobe wandte den Blick nicht von ihm. »Versuchen Sie es«, sagte sie. »Ich bin nicht auf absolute Präzision aus. Ich will eine allgemeine Vorstellung. Ein Absinken des Sauerstoffanteils ist schlimm, aber wie schlimm? Sollten wir die Zeit, die uns nach Ihrer Rechnung bleibt, in Jahrhunderten messen? In Jahrzehnten? In Jahren?« *Oder Monaten?*, fragte sie sich. *Vielleicht in Tagen, wenn die Sache sich herumspricht und die Panik wieder um sich greift.*

Koffield rückte unbehaglich auf seinem Platz. »Solace wird in den nächsten Jahren sicherlich zunehmend unwirtlich sein, und der Prozess wird sich selbst nähren und beschleunigen. So viel ist sicher. Was wir nicht wissen, ist, wie schnell der Schneeballeffekt sein wird. Was die Frage angeht, wann Solace offiziell für unbewohnbar erklärt werden muss – nun, das wird mit einiger Gewissheit noch zu unseren Lebzeiten geschehen, und wahrscheinlich noch eher. Meiner Meinung nach – und mehr ist es nicht, nur eine Meinung – wird Solace innerhalb einiger Jahrzehnte ungeeignet für ungeschütztes menschliches Leben sein – aber vielleicht schon wesentlich früher.«

»Viel hängt davon ab, welche Definition von ›unbewohnbar‹ man gebraucht«, bemerkte Vandar.

»Das verstehe ich nicht«, sagte Norla Chandray. »Mir scheint, dass eine Welt entweder bewohnbar ist oder nicht.«

Vandar lächelte. »Es gibt Definitionen der Bewohnbarkeit, nach denen weite Teile der Erde selbst nicht als bewohnbar gelten können, weil Mensch, Tier und Pflanze dort nicht oder nur in äußerst eingeschränkter Form existieren können. Denken Sie an die Antarktis, an die Wüsten. Ich glaube man muss hinzufügen ›ohne technische Hilfen‹. Sie würden im Ozean ertrinken oder in der Antarktis erfrieren oder in der Wüste verdursten. Wenn Sie aber bereit und in der Lage sind, technische Mittel einzusetzen, um ein robustes lebenserhaltendes System zu bauen, können Menschen fast überall leben, zumindest einige Zeit. Nach dieser Definition könnte man praktisch jede Welt mit einer festen Oberfläche unbewohnbar nennen.«

»Ich glaube nicht, dass dies die Zeit für Spitzfindigkeiten ist«, erwiderte Chandray. »Wir alle wissen, was wir unter unbewohnbar verstehen.«

»Vergeben Sie mir«, sagte Vandar. »Ich wollte nicht spitzfindig sein. Mein Argument ist, dass wir alle zu wissen glauben, was wir unter unbewohnbar verstehen. Wenn Admiral Koffields Modell sich in seiner schlimmsten Form verwirklicht, wird der gegenwärtige Trend einer sehr leichten Abnahme atmosphärischen Sauerstoffs sich in naher Zukunft beschleunigen. Oder das Absinken des Sauerstoffanteils wird sich erst in zehn oder mehr Jahren beschleunigen. Doch sobald die Beschleunigung einsetzt, wird der Sauerstoffanteil innerhalb von etwa fünf Jahren so weit absinken, dass der Mensch die offene Atmosphäre nicht mehr ohne eine Art Atemschutzgerät wird atmen können. Macht das die Welt unbewohnbar?

Durch den gleichzeitigen Anstieg des Kohlendioxidanteils wird der Treibhauseffekt sich beschleunigen, und in den meisten Regionen wird es für ungeschützte Menschen zu warm werden. Wir werden kühlende Anzüge und Atemschutzgeräte brauchen, aber wir könnten noch immer Sauerstoff aus der Luft ziehen und Trinkwasser finden. Ist *das* unbewohnbar? Ungefähr fünf bis zehn Jahre danach wird die zunehmende Erwärmung der Atmosphäre zu so heftigen Abläufen des Wettergeschehens führen, dass nur verstärkte Strukturen längere Zeit überdauern werden. Aber in solchen verstärkten Gebäuden könnten Menschen leben und arbeiten. Ist *das* unbewohnbar? Sie könnten jedes dieser Stadien als unbewohnbar definieren. Entscheidend wird aber sein, wie lange unter diesen Umständen die Primärerzeugung von Nahrungsmitteln, also durch Ackerbau und Viehzucht, möglich sein wird.

Eine – allerdings stark reduzierte – menschliche Anwesenheit auf Solace ließe sich selbst dann noch aufrechterhalten, wenn all die genannten Faktoren zusammentreffen und jede landwirtschaftliche Produktion aufhören würde«, fuhr Vandar fort. »Theoretisch könnten verstärkte Kuppeln über Städten und Anbaugebieten errichtet und unterirdische Wohnstätten angelegt werden. Zu einem solchen Zeitpunkt würden wir die Welt mit Sicherheit unbewohnbar nennen müssen, aber eine gewisse Anzahl Menschen könnte diese Welt noch immer bewohnen.«

»Die Überbauung von Städten und Anbaugebieten mit Gewächshäusern innerhalb der gebotenen Zeit würde unsere Möglichkeiten weit überfordern«, sagte Neshobe. »Und selbst wenn es gelänge, würde die Aufrechterhaltung der inneren Lebensumfelder äußerst problematisch.«

»Ja, Madame, da stimme ich Ihnen vollkommen zu«, sagte Vandar. »Luftdichte Überdachungen und unterirdische Anlagen bedürfen sehr aufwändiger und sorgfältiger Erhaltung. Sie sind schwierig zu errichten und selbst unter den besten Umständen langfristig kaum zu erhalten – und wir werden keineswegs die besten Umstände haben.«

»Wo wollen Sie Ihren letzten Widerstand leisten?«, fragte Koffield. »Wie lange werden Sie gegen einen unschlagbaren Feind ankämpfen? Und wie viel Anstrengung und Aufwand werden Sie in die letzte Redoute stecken, die überleben könnte, und wie viel in die äußeren Verteidigungsanlagen, die mit Sicherheit fallen werden?«

»Sie reden, als ob wir in einen Krieg ziehen würden, Admiral Koffield.«

»Sie – wir – befinden uns in einem Krieg, Madame Kalzant. Im Krieg gegen eine Welt, die gegen ihren Willen gezwungen wurde, fremdes Leben zu erhalten. Wie ein Organismus, der implantiertes Fremdgewebe abstößt, ist diese Welt zum Gegenangriff übergegangen und wird schließlich siegen, obwohl sie uns vielleicht erlauben mag, kleine Enklaven zu behalten, verstärkte ober- und unterirdische Schutzbauten – wenn Sie beschließen, es lohne sich, für einen so begrenzten Erfolg hart und intelligent genug zu kämpfen.«

»Madame Kalzant«, sagte Parrige, »ich glaube zu verstehen, worauf diese Herren hinweisen wollen. Es ist eine Frage der Rohstoffplanung und Verteilung.«

Neshobe bedachte Parrige mit einem zornfunkelnden Blick, bevor sie sich wieder Koffield und Vandar zuwandte, die beide zustimmend nickten. Sie waren verrückt geworden. Alle waren verrückt geworden und hatten beschlossen, sich gegen sie zu verbünden. Sauerstoffanteile, Krieg, Rohstoffplanung und Verteilung – es war alles Geschwätz.

Wandella Ashdin räusperte sich schüchtern und sagte: »Madame Kalzant, darf ich?«

»Oh, ja bitte, sprechen Sie.« Neshobe ließ sich in ihren Lehnstuhl zurückfallen. Wenn die anderen erwarteten, aus Ashdins Mund die Stimme der Vernunft zu vernehmen, dann wurde es wirklich grauenhaft.

»Ich weiß, dass ich von Politik und Strategie und dergleichen nicht viel verstehe«, sagte Ashdin. »Mich faszinieren alte Geschichten, Menschen aus der Vergangenheit. Oskar DeSilvo ist eine geschichtliche Gestalt, der mein besonderes Interesse gilt. Ein anderes Interessengebiet ist der Untergang von Glister, die Wahrheit hinter all den Legenden und Mythen.« Sie wandte sich zu Koffield. »Ich bezweifle, dass Sie die Gelegenheit hatten, Genaueres über die Geschehnisse auf Glister zu erfahren. Es geschah Jahrzehnte nach Ihrem Verschwinden. Der langen Rede kurzer Sinn ist, dass es auf Glister zu der gleichen klimatischen Krise kam, mit der wir es hier und heute zu tun haben. Sie hatten schlechtes Wetter, Artensterben, Algenblüten, Verschlechterung der Luftqualität, absinkenden Sauerstoffgehalt. Die Bewohner setzten alles daran, die Situation zu stabilisieren, wie wir es getan haben, investierten eine Menge Zeit und Geld. Die Verhältnisse aber verschlechterten sich weiter. Die planetarische Regierung verkündete ein Notprogramm, um alle Bürger mit Atemschutzgerät zu versehen und alle Gebäude luftdicht zu isolieren und an ein Leitungsnetz mit Druckluft anzuschließen – ein Notbehelf, bis das Projekt zur Anreicherung der Atmosphäre mit Sauerstoff seine Wirkung entfalten könnte.

Aber das Projekt funktionierte nicht gut, weil es an großen Waldgebieten als natürliche Sauerstofferzeuger fehlte. Es gelang eine Zeit lang, ein weiteres Absinken des Sauerstoffanteils zu verlangsamen, aber aufzuhalten war der Prozess nicht, umzukehren schon gar nicht.

Darauf beschloss die Regierung, provisorische Kuppeln aus Fertigteilen über den Städten zu errichten und die Dörfer und Einzelgehöfte auf dem Land mit verstärkter Versiegelung und Pressluftflaschen zu versehen. Und die Menschen warteten nicht darauf, dass die Regierung alles für sie tat; es gab alle Arten von privaten Projekten, die alle mit großer Energie und Eile vorangetrieben wurden. Dann nahmen die Stürme und Unwetter zu, und mit dem Regen gingen verschiedene korrosive Verbindungen nieder und schädigten die Kuppeln.

Man verzeichnete beispiellose Extreme von Kälte und Hitze, das Wettergeschehen wurde gänzlich unberechenbar, als die ganze Welt das biosphärische Gleichgewicht verlor. Wieder gab es alle Arten von Plänen zur Verstärkung der Kuppeln und zur Erweiterung unterirdischer Wohnungen, die verschiedensten Evakuierungspläne wurden ausgearbeitet, aber nichts konnte verwirklicht werden. Die anderen, früheren Notprogramme hatten alles Geld, alle Zeit und Ressourcen aufgebraucht. Sie hatten ihre Energie verausgabt, bevor die wirkliche Krise eintrat.«

»Und wir befinden uns im Anfangsstadium und machen es genauso«, sagte Neshobe. »Was also ist zu tun? Gestern versuchten wir die Folgen von Schlechtwetterperioden zu lindern. Heute ist auf einmal die ganze Welt zum Untergang verurteilt. Gestern waren wir entschlossen, hart zu arbeiten, um den Auswirkungen der Klimaveränderung auf die Landwirtschaft zu begegnen. Jetzt stellt sich heraus, dass wir Ökosysteme und Biosphäre nicht reparieren können, ganz gleich wie angestrengt wir daran arbeiten. Selbst bei äußerster Anstrengung und Einsatz aller Mittel können wir bestenfalls den unbefriedigenden Status quo aufrechterhalten, was aber nur dazu führt, dass der Zusammenbruch schneller erfolgt.«

»Ja, Madame. Das beschreibt im Wesentlichen die Situation«, sagte Koffield.

»Was dann?«, fragte Neshobe in die Runde. »Was tun wir?«

»Solace evakuieren«, schlug Norla Chandray vor.

Neshobe sah sie irritiert und verblüfft an. Wie lange war Chandray auf Solace gewesen? Zwölf Stunden? Da fiel es ihr natürlich leicht, die Evakuierung vorzuschlagen. Es würde nicht ihre Welt sein, nicht ihre Familie würde nach mehr als hundert Jahren die Heimat verlieren und entwurzelt sein, gezwungen, ihre gesamte Habe zurückzulassen, ohne eine Möglichkeit …

Aber dann erinnerte sich Neshobe, wie viel Chandray und Koffield hatten aufgeben müssen, wie viel ihnen genommen worden war. Nicht nur ihre Heimat, sondern ihre Zeit und die Menschen, die sie gekannt hatten, mit denen sie aufgewachsen waren und denen sie nahe gestanden hatten. Ihre Wohnungen hatten aufgehört zu bestehen.

Dennoch, selbst wenn Norla Chandray Respekt und sogar Sympathie verdiente, bedeutete das nicht, dass ihre Idee etwas taugte. »Wohin evakuieren?«, fragte sie.

»Zu Orbitalstationen oder vielleicht nach Treibhaus«, erwiderte Chandray.

»Alle orbitalen Habitats sind an der Grenze oder bereits über ihrer vorgesehenen Bevölkerungsdichte«, sagte Raenau. »Mehrere verweigern die Aufnahme aller Neuankömmlinge. Sie haben selbst gesehen, wie es in der Orbitalstation aussieht.«

»Die Habitats sind auf ihren planmäßig vorgesehenen Bevölkerungszahlen«, warf Vandar ein. »Aber das ist nicht gleichbedeutend mit ihrer Aufnahmekapazität. Sehen wir mal.« Er klappte seinen tragbaren Datenanschluss auf, gab seine Frage ein und las die Antwort. »Nach dem letzten Stand leben auf Solace ungefähr dreikommazwei Millionen Menschen, und ungefähr die Hälfte – etwa einskommasieben Millionen – in den verschiedenen Habitats im gesamten System. Das sind die Bergbausiedlungen auf dem Asteroiden, das sind die Menschen der Orbitalstation und auf Treibhaus, die Gesamtkapazität aller Habitats dürfte ungefähr bei vier Millionen liegen.«

»Das hört sich an, als hätten wir genug Raum für eine geordnete Evakuierung«, meinte Parrige.

»Und wir können mehr Habitats bauen oder bestehende erweitern«, sagte Ashdin.

Neshobe hatte Mühe, an sich zu halten. Parrige und Ashdin waren die beiden Personen am Tisch, die in der Frage von Raumhabitats am wenigsten qualifiziert waren. Ashdin konnte sie beinahe entschuldigen, aber Jorl Parrige sollte es besser wissen. »So einfach ist das nicht«, sagte sie.

»Es ist klar, dass es nicht einfach oder leicht sein würde«, erwiderte Parrige, »aber wenn wir dort freie Kapazitäten haben, und hier Menschen, die neue Unterkunft brauchen, ergibt es sicherlich Sinn, sie zusammenzulegen.«

»Nein, ergibt es nicht«, sagte Raenau.

»So, meinen Sie?«, fragte Parrige, aufgebracht über die Unverschämtheit des Stationskommandanten.

Neshobe seufzte müde. Parrige war ein guter Ratsvorsitzender mit politischem Geschick und bewandert in der Kunst der Menschenbehandlung, und außerdem ein guter Freund, aber dieselben Charakterzüge, die ihn wertvoll machten, konnten manchmal entnervend sein, vor allem dann, wenn er über Dinge redete, von denen er nichts verstand. Wenn es um großartige Ideen ging, dachte er in Zahlen, in Theorie, in Absoluten. Wenn die Zahlen sagten, etwas sei machbar, neigte er zu der Annahme, es sei nicht nur machbar, sondern es sollte getan werden. Aber es stand Raenau nicht zu, dem Vorsitzenden des Planetarischen Rates so brüsk zu widersprechen. »Vielleicht, Kommandant

Raenau, könnten Sie etwas weniger knapp sein«, sagte sie. »Bitte erläutern Sie, warum es keinen Sinn haben soll.«

»Die maximale Aufnahmefähigkeit einer Station oder eines Habitats kann immer nur in Notfällen für eine begrenzte Zeit ausgenutzt werden«, sagte er. »Sie ist die absolute Grenzbelastung im schlimmsten Fall und setzt voraus, dass alle Systeme funktionieren, ohne Unfälle, ohne Pannen. Die maximale Aufnahmefähigkeit bezeichnet die Zahl von Menschen, die eine Station oder ein Habitat unterbringen kann, wenn alles perfekt arbeitet und alle von gekürzten Rationen leben, wenn Wasser und Energie und alles andere rationiert werden. Solch eine Notlösung ist vielleicht einen, allenfalls zwei Monate durchzuhalten, dann sind alle Vorräte aufgebraucht. Und woher sollen sie ergänzt werden? Alles, was dort draußen verzehrt wird, muss hier angebaut und geerntet werden, eine Alternative gibt es nicht – nicht für die Ernährung von vier Millionen Menschen. Eine Evakuierung zur Orbitalstation und den verschiedenen Habitats kann daher nur eine kurzfristige Notlösung sein. Nach den Erfahrungen, die wir mit der letzten Flüchtlingswelle gemacht haben, werden nur wenige Habitats bereit sein, ihre maximal mögliche Bevölkerungslast in Gestalt halb verhungerter, ungebildeter, armer, von Krankheiten geplagter Flüchtlinge aufzunehmen, die nichts vom Leben in Habitats wissen und keine Kenntnisse und Fähigkeiten haben, die im Raum von Nutzen sein können. Wollen Sie die Habitats zur Aufnahme derartiger Menschenmassen zwingen? Könnten Sie es, wenn sie sich weigerten? Selbst wenn alle sich fügen würden, wäre der Zusammenbruch programmiert, weil es bald am Nötigsten fehlen würde.«

Neshobe nickte. »Ganz abgesehen von der Aufgabe, die Kleinigkeit von drei Millionen Menschen von der

Oberfläche in Umlaufbahnen zu transportieren«, sagte sie. »Dr. Vandar, ich nehme an, Sie können die Zahlen am schnellsten abrufen, weil Sie einen Datenanschluss bei sich haben. Was wäre die maximale tägliche Transportkapazität von unseren Raumtransportern? Nicht die theoretische Kapazität, sondern die wirklichen Zahlen unter Berücksichtigung der einsatzfähigen und verfügbaren Transporter.«

Vandar suchte eine Weile, dann blickte er auf. »Ungefähr sechshundertfünfzig Passagiere, Madame.«

»Also dann«, sagte Neshobe und rechnete schnell im Kopf. »Sechshundertfünfzig am Tag mal vierhunderteinundzwanzig Tage eines lokalen Jahres. Das wären etwas mehr als zweihundertsiebzigtausend im Jahr. Angenommen die gesamte Flotte unserer Raumtransporter arbeitet rund um die Uhr ohne Ausfälle, wird es mehr als elf lokale Jahre dauern, um die gesamte Bevölkerung von Solace zu transportieren. Weil die Atmosphäre nach Dr. Vandars Schätzung bis dahin kaum noch zu atmen sein wird, könnte es für die Letzten, die an Bord gehen, etwas schwierig werden.«

»Wir können mehr Transporter bauen«, sagte Parrige. »Genug, um alle – oder annähernd alle – rechtzeitig zu evakuieren.«

»Während wir gleichzeitig an einem Sofortprogramm zur Erweiterung bestehender und dem Bau neuer Habitats arbeiten?«, fragte Raenau. »Wenn wir unsere industriellen Kapazitäten auf den Schiffbau konzentrieren, wie können wir dieselben Kapazitäten für die Konstruktion von Habitats einsetzen? Und wie lang wird es dauern, mehr Raumtransporter und Habitats zu bauen?«

»Madame, es wird schwierig sein und Zeit erfordern, und wir werden große Risiken eingehen müssen«, sagte Parrige. »Aber sicherlich ist es zu machen.«

»Es ist vielleicht ohne größere Bedeutung«, sagte

Koffield, »aber zur Ladung der *Dom Pedro IV* gehören fünfzig Landbauvollautomaten.«

Raenau sah verdutzt auf. »Was ist ein Landbauvollautomat?«

»Ach, vielleicht sind sie außer Gebrauch gekommen. Es sind große, cybernetisch selbst steuernde Maschinen, die programmiert sind, sämtliche Arbeitsgänge im Feldbau ohne menschliche Bedienung auszuführen, von der Bodenbearbeitung und Düngung über die Aussaat bis zur Unkraut- und Schädlingsbekämpfung und Ernte. Sie eignen sich allerdings nur für größere Flächen, können aber auch in unebenem Gelände arbeiten. Bei sachgemäßer Wartung sind sie im Allgemeinen robust und zuverlässig.«

»Demnach könnte hier in klimatisch günstigen Zonen auch nach einer allgemeinen Evakuierung mithilfe weniger Spezialisten großflächig Getreide angebaut werden«, sagte Vandar.

»Solange die Umweltbedingungen es erlauben, ja«, sagte Koffield. »Wie die Ernten ausfallen, bliebe abzuwarten. Aber sie könnten eine Hilfe sein, denke ich.«

»Diese Maschinen sind sicherlich eine gute Sache«, sagte Raenau mit einem Blick zu Parrige. »Machen wir uns aber nichts vor. Die Ernährung von vier Millionen Menschen erfordert andere Größenordnungen. So sehr die Hilfe zu begrüßen ist, weil sie die Kurve auf der Tabelle nach oben verschiebt, es wird bei weitem nicht genügen. Und das Leben ist keine Kurve auf einer Tabelle.«

Parrige richtete sich auf und funkelte erst Raenau, dann Neshobe Kalzant an. »Ich bin kein Dummkopf, Madame. Ich verstehe, dass es Schwierigkeiten geben würde, immense Schwierigkeiten. Aber das alles mag sein wie es will. Wenn der Planet unbewohnbar wird, hat nur die Erweiterung der orbitalen Habitats einen Sinn. Wir könnten sofort anfangen, die Bedürftigsten abzutransportieren, diejenigen, welche am schwersten unter Dürre und Überschwemmungen zu leiden hatten. Für alle übrigen können wir in den kommenden Jahren Habitats bauen und erweitern.«

»Und die Zurückbleibenden werden anfangen, einander zu erzählen, dass sie zurückgelassen und aufgegeben werden, während die Rettungsboote ablegen«, sagte Raenau. »Wie wollen Sie mit der Panik fertig werden, die dem Beginn der Evakuierung auf dem Fuße folgen wird? Mit Tabellen und Grafiken bewaffnet in den nächsten Krawall hinausgehen und den Leuten erklären, dass alles gut und schön sein wird?«

Parriges Augen blitzten zu Raenau zurück. »Es wird Schwierigkeiten geben, aber …«

»Schwierigkeiten!«, rief Neshobe aus. »Das hört sich an, als ob die Schwierigkeiten nichts als kleinere Unannehmlichkeiten sein würden. In der letzten Massenpanik sind mehr als hundert Menschen umgekommen. Wie wird es am Raumhafen erst zugehen, wenn wir verkünden, dass wir die ganze Welt evakuieren müssen?«

»Sicherlich kann die Politik des Planetarischen Rates nicht von einem aufrührerischen Mob bestimmt werden«, versetzte Parrige.

Neshobe beherrschte sich und überwand den Impuls, aufzustehen, um den Tisch zu gehen, ihren alten Freund bei den Schultern zu packen und ihn kräftig durchzuschütteln. Stattdessen sagte sie mit kalter, in unterdrückter Erregung kaum merklich bebender Stimme: »Vorsitzender Parrige, es ist höchste Zeit, dass Sie und alle anderen hier verstehen, wie gefährlich nahe wir dem Punkt sind, wo Massenpanik zum bestimmenden Element der Politik wird. Die Menschen sind jetzt schon ängstlich und verunsichert. Wenn ein Beschluss zur Evakuierung gefasst wird und an die Öffentlichkeit dringt, werden sie entsetzt und zornig sein.«

»Natürlich werden sie es sein!«, rief Parrige. »Auch ich bin entsetzt, aber wie Dr. Ashdin und Admiral Koffield gerade deutlich gemacht haben, sind wir zum Untergang verurteilt, wenn wir die Dinge vorsichtig und nach und nach angehen.« Er hielt inne und holte tief Luft, bevor er mit leiserer, ruhigerer Stimme weitersprach. »Wir werden unsere Zeit und unsere Hilfsmittel auf lobenswerte, aber letztendlich vergebliche Anstrengungen wie die Stabilisierung des Virtussees verschwenden. Kommandant Raenau hat Recht. Wir können nicht alle Kapazitäten auf die Erweiterung und den Neubau von Habitats konzentrieren, solange die Ernährungsfrage nicht gelöst ist. Admiral Koffield und Dr. Ashdin haben Recht, wenn sie sagen, wir können nicht mit kleinen Schritten weiterkommen. Und Sie haben Recht, Madame Kalzant, wenn Sie sagen, dass ich vorschlage, das Unmögliche zu tun.

Aber ich habe auch Recht.« Parrige runzelte die Stirn und schüttelte den Kopf. »Ich weiß, wie schlecht die Situation in den Habitats sein wird. Ich kenne die Risiken des Einsatzes aller verfügbaren Transportkapazitäten. Aber wir werden schwächer, nicht stärker. Wir verausgaben unsere Hilfsquellen. Es ist schwierig, jetzt entschieden zu handeln, aber später wird es noch schwieriger sein, und dann noch schwieriger, bis jedes Handeln völlig unmöglich wird.«

Neshobe sah ihn überrascht an. Es war nicht seine Art, sich so eindringlich auszudrücken.

Admiral Koffield räusperte sich und ergriff mit ruhiger Stimme das Wort. »Ich habe gehört, dass Politik die Kunst des Möglichen ist. Aber die Evakuierung der gesamten planetarischen Bevölkerung ist politisch unmöglich. Es wird einen Aufstand geben. Ein Teil der Bevölkerung wird in Panik geraten, ein anderer wird sich weigern, Haus und Hof zu verlassen. Je mehr sie verstehen, dass sie fort *müssen,* desto schlimmer wird sich die Situation entwickeln. Panik, Gerüchte, Krawalle, Plünderungen, Korruption, Bereicherung – es wird drunter und drüber gehen. Nach den Erfahrungen, die in der Orbitalstation mit der ersten Flüchtlingswelle gemacht wurden, werden die Leute in den Raumhabitats sie nicht einlassen wollen. Doch selbst wenn Evakuierung nicht möglich ist, bleibt sie doch eine Notwendigkeit.«

Neshobe stieß einen tiefen Atemzug aus. »Dann müssen wir es möglich *machen.* Vielleicht, wenn wir die Öffentlichkeit aufklären und erziehen, sie überzeugen, dass die Situation zwar schlimm ist, aber Zeit genug für eine geordnete Evakuierung sein wird.«

»Ja«, sagte Parrige. »Das ist der Weg.«

»Doch bevor wir anfangen, den Weg aufzuzeigen«, sagte Neshobe, »müssen wir überzeugend sein. Wir müssen ihnen etwas zeigen, das wir nicht haben: Beweise.«

»Aber Madame«, sagte Vandar, »wir haben Admiral Koffields Bericht und die mathematische Analyse.«

»Das ist ein Anfang, ja«, sagte Neshobe, »aber keinesfalls genug. Ein hirnrissiger Admiral aus dem vorigen Jahrhundert – noch dazu einer, dessen Name für viele unserer Bürger – vergeben Sie mir meine Unverblümtheit – ein Schimpfwort ist, erscheint aus dem Nichts und verbreitet eine verrückte Geschichte, wonach seine Zauberformel beweist, dass wir alle zum Untergang verurteilt sind. Nein. Es tut mir Leid, Admiral Koffield. Wir können die Nachricht unter keinen Umständen in Verbindung mit Ihrem Namen hinausgehen lassen. Unsere Flüchtlinge aus Glister und ihre Nachkommen würden jeden derartigen Überzeugungsversuch rundweg ablehnen.«

Koffield schüttelte bekümmert den Kopf. »Es ist unglaublich. Ich muss zugeben, dass ich dachte, der einzige Lichtblick, in der Zukunft gestrandet zu sein, sei die Gewissheit, dass die Leute es inzwischen vergessen haben würden. Eineinviertel Jahrhundert später bin ich wegen der Vorgänge an der Zirkumzentralen Wegmarke noch immer ein Ungeheuer? Sogar nach der Aufgabe ihrer Welt?«

Vandar schaute ihn überrascht an. »Aber wissen Sie nicht – nein, natürlich, Sie sind erst kurze Zeit hier, und es ist nicht etwas, das jemand Ihnen in einer beiläufigen Unterhaltung sagen würde. Die Leute von Glister machen Sie für den Verlust ihrer Welt verantwortlich.«

Koffield starrte ihn verblüfft an. »Aber das ist doch absurd! Wie könnte etwas, das ich tat, den ökologischen Zusammenbruch ihrer Umwelt verursacht haben?«

Vandar hob die Hände in einer hoffnungslosen Geste. »Sie haben völlig Recht, dass es absurd ist – aber die Leute machen Sie trotzdem verantwortlich. Jemand auf Glister grub ein altes Sprichwort aus, eine Redewendung: ›In Ermangelung eines Nagels ging das Hufeisen verloren. In Ermangelung des Hufeisens war das Pferd verloren. In Ermangelung eines Pferdes ging die Schlacht verloren. In Ermangelung des Sieges ging das Königreich verloren. Alles in Ermangelung eines Nagels.‹ Die Legende behauptet, dass die Schiffe, die durch Ihr Einschreiten verloren gingen, wesentliche Versorgungsgüter beförderten, Spezialausrüstungen, mächtige Maschinen, gentechnisch der Pflanzenwelt von Glister angepasstes Saatgut, alles Dinge, die den Zusammenbruch hätten verhindern können. Was genau an Bord gewesen sein soll, ist von Version zu Version verschieden. Man nennt Sie den Mann, der den Nagel stahl.«

Koffield fand es schwer, die Ruhe zu bewahren. »Ich

tat, was ich tun musste«, erklärte er. »Was zu tun mir befohlen war. Ich tat es, um eine Verletzung der Kausalität zu verhindern. Das war und ist der ganze Daseinszweck der Chronologischen Patrouille. Es waren Menschen an Bord dieser Schiffe, Kolonisten und ihre Ausrüstung. Ich hatte nicht die geringste Absicht, diesen Menschen Schaden zuzufügen, und werde ihr Schicksal bis zum Ende meiner Tage bedauern. Es wird mich bis zum Ende meiner Tage *verfolgen.* Diese Menschen starben infolge meiner Entscheidung. Wenn die Menschen von Glister mich deswegen hassen, dann tun sie nicht mehr, als ich selbst in vielen schlaflosen Nächten getan habe.

Aber nachdem die Schiffe verloren gegangen waren, studierte ich die Aufzeichnungen dieser Schiffe, ihre Ladungen, ihre Geschichte, alles, was ich über sie in Erfahrung bringen konnte. Und ich stellte fest, dass an Bord dieser Schiffe nichts Unersetzliches war, und dass die verloren gegangenen Güter bald durch Nachlieferungen ersetzt wurden. Die Besatzungen und viele Kolonisten an Bord starben, weil sie nicht Glister erreichten, aber ich verursachte nicht den ökologischen Zusammenbruch des Planeten. Glister wurde unbewohnbar, weil die Welt unter der gleichen Krankheit litt, die Solace befallen hat, und nicht weil ein paar Schiffsladungen mit Ausrüstung verloren gingen.«

Im Raum wurde es eine Weile still. Selbst das Prasseln des Regens auf das Dach schien nachzulassen, und die um den Tisch Versammelten saßen still wie Statuen.

»Das ist wahr«, sagte Milos Vandar endlich. »Aber was wahr ist und was die Menschen glauben, sind zwei sehr verschiedene Dinge. Ich würde sogar noch weiter gehen und sagen, was die Leute wissen und was sie glauben, sind oft verschiedene Dinge.«

»Ich … es tut mir Leid, Admiral Koffield«, sagte Neshobe. »Nach allem, was ich je gelesen habe, und nach allem, was ich heute hier gesehen und gehört habe, sind Sie ein Ehrenmann, der seine Pflicht tat und dafür sein Leben lang leiden muss.«

»Ja«, sagte Koffield. »Und weder Sie noch ich noch sonst jemand kann etwas daran ändern. Aber ich danke Ihnen trotzdem. Ich soll Glister auf dem Gewissen haben? Unglaublich!« Er schüttelte den Kopf. »Was unseren Diskussionsgegenstand betrifft, so muss ich bekennen, dass ich trotz der eingehenden Beschäftigung mit dem Problem nie an den politischen Blickwinkel gedacht habe. Ich habe mein Leben beim Militär verbracht, wo man Befehle gibt oder entgegennimmt und den Befehlen gehorcht. Aber natürlich haben Sie Recht. Man kann die Bevölkerung von Solace nicht einfach herumkommandieren und erwarten, dass sie tut, was Sie sagen.«

»Ich werde sie herumkommandieren und dafür sorgen, dass meine Befehle befolgt werden, wenn es dazu kommen sollte«, erwiderte Neshobe. »Ich werde alles Nötige tun, um mein Volk zu schützen, selbst wenn ich es gegen seinen Willen schützen muss. Aber sollte es dazu kommen, würde es für alle noch schlimmer. Darum würde ich es vorziehen, die Menschen zu überzeugen. Dazu brauche ich mehr und bessere Beweise.«

»Es ist jammerschade, dass die Kopien Ihres Berichts nicht hierher gelangt sind«, sagte Raenau zu Koffield.

Neshobe musterte den Kommandanten nachdenklich. War in seiner Stimme eine Andeutung von Zweifel, von Anklage? Wenn Raenau Koffields Information nicht ganz vertraute oder glaubte, bestätigte das all ihre Sorgen. Wenn ein kantiger, rational denkender und gut informierter Mann wie Raenau Koffield nicht völlig vertrauen konnte, war kaum darauf zu hoffen, dass die allgemeine Öffentlichkeit es tun würde.

»Wenn Sie eine plausible Erklärung bieten können, warum ich dieses ganze Katastrophenszenarium inszenieren würde, welches mögliche Motiv ich haben könnte, um ein imaginäres Verhängnis zu beweisen und die Beweise zu fälschen, dann würde ich sie gern hören«, erwiderte Koffield mit einer gewissen Schärfe. »Was für einen möglichen Grund könnte ich haben, mich selbst einhundertsiebenundzwanzig Jahre in die Zukunft zu katapultieren, fern von allen Menschen und allen Lebensumständen, die mir vertraut waren?«

»Flucht«, sagte Raenau in überraschend sanftem Ton. »Sie selbst haben uns gerade bestätigt, dass Ihr Leben dort in der Vergangenheit für Sie unerträglich war. Sie galten als Bösewicht. Warum nicht eine echt klingende Botschaft an die *Chrononaut VI* schicken, einen Haufen zusammengedrückten Schrott in einen gesicherten Behälter packen, das eigene Schiff sabotieren und hundertsiebenundzwanzig Jahre in der Zukunft als Held, Retter und Visionär erscheinen? Es ist offensichtlich, dass Ihr Schiff in einer sehr präzisen und fachmännischen Art und Weise sabotiert wurde, und ebenso offensichtlich ist, dass Ihr mit Langzeitkamera versehener aufbruchsicherer versiegelter Behälter irgendwie aufgebrochen wurde – oder der Aufbruch inszeniert wurde. Wir haben nur Ihr Wort, dass es einen endgültigen Bericht gab und dass er sich in diesem Behälter befand.«

»Wie können Sie es wagen ...?«, begann Koffield und erhob sich halb von seinem Platz.

»Ich sage nicht, dass ich es glaube«, sagte Raenau mit fester Stimme. »Aber Sie fragten nach einer plausiblen Erklärung. Ich werde nicht der Erste und nicht der Letzte sein, der daran oder an mögliche andere Variationen denkt. Sie könnten sagen, dass meine

Theorie unmöglich sei. So ist es. Aber es liegt auf der Hand, dass etwas Unglaubwürdiges, etwas Unwahrscheinliches geschehen ist. Ich habe wenigstens eine Version von Ereignissen dargestellt, eine Erklärung. Sie haben es nicht getan. Sie verlangten eine Theorie, wie dies geschehen sein könnte. Ich habe eine geboten.«

»Wenn es ein Schwindel ist, dann ist es ein verdammt guter«, sagte Vandar. »Ich stimme zu, dass ein vorläufiger Bericht keine ausreichende Entscheidungsgrundlage für die Evakuierung einer Welt ist, aber dies …« – er klopfte auf den flachen Datenanschluss, der seine Kopie des Berichts enthielt – »ist solide Arbeit. Gute Mathematik, wissenschaftlich einwandfrei. Es stimmt überein mit den vorhandenen Untersuchungen, und nicht nur das. Es beantwortet quälende Fragen, verbindet lose Enden.«

»Dass Sie in unserer Zeit gestrandet sind, könnte inszeniert worden sein, selbst wenn der Bericht es nicht war«, sagte Raenau.

»Vielleicht trifft das zu, aber was soll's?«, fragte Vandar. »Wir können den Bericht überprüfen, auseinander nehmen und wieder zusammensetzen. Wir brauchen uns dafür nicht auf das Wort des Admirals zu verlassen. Wir können es selbst sehen.«

»Fein«, sagte Raenau. »Tun Sie das. Ich würde gern davon hören. Aber selbst Admiral Koffield muss zugeben, dass es ein Problem gibt, wenn er mir eine große lange Geschichte erzählt, wie er Himmel und Erde bewegt hat, um mir einen Bericht zu bringen – und sich dann zufällig herausstellt, dass die einzige Kopie des Berichts, die wir bekommen können, auf mysteriöse Weise verschwunden ist.«

»Es ist nicht die einzige Kopie.«

Neshobe hatte die Stimme so lange nicht gehört, dass sie sich erst besinnen musste, wer gesprochen hatte. »Madame Chandray? Es gibt eine weitere Kopie? Wenn Sie das wussten, hätten Sie sich schon vorher zu Wort melden sollen.«

»Es muss eine geben«, sagte Chandray. Sie wandte sich zu Koffield. »Sie würden die Reise nicht mit der einzigen Kopie unternommen haben. Sie würden dafür gesorgt haben, dass sie in der Zentralbibliothek verwahrt wurde, oder bei dem einen oder dem anderen vertrauten Freund. Wahrscheinlich taten Sie alles das, und noch mehr.«

»Richtig«, sagte Koffield. »Aber vorausgesetzt, diese Kopien haben bis heute überlebt, sind sie Lichtjahre von hier entfernt, daheim im Sonnensystem. Was können sie uns hier nützen?«

»Gar nichts, es sei denn, jemand geht hin und holt sie«, sagte Chandray. Sie wandte sich zu Neshobe. »Sie könnten dem nächsten Zeitschachtschiff zur Erde eine Nachricht mitgeben und danach suchen lassen.«

»Ich könnte, und ich werde es tun«, sagte Neshobe. »Aber es ist kein Zeitschachtschiff im System, abgesehen von dem, mit dem Sie gekommen sind.«

»Wann wird das nächste Schiff erwartet?«, fragte Chandray.

»Ich fürchte, das ist wieder etwas, was sich seit Ihren Tagen geändert hat«, sagte Parrige. »Zeitschachtschiffe kommen nur noch selten nach Solace. Der Handel ist stark zurückgegangen.«

»Das ist eine höfliche Art zu sagen, dass wir nichts haben, was dort gefragt ist, und wir uns nicht viel von dem leisten können, was sie dort haben«, grollte Raenau.

»Das ist leider wahr«, pflichtete ihm Neshobe bei. »Jedenfalls gibt es keine Möglichkeit, eine Nachricht zur Zentralbibliothek oder sonstwohin zu schicken. Es gibt kein Schiff, dem wir sie mitgeben könnten.«

»Ausgenommen die *Dom Pedro IV*«, sagte Chandray.

*Aha,* dachte Neshobe. *Da ist es endlich.* Sie hatte zu viele Jahre in der Politik verbracht, um sich über eine Schau von Eigeninteresse zu wundern, das sich als großzügiges Angebot maskierte. Es war eine Erleichterung, endlich damit konfrontiert zu sein. Diese beiden Lichtgestalten waren zu schön gewesen, um wahr zu sein. Neshobe zweifelte nicht im Geringsten daran, dass Chandray im Voraus gewusst hatte, dass keine anderen Schiffe im System waren oder erwartet wurden. »Sie schlagen vor, dass wir Ihr Schiff benutzen könnten?«, fragte Neshobe freundlich.

»Es scheint zumindest vernünftig genug, dass man darüber nachdenken sollte«, sagte Chandray vorsichtig.

»Nach allem, was ich von Ihnen gehört habe, ist dieses Schiff nicht in bester Verfassung«, wandte Raenau ein. »Und es ist weit über hundert Jahre alt. Vieles daran muss veraltet sein.«

»Aber es ist, was Sie haben«, sagte Chandray etwas zu eifrig. Als Unterhändlerin würde sie es nie weit bringen. »Wir müssen unser Schiff überholen und vielleicht reparieren lassen. Und Sie brauchen ein Schiff.«

»*Sie* haben einen Grund vorgeschlagen, dass wir ein Schiff brauchen könnten«, korrigierte Neshobe.

»Die *Dom Pedro IV* wurde während des Versuchs, lebenswichtige Information zu dieser Welt zu bringen, beschädigt«, sagte Koffield. »Von der Besatzung kann niemand in die Heimat oder zu ihren Familien zurückkehren. Zwei Besatzungsmitglieder starben im Tieftemperaturschlaf, offenbar als indirekte Folge der am Schiff verübten Sabotage. Zweiter Offizier Chandray war auch dem Tode nahe und erholte sich erst vor kurzem. Weil das Schiff alt ist, scheint es höchst unwahrscheinlich, dass es in diesem System eine verfügbare qualifizierte Besatzung geben sollte, ein Umstand, der ihr sicherlich klar ist. Wenn die *Dom*

*Pedro IV* wieder fliegt, wird Zweiter Offizier Chandray, an Bord des Schiffes sein müssen, das sie in dieser Zeit stranden ließ, zwei ihrer Freunde tötete und sie selbst in Lebensgefahr brachte. Sie hat kein Eigentumsanteil an dem Schiff und wird aus den Reparaturen keinen Gewinn ziehen. Auch kann sie über das Schiff nicht verfügen. Nur Kapitän Marquez kann solche Entscheidungen treffen. Unter diesen Umständen kann der Vorschlag, dass das Schiff fortgeschickt werde, um ein Buch zu holen, schwerlich als ein Akt der Selbstsucht interpretiert werden.

Wenn Sie den Zweiten Offizier Chandray oder mich nicht anderer Betrügereien, Verbrechen, unehrlicher Akte oder zwielichtiger Interessen beschuldigen wollen, schlage ich vor, dass wir Ihren Vorschlag für bare Münze nehmen.« Koffield blickte finster in die Tischrunde. »Dies ist nicht unsere Welt. Wenn Sie alles, was wir sagen oder tun, als betrügerischen Trick ansehen wollen, tun Sie es. Es wird uns nicht sonderlich viel ausmachen.«

Neshobe ergriff das Wort, bevor einer der anderen es konnte, um Schlimmeres zu verhüten. »Sehr gut, Admiral. Das war deutlich genug.« Die Spannung im Raum drohte außer Kontrolle zu geraten. In ein paar Minuten würde es womöglich zu Tätlichkeiten kommen – aber sie war nicht sicher, wer gegen wen kämpfen würde. Sie musste die Lage entschärfen, und zwar schnell.

In diesem Augenblick fiel ihr die Lösung ein. Eine Möglichkeit, Zeit zu gewinnen und zugleich etwas Nützliches zu vollbringen. »Mit scheint, dass Ihr Schiff überholungsbedürftig ist, und wir müssen die ganze Frage des ökologischen Zusammenbruchs noch sehr viel gründlicher erforschen. Es gibt einen Ort, wo wir beides tun können. Madame Chandray, wenn Sie so freundlich sein wollen, Ihren Kapitän Marquez zu verständigen, laden Sie ihn bitte ein, sein Schiff zur Station Schattengrat zu bringen. Wir werden alle Wartungs- und Reparaturarbeiten, die an der *Dom Pedro IV* vorgenommen werden müssen, kostenlos ausführen. Ich schlage vor, Sie nehmen Ihren Leichter, die *Cruzeiro do Sul*, und treffen dort mit ihm zusammen. Die Station liegt sehr günstig in der Nähe Ihres eigenen Zielortes. Und vielleicht könnten Dr. Vandar und einige weitere Sie begleiten.«

»Nach Schattengrat?«, fragte Vandar, dann hellte sein Gesicht sich zu einem Lächeln auf. »Ah, ja, das leuchtet ein.«

Norla Chandray blickte verständnislos von Neshobe zu Vandar. »Ja, gut, Madame. Das ist ein äußerst großzügiges Angebot, das ich Kapitän Marquez sobald wie möglich übermitteln werde. Aber, ah … könnten Sie mir sagen, wo die Station Schattengrat ist?«

»Die Station Schattengrat ist auf dem Verbindungsgrat zwischen Ballast und Sonnenspiegel, die Treibhaus umkreisen«, sagte Vandar.

»Wie bitte?«, fragte Chandray.

»Treibhaus«, erläuterte Vandar. »Madame Kalzant hat völlig Recht. Dort ist das Institut für Biotechnik, das wissenschaftliche Zentrum für Klimaforschung und Terraformen für das gesamte System Solace, und Schattengrat ist unsere modernste Schiffswerft. Ja, Treibhaus«, sagte er. »Das ist der richtige Ort für Sie.«

# SONNENSPIEGEL UND TREIBHAUS

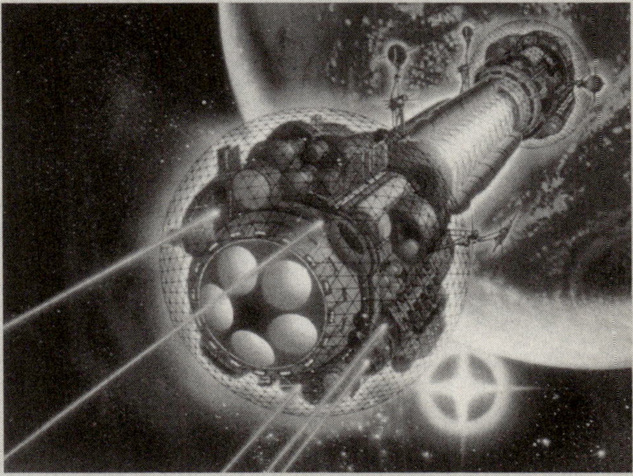

## 21.

# TORWÄCHTER

»Da ist er«, sagte Phelby und zeigte unnötigerweise auf den blinkenden Punkt, der sich langsam auf sie zu bewegte.

»Ich sehe ihn, Phelby«, sagte Kapitän Marquez. Das näher kommende Blinklicht wurde zusehends größer und heller und zu einem ständig sichtbaren Punkt, der alle zwei Sekunden heller aufleuchtete. Er gehörte zu einem Raumfahrzeug mit erkennbaren Merkmalen und Stroboskoplicht, das neben der Andockstelle blinkte. Marquez hatte sich noch nie dafür begeistern können, das passive Ziel in einem Rendezvous- und Andockmanöver zu sein, und unter den gegenwärtigen Umständen gefiel es ihm noch weniger. Sie waren nicht in einer Nachbarschaft, in der man sich wohl fühlen konnte.

Jenseits des näher kommenden Schleppers lag die unheimlich anmutende Hantelgestalt des Sonnenspiegelkonstrukts. Der Sonnenspiegel selbst bildete das Ende der Hantel, das direkt auf den Satelliten Treibhaus gerichtet war, während Ballast sich am äußeren Ende befand. Der Schattengrat war die Verbindung zwischen ihnen. Treibhaus selbst zeichnete sich bedrohlich hinter dem Konstrukt ab, und im Hintergrund nahm der Planet, Comfort, ein gestreifter Gasriese, die Hälfte des Himmels ein. Eine seltsame und beunruhigende Perspektive zunehmend großer und unheilverkündender Himmelskörper, die in der Dunkelheit schwebten.

Von diesem Aussichtspunkt gesehen, war der Sonnenspiegel eine glänzende silbrige Scheibe von fünf Kilometern Durchmesser, aus deren Mitte der Schattengrat ragte. Dieser war ein pfeilgerader Schaft von zwanzig Kilometern Länge, dem zahlreiche Auswüchse, Anbauten, Antennen und sonstige Strukturen in alle Richtungen entragten. Am anderen Ende des Schattengrats befand sich Ballast, ein missgestalteter Brocken aus Meteoritengestein, der keinem anderen Zweck diente als die notwendige Masse zu liefern, die das Gravitationszentrum der ganzen Struktur aus dem Sonnenspiegel zur Mitte des Schattengrates verlagerte. Um den Sonnenspiegel stets in der richtigen Position zu halten, waren auf der felsigen Oberfläche von Ballast Steuerungselemente mit schwenkbaren Triebwerken angebracht.

Aber der Sonnenspiegel war eindeutig Sinn und Zweck des ganzen Konstrukts. Marquez sah es, wenn er am Sonnenspiegel vorbei auf die Oberfläche von Treibhaus blickte. Die Hemisphäre direkt unter dem Sonnenspiegel war strahlend hell beleuchtet, und die Beleuchtung kam ganz eindeutig nicht von der lokalen Sonne.

Aus dem Blickwinkel hinter dem Sonnenspiegel sah dieser beinahe rund aus, aber Marquez wusste, dass das nicht der Fall war. Es war ein Hohlspiegel, der zusätzlich zum eigenen Fusionsreaktor das Sonnenlicht einfing und auf die Oberfläche von Treibhaus lenkte, sodass keine Strahlungsverluste eintraten.

Der Rest der Konstruktion diente der Einstellung, Wartung und Instandhaltung des Sonnenspiegels. Neben der stabilisierenden Funktion hatte Schattengrat den Zweck, überschüssige Wärmeenergie vom Sonnenspiegel aufzunehmen. Diese überschüssige Wärmeenergie diente als kostenlose Energiequelle für andere Systeme. Weniger als ein Prozent der Energieabgabe des Sonnenspiegels ging durch den Schattengrat, aber diese Menge war ausreichend, um verschiedene Anlagen mit kostenloser Energie zu versorgen. Die Station Schattengrat war errichtet worden, um diese Energiequelle zu nutzen.

Der Hauptteil dieser Energie diente dem Betrieb einer Schiffswerft, und diese hatte einen Schlepper ausgesandt, um die *Dom Pedro IV* zur Stationswerft zu bugsieren und anzudocken. Es war eine Situation, die Marquez nicht gerade glücklich machte, weil sie ihm die Verfügung über sein Schiff entzog. Aber wenigstens würde er seinen Leichter zurückbekommen. Die *Cruzeiro do Sul* war bereits angedockt und erwartete ihn. Koffield, Chandray und ihre Begleiter hatten schon einen Transporter hinab zur Oberfläche von Treibhaus genommen.

Die einzige praktische Methode zur Rückgewinnung der *Cruzeiro do Sul* war das Andocken an der Schiffswerft von Schattengrat, aber Marquez sah ein, dass er trotz seiner Bedenken selbst dann die Werft aufgesucht hätte, wenn die *Cruzeiro do Sul* nicht dort gewesen wäre. Eine kostenlose Wartung, Untersuchung und Überholung übte eine ebenso starke Anziehungskraft aus wie eine kostenlose Energiequelle. Als Kalzant dieses Angebot gemacht hatte, hatte sie gezeigt, dass sie wusste, was einen Schiffskapitän motivierte. Es war unmöglich gewesen, dieses Angebot auszuschlagen, doch andererseits konnte Marquez nicht umhin, sich zu fragen, was Kalzant zu dieser Großzügigkeit bewogen haben mochte. Was schaute für sie dabei heraus?

Oder, anders ausgedrückt, welchem Zweck wollte Neshobe Kalzant sein Schiff zuführen?

Zum Teufel damit! Er würde es früh genug erfahren, und wenn er sich deswegen sorgte, würde es nichts ändern.

»Ich werde in meinem Quartier sein«, sagte er zu Phelby. »Geben Sie mir Nachricht, wenn der Schlepper angedockt hat.«

*

Milos Vandar kritzelte eilig eine Folge komplizierter Gleichungen mit unverständlichen Symbolen auf die Wandtafel. »Und die dritte Funktion kann so weiter gekürzt werden ...« – er strich die Hälfte der gerade geschriebenen Symbole und Zahlen aus –, »und wie Sie sehen können, wird damit Äquivalenz mit der Bedingung von Formel sechs erreicht ...« – er zeigte zu einer anderen Tafel an der Wand gegenüber –, »was als Beweis für Baskaws Interferenztheorem zur Bevölkerungsentwicklung dienen sollte.« Er legte den Schreiber vor sich auf den Tisch und verschränkte triumphierend die Arme.

Im Raum blieb es fünf Sekunden lang still, als die anderen Wissenschaftler den Beweis nachrechneten, dann setzte wieder das Stimmengewirr der Fragen, Zwischenrufe und Zwiegespräche ein. Von seinem Platz auf der Seite des Raums aus verfolgte Anton Koffield nachdenklich die Vorträge und Diskussionen. Er war noch nicht einen vollen Tag auf Treibhaus, aber dieser Tag war nutzbringend gewesen. Vandar hatte Koffield und Chandray vom Landeplatz direkt zum Institut für Biotechnik gebracht.

Das Symposium, wenn man es so nennen konnte, bestand aus Fachleuten, die Vandar aus allen Disziplinen der Biowissenschaften zusammengerufen hatte. Einleitend hatte Vandar den versammelten Wissenschaftlern Koffield vorgestellt, die Anwesenden gebeten, ihn anzuhören, und Koffield das Wort erteilt.

Längst hatte dieser seinen Vortrag beendet und saß

abseits, um zu sehen, wie die Saat, die er ausgebracht hatte, aufzugehen begann. In dem mittelgroßen Seminarraum herrschte eine Atmosphäre, die jedem Wissenschaftler früherer Zeiten vertraut gewesen wäre, sogar den Naturphilosophen und Alchimisten und Theologen noch fernerer Zeiten. Sie alle hätten sich in den lebhaften, gestenreichen Diskussionen wiedererkannt, den Formeln und Diagrammen, die auf Wandtafeln geschrieben und gelöscht und neu geschrieben wurden. Eine neue Idee hatte ihren Weg in die wissenschaftliche Gemeinde gefunden und musste sich nun bewähren.

Das bedeutete nicht, dass ein Uneingeweihter alles verstanden hätte, was in die Diskussion eingebracht wurde. Koffield selbst hatte große Schwierigkeiten, alles auf die Reihe zu bringen. Die Formeln und Gleichungen und grafischen Darstellungen auf den Wandtafeln waren, wenn sie auch anderen Zwecken dienten, nicht anders als die mathematischen Berechnungen eines Pythagoras oder Archimedes; sie unterschieden sich nicht prinzipiell von Symbolen, wie sie die Sumerer mit einem Holzstab in feuchten Ton gegraben hatten. Aber die Hilfsmittel, derer sich die Wissenschaftler bedienten, hätten den Alten viele Rätsel aufgegeben.

Die Mehrzahl der Anwesenden hatte eigene Datenanschlüsse mitgebracht, um eigene Berechnungen und Vergleiche vorzunehmen und das neue Material zu verarbeiten. Da und dort erschienen mitten in der Luft dreidimensionale holografische Modelle und verschwanden wieder, oder veränderten sich, bis die Symbole und Diagramme kaum noch Ähnlichkeit mit dem hatten, was sie am Anfang gewesen waren.

Wie aus dem Nichts erschienen weitere Tabellen und Diagramme und visuelle Simulationen. Die Wiedergaben von Köpfen und ganzen Körpern von nicht anwesenden, zugeschalteten Wissenschaftlern erschienen mitten im Raum und nahmen an der Diskussion teil, während ihre Originale anderswo auf Treibhaus in ihren Büros und Laboratorien das Geschehen verfolgten.

Milos Vandar war offensichtlich in seinem Element, aber die beiden anderen Mitglieder ihrer kleinen Reisegruppe, Ashdin und Sparten, taten sich offensichtlich schwer, den sehr ins Detail gehenden Diskussionsbeiträgen zu folgen.

Koffield blickte hinüber zu Sparten, der auf der anderen Seite des Seminarraums mit verschränkten Armen an der Wand lehnte. Es war eine Haltung, die eines Gefängniswärters würdig gewesen wäre. Niemand, sagte diese Haltung, würde diesen Raum ohne seine Erlaubnis verlassen.

Yuri Spartens Anwesenheit gab ihm zu denken. Warum war der Mann hier? Die anderen konnte er mehr oder weniger verstehen. Milos Vandar war offensichtlich mitgekommen, um den Weg zu ebnen und Sorge zu tragen, dass Koffield eingeführt wurde und die Aufmerksamkeit fand, die er verdiente. Wandella Ashdin war eine weitaus weniger logische Kandidatin für die Reise, und warum sie mitgekommen war, blieb Koffield verborgen. Er vermutete, dass sie sich allein aus egoistischen Motiven in die Gruppe gedrängt hatte, damit sie ihn mit endlosen Fragen über den großen Oskar DeSilvo bombardieren konnte. Während der Reise hatte er sein Möglichstes getan, ihr auszuweichen, aber sie hatte jede Gelegenheit wahrgenommen, um mehr über ihr Idol zu erfahren.

Aber Sparten. Koffield kam mehr und mehr zu der Überzeugung, dass Sparten unter anderem den Auftrag hatte, einen gewissen Anton Koffield im Auge zu behalten. Aber wer hatte Sparten die Anweisung gegeben, und warum?

Wenn sie – wer immer sie waren – einen Beobachter auswählen mussten, war die Tatsache, dass sie sich für Sparten entschieden hatten, für sich genommen schon aufschlussreich. Es ließ vermuten, dass sie den Kreis der Eingeweihten klein halten und möglichst wenigen Personen möglichst wenig mitteilen wollten. Sparten wusste bereits vieles über Koffield und Chandray und die *Dom Pedro IV.* Seine Verwendung ersparte es seinen Vorgesetzten, jemand anderen zu informieren – und entfernte Sparten und sein Wissen gleichzeitig von Solace.

Sie alle waren jetzt weit weg von Solace. Abgesehen von Neshobe Kalzant, Raenau, Parrige, seinem Assistenten Fribart und wahrscheinlich ein paar anderen Regierungsbeamten waren alle, die über Baskaws Arbeiten informiert waren, an Bord der *Cruzeiro do Sul* geschafft und fortgeschickt worden. Und die Regierung kontrollierte praktisch alle Kommunikation zwischen Treibhaus und Solace.

Diese Überlegung war höchstwahrscheinlich der Hauptgrund bei der Auswahl von Koffields Begleitern gewesen. Kalzant hatte sehr deutlich erklärt, dass sie die Informationen kontrollieren müsse, bis sie Zeit hätte, die Öffentlichkeit zu erziehen und vorzubereiten. Es war daran nichts notwendigerweise Schlechtes. Trotzdem, sagte sich Koffield, würde es ihm nicht schaden, wenn er die Augen offen hielt.

Wie immer man die Zusammenkunft bezeichnen wollte – Symposium, Debatte, Diskussion, Meinungsaustausch –, sie wurde zusehends lebhafter, und immer mehr Leute aus anderen Teilen des Instituts schalteten sich zu. Vier separate 3-D-Kameras senkten sich an hydraulischen Armen von der Decke und zeichneten die Diskussionsbeiträge auf, um sie anderswohin zu übertragen, doch konnte Koffield nicht sehen, wie diese Kameras, ob von Menschen oder Künstlichen Intelligenzen bedient, aus der Veranstaltung, die sich zeitweise in mehrere Diskussionszirkel auflöste, eine zusammenhängende und sinnvolle Berichterstattung herausfiltern konnten.

Auch Koffield hatte inzwischen den Überblick verloren. Er beugte sich zu Norla Chandray und lächelte ihr in einem matten Wiederaufleben seines alten Humors zu, der ihm seit zu vielen Jahren abhanden gekommen war.

»Also«, sagte er zu ihr, »ich bin völlig ins Schwimmen gekommen. In der letzten halben Stunde habe ich kein Wort verstanden. Ich würde sagen, meine Arbeit hier ist getan. Gehen wir.« Er stand auf und schlüpfte zur Seitentür hinaus in den Korridor.

Niemandem außer Yuri Sparten schien ihr Abgang aufzufallen. Sparten lehnte noch immer auf der anderen Seite des Raums an der Wand und machte eine Bewegung, als wollte er ihnen folgen, aber Koffield blickte hinüber und schüttelte den Kopf. Nach kurzem Zögern zuckte Sparten die Achseln und verschränkte wieder die Arme vor der Brust. Schließlich waren sie in einer überkuppelten Siedlung auf einem unbewohnbaren Asteroiden. Weit konnten sie nicht gehen.

Norla schloss sich Koffield an. Sie musste sich beeilen, um mit ihm Schritt zu halten, kam aber an seine Seite, bevor er die äußere Tür des Gebäudes erreichte, und folgte ihm hinaus. »Wir sollten nicht einfach so gehen, wissen Sie. Das heißt, Sie sollten es nicht.«

Koffield lächelte. »Warum nicht?«

»Nun – weil es nicht gut aussieht. Und weil die Leute Sie brauchen.«

»Die brauchen mich nicht mehr«, sagte er und war überrascht, wie erfreut er darüber war. »Ich habe meinen Teil getan. Sie können wieder hineingehen, wenn Sie wollen und es Sie interessiert. Ich meinte ›gehen wir‹ als eine Einladung, nicht als Befehl. Aber ich dachte, Sie würden vielleicht gern einen Spaziergang mit mir machen.«

Norla sah ihn überrascht an. »Wieso glauben Sie, dass die Leute Sie nicht mehr brauchen? Wir sind gerade erst hierher gekommen. Ihre Ansprache dauerte kaum zehn Minuten.«

»Und das waren wahrscheinlich acht Minuten zu viel. Ich konnte dem, was die anderen Sprecher sagten, nicht viel entnehmen. Um die Wahrheit zu sagen, oft verstand ich kaum ein Wort von ihren Ausführungen.«

»Aber es drehte sich alles um Ihre Arbeit«, widersprach sie.

»Die ich von Baskaw übernahm«, sagte Koffield. Er blickte interessiert im Innern der Kuppel umher. Nicht weit vom Institutsgebäude war eine Baumgruppe aus Eichen und Kiefern. Die Bäume waren mindestens zehn Meter hoch, und die geringe Schwere von Treibhaus beschleunigte offenbar ihr Wachstum.

Koffield wollte sich die Bäume genauer ansehen und schlenderte darauf zu. Er hatte es halb als Scherz gemeint, aber seine Arbeit *war* getan, wenigstens einstweilen. Es bereitete ihm echtes Vergnügen, sich etwas Zeit zu nehmen und die Bäume und das Pflanzenleben zu bewundern. Hier auf Treibhaus verstand man sich darauf, den Bäumen, Sträuchern und anderen Pflanzen zu gesundem Wachstum zu verhelfen.

»Vergessen Sie nicht, dass das, was die Leute meine Arbeit nennen, in Wirklichkeit Baskaws Arbeit ist«, sagte er zu Norla. »Den grundlegenden Fragen, die er darlegte, konnte ich auf Anhieb folgen, aber es kostete mich endlose Studien, um dahin zu kommen, dass ich seine Folgerungen, Argumente und Methoden wirklich verstand und mich in seiner Welt zurechtfand. Und seine Arbeit wurde Jahrhunderte vor meiner Zeit geleistet, während diese Leute ein Jahrhundert nach meiner Zeit leben. Sie haben all diese Zeit gehabt, um Biotechnik und die Anpassung bestehender Ökosysteme an Umgestaltungen der Biosphäre zu verfeinern und zu verbessern. Eine ungewöhnliche Kuppel, finden Sie nicht? Gewöhnlich findet man unter solchen Kuppeln eine Stadt mit ein wenig Grün, einem Park vielleicht, oder nur einen Park mit ein paar Gebäuden für das Pflegepersonal. Diese ist halb und halb.«

»Wenn die Wissenschaftler alle so klug sind, wie kommt es dann, dass sie nie erkannten, was Baskaw erkannte?«, fragte Norla.

»Gute Frage. Gewiss, Baskaws Erkenntnisse blieben ihnen verborgen, aber so erging es allen anderen auch. Er war der Einzige, der diese Beziehungen und Verflechtungen und Transformationen sah und zu einem schlüssigen Gesamtbild formte. Sein Werk ist originell und einzigartig. DeSilvo fand es im Archiv, und später fand ich es, weil er es versteckt hatte. Das ist tatsächlich mein ganzer Beitrag gewesen. Wie so oft in der Geschichte bedurfte es eines Genies, um die Arbeit zu leisten, und ich bin keins. Warum also den Wissenschaftlern hier vorwerfen, dass sie Menschen wie alle anderen sind?«

»Trotzdem sollten Sie zurückgehen. Man wird Sie brauchen. Sie werden kommen und nach Ihnen suchen.«

»Ach, wahrscheinlich werden sie nur nach mir suchen, weil sie höflich sein wollen, aber sie brauchen mich ganz gewiss nicht. Nicht mehr. Ich bin nur der Torwächter, der Mann, der den Schlüssel zu einer Tür fand, die so lange verschlossen war, dass niemand mehr wusste, was sich dahinter verbarg. Dann kam ich und sperrte die Tür auf. Sobald die Tür offen ist, wer braucht dann noch den Torwächter? Aus dem Weg gehen, bevor sie mich in der Eile, durchzukommen, niedertrampeln, ist das Beste, was ich tun kann.«

Norla antwortete nicht, und sie schlenderten eine Weile schweigend dahin. Es ging auf den Abend zu, als sie das Gehölz erreichten. Koffield blieb stehen und blickte nach oben, durch die transparente Kuppel und in einen der seltsamsten Himmel die er je gesehen hatte.

Die gewaltige Masse Comforts hing beängstigend nahe über ihnen. Geradeso wie der Erdmond der Erde stets dieselbe Seite zukehrt, so war auch Treibhaus durch Gezeitenwirkung an Comfort gekoppelt. Gegenwärtig war der Riesenplanet in der abnehmenden Phase, und die dunkle Hälfte seiner Oberfläche löschte einen großen Teil des Himmels aus. Der Sonnenspiegel ging gerade im Westen unter.

In Koffields Unterbewusstsein wollten alte Instinkte, dass eine untergehende Sonne sich röten und matter werden sollte, wenn sie sich dem Horizont näherte. Das Vorhandensein von Bäumen, reiner Luft, von Gras unter den Füßen verstärkte diese Erwartung. Aber außerhalb der Kuppel war nichts als das Fast-Vakuum, das auf Treibhaus nicht einmal andeutungsweise als Atmosphäre gelten konnte, und das Licht des Sonnenspiegels wurde durch solch substanzlose Spuren nicht getrübt.

Die Sterne wurden vom grellen Licht des Sonnenspiegels überstrahlt, doch wenn man sich umwandte und in die entgegengesetzte Richtung der Lichtquelle blickte, waren Sterne und sogar weitere Monde Comforts deutlich im schwarzen Himmel sichtbar. Das Zentralgestirn dieses Systems ging gerade im Osten auf, als der Sonnenspiegel im Westen unterging. Die Sonne, hier draußen merklich kleiner als auf Solace am Himmel, war nichtsdestoweniger hell genug, um das Auge zu blenden und Schlagschatten zu werfen, aber ihre Strahlungskraft reichte nicht mehr aus, um auf Treibhaus für die nötige Wärme zu sorgen. Darum musste ihre Kraft durch den Sonnenspiegel verstärkt und konzentriert werden. Der Sonnenspiegel wirkte wie ein Scheinwerfer, der auf die kleine Welt zielte, die er umkreiste.

Die seltsame Unwirklichkeit des ganzen Arrangements wurde durch die Tatsache verstärkt, dass der bedrohlich wirkende Himmel über einer heimatlich anmutenden, freundlichen und vertraut wirkenden Parklandschaft hing. Über ihnen breiteten Bäume ihre Äste aus, und am Boden bildeten Kiefernnadeln und trockenes Laub allmählich neuen Humus. Unweit von ihnen saß ein empörter Häher und schalt sie mit laut krächzender Stimme aus, offenbar erfreut über seine eigene Vorstellung. Ein Eichhörnchen sauste um den Stamm eines benachbarten Baumes, und der Häher wurde von den Menschen abgelenkt und beschimpfte den neuen Störenfried mit gleicher Energie.

Das Eichhörnchen lief auf einem Ast seines Baumes hinaus, sprang auf den Baum des Hähers über und landete auf dem Ast, den der Häher inne hatte. Der kreischte entrüstet, schwang sich empor und flog schimpfend davon. Dank der geringeren Schwere kam er mit weniger Flügelschlägen aus als auf Erden. Das Eichhörnchen setzte sich auf die Keulen und begann sich so unbekümmert zu putzen, dass es schwer fiel, keine Absicht darin zu sehen. Es hatte gewonnen und war sich dessen bewusst.

Anton Koffield lächelte, schmunzelte sogar, als er das Eichhörnchen beobachtete. Es war erstaunlich, wie gut er sich fühlte, wie entspannt, und wie glücklich er war. Es war sehr lange her, seit er sich so entspannt gefühlt hatte, ohne Pflichten, ohne Verantwortlichkeit, ohne eine Mission, die ihn in Richtungen drängte, die er aus eigenem Antrieb nicht gewählt haben würde.

Er glaubte den Augenblick sogar orten zu können: vor Jahrhunderten, an Bord der *Upholder,* als Alaxi Sayad den Angriff der Eindringlinge auf die *Standfast* am unteren Ende des Zeitschachtes der Zirkumzentralen Wegmarke festgestellt hatte. Bis dahin hatte er sich wirklich frei von Ansprüchen an sich selbst gefühlt. Seit damals war er zweimal in der Zukunft gestrandet, hatte zweimal alle Verbindungen zu den Menschen und Ereignissen seiner Welt verloren, aber immer hatte die Bürde der Pflicht ihn niedergedrückt.

Selbst in den Tagen nach der Rückkehr der *Upholder* von der Zirkumzentralen Wegmarke und bevor er DeSilvos Bekanntschaft machte, als er nicht viel mehr zu tun gehabt hatte, als einen Schreibtisch in der Zentralbibliothek besetzt zu halten, hatte er im Bewusstsein einer Pflicht gelebt, deren Erfüllung ihm verwehrt war.

Er, Koffield, hatte die Verantwortung für die im Kampf gegen die Eindringlinge angerichtete Zerstörung auf sich genommen. Natürlich wusste er, dass die Störung des Zeitschachttransits die Katastrophe verursacht hatte. Die Angriffe der Eindringlinge auf die Zukunft und die Vergangenheit hatten das Chaos verursacht. Er wusste es, selbst wenn niemand sonst es wissen wollte, dass die Eindringlinge alles in Bewegung gesetzt hatten. Aber wenn all diese Verluste an Menschenleben und Material eine Bedeutung hatten, dann war es das Prinzip, für das sie gestorben waren: die Verteidigung der Kausalität, der Schutz der Vergangenheit vor der Zukunft. Und darin lag Wert, enormer Wert. Gleichwohl war es schwierig, das Leben einer Theorie, einer Idee zu widmen, die nach ihrer Natur ein Negativ war, eine Abwesenheit. Eine Vergangenheit, in die nicht eingegriffen werden durfte. Er war zu der Überzeugung gelangt, dass er etwas mehr brauchte, etwas nicht so Abstraktes, etwas Wirkliches, mit dem er arbeiten konnte, statt einer bloß theoretischen Möglichkeit, die es zu verhindern galt.

Erst die Ereignisse auf Glister hatten ein neues Pflichtgefühl in ihm geweckt. Wäre Glister und seine Verbindung damit nicht gewesen, so hätte er sich nicht mit dem Studium des Terraformens, der Angleichung unterschiedlicher Ökosysteme und dem Umbau von Biosphären beschäftigt, wäre den Fehlern nicht mit dem Eifer und der Energie nachgegangen, die ihn beflügelt hatten. Es war zweifellos sein Schuldgefühl gewesen, das ihn so unerbittlich angetrieben und seine Entschlossenheit geweckt hatte, einen ähnlichen Zusammenbruch auf Solace zu verhindern.

Nun aber hatte er seine Information den Leuten übergeben, die am besten qualifiziert waren, Gebrauch davon zu machen. Er hatte alle Barrieren hinter sich gelassen, alle Verwicklungen des Schicksals und alle Pechsträhnen und Sabotageakte, Torwächter einer anderen Art, die versucht hatten, ihm den Weg zu verlegen.

Jetzt hatte er seine Arbeit getan, und alle anderen konnten ihre tun. Es hatte eine Weile gedauert, aber inzwischen hatte er erkannt, dass das gestohlene Datenmaterial ihm nichts bedeutete. Er brauchte die Bücher und Datenwürfel nicht, die durch Schrott ersetzt worden waren. Niemand brauchte sie. Die Wissenschaftler und Bioingenieure auf Treibhaus waren erfahrene Fachleute, die über Hilfsmittel und Personal verfügten, die Koffield nicht hatte. Sie würden in der Lage sein, Koffields Arbeit nachzuvollziehen und innerhalb von ein paar Tagen oder höchstens Wochen darüber hinaus zu gehen.

Auf einmal kam der Häher wieder in Sicht und stieß auf das Eichhörnchen nieder, so schnell, dass es von seinem Ast springen musste und mit knapper Not auf einem benachbarten Zweig landen und sich in Sicherheit bringen konnte.

Es war etwas wundervoll Tröstliches und Vertrautes

im Anblick des Vogels und des Eichhörnchens, die einander neckten und jagten. Zweifellos hatten sich solche und ähnliche Szenen daheim auf der Erde in der Vergangenheit millionenfach abgespielt und taten es noch immer.

Vertraut war es. Und Vertrautheit war etwas, das ihn im Unterbewusstsein seit einer Weile beschäftigte.

Er musste über sich selbst lachen. Vor drei Minuten hatte er sich beglückwünscht, dass er keine weiteren Sorgen und Pflichten habe, dass seine Arbeit getan sei. Er hatte nicht lang gebraucht, um neuen Grund zur Sorge zu finden.

Gleichwohl, es war ein Geheimnis. Zweimal war er in der Zukunft gestrandet. Einmal für fast achtzig Jahre und einmal für beinahe hundertdreißig. Und doch war mehr als zwei Jahrhunderte außerhalb seiner eigenen Zeit viel zu viel vertraut, verständlich und einfach. Oder vielleicht interpretierte er zu viel in zu wenig hinein.

»Leutnant Chandray?«, sagte er.

»Ja, Admiral Koffield?«, erwiderte sie lächelnd.

In ihrer Stimme war ein spielerischer, ironischer Ton, der die Botschaft laut und deutlich machte. Hier waren sie außer Dienst, hatten ihre Mission erfüllt, gingen in einem Park spazieren, und er nannte sie Leutnant. Es war absurd. Sie hatten ziemlich viel Zeit zusammen verbracht und würden vielleicht noch viel mehr zusammen verbringen. Und außerdem hatte das Wort *Vertrautheit* mehr als eine Bedeutung. »Botschaft erhalten«, sagte er. »Vornamen im privaten Umgang, Rang und förmliche Anrede in der Öffentlichkeit?«

»Hört sich vernünftig an – Admiral. Aber Sie fangen an.«

»Also gut – Norla.« Koffield hielt einen Moment inne, verwundert über sich selbst. Wie lang war es her, seit er irgendeinen anderen Menschen mit dem Vornamen angeredet hatte? Wie lang war es her, seit er jemanden gekannt hatte, den er wirklich nicht einen Kollegen oder einen guten Bekannten nennen konnte, sondern einen Freund? Selbst wenn er zwei zeitgestrandete Jahrhunderte abzog, war es eine beängstigend lange Zeit. Aber seine Gedanken schweiften ab. »Ich wollte Sie etwas fragen. Sie sind aus der Vergangenheit über einhundertsiebenundzwanzig Jahre hierher versetzt worden. Kommt Ihnen dies alles ...« – er machte eine ausholende Armbewegung, die nicht nur das Gehölz umfasste, sondern ganz Treibhaus, sogar das ganze System Solace – »nicht allzu sehr wie daheim vor?«

»Ich verstehe nicht ganz, was Sie meinen.«

»Ich habe etwas über ein Jahr in jener Zeit verbracht, in Ihrer Zeit«, sagte Koffield. »Es kam mir niemals wirklich zu Bewusstsein, wie wenig die Zeitveränderung mich aus dem Gleichgewicht brachte. Inzwischen habe ich einen zweiten Zeitsprung gemacht, doppelt so weit wie den ersten, und noch immer kann ich die Welt um mich wiedererkennen und verstehen. Das kommt mir irgendwie nicht richtig vor.«

»Warum sollten Sie erwarten, dass alles sich ändern würde?«, fragte Norla.

Er schüttelte den Kopf. »Sie haben Recht. Vielleicht sollte ich es nicht erwarten. Aber es hat in der Menschheitsgeschichte Perioden gegeben, wo zweihundert Jahre die Gemeinschaften und Lebensweisen der Menschen bis zur Unkenntlichkeit veränderten.«

»Und es gab Perioden, in denen die menschlichen Gemeinschaften und ihre Lebensweisen über Jahrtausende hinweg statisch blieben.«

Koffield nickte nachdenklich. »Die Theorie ist – oder war jedenfalls vor zweihundert Jahren, als ich zur Schule ging und studierte –, dass fortgeschrittene oder vielmehr fortschreitende Technik Veränderungen erzwingt und beschleunigt. Je mehr die Technik sich fortentwickelt, desto schneller verändern sich Lebensweisen, die wiederum zu einer Weiterentwicklung der Technik führt. Eine positive Rückkopplung.«

»Aber ihre Technik ist nicht sehr viel weiter fortgeschritten als unsere«, meinte Norla. »Es gibt Verfeinerungen, Verbesserungen, aber im Wesentlichen ist es die Gleiche wie damals, als ich heranwuchs.«

»Vielleicht ist das die Erklärung«, sagte Koffield. »Aber selbst unsere Kleidung und Haartracht sind ähnlich genug, dass sie angepasst wirken, nicht allzu sehr auffallen. Die Sprache – abgesehen von der Dialektfärbung – ist nicht so sehr verschieden von der Sprache, die von der Besatzung der *Dom Pedro* gesprochen wird.«

Norla zuckte die Achseln. »Sie haben Recht. Nun, da Sie mich darauf aufmerksam machen, erscheint es mir seltsam. Ich kann es nicht erklären, aber es ist eigenartig.« Sie wandte den Kopf und lächelte ihm zu. »Wenigstens bedeutet es, dass sie uns verstehen können. Vielleicht sollten wir einfach dankbar für kleine Vergünstigungen sein und es dabei belassen.«

Koffield lächelte zurück, antwortete aber nicht. Wahrscheinlich hatte sie Recht. Aber er kannte sich selbst gut genug, um zu wissen, dass er es nicht dabei belassen konnte. Nun, da es in sein Bewusstsein eingedrungen war, würde das Geheimnis ihm keine Ruhe lassen, bis er es gelöst und zum Verständnis gefunden hätte.

Schweigend gingen sie unter den Bäumen des seltsam vertrauten Waldes und dem völlig fremdartigen Himmel weiter.

## 22.

# TAUSENDMAL

Als sie von ihrem Spaziergang zurückkehrten, war Norla sowohl erheitert wie auch erfreut, dass man Koffield wirklich vermisst hatte. Ein halbes Dutzend Wissenschaftler des Instituts stürzte sich auf ihn, als er durch die Tür kam, und jeder hatte eine komplizierte und schwierige Frage.

Die Fragen gingen während der Abendmahlzeit im Refektorium weiter. Wie wurde dieser Wert abgeleitet? Welche weiter gehende Information hatte er über Ulan Baskaw? Waren ihm die theoretischen Grundlagen für das zweite Marsterraformungsprojekt bekannt? Wie würden sich seine neuen mathematischen Modelle auf dieses Projekt auswirken? Eine Arbeitsgruppe hatte die Baskaw-Koffield-Formel bereits auf die verfügbaren Daten von drei historischen ökologischen Zusammenbrüchen angewandt, die alle als Folgen unvorhersehbarer Naturkatastrophen wegerklärt worden waren. Die B-K-Formel hätte alle drei voraussagen können. Was hatte er dazu zu sagen? Mehrere Wissenschaftler luden ihn zu Besprechungen in ihre Fachbereiche ein, um bestimmte Fragen und Schwierigkeiten zu erörtern.

Der arme Mann hatte kaum Gelegenheit, etwas zu essen, aber wenn Norla etwas über Anton Koffield gelernt hatte, konnte sie sehen, dass dieser sehr verschlossene Mann äußerst erfreut war, nicht wegen der Aufmerksamkeit, die ihm gezollt wurde, sondern weil diese Aufmerksamkeit deutlich zeigte, dass alles, was er getan und geopfert hatte, nicht vergeblich gewesen war. Seine Botschaft war angekommen.

Erst nach dem Abendessen, als die Einheimischen sich nach und nach aus dem Refektorium zurückzogen, wurde es ruhiger. Doch selbst dann stand Koffield im Mittelpunkt der Aufmerksamkeit. Die letzten der Gruppe setzten sich zu ihnen an den Tisch und zogen Koffield in ein allgemeines Gespräch.

Das Verhalten von Menschen war immer wieder seltsam und gab oft Rätsel auf. Seit den Ereignissen an der Zirkumzentralen Wegmarke hatten die Leute mit dem Finger auf ihn gezeigt, hinter seinem Rücken geflüstert, weil er zufällig dort gewesen war, als die mysteriösen Eindringlinge ihre Verwüstungen angerichtet hatten. Koffield hatte nichts als seine Pflicht getan, und doch hatte man ihm die Schuld an der Katastrophe gegeben, nicht den Eindringlingen. Nun sah er sich von Bewunderern umgeben, nicht weil er eine großartige Entdeckung gemacht hatte, sondern weil er sie in einem Buch gefunden, gelesen und verstanden und einen Weg gefunden hatte, sie an die Öffentlichkeit zu bringen.

»Sie kommen zu einem sehr glücklichen Zeitpunkt, Admiral«, sagte eine aus der Gruppe. Norla musste einen Moment überlegen, bevor ihr der Name der Frau einfiel. Mandessa Orlang, das war der Name. Die Direktorin des Instituts für Biotechnik. »Oder«, fuhr Orlang in ihrer durchdringend metallischen Stimme fort, »vielleicht zu einem sehr unglücklichen. Sie werden Gelegenheit haben, etwas durchaus Seltenes und Spektakuläres zu sehen, wenn Sie es wünschen. Etwas, das viel seltener sein sollte, wenn es nach uns ginge. Und etwas, das unglücklicherweise eng mit den Entdeckungen zusammenhängt, die Sie uns zur Kenntnis gebracht haben.«

»Was sollte das sein?«, fragte Koffield.

»Sie werden eine Kuppel ausblasen«, antwortete Vandar, bevor Orlang sprechen konnte. Zweifellos würde Orlang dreimal so viele Worte gebraucht haben, um den gleichen Sachverhalt zu erklären.

Aber Professor Orlang war nicht im Mindesten verärgert, dass Vandar ihr zuvorgekommen war. »Nicht bloß irgendeine Kuppel«, sagte sie. »Eines der ältesten und vielfältigsten überkuppelten Habitats auf Treibhaus.« Sie machte eine Pause, dann sagte sie in bedeutungsschwerem und theatralischem Ton: »Tatsächlich handelt es sich um des Gründers Kuppel.«

Es wurde still um den Tisch. Die ernsten Gesichter und die niedergeschlagenen Blicke verrieten Norla, dass des Gründers Kuppel den Einheimischen viel bedeutete. Natürlich sagte der Name auch ihr einiges. Die Menschen hier legten großen Wert auf ihre Geschichte, ihr Erbe. Die Verhältnisse mussten wirklich unhaltbar geworden sein, wenn sie bereit waren, einen Ort zu zerstören, der mit dem Gründer eng verbunden war.

»Ich bedaure, das zu hören«, sagte Koffield mit deutlicher Aufrichtigkeit.

»Es ist nicht gut für die Moral, so viel ist sicher«, sagte Vandar.

»Ich kann mir nicht vorstellen, dass mein Auftreten jetzt, mit all meinen Warnungen vor Verhängnis und Untergang, die Situation einfacher machen wird«, sagte Koffield.

»Nein«, sagte Vandar. »Natürlich ist es nicht Ihre Schuld, aber es macht die Sache nicht leichter. Bevor Sie kamen, konnten wir uns einreden, es sei nur Pech, eine Verkettung unglücklicher Umstände, dass des Gründers Kuppel aufgegeben werden muss. Jetzt wissen wir, dass das Problem systemimmanent ist. Nun wird uns der Untergang der Kuppel nur daran erinnern, dass alle Kuppeln, alle Habitats, alle Welten, die mit gewaltigen Anstrengungen terraformt wurden, zum Untergang verurteilt sind.«

»Ich kann nicht sagen, dass ich Ihnen darin zustimme, Dr. Vandar«, sagte Orlang. »Wer weiß, wie die Menschen reagieren werden? Viele werden erst durch die harte Realität auf das Problem aufmerksam. Vielleicht kann die Regierungsbeauftragte Kalzant das Versagen von des Gründers Kuppel gebrauchen, um die Aufmerksamkeit der Menschen zu gewinnen, damit sie auf die Nachrichten hören, die Sie uns gebracht haben.«

»Vielleicht«, sagte Koffield gleichmütig.

»Entschuldigen Sie, Dr. Orlang«, sagte Wandella Ashdin. »Des Gründers Kuppel? Das ist doch der Ort, wo DeSilvos Grab ist, nicht wahr?«

»Ja, selbstverständlich. Es ist eine unserer wichtigsten Gedenkstätten. Viele Leute sind besorgt, dass das Grab beschädigt werden könnte, wenn die Kuppel ausgeblasen wird, aber man kann sehr wenig tun, um es zu schützen, da die Kuppel jetzt versiegelt ist.«

Koffield blickte scharf zu Ashdin auf. »Augenblick«, sagte er. »DeSilvos Grab? Er ist hier begraben?«

»Seine Asche ist hier, in einer Urne im Innern des Grabmals. Ich denke, *Grab* ist nicht genau das richtige Wort, aber so wird das Grabmal oder die Gruft allgemein genannt.«

»Wie kam denn seine Asche hierher?«

»Es war in seinem Testament festgelegt. Als er zum letzten Mal starb, wurde sein Körper eingeäschert, die Asche in der Urne gesammelt und nach Treibhaus verschifft.«

»Als er zum letzten Mal starb?«, fragte Norla. »Wie viele Male ist er gestorben?«

»›Ein Feigling stirbt tausend Tode‹«, sagte Koffield, eher zu sich selbst. Er folgte dem Gespräch nur mit halber Aufmerksamkeit. Es war offensichtlich, dass etwas ihn überrascht hatte und seine Gedanken beschäftigte. »›Ein Held stirbt nur einmal.‹«

»Was in aller Welt soll das bedeuten?«, fragte Ashdin argwöhnisch.

»Es ist ein uraltes Zitat«, sagte Koffield, ohne zu merken, dass er Missfallen erregt hatte. »Es ist der Ausspruch eines alten Dichters, glaube ich. Einer jener Aussprüche, die im Laufe der Jahrtausende oft wiederholt und übersetzt worden sind. Der Wortlaut ändert sich, wenn er von einer Sprache in eine andere übertragen wird, aber der Sinn bleibt unverändert. Ich würde das Zitat so interpretieren: Wenn man zu viel Zeit mit Ängsten und Sorgen vor Gefahren verbringt, wird man niemals wagen, etwas zu riskieren oder zu tun, was getan werden muss.«

Ashdin rümpfte die Nase, und Norla musste lächeln. Ashdin nahm es nicht gut auf, wenn Koffield deutlich machte, dass er ihre Neigung für Oskar DeSilvo nicht teilte.

»Lassen wir Helden und Feiglinge einmal beiseite, wie viele Male ist DeSilvo gestorben?«, fragte Norla.

»Und wann ist DeSilvo endgültig gestorben?«, fragte Koffield, als könnte die Frage von besonderer Bedeutung sein.

»*Dr.* DeSilvo war wenigstens fünfmal klinisch tot und wurde wiederbelebt«, sagte Ashdin steif. »Er starb endgültig und ohne Wiederbelebung dreizehn Jahre nach Ihrer Abreise nach Solace. Er war während all dieser Jahre allerdings nicht aktiv. Er verbrachte einen großen Teil davon in einem temporalen Beschränkungsfeld. Außerdem unternahm er während dieser Zeit wenigstens eine interstellare Rundreise, vermutlich im Tieftemperaturschlaf. Es hat sich nicht feststellen lassen, wohin diese Reise ihn führte, aber ich nehme an, das tut nichts zur Sache. Er starb bei der

Arbeit in seinem Büro, an seinem Schreibtisch in der Zentralbibliothek. Seine Überreste wurden eingeäschert, und entsprechend seinem letzten Willen hierher gebracht.«

Koffield starrte sie aufmerksam an, schien sie aber irgendwie nicht wirklich zu sehen. Sein Blick war auf Unsichtbares gerichtet, auf Dinge jenseits des Horizonts, versunken in der Vergangenheit. Endlich kam er zu sich und wandte sich zu Orlang. »Sie sagten, die Kuppel sei versiegelt. Ist es nicht mehr möglich, hineinzugehen?«

»Ganz so ist es nicht. Sobald eine Kuppel versiegelt ist, kann man nicht mehr hinaus. Sie wird versiegelt, weil wir fürchten, dass biologische Verunreinigung durch das Luftschleusensystem dringen und von Besuchern in andere Kuppeln verschleppt werden könnten.«

»Also ist es wenigstens möglich, hineinzugehen.«

Orlang schien verwirrt. »Theoretisch ja, denke ich. Aber wer hineinginge, würde drinnen bleiben müssen, bis die Kuppel ausgeblasen wird. Das ist ein ziemlich kompliziertes Verfahren. Zuerst wird die Klimaanlage auf hundertzwanzig Grad Celsius hochgefahren und hält diese Temperatur zwölf Stunden lang. Dann werden schon vorher über die Oberfläche der Kuppel verteilte Sprengladungen gezündet und bewirken eine rasche Dekompression. Dies und das folgende, nahezu vollständige Vakuum sorgen für eine annähernd totale Sterilisierung.«

»Aber in einem Druckanzug, ausgerüstet mit zusätzlichem Sauerstoff, Proviant und Wasser, könnte man hineingehen, wenn man bereit wäre, drinnen zu bleiben, bis die Kuppel ausgeblasen wird?«

Orlang nickte vage. »Ich denke schon. Wenn der Betreffende sich gegen die Hitze und die Sprengungen der Dekompression zu schützen wüsste.«

»Dann muss ich jetzt in diese Kuppel gehen. Ich muss das Grab sehen und sorgfältig untersuchen, bevor es durch die explosive Dekompression oder Erhitzung Schäden erleidet.«

»Aber wozu, in aller Welt?«

»Das würde ich lieber für mich behalten«, erwiderte Koffield.

»Aber das ist absurd«, protestierte Orlang. »Ich kann Sie nicht eine Woche lang ohne irgendeine Erklärung in einer kontaminierten Zone herumspazieren lassen.«

Koffield schwieg einen Moment lang. »Ich weiß, es klingt absurd. Ich spreche nicht gern über meinen Verdacht, weil durchaus möglich wäre, dass ich dort hineingehen und überhaupt nichts entdecken könnte, und dann hätte ich unvernünftige Erwartungen oder Befürchtungen geweckt.« Er zuckte die Achseln. »Oder es könnte sein, dass ich etwas absolut Entscheidendes finde.«

Orlang musterte ihn unfreundlich. »Ich muss sagen, dass Ihr Verhalten ziemlich anmaßend ist, besonders in Anbetracht der kurzen Zeit, die Sie hier gewesen sind. Warum sollte ich Ihnen besonderen Zugang zu des Gründers Kuppel gewähren, wenn Sie mir nicht genug Vertrauen oder Respekt entgegenbringen, um zu erklären, warum Sie dort hinein wollen?«

Anton Koffield blickte ihr gerade ins Auge. »Tut mir Leid«, sagte er, »aber ich kann nicht mehr sagen als ich habe. Ich ersuche Sie nicht, andere in Gefahr zu bringen oder sich selbst irgendeinen Schaden zuzufügen. Aber ich muss mir dieses Grabmal ansehen, bevor Sie die Kuppel ausblasen. Dekompression und Hitzesterilisierung könnten etwas Wesentliches beschädigen oder zerstören.«

Wenn Norla auch nicht sehen konnte, was Koffield sah, so entging ihr doch nicht das Feuer, das plötzlich in seinen Augen aufflammte. Was ihn erregte, blieb ihr verborgen, aber sie konnte genug in seinen Zügen lesen, um die Erregung zu verstehen, das Bedürfnis, die Hand nach etwas auszustrecken, das sich ihm allzu lange entzogen hatte.

»Warum, im Namen des Himmels, sollte ich zustimmen?«, fragte Orlang. »Nur weil Sie den Wunsch äußern?«

»Weil er Anton Koffield ist«, hörte Norla sich sagen. »Weil er unvorstellbare Entfernungen in Zeit und Raum zurückgelegt hat, um Ihnen eine Warnung zu überbringen, die nur er sah, die nur er als bedeutungsvoll erkannte. Weil er alles riskierte, alles verlor, alles opferte, was er hatte, um Ihnen die Tatsachen zugänglich zu machen, um der Wahrheit willen und um zu tun, was er für richtig und seine Pflicht hielt. Weil er vorher seine Pflicht erfüllte und sie gut erfüllte, und zur Belohnung zu einer Schreckgestalt gemacht wurde. Die Leute von Glister erzählen ihren Kindern, das Koffield-Ungeheuer werde sie holen, wenn sie nicht artig sind. Weil er nach alledem noch immer bereit ist, für andere Risiken auf sich zu nehmen. Und weil jemand immer wieder versucht hat, ihm Knüppel zwischen die Beine zu werfen.« Sie blickte in die Runde. »Haben Sie sich einmal Gedanken darüber gemacht, warum? Warum jemand so angestrengt bemüht sein kann, ihm zu schaden? Warum sein Schiff sabotiert und sein Beweismaterial gestohlen wurde? Warum er ein zweites Mal in der Zukunft strandete, nachdem er seine eigene Zeit bereits einmal an eine inzwischen ebenfalls versunkene Zukunft verlor?«

»Woher soll ich es wissen?«, versetzte Orlang steif. »Wissen Sie es vielleicht?«

»Vielleicht«, sagte Norla. »Weil jemand fürchtet, was er finden könnte. Vielleicht glauben die Betreffenden, dass er noch immer eine Bedrohung darstellt. Und das ist der Fall. Wenn solch ein Mann glaubt, er könnte in des Gründers Kuppel etwas Lohnendes finden, würde ich an Ihrer Stelle auf ihn hören.«

Alle am Tisch, alle die noch im Raum waren, starrten sie an. Sogar Koffield starrte sie erstaunt an. In der plötzlichen Stille begriff Norla, dass sie es ihnen nicht übel nehmen konnte. Wäre es möglich gewesen, hätte sie sich selbst angestarrt. Was in aller Welt hatte ihr dieses leidenschaftliche Plädoyer entlocken können?

»Hm ja«, sagte Mandessa Orlang. »Das hat allerdings einiges für sich. Und wer andere zu solch einem Plädoyer inspirieren kann, sollte wohl ernst zu nehmen sein. Außerdem haben Sie mich daran erinnert, dass wir dem Admiral mehr als eine kleine Gefälligkeit schuldig sind.« Sie überlegte einen Moment lang. »Lassen Sie mich darüber schlafen«, sagte sie. »Vielleicht – nur vielleicht – können wir Ihnen doch noch helfen, Admiral.«

*

Nach einigem Hin und Her kam man überein, dass Koffield vierundzwanzig Stunden vor dem Ausblasen der Kuppel Einlass gewährt werden sollte. Vom Sicherheitsstandpunkt aus gesehen, war es zweifellos unklug, so viel Zeit allein in einer kontaminierten Zone zu verbringen, selbst wenn es in einem geschlossenen Druckanzug geschah. Jemand würde mit ihm gehen müssen, und diese Person sollte nach Möglichkeit mit dem Gegenstand von Koffields Suche vertraut sein.

Dieser letztere Punkt erklärte, warum Wandella Ashdin sich erbötig machte, mit ihm zu gehen, aber selbst nach wiederholten Unterweisungen seitens der Techniker zeigte sich, dass sie zwar in einem Schutzanzug einigermaßen zurechtkommen konnte, aber technisch nicht annähernd kompetent genug war, um

Koffield helfen zu können, wenn sein Anzug defekt würde. Seltsamerweise aber wollte Koffield Ashdin bei sich haben – eine recht bemerkenswerte Entwicklung angesichts des Umstandes, dass er wenig Geduld mit der Begeisterung der Frau für DeSilvo gehabt hatte. Und dank einer Folge von Argumenten, Angeboten und Gegenangeboten fand Norla Chandray, dass sie sich erbötig gemacht hatte, als dritte mitzugehen, obwohl sie es nicht unbedingt gewollt hatte.

Und so stieg sie fünf Tage später, die Haut noch prickelnd von der heißen Dusche, die für eine Weile ihre letzte sein würde, in das, was sie einen Druckanzug genannt hätte. Die Einheimischen Techniker nannten es einen Isolieranzug. Er hatte eine Anzahl Modifikationen, die ihn für die Arbeit in einer Kontaminierungszone geeigneter machten, aber er behielt eine starke familiäre Ähnlichkeit mit den Schutzanzügen, die sie während ihres ganzen Arbeitslebens immer wieder getragen hatte. Es war geradezu erstaunlich, dass ihre Kenntnisse von Druckanzügen aus dem letzten Jahrhundert und einem anderen Sternsystem hier und jetzt von Nutzen sein konnte.

Die Hauptverbindung zwischen der Kuppel des Instituts und jener des Gründers war ein unscheinbarer unterirdischer Tunnel, aber dieser Zugang war schon vor einiger Zeit gesperrt worden. Die Wissenschaftler wollten verhindern, dass Kontamination aus der Kuppel des Gründers durch die Luftschleuse entwich und den Tunnel entlang in das Gelände des Instituts gelangte. Die drei mussten den Landweg nehmen, der sie durch das nahezu vollkommene Vakuum der Oberfläche von Treibhaus führte und eine Abkürzung durch eine andere Kuppel nahm, die schon vor langer Zeit ausgeblasen worden war. Es versprach nicht die leichteste oder angenehmste Fußwanderung zu werden.

»Fertig?«, fragte Koffield, als die Techniker letzte Einstellungen vornahmen. Beide waren voll ausgerüstet, aber die Helmvisiere waren noch offen.

Norla nickte. »Dr. Ashdin wird schon drauf und dran sein, die Luftschleuse selbst zu öffnen, wenn wir uns nicht beeilen.«

»Sie scheint es wirklich ziemlich eilig zu haben, nicht wahr?«, erwiderte Koffield. Ashdin war, kaum dass sie ihren Anzug angelegt hatte, schon vor fünf Minuten zur Schleusenkammer geeilt. »Gehen wir ihr nach, bevor sie ganz außer Kontrolle gerät.«

Die beiden bedankten sich bei den Technikern und schritten den Korridor hinunter zur Schleusenkammer. Ashdin stand bereits dort, hatte das Helmvisier geschlossen und den Anzug versiegelt. Sogar durch den ungefügen Anzug und das vom Visier halb verborgene Gesicht war ihr anzusehen, wie eifrig und aufgeregt sie war. Sie schritt auf und ab und spähte einen Augenblick durch das Guckloch bei der Luftschleuse, plauderte mit dem Wärter und verabschiedete sich von den Wissenschaftlern des Instituts, die gekommen waren, sie gehen zu sehen.

Mandessa Orlang und Milos Vandar hatten sich ebenso eingefunden wie Yuri Sparten. Es hatte Norla nicht sonderlich überrascht, dass Sparten versucht hatte, gleichfalls an ihrer kleinen Expedition teilzunehmen, und noch weniger hatte es sie überrascht, dass Koffield es verhindert hatte. Da gab es Unterströmungen.

»Viel Glück, Admiral«, sagte Orlang und reichte Koffield die Hand. »Geben Sie Acht, ja? Wo Sie hingehen, wird es wahrscheinlich etwas warm werden.«

»Und danach wird die Luft ziemlich dünn«, ergänzte Vandar. Koffield ergriff Orlangs Hand und verbeugte sich knapp. »Ich danke Ihnen, Dr. Orlang«, sagte er. »Wir werden uns in Acht nehmen, glauben

Sie mir. Ich bin daran interessiert, Informationen zu sammeln, nicht unnötige Risiken einzugehen.«

»Bis in ein paar Tagen, dann«, sagte Vandar.

»Wiedersehen«, sagte Sparten und ließ es dabei bewenden.

Die drei verabschiedeten sich von den übrigen Besuchern, die von einem sehr höflichen, aber entschiedenen Techniker bugsiert wurden.

Darauf führte er die drei Reisenden in die eigentliche Schleusenkammer. Norla sah, dass ihr zweirädriger Gepäckkarren in der Schleusenkammer bereit stand. Sobald sie eingetreten war, begann der Techniker mit der letzten Überprüfung. »Bitte Anzüge zur Überprüfung schließen und einschalten.«

Ashdin hatte ihren Anzug bereits versiegelt und eingeschaltet. Norla und Koffield schlossen ihre Anzüge und betätigten die Betriebsschalter auf den Brusttafeln ihrer Anzüge.

»Anzug bereit zur Überprüfung«, sagte Norla.

»Bereit zur Überprüfung«, stimmte Koffield ein.

»Ah, ich auch«, sagte Ashdin. Sie war nervös und aufgeregt.

»Sehr gut«, sagte der Techniker. »Betriebsschalteranzeige aktiv«, sagte er. »Kommunikationssysteme funktionstüchtig. Sie haben eine Kurzstreckenfunksprechverbindung, die Ihre drei Anzüge zusammenschließt. Auf dem Kontrollfeld am linken Unterarm Ihrer Anzüge ist diese Verbindung mit *Kanal 1* gekennzeichnet. *Kanal 2* ist die allgemeine Operationsfrequenz, die auch über weitere Strecken funktioniert. Auf dieser Frequenz gibt es viel Verkehr, also ist es nicht leicht, ein Gespräch zu führen. *Kanal 3* verbindet Sie mit dem Institut hier. Wir können Sie auf diesem Kanal auch zu Privatnummern durchstellen.« Er überprüfte die telemetrischen Anzeigen und die Ablesungen an ihren Instrumententrägern. »Sauerstoffmischung und Luftdruck in Ordnung. Kühlsystem in Betrieb. Anzüge dicht und intakt …«

Er überprüfte die restlichen Punkte seiner Checkliste, dann nickte er in zögernder Befriedigung. »Die Anzüge arbeiten alle einwandfrei«, sagte er. »Sie werden mit den Temperatur- und Druckunterschieden fertig, die Sie erwarten – aber belasten Sie sie nicht zu stark. Wird es Ihnen in den Anzügen zu warm, drehen Sie nicht gleich die Kühlung voll auf. Sie könnten die Kühlkapazität später brauchen, und wenn Sie sie schon beim ersten leichten Schwitzen aufbrauchen, wird sie Ihnen später fehlen.

Denken Sie daran, sobald Sie in die Kuppel des Gründers gehen, können Sie nicht mehr heraus, ganz gleich was geschieht, bis die Kuppel ausgeblasen wird. Sie dürfen die Anzüge unter keinen Umständen öffnen, bevor Sie nach Ausblasen der Kuppel draußen sind und Ihre Anzüge dekontaminiert sind. Wenn Sie sich ein Bein brechen oder einen Herzanfall haben oder Ihr Mittagessen in das Helmvisier erbrechen, oder die Ableitung in Ihrem Anzug versagt und Sie ins Hosenbein statt in das Sammelsystem pinkeln, haben Sie Pech gehabt. Sie können Ihre Meinung jederzeit ändern, bis Sie die Kuppel des Gründers betreten, aber sobald Sie drinnen sind, müssen Sie dort und im Anzug bleiben, bis die Kuppel ausgeblasen ist. Niemand wird die Sicherheitsbestimmungen verändern oder etwas so Kompliziertes und Gefährliches und Wichtiges wie das Ausblasen einer Kuppel unterlassen, weil jemand unbedingt hinein wollte und die Verzichterklärung auf Hilfeleistung unterschrieben hat. Ist das klar?«

»Vielleicht ein bisschen klarer als wir es wollten«, sagte Norla.

»Gut«, sagte der Techniker. »Letzte Gelegenheit auszusteigen. Will jemand?«

Norla blickte zu Ashdin und erwartete beinahe, dass sie ihre Meinung ändern würde, aber Ashdin schüttelte den Kopf, und dass Koffield hineingehen würde, egal was geschehen mochte, war sowieso klar. Norla war beinahe versucht, das Angebot anzunehmen. Sie hatte Ihre Erfahrungen mit Langzeitaufenthalten im Schutzanzug und wusste, wie unangenehm es werden konnte. Aber sie war mindestens so neugierig wie jeder andere, zu erfahren, was Koffield suchte.

Stillschweigen gab dem Techniker seine Antwort.

»Hmm«, brummte er. »Ich hatte gehofft, dass wenigstens jemand vernünftig sein würde. Na gut denn. Viel Glück, und wir werden die Duschen bereithalten.«

Er verließ die Kammer, und die innere Tür der Luftschleuse fiel hinter ihm zu.

Die Schleuse begann ihre Arbeit. Norla blickte auf und beobachtete, wie das Filterfeld entstand und die Decke der Schleusenkammer verhüllte, um dann langsam abzusinken. Das schimmernde graue Feld bewegte sich tiefer und zwang die Luft durch die Bodenöffnungen unter ihren Füßen aus der Schleuse. Norla konnte die statische Ladung sogar durch den Schutzanzug auf ihrer Haut fühlen.

Das Feld sank tiefer, über ihren Helm, um ihren Körper. Kratzende und zischende Geräusche kamen aus dem Helmradio, als das Feld ihre Antenne erreichte. Die Störungen wurden lauter, verloren sich wieder und wurden von Stille ersetzt – äußerer Stille. In ihrem Anzug gab es genug Geräusche – das Summen und Ticken der Maschinerie, das Geräusch ihres eigenen Atmens –, aber von außen kam kein Geräusch mehr herein.

Sie sah sich nach Koffield und Ashdin um. Alles hatte die scharfe Klarheit angenommen, die das Fehlen von Luft kennzeichnete.

Ihr Schutzanzug wurde ein wenig steifer, als die flexiblen Gelenke sich im fehlenden Luftdruck außerhalb des Anzugs erweiterten. Sie blickte zu Boden, wo das Filterfeld seine Arbeit beendete und verschwand. Dann, nach kurzer Pause, schwang die äußere Schleusentür auf. Die Oberfläche von Treibhaus lag vor ihnen, eine schwarzgraue Steinwüste.

»Auf geht's«, sagte Koffield. Seine Stimme kam jetzt nicht mehr aus seiner Richtung, sondern aus den Lautsprechern in Norlas Helm. Er ergriff die Zugstange des Gepäckkarrens und zog ihn aus der Schleuse. Norla und Dr. Ashdin folgten ihm hinaus.

Nach ein paar Metern blieb Koffield stehen und wandte sich zurück. »Ich möchte mich zügig bewegen, aber wir werden wahrscheinlich besser vorankommen, wenn wir uns eine Minute Zeit zur Akklimatisierung nehmen. So können wir uns besser an die Anzüge gewöhnen, die Orientierung gewinnen und eine Vorstellung davon bekommen, wie die Landschaft und die Bodenbeschaffenheit sind.«

Norla trat ein paar vorsichtige Schritte hinaus auf den steinigen, staubigen Boden. Irgendwie wurde ihr in dem schweren Isolieranzug die geringe Schwerkraft von Treibhaus draußen auf der Oberfläche stärker bewusst als in der Kuppel des Instituts. Treibhaus war ein kleiner, dunkler Satellit des Riesenplaneten Comfort. Trotz der durch menschliche Aktivität verursachten Ausgasung und der Aufheizwirkung des Sonnenspiegels war seine Masse zu gering, um eine Atmosphäre zu halten. Die nur durch präzise Messungen nachgewiesene, überaus dünne Atmosphäre war kaum von dem beinahe vollkommenen Vakuum auf dem Erdmond zu unterscheiden.

Der Himmel war schwarz, die Landschaft ein schmutziges, staubiges Grauschwarz, die großen und kleinen Felsen und der dicke Gesteinsstaub alle von der gleichen düsteren Tönung. Zumindest dieser Teil von Treibhaus war alles andere als sehenswert.

Hinter ihnen erhob sich die Kuppel des Instituts, und an verschiedenen Punkten des nahen Horizontes waren drei weitere aktive Kuppeln zu sehen. Von außen betrachtet, leuchteten sie im lieblichen Himmelblau eines vollkommenen Frühlingstages, noch verstärkt durch den Umstand, dass es die einzige nennenswerte Farbe in der Landschaft war.

Es war kurz nach dem örtlichen Sonnenaufgang – oder, genauer gesagt, dem Sonnenspiegelaufgang. Norlas Helmoptik nahm dem Sonnenspiegel die Blendwirkung, als sie sich umwandte, ihn zu beobachten. Comfort hing riesig und beherrschend im Himmel, und Sterne sprenkelten die Dunkelheit jenseits davon. Hinter ihnen strahlte das Zentralgestirn und verstärkte das Licht über der Ödnis. »In Ordnung«, sagte Koffield, »wir können gehen.« Er nahm wieder die Zugstange des Gepäckkarrens und marschierte nach Osten, dem aufgehenden Sonnenspiegel entgegen. Sein Schatten erstreckte sich weit hinter ihm, als er sich vorbeugte, um den Karren durch den losen Staub und Sand zu ziehen, aber der Schatten blieb schwach im Sonnenschein aus der anderen Richtung, der einen zweiten Schatten nach vorn warf.

»Wir sind jetzt auf dem privaten Kanal eins, richtig?«, fragte Ashdin.

»Ja, aber ich vermute, dass die Sendeenergie aller Kanäle gleich hoch ist«, sagte Koffield. »Ich kann mir kaum vorstellen, dass jemand, der seine Arbeit ernst nimmt, Mühe haben würde, uns abzuhören, wenn er es für nötig hielt. Ich nehme an, Sie möchten ungestört sprechen, nur unter uns dreien?«

»Ja, so ist es«, erwiderte Ashdin. »Wir werden mehr wissen, sobald wir am Ziel eintreffen, und dann werden wir gern die Gelegenheit zu einem privaten Meinungsaustausch nutzen wollen. Vielleicht sollten wir schon jetzt ausprobieren, wie es mit herabgesetzter Sendeenergie funktioniert.«

»Ein guter Gedanke«, sagte Koffield. »Also stellen wir Kanal eins auf minimale Reichweite ein.«

Norla berichtigte die Einstellung auf dem Kontrollfeld. »Kanal eins, minimale Energie«, sagte sie.

Koffield hielt einen Moment inne, um seinerseits die Einstellung zu verändern, blickte aber nicht zurück. »In Ordnung, ich höre«, sagte er. Seine Stimme klang plötzlich dünn und fern. »Kanal eins auf minimaler Energie.«

»Ich … ah … habe Schwierigkeiten«, sagte Ashdin.

»Warten Sie, ich werde Ihnen helfen«, sagte Norla.

»Wie? Sagten Sie etwas?«

Norla widerstand der Versuchung, einen vernehmlichen Seufzer auszustoßen. Immerhin bemerkte Ashdin schon einen Augenblick später, dass Norla sie hören konnte, Ashdin aber nicht sie. Sie wandte sich zu Norla und diese winkte sie näher. Sie nahm Ashdin beim Unterarm und drehte ihn, bis sie das Kontrollfeld sehen konnte. Ashdin hatte es fertiggebracht, ihre Empfängerlautstärke auf null zu drehen, statt die Sendeenergie zu reduzieren. Norla machte die entsprechenden Einstellungen.

»Können Sie mich jetzt hören?«, fragte sie und spähte durch Ashdins Helmvisier.

»O ja«, sagte Ashdin. »Viel besser. Und nun, Admiral Koffield, sind wir unter uns, sodass Sie uns erzählen können, was diese Expedition bezweckt.«

Aber von Koffield kam keine Antwort. Norla wandte sich um und blickte in die Richtung, in die sie gingen. Koffield war bereits hundert Meter voraus. »Kommen Sie«, sagte sie. »Wir müssen ihn einholen. Die minimale Reichweite dieser Funksprechgeräte ist sehr gering, damit andere Kommunikationen nicht gestört werden. Anscheinend sind wir schon außer Reichweite seines Geräts. Beeilen wir uns.«

*

Koffield legte trotz des Umstandes, dass er den Gepäckkarren zog, ein forsches Tempo vor, und die beiden Frauen brauchten mehrere Minuten, bis sie ihn einholten.

»Da sind Sie ja«, sagte Koffield, als sie schließlich an seine Seite kamen.

»Ja, da sind wir«, erwiderte Norla ein wenig außer Atem und etwas irritiert. »Sie hätten auch auf uns warten können.«

»Vergeben Sie mir, Norla«, sagte er. »Das ist die Ungeduld des Entdeckers, nehme ich an.« Er verlangsamte seinen Schritt ein wenig. »Es kann kaum einen Unterschied machen, ob wir zehn Minuten früher oder später das Ziel erreichen.«

»Was wollen Sie entdecken?«, schnaufte Ashdin. »Es ist höchste Zeit, dass Sie uns erklären, was wir sehen werden.«

Koffield schmunzelte. »Ich bin nicht sicher, ob Sie das Opfer des Scherzes sind, oder ich selbst, aber die aufrichtige Antwort ist, dass ich nicht die leiseste Ahnung habe.«

Ashdin blieb stehen und starrte ihn an. »Sie wissen es nicht? Ja, was tun wir dann hier draußen, um Himmels willen?«

Koffield hielt gleichfalls einen Moment inne, um ihren Blick zu erwidern, aber es war deutlich, dass er keinen Augenblick länger verweilen wollte als er musste. »Ich habe keine Ahnung von dem *was*«, sagte er. »Aber ich habe eine sehr klare Vorstellung von dem *warum*. Aber bitte, ich bin – oder habe zumindest das Gefühl, dass ich dem Ende einer sehr langen Suche nahe bin. Einer Suche oder Jagd, die mir erst in jüngster Zeit bewusst geworden ist. Ich bin allzu lange zurückgehalten worden – Jahrhunderte zu lang. Ich werde Ihnen alle Fragen beantworten und Ihnen alles erklären, was ich weiß, aber lassen Sie uns weitergehen. Ich bin dem Ziel zu nahe, um mich noch länger aufzuhalten.«

»In Ordnung«, sagte Ashdin.

»Danke«, sagte Koffield und setzte sich mit dem Gepäckkarren sofort wieder in Bewegung.

»Sie sagten, Sie glauben das *Warum* zu kennen«, sagte Norla zu Koffields Rücken. »Was meinten Sie damit? Was ist das ›Warum‹ in alledem?«

»Ego«, antwortete Koffield. »Das ›Warum‹ ist nur eins: Dr. Oskar DeSilvos riesiges und unersättliches Ego.«

Auch nach langer Erfahrung mit Schutzanzügen blieb es für Norla ein seltsames Gefühl, den Mann mehrere Meter vor sich zu sehen und seine körperlose Stimme aus den Helmlautsprechern an ihren Ohren zu hören. Vielleicht lag es daran, dass dies nicht die übliche Art von Unterhaltung in solchen Situationen war, kein routinemäßiges Hin und Her über technische Einzelheiten beim Andocken oder bei der Einstellung einer Antenne. Dies war Anton Koffield, der verschlossenste Mann, den sie kannte, der vor ihnen davonzulaufen schien und sich doch erklärte, während er dem entgegenstrebte, was er suchte.

»Dr. DeSilvos Ego?«, fragte Ashdin. »Ich weiß recht gut, dass Sie den Mann nicht schätzen, Admiral, aber ich weiß nicht, warum ich hier herauskommen musste, um weitere Angriffe auf ihn zu hören. Der Mann ist längst tot. Ist sein Ego jetzt noch von Bedeutung?«

»Ja«, sagte Koffield. »Weil er wieder tot ist, anscheinend zum hundertsten Mal. Er wurde eingeäschert und beerdigt, aber wo beerdigt?«

»In des Gründers Kuppel«, sagte Ashdin. »Ehrlich gesagt, Admiral, ich habe mehr von Ihnen erwartet.«

»Aber sehen Sie sich den Mann an«, sagte Koffield, während er vor ihnen dahinschritt. »Denken Sie darüber nach. Denken Sie, aber nicht daran, was Sie ihr Leben lang gewusst haben, dass er starb und testamentarische Anweisungen hinterließ, dass er eingeäschert werden und seine Asche hier beigesetzt haben wollte. Denken Sie an den Mann, seinen Stolz, sein Bedürfnis, bewundert zu werden und im Mittelpunkt zu stehen. Treibhaus? Das ist das Ende der Welt. Solace war der Mittelpunkt seines Triumphes. Denken Sie an die überdimensionalen, aufgeblasenen Entwürfe und unpraktischen Bauten, die er errichtete. Alles war mehr darauf abgestellt, bewundert zu werden als nützlich zu sein. All diese Bauwerke sind in einem ganz unmittelbaren Sinne Monumente zu seiner Selbsterhöhung. DeSilvo verlangte nach Unsterblichkeit im buchstäblichen und übertragenen Sinne. Alles was er jemals tat, war eine Bemühung, für alle Zeiten in Erinnerung zu bleiben.

Würde er sich wirklich ein bescheidenes Grabmal für eine kleine Urne errichten und auf eine Welt setzen, von der sogar er wusste, dass sie nicht für immer bestehen würde? Treibhaus wird absterben und kalt und dunkel werden, sobald der Sonnenspiegel versagt, weil die Steuerung ausfällt oder erblindet, weil späteren Generationen die Mittel oder der Wille fehlen, ihn zu erneuern. DeSilvo wusste das.

Würde es nicht eher seinem Charakter entsprochen haben, wenn er sich ein mächtiges Denkmal im Zentrum von Solace City erbaut hätte oder auf einer Anhöhe außerhalb der Stadt, wo jeder, der zur Besichtigung seines Grabmals käme, auch seine brillante Architektur würde bewundern müssen?«

Ashdin schwieg. Norla warf ihr einen Seitenblick

zu, aber ihr Helmvisier reflektierte das Licht des aufgehenden Sonnenspiegels, und Norla konnte ihr Gesicht nicht sehen, geschweige denn ihren Ausdruck lesen. Aber Koffields Logik war einleuchtend. Norla kam etwas anderes in den Sinn.

»Ulan Baskaw«, sagte sie.

Koffield blieb einen Moment lang stehen, wandte sich halb um und blickte hinter sich. Auch die beiden Frauen machten Halt. Er nickte mit übertriebener Bewegung, um es im Anzug erkennbar zu machen. »Ja, richtig, Norla. Ich hatte nicht an diesen Aspekt gedacht. Ich war so auf die Überlegung konzentriert, warum DeSilvo darauf bestanden haben sollte, anderswo begraben zu werden, dass ich vergaß, warum er es sogar abgelehnt haben würde, hier begraben zu werden.«

Er wandte sich wieder nach vorn und ging weiter.

»Ich verstehe nicht«, sagte Ashdin.

»Denken Sie darüber nach«, sagte Norla, als sie sich in Bewegung setzten, um Koffield zu folgen. »Denken Sie nicht nur daran, was Sie wussten, bevor wir hierher kamen, sondern daran, was der Admiral Ihnen über die Treibhaus-und-Sonnenspiegel-Technik erzählte. Die war nicht DeSilvos Idee. Er gab vor, dass er selbst auf den Gedanken gekommen sei, wusste aber nur zu gut, dass er die Idee gestohlen hatte, plagiiert von einem Mann, der Jahrhunderte vor ihm gelebt hatte. Solace war sein, das wusste jeder, und es war die Wahrheit. Aber Treibhaus? Würde er seine letzte Ruhestätte wirklich an dem einen Ort suchen und seine Erinnerung mit einem Grabmal verewigen wollen, der für all seine Lügen und Selbsttäuschungen stand? Treibhaus war genau der Ort, der ihn daran erinnerte, dass er ein Betrüger war.«

»Und das ist der ganze Grund, der Sie zu der Annahme verleitet, DeSilvo sei nicht hier begraben?«

»Das ist der ganze Grund«, bestätigte Koffield. »Außer einem weiteren Umstand. Sie nehmen an, DeSilvo sei dreizehn Jahre nach meiner Abreise endgültig gestorben. Warum?«

»Wieso fragen Sie ›warum‹? Jeder Text, jede Quelle, jede Biographie, alle Augenzeugen sind sich über den Tag von DeSilvos Tod einig.«

»Waren Sie dort? Haben Sie es gesehen? Er ist schon oft gestorben und hat den Tod betrogen. Können Sie *beweisen*, dass er damals endgültig starb? Oder dass er wirklich tot ist? Wenn wir die Urne in seinem Grabmal öffnen würden, könnten Sie mit Sicherheit sagen, dass die Asche darin seine ist?«

Ashdin blieb stehen. Norla blieb bei ihr, aber Koffield sah sich nicht einmal um. »Sie sagen nicht bloß, es sei nicht sein Grabmal«, sagte Ashdin, »sondern Sie sagen, dass der Mann in Wirklichkeit nicht einmal tot sei?«

Nun machte auch Koffield Halt und blickte zurück. »Warum nicht?«, fragte er. »Ich wurde vor mehr als dreihundert Jahren geboren und habe mehr als dreiviertel dieser Zeit im Tieftemperaturschlaf verbracht. DeSilvo war bereits Dutzende von Malen in Tieftemperaturschlaf und temporaler Beschränkung gewesen, als ich ihn kennen lernte. Zu der Zeit hatte er nur achtzig Jahre biologischer Zeit gelebt, obwohl Jahrhunderte vergangen waren. Ich halte es durchaus für möglich, dass er entweder den Tod fingierte – oder wirklich veranlasste, dass er, wenn auch nur zeitweilig, klinisch für tot erklärt werden konnte, nur um eine Konfrontation mit mir zu vermeiden, bevor ich nach Solace abreiste. Früher oder später, ja, fand er wahrscheinlich seinen endgültigen Tod. Aber wie können wir es mit Gewissheit sagen? Wenn es um einen Mann geht, der so oft wie er starb und wiedererweckt wurde, der Daten und Aufzeichnungen in hochentwickelten Datenspeichersystemen manipulieren und fälschen konnte und es auch tat, brauche ich mehr als Bücher, die übereinstimmend seinen Tod feststellen, bevor ich glaube, dass er für alle Zeit tot ist.«

Ashdin antwortete nicht, und die drei setzten sich wieder in Bewegung und gingen eine Weile schweigend dahin.

Koffield sprach als Erster, wenn auch nicht über die Angelegenheit, die sie alle beschäftigte. »Die Kuppel voraus und etwas zur Linken sollte die so genannte Sonnenblume sein«, bemerkte er. »Oder was davon übrig ist.«

Die Sonnenblume war nicht wie die Kuppel des Instituts hinter ihnen. Sonnenblume war vor langer Zeit ausgeblasen worden, und nun lag sie so dunkel und grau und tot wie alles andere an der Oberfläche vor ihnen. »Sollten wir da wirklich durchgehen?«, fragte Norla.

»Warum nicht? Die Kuppel liegt direkt zwischen dem Institut und unserem Ziel. Wenn wir sie umgingen, würde es ein Umweg von mindestens zwei Stunden sein.«

»Vielleicht würde es mir nichts ausmachen, zwei Stunden von meiner Zeit zu opfern, um es zu vermeiden«, sagte Norla. Aber das konnte Koffield nicht überzeugen, und sie folgte ohne weitere Einwände, als sie auf die Trümmer der Kuppel zuhielten.

Nicht lange, und sie erreichten den Rand des Trümmerfeldes, die Bruchstücke der ausgeblasenen Kuppel: zerbrochene Stücke von Rohrleitungen und Maschinerien, Glassplitter, Äste, belaubte Zweige und ganze Bäume, die mit den Wurzeln herausgerissen und auf die luftlose Oberfläche hinausgeschleudert worden waren, und schlimmer noch, tote Vögel und kleine Tiere, deren Kadaver mumifiziert und von dem Wechsel extremer Kälte und Hitze auf der Oberfläche von

Treibhaus geschrumpft und fast zu Nichts geworden waren. Norla sah den ausgetrockneten Kadaver eines Eichhörnchens im Staub, wohin die Ausblasung es geworfen hatte. Sein Fell war von der täglichen Backofenhitze schwarz geworden. Sie dachte an den Häher und das Eichhörnchen, die in den Bäumen der Institutskuppel ihre muntere Fehde ausgetragen hatten, und fand den Gedanken unerträglich, dass das ausgetrocknete, steife, leblose Ding ein genauso lebhaftes, gewandtes und possierliches Tier gewesen war. War dies die Zukunft, die auch der Institutskuppel bevorstand? Gab es keine Möglichkeit, dem Zusammenbruch Einhalt zu gebieten?

Vielleicht war das Wissen der Unvermeidlichkeit, dass alle Kuppeln und Habitats und umgestalteten Welten den Keim des Untergangs in sich trugen, der erste Schritt. Wie lautete der Begriff, der während des chaotischen Symposiums immer wieder gefallen war? Maskierte Kausalität? Nein. Maskierte Ursachenverknüpfung, das war es. Die tieferen Verbindungen zwischen Ereignissen blieben im willkürlichen Lärm des Alltagslebens unbemerkt, sodass dreiundzwanzig miteinander verknüpfte und ähnliche Ereignisse als dreiundzwanzig separate und unzusammenhängende Vorfälle gesehen wurden. Vielleicht würde diese Erkenntnis eines Tages zu einer Möglichkeit führen, das Problem zu lösen. Es war eine schwache Hoffnung, aber alles, was sie finden konnte.

»Dr. Orlang sagte mir, dass dies hier schief ging«, sagte Ashdin. »Der Zweck, eine Kuppel auszublasen, ist ihre Sterilisierung für späteren Gebrauch. Dabei soll die Kuppel nicht vollständig zerstört werden. Aber dies war eine der Ersten, die ausgeblasen wurde, und die Sprengladungen wurden falsch berechnet und falsch angebracht. Statt an bestimmten Stellen Löcher in die Kuppel zu sprengen, sodass es zu einer plötzlichen Dekompression kommt, wurde die ganze tragende Konstruktion zerstört. Seit damals hat man gelernt, es besser zu machen.«

»Man hatte auch genug Gelegenheit, praktische Erfahrungen zu sammeln«, bemerkte Koffield grimmig. »Diese ganze kleine Welt besteht nur aus überkuppelten Gebäudekomplexen und Versuchsgütern und experimentellen Anpflanzungen.«

Die Trümmer wurden größer und schwerer, als sie sich dem äußeren Rand der zerstörten Kuppel näherten. Sie umgingen eine fünfzehn Meter lange Eiche, die auf der Seite lag. Die explosive Dekompression hatte sie entwurzelt und aus der Kuppel geworfen. An verschiedenen Ästen des toten Baumes hingen noch Zweige und Blätter, Erdklumpen hafteten an der Wurzeln. Ein so mächtiges Lebewesen tot im harten Vakuum liegen, überhaupt den Tod in allen Erscheinungsformen in dieser Landschaft lebloser Luftleere zu sehen, griff Norla ans Herz. Alles war Verhängnis, Untergang, Tod.

Sie suchten sich den Weg durch die Trümmer und kamen an die massive Verankerungsmauer, die noch intakt war und einst das tragende Gerüst der Kuppel gehalten und gestützt hatte. Jemand hatte den Schutt von einer Schleusentür entfernt, die beinahe ein Zwilling derjenigen war, durch die sie die Institutskuppel verlassen hatten. Der Schutt war offenbar von einer Planierraupe zu beiden Seiten an die Mauer geschoben worden.

Die innere und die äußere Tür der Schleuse standen offen, und sie betraten die Ruine des Kuppelbaues.

Anscheinend war die Ruinenstätte eine bequeme Abkürzung, sodass man drei Wege durch den Schutt und die Trümmer im Innern freigeräumt hatte. Einer führte gerade nach Osten, der Zweite bog in südöstliche Richtung ab, und der Dritte führte nach Nordosten. Koffield hatte vor dem Aufbruch jede verfügbare Karte studiert und führte sie jetzt ohne zu zögern den nordöstlichen Weg entlang.

Der geräumte Weg ließ die Trümmerhaufen zu beiden Seiten noch schlimmer erscheinen. Sie passierten schuttübersäte Gärten und Felder, Gebäude, deren Dächer abgedeckt, deren Türen und Fenster herausgerissen worden waren, Fetzen von Kleidungsstücken, Papiere, Bücher, eine Spielzeugpuppe, Hausrat – kleine persönliche Dinge, von ihren Eigentümern zurückgelassen, von der explosiven Dekompression verstreut und liegen gelassen, wo sie hingefallen waren. Die Ruinen von Gebäuden, Baumgruppen, die irgendwie stehen geblieben waren, ragten vor ihnen auf und blieben hinter ihnen zurück. Die Ausmaße des verlassenen Ortes gemahnten an die Ruinen eines Dorfes oder Gutshofes, die einst von einer untergegangenen Rasse von Riesen bewohnt waren. Es schien unglaublich, dass bloße Menschen imstande sein konnten, so gewaltige, hohe Bauwerke zu errichten – um sie dann von solcher Höhe in diese Tiefen von Verlust und Untergang fallen zu lassen. Der Sonnenspiegel stieg im Osten höher, während die erdrückende, gigantische Masse des Gasriesen in ihrer Himmelshälfte erstarrt schien. Aber wenn der Himmel seltsam und fremd wirkte, so galt dies genauso für die Landschaft.

Es war ein unbegreiflicher Ort. Norla dachte an Barbaren, die durch die Überreste einer einst mächtigen Stadt gingen, vorbei an Bauwerken, die weitaus gewaltiger waren als sie erträumen konnten, umgeben von Hinweisen auf eine längst vergangene Macht, die ihre eigenen Fähigkeiten bei weitem übertroffen hatte. Konnten die Solacier der Gegenwart, deren Vorfahren diese Kuppel errichtet hatten, etwas so Großartiges wie diese Ruinenstätte erbauen?

Aber das allgegenwärtige Wort war *Ruinen.* Heute

war die Kuppel mit dem lieblichen Namen Sonnenblume im Zustand trostloser Verlassenheit. Morgen würde des Gründers Kuppel an der Reihe sein. Und dann? Dies war das Verhängnis, das auch die gepflegten, heiteren Parks des Institutsgeländes ereilen würde, alle ähnlichen Orte und Welten, die Norla je gesehen hatte, mit Ausnahme der Erde selbst. Koffield hatte ihnen das gezeigt, hatte bewiesen, dass alle Kuppeln und Habitats und terraformte Welten absterben und in ihren Urzustand zurückfallen würden. Vergangenheit, Gegenwart, Zukunft.

Das Wissen war wie ein Fluch, schlimmer als alles andere. Man konnte nicht ertragen, darüber nachzudenken.

»Wenn es kein Grabmal ist – was ist es dann?«, fragte Ashdin und unterbrach das lange Stillschweigen, das angedauert hatte, seit sie durch die zerstörte Luftschleuse gekommen waren.

»Wie meinten Sie?«, fragte Koffield.

»Das Grabmal. Sie nannten uns die Gründe Ihrer Annahme, dass es nicht ist, was es zu sein scheint. Was also wird es sein?«

»Ich habe nicht die leiseste Ahnung«, sagte Koffield. Doch dann, nach kurzem Nachdenken, berichtigte er sich. »Nein, das ist nicht ganz zutreffend. Ich habe Vorstellungen. Aber sie kommen sogar mir absurd vor.«

Er blieb stehen, setzte die Zugstange des Karrens nieder und streckte und krümmte die Finger, als er sich zu den beiden umwandte. »Wollen wir eine Minute rasten?«

»Gern«, sagte Norla. Sie waren in einer Anlage, die einst ein Steingarten gewesen sein mochte, mit großen flachen Blöcken von der richtigen Höhe, dass sie als Bänke dienen konnten. Sie setzte sich auf einen und Ashdin nahm neben ihr Platz. Koffield blieb stehen und schritt langsam vor ihnen auf und ab. »Also erzählen Sie«, sagte Norla. »Was, meinen Sie, baute DeSilvo anstelle eines Grabmals?«

»Und wie kamen Sie zu dieser Schlussfolgerung«, warf Ashdin ein.

»Gut«, sagte er. »Fangen wir mit der Maxime an *Denke wie dein Feind*«, sagte er. »Das hörte ich immer von meinen Instrukteuren, als ich angehender Offizier im Nachrichtendienst war.«

»Aber …«, fing Ashdin an.

»Bevor wir uns in eine Debatte darüber verlieren«, sagte Koffield, »nein, ich sehe DeSilvo nicht als meinen Feind – wenigstens weiß ich es nicht mit Bestimmtheit. Aber er war oder ist sicherlich mein Gegenspieler. Ich suchte aufzudecken, was er verbergen wollte. Er wollte eins, und ich wollte das andere. In Ordnung?«

»Ich denke schon«, sagte Ashdin, nicht sehr befriedigt.

»Also muss ich wie er denken, ihn verstehen, wenn ich seinen Handlungen einen Sinn abgewinnen will.« Koffield hörte auf, hin und her zu gehen und blickte auf Ashdin nieder. Sein Gesicht war hinter der Visierscheibe seines Helms undeutlich sichtbar. »Sie sehen ihn noch immer als einen Helden, ein Genie. Ich tue das nicht mehr. Ist er, war er schlecht, oder unterlag er einer Täuschung, litt er an Wahnvorstellungen? Ich glaube es nicht. Und doch verübte er irgendwie ein so ungeheures Verbrechen, dass Sie, Dr. Ashdin – und ich glaube sagen zu können, die meisten Menschen – Schwierigkeiten haben, überhaupt ein Verbrechen darin zu sehen. Die einzige Verteidigung, die ich sehen kann, ist die, dass er irgendwie nicht die Konsequenzen seines Tuns überblickte, aber ich kann daran nicht glauben. Er muss Bescheid gewusst haben. Er unternahm das Terraformungsprojekt von Solace in dem sicheren Wissen, dass es schließlich scheitern würde. Er verwendete Techniken, um das Terraformen zu beschleunigen, musste aber wissen, dass damit auch das Verhängnis beschleunigt würde. Sie haben die Beweise gesehen, die ich vorbrachte, die Geschichte gehört, die ich erzählte. Welche andere Erklärung haben Sie?«

»Wir haben nur Ihr Wort, soweit es diesen Ulan Baskaw und seine Bücher betrifft«, sagte Ashdin. »Sein Name – oder ihr Name, wenn es eine Frau war, erscheint in keinem Archiv, keiner historischen Untersuchung, die mir bekannt ist.«

»Richtig. An diesen Punkt hatte ich nicht gedacht. Aber es gibt zumindest Beweise für die Existenz von Baskaws Arbeit. Ich bin kein Mathematiker, aber ich brachte Ihnen die Arbeit eines mathematischen Genies. Sie muss von irgendwo gekommen sein. Sie deckt sich vollkommen mit der Arbeit, die DeSilvo als seine eigene ausgibt, und hat das Verdienst, wahr und nachprüfbar zu sein. Das gibt mir sicherlich eine gewisse Glaubwürdigkeit. Und wo Sie meine Geschichte mit Ihren Unterlagen vergleichen konnten, hat sie sich bestätigt.«

»Trotzdem kann ich es nicht glauben«, protestierte Ashdin. »Er hätte es nicht getan.«

»Nehmen wir es einmal theoretisch an, Dr. Ashdin«, sagte Norla. »Sie wünschten die Antwort des Admirals. Lassen Sie ihn fortfahren.«

»Meinetwegen«, sagte Ashdin widerwillig. »Nehmen wir einmal an, Ihre Geschichte sei wahr. Aber mein Argument ist, dass ein Verhalten, wie Sie es Oskar DeSilvo nachsagen, völlig untypisch für ihn ist.«

»Ja, das ist richtig.« Koffield wandte sich ab und überblickte die tote Ruinenlandschaft, die sie umgab. »Es ist untypisch für ihn – zumindest für den Teil von ihm, den er sehen ließ. Er war freundlich, liebenswürdig, von angenehmen Umfangsformen, ein Mann von Welt – beliebter und verehrter als ich jemals sein werde, und doch war er ein Intrigant, ein Manipulator, ein Benutzer, ein Schwindler, ein Plagiator größten Maßstabs. Ich habe gegenwärtig keinen Beweis für meine Geschichte von Baskaw und seine verschwundenen Bücher, aber sie ist nichtsdestoweniger wahr. Sie sagten mir, dass Oskar DeSilvo ein überaus widersprüchlicher Charakter war. Ich schäme mich nicht im Mindesten zuzugeben, dass ich das Denken aus seiner Perspektive, seiner Sichtweise äußerst schwierig finde.«

»Was würde ein Mann wie der in einem Grabmal hinterlassen?«, fragte Norla.

»Grabmal. Ich denke, ein Teil der Antwort liegt in dieser Bezeichnung«, sagte Koffield. »Ein falsches Grab. Ein Kryobehälter. Ein temporales Beschränkungsfeld. Allesamt Simulationen des Todes. Und erinnern Sie sich, dass er, nachdem ich Baskaws Bücher gefunden hatte, sich buchstäblich in den Tod zurückzog, wenn auch nur zeitweilig, vielleicht nur um einer Auseinandersetzung mit mir zu entgehen. Ein Grab ist doch immer die beste Befestigung wider die Stürme des Schicksals, hat ein kluger Mann mal gesagt. Ein Grab ist sicher, der Tod ist sicher. Niemand kann einen behelligen oder herausfordern, wenn man tot ist. Aber er hatte ein massives Ego. Ich glaube nicht, dass er sich einbilden konnte, die Menschen ließen sich durch seine Fehler und Betrügereien für immer täuschen. Und natürlich wusste er in seinem tiefsten Innern, dass Solace einmal scheitern würde. Bei all seinen Fehlern war DeSilvo sicherlich menschlich genug, um Schuld empfinden zu können – und er hatte sicherlich genug Gründe, sich schuldig zu fühlen. Aber der Tod, wirklich oder simuliert, erlaubte ihm, sich vor dem Zorn jener zu retten, die er verletzt hatte.«

Koffield wandte sich wieder nach vorn und blickte in die Richtung ihres Reiseziels. Zu des Gründers Kuppel und was immer dort war. »Er musste wissen, dass beide betrügerischen Täuschungen – sein Grab und Solace selbst – früher oder später untergehen würden. Warum sich also ein falsches Grabmal auf der falschen Welt errichten – einer Welt, die er der biotechnischen Forschung widmete?«

»Eine Antwort«, sagte Norla. »Eine Antwort, die er hinterlassen konnte, ohne in die Nähe der Menschen und der Welten zu kommen, die er verletzt hatte.«

»Ja!«, sagte Koffield. »Genau. Stolz, Schuld, Ego und Tod. Ein Mann, der sich mit diesen Dingen beschäftigte, ein Mann, der über enorme Hilfsquellen verfügen konnte, der vielleicht Jahrzehnte hatte, das Problem zu studieren, statt die bloßen Wochen und Monate, die ich hatte, oder die wenigen Tage, die unsere Freunde im biotechnischen Institut gehabt haben – ein solcher Mann könnte etwas gefunden haben. Einen Ausweg.«

»Um ihn in seinem Grab zu verschließen?«, fragte Ashdin zweifelnd.

»Wiederauferstehung!«, sagte Norla und sprang plötzlich auf. »Aus dem Grab ersteht Leben!«

»Und die Wiederauferstehung seines Rufes«, sagte Koffield, der seine Erregung kaum beherrschen konnte. »Genau, Norla! Es passt. Das alles passt viel besser zu seiner Psychologie als die Errichtung seines eigenen wirklichen Grabmals hier nach seinem endgültigen Tod.«

»Und Sie sind besorgt, dass die Antwort, was immer sie ist, die explosive Dekompression nicht überleben würde?«, fragte Ashdin.

»Sehen Sie sich um«, erwiderte Koffield und zeigte mit ausgestrecktem Arm über die Trümmerwüste. »Angenommen, es unterläuft ihnen wieder ein Fehler?

Von welcher Art der Hinweis auch sein mag, den wir suchen, ich bezweifle, dass wir ihn an einem Ort finden würden, der wie dieser aussieht.«

Auch Ashdin stand auf und blickte von Norla zu Koffield. »Es ist nicht genug«, sagte sie. »Sie mögen etwas haben, ja. Aber es ist zu dünn. Zu konstruiert. Sie greifen zu weit aus. Vielleicht ist DeSilvos Grabmal nicht, was wir alle dachten – aber ich glaube auch nicht, dass es ist, was Sie denken.«

»Wollen wir hingehen und es feststellen?«, fragte Koffield ruhig.

»Lassen Sie mich eine Weile den Karren ziehen«, sagte Norla. »Also weiter. Gehen wir.«

## 23.

# KOLLATERALSCHADEN

Sie zogen weiter, ohne viel zu reden. Vielleicht hatten sie ohnehin schon zu viel gesagt. Sie erreichten das andere Ende der zerstörten Kuppel und verließen das Trümmergelände durch eine weitere verlassene Luftschleuse mit offenen Türen. Jenseits der Fundamentmauer war der Boden auch hier übersät von Trümmerstücken. Es war schwierig, nicht daran zu denken, dass sie mit voller Absicht an einen Ort gingen, dem in kurzer Zeit das gleiche Schicksal drohte. Theoretisch waren die Ingenieure und Sprengmeister diesmal besser gerüstet und konnten eine explosive Dekompression der Kuppel des Gründers bewerkstelligen, die Öffnungen für die entweichende Luft schaffen würde, ohne die ganze Kuppel zu sprengen. Sie konnten nur hoffen, dass es diesmal vorsichtiger und präziser vonstatten gehen würde, und dass die Sicherheitsvorkehrungen, die sie zu ihrem Schutz getroffen hatten, ausreichen würden, wenn die Zeit käme.

Als sie ungefähr einen Kilometer entfernt waren, sahen sie einen Arbeitstrupp aus des Gründers Kuppel kommen. Eine der Gestalten winkte ihnen mit den Armen.

»Meinen Sie, dass sie uns rufen?«, fragte Asndin.

»Schalten wir auf Kanal zwei«, sagte Koffield.

Norla tat es und hörte sofort eine neue Stimme.

»... ihr die Verrückten, die da hinein wollen?«, fragte die Stimme, mehr spöttisch als grob. Es war eine Männerstimme.

»Die sind wir«, erwiderte Koffield munter. »Wir haben alle Genehmigungen, die wir brauchen.«

»Fein«, sagte die Stimme. »Freut mich, Sie zu sehen.« Norla konnte kaum die winzigen Gestalten vor der Basis der Kuppel ausmachen. Der Anzug hatte keine Bildverstärker, und sie musste die Augen zusammenkneifen, um sie zu sehen. Eine zweite Gestalt schaute zu ihnen herüber, aber die anderen drei, die mit dem Beladen eines offenen Wagens beschäftigt waren, schenkten ihnen keine Aufmerksamkeit.

»Ist noch jemand in der Kuppel?«, fragte Koffield.

»Nein, Sie werden alles für sich haben«, sagte der Mann. »Wir haben die Klimaanlage aufgedreht und Ladungen angebracht, die über Funk ferngezündet werden können. In der Kuppel selbst ist seit einer Woche keiner von uns gewesen. Die Dekontamination ist einfach zu umständlich. Vielleicht haben Sie die richtige Idee. Bleiben Sie drinnen, bis die Sprengung erfolgt.«

»Das werden sie nicht tun«, erwiderte eine Frauenstimme. »Ich würde nicht da drinnen stehen bleiben, um mich zuerst backen und dann in die Luft sprengen zu lassen.«

»So schlimm sollte es nicht sein«, meinte der Mann. »Man hat Sie über den Ablauf unterrichtet und Ihnen gezeigt, was zu tun ist?«

»Ja«, sagte Norla. »Wir verbrachten die letzten zwei Tage damit.«

»Dann werden Sie es schon überstehen. Bleiben Sie verankert und geschützt, gehen Sie sparsam mit Ihrer Anzugkühlung um, und Sie werden keine Probleme bekommen.«

»Apropos Kühlung«, sagte die Stimme, »wir haben die Innenkühlung der Kuppel längst abgeschaltet. Es ist jetzt Nachmittag, und die Klimaanlage heizt die

Kuppel auf. Bis zum Abend wird es schon hübsch warm, aber wenn morgen der Sonnenspiegel aufgeht, werden Sie merken, warum es hier Treibhaus genannt wird. Mit der inneren Aufheizung und dem Sonnenspiegel, von der eigentlichen Sonne nicht zu reden, wird die Temperatur wie verrückt ansteigen. Also halten Sie sich bereit.«

»Alles klar.«

»Wir werden die Kuppel morgen kurz nach Sonnenuntergang sprengen, um den größtmöglichen Temperaturgradienten zu nutzen«, sagte die Männerstimme. »Halten Sie sich bereit. Diese Geschichte ist kompliziert, eine ganze Sequenz, die vor Wochen begonnen hat. Wir können sie nicht mehr aufhalten, wenn wir die Kuppel richtig ausblasen wollen.«

»Ja, das ist sicher«, pflichtete ihm die Frau bei. »Was damals mit Sonnenblume passierte, war die Folge davon, dass wir dachten, wir könnten eine Ausblasung unterbrechen und auf später verschieben. Das brachte einiges durcheinander. Also werden wir es nicht wieder tun. Klar?«

»Alles klar«, sagte Koffield.

»Und wir verschwinden von hier«, sagte der Mann. Diesmal sah Norla ihn deutlich winken. Er stieg auf den Wagen, half der Frau an Bord. »Alsdann«, sagte er, »und viel Glück.«

»Danke«, sagte Koffield. »Leben Sie wohl.«

Der Wagen startete, die Hinterräder schleuderten eine Staubfahne hinaus, und sie fuhren los. Der Wagen bog nach Südosten und bewegte sich rasch über das öde Land. Es dauerte kaum eine Minute, bis er hinter einer niedrigen Anhöhe außer Sicht kam.

Sie setzten ihren Marsch fort. Die letzte Etappe der Wanderung hatte begonnen.

*

Die innere Tür der Schleuse ging auf, und die drei betraten des Gründers Kuppel – und verstanden sofort, warum sie sterben musste. Ein versiegeltes Habitat unter einer Kuppel sollte ein kontrolliertes Milieu sein, aber hier gab es keinen Teil, der auch nur entfernt unter Kontrolle war.

Die drei waren vor dem Antritt ihrer Wanderung unterrichtet worden, und es war klar zu sehen, dass keine der Gruselgeschichten, die man ihnen erzählt hatte, übertrieben gewesen war. Des Gründers Kuppel hatte als ein Zentrum zur Entwicklung gentechnisch angepasster Feldfrüchte und jahrzehntelang als Pflanzenversuchsanstalt gedient, war später aber zu einem Erholungsgebiet umgestaltet worden. Man hatte eine natürlich anmutende Parklandschaft angelegt, aber die gepflegten Rasenflächen, Gehölze, Baumgruppen und Gewässer hatten nicht lange Bestand gehabt. Unkontrollierte Organismen jeder Art waren in die Kuppel eingedrungen. Mehltau, Flechten und Schimmelpilze bedeckten die Oberflächen. Die noch überlebenden Bäume waren dünne, elende Gewächse, kaum noch imstande, Blätter zu treiben. Dicke Matten bräunlichgrüner Algen bedeckten die Wasserflächen.

Schaben liefen überall herum, und in den meisten Bäumen, lebenden und toten, waren Bohrkäfer und Termiten am Werk. Aber keine anderen Tiere, gleich welcher Art, hatten überlebt. Die Vögel waren vor Monaten an einer Viruserkrankung eingegangen. Die Fische waren gleichzeitig erstickt und vergiftet worden, als die Algen allen Sauerstoff aus dem Wasser gesaugt und alle Arten von Toxinen abgesondert hatten. Die gleichen im Wasser entstandenen Toxine, die alle Kleinsäuger erledigt hatten. Norla machte eine tote Ratte aus, die neben einem kleinen Teich wie mitten im Lauf vom Schlag getroffen auf allen vieren stand.

Schimmel wuchs auf dem Pelz des verwesenden Kadavers.

Selbst das Material der Kuppel war befallen. Begünstigt durch Schwitzwasser, hatte sich etwas wie schleimiger Mehltau über die tragenden Teile ausgebreitet. An manchen Stellen bildete er nur eine dünne, beinahe durchscheinende Schicht, an anderen aber war er mehrere Zentimeter dick, sodass er anfing, sich unter seinem eigenen Gewicht von der Kuppel zu lösen und in Fetzen herabhing.

So schlimm sich alles dem unbewaffneten Auge darbot, nach Auskunft der Instrukteure sah es auf der mikroskopischen Ebene noch schlechter aus. Die Bakterien schienen mit jedem Tag zu neuen und gefährlicheren Varianten zu mutieren. Selbst die Schaben erlagen unklaren Infektionen. Die gesamte Kuppel war nichts als eine Brutstätte von Krankheiten.

Koffield, Norla und Ashdin folgten einer von hohen Bäumen gesäumten Allee, die nur noch ein matter Abglanz einstiger Schönheit war. Der mit weißem Kies bestreute Weg war von Schwarzschimmel durchsetzt und stellenweise von gefallenen Ästen der kranken Bäume blockiert.

»Den Gründern sei gedankt«, murmelte Koffield. »Denn seht, was sie uns hinterlassen haben.«

»Es ist furchtbar«, sagte Ashdin. »Ich wusste, dass es schlimm sein würde, aber so arg hatte ich es mir nicht vorgestellt. Ich war vor Jahren einmal hier, bevor es anfing, schlecht zu werden. Damals war es lieblich, wunderschön.«

Sie kamen zu einem der großen Keramikgehäuse der Klimaanlage. Sie würde erst gegen Abend auf volle Heizleistung geschaltet. Norla sah auf die Außentemperaturanzeige ihres Anzugs. Durch die Einstrahlung des Zentralgestirns und des Sonnenspiegels war es bereits warm in der Kuppel, so warm, dass die Klimaanlage für Kühlung sorgen müsste. Norla blickte durch die eingetrübte Kuppel zum etwas verschwommenen Sonnenspiegel auf.

»Wir haben nicht viel Tageslicht übrig«, sagte sie. »Wenn wir hier sind, um DeSilvos Grabmal in Augenschein zu nehmen, sollten wir vielleicht hingehen, solange wir es noch sehen können.«

»Sie sind schon hier gewesen, Dr. Ashdin«, sagte Koffield. »Gehen Sie voran.«

Ashdin seufzte. »Seit ich zuletzt hier war, hat sich viel verändert. Aber ich glaube, wenn wir an der nächsten Kreuzung nach links gehen, werden wir es finden.«

*

Das Grab, entdeckte Norla ohne Überraschung, war sechseckig und stand genau in der Mitte der Kuppel. Sie hatte genug DeSilvo-Entwürfe gesehen, um seinen Stil auf den ersten Blick zu erkennen. Der Mann hatte die gleichen Stilelemente und Motive immer wieder verwendet.

Dieser DeSilvo-Entwurf verzichtete jedoch auf Glaswände. Es war einfacher weißer Stein verwendet worden, nach dem Aussehen Marmor. Wenigstens war es weißer Marmor gewesen, bevor er vom allgegenwärtigen Schwarzschimmel befallen worden war. Der Unterbau des Grabmals bestand aus fünf sechseckigen Plattformen, von denen jede etwas kleiner als die darunterliegende war, sodass eine umlaufende, zum eigentlichen Grabmal aufsteigende Treppe entstand. Das gleichfalls sechseckige Grabmal erhob sich auf der obersten Plattform. Fünf Seiten waren aus weißem Marmor, die sechste war offen und bildete den Eingang zum Innern. Diese Grabkammer hatte einen Durchmesser von ungefähr fünfzehn Metern, die unterste und breiteste Plattform ungefähr drei Meter mehr. Die Stufen waren von toten Blättern und Zweigen übersät, und vor dem Eingang lag ein toter Sperling.

»Da ist es«, sagte Ashdin. »Ihre Antwort. Ein kleines, sechsseitiges Bauwerk in der Mitte einer Kuppel. Wenn Sie einen Weg sehen, die Probleme von Solace zu lösen, würde ich gern darüber hören.«

Koffield ignorierte ihren Sarkasmus. »Ich bin sicher, dass Sie sich hier gut auskennen. Führen Sie uns herum. Erzählen Sie uns darüber.«

Ashdin warf ihm einen forschenden Blick zu, dann zuckte sie die Achseln. »Warum nicht? Wir haben bis morgen Abend Zeit, bevor wir hier herauskommen. Da bleibt es sich gleich, wie wir die Zeit ausfüllen. Ich weiß nicht einmal, warum ich überhaupt hierher gekommen bin.«

»Es wird Ihnen schon wieder einfallen«, sagte Koffield. »Führen Sie uns herum.«

Ashdin zögerte, dann sagte sie: »Meinetwegen. Der Marmor wurde auf Solace gebrochen, in denselben Marmorbrüchen, aus denen der Stein vieler großer öffentlicher Gebäude in Solace City stammt. Die sechs Seiten des Grabmals und die sechs Ebenen der Plattformen erinnern an die Form einer Bienenwabe und sollen uns dran erinnern, dass aus der harten Arbeit der Biene die Süßigkeit des Honigs kommt. Wenn Sie mir um das Äußere des Grabmals folgen wollen, werden Sie sehen, dass vier der fünf Außenwände eingemeißelte Zitate aus DeSilvos Reden und Briefen tragen.« Sie blieb vor der Seite des Bauwerks stehen, die dem Eingang gegenüber lag. »Diese fünfte Seite, gegenüber der offenen Seite des Bauwerks ist, wie Sie sehen werden, wenn wir hineingehen, der Urne mit seiner Asche am nächsten und trägt eine Reproduktion von DeSilvos Plan für Solace City. Damit soll demonstriert werden, dass sie ihm besonders am Herzen liegt und das Werk ist, das er der Außenwelt am liebsten vor Augen hält.« Sie führte sie zur anderen Seite der Grabkammer, dann herum und kam wieder zum Eingang. »Sie werden bemerkt haben, dass jede Wand oben in der Mitte ein eingemeißeltes Zeichen trägt, und zwar jede Wand ein anderes. Das Zeichen der fünften Wand ist ein stilisierter Lichtstrahl, der das Sehvermögen und die Türen der Seele symbolisiert. Auch die anderen Wände zeigen stilisierte Symbole der Sinne. Eine musikalische Note kennzeichnet das Gehör, eine Blume den Geruchssinn, ein Brotlaib und eine Flasche Wein den Geschmackssinn, eine Feder den Tastsinn. Die fünf Sinne, die uns mit der Außenwelt verbinden, sind an den Außenwänden des Gebäudes angebracht, um uns daran zu erinnern, dass Gebäude das Werk von Architekten und Baumeistern sind und alle fünf Sinne in Anspruch nehmen sollten. Und die sechste Wand natürlich, die nicht da ist und deren Form gleichwohl durch das Vorhandensein der übrigen Wände angedeutet ist, symbolisiert den sechsten Sinn, den Weg, der das innere und das äußere Leben verbindet und die Handlungen des Künstlers lenkt und gestaltet.«

»Das sieht nicht im Geringsten wie eine Feder aus«, sagte Koffield. »Und bei dem anderen Zeichen hätte ich niemals erraten, dass es eine Flasche Wein darstellen soll.«

»Ein bisschen allzu schlau, nicht wahr?«, meinte Norla. »Der Symbolismus ist ziemlich gezwungen.«

»Eine Frage des Geschmacks, denke ich«, sagte Koffield. »Aber ich muss zugeben, dass ich keine großartigen Antworten auf die Krise der Ökosysteme sehen kann.«

»Im Laufe der Jahre sind Tausende von Besuchern hier gewesen«, sagte Ashdin in etwas gereiztem Ton.

»Wäre die Antwort hier, hätte einer von ihnen sie sicherlich gefunden.«

Koffield hob die Hände. »Da haben Sie Recht«, sagte er.

Norla zeigte zum Eingang. »Wenn die äußeren Wände das äußere Leben symbolisieren, wird das Innere des Raumes das Innenleben symbolisieren, nicht wahr?«

Ashdin war peinlich berührt, dass Norla sich nicht im Mindesten beeindruckt zeigte. »Ja«, sagte sie. »Kommen Sie.« Sie führte die beiden die Marmorstufen hinauf zur Grabkammer.

Der Sonnenspiegel war dem Horizont nahe, und es begann dunkel zu werden. Aber der Eingang zur Grabkammer war genau westlich ausgerichtet, sodass Norla schon von außen sehen konnte, wie das letzte Licht des Sonnenspiegels den Innenraum der Grabkammer mit Licht erfüllte. Licht erinnerte Norla an Hitze. Sie sah auf die Außentemperaturanzeige ihres Anzugs. Die Temperatur betrug bereits fünfunddreißig Grad Celsius. Das war für den Schutzanzug kein Problem, und es war weit weniger heiß als im weiteren Verlauf zu erwarten war. Gleichwohl war es keine Frage, dass das Innere der Kuppel rasch aufgeheizt wurde. Ashdin verschwand im Eingang, und Norla folgte ihr. Koffield bildete den Schluss.

Das Innere war schmutzig, aber in besserem Zustand als das Äußere. Vor der Rückwand der Grabkammer war eine marmorne Kugel, auf der eine goldene Urne ruhte, ein Zylinder von bewusst schmuckloser Form. Das einzige Wort *DESILVO* war in die Urne geätzt, und der Boden unter der Kugel trug die eingemeißelte Inschrift *DER GRÜNDER*.

»Der untergehende Sonnenspiegel erhellt die letzte Ruhestätte des Gründers«, sagte Ashdin.

»Geradeso wie sein Werk unser aller Leben erhellt?«, fragte Norla.

Ashdin wandte sich um und funkelte Norla an. Da es bereits dämmerte, hatten die reflektierenden Beschichtungen ihrer Visierscheiben sich auf volle Transparenz eingestellt, und Norla konnte Ashdins Gesichtsausdruck deutlich erkennen. »Ganz recht«, sagte Ashdin. »Er war ein großer Mann! Vielleicht kein Heiliger. Vielleicht machte er Fehler. Aber dies ist sein Grab, seine letzte Ruhestätte. Es könnte Ihnen nicht schaden, ein wenig Respekt zu zeigen.«

»Es tut mir Leid«, sagte Norla. »Sie haben natürlich Recht. Bitte zeigen Sie uns den Rest.«

Anton Koffield kam hinter Norla herein, und sie wandte sich zu ihm um. Die Enttäuschung war deutlich von seinen Zügen abzulesen. »Ich weiß nicht, was ich dachte«, sagte er. »Verrücktheit, hoffnungsloser Optimismus. Ich weiß es nicht. Hier gibt es nichts.«

Aber nun, da Ashdin sich bereit erklärt hatte, die Fremdenführerin zu machen, war sie entschlossen, die Führung auch zu Ende zu bringen. Sie zeigte nach oben. »Die Decke der Kammer ist absichtlich frei geblieben«, sagte sie. »Es ist die Zukunft, unbekannt und unfertig. Eine leere Leinwand, auf die wir malen werden, was sein wird.« Sie zeigte auf den Boden. »Der Boden ist die Vergangenheit, die Werkzeuge und das Wissen, die uns gegeben wurden. Beachten Sie den einzelnen Punkt, der innerhalb des Eingangs zu sehen ist, und dann, ein wenig weiter im Raum, die Linie, die quer die Kammer durchläuft. Dann, unter unseren Füßen, ein gleichseitiges Dreieck. Um das Dreieck ist ein Viereck gezeichnet, und außerhalb dieses Vierecks sehen wir ein Fünfeck und ein Sechseck. Flächengeometrie. Beachten Sie den Kristallwürfel und den Stahlkegel am Boden vor den Seitenwänden. Beachten Sie auch die Marmorkugel, die DeSilvos Urne trägt. Festkörpergeometrie und drei Dimensionen und die Kombination von Materialien sind Bestandteile der Architektur.

Zur Linken ist die von den zwei Seitenwänden gebildete Seite mit einer Zeile willkürlicher Zahlen beschriftet. Zur Rechten ist es eine Zeile willkürlicher Schriftzeichen. Beide Zeilen weisen zu der Wand hinter der Urne, ebenso wie die geometrischen Zeichen am Boden darauf hinführen. Und auf dieser Wand werden die Buchstaben Worte, wie Sie sehen, und die Worte Poesie – Zitate von berühmten Dichtern über das Thema der natürlichen Welt. Die willkürlichen Reihungen von Zahlen und Buchstaben werden zu der Formel, die den Zeitschacht als Verbindung zwischen den Welten definiert, während die geometrischen Formen, wie ich gesagt habe, auf die Kugelgestalt hinführen, welche die Urne hält. Aber die Kugel, wie Sie bei genauerem Hinsehen bemerken werden, trägt eine eingravierte Karte von Solace. Mathematik, Poesie und Geometrie verbinden sich nicht nur zur Architektur, sondern zur Wissenschaft und Kunst der Umgestaltung von Welten.«

Norla schüttelte den Kopf. »Es tut mir Leid, Dr. Ashdin, aber mit allem schuldigen Respekt, es ist zu viel – und nicht genug. Die Symbolik ist zu schwerfällig, zu gezwungen. Er sagt uns, dass wir inspiriert sein müssen. Er belehrt uns. Es ist, als müsse etwas in diesem Raum sein, das nicht passt, sodass alles andere verbogen und verformt werden muss, um es passend zu machen.«

»Ich weiß nicht, was Sie meinen.«

Norla zeigte auf die Seitenwände. »Die willkürlichen Aneinanderreihungen von Zahlen und Buchstaben passen nicht in das Konzept. Alles andere ist so geordnet, dass es vollkommen steril wirkt. Linien,

Winkel, Geometrie. Alles ist starr und symmetrisch. Willkürlichkeit passt nicht hinein.«

Sie sah sich nach Anton Koffield um, der ganz still geworden war. Sie hatte gedacht, er würde wie sie missgestimmt in der Kammer umherblicken, diesem Monument der Selbstgefälligkeit und nach dem Hinweis Ausschau halten, der nicht da war, ganz unbeeinflusst von den überstrapazierten guten Absichten, der quälend tugendhaften Stimmung des Ortes. Aber Koffield schaute, nein, *starrte* in eine Richtung, und nur in eine. Zur linken Wand, wo die Reihe willkürlicher Zahlen zu der nicht überzeugenden Ordnung und Perfektion der Westwand hinführte.

»Ich kann es nicht glauben«, murmelte er vor sich hin. »Ich kann es nicht glauben«, wiederholte er, Schock und Verblüffung in der Stimme wie im Gesichtsausdruck.

»Admiral Koffield?« Norla streckte die Hand aus und legte sie auf den Arm seines Anzugs. »Anton? Anton? Was ist?«

»Es ist zu viel«, sagte er. »Zu viel.«

»Zu viel was?«

»Es ist die Antwort«, sagte er. »Die Antwort, richtig. Aber die Antwort auf eine ganz andere Frage.«

»Wovon sprechen Sie?«, wollte Dr. Ashdin wissen.

Koffield zeigte mit ausgestrecktem Arm auf die Zahlenreihe und stieß mit dem Zeigefinger nach den Zahlen. »Das ist nicht willkürlich«, sagte er. »Es ist die dreißigstellige Kombination meines persönlichen Gepäckabteils an meinem Kryobehälter an Bord der *Dom Pedro IV.*«

»Was?«, rief Norla. »Es ist *was?*«

»Ich verstehe nicht«, sagte Ashdin. »Wie könnte das sein?«

Koffield beachtete die beiden nicht. »Sein verdammtes Ego. Seine Arroganz!« Er wandte sich ruckartig um und studierte die Reihe der Buchstaben auf der anderen Seite. »Das muss es sein«, murmelte er zu sich selbst. »Reserve. Er wird eine Reserve gebraucht haben.« Er wandte sich zu seinen Begleiterinnen. »Ich schalte auf die allgemeine Frequenz um. Tun Sie das Gleiche. Ich – wir – werden vielleicht Zeugen brauchen. Koffield an Institut, Nachrichtenzentrale. Können Sie mich hören?«

»Nachrichtenzentrale Institut für Biotechnik«, erwiderte eine gelangweilt klingende Stimme.

»Nachrichtenzentrale, es handelt sich um einen Notfall. Eine Sache von Leben und Tod. Können Sie die Signale von meiner Helmkamera empfangen und weitergeben?«

»Ah, ja, denke ich.«

»Dann tun Sie es. Und stellen Sie eine Verbindung mit Kapitän Felipe Enrique Marquez her. Er ist höchstwahrscheinlich an Bord seines Schiffes, der *Dom Pedro IV,* in der Werft Schattengrat. Verständigen Sie ihn, dass er in seine Nachrichtenzentrale gehen soll, und stellten Sie eine Audioverbindung von ihm zu mir her, und stellen Sie die Signale meiner Helmkamera zu ihm durch. Machen Sie schnell. Haben Sie alles verstanden?«

»Ja, Admiral.« Der Mann am anderen Ende der Funkverbindung hörte die Dringlichkeit in Koffields Stimme, hörte den Befehlston und war so verständig, beides ernst zu nehmen.

»Dann tun Sie es, und bitte schnell. Es ist nicht viel Zeit.«

Koffield wandte sich zu Ashdin. »Beleuchtung,« sagte er. »Sonnenspiegel ist im Untergehen. In unserem Gepäckkarren sind tragbare Lampen. Holen Sie sie bitte. Schnell!«

»Aber was ist los?«, fragte sie. »Was bedeuten die Zahlen?«

Koffield schüttelte den Kopf. »Entweder bin ich soeben übergeschnappt, oder DeSilvo wurde verrückt, bevor Sie geboren wurden. Vielleicht sind er und ich beide verrückt.« Er zeigte mit ausgestreckten Armen zu den Reihen der Zahlen und Buchstaben. »Wenn ich nicht verrückt bin, ist dieser ganze Ort eine ... eine Flaschenpost. Und DeSilvo adressierte sie direkt an mich. Gehen Sie! Lampen!«

Ashdin ging.

Koffield sah auf seine Uhr, dann zu Norla. »Sie werden die Kuppel in zwanzig Stunden aufsprengen. Lange vorher müssen wir fertig und bereit sein. Die Hitze könnte schlimm genug werden, um etwas zu beschädigen.«

»Fertig womit?«

»Dies hier auseinander zu nehmen und alles, was wir finden können, in abgeschirmte, isolierte Behälter tun. Die Urne, selbstverständlich. Wir werden sie mitnehmen, lassen sie aber versiegelt, bis wir sie untersuchen können.«

»Ad ... Anton, wenn ich Sie recht verstehe, sagen Sie, dass das da oben die Zahlenkombination ist, die Sie brauchten, um Ihr Gepäck zu verschließen. Auch den Behälter mit Ihren Beweisen?«

»Das ist richtig.«

»Dann ist DeSilvo derjenige, welcher ...«

»Genau. Und diese Zahlenreihe an der Wand ist seit hundert Jahren dort und wartet auf mich, dass ich hierher komme und Tourist spiele.«

Ashdin kam mit den Lampen zurück. »Habe ich das richtig verstanden?«, sagte sie. »Sie glauben wirklich, dieses ganze Grabmal sei Ihretwegen errichtet worden? Um *Ihnen* eine Botschaft zu schicken?«

»Ja, ja«, antwortete Koffield. »Ich weiß, wie das klingt. Glauben Sie, mir kommt es vernünftiger vor? Aber da steht es, an der Wand.«

»Nach Ihrer Meinung«, sagte Ashdin. »Ihr Gedächtnis könnte sich irren. Oder vielleicht ist es ein Trick von Ihnen.«

Koffield nickte. »Ja, vielleicht«, sagte er. »Ich wünschte, es wäre so. Aber darum muss ich mit Marquez sprechen. Stellen wir die Lampen auf und schalten wir sie ein, dass die Zahlen und Buchstaben beleuchtet werden.«

Der Sonnenspiegel war am Verschwinden, aber sie arbeiteten schnell und hatten die Lampen aufgestellt, als Marquez' Stimme über die Helmradios kam. »Admiral? Was geht vor? Wir haben einen Funkspruch empfangen, dass es einen Notfall geben soll.«

Koffield nickte, obwohl Marquez es natürlich nicht sehen konnte. »So ist es. Aber auch diesmal, mein Freund, kann ich nicht erklären, was es ist, um Sie nicht zu beeinflussen.«

»Mich beeinflussen? In welcher Hinsicht?« Marquez lachte. »Aber ich denke mir, Sie werden diese Frage nicht beantworten wollen.«

»Sehen wir, ob Sie die Antwort selbst finden. Bekommen Sie die Übertragung von meiner Helmkamera?«

»Sie wird gerade durchgestellt – da haben wir sie. Sie sind in einem steinernen Gebäude, wie es scheint.«

»Ja, so ist es. Ich werde Ihnen eine Anzahl Buchstaben und Nummern zeigen, die hier in die Wände geschnitten sind. Bitte sagen Sie mir, ob Sie irgendeine Bedeutung darin finden.«

»Ja, gut.«

Koffield wandte sich langsam um und richtete seine Helmkamera auf die Wand zur Rechten. »Können Sie deutlich sehen?«

»Ja, ich kann – *meu deus.* Koffield, das ist … zum Henker, wir werden das ganze Sicherheitssystem neu programmieren müssen. Aber wie ist es …«

»Was ist es?«, wollte Ashdin wissen.

»Es hat wenig Sinn, sich Sorgen wegen der Sicherheit zu machen«, sagte Koffield zu Marquez. »Diese Katze ist längst aus dem Sack. Die Darstellung hier ist seit ungefähr hundert Jahren der Öffentlichkeit zugänglich.«

»Hundert Jahren? Aber dann … dann schlag mich der Hagel … So also wurde es gemacht!«

»Antworten Sie mir!«, rief Ashdin. »Was ist es?«

»Es ist mein Zugangscode für die *Dom Pedro IV.* Mit dieser Buchstabenkombination wird die Freigabe erreicht, sodass der Besitzer des Codes praktisch alle Bordsysteme beherrschen oder umprogrammieren kann. Wo sind Sie, Admiral? Wo ist dies an der Wand?«

»Es ist derselbe Ort, dessen andere Wand meine persönliche Zahlenkombination vom Gepäckfach meines Kryobehälters trägt. Das Grabmal eines gewissen Dr. Oskar DeSilvo. Und es bedeutet, dass er derjenige war. Er hat es getan. Er gebrauchte einen Code, um Ihr Schiff zu sabotieren. Er ließ uns alle in der Zukunft stranden. Aber das war nur ein Kollateralschaden, weil er beschloss, dafür zu sorgen, dass meine Warnung einhundertsiebenundzwanzig Jahre zu spät hier anlangen würde, um jemanden zu retten. Dann verwendete er den Code an der anderen Wand, um meine Daten, meine Beweismittel zu stehlen und durch ein Bündel Schrott und geschmolzenen Kunststoff zu ersetzen. Damit wollte er erreichen, dass meine Warnung nicht nur zu spät käme, sondern auch zu dürftig untermauert sein würde, um glaubhaft zu sein.«

Koffield wandte den Blick von der Wand und richtete ihn auf die Urne, welche die Asche eines Größenwahnsinnigen enthalten oder nicht enthalten mochte. »Oskar DeSilvo tat es. Und aus irgendeinem exzentrischen Grund hinterließ er an den Wänden seines angeblichen Grabmals ein verschlüsseltes Bekenntnis, das nur Sie und ich lesen konnten.«

»Aber warum?«, fragte Marquez.

Niemand sprach. Nicht einmal eine Expertin in der Interpretation von Symbolen, wie Dr. Wandella Ashdin eine war, konnte diese Frage beantworten.

24.

# LUFT ABLASSEN

»Verdammt!« Mit erneuerter Kraftanstrengung riss Koffield an der Urne. »Wie in aller Welt ist dieses Ding befestigt?«

»Warten Sie einem Moment«, sagte Norla von der anderen Seite der Marmorkugel. »Ziehen Sie wieder daran, genauso.« Diesmal hatte sie deutlich einen Riss zwischen der Urne und der Oberseite der Marmorkugel gesehen, die den Globus von Solace darstellte. Koffield riss wieder daran, mit aller Kraft, und wieder erschien der feine Spalt. Sie stieß ihre improvisierte Brechstange, die den Tag als Zugstange am Gepäckkarren begonnen hatte, in den Spalt. »Gut, ich habe die Spitze der Stange ein paar Millimeter unter der Urne. Ziehen Sie weiter, und ich bewege die Brechstange auf und ab, um den Spalt zu vergrößern.«

»In Ordnung.«

Norla sah auf ihre Außentemperaturanzeige. Sie zeigte fünfundfünfzig Grad Celsius, nicht ganz die Hälfte zur Zieltemperatur von einhundertzwanzig. Aber Norla war ziemlich sicher, dass fünfundfünfzig bereits heißer war als es irgendwo auf der Erdoberfläche im Schatten werden könnte.

Aber das hatte nichts zu sagen. Jetzt kam es nur darauf an, die verdammte Urne von der Kugel zu lösen und in eine ihrer Kühltaschen zu stecken. So zu schützen, dass der Inhalt nicht durch die hohen Temperaturen zerstört werden konnte. Und was war wirklich in der Urne? Niemand konnte es wissen. Vielleicht enthielt sie tatsächlich nichts als DeSilvos Asche, und wenn es sich so verhielt, würde es für Norla gut genug sein. Der verdammte alte Schwindler war für ihren Geschmack einmal zu oft von den Toten wiederauferstanden. Von dem Augenblick an, als sie an Bord der *Dom Pedro IV* gegangen war, war auch er dagewesen, im Hintergrund, im Schatten, überall, denn seine Sabotageprogramme waren bereits in die Steuerungssysteme des Schiffs integriert gewesen. Er war in der sündhaft auf sich selbst bezogenen Gondel gewesen, er hatte die Flüchtlinge, die Leimfüße, von dem Planeten getrieben, den er so schundig umgestaltet hatte, er hatte Koffield vor Raenau gedemütigt.

Nein, Asche war zu gut für ihn. Norla würde es vorziehen Oskar DeSilvo mit einem durch das Herz getriebenen zugespitzten Pfahl zu sehen.

Aber wenn nicht Asche, was dann? Niemand konnte es wissen. Sie stieß die Spitze ihrer provisorischen Brechstange tiefer in den Spalt, bewegte das Werkzeug kräftig auf und nieder. Da. Ja. »Es gibt nach.«

»Gut«, sagte Koffield.

»Warum ist Wandella noch nicht zurück?«, fragte Norla. »Dr. Ashdin, können Sie mich hören?«

Diesmal bekam sie Bruchstücke einer Antwort. »... höre Sie, mehr oder ... hatte nicht viel Glück.«

Ashdin hatte in den anderen Gebäuden unter der Kuppel nach Werkzeug oder geeigneten Gegenständen gesucht. »Wir machen Fortschritte. Ich glaube, Sie können zurückkommen.«

Norla lehnte sich wieder auf die Brechstange und wurde mit einem brechenden Geräusch irgendwo unter der Urne belohnt.

»Das klingt gut«, sagte Koffield.

»Ja. Jetzt haben wir sie.« Norla lag halb über der

Marmorkugel. Sie glaubte die Wärme davon durch den Anzug fühlen zu können. War das möglich? Schließlich war der Anzug hervorragend isoliert, wie es seiner Bestimmung entsprach. Oder bildete sie sich bloß etwas ein? Ein Rinnsal von Schweiß rann ihr von der Stirn und bis zur Nasenspitze. Dort blieb ein Tropfen hängen und wollte nicht fallen. Sie schüttelte den Kopf, und er fiel. Woher die Hitze auch kommen mochte, sie spürte, dass sich der Anzug überhitzte. Es gab nichts Schlimmeres, was einem in einem Schutzanzug passieren konnte. Zum zehnten oder elften Mal widerstand sie der Versuchung, ihre Anzugkühlung höher zu stellen. Sie hatten gerade erst die Hälfte der vorgesehenen Außentemperatur; der schlimmste Teil stand ihnen noch bevor. Wieder stemmte sie sich auf ihre Brechstange, und die Urne löste sich mit einem lauten metallischen Bersten von der Kugel.

»Das wär's«, sagte Koffield und hob die große Metallurne, um sie auf den Boden des Grabmals zu stellen. »Was immer es ist.«

»Glauben Sie, es ist überhaupt etwas darin? Etwas Nützliches?«

Koffield schüttelte den Kopf. »Das Einzige, was ich heute gelernt habe, ist, dass meine Vermutungen und Meinungen nicht viel wert sind. Es könnte alles darin sein oder nichts als Asche.« Er kniete nieder, um die Urne sorgfältiger zu untersuchen. »Für eine Begräbnisurne ist sie groß. Vielleicht …« Koffield starrte die Urne an, schüttelte den Kopf. »Nein, keine Mutmaßungen. Tun wir sie einstweilen in eine Kühltasche.«

»Ich werde eine vom Karren holen«, sagte Norla und ging hinaus. Die Funkverbindung erlaubte ihnen, in normaler Lautstärke zu sprechen, auch wenn sie sich voneinander entfernten. »Ich wünschte, ich würde mir nicht den Kopf zerbrechen, aber meine Gedanken drehen sich im Kreis. Warum hat er alles das getan?

Welch eine Grausamkeit. Das Schiff zu sabotieren, Ihre Beweise zu vernichten.«

»Um seinen Ruf zu schützen«, sagte Koffield. »Oder vielleicht hatte er sich sogar eingeredet, Baskaw habe sich geirrt und die Maßnahmen zum Umbau der Ökosphäre seien nicht fehlerhaft. Er kann sich eingeredet haben, dass ich, wenn ich rechtzeitig nach Solace käme, eine unnötige Panik verursachen würde, die das ganze Projekt zu einem kritischen Zeitpunkt in Gefahr bringen konnte.«

»Aber warum hinterlässt er Ihnen eine Botschaft?«

»Ich habe keine Ahnung.«

Sie trat aus der Grabkammer und blickte hinaus in den Abend. Aus den zahlreichen, über die Kuppel verteilten Belüftungsöffnungen der Klimaanlage bliesen starke Ventilatoren Heißluft in die Kuppel.

»Was war so kritisch an dem Zeitpunkt?«, fragte sie, als sie beim Gepäckkarren niederkniete. Sie fand die Kühltasche und kehrte zurück ins Innere des Grabmals.

»In einem komplizierten Großprojekt ist jeder Augenblick kritisch, wenn sich nicht alle exakt an den festgelegten Programmablauf halten«, sagte Koffield. »Er hinderte mich daran, Panik zu verbreiten, und tat es, ohne uns alle umzubringen. Wahrscheinlich hielt er seine Lösung für scharfsinnig und human.«

»So human, dass zwei von uns den Tieftemperaturschlaf nicht überlebten«, sagte Norla. »Und wir alle werden niemals unsere Angehörigen wiedersehen. Unsere Häuser und Wohnungen sind wahrscheinlich nicht wiederzuerkennen, wenn sie überhaupt noch existieren und wir Gelegenheit finden sollten, sie aufzusuchen. Es wäre beinahe menschenfreundlicher gewesen, uns alle kurzerhand zu töten.«

Sie reichte Koffield die Kühltasche. »Das bringt uns zum nächsten Geheimnis, dem nächsten Warum. Die

Codes an den Wänden der Grabkammer«, fuhr sie fort. »War das bloß eine Grausamkeit mehr, ein boshafter Streich von jenseits des Grabes? Ich glaube nicht. Bloß dafür würde er nicht all diese Mühe auf sich genommen haben.«

»Nein, das glaube ich nicht. Die Codes hier waren für Marquez und für mich. Waren sie ein Geständnis, eine Prahlerei, die Pointe seines Scherzes? Etwas von allem, vermute ich. Aber es war noch mehr daran. Die Zeilen der Buchstaben und Zahlen waren genau auf diese Urne ausgerichtet. Es muss etwas darin sein.« Er streckte die Hand aus und berührte die Urne, fuhr mit den Fingern über die schimmernde Oberfläche. »Es muss etwas sein, das dies alles der Mühe wert erscheinen lassen wird.« Seine Stimme sank zu einem Flüstern herab. »Etwas, das allem eine Bedeutung geben wird«, sagte er, und es klang beinahe wie ein Gebet.

*

Der Sonnenspiegel stieg über der Hölle auf.

Durch die infernalische Hitze waren an verschiedenen Stellen Brände ausgebrochen, vermutlich durch Selbstentzündung von Sumpfgas, und erfüllten die Luft der Kuppel mit Rauch. Die heulenden Gebläse der Klimaanlage sorgten für Funkenflug und rasche Ausbreitung der Flammen, und überall brannten Abfälle. Aber der Sauerstoffvorrat in der Kuppel ging bereits zu Neige, denn die Klimaanlage wälzte nur die vorhandene Luft um, ohne Frischluft zuzuführen. So konnte mit einem Erlöschen der Brände gerechnet werden, bevor sie die gesamte Kuppel in ein Flammenmeer verwandelten.

Die Temperatur hatte schon kurz nach Sonnenaufgang hundert Grad Celsius überstiegen. Das faulige Wasser der einst dekorativen Teiche, von toten und absterbenden Algen in eine stinkende, Methan abgebende Suppe verwandelt, begann zu zischen und zu dampfen, als es den Siedepunkt erreichte.

Alle Pflanzen und Algen wurden braun und trockneten aus, als die Hitze ihre Feuchtigkeitsreserven verdampfen ließ. Die letzten Insekten lagen sterbend auf dem Rücken, während sie langsam geröstet wurden. Außer Koffield, Norla und Wandella Ashdin würde in der Kuppel bald nichts mehr am Leben sein, abgesehen vielleicht von bodenbewohnenden Käfern und Würmern und Kleinorganismen, denen die Erde vorläufig Schutz bot.

Der Luftdruck innerhalb der Kuppel war bereits um fünf Prozent angestiegen. Durch die Aufheizung hatte sich die Luft ausgedehnt, und Rauch und Dampf vermehrten die Masse der Gase in der Luft. Je dicker die Luft wurde und je mehr Verbrennungsprodukte darin waren, desto besser nahm sie Wärme auf. Selbst wenn die Klimaanlage ausgeschaltet wurde, selbst wenn die Dekompressionsladungen nicht zur Detonation gebracht würden, wäre die Temperatur in der Kuppel weiter gestiegen, aufgeheizt vom Sonnenspiegel und, in geringerem Maße, vom fernen Zentralgestirn.

»Ich wünschte, es gäbe außer Warten irgendetwas zu tun«, sagte Ashdin zu Norla, als sie im Eingang der Grabkammer standen.

Norla lachte. Die Spannung zwischen ihnen hatte während der Nacht irgendwie nachgelassen. Vielleicht lag es nur daran, dass sogar Wandella Ashdin jetzt zugeben musste, dass ihr Held um einiges weniger als ein Genie und ein Heiliger war. Es konnte nicht leicht für sie gewesen sein, jemandem wie DeSilvo die Stange zu halten, während die ihn belastenden Hinweise immer zahlreicher wurden. »Heuern Sie auf einem Schiff an, wenn Sie wissen wollen, was Warten ist. All diese Jahre im Kryobehälter, nur um zu erreichen, dass die Zeit ein wenig schneller vergeht.«

»Ich denke, wir könnten jetzt alle ein bisschen Kryo gebrauchen«, sagte Wandella. »Oder irgendwas Kaltes.«

»Amen«, sagte Norla ohne eine Spur von Ironie. Das Erwachen inmitten eines buchstäblichen Infernos war genug, um jeden gläubig zu machen. »Es fehlt nicht mehr viel, und ich schwitze mich zu Tode.«

Sie hatten eine schlaflose Nacht damit verbracht, jeden Quadratzentimeter des Grabmals abzusuchen, hatten nach etwas gesucht, das als Hinweis dienen könnte, als Anhaltspunkt. Sie hatten die Wände abgeklopft, um vielleicht ein Geheimfach aufzuspüren, einen verborgenen Hebel, eine versteckte Inschrift, ein Rätsel, das im Muster der geometrischen Formen und Linien versteckt sein und ihnen sagen mochte, dass sie dort suchen sollten. Aber es gab nichts. Am Ende hatte selbst Koffield sich davon überzeugt.

Sie hatten getan, was sie konnten. Andere würden nach der Ausblasung vielleicht mehr erreichen. Längere Erhitzung war für Marmor nicht das Beste, und in der Ausblasung würde das Grabmal zweifellos Schaden erleiden, aber es würde überleben. Und dann würde man es wahrscheinlich abbrechen. Norla bezweifelte, dass sie etwas finden würden, aber man durfte nichts unversucht lassen.

Sie kehrte den schwelenden, raucherfüllten Resten der einstigen Parklandschaft den Rücken und ging zu Koffield, um seine Messwerte abzulesen. Irgendwie war es dem Glücklichen gelungen, inmitten von diesem Chaos Ruhe zu finden und in seinem Schutzanzug am Boden der Grabstätte seines Feindes zu schlafen, den Kopf auf der Kühltasche mit DeSilvos Urne. Sie überprüfte seine Ablesungen, vor allem die Temperaturanzeige. Sie bewegte sich zum oberen Ende der

Skala, war aber noch im sicheren Bereich. Die Kühltasche machte es besser und zeigte eine Innentemperatur von fünfundzwanzig Grad, wie an einem schönen Tag im späten Frühling.

Sie schaute durch die Visierscheibe von Koffields Helm. Seine Gesichtszüge zuckten, die Augen bewegten sich unter den Lidern. Hatte er die schönen Träume, die er verdiente, oder durchlebte er bloß den Albtraum, zu dem er erwacht war, als die *Dom Pedro IV* im Solace-System eingetroffen war?

Solange ihm Ruhe gewährt war, spielte es fast keine Rolle.

»Schlaf«, flüsterte sie. »Schlaf.«

*

»Hier Nachrichtenzentrale, Institut für Biotechnik. Drei Minuten bis zum Ausblasen.«

»Verstanden, Nachrichtenzentrale. Wir sind bereit«, sagte Norla.

Und ob sie bereit waren. Viel länger hätten sie es nicht aushalten können. Der Schweiß rann ihnen von den Körpern. Alle brauchten Wasser. Ihre Helme begannen von innen zu beschlagen, und das leise Summen ihrer Klimaanlagen war zu einem hohen Winseln geworden, das es schwierig machte, andere zu hören und zu verstehen.

Norla vergewisserte sich, dass sie fest an die große Marmorkugel gebunden war. Koffield, hellwach und aufmerksam, war zu ihrer Linken, und zwischen ihnen war die Kühltasche mit der Urne festgebunden. Wandella Ashdin, nicht bei vollem Bewusstsein und stark ausgetrocknet, saß rechts neben Norla. Ihre Anzüge hatten Trinkwasserröhren und Spender mit Tabletten konzentrierter Nahrung, die mit Kinn- und Zungenhebeln bedient werden konnten, aber sie mussten mit Nahrung und Wasser sparsam umgehen – und Ashdin hatte ihren Wasservorrat nahezu erschöpft.

In der Grabkammer zu bleiben und sich an die Marmorkugel zu binden, war nicht so sehr die beste Entscheidung gewesen, die sie treffen konnten, sondern nur die am wenigsten schlechte. Die geringe Wahrscheinlichkeit, dass das Grabmal zusammenbrechen würde, schien weniger riskant als die Gewissheit, draußen von fliegenden Trümmern und Ästen erschlagen zu werden. Und wenn das Dach einstürzte, würde die große Marmorkugel ihnen wahrscheinlich Schutz bieten.

Norla blickte zum Ostende der Grabkammer, wo der Eingang das schwelende, verqualmte Chaos draußen einrahmte. »Wir haben einen Logenplatz beim Weltuntergang«, sagte sie.

»Nein«, widersprach Koffield. »Einen Logenplatz bei der Generalprobe der Zukunft. Wenn wir nicht irgendwie und irgendwo Antworten und Lösungen finden, dann liegt dort draußen, auf den ausgetrockneten Trümmerfeldern von Sonnenblume, die Zukunft aller Siedlungen, aller Habitats und aller besiedelten Welten außer der Erde selbst.«

»Meinen Sie, es könnte sein, dass die Antworten hier drinnen sind?«, fragte Norla und legte eine Hand an die Kühltasche.

»Nein. Ich kann nicht an Zauberei oder Wunscherfüllung glauben. Außerdem, können Sie sich vorstellen, dass Oskar DeSilvo den Weg zur Rettung der besiedelten Welten findet und dann all diese Mühe auf sich nimmt, nur um dafür zu sorgen, dass andere das Verdienst daran zugeschrieben bekommen?«

»Nein«, sagte Norla mit bitterem Lachen. »Das wäre doch ziemlich untypisch für ihn.«

»Hier Institut für Biotechnik, Nachrichtenzentrale. Zwei Minuten bis zum Ausblasen.«

»Verstanden. Zwei Minuten«, sagte Koffield. Dann, zu Norla: »Versuchen Sie Dr. Ashdin zu wecken. Sie wird es sich nie verzeihen, wenn Sie das Ereignis verschläft. Sie kann ruhig den Rest ihres Wassers trinken. So oder so, es hat jetzt keinen Sinn, damit zu geizen. In einer Stunde werden wir entweder tot sein, oder sie holen uns ab und fahren uns zur Dekontaminierung.«

Norla nickte und nahm einen Schluck von ihrem eigenen lauwarmen Wasservorrat. »Dr. Ashdin«, sagte sie und schüttelte die Frau. »Wachen Sie auf. Sie werden sonst das große Ereignis vermissen.«

»Was? Hah? Wie? Oh.« Sie zwinkerte, richtete sich auf und blickte umher. »Tut mir Leid. Ich habe eine Weile geschlafen.«

»Kein Problem«, sagte Norla. »Hauptsache, die Zeit vergeht. Trinken Sie ruhig den Rest Wasser, es kann nicht mehr lange dauern.«

Ashdin nickte und sog gierig am Wasserschlauch ihres Anzugs. Norla betrachtete sie besorgt. Wandella Ashdin war in einem schlimmen Zustand. Schmutzig, verschwitzt, übernächtigt, hungrig, ängstlich. Norla wusste, dass sie und Koffield nicht besser aussahen. »Wir werden es überstehen«, sagte sie. »Gleich ist es so weit. Und danach brauchen wir nicht mehr lange zu warten.«

»Hier Institut für Biotechnik, Nachrichtenzentrale. Eine Minute bis zum Ausblasen. Halten Sie sich bereit für explosive Dekompression. Sicherheitsmaßnahmen beachten.«

»Welche?«, fragte Norla.

»Nur festhalten«, sagte Koffield. »Festhalten und durchhalten, das ist alles.«

»Dreißig Sekunden.«

Die Stille musste sicherlich weit länger als zehn Sekunden gedauert haben. »Zwanzig Sekunden. Alle Ladungen scharf gemacht, alle elektrischen Systeme abgeschaltet.«

Und wieder eine Wartezeit, die viel zu lang dauerte.

»Zehn Sekunden. Neun. Acht. Sieben. Sechs. Fünf.«

Gleich ging es los. Plötzlich schien der Augenblick den sie während der letzten vierundzwanzig Stunden so herbeigesehnt hatten, viel zu nahe.

»Vier. Drei. Zwei. Eins.«

»Null ...«

Tausend krachende Donnerschläge zerrissen die Welt um sie herum, vereinten sich zu einem Poltern, Brüllen und Dröhnen. Sogar durch ihre Helme war es unmöglich laut, als säßen sie in einem plötzlich hereinbrechenden Trommelfeuer. Der Boden unter ihnen erbebte, der Himmel außerhalb der Grabkammer leuchtete wie von einem Himmel voller Blitze auf, als die Kuppel an tausend Stellen buchstäblich aufgerissen wurde. Die erste Druckwelle traf sie, eine Wand komprimierter Luft, die durch den Eingang der Grabkammer fuhr und sie gegen den marmornen Globus warf. Aus allen Winkeln der Grabkammer erhoben sich Staubwolken, und der Globus selbst schaukelte ein wenig vor und zurück, gerade genug, um in Norla die Schreckensvorstellung des tonnenschweren Gewichts wachzurufen, das sie überrollte.

Die Kugel kam zur Ruhe, aber der Rest der Welt nicht. Marmorsplitter flogen durch die staubige Luft, als Wände und Boden der Grabkammer plötzlich neue Sprünge und Risse bekamen, die nicht Teil von Oskar DeSilvos steriler Geometrie waren.

Die Explosionen wiederholten sich als Echos und gingen über in ein neues und noch furchtbareres Geräusch, das Kreischen und Heulen von Megatonnen Luft, die mit Urgewalt in das kalte Vakuum des

Raums entwich. Neue Druckwellen erschütterten die Grabkammer als die entweichenden Luftströme Überschallgeschwindigkeit erreichten. In entsetzter Faszination beobachtete Norla wie aus dem Nichts Wirbel entstanden und über die Wüstenei zogen und alles in die Höhe rissen, was ihnen in den Weg kam. Zwei Wirbel kollidierten und fielen in sich zusammen.

Der Wind pfiff und heulte, die Luft war voll von Trümmern, die in alle Richtungen flogen. Ein massiver Baum krachte unmittelbar vor dem Eingang zur Grabkammer nieder, und ein heftiger Windstoß schleuderte Zweige, Erde, Kies und Stücke zerbrochener Äste in die Grabkammer. Sie hoben die Arme, um ihre Visierscheiben zu schützen. Ein kleiner Kieselstein prallte mit hellem Klang gegen Norlas Helm, und hinterließ einen sternförmigen Sprung im gepanzerten Transplex, ohne es jedoch zu brechen.

Plötzlich ergoss sich Wasser aus der Luft, als der Druck fiel und die Weltraumkälte das Innere der Kuppel erreichte. Regen schlug auf den erhitzten Boden, und überall spritzten Wasser und Dampf empor.

Dann legte sich das schreckliche Chaos. Das Heulen ausströmender Luft erstarb. Alle Geräusche verloren sich in Stille, als die Luft, die sie getragen hatte, sich in den Raum verlor.

Die Gewalt stürmisch bewegter Luft machte der Stille des Vakuums Platz – und der Stille des Grabes.

## 25.

# DER OZEAN DER JAHRE

»Sind wir bereit?«, fragte Koffield.

»So bereit wie wir sein können«, sagte Wandella Ashdin.

»Nicht dass wir im nächsten Monat viel anderes zu tun hätten«, sagte Norla.

»Also los dann«, sagte Koffield. »Machen wir uns auf den Weg.«

Trotz der rigorosen Dekontaminierung mit Dusche und Abschrubben, die sie noch in ihren Anzügen über sich ergehen ließen, und dann noch einmal, als sie die Anzüge abgelegt hatten, waren Koffield, Norla und Ashdin für dreißig Tage unter Quarantäne gestellt worden. Man hatte sie in einen bioisolierten Bunker gesteckt, der zum Institut gehörte, von dessen Gebäudekomplex aber abgetrennt – und zumindest gegenwärtig – gegen die Außenwelt luftdicht abgeschlossen. Keinem von ihnen gefiel es, aber sie konnten nichts dagegen unternehmen.

Die Urne und alles andere, was sie aus des Gründers Kuppel mitgebracht hatten, war mit ihnen in der Quarantänestation. Die Dekontaminationsgruppe hatte die Urne durch eine chemische Entgiftung und Desinfektion gefahren, aber das konnte nur das Äußere sterilisieren. Da niemand wusste, was in der Urne sein mochte, konnten sie keine Hitzesterilisierung riskieren. Und nachdem man die Mühe, die Kosten und das Trauma der Zerstörung einer Kuppel auf sich genommen und durchgemacht hatte, war man im Institut nicht interessiert, unnötige Risiken einzugehen. Wenn die Urne geöffnet werden sollte, dann würde es in Quarantäne geschehen. Nach einem Tag, der mit Säuberung, Körperpflege und Erholung verbracht wurde, nicht nur von zwei Tagen in überhitzten Schutzanzügen, sondern auch vom Dekontaminationsprozess, war es Zeit, an die Arbeit zu gehen.

Die Urne war ein einfacher Zylinder von ungefähr dreißig Zentimetern Durchmesser und sechzig Zentimetern Höhe. Sie hatten die Urne in die Mitte eines Arbeitsbereiches der Quarantänestation gestellt, und nach kurzer Untersuchung zeigte sich, dass die Urne sich ganz einfach durch das Abschrauben des Deckels öffnen ließ. Anton Koffield legte seine Hände auf den Deckel und begann ihn zu drehen. Nach erstem Widerstand gab er nach und ließ sich glatt, wenn auch nicht mit Leichtigkeit vom Gewinde drehen.

Koffield blickte zu Ashdin auf, die auf der anderen Seite des Tisches stand, bereit, ihm zu assistieren. Norla bediente eine Langzeitkamera und machte eine permanente, nicht löschbare Digitalaufzeichnung der gesamten Prozedur. Um jede Einzelheit des Vorgangs zu dokumentieren, ging sie um den Tisch und so nahe wie nötig an das Objekt heran.

»Er löst sich«, sagte Koffield. »Das Gewinde ist sehr eng, aber jetzt löst es sich. Dr. Ashdin, wenn Sie um den Tisch kommen und mir helfen würden, die Urne zu heben. Sie ist ziemlich schwer, und ich möchte es vorsichtig tun.«

Wandella kam herüber, nahm eine Seite des Deckels und half Koffield, ihn durch die letzten paar Windungen zu drehen. Die Erregung und Spannung im Raum war beinahe greifbar. Koffield und Norla tauschten einen Blick, und er sah eine seltsame Mischung von

Erwartung und Furcht in ihren Augen. Wahrscheinlich war sein Ausdruck der gleiche.

»Da sind wir. Der Deckel ist frei«, sagte er. »Heben Sie ihn gleichzeitig mit mir, wenn ich bis drei gezählt habe. Eins, zwei – drei.«

Sie hoben den schweren Deckel von der Urne und legten ihn beiseite.

Alle drei spähten in die offene Urne. Die Enttäuschung traf Koffield wie ein Schlag ins Gesicht. Asche. Nach alledem nichts als Asche.

»Verdammt!«, rief Norla aus. »Es kann nicht sein.«

»Es ist nicht«, sagte Koffield, der sich zur Ruhe zwang. Es war ein kleiner Rückschlag, sagte er sich, und einer, den er mehr oder weniger erwartet hatte. Es musste bloß eine weitere Verkleidung sein, eine weitere Täuschung. Er spähte in die Urne und sah, wonach er suchte. »Schauen wir uns die Sache genauer an. Dies ist Asche, kein Zweifel – aber sie nimmt nicht mehr als ein Viertel der Zylinderhöhe ein. Es muss einen falschen Boden geben. Dr. Ashdin, seien Sie so gut und stellen Sie diese Schale dort auf den Tisch und helfen Sie mir, diese Asche hineinzuschütten.«

»Sie meinen, das könnte nicht DeSilvos Asche sein?«, fragte Norla.

»Ich habe aufgegeben, etwas zu glauben, was ich nicht beweisen kann«, sagte Koffield. »Fassen Sie die andere Seite der Urne, Doktor. Vorsicht jetzt.«

Die Asche ergoss sich in die Schale. Zum größten Teil war sie fein und pulverig, aber es waren einige Stücke unvollkommen verbrannter Gebeine darin und ein Zahn. Koffield untersuchte nachdenklich die Asche. »Sehr interessant. Norla, machen Sie eine gute Nahaufnahme von diesem Zahn. Er ist eindeutig nicht von einem Menschen. Ich bin kein Fachmann für Tiergebisse, aber es sieht so aus, als wäre ein großes Säugetier eingeäschert worden – ein Schwein, denke ich –, und dann wurde versäumt, die Asche zu sieben. Jemand verwischte seine Spuren nicht ganz so sorgfältig, wie er es hätte tun sollen.«

Koffield wischte das Innere der Urne mit einem Tuch aus. Es war jetzt klar zu sehen, dass die obere Kammer sehr wenig vom Volumen der Urne einnahm.

Ashdin spähte in das Innere und zeigte auf einen Satz fünf dunkler Ovale, die wie aus altem Siegelwachs aussahen und in einem radialen Muster am Boden der Kammer angeordnet waren. Vielleicht verschlossen sie einen inneren Deckel. »Diese Flecken sehen aus wie Daumenabdrucksiegel aus erinnerungsfähigem Polymerharz«, sagte sie.

Es war die gleiche Art von Versiegelung, die zum Verschließen des persönlichen Gepäckfaches an Koffields Kryobehälter verwendet worden war. Wenn der richtige Daumen auf das Polymerharz gedrückt wurde, löste es sich auf, reagierte aber nur auf den vorprogrammierten Daumenabdruck oder was immer für andere Kriterien in das Programm eingegangen waren.

»So sehen sie aus«, bestätigte Koffield nachdenklich. »Ich frage mich, ob ich Sie und Norla bewegen könnte, Ihre Daumenabdrücke an der Versiegelung auszuprobieren.«

Ashdin zögerte, ihre Hände in eine Begräbnisurne zu stecken, aber anscheinend fiel ihr kein logischer Grund für eine Verweigerung ein. Sie versuchte ihr Glück mit beiden Daumen und dann allen Fingern an allen fünf Siegeln, ohne Resultat. Norla übergab die Kamera Koffield und versuchte es gleichfalls, aber nichts geschah.

Koffield gab ihr die Kamera zurück. »Sehen wir, ob ich mehr Glück habe. Ich wünschte, wir könnten Marquez hierher bringen, dass er es auch versucht, aber ich fürchte, keiner von uns wird geduldig genug sein, um darauf zu warten. Achten Sie bitte darauf, dass Sie mit der Kamera eine gute Aufnahmeposition finden.«

Anton Koffield drückte den rechten Daumen auf das erste Siegel und hielt ihn ein paar Sekunden darauf.

Und das Siegel zerbröckelte.

Ashdin keuchte. Norla pfiff durch die Zähne und schüttelte den Kopf. »Das würde ich einen überzeugenden Beweis nennen, dass Sie erwartet wurden«, sagte sie.

»Ja«, bestätigte Koffield. »Tatsächlich.« Langsam drückte er seinen Daumen auf jedes der verbleibenden Siegel. Alle lösten sich so sauber und vollkommen auf wie das Erste. Koffield nahm das Staubtuch und wischte die Rückstände der Siegel heraus, dann untersuchte er abermals das Innere.

»Sehen Sie das?«, sagte er. »Machen Sie eine gute Aufnahme davon. Unter den Siegeln sind Riegel.« Er griff hinein und öffnete die Riegel nacheinander, und als der letzte Riegel freikam, löste sich der innere Deckel. Koffield hob ihn heraus.

»Es sieht so aus als ob … da ist ein ganzer Stapel von verschiedenen Dingen«, sagte er für die Aufzeichnung der Kamera. »Alles ist in gepolsterten Fächern untergebracht. Der erste Gegenstand ist ein Datenwürfel.« Er hob ihn mit Herzklopfen heraus. Seine Finger zitterten, als er das Etikett las.

»*Mein* Datenwürfel«, sagte er mit unnatürlich ruhiger Stimme. »Es ist der, den ich in meinem Gepäck glaubte, als ich nach Solace kam.« Wieder langte er in die Urne und nahm den nächsten Gegenstand heraus. Aber der Erste hatte ihm hinreichend klar gemacht was der Zweite war. »Die als Buch gedruckte Version derselben Daten«, erklärte er. »Und wieder die Kopie, die ich in meinem persönlichen Gepäck glaubte.«

Koffield blickte zu Norla, hielt den Würfel in einer

Hand und das Buch in der anderen. »Ich weiß nicht, was ich sagen soll«, bekannte er. »Sollen diese Dinge mich rechtfertigen? Sind sie als eine Ehrenrettung gedacht? Ich bin froh, sie zu haben, aber warum stahl DeSilvo sie mir, um sie dann auf diesem indirekten Weg zurückzuschicken?«

»Ich finde, es sieht sehr danach aus, als hätte er einen Sinneswandel gehabt«, sagte Wandella Ashdin. »Es ist eine sehr eigentümliche Art der Wiedergutmachung, aber ich vermute dass es so gedacht ist.«

»Was ist noch drin?«, fragte Norla.

Koffield zog einen dickeren, gepolsterten Behälter heraus und öffnete ihn. »Großer Gott«, sagte er. »Baskaws Bücher. Gedruckte Exemplare von Ulan Baskaws Büchern. Entweder sind es Kopien der Originale aus der Zentralbibliothek, oder DeSilvo stahl die Originale dort.«

»Warum sollte er Ihnen Baskaws Bücher schicken?«, fragte Wandella.

»Sie sind Beweismittel«, sagte Norla. »DeSilvo hat dem Admiral Beweise dafür gegeben, dass alles, was er sagte, der Wahrheit entsprach. Und es ist zugleich ein Geständnis. Ein Geständnis des Plagiats und mehr. Baskaws Bücher hätten DeSilvo überzeugen sollen, dass sein Projekt nicht funktionieren würde. Oskar DeSilvo hat damit seine Schuld eingestanden. Vor Admiral Koffield, vor Ihnen und vor ganz Solace.«

Koffield nickte. Den Fakten konnte er folgen, aber nicht dem Motiv, dem *Warum.* »Es ergibt keinen Sinn«, protestierte er. Er legte Baskaws Bücher auf den Tisch, schlug eines auf und blätterte darin. »Warum tat er es? Warum ein Geständnis? Und warum mir gegenüber, und in dieser umständlichen Art und Weise?«

»Ich weiß es nicht«, sagte Norla.

Wandella schaute in die Urne. »Ah, Admiral, da ist noch etwas. Es sieht wie ein Brief aus.«

Koffield sah überrascht zu ihr auf. Er blickte im Raum umher. Sein Kleinhirn befahl ihm, den Horizont abzusuchen und zu sehen, aus welcher Richtung die nächste verrückte Überraschung kommen würde. Aber im Raum war es ruhig und totenstill. Er blickte in die Urne. Ein Umschlag lag an ihrem Boden, die Anschriftseite nach unten.

»Ein Brief. Eine Flaschenpost, hinausgeworfen in den Ozean der Jahre. Gegen alle Wahrscheinlichkeit war sie an Land gespült worden und in die richtigen Hände gelangt, eineinviertel Jahrhundert später.«

Er griff hinein und nahm ihn heraus.

Tatsächlich war es ein höchst altmodischer Brief, auf Papier und in einem Umschlag, eine Form der Nachrichtenübermittlung, die selbst bloß eine dem Modetrend entsprechende Kopie einer altmodischen Technik war, die von den Alten gebraucht wurde. Koffield drehte den Umschlag um und las die Schrift auf der Vorderseite.

Admiral Anton Koffield
18083-19109-SQNI-115-432-33,
APTO-205-APO-34030

»Du meine Güte«, sagte Koffield. Er setzte sich auf die Tischkante und ließ Kopf und Schultern hängen. Schmerz und Schock waren so intensiv, dass sie körperlich wurden. Es war ein Schlag, ein harter Schlag, und er fühlte sich von diesem mächtigen Hieb, der aus dem Nichts gekommen war, zu Boden geschmettert. »Ach du lieber Himmel.«

»Was ist?«, fragte Norla.

»Anton zeigte ihr den Umschlag. »Der Code unter meinem Namen. Der Schlüsselcode. Es ist – war – der Befehlscode für den Zirkumzentralen Zeitschacht. Dieser Schlüsselcode, verbunden mit dem richtigen

Befehlscode und Zusatz, ist alles, was man braucht, um den Zirkumzentralen Zeitschacht zu öffnen. DeSilvo sagt damit, dass er Schiffe durch den Zeitschacht schicken konnte – und es tat.«

»Was?«

Ihn schwindelte. Es war Wahnsinn, aber es passte in das Muster. »Es ist die gleiche Art und Weise, wie er eingestand, die *Dom Pedro IV* sabotiert und meine Daten gestohlen zu haben«, sagte Koffield. »Er sagt damit, dass er für den Angriff bei der Zirkumzentralen Wegmarke verantwortlich war. Dr. Oskar DeSilvo sagt uns, dass er die Eindringlinge schickte, die meinen Zeitschacht überfielen. Er sagt, dass er meine Besatzungsmitglieder tötete, die *Upholder* in der Zeit stranden ließ und die *Standfast* zerstörte.«

»Das ist unmöglich«, protestierte Norla. »Nur die Chronologische Patrouille kann …«

Mit zitternder Hand hielt Koffield ihr den Umschlag vors Gesicht. »Ohne diesen Zusatzcode, ja. Aber wenn er diesen Code beschaffen konnte, muss er auch die Möglichkeit gehabt haben, in das Befehlssystem einzudringen. Mit diesem Code konnte er den Zeitschacht kontrollieren.«

»Der Brief«, sagte Norla. »Lesen Sie endlich den Brief.«

Koffield nickte wie betäubt. Er öffnete den Umschlag, zog den Brief heraus und begann laut zu lesen.

»›Mein lieber Admiral Koffield‹«, begann er.

*Wie Sie zweifellos bereits vermutet haben, ist dieser Brief ein Geständnis. Ich schreibe dies etwa dreizehn Jahre nachdem Sie die Reise nach Solace antraten – das heißt, dreizehn Jahre nachdem ich Ihr Schiff sabotierte und ihren dokumentarischen Beweis stahl, aus dem hervorging, dass der ökologische Umbau von Solace zum Scheitern verurteilt war. Sollten Sie diesen Brief wirklich erhalten, würde ich erwar-*

*ten, dass dies ungefähr einhundertvierzehn Standardjahre von heute gerechnet der Fall sein wird. Ich denke mir, dass Sie Treibhaus besuchen und die dortigen Sehenswürdigkeiten besichtigen werden, oder dass Sie durch einen Prospekt dieser Sehenswürdigkeiten blättern und persönlich oder auf einer Fotografie die Botschaft sehen werden, die ich Ihnen hinterlassen habe. Oder vielleicht werden Sie sich einfach fragen, was mich bewogen haben konnte, mein Grab von allen unwahrscheinlichen und unerfreulichen Orten ausgerechnet auf Treibhaus zu errichten.*

»Das hat er nicht richtig gesehen«, sagte Wandella.

»Wir waren nahe daran, uns das Grab überhaupt nicht anzusehen«, stimmte Norla ihr zu. »Wäre des Gründers Kuppel ausgeblasen worden, bevor wir hierher kamen, würden wir vielleicht nicht einmal von DeSilvos Grab gehört haben.«

»Früher oder später doch«, meinte Koffield. Aber wäre mir bewusst geworden, wie wenig Sinn es hatte, das Grab auf Treibhaus zu errichten? Vielleicht wären wir überhaupt nicht hierher gekommen ... Nun, jedenfalls fanden wir das Grab und wir verstanden es. Das ist alles, worauf es ankommt. So verkehrt sah er es nicht.« Koffield nahm sich wieder den Brief vor.

*Als Sie die Reise nach Solace antraten, glaubte ich an meine Arbeit und hielt Ihre Analyse für vollständig falsch – und gefährlich. Ich glaubte, dass es zu Unruhen kommen würde, wenn jemand auf Sie hörte, zu Panik und womöglich wirtschaftlichem Kollaps. Ihre Warnungen, dachte ich, könnten den Tod von Tausenden verursachen.*

*Zu der Zeit war es nicht allgemein bekannt, aber die Finanzierung des Solace-Projekts befand sich zur fraglichen Zeit in einem sehr heiklen Stadium. Kontroversen hätten das Projekt ganz zunichte machen können. Darum musste ich Mittel und Wege finden, Ihnen Einhalt zu gebieten, ohne Sie zu konfrontieren oder eine öffentliche Debatte in Gang zu setzen.*

*Als Leiter eines Großunternehmens verfügte ich glücklicherweise über umfangreiche materielle und finanzielle Hilfsquellen. Überdies bin ich seit langem in den Techniken und Methoden der Industriespionage bewandert, wie Sie, wenn Sie diese Zeilen lesen, sicherlich erkannt haben werden. Da ich Ihnen einerseits keinen Schaden zufügen wollte, andererseits aber nicht wünschte, dass Sie Gehör finden würden, sabotierte ich die* Dom Pedro IV *und entfernte Ihr Beweismaterial aus Ihrem Gepäck. Die genauen Details, wie ich dies bewerkstelligte, sind unwichtig.*

»Und außerdem könnte er den gleichen Trick irgendwann wieder anwenden wollen«, sagte Norla bitter. »Warum also verraten, wie es gemacht wurde?«

*Erst lange nach Ihrer Abreise kehrte ich zurück und beschäftigte mich wieder mit Baskaws Arbeiten und nahm mir Ihre Erweiterung der von Baskaw gemachten Prognosen vor, las auch Ihre Synthese mit dem damaligen Stand der Terraformungstechnik bei bestehenden Ökosystemen. Dann erst begann ich die Wahrheit zu sehen. Allerdings war das Solace-Projekt zu der Zeit schon viel zu weit fortgeschritten, um ohne großen Verlust an Leben und investierten Mitteln abgebrochen zu werden. Der größte Teil der Siedler hatte bereits Land und Material zugeteilt bekommen. Es war zu spät.*

»Glauben Sie das?«, fragte Norla.

»Ich weiß nicht«, sagte Koffield. »Ich kann nicht ganz glauben, dass er vorher nicht imstande gewesen sein sollte, Baskaws Werk zu verstehen, aber es könnte möglich sein. Ich bin sicher, dass DeSilvo es zum Zeitpunkt der Niederschrift glaubte.« Er fuhr fort:

*Vieles von dem, was ich hier ausführe, haben Sie wahrscheinlich schon vermutet. Was Sie aber wahrscheinlich nicht gewusst haben, bevor Sie den Umschlag dieses Briefes sahen, ist, dass ich Ihnen schon früher in die Quere kam.*

*Ich sandte die unbemannten Sonden, die später als »Eindringlinge« bekannt wurden, durch den Zirkumzentralen Zeitschacht. Ich werde gleich auf den Zweck dieser Mission eingehen, muss aber zuvor mehrere andere Punkte hervorheben.*

*Zunächst einmal hatte ich niemals die Absicht, Menschen oder Schiffen Schaden zuzufügen. Aber meine Unerfahrenheit auf diesem Gebiet und meine Unkenntnis militärischer Angelegenheiten, verbunden mit einer Pechsträhne, machten meine guten Absichten zunichte.*

*Zweitens, und dies ist, glaube ich, die Ironie der ganzen Angelegenheit, war es das Unrecht, das ich Ihnen ganz unbeabsichtigt bei der Zirkumzentralen Wegmarke zufügte, und das daraus resultierende Schuldgefühl, die mich bewogen, Sie in der Zentralbibliothek anzusprechen und, wenn Sie so wollen, Sie unter meine Fittiche zu nehmen und Ihnen eine neue Lebensaufgabe zu geben. Ich hatte für die Überzeugung, dass ich Ihnen bei der Zirkumzentralen Wegmarke schweres Unrecht zufügte, wichtigere Gründe als Ihnen bekannt sein dürfte, doch mehr darüber weiter unten. Es war meine Fehleinschätzung, dass ich Ihre bemerkenswerte Fähigkeit und unerbittliche Zähigkeit nicht in Betracht zog.*

*Seither hatte ich Gelegenheit, Ihre militärische Laufbahn genauer zu untersuchen, einschließlich Ihrer Arbeit im Nachrichtendienst. Es genügt zu sagen, dass ich einen weiten Bogen um Sie gemacht hätte, wenn ich vorher so viel über Sie gewusst hätte, statt Sie einzuladen, über die Geschichte des Solace-Projekts zu arbeiten. Während dieser Arbeit entdeckten Sie natürlich meine akademischen Verbrechen, mein Plagiat. Und alles ging von da aus.*

*Auch werden Sie zweifellos bereits vermutet haben, dass*

*mein Grab nicht mein Grab ist. Es ist es nicht. Es ist niemandes Grab. Die Asche ist so falsch wie die Meldung meines kürzlichen Todes.*

*Was Sie wahrscheinlich noch nicht erraten haben, sind meine Gründe für dieses gegenwärtige, ausgeklügelt versteckte Geständnis. Ein Grund ist offensichtlich, so offensichtlich, dass sogar ich es jetzt sehen kann. Ich bin gescheitert, bin völlig und jämmerlich gescheitert, weil ich Tatsachen ignorierte, die ich unbequem fand, weil ich glaubte, ich könnte die Welt nach dem Modell formen, das ich ihr verordnete.*

*Aber ich habe Großes vollbracht und weit mehr Geheimnisse als jene gelernt, die Ulan Baskaw mich lehrte. In den Geheimkabinetts der Zentralbibliothek und in anderen Archiven gibt es viel zu finden. Bemerkenswerte Techniken aller Art wurden von denjenigen unterdrückt, die noch immer glauben, es sei für die menschliche Gesellschaft am besten, nahezu statisch zu bleiben, und Fortschritt, wenn überhaupt, nur mit gletscherhafter Langsamkeit zulassen. Vielleicht hatten sie einmal Recht, so zu denken, aber ihre Zeit ist vorbei.*

*Sie brauchen nur einen Blick auf die Ereignisse bei der Zirkumzentralen Wegmarke zu werfen, um zu wissen, dass es wahr ist. Die unbemannten Schiffe, die Sie Eindringlinge nannten, überschritten tatsächlich die Lichtgeschwindigkeit.*

»Lichtgeschwindigkeit überschreiten!«, protestierte Wandella. »Das ist der ganze Grund für das System der Zeitschächte.«

»Richtig«, sagte Koffield. »Aber die Messungen, die an Bord der *Upholder* gemacht wurden, zeigten etwas anderes, wenn über diesem Punkt auch in der Öffentlichkeit nicht viel gesprochen wurde. Die Eindringlinge beschleunigten über einen Wert hinaus, wo wir sie noch ausmachen konnten, und verschwanden dann.

Als sie zurückkehrten, taten sie das Gleiche in umgekehrter Abfolge. Uns kam es sehr wie Lichtgeschwindigkeit vor.«

»Lesen Sie weiter«, sagte Norla.

*Aber das Versagen liegt nicht bei mir allein. Die Menschheit selbst versagt. Das Unternehmen unserer interstellaren Zivilisation unterliegt denselben physikalischen und mathematischen Gesetzen wie Solace. Alle von uns besiedelten Welten sind in der von uns aufgepfropften Form zum Untergang verurteilt. Ich teile mein Verbrechen mit allen anderen Biosphärenforschern, Biotechnikern und Umgestaltern von Ökosystemen in der Geschichte.*

»Tatsachenverdrehung«, bemerkte Norla. »Alle anderen wussten nichts von Baskaws Arbeit. Er kannte sie.«

»Wahrscheinlich«, sagte Koffield. »Vielleicht war er nur nachlässig und tat Baskaws Argumente als bloße Meinung ab. Und in einem Punkt hat er Recht. Alle Menschen der Koloniewelten sind in großen Schwierigkeiten.« Er las weiter.

*Ich habe Unrecht getan, das steht außer Frage. Aber vor wem sollte ich mich verantworten? Welches Verbrechen unter welcher Jurisdiktion habe ich begangen? Welche Strafe sollte mir zugemessen werden, und wer sollte mich verurteilen? Ich glaube, die Antwort ist, dass es keinen Richter und keinen Gerichtshof gibt, der gesetzlich befugt und kompetent wäre, über diesen Fall zu richten, und daher gibt es keine legalen Mittel, über mich zu richten oder eine angemessene Strafe festzulegen. Wollte ich in Abwesenheit solcher gesetzlichen Autorität an die Öffentlichkeit gehen und alle besiedelten Welten über Ulan Baskaws Werk aufklären, würde ich sehr wahrscheinlich gewalttätigen Ausschreitungen zum Opfer fallen, oder einem Meuchelmörder im Auf-*

*trag eines, sagen wir, Immobilienhändlers, der durch solche Negativmeldungen seine geschäftliche Zukunft gefährdet sieht. Und wie viele andere Menschen würden in den Unruhen verletzt oder getötet, die solche Nachrichten mit Sicherheit auslösen müssten?*

*Käme ich auf diese Weise ums Leben, wäre niemandem gedient, und ich könnte keinem Menschen nutzen. Und ich habe viel Gutes zu bieten, Schätze an Wissen und Techniken, über die ich allein verfüge.*

»Mit anderen Worten, er stahl nicht bloß Baskaws Arbeit«, sagte Norla, »sondern er machte weitere Entdeckungen, die er für sich auswerten konnte. Na und? Warum sollten wir ihm überhaupt glauben?«

»Ich kann eine Antwort auf beide Fragen geben«, sagte Koffield. »Er demonstrierte, dass unbemannte Sonden schneller als Licht reisen können. Das bietet er sozusagen als Beweis. Es legt den Gedanken nahe, dass er auch mit anderen eindrucksvollen Dingen aufwarten kann. Wenn wir ihm glauben. Es könnte alles Schwindel sein.«

»Er versteht es, seine Feigheit als Mut zu verkaufen«, sagte Norla. »Er fürchtet nicht, uns gegenüberzutreten, oder den Menschen von Solace. Er fürchtet bloß, dass andere Schaden erleiden könnten, wenn wir ihn umbringen, und dass er dann nicht mehr in der Lage sein würde, den Menschen Gutes zu tun.«

»Ich weiß nicht, ob ich es so ausdrücken würde, aber es hört sich so an, als wollte er seine Argumente zurechtlegen, um ein Geschäft vorzuschlagen«, sagte Wandella. »Aber was mag es sein?«

*Ich habe viel zu bieten, aber ein guter Teil dessen, was ich bieten kann, wird nicht bereitwillig angenommen werden. Drastische Mittel sind nicht willkommen, solange die Situation nicht verzweifelt ist. Bis dahin werden die Verkün-*

*der des Unheils ignoriert, beiseite geschoben, geschmäht und verfolgt.*

»Lauter schöne und edle Worte«, sagte Norla. »Er verfolgte und drangsalierte mich und alle an Bord der *Dom Pedro IV,* weil er Ihre Unheilsverkündung fürchtete.«

Koffield nickte und las weiter.

*Der Zusammenbruch von Solace wird nicht aufzuhalten sein. Das glaube ich jetzt. Aber ich glaube auch, dass es allen besiedelten Welten zur Warnung dienen wird. Je mehr Menschen von Baskaws Werk wissen, desto wahrscheinlicher ist es, dass sie darauf hören werden. Ich glaube, zu der Zeit, wenn Sie diesen Brief finden, werden die Menschen bereit sein. Endlich werden sie hören. Darum habe ich Kopien von Baskaws und Ihren Untersuchungen diesem Brief beigefügt, damit Sie besser imstande sein mögen, diese Untersuchungen einer breiteren Öffentlichkeit nahe zu bringen.*

»Der miese Kerl!«, rief Norla aus. »Er stellt es noch als Großzügigkeit hin, wenn er zurückgibt, was er gestohlen hat.«

»Sehr anständig von ihm«, stimmte Koffield zu. Der Verrückte! Der verrückte Egozentriker! Er merkte, dass sein Gesicht rot angelaufen war und seine Hände schwitzten, aber er musste die Beherrschung wahren, ruhig bleiben. Sein Sehvermögen schien aus irgendeinem Grund ein wenig getrübt. Er zwinkerte und las weiter.

*Suchen Sie mich auf. Ich lebe, aber im Schlummer. Ich bin verborgen, aber an einem Ort, wo Sie mich finden können. Suchen Sie mich auf, und gemeinsam können wir Großes bewirken. Mit dem Wissen, das ich gesammelt habe, und der Geschicklichkeit, dem Mut und der Entschlos-*

*senheit, die Sie so oft demonstriert haben, können wir, glaube ich, den Untergang verhindern, den Ulan Baskaw prophezeit.*

»Ihn aufsuchen?«, fragte Norla. »Den Mann, der unser aller Leben ruiniert hat? Den Mann, der Solace den Todesstoß versetzte, aber nicht den Mut hatte, sich den Menschen zu stellen, die er geschädigt hatte?«

»Reisen schneller als das Licht«, sagte Anton Koffield. »Denken Sie darüber nach. Was würde man nicht dafür geben? Würden Sie sich weigern, mit jemandem zu verhandeln, der dies zu bieten hat?«

»Gibt es mehr?«, fragte Wandella Ashdin, »oder ist der Brief da zu Ende?«

»Da steht noch mehr«, sagte Koffield.

*Ich habe viel zu bieten und kann viele Geheimnisse enthüllen, wenn Sie mich aufsuchen, aber ich wage nicht, in diesem Brief Einzelheiten zu nennen. Es gibt jedoch ein letztes Geständnis, das ich machen muss. Sie wurden für die Ereignisse bei der Zirkumzentralen Wegmarke verantwortlich gemacht. Nicht nur für den Verlust der Schiffe, sondern für die Schließung des Zeitschachtes. In der Zeit, in der ich schreibe, werden Sie noch immer für dieses angebliche Verbrechen geschmäht. Vielleicht wird man sich noch in einem Jahrhundert in diesem Sinne Ihrer erinnern.*

»Das ist gelinde ausgedrückt«, sagte Koffield. »Man erinnert sich nicht bloß an mich, ich bin ein Ungeheuer.«

»Nur für einige unwissende Leute«, sagte Wandella Ashdin. »Die meisten haben die Geschichte längst vergessen oder nie erfahren.«

»Soll das ein Trost sein?«, fragte Koffield sie. Sein

lange angestauter Ärger brach sich beinahe Bahn. »Für mich ist es keiner.«

»Tut mir Leid. Lesen Sie weiter.«

*Die Zeit ist gekommen, dass Sie die Wahrheit erfahren. Ich kann ihre Mission jetzt nicht im Einzelnen beschreiben, muss Ihnen aber etwas über die Schiffe sagen, die Sie die Eindringlinge nannten. Viel wurde über die Tatsache gerätselt, dass sie zuerst zeitaufwärts durch den Zeitschacht gingen, von der Vergangenheit in die Zukunft. Warum taten sie das, fragten sich damals viele Menschen? Warum das Risiko auf sich nehmen und den Verlust unbemannter Schiffe riskieren, wenn nichts weiter nötig gewesen wäre als im normalen Raum zu warten, bis sie die fragliche Zeit erreicht hätten?*

*Es gibt zwei Gründe. Der Erste ist ziemlich einfach. Aus verschiedenen technischen Gründen, die hauptsächlich mit den Energieerzeugungssystemen zu tun haben, hätte sich der Zustand der Schiffe bis dahin verschlechtert. Der zweite Grund wurde hin und wieder von Theoretikern erwähnt, aber niemals wirklich in Betracht gezogen. Die Schiffe mussten eine Passage durch den Zeitschacht machen, die ihnen erlaubte, präzise und umfassende Messungen seiner Struktur vorzunehmen.*

Koffield starrte auf die Seite, überflog schweigend die nächsten Absätze und bekam ein flaues Gefühl im Magen. Zorn und Schock überkamen ihn. »Das ist das Schlimmste«, sagte er mit versagender Stimme. »Das Nächste ist der schlimmste Schock von allem. Verdammt!«

»Was ist es?«, fragte Wandella Ashdin.

»Mein Leben ruiniert«, sagte Koffield, und der Zorn half ihm seine Stimme wiederzufinden. »Meine Karriere erledigt. In der Zeit gestrandet, nicht einmal, sondern zweimal, durch Oskar DeSilvo. Und nun, und nun …«

»Lesen Sie vor, Anton«, sagte Norla. »Bitte. Lesen Sie vor.«

*Die Schiffe benötigten diese Information, um einen Teil ihrer Mission auszuführen. Ich hatte sie für mehrere Aufgaben programmiert – einschließlich der Schließung des Zirkumzentralen Zeitschachtes. Es schmerzt mich, es zu sagen, aber Sie müssen es wissen, bevor Sie mich aufsuchen. Hätten Sie nichts getan, überhaupt nichts, wäre Ihr Schiff untätig in Position geblieben oder gar nicht dort gewesen, so hätten meine unbemannten Schiffe ihre Arbeit abgeschlossen, indem sie zeitaufwärts in den Zeitschacht eindrangen und ihn für alle Zeit verschlossen. Sie waren programmiert, ihn zu schließen. Wahrhaftig, ich glaube, es ist unmöglich zu sagen, ob sie es taten oder ob die von Ihrem Schiff ausgehenden Befehle die Schließung bewirkten. Ich kann Ihnen jetzt nicht sagen, warum die Schließung notwendig war. Aber ich versichere Ihnen, dass es so oder so geschehen wäre, auch wenn Sie nicht gehandelt hätten.*

*Ich konnte meinen Anteil an den Ereignissen bei der Zirkumzentralen Wegmarke nicht enthüllen, ohne Operationen von allergrößter Bedeutung zu schaden. Es bekümmert mich unendlich, dass Sie für Taten, die Sie nicht verübten, bestraft und von Schuldgefühlen gepeinigt wurden. Es war mein eigenes Schuldbewusstsein in diesem Punkt, das mich veranlasste, auf Sie zuzugehen und Sie einzuladen, in meinen Stab einzutreten. Die Folgen dieser Geste sind, wie Sie so gut wissen wie ich, noch immer nicht Teil der Vergangenheit.*

*Es tut mir Leid. Ich bitte Sie aufrichtig, von Herzen und in aller Bescheidenheit um Entschuldigung. Nehmen Sie die Bitte an oder weisen Sie sie zurück, wie Sie wollen. Hassen Sie mich oder vergeben Sie mir. Empfinden Sie für mich, was Sie wollen, und ich werde es akzeptieren. Größere Dinge stehen auf dem Spiel, und meine eigene Schuld und Scham sind nicht wichtig.*

*Nur eins ist wichtig. Suchen Sie mich auf.*
*Mit aufrichtigem Respekt verbleibe ich*
*Ihr ehrlicher Bewunderer,*
*Dr. Oskar DeSilvo*

Anton Koffield ließ den Brief auf den Tisch fallen, wandte sich um und verließ den Raum.

## 26.

# DIE TIEFEN DER ZEIT

Norla saß in dem sterilen, gesichtslosen Abteil, das in der Quarantänestation als ihr Schlafraum diente, und überlegte. Sollte sie gehen und mit Koffield sprechen? Drei Stunden waren vergangen, seit er ihr und Wandella DeSilvos Brief vorgelesen hatte. Gleich darauf hatte er sich in seinem Raum eingeschlossen und war seitdem nicht herausgekommen. Wäre es klüger, ihn in Ruhe zu lassen, dass er in der Zurückgezogenheit den Schock und die Grausamkeit überwinden und mit sich selbst ins Reine kommen konnte? Oder sollte sie ihn zwingen, alles durchzusprechen und sich so von seinem inneren Druck zu befreien?

Ein halbes Dutzend Male hatte sie beschlossen, ihn sich selbst zu überlassen, und genauso oft hatte sie ihre Meinung geändert. Sie wusste nicht, was sie tun sollte, was richtig war.

Aber nicht zu handeln, war auch eine Entscheidung. Die Welt war voll von Menschen, die Gründe fanden, nicht zu handeln, die sich von der Überzeugung leiten ließen, dass es das Beste und Klügste sei, Schwierigkeiten und Verdruss zu vermeiden, und im Zweifelsfall lieber nichts zu tun.

Dieser Gedanke brachte die Entscheidung. Sie stand auf und griff zur Türklinke, als angeklopft wurde. Wandella, wahrscheinlich. Norla hatte gedacht, die

Frau habe sich schlafen gelegt. Die arme Wandella. Ihr Held war entzaubert, ihre Weltsicht auf den Kopf gestellt.

Sie öffnete die Tür.

»Darf ich eintreten?«, fragte Anton Koffield.

»Oh! Ja, ja, natürlich. Ich dachte, es sei Wandella. Bitte kommen Sie herein.«

Sie ließ Koffield vorbei, schloss die Tür und bedeutete ihm, den Stuhl zu nehmen, während sie sich auf das Feldbett setzte. Sie war nicht besonders überrascht, dass er sich nicht setzte.

Er stand in dem gleichen formlosen braunen Overall vor ihr, den sie selbst trug, die Einheitskleidung in der Quarantänestation. Trotzdem konnte er seine militärische Haltung nicht verleugnen. Er verschränkte die Arme vor der Brust und lächelte traurig auf sie nieder.

»Es ist kein leichter Tag gewesen«, sagte er. »Keiner dieser Tage ist leicht gewesen, seit wir nach Solace kamen.«

»Sie haben es schon lange vorher schwer gehabt«, sagte Norla.

Er nickte, wandte den Kopf und starrte die leere Wand neben der Tür an. »So ist es. Und nach allem, was wir, was ich heute erfuhr, wird es mir jetzt noch schwerer. Ich hatte mich gerade überzeugt, dass es alles blindes Pech sei, Kräfte außerhalb meiner Kontrolle. Jetzt weiß ich es. Jetzt weiß ich, was es war. Wer es war. Ich bin in meinem Leben nicht so zornig gewesen und werde noch sehr lange zornig sein.«

Er machte eine ausgreifende Armbewegung, als wollte er die ganze Welt umfassen. »All die Geschichten, all die Lügen. Sie haben einen Vorsprung von hundertsiebenundzwanzig Jahren vor der Wahrheit. Und die Wahrheit wird sie nie einholen. Wenn ich in mein Grab sinke, werden die Nachkommen der Leute von Glister nicht bloß glauben, sie werden es als absolut sichere Tatsache *wissen,* dass ich für das Unglück ihrer Vorfahren und deren Heimat verantwortlich war. Und sie werden Oskar DeSilvo, der Solace aufbaute und ihnen einen Zufluchtsort gab, hochleben lassen.

Aber das ist vielleicht noch nicht das Schlimmste. Ich dachte, ich sei ein freier Mann, der handeln könne, wie er es für richtig hält. Dabei war ich die ganze Zeit eine Ratte in DeSilvos Labyrinth, ging den Weg, den er mir bereitet hatte, fiel in die Fallen, die er gestellt hatte. Noch jetzt, aus hundert Jahren Abstand, zieht er an den Fäden, und meine Muskeln zucken, und ich bewege mich so, wie er es will.«

»Sie werden ihm nachgehen«, sagte Norla. Es war keine Frage. Es war ihr nie in den Sinn gekommen, dass er nicht gehen würde. Koffield war nicht der Mann, der gute Gründe fand, um nichts zu tun.

»Ich wünschte, ich würde es nicht tun«, sagte Koffield. »Mit jeder Faser meines Wesens möchte ich ihn und Solace und der ganzen sich anbahnenden Katastrophe den Rücken kehren. Ich möchte sagen ›Ich habe meinen Teil getan. Lasst mich in Frieden. Lasst andere die Arbeit tun.‹ Aber ich kann nicht. Ich möchte mich abwenden. Aber ich kann nicht.«

»Das ist nicht DeSilvo, der die Drähte zieht«, sagte Norla und stand auf. »Das ist Pflichtgefühl. Er hat keinen Anspruch auf Sie, keine Macht. Sie werden ihm nicht nachgehen, weil er Sie darum bittet. Sie werden es tun, weil es recht ist. Wenn er sich wissenschaftliche Kenntnisse und Techniken angeeignet hat, die uns retten könnten, und sie nicht öffentlich machen will, dann muss jemand hingehen und sie holen. Tun Sie das. Bringen Sie an die Öffentlichkeit, was den Menschen hier draußen nützen kann. Machen Sie einen

Handel mit ihm, weil Sie müssen – und sehen Sie zu, dass er bei dem Geschäft schlecht abschneidet.«

Koffield nickte. »Danke«, sagte er. »Ich habe sehr frühzeitig gesehen, dass Sie verstanden, über das hinauszublicken, was vor Ihnen war. Gerade jetzt haben Sie diese Fähigkeit wieder demonstriert. Es ist eine, die ich sehr hoch schätze. Und wenn ich mich auf die Suche nach Oskar DeSilvo mache, werde ich sie brauchen.«

»Wie meinen Sie das, Anton?«

»Ich bin zu Ihnen gekommen, um zu fragen, ob Sie mit mir gehen würden. Ich werde Ihre Hilfe brauchen, dessen bin ich sicher. Werden Sie mit mir gehen, wenn ich mich auf die Suche nach Oskar DeSilvo mache?«

Norla Chandray hatte sich noch nicht einen Augenblick Zeit genommen, an ihr eigenes Leben, ihre Zukunft hier in der Zukunft zu denken. Sie zweifelte nicht daran, dass sie sich im System Solace ein Leben aufbauen konnte. Piloten wurden immer gebraucht.

Aber es war nicht bloß die Zukunft, der sie sich gegenüber sah. Von Ulan Baskaws lange vergessenen Büchern bis zum drohenden Zusammenbruch der menschlichen Zivilisation auf Solace führten Kraftlinien aus dem Ozean vergangener Jahre über die Gegenwart in die Zukunft.

Sie konnte auf diesem Ozean treiben, wo sie gerade war. Konnte einen Lebensunterhalt finden, essen und arbeiten, bis es Zeit zum Sterben war. Wenn sie das Leben nennen konnte.

Oder sie konnte Kurs auf ein Ziel nehmen, das zu erkennen keine Voraussicht lehren konnte, über den Horizont nach etwas ausgreifen, was zu tun und wofür zu kämpfen sich lohnte.

»Natürlich«, sagte sie. »Ich gehe mit.«

Anton Koffield lächelte, und irgendwie wurde es heller im Raum. »Gut«, sagte er. Er lachte und schüttelte den Kopf. »Wir reden so, als könnten wir morgen aufbrechen und direkt zu ihm gehen. Aber zuerst gibt es noch ein paar Einzelheiten, die wir klären müssen.«

»Wir werden sie klären«, sagte sie, und es war kein Zweifel in ihrer Stimme oder in ihrer Seele. »Wir werden es durchstehen. Wir werden ihn finden. Schrieb er nicht, er sei verborgen, aber so, dass Sie ihn finden können? Wir werden ihn aufspüren.«

»Sie haben ganz Recht«, erwiderte Anton. »Wir werden ihn aufspüren.« Er sah ihr fest ins Auge, und seine Stimme wurde ernst. »Und nachdem wir ihn gefunden haben«, sagte er, »wird der schwierige Teil kommen.«

*

*Oskar DeSilvos Energiereserven waren groß, aber nicht unendlich. Jedes temporale Beschränkungsfeld verbrauchte enorme Mengen Energie, doch ließ sich eine beträchtliche Energieeinsparung erzielen, indem man das Feld auf einen weniger extremen Zeitdehnungseffekt einstellte. Ließ man hundert Jahre in scheinbar einer Woche vergehen, statt in scheinbar einer Stunde, konnte man die Felddauer beinahe unbegrenzt ausdehnen.*

*Auch ein kleinerer Behälter verbrauchte weit weniger Energie als ein größerer. Darum hatte DeSilvo seine Künstliche Intelligenz angewiesen, den kleinstmöglichen Behälter zu konstruieren. Das Ergebnis war kleiner als eine Gefängniszelle und kaum komfortabler. Der Lebensmittelvorrat, die Wiederaufbereitung und die sanitären Einrichtungen nahmen den größten Teil des Raums ein. Er hatte kaum Platz, sich umzudrehen.*

*Aber das Opfer an Raum und Bequemlichkeit konnte sich leicht als eine kluge Vorsichtsmaßnahme erweisen. DeSilvo war sich durchaus bewusst, dass er eine unvorhersehbar lange Zeit in der temporalen Beschränkung würde ausharren müssen. Wie etwa, wenn es Koffield nicht gelang, Solace zu erreichen, oder wenn er nach seinem Eintreffen aus irgendeinem Grund Treibhaus nicht aufsuchte oder nicht von dem Grabmal erfuhr?*

*DeSilvo hatte nach bestem Vermögen geplant, aber tausend Dinge konnten schief gehen. Wenn Koffield versäumte, nach Treibhaus zu gehen und die Urne zu öffnen, war das Feld programmiert, sich selbst nach dreihundert Jahren objektiver Zeit auszuschalten, aber die Energieversorgung und ihr Hilfssystem konnten ausfallen. Dann würde er im Beschränkungsfeld festgehalten, bis er an Altersschwäche starb oder in der Enge der Behälterzelle verrückt wurde. Es war vorstellbar, dass er Hunderte, sogar Tausende von Jahren objektiver Zeit in der Beschränkung gefangen sein würde – Monate oder sogar Jahre scheinbarer Zeit, gefangen in einer Zelle, die kaum groß genug war, um sich die Beine zu vertreten.*

*Aber er weigerte sich, an solche Dinge zu glauben. Koffield würde überleben. Es war offensichtlich, dass der Mann alles überleben konnte. Das war schließlich der Grund, dass DeSilvo beschlossen hatte, Gebrauch von ihm zu machen.*

*DeSilvo dachte darüber nach, als er sein einfaches Abendessen bereitete und sich nach der Mahlzeit zur Ruhe begab. Während des Aufenthalts im temporalen Beschränkungsfeld schlief er viel. Es gab sonst wenig zu tun.*

*Als er sich niederlegte, unterhielt er sich mit der Vorstellung, wie es sein würde, wenn Koffield ihn fand. Koffield würde das Beschränkungsfeld abschalten und ihm voll ernster Missbilligung und rechtschaffenem Zorn gegenübertreten. Er würde Erklärungen verlangen und über DeSilvos moralisches Versagen und seinen Mangel an persönlichem Mut richten. Er würde DeSilvo befragen, verhören und darauf bestehen, dass DeSilvo ihm alles sage.*

*Und dann …*

*Und dann würden für Anton Koffield ein paar Überraschungen fällig. Das konnte man wohl sagen.*

*Irgendwo und irgendwann, verborgen in der temporalen Beschränkung, welche die verstreichenden Jahre von ihm fern hielt, lächelte Dr. Oskar DeSilvo zufrieden, wälzte sich herum und sank in einen traumlosen Schlaf, um in Dunkelheit und Stille durch die grenzenlosen Tiefen der Zeit zu treiben.*

## GLOSSAR UND BEGRIFFSERLÄUTERUNGN

**Chronologische Patrouille:** militärische Organisation mit dem Auftrag, zur Wahrung der Kausalität Zeitschächte zu schützen und gegen vorsätzliche oder zufällige Versuche missbräuchlicher Benutzung zu verteidigen.

**Comfort:** ein großer Planet aus der Klasse der Gasriesen im äußeren System, zu dem auch Solace gehört. Der kleine Mond Treibhaus umkreist Comfort, und der Sonnenspiegel umkreist Treibhaus.

**Eindringlinge:** mangels genauerer Kenntnis gewählte Bezeichnung der zweiunddreißig unbemannten Schiffe, welche die Chronologische Patrouille am Zeitschacht der Zirkumzentralen Wegmarke angriffen und von zeitabwärts nach zeitaufwärts – von der Vergangenheit in die Zukunft – durchstießen.

***Gamma:*** ein Frachtschiff, das fünfte in dem Konvoi, der in die zweite Schlacht bei der Zirkumzentralen Wegmarke geriet. Die *Gamma* strandete zeitaufwärts vom Zeitschacht und gelangte zu Thors Reich. Die Schiffe zwei, drei und vier wurden in der Schlacht zerstört. Siehe *Herakles IX.*

**Glister:** ein terraformter Planet unweit von Solace, der einen Klimakollaps erlitt.

***Herakles IX:*** Frachtschiff, das erste des Konvois, der in die zweite Schlacht bei der Zirkumzentralen Wegmarke geriet. Die *Herakles IX* war das einzige Schiff des Konvois, das durch den Zeitschacht ging und seine Reise nach Glister beenden konnte, aber der Kapitän wurde in Gewahrsam genommen und alle Daten in Verbindung mit der Schlacht beschlagnahmt, um ein Zeitparadoxon zu verhindern. Die Schiffe zwei, drei und vier des Konvois wurden zerstört. Siehe *Gamma*.

**Künstliche Intelligenz:** Weiterentwicklung von elektronischen Großrechnern mit der Fähigkeit, selbständig logisch durchdachte Entscheidungen zu treffen, komplexe Sachverhalte zu bewerten und Anweisungen auszuführen und die Ausführung zu überwachen. Künstliche Intelligenzen sind als hochentwickelte Werkzeuge gedacht und programmiert. Obwohl sie sprechen und Sprache verstehen können, vermeidet man jede Tendenz, sie als menschliche Partner zu behandeln.

**Lodestar:** örtliche Bezeichnung für HS-G9-223, das Zentralgestirn, um das Solace kreist.

**Objektive Zeit:** die Zeit, deren Dauer von einem außenstehenden Beobachter gemessen wird. Von Bedeutung zur Zeitbestimmung bei Reisen durch Zeitschächte. Im Laufe solch einer Passage kann ein Schiff beispielsweise hundert Jahre chronologischer Zeit unterwegs sein und eine bedeutende relativistische Zeitdehnung erfahren, in objektiver Zeit aber gleichwohl nur eine oder zwei Wochen nach der Abreise sein Ziel erreichen. Siehe *Subjektive Zeit*.

**Sirius-Drehscheibe:** mehrere Zeitschächte im Umkreis des Sternsystem Sirius.

**Solace:** ein durch Terraformen des ursprünglichen Ökosystems bewohnbar gemachter, relativ neu besiedelter Planet.

**Sonnenspiegel:** ein verstellbarer Hohlspiegel von fünf Kilometern Durchmesser, der das Sonnenlicht des Zentralgestirns auffängt und auf Treibhaus konzentriert, um die Einrichtungen des Instituts für Biotechnik dort ausreichend mit Licht und Wärme zu versorgen.

***Standfast:*** das zeitabwärts stationierte Wachschiff der Chronologischen Patrouille, das während des Zwischenfalls bei der Zirkumzentralen Wegmarke angegriffen und zerstört wurde.

**Subjektive Zeit:** die von einem Individuum erfahrene Zeitdauer. Ein Passagier an Bord eines Schiffes kann ein Jahrhundert im Tieftemperaturschlaf verbringen, obwohl bei seinem Erwachen nur ein paar Wochen subjektiv erfahrener Zeit vergangen sind. Siehe *Objektive Zeit*.

**Thors Reich:** ein Kreuzungspunkt von Zeitschächten in der Nähe des Sternsystems Tau Ceti.

**Treibhaus:** ein felsiger kleiner Satellit des Gasriesen Comfort mit den Einrichtungen und Pflanzenzuchtanstalten des Instituts für Biotechnik zur Unterstützung von Solace. Die Einrichtungen des Instituts werden durch den Sonnenspiegel zusätzlich mit Licht und Wärme versorgt.

***Upholder:*** zeitaufwärts vom Zeitschacht stationiertes Wachschiff der Chronologischen Patrouille, befehligt von Kapitän Anton Koffield, das den Angriff der Eindringlinge während des Zwischenfalls bei der Zirkumzentralen Wegmarke überlebte.

**zeitabwärts:** bezieht sich auf Reisen in die Vergangenheit durch einen Zeitschacht. Für eine hundert Jahre überbrückende Zeitschachtverbindung zwischen 5100 und 5000 unserer Zeitrechnung würde 5000 zeitabwärts sein.

**zeitaufwärts:** bezieht sich auf Reisen in die Zukunft durch einen Zeitschacht. Für eine hundert Jahre überbrückende Zeitschachtverbindung zwischen 5100 und 5000 unserer Zeitrechnung, würde 5100 zeitaufwärts sein.

**Zeitschacht:** eine nicht sichtbare, röhrenförmige Verbindung zwischen Vergangenheit und Zukunft im freien Raum, die je nach Stärke und Örtlichkeit verschieden lange Zeitspannen überbrücken kann. Die Passage durch einen Zeitschacht nimmt nur Minuten in Anspruch, sodass beide Enden von der Vergangenheit zur Zukunft und umgekehrt in einem normalen Verhältnis zur Raumzeit stehen.

**Zentralbibliothek:** die größte elektronisch gespeicherte Sammlung menschlichen Wissens, eingerichtet in einem den Planeten Neptun umkreisenden Habitat. Die entsprechende Sammlung der Originalwerke befindet sich in einem geheim gehaltenen unterirdischen Bunkersystem, das in Südspanien vermutet wird.

**Zirkumzentrale Wegmarke:** ein Zeitschacht, der Glister mit anderen Welten verbindet und auch den Transit nach Solace gestattet. Für beide Welten stellt dieser Zeitschacht die einzige zeitsparende Verbindung mit der Außenwelt dar.